U0887994

大鱼

有爱的青春陪伴者

OTHE

春山喧

CHUN SHAN XUAN

彼呦 著

江苏凤凰文艺出版社
JIANGSU PHOENIX LITERATURE AND ART PUBLISHING

图书在版编目（CIP）数据

春山喧 / 彼呦著. -- 南京 : 江苏凤凰文艺出版社,
2025. 9. -- ISBN 978-7-5594-9856-4

Ⅰ. I247.5

中国国家版本馆CIP数据核字第2025TW1556号

春山喧

彼呦 著

责任编辑 王昕宁
特约编辑 雪 人
责任校对 言 一
责任印制 杨 丹
出版发行 江苏凤凰文艺出版社
南京市中央路165号，邮编：210009
网 址 http://www.jswenyi.com
印 刷 天津睿和印艺科技有限公司
开 本 880mm×1230mm 1/32
印 张 11
字 数 451千字
版 次 2025年9月第1版
印 次 2025年9月第1次印刷
书 号 ISBN 978-7-5594-9856-4
定 价 42.80元

目录

CONTENTS

目录

CONTENTS

第一章 姐姐明天见

初冬的申城多雨。

雨丝浸透落地窗，浦江对岸遥远的霓虹被揉碎，融成一道道湿冷的彩色光点。

攥在掌心的手机振动了下，温晚凝低头划开界面，是小助理阮佳发来的消息。

阮佳：温老师，外面风大，一会儿出来加件外套，我在侧门接你。

今晚是林宙的新电影筹备饭局。

电影圈这些年黑马众多，可像林宙这样名利双收的少之又少，各种奖项拿到手软，飞升速度堪比坐了火箭，名声早已如雷贯耳。

新作《春夜》首轮选角刚结束，席上多是投资人和传媒圈的大佬。

包厢内香味与酒气交织，几个投资方塞进来的流量小花乖巧作陪，时不时朝温晚凝这边打量——

看热闹是人的天性。

放在几年前的电影圈，谁没听过温晚凝的名字？

她十七岁被文艺片名导麦礼文挖掘，出道短短数年，加冕三项重量级影后桂冠，一时风头无两。

未想到如今这种咖位的大花也要亲自为资源厮杀，落到名利场做点缀了。

林宙坐在主位，喝得有些上头，抬手又为她倒了满杯："温小姐，来。"

温晚凝在他身侧坐了一夜，已经数不清被灌了几轮酒。

她意识倒还算清醒，只是她皮肤极白，酒意稍微上点脸就很明显，眉眼间氤氲着一片粉，艳丽得让人惊心。

她将高脚杯抬起时，有位中年港商看不过，出言解围："我看温小姐已经有些不胜酒力，林导又何必再为难？"

“汤总怎么不讲道理？”林宙笑了，淡淡扫了一眼美人挺直的脊背，“主动来试镜的是她，说了不合适，一路追过来讨要机会的人还是她。

“堂堂影后来我们这种小成本片屈就，要说为难，谁能为难得过我？”

“三十年河东，三十年河西，”林宙坐姿疏懒，神色中带着几分玩味，“你让她自己说，今天是不是我勉强她。”

温晚凝唇边的弧度一滞。

只是一瞬，她重新提了一口气，忍住直冲太阳穴的昏沉，将手中的香槟一饮而尽。

“不会。”

饭局直到快天亮才散。

酒店侧门外的地砖浸了一夜的雨，多少有些湿滑。

温晚凝拢紧了大衣，黑色的细高跟轻轻落地，后开衩的绸缎裙泄出一线皎白，看上去像一尾紧绷久了的银鱼。

看见她，助理阮佳抱着大羽绒服迎上来，还没开口说些什么，就被温热香风扑了个满怀。

“先让我靠会儿。”

阮佳心疼到没说话，只能先给温晚凝披上衣服，小步挪到避风的无人处，用空着的另一只手扶稳她的细腰，好让她靠得舒服一点。

从温晚凝跟公司闹掰，自立门户后，这已经不是第一次了。

她连日拍了好几天大夜戏，为了赶上林宙的选角，昨天下午又特意推了杀青聚餐，奔波几百里从横店赶回申城。

没想到选角导演都拍了板，林宙今晚却临时变卦，以感觉不对为由，态度突然暧昧起来。

阮佳越想越气：“什么他感觉不对？我感觉他脑子有坑，不就是把咱们钓出来陪那群人玩吗？

“亏他还一直营销自己是清流艺术家，我看和其他人也没什么不一样，都是资本的狗。”

“小点声，”温晚凝伸手拍了一下阮佳的后背，“人家听见怎么办？”

阮佳扭头侦查了一圈，小声继续：“听见就拉倒，又不是进不了他的组就没饭吃了，牛什么牛？”

“嗯，没饭吃我就把房子卖了。”

闻言，阮佳抱紧温晚凝，声音闷闷的：“不许。”

温晚凝是申城本地人，在上戏读书时，父母送了套华山路的房子作为礼物，前些年卖房付了违约金，换了套城郊的小房子。那个小区老人多，周边一圈都是菜场和公园，没同行没狗仔，清静。偶尔行程满的时候，阮佳和经纪人周芙也会过去住。

过去还能以大换小，现在呢？

见过温晚凝风光的好时候，阮佳一想到她如今的窘迫，心里就刺刺地难受。

温晚凝轻笑一声，松散的鬈发在肩头晃了晃，都快没力气再睁开眼皮了：“我们佳佳这么好，总不能天天跟着我饿肚子。”

要说饿肚子，倒也不至于，只是她现在的境况，无论如何也和红搭不上边了。

三金影后又如何，女艺人这种行当，没有资本做靠山，似乎都在权势面前带着“有便宜可占”的标签。

她清高，自从在晚宴上公然扇了某位传媒巨鳄一耳光后，事业运从此急转直下。

解约前的那几年，公司递过来的工作机会都是明摆着的羞辱，周芙和她千挑万选才从里面选了些好本子，顶着三金影后的光环给同期小花和新人做配。

虽然奖是拿了一些，但女配本来出圈的难度就大，几年里积累下的人气寥寥，原先的老粉也都快跑没了。

几个月前，某部院线片网播解禁，她在片中出演的名伶姨太太一角就几分钟的镜头，一则与继子之间拉丝对视的剪辑全网疯传。

她戏好，身段好，眉眼间有股少见的旧时光美人的风情，没认出她来的路人嗑了几万条神颜，又被迅速顶上来的黑料血洗。

大起大落惯了，温晚凝偶尔点开微博扫两眼，遇上没见过的奇葩营销号不忘截个图，心态很好地发到小群里分享。

——五年前就塌房了！谁说互联网没有记忆？“国民小妈”温晚凝大瓜，明天删。

——扒一扒最近万转的“国民小妈”：最年轻的影后知三当三，一手好牌打得稀烂。

——勾引已婚大佬不成，恼羞成怒当场动手。网友：好险，差点就被她的脸给骗了。

工作室的小姑娘看得火大，连夜注册了小号准备挨个开撕，被她拦下。

“声量小，说再多也没人信，我倒觉得国民小妈挺吉利的，永远年轻，永远艳压全场，大爹总有一天被我熬死。”

酒店侧门出来的窄街对面只有家24小时便利店还在营业，店面的灯光偏冷，白晃晃的，映着温晚凝微阖的双眼，有种易碎的明艳。

阮佳接了个电话后说：“周芙姐把车停街口了，外面冷，咱们早点回去休息。”

其实吃饭的地方不是没有车位，可演艺圈就是这么现实，按温晚凝如今的咖位，停不进去。

温晚凝的头沉得几乎抬不起来，站着都能睡着了，冷不防被阮佳拍醒，打了个寒战。

“我回城郊。”

阮佳应了一声，伸出手臂让她扶着，快步向前。

雨势渐大。

不远处有辆黑色保姆车从停车位开出来，前大灯在雨雾里化开，亮得让人睁不开眼。

温晚凝被晃得头晕，本能地抬手挡脸，突然，一只手握住她的肩头，轻轻一拉。

她没防备，惯性往旁边人的身上靠，额头猛地撞上了一副坚实的胸膛。

硬邦邦的。

黑色的机车外套，干干净净的洗衣液味，带着体温，让她心神莫名恍了一下。

几乎是同时，那辆保姆车没减速，猛冲着轧过老城区的砖石路，积水溅起。

“走路看车。”身边的人松了手。

温晚凝酒醒了大半，下意识地先低头看裙摆，意外的干净，一点泥水都没溅上。

阮佳忙着回消息，闻声吓了一跳：“温老师，你没事吧？”

“我没……”

温晚凝慢吞吞地摇头，抬眸时才发现阮佳正站在半米外目瞪口呆地看着她。

雨声哗然，似上千颗玻璃珠砸落在头顶的伞面上，温晚凝猛地抬头。

二十来岁的年轻男人，很高，逆着光，下颌线条格外清晰，看不清脸，但宽肩窄腰的好比例足够说明是“荷尔蒙炸弹”那一类的大帅哥。

对方垂落的衣摆滴着水，不像是淋的，更像是好好走着路随手行善，替她挡了刚刚那片脏水。

温晚凝脸上一热：“真不好意思，先生，您先别走，我找点东西给您擦一下。”

她把纸巾从包里翻出来，手伸过去的瞬间，对方明显躲了一下。

她动作一停，有些献殷勤被拒的尴尬。

天冷，温晚凝细长的指尖冻得发红，捧着爱心图案的小塑料包僵了几秒，终于被对方接过。

“不用了，我自己来。”

低低的声音，带着些微涩的沙哑。

温晚凝讪讪笑了笑，余光瞥见他的手。

指腹和掌根有茧子，青筋凸显，骨节分明，纯粹有力的荷尔蒙感。

是她没怎么见过的那种男人。

街对面有大货车经过，远光灯通明，昏昧的雨夜一瞬间被照亮。她抬头，猝不及防对上那双眼。

凉薄的、眼尾上挑的单眼皮，长而直的睫毛垂下，沉黑的眸子半敛着，那比少年时更甚的勾人劲儿，像旋涡。

温晚凝整个人僵在了原地，心跳如细细密密的雨点。她的视线随着一滴水珠下移，划过他凌厉分明的下颌和紧绷着抿起的薄唇。

她犹豫着，终于喊出了那个名字。

“……凌野？”

“嗯，”他喉结微动，目光静静落在她微张的嘴角，“好久不见。”

温晚凝第一次遇见凌野，是她二十一岁那年冬天。

两座最佳女演员奖还热得烫手，温晚凝晚宴红毯能逃就逃，跟着麦礼文钻进东北的一座小城拍新戏。

外景地格外偏僻，也不知道麦礼文怎么找的，大雪弥漫，除了封冻的碧蓝湖景外，一无所有，发电机彻夜轰鸣，物资全靠组里的司机从外面拉回来。

温晚凝和周芙都是南方人，哪里见识过这种零下二十几度的大寒天，冻得整夜睡不着，趁休息日到镇上去买厚实的棉衣和棉鞋，里三层外三层裹上。

回程时，太阳已经落山，从大路开进窄小的山路，保姆车打了好几个滑，终于在半山腰抛了锚。

荒郊野外没个人影，连照明都敷衍，老式路灯的灯泡昏黄，还隔一段路坏一个。

已经打电话催了维修站三次，周芙烦躁地点上一支烟，对着漆黑一片的仪表盘戳戳点点，和司机吵得很凶。

温晚凝受不了车里的氛围，戴上帽子和围巾出去等。

没几分钟，她抬头，看见一辆掉了漆的桑塔纳顶着风飘移过弯，“吱嘎”一声刹停在她面前。

车上下来一道利落的人影。

那人个子很高，肩膀轮廓瘦削，晃荡在一身洗旧了的棉服里，运动衫领子拉到顶，让他整个人看上去像小白杨似的。

那时凌野十七岁，书包随手扔进雪堆，拉链拉开，螺丝刀和扳手比课本还多。

单眼皮薄薄的，长睫毛上挂着点冰霜，在昏昧的路灯下安静看过来，一双黑眼睛淡漠得像刀子。

圈子里千篇一律的漂亮面孔看了太多，头一回遇见这样一张白月光脸，周芙职业病犯了，根本走不动道。

凌野钻进车底干活，周芙就蹲在一边等着，时不时问两句话，试图套点信息出来。

结果直到人站起来，一句都没理她。

周芙跺两下冻麻了的脚，在一边跟温晚凝说悄悄话，愤愤又不甘：“你看见没，高冷得可以。”

温晚凝轻笑两声，正好赶上凌野扭头过来拿包。

少年白净的侧脸上蹭了一道机油，薄唇和鼻尖都泛着点红：“钱司机付过了，我走了。”

早就习惯了被形形色色的人盯着打量，温晚凝对旁人的注目很敏感，自然就没错过他那道视线。

就停留了一秒钟。

但直直的，毫不掩饰，看的是她的嘴唇。

啧，脸好看归好看，但表里不一，内心是坏的。

温晚凝第一反应要皱眉，但那双眼睛冷冷淡淡的，和欲望不沾边，更像是在解什么题，她又觉得是自己先入为主了。

“你等一下。”

可能只是想再多跟他说两句话，也不知道哪儿来的冲动上头，她替周芙把刚才的问题重复了一遍：“刚刚接电话的不是你吧？”

“不是，”片刻安静之后，少年重新开口，带着点防备，“叔叔开的店，我放学来帮忙。

“……我不是童工。”

凌野离开之后，司机重新打火上路。

周芙坐在副驾驶上扭过头，扼腕叹息：“我现在就是恨没法把这小孩签下来，不然以我这么多年经验，他将来绝对要爆红。”

“你可以，我不可以，”温晚凝想起少年最后那句话就想笑，“太纯了。”

周芙扯了扯嘴角：“要不怎么说我是专业的呢？你等着，过几年他长开了，绝对是一张渣男脸。”

中山东一路开出几公里，一路红灯。

周芙习惯性地开了电台提神，女主播声线温柔，与敲在车窗上的雨丝和成一片。

温晚凝把视线从远处收回，昏昏沉沉地听完一封听众来信。

来信人说几年前收养过一只流浪狗，读大学时跨省搬家，父母未经她同意把小狗偷偷扔了。今年婚后第一次带丈夫回门，没想到还能再遇见它。那狗长大了，一身漂亮的皮毛，风尘仆仆的。老家与新家隔了几百公里，也不知道它是怎么跟过来的，黑眼睛湿漉漉的，犹犹豫豫地凑过来蹭她的手心。

“把电台关了。”温晚凝出声。

好几个大夜熬下来，周芙只当温晚凝是困了，没太在意，把声音按了，从后视镜里瞥了一眼裹成粽子的温晚凝，将空调调高两度：“刚刚从你身边冲出来的那辆车，我从副驾驶上看见许嘉树的经纪人了。”

车上就这么大点儿地方，她声音不小，装听不见都难。

温晚凝心思不在这儿，“哦”了一声，把脸往毛毛领子里再缩了缩。

“我也是当初看走眼了。”周芙被她这副心如止水的样子堵了一下，“想想你刚毕业那会儿，谁认识许嘉树啊，还不是全靠公司安排蹭你热度炒 CP。

“现在倒好，过河拆桥第一名，坐着老东家的车特意来恶心咱们。”

没听见回应，周芙又瞅了一眼身后。

工作室的车是温晚凝的 SUV，因为雇不起太多人，平时周芙和阮佳轮换着开。

温晚凝最红的那几年，公司硬要给她凹高级人设，喜欢吃的菜要说香菇菜心，爱喝的饮料要说美式咖啡，连拍物料出镜的保姆车都是极简性冷淡风，除了腿上盖一条大牌围巾，连一粒灰都容不下。

糊了有糊了的好处，无拘无束。

温晚凝当老板后的第一件事，就是把家里收藏的一床娃娃全摆上。

讨论重点偏出好几里，周芙认了，重新换个话题："刚刚送你过来那帅哥，是你朋友？

"不知道在那儿站多久了，从你出来陪你走了一路。"

她回忆了一下："许嘉树那辆车犯神经想滋你脏水，帅哥还特意帮你挡一下，反应快得跟闪电似的，看得我一愣。

"谁啊？感情这么好，怎么从来没听你提过？"

怎么没提过？还见过呢……

可当年周芙那句"渣男脸预定"的神预言在脑海里过了一圈，温晚凝转念又觉得周芙记不起来挺好的，少了许多麻烦。

她看向车窗外："不是朋友，碰巧遇上的。"

朋友是真的算不上，他应该也……不是特意等她。

这么冷的下雨天，在风里吹着等她到凌晨三点多，见了面又一句话不说，以她现在和凌野的关系以及地位差距，要么是他脑子抽了，要么是有骗子以她的名义借钱不还。

无论哪个选项，都很离谱。

她话音刚落，通红着脸的阮佳像泄了气的气球，瞬间萎靡下来："不是吧？痛心疾首了……还以为温老师你跟凌野熟，下回好搭你关系偶遇一下，要个签名。"

"……凌野？"周芙手在方向盘上停了一下。

阮佳觉得不可思议："真的假的？姐，你一个手机能联网的现代人，居然不认识凌野？

"F1 梅斯车队的一号车手，去年只差两分就可以拿下赛季总冠军，现在整个国内赛车圈谁还有他红？"

"梅斯"两个字一出，惊讶的人轮到温晚凝了。

距离最后一次见面，已经过去了六年。

她工作忙得节都不过，也没怎么关注过凌野，所有关于他的消息，都是从身边的年轻人那儿被迫听说的。

这个年轻人主要指她堂弟温璟，一个从小她看着长大，卧室里摆满汽车模型和迷你头盔的男大学生。

几年前，温璟趁着放假满世界飞，从各站方程式大奖赛给她打来视频电话，接通之后迷弟尖叫，真情实感痛哭。

"谁懂，凌野是我亲哥。"

"好可怕啊，哈维那种幼儿园破车他都能开上火星。"

"这哥真的是咱们中国上下五千年就等一回的奇迹，和凌野在同一片蓝天下喘气，我这辈子算是值了，呜呜呜……"

结果也就过了一年，彼时人在哈维车队，一身白色赛车服的凌野，凭借头盔下一张极具侵略性的冷漠俊脸在全网爆炸性走红。

美貌是硬通货，即使是在 F1 这种相对小众的圈子也不例外。

近十年竞技体育界最大规模的破圈效应来得又凶又急。

温璟买票抽签老不中，差点粉转黑，而温晚凝至今还记得当时自己第一次在堂弟手机上看见凌野微博有千万粉丝数时的震撼——

体育明星，但站姐名单拉都拉不到底，一水的年轻小姑娘扛着长枪短炮山呼海啸地占领赛车场看台的一二层，谁见过这种场面？

这两年堂弟忙着搞实习，温晚凝对凌野的印象就没再更新过，还停留在当年他第一次登上分站赛领奖台披着国旗开香槟的湿漉侧脸。

她一直都知道凌野有天赋，只是没想到短短几年过去，凌野竟然真的在世界顶尖的白人赛车手中硬生生杀出了一条血路。

在梅斯这样的顶级豪门车队坐上头把交椅不说，连赛季总冠军都唾手可得。

“你是他的粉丝？”车开上高架桥后，温晚凝把思绪拉回来，问身边的阮佳。

阮佳挺不好意思：“勉强算吧，他粉丝里富婆多，我属于没怎么花过钱的那种。

“车队签的广告赞助基本全是一线顶奢，太贵了。”

阮佳撩起卫衣袖子，给温晚凝看自己的手：“打工人理智追星，我就买了两条同款手链。”

温晚凝侧过头，迎着窗外高架桥的路灯看清了她腕上的东西。

一条是铂金材质，挺长的一道，锯齿形状的，像是什么联名设计款；另一条是编织手绳，黑金双色交织，带一个很小的转运珠。

温晚凝伸手摸了一下，莫名觉得眼熟：“哪个庙请的？”

“静安寺啊。”阮佳一脸得意，“车队年初练习赛直播的时候，他露了一下，我眼尖，第二天一大早就去请了，后来高价炒疯，我已经和朋友人手一条，美滋滋的。”

温晚凝头歪在她肩上，随口问：“灵不灵啊？”

阮佳神色认真：“灵肯定是灵，老粉说凌野这条手绳戴了好多年，一路法力加持，除了赛季冠军，都拿全了。”

车开进小区的时候，刚过五点。

等司机进车库停好车，拧钥匙熄火后，周芙递过一沓装订好的文件给温晚凝：“上次跟你说的旅行综艺，我今天又去和钟老师谈过，基本上是稳了。”

钟老师是橙台大热综艺《临时起意的旅行》的总制片人，和周芙是大学时的同门，一直关系都还不错。

《临时起意的旅行》从创意成型到大爆，播了几季周芙就磨了几季，到了今年的第五季，钟老师终于愿意趁着“国民小妈”的热搜，破例给口碑不是那么干净的温晚凝一个机会。

周芙挺感慨："说你惨，有时候运气还挺好的。"

温晚凝接过文件夹，有些受宠若惊。

同样的黑料，五年前放出来能让她几个月睡不好觉，放到今天，被骂两句就能换来国民级综艺的曝光机会，她觉得不亏。

周芙递来的纸质材料有几十页，她翻了翻。

嘉宾表男艺人那列，第一行是许嘉树，第二行是先前和她搭过民国戏的魏应淮。

第三行……

是个问号。

《临时起意的旅行》第五季延续了橙台一贯的配置，四女三男，表面上是世界各地旅游，实际上是CP乱炖。

前期的路书和台本写得很隐晦，但每个字里都挖了坑。

窗外鸟鸣啁啾。

温晚凝把文件夹放进包里，临走前才想起来问："那问号是谁？"

"钟老师神秘兮兮的，说要塞个重磅嘉宾进来，还在等那边点头，"周芙打了个哈欠，"跟咱们没多大关系。

"顶流性子傲，死忠粉多，你浅浅去贴两下，粉丝就能给你扒层皮，还是离远点好。"

进了家门，温晚凝强撑着精神卸完妆洗澡，拉上窗帘往床上一瘫，昏昏沉沉睡到了中午，又被周芙的电话振起来。

橙台的综艺制作节奏极快，昨天刚确定好的意向，今天下午就签合同，先导片和其他宣传物料隔一周开拍。

十七岁出道至今已经十年，从没上过综艺节目的"老艺术家"温晚凝头回见识这种速度，一天下来感慨万分。

她晚上回到家，窝进沙发，看见闺蜜发来的微信。

戚酒酒：晚凝签完合同没啊？

戚酒酒：我年初就和公司说了，没有温老师就没有我，温老师去我必去。

温晚凝噼里啪啦地敲字。

温晚凝：签了，风驰电掣。

温晚凝：你们女顶流的日常好辛苦，怜爱了。

消息刚发过去，狂闪的"正在输入中"顿了一下，视频通话弹了出来。

两人许久未见，戚酒酒隔着屏幕上下打量温晚凝，疯狂飞吻。

"跟你说，我现在一想到要和你一起出国旅游，就有种上学时候手拉手去洗手间的幸福感。"

温晚凝纠正她："是一起出国打工。"

这么一说，温晚凝心里又忐忑起来了。

"我是真觉得自己挺呆的，到时候综艺一拍，大概率是根环游世界的电线杆。

“戚老师，救救我。”

她出道太早，麦礼文圈子里的前辈又一个比一个老派，对年轻人爱看什么、怎么出圈这回事一窍不通。

而戚酒酒和她正相反，金句语录常年在热搜挂着，堪称一线小花中的综艺感洪流。

“简单啊，”视频那头的戚酒酒坐了起来，眼尾上扬的大眼睛亮得惊人，“想不呆就要有互动。

“我的宝贝，你不知道这次谁会来吗？

“你我行善积德多年的福报终于来了，是梅斯车队那个凌野哎！”

温晚凝蒙了几秒：“什么时候的事？”

昨天还是问号的人选，今天就确认了？

“下午刚定的，还没官宣，我经纪人去吃饭撬来的情报。”戚酒酒满眼期待，“橙台这次真下血本了，连凌野都能请来。

“正好最近在片场刷了好几天他的剪辑，那个身材，那个骨相，看得我口水直流。

“现在圈子里好多小男孩都是硬凹氛围感，老天爷，我都多久没见过这种没有技巧的硬帅了？”

温晚凝一时间不知该说什么好，下了半天决心才开口：“酒酒，你还记得我毕业那年从东北捡了个孩子吗？”

这话问得没头没脑，戚酒酒一下子没反应过来。

“好像是有这么回事，你说太惨了不管不行，管了又跟我吐槽，说当妈好难。”

戚酒酒揭面膜的手一顿，嘴闭上了又张开，表情变幻了好几下：“你千万别跟我说……”

“当时那小孩就是凌野。”

“我的天！”闻言，戚酒酒缓了好几秒，哀号一声，“我要是没记错，你当时还跟他同居了大半年！”

“不是同居。”温晚凝赶紧解释，制止她再继续脑补，“他刚来申城没地方住，住酒店又麻烦，就让他在客房睡了半年。”

“……我当时有多无语，现在就有多懂你。”戚酒酒重点抓得格外清奇，“好大儿要是这张脸，我排除万难也得把这个妈当上一百年。”

“你这什么运气啊？温老师，”戚酒酒已经语无伦次了，“我拍戏也下过乡，怎么在山里就见过几只鸡几头牛？”

她换了个思路宽慰好友。

“你听我的，现在就把你桌上那摞书扔了，《临时起意的旅行》这一季流量担当都是你半个儿子了，只要他往你面前一站，我就不信有人敢剪你镜头。”

温晚凝莫名心虚：“我感觉，他可能不太愿意靠近我。”

这点自知之明她还是有的。

至于昨天凌晨那件事，应该就只是个偶遇。

“干吗？”戚酒酒瞥她一眼，语出惊人，“你们俩那时候谈过啊？”

温晚凝隔屏打人：“人家那时候才读高中好吗？”

“那怎么了？”戚酒酒不以为然，以一种恨铁不成钢的眼神看过来，“更何况那是普通男高中生吗？

“那可是凌野啊！

“八星八箭丘比特切工，钻石中的钻石。”

《临时起意的旅行》这一季的主题是“冰与火之歌”，前几集在普吉岛追夏天，后几集乘火车去大兴安岭脚下的北国小城，在一望无际的大雪地里看极光。

棚拍结束后一周，节目阵容官宣。

温晚凝一连好几天都没睡好觉，心跳怦怦地去摸手机。

官博沿用了之前的模式，预热加竞猜。

提前放出嘉宾剪影照片，半天后点亮照片全貌。前几天已经公布了五位嘉宾，稳居热搜榜前列。除了两个大火的流量花，单单是许嘉树那条就上了热搜第五，转评论到飞起，一片热火朝天的敲锣打鼓“都让让，你古偶一哥来了”。

温晚凝排在倒数第二个公开，昨晚的剪影照一放出来，评论区竞猜的方向跑偏到离谱，逼得营销号收钱剧透。

@娱丸粗面：大导严选，宝藏影后。

和前几位流量嘉宾的转评区不同，她这条下面凑热闹的路人居多。

△都敢这么说了，估计不是什么水奖，这几年拿过三金影后的，港城那些老面孔没跑了。

△年纪稍小一点的影后也有啊，前两年麦导捧的温晚凝算一个，没记错的话，当年是横扫了吧。

△扫把星的扫吗？提国民小妈的我笑了。

算是意料之中的结果，温晚凝正襟危坐地刷了一会儿，也就最开始看到自己名字的时候憋了一口气，后面看到都是黑，心情反而平复了下去。

掐着表到十点钟，她上大号转发认领。

@演员温晚凝：很高兴加入《临时起意的旅行》姐姐团，期待与大家共同踏上旅途，请多多指教。

官微在原来的帖子上加了张配图——

南洋风的琉璃灯下剪影点亮，温晚凝一袭长裙纤细高挑，梨涡中和了眼角眉梢的妩媚，浑然天成的电影质感。

△好可怜的其他嘉宾，这季要是扑了算你们瘟影后的吗？

△昨天宣的魏应淮是专门来和姐炒CP？瘟姐现在的靠山是谁啊，这么硬？

△我们小魏干干净净谁也没惹，不吹不黑等哥上节目，感兴趣的路人欢迎来了解一下我们00后最佳新人呢！

…………

温晚凝从出道起走的就不是流量路线，关注她的影迷长情又佛系，不怎么熟悉粉圈那一套，隔了十几分钟才陆陆续续在激烈的批评声中探出头来。

△呜呜呜，是姐姐本人！姐姐居然真的要上真人秀了！

△活久见，居然能从电影院和剧院之外的地方看见姐姐，橙TV会员已充，我看爆。

官宣温晚凝之后，粉黑大战几乎是一边倒的态势，路人骂着骂着也觉得没意思，转评区的热度渐渐平息。

节目组似乎早有准备，紧接着放了最后一位嘉宾的剪影，像一针强力兴奋剂，瞬间将吃瓜群众的热情全部点燃。

利落的年轻男人侧身斜斜倚靠在公交车站牌边，肩宽腿长，眉眼的线条格外凌厉。

转发里的营销号剧透就四个字：绝对速度。

一石激起千层浪，评论区炸了。

△绝对速度？什么绝对速度？是我想的那个绝对速度吗，橙？

△啊啊啊，我在工位上开始尖叫了。

△救命，是凌野吧，是凌野吧，这词除了他没人敢用吧？

△狗橙你能给姐请来凌野，姐立即卸载全家人手机里的其他视频APP，给你做大做强，不开玩笑。

…………

短短五分钟，转评直接破十万，几万条评论都拉不到底。

只是一条预热微博而已，#临时起意的旅行#话题热度飙升，从半小时前的十几名空降热搜榜第一。

绝对流量，太恐怖。

温晚凝头一回前排围观这种盛况，虽说自己在对照之下完全是个被骂惨了的过气同事，但心里还是涌现起一丝微妙的感恩。

温晚凝看了一会儿评论，把手机扔到一边，继续收拾行李。

明天下午，节目组机场集合飞普吉岛，她的箱子在客厅里放了两天没动，全靠今天一下午冲刺塞满。

工作室准备的裙子和高跟鞋摆了一沙发，温晚凝蹲着发了一会儿呆，从家里的鞋柜里掏出一双粉色狐狸图案拖鞋，套好防尘袋摆进行李箱。

一抬头，她看见阮佳坐在小马扎上，小狗似的眼巴巴地看着她。

“温老师，你知道吗？你要是踩着这双鞋上电视，周芙姐会马上踩着我去组里追杀你。”

“又不是只穿拖鞋……”温晚凝被阮佳盯得心虚，接过她双手捧着的细高跟，摞在了拖鞋上面。

阮佳欲言又止：“周芙姐还嘱咐，你那些零零碎碎的小东西少带。”

温晚凝“哦”了一声：“我这次只带必需品，绝对精简。”

快递有的今早才送过来，她简单归拢了一下，拿起剪刀开拆。

四五层的小药箱，再拆开一箱是零食，防水完了是防虫的。

“这么多瓶，”阮佳被她手里那一大把防蚊喷雾惊到了，“……洗澡也够了吧？”

“人人有份。”温晚凝低头，认真研究每瓶的味道，“不然到时候周围一圈人满头包，就我没事，不太好。”

阮佳被她回得没话说，赶在她再伸手填坑之前，一个猛子扎过去，抓住最大的两个行李箱不撒手：“这两个我来。”

收拾行李箱是体力活，收拾女明星的行李箱更是。

各种衣服鞋子都得好好保护，私用品和广告赞助的还要分开装，温晚凝现在的代言不多，更需要对着清单好好确认，确保各家的产品到时候能顺利露出。

打包到尾声，天不知不觉已经黑了。

订好了外卖，温晚凝拍拍身边沙发的空位，让阮佳先歇会儿，吃完晚饭再继续。

小姑娘坐下没多久，突然捂着嘴一声惊呼：“温老师！你快看手机！”

温晚凝看了眼表，时间八点刚过，除了被阮佳那一声吓了一跳，并没有多诧异。

“宣到凌野了？”

她拿出自己的手机，解锁屏幕，跳过早就可以预见结果的热搜，直接点进官微主页。

果不其然，凌野的那条转发认领三分钟前新鲜出炉，排在最上面。

@凌野77：谢谢邀请，大家开播见。

只是不知为什么，她自己后台的小红点也在飞速跳动，卡得连刷新都失败了好几次。

温晚凝喝了口水：“你偶像这个流量挺正常的吧？怎么吓成这样？”

热度增速是快到吓人没错，可考虑到这是凌野，好像也没什么值得大惊小怪的。

“不是这条，”阮佳急得气都喘不上来，脸色通红，“……是温老师你那条。”

温晚凝完全不解其意，直到手指划到上一条官微。

转发量中午还是两千，眼下直接飙到了十万加。

她轻点了一下，看清排在最上方热转的一瞬间，嘴唇都忘了合上。

@凌野77：姐姐明天见。//@演员温晚凝：很高兴加入《临时起意的旅行》姐姐团，期待与大家共同踏上旅途，请多多指教。

有时候温晚凝也会佩服自己的心理素质。

比如此刻，遇上这种让人心脏骤停的事，她的第一反应居然是扒拉开阮佳激动的手，淡定地点了一下那个红V头像。

她心中依然抱有幻想，说不准那小孩这些年已经从臭脸酷哥进化成了社交王者，这种转发也就是面子上的客气罢了，见者有份。

界面缓冲了足足几分钟才进去，凌野的微博主页干净得惊人。

往下翻了翻，除了那条他自己的官宣，再之前都是上赛季的围场直击。

背景是没什么人味儿的梅斯车队 Logo，头像是正赛的公式照，没有置顶，一张气势压人的帅脸下面直接就是一句“姐姐”。

温晚凝看得两眼一黑。

有 # 凌野姐姐 # 词条的热度在前，其他几组嘉宾那里基本上都只剩下自家粉在团建，看戏的路人都聚在她这条，场面堪称群魔乱舞。

△这拉郎配就离谱，路过的蚂蚁都要问一句策划是不是疯了。

△什么姐什么姐什么姐？这对我很重要！

△节目组花了多少钱，说出来让我开开眼，有生之年居然看见凌野撒娇了，救命！

△笑死，猜了半天瘟姐这次倒贴一哥还是小魏，结果瘟姐私底下美美傍上巨佬了，直接一步登月捆绑凌野。

△不了解别乱说，谢谢，你想买通凌野炒 CP 营业还不如去买通蜘蛛侠。

△万一是真姐呢？你们黑子查人家族谱了？

凌野这几年的行程极为纯粹，除了练车就是比赛，偶尔有赞助商活动出来营营业，下班点一到，比谁走得都积极，从未主动和演艺圈的异性互动过。

他这次毫无预兆地参加了真人秀，又如此直接地向女明星示好，凌野的粉丝一时间都没反应过来，私底下怎么想的没人知道，但十几个大应援站和车迷会都第一时间下场控评，秩序维持得很好，做好了被血洗的准备，结果因为顶流形象过于干净，被人家粉丝间接护了个严严实实。

温晚凝唏嘘不已，心中很微妙地涌现起一股好大儿报恩的欣慰。

在演艺圈里，发善心可能会被背刺，但亲手捡回来的“儿子”还是靠谱，从天而降，收留心碎的老母亲。

再往下翻了翻，整齐的控评里，瞥见几条挺突兀的路人发言。

△好不搭边的两个人，好般配的两张脸。

△呜呜呜，咱小妈是什么年下 CP 圣体，我现在看哪个弟弟都不错，姐姐要不都收了吧。

△酷哥叫姐谁懂？路过美美吃上一口姐狗饭，心旷神怡了。

前些年被骂得太狠，温晚凝习惯了非必要不上网，此时盯着屏幕思考了好一会儿才扭头问：“姐狗饭是什么饭？”

她眼神过于清澈，看得阮佳没来由地心虚，半天才憋出一句回答：“总之就是……不是骂你的。”

下午两点钟，节目组工作人员和嘉宾在机场会合。

第一期节目在抵达海岛之后才会开机，温晚凝摘下口罩去跟导演组挨个打了招呼，心情稍微放松了一些。

她推开 VIP 候机室的门，里面的人零星坐着。

靠落地窗的沙发上，姜芸和魏应淮正聊着天，看见温晚凝进来，男生眼睛明显亮了一下，热情招手：“晚凝姐！”

温晚凝扬起笑容，也挥了挥手，快步走过去后，先跟姜芸打了招呼：

“姜老师，好久不见了。”

姜芸是这季节目的大姐，演艺圈的大前辈，年轻时把该拿的奖都拿过了，这几年修身养性，有点半退圈的意思。

温晚凝前两年和她合作过多次，老戏骨自带一些距离感，但人很随和。

“正巧，”姜芸裹着大围巾防寒，语气挺亲昵的，“刚刚还和小魏聊到你。”

温晚凝在她身边坐下，抬头笑一下：“都聊什么了？”

魏应淮今天是素颜，很清爽的感觉：“说我其实是晚凝姐的师弟，都是同一所学校毕业的，当年还在学校剧场看过你的毕业大戏。”

温晚凝眉眼舒展：“看来我们还挺有缘的，只可惜那时候不认识。”

“不可惜不可惜，”魏应淮没想到她这样回答，耳根明显地红了一小片，“能认识就好，我刚大一那年就进电影院看过晚凝姐的出道作，后面的每一部片子都看了。

“上次民国片进组，还不知道搭戏的人是你，第一次开机紧张得我差点吐了。”

温晚凝回忆了一下当时一身军阀制服，说入戏就入戏的继子，怎么都跟眼前这个眼睛闪亮的迷弟对不上号。

注意到对方身上的衣服，她谢了两句，移开话题：“你冷不冷？”

二十岁出头的小生，进机场还有粉丝围着拍，要风度不要温度。

申城今天气温五度左右，魏应淮针织衫外面只穿了件大衣，倒是挺上镜的，就是不防寒，鼻尖都冻红了。

“还好，”魏应淮坐得很直，“这样落地之后好换衣服，那边三十多度，大太阳，到时候还要被蚊子咬。”

温晚凝“嗯”了声，倒是被最后这句话提醒了，从包里拿了两瓶小喷雾，递给他和姜芸，说道：“之前我去山里拍戏半个月用一瓶，蚊子、马蜂都能驱走，没什么刺激性，还挺好用的。”

她招架不太住对面男生的眼神，扭头问：“姜老师要柠檬草味还是无香的？”

姜芸在一边闭目养神了半天，冷不丁被问到，眼皮都不想睁开：“没味的那个给我，最近正好鼻炎犯了。”

剩下那瓶蓝色的归魏应淮。

他接过，刚想凑近一些时，正好一男一女两个年轻人推门进来。

走在前面的女生不好意思地挠了挠头，小声开口：“三位老师打扰一下，我是乔梨的助理。

“梨梨在包间休息室准备了下午茶，给大家在晚餐前垫垫肚子，老师们现在过去吗？”

温晚凝认出站在女生后面的就是许嘉树的助理，心里大概明白了是怎么一回事。

乔梨是温晚凝前公司嘉悦传媒的千金，祖父母出身港城老牌豪门，几次红毯后台见面，派头都铺张得唬人。没想到这次出国录个节目，小公主的架势依然不减，毫无低调的意思。

而许嘉树多半是势利眼的老毛病又犯了，哪里有好处就往哪儿贴。

离航班起飞还有一个多小时，姜芸倒是无所谓，看了他们俩一眼。

“去呗，”魏应淮正好也饿了，“温老师去不去？”

温晚凝笑了笑：“最近在控制体重，我就算了。”她示意两位助理，“怕一会儿登机之后太匆忙，把这两瓶带上，下飞机可以用。”

既然是给所有人都准备了小礼物，那就谁都不能缺，免得落人口舌。

温晚凝不去，魏应淮多少觉得有些没意思，蔫蔫地叹息一声，刚要起身，见助理女生又转了方向，朝着最边上的沙发后小心翼翼地问了一句：“那凌老师呢？

“梨梨说了，很期待今天能和您见面，希望能和您多聊两句。”

凌老师？

在场所有人都瞬间反应过来了，这是在叫谁，虽然这个称呼完全是沿用了他们圈子里的叫法，有些违和。

说白了，邀请他们可能只是表面上的客套，小公主特意遣人过来，其实目的就只有一个凌野。

温晚凝目瞪口呆，在心里匆匆把刚刚的对话又过了一遍，确认自己连凌野的名字都没提起过，才勉强定下心来。

这小子什么时候来的？

坐了这么久，她根本就没注意到旁边还有个人，女生能这么问，那人还不一定观察了多久。

角落里的沙发很高，旁边的大型盆栽枝叶茂盛，几乎能把人完全挡住。

凌野站起来，黑色外套随意地敞开着，轻描淡写地往这边看了一眼：“我不太习惯吃甜，你们慢慢聊。”

他语气并不生硬，甚至算得上礼貌，但拒绝得相当干脆。

没料到他是这种态度，乔梨的助理脸色涨红，欲言又止。

众人目光中心的那个人却神色如常，单肩背着包，朝温晚凝这边走来。

机场新装修的VIP休息室很大，他却偏偏非要从他们坐的沙发对面抄近道。

魏应淮以为他要坐，受宠若惊地往椅背上靠了靠。

而凌野却脚步未停，径直走到了温晚凝身边。

中午申城又下了雨，落地窗外天色青灰，带着湿漉漉的凉意。

她前几分钟刚关心完魏应淮穿大衣冷不冷，走近一看，凌野的外套更是薄得可以，连结实修长的上臂肌肉都隐约可见。

极北之地出生的小孩，零下几十度的严寒都习惯了，完全不把南方的冬天当回事。

胡思乱想间，凌野很突兀地俯身蹲下，视线从她膝上敞开的包缓慢上移，直直地朝她扫过来。

“姐姐，我有吗？”

“有什么？”温晚凝脑子没绕过弯来，被问得一怔。

“喷雾。”凌野人高肩宽，明明是半蹲着的示弱姿势，存在感却依然高得离谱，“每个人都给了，就缺我？”

休息室里顿时安静下来，气氛变得有些怪异。

凌野又说：“没了就算了，别的也可以。”

众目睽睽之下，温晚凝心里毛毛的，从包里又掏了掏。

她准备的量应该足够，但大部分都在托运的行李箱里，随身带的只剩一瓶了。

花香味的，她已经拆了，旁边还有一个买喷雾送的手环。

樱桃小丸子联名的粉色印花款，可爱归可爱，就是有些羞耻，她本来准备睡觉的时候偷偷戴一下的。

温晚凝破罐子破摔，一手攥一个给他看：“……都挺不合适的，你要是实在选不出来，我就下了飞机再给你。”

凌野一点都没犹豫：“怎么戴？”

温晚凝一愣。

她是真有点看不懂他。

怕蚊子叮怕成这样应该也不至于，要不然就是闷头开赛车惯了，只重视功能不看外表。

“你真要假要？”她小声提醒，“我怕你下了飞机被拍，一会儿要记得摘。”

温晚凝犹豫间，凌野已经把手腕伸了过来，仰头安静地看着她。

一双眼睛漂亮到令人心惊，睫毛漆黑浓密，平日里看起来凉薄，看她时却格外专注。

不知道从哪儿养成的毛病，放着好好的座位不坐，非要蹲着。

温晚凝抿抿唇，拆了包装，往他手上轻轻一扣，发出清脆的“啪”声。

粉粉的一圈，尺寸稍微小一点，箍着年轻男人骨节明晰、延展的青筋微凸的手腕，就很违和。

“好了。”温晚凝耳垂有点发烫，顾忌着其他人的目光，催他起来。

凌野却全然不在意，抬起手腕来欣赏了两下：“好看。”

乔梨的助理将二人之间的互动看得清清楚楚，视线飘忽地扫到其他人脸上。

姜芸老师年纪大了，没跟上节奏，而第一排看戏的魏应淮完全就是一副忘记表情管理的呆滞。

小助理很努力地低了下头，不让自己的表情看上去太怜悯。

三点，飞机准时起飞。

戚酒酒有行程，来得格外晚，舷梯都快收了才登机，拉着温晚凝说了几句话，没多久就睡着了。

其他人也都差不多。

艺人的作息大都昼夜颠倒，机舱里光线昏暗，大家都趁机补觉，十分钟过去，没有几双眼是睁着的了。

温晚凝倒是没什么睡意，给好友拽了两下眼罩和毯子后，望着舷窗外的云彩出了神。

前几周她做了些功课，加上中午又和导演组聊了聊，大概清楚了节目里每个人的定位。

除去她和存在即流量的凌野，还有五位嘉宾。

姜芸老师德高望重，是压场子的大姐。

戚酒酒对这类真人秀的套路很熟，老司机带飞，活跃气氛。

海岛上的挑战性任务多，许嘉树虽然拍古偶多些，但没什么偶像包袱，被导演组寄予厚望。

魏应淮性子耿直，没什么心眼，堪称人形萨摩耶，之前在别的综艺上和戚酒酒搭过喜剧段子，有种人畜无害的综艺感。

还剩一个乔梨，节目组给的人设也合适，接地气的人间富贵花。

总结起来，各有各的看点。

虽然有的关系尴尬一些，但她和每个人的互动都有发挥的余地，这几天的拍摄应该不会太困难。

飞机落地时已经是傍晚。

众人换好衣服去接行李，刚踏出航站楼，热带湿润的空气扑面而来，还隐约带着些海风的咸味。

岛上天气晴朗，落日也格外漂亮，靠近地平线的远方晕开一片粉紫色，如梦似幻。

温晚凝停下拍了两张，正调焦距时，隐约听见一阵轰隆的脚步声。

身侧的戚酒酒扯了扯她的袖子："……真的夸张。"

她循声转头，向身后看去。

温晚凝惊了一下，从这一秒开始真正体会到了凌野的人气。

就几秒的工夫，航站楼前的步行道就挤满了穿梅斯队服的粉丝。

今天从安检通道一出来，人群中就散落着一片青黑相间的应援色，异国面孔的女孩子居多，他们一边兴奋地小声议论，一边远远地跟着他们走，秩序感强到惊人。

结果出了航站楼没几步，眼见着节目组的人准备搭车离开，原本松散的人群像是瞬间启动了什么开关，一拥而上，将走在队尾的凌野层层围住。

"我的天，"魏应淮扶着车门往那边看，满脸震惊，"我才反应过来，那是凌野哥他们车队的涂装色吧？

"非公开行程就这么火的人气，要是前两天预告一下，这岛不得被踩塌了？"

"还好吧，他们搞竞技体育的就这样。"许嘉树双手插兜，"电视剧出海之后没什么人看，但体育比赛就不一样了，三岁小孩都知道哪辆车开得快，谁都能点评两句。"

夕阳有点刺眼，魏应淮举起手遮着，语气相当真挚："哥，你三岁就看 F1 了啊？我三岁还看小猪佩奇。"

许嘉树顿时语塞。

车队粉丝男女比例相对均衡，时不时传来两句雄浑男声的喊话，带了点东南亚口音。

最开始只是“老公”，后面就卷起来了，变成了更复杂的“凌野老公看我”。

温晚凝没见过这种场面，忍不住嘴角一抽。

反观骚乱正中心的凌野，倒是一副很习惯的样子，始终没露出任何不耐烦的神色。

热带海岛的夕阳将年轻赛车手的碎发勾出金边。

凌野一身无袖的黑 T 恤，手臂修长结实，隐约可见漂亮的青筋，上半身微微斜着，熟练地接过粉丝递过来的队服和帽子，签好名之后还回去。

十几米之外看下来，温晚凝都总结出了凌野的营业原则：手很稳，脸上是和冷淡脸形成鲜明对比的温和，签名之前居然会问对方名字。

他不只是签印着自己车号的赛车队服，车队的应援物都给签，头盔和车辆模型这种也可以。

只是不怎么回答问题，小朋友除外。

直到靠近保姆车，一位男车迷突然用英文大喊一声：“凌，你的手表好酷！”

大概是基因作祟，男生似乎天生就对手表和球鞋感兴趣，一线小生们更是如此。

那人话音刚落，温晚凝就看见身边的许嘉树和魏应淮齐刷刷抬头，隔着车窗朝凌野的手腕看去。

一只冷银色的运动机械表，离得远，看不清款式，但标志性的方形足够醒目，是某个贵到几乎不能用贵来形容的牌子。

凌野人高腿长，在人群中很显眼地站着，视线向这边泛泛一扫。

人多嘈杂，他像是听错了喊话，抬起另一只手，将腕上的樱桃小丸子手环很自然地展示了一圈，随后才很轻地勾了一下嘴角：“谢谢。”

粉丝们举着手机愣了两秒，然后尖叫声四起。

温晚凝愣住了。

车上其他人是什么表情她没看，自己倒先有点心梗，没忍住低了下头。

……听错归听错，做人做到这个程度是不是有点太钝感了？

戴着这种东西出门工作是很光彩的事情吗？

戚酒酒全程保持缄默，直到凌野上了车，在后排乖乖坐好，才相当克制地给温晚凝发消息。

戚酒酒：你给的？也太会了吧？

温晚凝：我也很震惊，没有任何隐情，你别乱想。

过了不到一秒，她的手机又振了振。

戚酒酒显然一点都没听进去，三个金光闪闪的大字在屏幕上疯狂旋转着。

戚酒酒：教、教、我。

节目组下榻的民宿位于一处私人海滩。

热带花丛下是碧蓝透亮的大游泳池、原木风的外墙、玻璃落地窗通明，随便站在任何地方，放眼望去都是无敌的海景。

穿着当地服饰的管家在门口恭候已久，先带着大家参观了一圈。

众人长途飞行的疲惫一扫而空，“哇”声此起彼伏。

猜拳分房间环节，温晚凝的手气差得一如既往，第一轮就惨遭出局。

等所有人都选好房间，正好只剩下最后一间阁楼。

除了面积小点外，并没有为了节目效果强行降低生存质量，房顶两侧都是巨大的天窗，白天估计有点晒，但一想到晚上可以躺在床上看星星，温晚凝还是挺期待的。

摄像大哥举着机器对着她的脸拍了半天，一点预想中的失望表情都没捕捉到，挺意外地拉远了镜头。

导演笑眯眯开口：“大家应该都看过前几季的节目了，我们《临时起意的旅行》主打随机性，一切都有可能发生，一切都被允许发生，绝对不会有那种烂大街的剧本，也不会让大家觉得无聊。

“首先感谢凌野身后的梅斯车队的慷慨赞助，恭喜大家，获得了节目有史以来最充足的酒店预算，但相应的，我们也需要在其他方面把经费省回来。”

转折来得措手不及，乔梨明显有点蒙。

魏应淮很上道，积极举手提问：“我懂了，活动要继续，预算就不能砍，那就是让我们自己去赚钱？”

导演盘腿坐在沙发对面，闻言投来满意的目光：“小魏猜对了一半，不过我们台的策划老师都是相当善良的好人，不可能让大家把所有的钱都赚回来，大家不必太紧张。”

导演一挥手，道具组拿来了一摞卡片，放到小圆桌上。

“所以，给你们一分钟的时间选出抽签人，代表所有人抽出一张卡片。抽到的卡片上写了什么，节目组就会撤回这部分的经费赞助，大家明天开始随机分组打工，自食其力。”

满座震惊。

《临时起意的旅行》这档节目的主要看点就是限定预算，看嘉宾如何一边拼命省钱一边制定行程，碰撞出火花。

戚酒酒完全理解导演组的恶趣味，心里隐约有种不好的预感：“那卡片上要是写着电费呢？”

“那我们现在就拉闸，”导演的语气十分理所当然，“冰箱和空调一个不留，什么时候赚够钱，什么时候恢复。”

魏应淮一脸认真：“能向看上去相当善良的策划老师提问吗？这么豪华的大别墅，我们人手一把蒲扇黑灯瞎火地咔咔扇，就不能把游泳池的钱退了？”

导演没怎么犹豫：“能冰镇椰子水和西瓜啊。”

见少年一双眼睛瞪得溜圆，戚酒酒直乐：“你要真热晕了，还能把你泡醒。”

最终还是姜芸老师把不着边际的谈话拉回来，以毒攻毒，推选了刚刚猜拳手气最差的温晚凝作为代表抽签。

卡牌翻开，所有人都发出一阵得救的嘘声——饭钱。

节目组突袭在先，多少有点赎罪的意思，晚餐准备得堪称豪华。

二层露台用贝壳形的小灯提前布置过，柔光闪烁，桌上摆满了冬阴功汤、蟹肉咖喱和各色海鲜，连甜品台也琳琅满目。

温晚凝回房间披了件外套，来得稍晚一些，随便选了个靠外面的空椅子坐下，吃得很慢。

旁边的姜芸看她盘子里一片绿，直接帮她拿了一份龙虾过来：“吃这么素，明天可就没了啊。”

温晚凝笑了一下：“谢谢姜老师。”

年轻人有上镜压力，姜芸能理解，简单劝了两句，不再多说。

温晚凝平时也喜欢海鲜，只是这半天里喝了太多冰饮，胃有点受不了，卖相再诱人也没了食欲。

对面的位置空着，许嘉树不知什么时候换了座，表面上像是在和魏应淮说笑，眼神却飘到乔梨身上。

小公主背靠着波斯菊花丛，很矜持地回应着众人的夸奖，扭动肩膀展示今天戴的蓝宝石项链。

她凹姿势的角度有点刻意，从温晚凝的角度一看便知都是冲着斜对面的凌野去的。

一条暗流涌动的食物链，位于顶端的那位却像是毫无察觉，执刀叉的手指熟练而优雅，长腿在高脚凳下随意地屈着。

暖色的灯光下，男人英俊的侧脸比当年成熟了许多，褪去了些青涩，多了点处变不惊，但吃饭时的认真劲儿还是丝毫未变。

像极了刚被她捡回申城那会儿。

好像也是某个冬天的夜晚，也好像是在一家高档餐厅的露台。

那时的凌野还很拘谨，视线往隔壁桌的蜡烛上多扫了两眼，她却误会了他的意思，叫侍者上了一模一样的餐点。

都是带壳的海鲜，红艳艳的，很漂亮，吃起来却麻烦。

她下定了决心，要照顾沉默少年的自尊心，猜他是无措又不好意思问，便刻意放慢了吃东西的速度，让他跟着模仿。

晚风柔和，黄浦江上的游轮静谧开过，映亮了凌野漆黑的瞳仁。

温晚凝就在那样认真的目光之中，硬着头皮一口一口吃下了是平日里三倍的食物。

女明星的胃常年饿惯了，突然来这么一遭根本受不住，刚回家的时候还没什么事，后来睁眼到半夜都没睡着，上吐下泻了好几个小时。

凌晨两三点，温晚凝才折腾完，洗了把脸从卧室出来，准备随便吃点止痛片。

房子大，没人住就显得空荡，客厅里很黑，只有窗外透进一点幽暗的路灯光。

温晚凝摸开鞋柜旁边的小灯，捂着肚子往前走，刚踏上地毯，就被沙发上的高瘦黑影吓了一跳。

“……不睡觉跑出来干吗？躲在这儿吓我？”

“不是。”吓人的明明是凌野，可他倒像是更紧张的那一个，眼睛眨得很快，每一根手指都恨不得参与解释，“我看主卧的灯一直亮着，猜你可能肠胃不舒服，就出去买了点药。”

温晚凝闻声朝桌面上扫了眼，透黑玻璃的茶几上挺突兀地放了个大号的塑料袋，里面从冲剂到胶囊药片都有。

凌野没手机，也不知道在哪里找到的凌晨还营业的药店，看架势，都快把人家整个柜台搬回来了。

温晚凝在那里站了一会儿，多少觉得有点丢面子。

是她自己逞能在先，人家小孩人生地不熟，到头来竟成了不得不照顾她的那个人，大半夜跑出去挨冻。

过了半晌，她才开口：“多少钱，我一会儿给你。”

凌野当即摇了摇头：“我身上还有。”

“……回来不知道开灯？”

“我看得见，”昏昧夜色里，凌野漆黑的长睫垂下，“也省电。”

“电费是你交还是我交？”

凌野坐得很直：“我也可以交。”

温晚凝都有点被气笑了。她偶尔有点小性子，遇上这种身体不舒服的时候就忍不住想冒头。

特别是现在，面对着这种格外安静好欺负的少年，她潜意识里的那点恶趣味简直就像失去了控制，说出一些连她自己都觉得刻薄的话来。

“这几块钱不用特地给我省，也不用老想着还，真要算的话，从东北过来的路费和食宿都得记你账上。”

凌野全程仰着头看她，语气很认真：“所有的开支我都记了，我以后会还的。”

她是在开玩笑，可听的人显然正经惯了，完全没接住。

温晚凝心里莫名有点烦躁，“哦”了一声，踢掉拖鞋坐下：“那把我的精神损失费也算上，我不喜欢家里是黑的，心情会不好，把灯打开。”

沙发另一侧的人站起身，走向门廊。

“啪嗒”两声，开关按响，柔和的暖光瞬间浸没了整间客厅。

少年依然站在开关前没动，站姿端正，身上还是白天穿过的那件黑外套，拉链拉到顶。

他那张年轻的脸被她盯得泛红，但没躲。

温晚凝收回视线，刚要伸手去翻药，骤然看见身前的茶几上放了一杯水。

是她平时喜欢的那个杯子，水还是温的，在灯光下冒着袅袅热气。

她顿时就没了脾气。

“凌野，水倒了几次？”

被点到名字的少年一愣，想了一会儿才回答。

“忘了。”

第二章 锯齿

对着摄像机，众人面上都是一见如故的亲热。

男嘉宾几乎都是北方人，几个综艺咖抖包袱也熟练，逗得姜芸老师大笑不止。

温晚凝的位置就在人群边上，除了偶尔回两句戚酒酒抛过来的梗，剩下的时间都在听别人讲话。

负责她的编导在对面干着急，在A4纸上唰唰写字，举起来晃给她看。

——温老师，说话！多说两句！

温晚凝心里挺惭愧的，手搭在桌边上，悄悄比出一个跪了的手势。

社牛和社恐中间要是有个坐标系，她算是偏右的那种淡人，平常在一群朋友里也能开开玩笑，但一对上乌压压的真人秀镜头就不行了，完全跟不上节奏。

一顿饭下来，温晚凝没什么胃口，拍出来的画面却一直在吃东西。

她都不敢想节目播出之后的风评了，只能安慰自己节约粮食人人有责，叉起最后一块龙虾，放进嘴里。

她还在咀嚼着，面前的桌花忽然动了动，很突兀地，一支装着温开水的香槟杯被推了过来。

温晚凝抬头时，斜对面伸过来的那只手刚撤走，视线顺势抬高，和凌野那双沉静的眼睛撞上。

回忆和现实交叠在一处，温晚凝有点茫然：“给我的？”

凌野“嗯”了一声。

动静不大，但效果相当明显。

本来拍温晚凝的摄像都快睡着了，见凌野稍微靠过来了一点，兴奋地狂拉近景。

一举一动都被监视的感觉太诡异，温晚凝很客气地道了句谢。

斜对面的凌野轻轻颔首，像是也饿了，除了刚刚推杯子那一下，几乎都是和她同步，手里的刀叉就没停过。

温晚凝移开视线，强迫自己不去注意那圈格外醒目的粉色手环，拿起杯子把水先喝了。

审美这东西因人而异，说不准凌野是真喜欢樱桃小丸子，想借这杯水还个人情。

节目组运气爆棚，登岛第一夜就碰上了流星雨。

《临时起意的旅行》这季有手机冠名商，见嘉宾自发举起金主妈妈的手机拍照录视频，导演乐享其成，对看起来最卖力的温晚凝更是格外欣赏，一连比了好几个大拇指。

温晚凝没看懂，以为是夸她拍得好，挺不好意思地笑了笑。

许嘉树见摄像都往温晚凝那边拍，打岔问了句："差点给忘了，咱们明天的打工分组什么时候出来？"

摄制组无比安静，连个答他话的人都没有。

没过几秒钟，所有人的赞助商手机纷纷振动起来，消息疯狂弹出。

旅行小助手：大家久等了，这是我们随机抽选的分组结果，小群已经拉好了，祝大家财运亨通，盆满钵满。

旅行小助手：烧烤组：乔梨，魏应淮。

旅行小助手：花店组：凌野，戚酒酒。

旅行小助手：海滩运动组：姜芸，温晚凝，许嘉树。

分组一出，有人欢喜有人愁。

乔梨："天，我们家从来没让我进过厨房。"

"烧烤还不好啊？"姜芸辈分最大，不怕得罪人，心直口快，"景点摆摊不用考虑味道，熟了就行，但我们这个海滩运动，我是真一点想法都没有。总不能嘉树在海里冲浪，我和晚凝让想合影的小姑娘排成一队，挨个收钱吧？"

会冲浪是许嘉树在饭桌上自己提起的，结果真被点了，他又有点不愉快，觉得做这种事怎么都是亏。

但前辈的面子不能不给，许嘉树扯嘴角笑了一下："姜老师太看得起我了。导演给的范围这么大，咱们还能再讨论讨论，海滩上能做的运动不止一种。"

各个组里都有人表了态，戚酒酒左右看了一圈都没见凌野，戳了戳旁边正在搜沙滩运动项目的温晚凝："你的好弟弟人呢？"

海风吹得太舒服，温晚凝一下子忘了纠正戚酒酒的称呼，也抬头找了找："没看到，可能车队有急事吧。"

虽然现在是休赛季，但赛车手也有不少工作要忙，偶尔离开一下接个电话也正常，总之肯定不是故意缺席不来。

她们俩声音不大，但嘉宾们之间挨得近，每个人都听见了。

乔梨抿了抿唇："晚凝姐是凌野的亲姐姐吗？"

这还是小公主头一次主动和自己说话，温晚凝安静了两秒："没有血缘关系，凌野是我邻居家的弟弟。"

她话音刚落，乔梨的表情肉眼可见地明亮了许多，身上的那股说不清道不明的敌意也消失了。

"怪不得……"连魏应淮都一副恍然大悟的模样，不知想起来了什么，凑过来，"我之前也以为是亲姐弟，因为长得太不像，都没敢问。好羡慕啊，我们四合院那片儿全是老大爷老大妈，一个同龄人都没有，小孩都管我叫叔叔。"

邻居这种关系，说亲也亲，说远也远，即便在电视上播出也不会有太多非议。

温晚凝很谨慎地回了两句，趁本尊不在，暗暗给凌野之前发的那条微博洗白。

回民宿的路上，戚酒酒偷偷把两人衣领上的麦掐了，凑近温晚凝耳边小声感叹："这就是姐姐的爱吗？真的好冷酷。当初你送他出国开赛车，大手笔砸钱眼皮都不眨一下，现在他当着全国人民的面向你表白，你撇关系的时候眼皮也没眨一下。"

温晚凝还担心着明天赚钱的事儿，心不在焉的："……你这句话要是发上网，咱们俩谁都别想活了。而且那三十万不是做慈善好吗？跨年回去，我第一件事就是收债。"

戚酒酒瞥了一眼她精致的侧脸，"啧啧"两声："真的好冷酷。"

第二天还要早起，众人都早早回了房间休息。

温晚凝洗完澡敷了个面膜，趴在床上继续浏览海滩运动的搜索结果。

冲浪，攀岩，悬崖跳水。

一个比一个令人绝望。

策划似乎吃定了要逼他们一把，这些项目虽然都挺贵的，但是想从中赚饭钱比登天还难。

而真能稍微赚点小钱的活动，比如钓鱼、挖螃蟹、帮游客看孩子之类的，严格意义上都不算是运动，得费尽心机和导演组扯皮。

她在小群里说了自己的想法，姜芸的反应很积极，和她一块不着边际地想什么螃蟹好卖。

而许嘉树则是一律说好，一点心思都不愿意花。

温晚凝深呼吸了几次，索性披了件浴袍出去吹风，刚从楼梯下去，就看到露台的长椅上坐了个熟悉的人。

十二点刚过，摄制组的工作人员都撤了。

她张望了一圈，别说人影，连一个摄像头都没看见，这才放心地走近两步。

"晚上你没去看流星？"毕竟刚刚编了不少关于人家的瞎话，温晚凝故意用了种轻松的语调，掩饰那点自己才知道的心虚。

凌野手臂在椅背上随意搭着，像是才看见她过来，轻轻一挑眉。

他的疑惑几乎全写在了脸上，温晚凝反应了好一会才明白过来，有点不敢相信："你不会是……没看群里消息吧？"

"什么群？"凌野说。

"你等我找找。"

节目组通知消息繁多，温晚凝在七八个置顶栏里翻了一会儿，好不容易才把那条集合通知找出来："有助理在的那个日程群，你没加？"

凌野很坦荡："我没带助理。"

"我也没带，但戚酒酒的……"温晚凝解释到一半，又觉得没必要，干脆把自己的微信二维码亮给他看，"加我一下，我拉你进群，以后有消息记得看。"

私人海滩周围没什么建筑，最亮的光源就是楼下的游泳池。

晚餐时的小灯还在花架上挂着，一闪一闪的，柔和但昏暗。

凌野抬头，看到女人的长发随意地散在耳边一侧，还带着些潮气。风里裹着一阵阵清幽的白檀香，湿润的，有点像沐浴露味。

他一直没动，久到温晚凝都有点尴尬了。

她纯粹是一番好意，但人家说不定觉得根本没这个必要，无论是进群被消息通知轰炸，还是和她恢复联系。

"不方便就算了。"

闻言，凌野眼睫微敛："我刚刚没听清，抱歉。"

温晚凝撇一下嘴，算是勉强接受了他这个理由，看着对方拿起手机，扫了一下。

很快，小红点弹出新好友的添加提示。

LY：我是凌野。

温晚凝点了下通过，把他拉进群聊，老母亲辅导作业似的盯着他把备注改成了真名，又把前几条的日程公告看了。

过了会儿，隐约瞥见露台另一侧好像有人要上来，她指了指阁楼："我先回去了，有事发消息给我。"

凌野点一下头，目送她走："好。"

节目录制的第一晚，海风习习，静到只有隐约的潮涌声。

距离温晚凝下楼已经过了半小时，小群里没再有人说话，停在姜芸发的一条正能量鸡汤上。

温晚凝长叹一声，转个身仰躺着，对着天窗外的星星发呆。

感觉像是回到了读书时候的期末，一遇上做小组作业，每个组都有心态特别好的、全程失踪的，还有从头操心到尾的。

没想到都快十年过去了，她还是那个勤奋呆瓜。

没放空多会儿，手机振了振，是戚酒酒的消息。

戚酒酒：明天干吗，想好没？

戚酒酒：要不就把凌野借你？让他载小姑娘们去跑沙地卡丁车，绝对赚飞，半天上岸两天全款买房。

温晚凝此时已经心如止水。

温晚凝：别，你们好好卖花。

温晚凝：朋友一场，可以在我饿死之前接济我一顿。

戚酒酒：我们明天有岛上花店的姐姐带，估计不是很难，我问了乔梨，他们那组也差不多。

戚酒酒：我大胆猜测啊，策划就是想出一个无解的难题，让你和许嘉树那条狗一块儿吊桥效应旧情复燃一下，能不能赚到钱都是幌子，想搞事才是真的。

戚酒酒：你该睡睡，明天大不了直接摆烂，导演那边备案管够。

老师傅带进门，温晚凝顿悟，长舒了一口气。

正事解决了，剩下的就是八卦。

戚酒酒：所以凌野今晚是为什么没来？真有事？

温晚凝：不是，他没加群，根本不知道看流星雨的行程。

戚酒酒：不能吧？橙台请他来多费劲你又不是不知道，我怎么记得那群刚建的时候他就被导演拉进来了……

隔了没几秒，她又自己否认。

戚酒酒：也有可能是我记错，算了。

戚酒酒：温老师帮个忙，把凌野的朋友圈截张图给我看看。

这话问得有点突兀，温晚凝不解。

温晚凝：我推他微信给你？

在外人看来，凌野外冷内不热，怎么看都不是好相处的，戚酒酒是想提前多了解一下搭档，温晚凝能明白。

但那么一大堆共同群摆着，她用得着这么迂回？

戚酒酒：没用，我这几天给他发了两三遍申请，人家没理我。

温晚凝失语了两秒。

温晚凝：那你等会儿。

她返回消息列表，置顶下面第一行是今晚刚加上的凌野，深色的头像。

温晚凝点开头像大图，发现是一张从飞机舷窗向下俯瞰的夜空照片。照片很清晰，但也没什么特别，应该只是随手一拍。凌野的朋友圈主页也很干净，乍看和他的微博差不多，背景图是F1正赛时的维修区车库，醒目的“YE LING 77”标志，几十位车组机械师正围着赛车忙碌，侧面是张尺幅巨大的梅斯新赛季海报，从地面延伸至围场俱乐部二层。

她又往下翻了翻，也没什么东西。

从三年前加入哈维车队开始，他的动态每年冬天一条，都是赛季结算庆功宴上的大合影。一众欧洲面孔中，黑发黑瞳的年轻男人异常醒目，赛车服的颜色换了，但配文没变过，一直都是一句“谢谢”。

凭借这点东西，好像也看不出什么来。

温晚凝返回聊天界面，担心不好跟戚酒酒交代，刚想再点进凌野的主页看看图截没截全，一时手滑，多戳了一下对方的头像。

——我拍了拍“LY”。

一行提示亮起。

温晚凝在床上翻滚了半圈，腾地坐起来。

救命……

手抖得治，影响生活不说，还会让自己变成半夜撩骚的怪姐姐。

对面人的消息几乎是瞬间出现，连大脑冷却的时间都没给她。

LY：怎么了？

温晚凝：不小心点错了，没什么事。

屏幕上方的“对方正在输入中”一直在闪，她如坐针毡地等了半天，等得人都有点麻了，才看见一个字蹦出来。

LY：好。

LY：我不太喜欢发朋友圈，有什么想知道的，可以直接问我。

温晚凝僵住了。

比半夜偷偷截图别人朋友圈更羞耻的，是直接当面被人家点出来——他知道她在偷看，而且还看得流连忘返……

凌野会怎么想？

不能把戚酒酒供出来，更不能坐实了是她自己想看，因为稍微代入一下，就感觉她不像什么正经人。

温晚凝盯着对方发过来的这行字来回看了好几遍，看得脸皮都快烧着了，还是没能想出一句够体面的回复。

她沉默了太久，估计是怕她睡着，手机隔了一会儿才轻轻振了下。

温晚凝飞快地瞄了眼屏幕，悬着的心彻底死了。

——“LY”拍了拍我的背说：搓好了，下一位。

如果她有罪，请从天直降一道雷劈死她，而不是半年前随手设的拍一拍至今没改，给她所剩无几的颜面再抹一道灰。

这时候装睡反而会有些刻意。

温晚凝尴尬到头皮发麻，缓了大概半分钟才捏着手机胡扯。

温晚凝：家里小朋友改的文字，我都不知道。

挺拙劣的一个借口，但她半夜脑子转速有限，一时间也想不出更好的了，只能期待凌野本来也对这种幼稚把戏没什么兴趣，放她一条活路。

LY：挺可爱的。

温晚凝：什么？

LY：家里小朋友。

隔着屏幕想象不出语气，但对方两行字连标点符号都没缺，和那张总是冷冷淡淡的脸如出一辙。

估计也就是客套话而已，没什么别的意思。

温晚凝使劲甩了甩头，把那点莫名其妙的脸红给晃了下去，东拉西扯两句话结尾。

温晚凝：姐姐年纪上来了熬不了夜，先睡了，你也早点休息。

LY：好，晚安。

聊天到此告一段落，温晚凝松了口气，想了想又点开那个深色的头像，把备注改成了“凌野”。

退出聊天栏的前一秒，左侧一条新气泡弹出。

温晚凝瞥了一眼，愤愤按下锁屏键，直接塞到枕头底下。

凌野：小朋友也晚安。

……到底谁是小朋友？真没完了是吧？

导演组提醒的起床时间是八点，但温晚凝早起惯了，生物钟六点准时将她唤醒，比设定的手机闹铃还准。

民宿里还很安静，她不想吵醒别人，蹑手蹑脚地下楼。

走到楼梯拐角，她看到摄像小哥正扛着机器犯困，完全没想到这个点还能有嘉宾起来，不由得一脸震惊。

温晚凝小幅度挥了挥手：“就我？”

小哥简单回道：“还有。”

还没等她再问一句，传来很轻的一声响，大门从外被推开，年轻男人的身影走了进来。

凌野今天换了身运动装，灰色的无袖上衣配略微宽松的速干运动短裤，都是很简单的款式，却被他穿得很好看。阳光被百叶窗筛成淡金色的细条，映在凌野的脸上，他的眉眼被汗水浸得漆黑，显得越发凌厉逼人。

温晚凝怔了一下，还算自然地跟他打了声招呼。

这时候遇上凌野，她倒不是很震惊。这小孩当年就有长跑的习惯，体能好到惊人，每天早上雷打不动的十公里，只是没想到都六年过去了，这个习惯还没改。

她往下走，凌野上楼，在楼梯口迎面撞上的时候，凌野很明显地往一边让了一下。

温晚凝被他晃得猝不及防：“我踩到你脚了？”

“没有，”凌野抬头看她一眼，解释得很直接，“我身上都是汗，还没洗。”

……还挺有礼貌的。

他提醒完，刚刚没看清的温晚凝才发现，这种男款运动装的面料真的很薄，沾了水之后肌肉线条若隐若现，连大腿上都是一层亮晶晶的。

之前没上过真人秀，她也不清楚这种镜头拍出来会是什么样，能不能播出。

温晚凝眼神都不知道该往哪里放了，只能佯装认真地盯着凌野身后的时钟。

“再不出去该晚了，我先走了。”像是察觉到了她直勾勾的视线，凌野很轻地拽了拽衣服，“出去之后向西走，那边的棕榈树有树荫，沙地也平坦。”

温晚凝挺惊讶地扭头看向对方，凌野的目光却落在她肩头背着的瑜伽垫上。

“谢谢，我一会儿去看看。”

一觉醒来，昨天那点小插曲好像都跟着日出蒸发了，可现实的压迫感还是远非线上可比。

楼梯间狭窄，又没开顶灯，即便凌野已经侧身让出了通道，他高大的身形还是挡住了大部分的光亮。

成年了就是不一样……六年前的凌野如果是这样的体格，她别说支使他做饭拖地洗衣服，连要不要捡他回家都要好好掂量掂量。

刚刚的氛围过于诡异，下了楼，温晚凝还是觉得不自在。

在门口碰上起床活动筋骨的姜芸老师，她如同遇上了救星，没等人反应过来，直接上前挽住对方的胳膊，向西边行进。

十分钟左右的路程，到达棕榈树林。

凌野没骗她，这片树林生长在海湾的浅水滩上，白沙绵软，树荫下还有麻绳秋千，而且早晨这个点清静无人，的确是散心的好地方。

小音箱打开，瑜伽垫铺好，温晚凝比画了没多久，连纠结了一晚上的赚钱难题都有了门路。

因为她的架势太专业，凹凸有致的好身材也惹眼，附近度假酒店的客人来了好几拨，纷纷问她是不是健身博主或者教练。

温晚凝和姜芸索性注册了个新的社交账号，准备在傍晚时就地开一节瑜伽大课，一上午就加了百来人，人气高得惊人。

一转眼到了下午六点，恰如她计划中一样，洒落在海面的夕阳美得惊心动魄，时间随着悠远的冥想音乐缓慢流逝，几乎就在课程结束的同一刻，太阳沉入视线尽头，粉橙色的天幕只剩一线光边。

天时地利与人和，这节即兴瑜伽课的效果堪称完美。

她美滋滋地点完挣的钱，节目组的实时盈利排名恰好送达。

旅行小助手：大家今天工作辛苦啦，下面播报截至目前各组的收入情况。

旅行小助手：第三名，烧烤组，乔梨，魏应淮；第二名，海滩运动组，姜芸，温晚凝，许嘉树；第一名，花店组，凌野，戚酒酒。

旅行小助手：今晚十一点钟，我们将在民宿一楼进行最终结算，为了早日结束赚钱任务，请大家坚持努力到最后一秒！

原本喜悦的氛围陷入凝滞。

许嘉树还在一边跪着卷垫子，不知道看到消息没有。

姜芸盯着通知栏来回读了三遍，确定不是自己看错行，满脸的不可置信：“……是谁疯了？什么花卖这么贵？金子做的？”

海滩酒吧街。

直播界面的小爱心就没停过，评论区里什么语言都有，戚酒酒看得头晕，随口回了两句英文的地址问询，口干舌燥地下播。

正想把屏幕锁了，温晚凝的消息发来。

温晚凝：你们在哪儿？

人太多，摊位上的鲜切花已经空了大半，戚酒酒忙着补货，急吼吼回了句语音：“没手，打视频。”

视频电话一接通，戚酒酒把手机往旁边匆匆一放：“来取经的？”她简单介绍了两句位置，“这边夜市特别热闹，路也绕，实在找不到的话，我去接你们。”

“我们先自己找找。”背景音有点吵，姜芸一边走，一边把音量按到最大，见画面里只有戚酒酒一个女生忙得团团转，眉头微皱，“凌野不在？”

真是天大的误会，戚酒酒赶紧切到后置摄像头，语气虔诚如拜神：“正想说呢，凌野是我们的门面，销冠中的销冠。”

正好赶上普吉海滩的电音节，他们卖花的摊位设在人潮后方的休息区，舞台射灯的光束平扫过来，将凌野漆黑的发梢染上一层蓝边。

重低音鼓点里，年轻男人眉骨和鼻尖的线条立体，一身纯黑色的工字背心，没有隔壁摊位小哥那种热情殷勤，却多了几分说不清道不明的味道。

清清冷冷的认真劲儿，有时候偏偏最勾人。

摊位前人头攒动，许多女孩并不知道凌野赛车手的身份，只是单纯过来凑个热闹，付完钱恋恋不舍扭头抛飞吻。

戚酒酒忙着编花环，干脆用三脚架把手机固定在了收款机的斜前方，切到前置镜头，开录屏，直接对焦凌野的脸——观众最想看谁，她心里门儿清。

第一视角的视频通话本来就是绝佳的梦女素材，直拍机位一给，她这个“天使姐姐”的封号稳了。

主视窗是他们的鲜花摊位，小窗的中间是一脸好奇的温晚凝，清亮的杏眼专注。

戚酒酒不知是不是自己的错觉，镜头掉转的瞬间，凌野手里找零钱的动作似乎慢了半拍，连神色都僵了僵，错开眼神。

她没来得及细想，就被视频里整齐的惊呼打断了思路。

三人正经过一大片荧光色的华丽霓虹灯招牌，门外是特意设计的多层泳池，十几位穿着紧身衬衣的男模在其中或站或坐，对着路过的人群连连招手。

岛上娱乐产业发达，类似这样的酒吧一路上有很多，戚酒酒看着这群男人搔首弄姿了一晚上，再炸裂的揽客小技巧都见识过了，已经心如止水。

画面中的这家离电音节的舞台最近，几乎就在他们摊位的斜对面。

她抬头一看，果不其然，温晚凝他们已经到了。

十一点还没到，生意不能停。

凌野分身乏术，打了声招呼，留在原地继续收钱。戚酒酒在摊位前好不容易开拓出一块空地，把三人和摄制组都拉了进来。

大家聊了会儿，隐约听见那家泳池男模酒吧的DJ切了歌，比刚刚更加暧昧的重低音鼓点传来。

温晚凝被姜芸拽了拽手臂，回头看了一眼。

她再转身过来时，戚酒酒抱着手臂一脸调侃："什么那么好看，我们温老师眼睛都直了？"

温晚凝轻咳一声："不是我想看，是姜老师喊我。"她顿了下，像是下了很大的决心才有点含混地说完下半句，"说那边有腹肌。"

电音节和酒吧的音浪左右夹击，连戚酒酒都要凑近了才能听清温晚凝在说什么。不知怎么的，收银台后的凌野却突然抬头，往这边看了一眼。

摊位前的小灯偏暖，温晚凝的侧脸嵌在人群之后，很白净，泛着一点红晕。

摊位上的花已经所剩无几，编导过来喊人。

戚酒酒一边退回到柜台边上擦改小黑板，一边想笑，刚想随口说点什么吐槽好友，就听见身后的人群倏地静了两秒，随即爆发出一阵此起彼伏的尖叫。

她抬头，看见刚刚一直在安静卖花的凌野不知何时停下了手里的动作，随手掀起背心下摆，缓缓擦了一把从耳后流到下颌的汗。

戚酒酒腹诽：要不你去对面工作？

引流归引流，为了保证节目拍摄工作正常进行，花店组的直播堪称神出鬼没。

本地生活版块的观众不算多，从个位数慢慢上到几百，最多的时候也就两千出头，没想到就算这样，还是很快被神通广大的网友截图，发上了微博。

等到众人回到民宿，已经霸榜实时热搜，许多营销号转发了直播切片，评论区一片火热。

△工字背心的魅力谁懂？老公上班开车、放假卖花，辛辛苦苦只为我们这个家。

△戴六百万的表卖二十的花，你们家日子真的过得好小众。

△呜呜，正赛日还在用矿泉水瓶泡茶包的节俭好男人了解一下呢，老公的表是赞助商送的，车是队里公共的，只有一颗爱我的心是真的。

导演组还没数完钱，给嘉宾一人发了份在夜市打包的泰式炒粉。

戚酒酒坐在温晚凝身边风卷残云，最后两口肉吃完，边刷微博边乐。

温晚凝被她戳了两下，点开她发来的链接，发现是条万转集合帖。

@娱丸粗面小号：#凌野临旅路透##凌野腹肌#这哥怎么又苏又好笑的，反正我觉得不像是故意露肉，感觉就是突然忘了在录节目，私下怎么糙上镜就怎么糙了……

九图有动有静，有直播擦汗的超清修复剪辑，也有不同角度的路人直拍。为了过审，封面全部特别心机地裁过了，定格在凌野的脸部特写上——神色没什么波动，撩衣服的手搭在下颌边缘，眼神也是淡淡的，好像就是在家里随手套了件 T 恤。

但只要一点开就会发现，实际上是脱，而不是穿，腹肌线条隐在一片昏暗闪烁的舞台蓝光之中，紧窄有力，模特般漂亮。

热评前排，情绪乱飞。

△脸好冷，腹肌好硬，我好爱。

△饺子要吃烫烫的，男人要爱壮壮的。

△不想在自行车后座笑了，今晚就想坐在老公的奔驰上哭。

温晚凝已经有点适应凌野粉丝的画风了，倒不至于像一开始那样愣住，就这样一边吃着饭，一边往下翻着评论，没想到居然瞥见了自己的名字。

△有一说一，凌野撩衣服的那个方向还挺微妙的，是不是故意秀给我们晚凝姐姐看的？呜呜呜……

△之前客套叫一句“姐姐”，有的人竟然当真了？照你这么说，姜芸老师也站在那儿，位置更正更近。

见温晚凝看得出神，戚酒酒小声嘀咕：“怎么样？术业有专攻，腹肌还是得看体育生。”

温晚凝比了个嘘的手势，低头回道：“我就是挺担心他的。”

戚酒酒“啊”了一声，表示没听懂。

“我突然发现他侧腰上有个文身，”温晚凝心无旁骛，双指放大一张图片给她看，“这段多好的素材啊，万一不好打码，可能就没法播了。”

其实在夜市那会儿温晚凝就看见了，只不过一瞥，还担心是自己眼花，挺长的一条锯齿形，嵌在侧边腹肌的阴影里，和上次阮佳给她看的那条联名款手链一模一样。

跟围场其他赛车手的花臂比起来，凌野身上的这个已经算是相当内敛了，但十七岁时那张清冷的少年脸先入为主，温晚凝怎么看都觉得违和。

除了不让播这一层，还有点长辈的忧虑，她总担心小孩这些年在欧洲没过好，谈了恋爱又被女孩甩了，非要在自己身上留点痕迹才能放下。

戚酒酒不懂她的这些操心，用吸管猛嘬一口冰柠茶，发出一声满足的叹息：“你管这么多呢，橙台请他来的钱都出了，摊上这种好镜头肯定得来来回回薅。

“一帧一帧地修算什么？收视率往那儿一放，台长都愿意亲自上手。”

回到民宿后，嘉宾们纷纷上楼，跟拍的摄影师们却没动。

凌野被导演特意喊了过去，几个总编导围在一起，很兴奋的样子。挑高的餐厅撤了灯，凌野半张脸隐在阴影中，眼睫微敛地听着。

今晚热搜作祟，导演临时提议补几个泳池镜头，就差把“上衣脱了吧，别逼我求你”写在了脸上。

果然，关注度才是综艺的命脉，温晚凝挺感慨，低头努力降低存在感，从一边快步经过。

即将擦身而过时，导演却喊住了她：“晚凝也一起。”

温晚凝怔了一下。

还没等她开口，一直安静的凌野突然开了腔：“抱歉，导演，我怕水，去不了。”

闻言，她猛地回头。

周围的编导还在等解释，凌野的视线并未停留太久，也就往温晚凝这儿看了一眼，温晚凝却明白了他的意思——他这句话是替她说的。

他没忘。

那是在温晚凝去东北拍戏那会儿，距离她和凌野的雪天初遇已经过去了半个月。

麦礼文拍电影讲究细节，故事发生在七十年代，所有场景都要还原到分毫不差。道具组提前到了一个多月，翻遍了北城大大小小的废旧车辆处理站，才勉强拼凑出几辆符合麦礼文要求的老式车。

结果显而易见，复古归复古，开却几乎没法开。

修车师傅来了十几个，直说修不了的占一大半，忙活半天甩下烂摊子的也有几个，到最后凌野过来，打开引擎盖看了眼直接上手，一刻钟不到就好了。

钥匙转动，老发动机发出一声极具时代感的轰鸣，惊得麦礼文用港式普通话高呼“后生可畏”，直接塞钱把人留在了剧组。

年关将至，北城的积雪渐厚，拍摄进度也逐渐加快，温晚凝忙得陀螺一样，跟凌野也没再见几次面。偶尔在帐篷里撞上，少年要么在灯下写作业，要么捏着一块碎了屏的旧手机回消息，三顿跟着组里的群演吃盒饭，米饭扒得很干净。

一张脸清秀瘦削，永远都穿着洗白了的校服，对来往穿行的明星们没什么窥私欲，见了人也不说话。

那天日出时分，温晚凝裹着大羽绒服在暖炉边候场，对着他的背影打了好几声招呼，直接被无视到没脾气。

她和凌野说过的话加起来都不超过五句，能有什么矛盾？

她只能在心里安慰自己，这个年龄段的孩子都爱装酷，成年人不屑于跟他计较。

这场戏拍的是女主角的梦境，为了带着恋人逃离村子，她开着偷来的车横穿冰面，到达湖心时却发现四野茫茫，好像整个世界只剩下自己。

为了画面好看，拍摄全部用无人机和吊臂完成，全组工作人员都撤到了岸边，冰面上只留下一辆老式的长春四轴客车，驾驶座上的温晚凝穿着花袄，冻得两颊红红的，已然入戏。

开拍时一切正常，麦礼文喊“cut”时也没什么事，谁都没想到，钢缆把客车拉到一半时，冰层突然裂了。

温晚凝正背对着车门小心翼翼挪动，猛地失去平衡，猝不及防跌进了湖中。

事发突然，在场的人都吓傻了，惊叫声此起彼伏，谁都不敢轻易去救，隔了几秒才陆陆续续反应过来，留下几个人喊安保和报警，剩下的冲进帐篷去找救生圈和木棍。

濒死是一种什么样的感觉？

这天之前，温晚凝从未设想过。

她一直觉得自己水性很好，中学时替补别人进游泳队，抱佛脚训练几周，甚至能赢下市里比赛的奖牌。

但是当冰层下的水浸透外衣，没过喉咙，拽着她整个人向下时，所有在泳池里学会的技巧都失灵了。

手指已经冻僵，沾了水的冰面滑到抓不住，锋利的缝隙在闭合，温晚凝本能地扑腾了好几下，短暂地浮起又沉入水中，冰凉的湖水带着腥气呛进喉咙，耳膜鼓胀，岸上已经像是另一个世界。

她将要失去意识的那一刻，几米外的冰面剧烈晃动，一道人影从视野尽头跑来，毫不犹豫跳入水里。

传来沉闷的划水声。

有人从背后紧紧抱住了她，载着她全部的重量，向前方游去。

无人机一直悬停在高处，监视器前人头攒动，挤满了帮不上忙的闲人，真担心的有，纯粹看热闹的也不少，直到离浮板最近的水面哗啦一声，温晚凝终于被托举出水面。

有人在打听救人的男生是谁。

温晚凝对这一切毫无察觉，呛了不少水，上岸之后依然意识模糊。

蒙眬之间，一个冰冷柔软的嘴唇贴上她的，试图给她做人工呼吸。

几口气渡过来，她下意识地努力睁眼。

涣散的目光对焦，撞上凌野焦虑的眼神，漆黑又干净，濡湿的长睫很快结了冰，挂上泛白的雪霜。

求生本能作祟，她紧紧地搂住了对方凑过来的脖子，用力到近乎抽筋，凌野的皮肤表面清晰可见泛白的指痕。

十七岁的凌野就这样任她抱着，喉结很轻地滚动：“没事了。”

第二天，在大象保护区待到下午，返程的车上，导演宣读接下来的安排。

“为了让本次旅程更有趣，接下来的几天，将会有一位飞行嘉宾加入！新队员远道而来，为了展示节目组的好客，已经派了凌野做代表去接。飞行嘉宾的具体身份信息我们先保密，等他抵达目的地后，大家就能见到他了。”

与此同时，普吉老城区。

何塞背着硕大的登山行李包，手里抱着刚买的椰子，难以置信地盯着面前的凌野：“哥，你说的开车接我，就是用这辆小八嘎吗？”

荧光粉的喷漆，左边带一个宝宝副座，是最近网上挺红的那种边三轮摩托……通常用来带狗出行。

凌野一条笔直长腿撑着路边，左手握着车把，右手从副座里捞起一个同色系的头盔扔给何塞：“节目组帮忙租的，不走算了。”

何塞欲言又止地看了他好几眼，伸手往后捋了把棕色的鬈发，把头盔扣上。

平常开赛车戴惯了全包围式的重盔，何塞对这种轻飘飘的女款机车头盔不是很适应，好在他头围小，还能勉强挤进去。

宝宝车斗就那么大，何塞紧巴巴蹲在里面，把行李和椰子叠着举在头顶，车辆起步的那一下，他浑身一晃：“你知道吗？我刚下飞机的时候，还答应领队开直播。”

凌野漫不经心地瞥他一眼：“那你倒是开。”

“丢人啊，”混血的何塞蓝眸里满是控诉，“好好的休赛季，别的队买飞机买游艇滑雪打高尔夫，我们梅斯在这儿骑三轮。”

两人都是身高脸小的帅哥，搭上这种可爱风的摩托车，回头率极高。

何塞对路过的几个女生眨了眨眼，转头朝凌野继续说：“我看昨天的热搜了，哥你当街卖笑还露肉的。哎，你到底怎么想的啊？不是说不喜欢别人盯着你看，只想好好跑比赛刷纪录？

“赶了那么多训练，睡觉都恨不得开模拟器了，结果就为了漂洋过海回来当男菩萨？”

凌野神色平静，直视道路前方：“我忘了前面有人。”

“哦，”凌野平时就这么说话，何塞都习惯了，“你排位赛每次超车也都这么说，内敛绅士的东方赛车手是吧？一边真挚道歉，一边压实线踩刹车。

“不过还真有你的，干什么像什么，连哄女孩都一套套的。

“咱们领队当初从哈维挖你可是送了他们两千万的测试风洞，哪次拍素材见你这么秀过？这节目给了你多少，能比这还多？”

凌野不理他，有人理他。

何塞这趟来普吉是临时空降，尽管如此，直播预告也早在登机那会儿发了车队官方号，经纪人的催命电话一会儿来一个。

他都被震麻了，咬牙腾出一只手来举着手机，直播镜头锁死后置摄像头，直接对准凌野。

何塞简单介绍了两句行程，开始熟练和弹幕互动：“是不是我求凌野来接我……哈哈哈，怎么可能？我哥有多爱我你们不知道？他自己在这里人都要闷熟了，求我还差不多。

“问我坐哪儿的朋友可以停一停了啊，不是宝宝椅，最新款的双人座猛男机车，不懂别乱说，头上顶着包是为了入乡随俗。”

沿海公路有人组团飙车，何塞边说话边给凌野使眼色，本来以为两人默契肯定够了，但看清他车头的方向之后，立马坐直了身子。

“哥，你睁眼看看前面！赶紧拐旁边小路，赶紧拐……你能不能别开上粉车就想卖萌？直播还没关，都在看，前面一群哈雷！想自取其辱别带我！”

握车把的人不是自己，何塞声控不了，只能眼睁睁看着他们这辆荧光粉色的小绵羊径直往机车群里冲。

“限速多少？”

何塞都不愿意看屏幕里那一片拱火的“哈哈哈”了，预感自己职业车手的面子必毁于今天，气得要死：“120。”

“行李抓好。”凌野拧动车把，“嗡”的一声，瞄准机车阵的缝隙冲了进去。

仪表盘上的指针从“40”往三位数狂飙，最终擦在“120”的边缘上来回晃动，幅度极轻微，很稳。

何塞简直魂飞魄散。

他平常开赛车过弯上墙都没有这么想死过，只觉得小绵羊的每个零件都在飞，他的魂在后面追。

一分钟，像一辈子那么长。

耳边的机车轰鸣震耳欲聋，纯金属涂装的几辆重型哈雷甚至都没来得及做反应，就被远远甩在身后了。

凌野说：“这条路快。”

“哈哈哈，我就说嘛，我们队出来的车手换机车也不会差。”

终于驶入民宿前的小路，何塞灵魂出窍，连自己是什么时候误触的前镜头都不知道，对着直播画面中心的椰子蒙了两秒，赶紧把镜头重新怼回自己和凌野身上。

“排量就普通排量哈，他喜欢装，你们看看得了，摩托车速度上去了，要么帅，要么摔，不是只会拧油门就行，别学。”

“何塞宝宝是不是吓晕了……谁发的？赶紧撤回，尊敬懂吗？就是感觉有我哥在前面开路，下赛季车队总冠军又稳了……这句出去别乱说啊，别队都能看见，谦虚点。”

正是日落时分，摇曳的棕榈树影下，远处的海平面金光一片。

凌野额前的碎发被风吹乱，淡淡地听着何塞换了两种母语吹嘘自己，减速靠边停下。

没过多久，一辆从后面来的中巴开进院子。

几个嘉宾陆陆续续下车，许嘉树和魏应淮打头，人还没过来，眼神就都过来了。

赛车手的视力都好，何塞一边看弹幕，一边把停车场那边的男男女女看得一清二楚，反应了几秒才顿悟过来，咬着牙把麦先掐了。

“你可真是……”何塞都无语了，“……你疯得好小众啊。”

正常人是为了拥抱一个人，拥抱了全班，而这人是为了在一个人面前耍帅，恨不得拖着他死给全车人看。

何塞翻身下车："说说吧，这就是你拒了节目邀约，让领队硬塞给我，上礼拜又发神经后悔非要从我这抢回去的原因？"

他的视线越过凌野那张漫不经心的脸，落到最后下车的温晚凝身上。

女人一头海藻般的鬈发，身段纤细柔软，比大银幕上要更瘦一点，一身素净的工装裙也美得很惹眼，和她名字倒是挺搭的。

"长得挺好，"何塞往那边看了好几眼，被凌野不带情绪的目光扫了下，赶紧补完下句，"……怪不得你记了这么多年，果然比别队的超模嫂子都好看。"

嘉宾们都在往这边走。

何塞打开直播间的麦，一把勾过凌野的肩，准备说两句话结束，扭头就瞥见身边的队友突然垂眸看了眼手机屏，唇边勾起一个很轻的弧度。

他凑近瞄了眼。

姐姐：导演要求的？

姐姐：安全第一，下次别答应。

一切还挺正常的，除了凌野后面回的那个"嗯"。

何塞差点没喷出来，用眼神疯狂质问：居然这种瞎话都编得出来，还要不要脸？

凌野都这样了，姐姐还在帮忙找借口推卸责任，姐姐是真的好。

直播间的镜头画面里只有两人的脸，看不见其他，评论区快要被各种语言的问句淹没了。

凌野神色坦然，把肩膀上搭的手甩开，认真向车迷问候道别。

何塞冷脸看着一排排的"我瞎了，凌野居然还能有这种表情，绝对是谈恋爱了"，嗤笑一声："他倒是想。"

夕阳下的海边民宿，树影婆娑，透蓝的无边泳池波光粼粼。

何塞一口白牙，笑容感染力极强，和所有人都打了招呼，乖乖跟着凌野回房间放行李。

光是凌野自己就已经足够显眼了，再加上一个棕发蓝眸的何塞，两位气场不同的一米八八大帅哥并排从餐厅的华丽吊灯下经过，步调默契到几乎一致，有种难以言喻的非现实感。

几个女嘉宾不由得互看一眼。

戚酒酒收回目光，走到温晚凝身边："你弟弟的队友是外国人？怎么说话还带东北口音？乐死我了。"

温晚凝随口"啊"了声，她其实也不是很清楚。

她堂弟追着凌野满世界跑的那两年，他人还没签进梅斯，队友也不是现在这一个。

就连"何塞"这个有点奇怪的名字，她都是刚刚才从导演那儿听说的。

“他中西混血，”魏应淮一脸给圈外人安利的亢奋，“凌野哥他们车队的二号车手，本来叫 Jose，何塞是妈妈起的音译中文名。”

他想起什么，撞了撞许嘉树的手臂：“哎，嘉树哥刚刚不是过去帮忙拿行李吗？你看见他眼睛了吗？是不是巨蓝巨好看？”

许嘉树莫名地不想回应。经过昨天的凌野夜市热搜，他也想通了，这些开赛车的是高冷得不理人，但背后的热度和流量不是盖的，就连刚刚回来的路上，编导的眼神都全程没离过前挡风玻璃里那辆骚包的粉色小摩托车。

他刚下车就做好了计划：抢在魏应淮前面迎上去，先入为主，用主场气魄先把何塞拿下。

结果没想到何塞那一米多高的登山包跟装了铁一样，他拼尽全身力气拖了还没两步，就被人家单手拎了回去，还附赠一个特别和善的怜悯眼神。

体育生了不起？开赛车有什么好牛的？谁还没个驾照？给他一辆顶配梅斯练上几个小时，他也照样能上天！

“没看见。”许嘉树坐在沙发背上，心里的火腾腾往脑门冒，装作不在意地撇撇嘴角，“我关心人家好不好看干吗？”

魏应淮也不恼，想想接下来的行程就兴奋，嘴角恨不得咧到耳朵根：“上次我一做说唱歌手的朋友还炫耀进梅斯车队参观，我要是能让凌野哥和何塞一边一个给他打个视频，他能管我叫十年爸爸。”

放完行李的何塞很快就下来了，在凌野身边斜斜倚着，同样的身高腿长，蓝眼睛剔透得像玻璃珠，偶尔眨一眨都像在放电。

在路边摊糊弄了好几顿的众人全票通过，吃顿好的给新人接风。等饭后刚回民宿，编导又通知全体嘉宾集合。

温晚凝一边下楼梯，一边有种不好的预感。果不其然，八人刚在沙发上坐齐，前方蹲坐着的导演简单寒暄了两句，微微一笑。

“大家应该都还记得，刚到这里的时候，晚凝抽到了吃饭签，所以本次旅行的全部餐饮费用都要靠大家努力工作获得。

“昨天的夜市打工生意兴隆，我们都以为接下来几天应该吃喝不愁了，但是……

“很遗憾地通知大家，今晚过后，我们的吃饭基金再次所剩无几。为了节省开支，明天将只有四个人能吃到早餐。

“为了决定是哪四位嘉宾可以吃到早餐，我们今晚就来进行本季节目的第一次起床任务，依然是团队战，大家加油！”

游戏规则很简单，八个人重新分为两队，温晚凝、乔梨、何塞和魏应淮为红队，其他嘉宾为蓝队。所有人按猜拳顺序依次在导演组这里抽取卡片，完成各自卡片上的任务。

抽到卡片就算作任务开始，明早八点，导演组将准时在泳池边进行任务验收。

每位完成者积一分，分数较多的队伍获胜，可以享用节目组精心准备的丰盛早餐。

而分数较低的队伍只能在一边围观，领取赞助商友情施舍的流浪套餐——压缩饼干一包、矿泉水一瓶。

“规则都明白了吗？”导演问道。

众人应了一声。

“很好，给你们五分钟时间讨论战术，准备好的队伍可以先来泳池边的遮阳伞下面抽签了！”

温晚凝参加节目前做过功课，《临时起意的旅行》每季的早起任务都是名场面集合，难点不仅在于完成任务本身，更在于利用演技带偏对手的注意力，神不知鬼不觉地结束战斗。

圈内人对此并不陌生，但两位赛车手一红一蓝，完全对即将到来的考验一无所知。

特别是何塞，红色T恤一套，整个人都已经兴奋了起来。

队内辈分最大的温晚凝做了两下深呼吸后，征询其他几个人的意见：“要不我们先抽？抽完我们找个地方偷偷商量一下对策。

“运气好一点坏一点都是自己的，如果被别人剩的卡片坑了，总觉得会更难受。”

乔梨没什么异议。

魏应淮犹豫了两秒，握紧拳头给大家鼓气：“伸头一刀，缩头也是一刀，走！”

蓝队那边采取的是后发策略。

见四人向外走，戚酒酒还特地过来帮忙开了门，伸出大拇指点赞：“温老师，可以。”

周围一群摄像怼着拍，温晚凝脸上的表情还算镇定，让人几乎看不出她的紧张。

在快要擦肩而过时，她又退回来两步，和戚酒酒头碰头小声打商量：“酒酒，等会儿你要是看见我做什么奇怪动作，就当没看见，我也不管你，我们偷偷互相赦免怎么样？”

戚酒酒还没来得及回答，蓝队的许嘉树在后面高呼：“红队人怎么回事，怎么一上来就策反啊？”

魏应淮双手抱胸：“嘉树哥，要不然你现在也投降，明早多出来的饮料全送你，压缩饼干这玩意儿太噎，一瓶水估计是不够。”

“……你先管好自己吧。”许嘉树被气出点笑音。

他们队要脑子有脑子，要经验有经验。凌野虽然不怎么爱抢戏，但话越少人越狠，节目从官宣到现在，每个出圈热搜全是他的，一看就是绝对不会手软的大魔王。

除非抽到的任务是三小时造出火箭登月，不然他们会输？

任务卡还没抽，双方之间对抗的紧张气氛就已经拉起来了。

“你这样，”戚酒酒握住好友的一只手，放在自己胸前，欲言又止，

"回国我请你吃饭吧？"

夜幕下的海边，带着温暖咸味的海风不时吹过，可温晚凝边走心里边打鼓，一点享受美景的闲情逸致都没了。

她和红队其他几位嘉宾来到泳池边，排在队伍末尾抽签。

除去已经被抽走的卡片，剩下的五张在桌上排成一行，背面是一模一样的橙绿色节目 Logo。

纸张很厚实，无论上下左右怎么观察，都完全看不见里面的字。

"一共十分钟的时间抽签加讨论，从小魏抽完开始计时，现在还剩七分十五秒。"

温晚凝本来还在犹豫，听清工作人员的话后，连喘气都觉得是耽误时间，赶紧闭着眼随手抓了一张，翻开卡片。

——在敌方嘉宾脖子上挂铃铛。注意：为降低难度，以八点钟验收时的瞬间状态为准，成功一人即可。

工作人员拿上任务道具，放在她眼前：半个手掌那么大的圆形宠物铃铛，金灿灿的，刻着小狗头像和本地寺庙的泰语祈福经文，稍微晃一晃就叮当作响。

饶是早就准备好会被坑，温晚凝还是有点没绷住，直接被自己的手气气笑了："根本不用向蓝队下手，我给自己戴上都看起来像任务。"

导演很会给情绪价值，立即安慰："晚凝这几天运气一直挺好的。"

温晚凝苦笑一下。

为了抽签保密，民宿一层的大落地窗严严实实地拉着窗帘，一排清晰的人影在后面来回走动，都想提前探听到一些情报。

温晚凝的心怦怦直跳，看了眼秒表屏幕上飞速流逝的倒计时，立马用衣服下摆裹紧铃铛，一边向树丛里蹲着的红队成员疯狂招手，一边小幅度快速挪动。

节目组准备的铜铃铛质感极好，又重又响。

尽管她已经捂了两层衣服，绷紧了全身肌肉，小心再小心，丁零零的脆响还是清清楚楚地往耳朵里钻。

温晚凝一路挪过来的姿势偷感过强，所有人迎上来的时候都有点蒙，听她说完之后，又纷纷露出一副"我就知道"的吐槽神情。

"你们抽到什么？"

总不能比她这个还烂吧？

乔梨做了好几秒心理建设才极不情愿地开口："……捣蒜泥，装满一整个保鲜盒。"

何塞胳膊底下夹着一袋面粉，语气堪称茫然："我抽到了包二十个饺子，说生肉在冰箱里，擀面杖被藏起来了，祝我好运。"

温晚凝震惊，本来还以为导演那句"好运气"是在阴阳，结果没想到，她那个挂铃铛跟别人的一比，居然还真的不算太地狱难度。

就为了吃上一顿早饭，混血赛车手熬夜和面剁馅包饺子，港城豪门千金变身扒蒜老妹儿。

确实比富二代旅游有趣多了，观众绝对爱看。

何塞一脸无奈："有人还记得我是半个老外吗？我妈给我煮的饺子都是速冻的……"

魏应淮安慰他："兄弟，你这步骤是多了点，但看看视频还是能学得会的，他们让我把 F1 赛车模拟游戏开到冠军，我说什么了吗？"

民宿客厅里装了面巨大的液晶显示屏，各类外接游戏机一应俱全。魏应淮本来就是话剧圈里出了名的爱打游戏，无论平常玩不玩这种硬核模拟器，只要装得像一点，死磕一宿赛车游戏应该也算不上太突兀。可难点就在于节目组要求的是超难模式，新手小白直接空降最终 boss 战，跟一比一还原行驶记录的其他十九位真实车手硬杠。

他越说越绝望，何塞的眼睛却明显地亮了起来："我们要不偷偷换一下，你替我包……"

一直藏在摄像大哥后面的导演飞快举起小喇叭，维持纪律："不可以作弊哦，红队其他队员可以协助，但不可以直接上手。"

温晚凝突然察觉到了逻辑死角："蓝队的人上手行吗？"

导演愣了下，一下子也没想出来这和规则有什么冲突，下意识地点了点头。

然后温晚凝抿了下唇，低声问面前的魏应淮："客厅里是不是只有一台模拟器？"

"对啊，怎么了？"魏应淮没懂她意思。

温晚凝看看魏应淮的脸，又看看何塞，索性放飞思路："你们俩要不试试装作在比赛？一人一把轮流上同一个账号，看看能不能把凌野骗过来比一场。"

差一点就能称霸赛季总积分榜的梅斯王牌车手，模拟赛而已，拿个冠军岂不是轻轻松松？

魏应淮人都听傻了，没想到还能这么操作，无声鼓掌。

"姐姐你可真是……"何塞顿了好几秒才想出合适的词，竖起大拇指，"大义灭亲啊。"

节目组举牌提示，讨论时间还剩最后一分钟。

任务期间，活动范围仅限民宿院子和一楼的公共空间，红队最后确定了战略：

温晚凝的铃铛声太响，乔梨的蒜味太重，为了避免打草惊蛇，他们只能先把道具藏起来，等到后半夜再寻找机会。

何塞这边则是多线作战，抓住一切机会装作玩手机，暗地里静音学习包饺子教程，一边和游戏瘾犯了的魏应淮勾引蓝队的凌野，一边悄悄往返厨房准备肉馅。

累是累了点，但胜在烟幕弹放得足够多，只要能熬得住，也不是完全没胜算。

面袋被塞进了泳池边的草丛里，万事俱备。

四人被工作人员领进小房间各自隔离了十分钟，节目组一声哨响，团体战正式开始。

开局半小时，所有人都在客厅装作轻松闲晃，聊天的聊天，吃水果的吃水果，看似岁月静好，实则暗流涌动，人人都做好了随时冲刺的准备。

冲突的爆发来得极快——

姜芸老师只是随手拍了两张桌上的果盘，魏应淮一把夺过手机边跑边道歉，举在最高处狂删。

此举立即引发了蓝队的反攻狂潮，无论魏应淮接下来在客厅打开什么游戏，都会在获胜的前一秒被许嘉树按下返回键，瞬间成绩清零。

何塞那边则情况更加夸张，他只是去了一趟洗手间，出来的时候浑身上下的配饰都被缴了。

穿蓝 T 恤的戚酒酒是女生，何塞不好动手反击，只能举手投降："……帽子里真没东西，这就是我们车队的一个广告位，人与人之间的信任就这么脆弱吗？"

戚酒酒抱歉一笑："不好意思啊，我们国家有句老话，越漂亮的男人越会骗人。"

她捧了满手的宝格丽，飞奔过去寄存给导演，攥着那顶印着车标的棒球帽上下左右狂甩："弟弟你长得太好看了，喘口气都不像真的，要恨就恨自己的爸妈吧。"

时间跨度这么长的挑战，到最后拼的都是毅力。

温晚凝一心想让对面的人相信她的任务在客厅，全程都端着自己的小保温杯，走来走去小口喝茶，顺便看看赛车游戏那边的情况。

有她这样盯着，魏应淮完全践行了她之前强调的那个"熬"。

在第三台游戏机被拔了电源之后，许嘉树终于相信了他游戏瘾犯了的说辞，连拦都没拦一下，就默许他坐进了赛车模拟器的驾驶座。

总之，无论怎么看，他们队的运气都特别好。

干扰人被熬走了，何塞开模拟赛车也够炫酷，几个男助理导演都围观得不亦乐乎，甚至连计划中的工具人凌野也在旁边沙发上坐着休息。

可问题就在于，无论气氛如何烘托，凌野都毫无加入他们的意思。

他全程就斜靠在那儿，姿态放松，从节目组吹哨开始到现在，无论是对面还是自己的任务都还没明显动过手，一副事不关己的悠闲神色。

这种年纪的男生，不都还处在最喜欢出风头耍帅的阶段吗？

周围的人都在热闹地聊着。

温晚凝接到魏应淮抛来的求救眼神，找了个沙发小角落坐下，独自陷入沉思。

沙发那头的凌野察觉到了她的目光，将刚喝完的水拧回瓶盖，转头看过来："怎么一直看我？"

他声线偏低，在吵闹的客厅里有种格格不入的沉静感。

温晚凝有些心虚，缓慢地往他那边挪了挪，佯装自然地开口："没什么，就是看他们玩得挺开心的，也好奇你平常开赛车是什么样。"

凌野像是很轻地挑了一下眉，语气分不清是认真还是开玩笑："年后新赛季应该有申城的主场，你愿意的话，我带你去看。"

"但我现在还在休假，"他稍一停顿，目光右移，落到了显示屏前莫名僵硬的魏应淮身上，"不太想加班。"

这句话一出，蔫了的不止魏应淮一个。

凌野根本就没上钩。

温晚凝已经感觉到了，凌野应该是从一开始就看穿了他们的真实目的，只是天性不爱闹腾，或者是碍于她的面子，才用不合作代替了干扰，就这样安安静静地观赏他们的蹩脚演技。

为了不让气氛冷得太明显，驾驶座上的何塞下来换人，魏应淮明显是完全没玩过这种硬核的模拟器，对着方向盘上的好几排按键，连手都不知道该往哪里放。

尴尬的静默之中，凌野反而率先开了口："你那么想让他赢？"

姜老师还在一边看着，温晚凝答得模棱两可："也……不算吧……我就是看他挺有兴趣的，如果这把输得太狠，估计以后对你们这比赛都有阴影了。"

她说着说着又凑过去一点："刚刚我看何塞有些词中文都不会说，他急，小魏也急，而你就不一样了，你会开又会教，这一段播出之后绝对很圈粉。"

凌野什么脾气她知道，所以她也只是随口一说，并没抱什么希望。

温晚凝还在想着打圆场的说辞，身边的人却突然话题一转："你想试试吗？"

"啊？"温晚凝蒙蒙的，不知道凌野想干什么。

凌野很轻地站了起来，居高临下地垂眸看着她："你把他换下来，我带你。"

温晚凝莫名心跳有些乱，不知道是因为任务突然的转机，还是那双黑沉的眼睛。

姜老师还没反应过来，她还是得继续往下演，一边在何塞的帮助下调整座椅高度，一边快速给魏应淮对口型——仔、细、看。

应该是骗不到凌野亲自刷分了，那既然魏应淮和她的水平不相上下，带谁本质上都一样，这把带教是他们的唯一机会。

红队这边的人紧张得够呛，凌野面上却并无异常，隔了屏幕半米左右的距离，稍微看了眼游戏选择界面的情况，在温晚凝身边缓缓弯下腰。

"赛道选好了，车手不选？"

驾驶舱低到几乎贴地，他靠得近，又因为要兼顾前方的屏幕，几乎是将温晚凝整个人圈在了怀里。

视野突然变暗，她只来得及看见吊灯在凌野下颌晕出的朦胧边缘，干净的薄荷味就铺天盖地地笼罩下来，混合着男人偏热的体温，像一个众目睽睽之下的拥抱。

而凌野本人对此却仿佛无知无觉，十分专注地垂下双眸，看着她的小手像只慌乱的小虫，在一排车手中飞来飞去。

明明就是简单的手把手教学而已，温晚凝也没少和别的男演员有肢体接触，但这个人换成了凌野，不知道究竟是哪里不太一样，她半边身子都僵硬了。

她抬头也不是，低头也不是，只能假装专心地看屏幕。

十几张公式照划过去，她搭在方向盘上的手指无意识地蜷缩："……我不知道选哪个好。"

看刚刚一闪而过的游戏提示，她现在要开的是正赛，主打百分百还原真实，完全按照上赛季的各站排位赛成绩决定发车顺序。

她对这些没太多了解，只觉得外国人都长得差不多，但是名字一个比一个长。

好不容易看见了何塞那张熟悉的脸，她如蒙大赦，指着那个显眼的发车序号"8"虚心求教："这就很厉害了吧？我选他是不是就可以？"

她虔诚地侧头看凌野，一双眼睛像是琥珀糖，晶亮剔透。

凌野喉结轻微滚动，避开她的视线。

片刻，温晚凝放在摇杆上的手突然被覆上了——凌野的手指干净修长，指根有很薄的茧子，干燥温热，腕部似乎能感受到力量。

凌野带着温晚凝很轻地握住摇杆，飞快地拉到最右边，光标指向那个代表着杆位发车的"1"。

那是一张再熟悉不过的冷峻面孔。

"选我。"他说。

第三章 微小的火

所谓"带她"，就是凌野怎么说，温晚凝怎么做，纯声控教学，一点一点带她找刹车点，找加速和转向的感觉。

温晚凝全神贯注，紧张得满手心都是汗。

即便是模拟游戏，方程式赛车和平时开车也完全不是一种感觉，速度一上，稍不留神就会冲到路边疯狂旋转，简直是台高速割草机……她觉得还挺对不起游戏里的虚拟凌野——堂堂杆位发车的世界冠军，被她操控得跟醉驾一样，一瞅准机会就撞墙。

不知道过了多久，她才终于找到了点手感，眼看着终点线就在前方，身边一辆车都没有，马上就能顺利登上领奖台了，她决定见好就收。

温晚凝翻身下来，脸颊泛红，眼睛亮晶晶的，试图鼓励魏应淮："连我都上手这么快，不一会儿就冲线了，你肯定也行。"

凌野站在一边，语气平淡地夸奖："嗯，是挺厉害的，这么快就到发车线了。"

温晚凝猛地抬头："……什么意思？"

站在旁边围观的何塞表情比她还复杂："刚才那一圈叫暖胎圈，就是正式发车之前的热身，然后姐姐你……"他也觉得说出接下来的话挺残忍，顿了顿才继续开口，"还得继续开 78 圈。"

温晚凝彻底收声。

她还以为是自己天赋异禀，前面才没人，搞半天是因为凌野排在第一位发车，所以哪怕热身回来得再晚，其他十九辆车都得等着。

瞬间有一种苦读十年明天高考，结果发现今天才成功报名幼儿园的无力感。

温晚凝一时语塞，干笑了一下："那我还是……今天就体验到这儿算了吧。"

明早八点要任务验收，她当然不能把一整晚的时间都花在这儿。就算她受得了，凌野也不可能陪她在这里干耗着。

小魏……只能自求多福了。

为了限制活动范围，节目组已经提前将八位嘉宾的枕头被子搬了下来，男生睡餐厅，女生睡沙发，连随身行李都在一边摆得整整齐齐。

熄灯时间是晚上一点半，姜芸老师刚过十二点就熬不住，先戴上眼罩睡了。

年轻人稍微能熬一点，但也好不了太多，挂钟时间指向三点时，眼看着连口口声声要决战到天亮的戚酒酒都被困意打倒。

温晚凝偷偷从被子里爬出来，戳了戳抱着捣蒜锤睡迷糊的乔梨，往茶几抽屉那边移动。

所有人在一楼过夜，对于她来说是绝对的难度大跳水。

只要能想办法把铃铛的音量压住，从泳池边转移到室内，任务成功的概率立即暴增百分百。

可惜抽屉里别说什么能用的道具，连粒灰都没有。温晚凝在黑夜里无声叹了口气，踮着脚移动到餐厅，想在餐桌下面的杂物篮里碰碰运气。

她刚钻进桌底，正好撞见从厨房出来的魏应淮，两人对视一眼，都差点被对方吓出病来。

魏应淮把手里的雪糕包装攥得“哗啦”一响：“我……晚凝姐，你铃铛呢？”

“还在树底下，”温晚凝拼命比嘘声的手势，用气声问，“你知不知道哪儿有胶带？”

餐桌旁边就是许嘉树的地铺，魏应淮蹑手蹑脚凑到半米距离，很慎重地摇头，“不知道。

“但这个篮子里是空的，昨天我饿得要死，把厨房里能翻的地儿都翻遍了。

“我的建议啊，姐，你可以出去试试，那么大个泳池，旁边怎么着也得有个工具箱。”

成功的诀窍是立即行动，温晚凝穿上袜子，做贼一样小声拉开门出去了。

计划的前半部分都完成得有惊无险，泳池旁边根本没有什么工具箱，却有一个略显突兀的旧插座。确认过只是连了一台泳池水泵，不会产生什么危险，温晚凝干脆利落地断了电，撕下插座上的两条绝缘胶带，对着路灯光塞进了铃铛里。

效果堪称完美，叮当乱响的危险品直接变成了无害的挂件，只要拿进客厅就算成功一半。

可她从来都没想过，挡在成功路上的两次变量，居然都是凌野。

一次在四点多。

姜老师睡眠极浅，戚酒酒神机妙算地把自己塞进了睡袋，连许嘉树都不知道去了哪儿。她无路可走地退到凌野的枕头边，蹲了足足半个小时都没下得了手。

倒不是因为凌野睡姿不好，相反，沉睡中的凌野看起来简直乖得和平日里判若两人。漆黑的眼睫垂下，攻击性褪去，连凌乱的发梢都显出几分柔软，怎么看都是一副生杀予夺的样子。

而让温晚凝真正无法行动的原因，是他好像有抱着什么睡觉的习惯。

她刚把铃铛的绳子伸过去，凌野搭在被子外面的手臂就动了一下，一下子握住了她试图作乱的手，还有往自己怀里继续拉的趋势。

温晚凝小声叫了他的名字，他没反应，眼皮都没有颤动过一下，手也没攥得太紧，应该不是在故意装睡。

尽管如此，温晚凝还是惊出了一身冷汗，费了些力气才把他的手指一根根掰开。

第二次是在起床后。

快天亮时，岛上下起了小雨，滴滴答答的，成了天然的催眠白噪声。

温晚凝本来想稍微眯一会儿恢复体力，结果一睁眼就到了七点四十五分，嘉宾们基本都去了室外，只剩下一个不知道为什么还没走的许嘉树抱着被子坐在原地醒神。

但凡还有一丝希望，任务都不能放弃。

温晚凝攥紧了口袋里的铃铛，走投无路地往他身后靠近。

她刚走到餐桌附近，许嘉树却突然清醒了，转向她这边："……温老师手里拿了什么？"

温晚凝强作镇定，伸出一只手撩头发："没什么啊，就是想跟你打个招呼。"

"哦，那现在招呼已经打过了。你自己给，还是我来抢？"许嘉树人高腿长，根本不用跑，只是一步步逼近的架势就极有压迫感。

温晚凝围着长桌慢慢转圈，看着桌上的电子表心里打鼓，紧张到有些胃痛，就怕他突然提速，从任何一侧猛冲过来。

好在桌子一侧就是一楼的大门，她急中生智，一边往门那边挪，一边慌慌张张地找话题，转移对方的注意力："导演他们已经去泳池了吧？大家都在，万一我们队已经有人过去交任务了呢？你不去那边帮忙截和？"

"我有队友在那边啊。"许嘉树漫不经心地挑了一下眉梢，活动手腕。

温晚凝抿了抿唇，双眼紧盯着他的脸，步步后退。她摸到门把手的瞬间，还没来得及松一口气，就见许嘉树笑了："你看，我队友来了。"

门开得很突然。

更突然的，是她口袋里失窃的铃铛。

凌野一身靛蓝色的队服，好像还带着点外面的清凉水汽，他单手抬腕，轻轻晃了两下那个已经不会出声的宠物项圈。

细雨打在油绿的鸡蛋花枝叶上，噼里啪啦地溅入厅堂，事情的转折太快，温晚凝整个人都僵在了原地。

凌野朝对面示意：“你走吧，温老师这边归我。”

他抢过铃铛的动作实在太快，谁都没看清他是怎么做到的。

温晚凝觉得自己揣在口袋里的手好像只是被什么冰凉的东西轻触了一下，辛苦藏了一夜的道具就易了主。

许嘉树本来还想再嘱咐两句别放水，见状彻底放了心，嘴边勾起一个必胜的弧度。

临出门前，他还特地过来跟凌野撞了下肩膀：“兄弟，可以的，有你在，我们队稳了。”

凌野轻“嗯”了一声，语气很淡，往旁边让了让。

时间过得飞快，转眼已经到了七点五十五分。许嘉树头也不回，飞快跑向泳池边的主战场。

凌野倒是并没有过去支援的意思，跟早起散步似的，悠悠闲闲地往任务结算场地走去。

温晚凝都要绝望了，和许嘉树这样的蛋白粉小生硬碰硬，她还不见得毫无胜算，可现在她面对的是一个训练有素的赛车手，光是身高就差了快二十厘米。除非凌野突然踩中从天而降的香蕉皮，不然以他的反应速度和体能，根本不可能被她拿下。

雨还在下，民宿大门到导演组所在的休息区不足二十米，凌野一路专挑遮阳伞下面走，绕了一大圈，硬是拖了三分钟。

温晚凝一路踉踉跄跄地跟着，除了在他身后左右乱晃，几乎毫无办法。

摄制组提示，倒计时一分钟。

她心一横，快跑两步挡在他面前，抬起头，口不择言地开始编瞎话：“其，其实这根本不是节目道具，你要独立思考，别被许嘉树误导。”

凌野停下，单手插兜，垂眸看着她：“不是道具，那是什么？”

“狗狗铃铛啊，你看不出来？”温晚凝慌得不行，睫毛也跟着眨得飞快，“就，就是我这么多年一直都想养狗，出国之前刚好捡到了一只特别漂亮的德牧，前两天逛夜市的时候给它买的。

“那小姐姐说就剩最后一个了，质量也不太好，你……你现在要是把它捏坏了，我再也买不到第二个了，还没试过，也不知道合不合适，坏了多可惜啊。”

刚说完，她就懊恼得想咬自己的舌头。哪有人会说自己卖的商品质量不好？是和钱有仇，还是单纯脑子有坑？

“多大的德牧？”凌野的声音里带着很轻的笑意。

摄制组再次提示，倒计时十五秒。

温晚凝余光瞥了眼提示牌，紧张得满头都是汗，根本顾不上理他这个过于奇怪的重点，一边随口敷衍，一边突然伸手去抢：“成年了，就和你差不多高吧，哎你……”

凌野垂在身侧的手倏地抬高。

温晚凝踮着脚使劲伸手，怎么都碰不到，抓着他的肘弯又跳了两下，只勉强摸到他的手腕。

身高差的优劣如此残酷。

凌野只是站在原地，脚步始终都没动过，而她却像是高中时代被后排体育生惹得奓毛的乖乖好学生，为了一本练习册被逗得团团转，急得眼眶都有点红了。

几步之外的工作人员已经举起了小喇叭，开始倒计时："十、九、八……"

温晚凝又蹦了几下，斗志已经快没了，刚把手松开，凌野却拉住了她。

"不是说和我差不多高吗？"

温晚凝一愣，茫然抬头看他。

凌野长而直的黑睫垂下，安静地凝视了她一会儿，忽然伸出另一只手。

淅沥的雨声里，温晚凝僵在原地。她眼睁睁看着凌野解开那个皮质的项圈，歪了一下头，稳稳地绕过自己的脖子，将铃铛扶正，扣好。

金色的金属搭扣碰撞，发出一声很轻的细响。

雨天清晨，遮阳伞下的光线有种氤氲的灰色，男生的脖子修长，沉静的眼底映着她惊惶失措的脸，像是条忠心耿耿的英俊狼犬。

周围莫名地安静下来，凌野弯下腰，低沉温和的声音从温晚凝的头顶落下："那我现在替它试了，合适吗？"

秒表"嘀"的一声，倒计时归零，全员集合，清算起床任务结果。

许嘉树本来还没注意到凌野脖子上的项圈，听导演公布完温晚凝的任务内容，他才定定地看了凌野几秒，又转头看看温晚凝，满脸的不可置信。

"你们……早就串通好了是吧？怕我发现得太早还有救，特地压哨搞叛变？"

刚刚隔得不算近，他只是隐约听到了温晚凝那几句关于养狗的蹩脚瞎话，而凌野的声线偏低，他一句都没听清。

可无论凌野说了什么，现在人证物证俱在，故意投诚的罪名都抵赖不掉了。

"没串通，"温晚凝身上的红队 T 恤还穿着，下意识地往凌野面前挡了挡，"是他被我给骗了。"

"你自己听听，觉得像话吗？"凌野的粉丝体量放在这里，许嘉树忍了又忍，还是忍不住吐槽，"无语啊，还以为你们搞体育的总归有点竞技精神，结果只是你姐在对方队里，就一点原则都不要了，真的无语。"

亏他之前还觉得队里有凌野稳了，现在一看是真稳了——啃压缩饼干稳了。

何塞对这个反转十分喜闻乐见，得了便宜还卖乖："凌野一人做事一人当，怎么说他都行，连坐就免了啊。"

他们说得热闹，凌野全程都没反驳一句，只在姜芸看过来的时候认真道了句歉："对不起，都是我的错。"

"这有什么，我哥对我也这样，"姜芸家里兄弟姐妹多，笑呵呵地打圆场，“从小我说什么我哥都信，什么好吃的都想给我留一口，估计小野看晚凝也有滤镜，对姐姐好已经成习惯了。”

凌野薄唇微微扬起，像是默认了这个解释。

温晚凝心里发虚，随口应了两句，低下头去。

小插曲过去，导演组的任务统计还在继续，红队最后共积两分——

除了温晚凝的意外绝杀，另一分来自乔梨借着洗澡名义捣好的蒜泥，两个男生全军覆没。

魏应淮的赛车游戏白白努力了一夜，要么中途上墙强制出局，要么被疯狂套圈，开着凌野的顶配梅斯车（梅赛德斯－奔驰旗下的高性能子品牌）输到崩溃。

何塞前半夜拼尽全力剁好了肉馅儿，本来准备按计划四点钟起床和面擀皮，结果一场雨下来，草丛里的面粉直接被浇成了橡皮泥。

蓝队那边的士气更加低迷，姜老师的合影任务一开始就被识破，其他人也没好到哪儿去。

戚酒酒叹息一声：“我抽到的是把厨房里的五支雪糕吃完，结果只有四支，冰箱门一开就失败了。”

“我好像看见了，”温晚凝先反应过来，恍然大悟，“是小魏半夜起来偷吃了吧？”

“那都是我的第三支了，”魏应淮回忆了一下撞见温晚凝的场景，边乐边鞠躬，“对不住啊，酒酒姐，赛车模拟器这玩意真的太费人了，我再不吃点甜的，真得连夜给我妈打视频哇哇哭。”

许嘉树的连续不间断游泳三千米任务也宣告失败。

导演组的判决一出，何塞就一脸诧异地转过头去：“除了我，应该没人看见你边下雨边游泳吧？兄弟，你不是才二十五吗？三公里就累得受不了了？”

“……不是我受不了，是泳池干了。”许嘉树气到脑壳发晕，话几乎是从牙缝里挤出来的，“晚上泳池换水，水泵往里放新水，结果不知道是谁把电源给拔了。”

除了铁人三项爱好者，正常人谁游过三千米？他咬着牙拼命才完成了三分之二，结果游着游着深水变浅水，到最后人都站起来了。

全场一片哄笑。

只有站在分数牌旁边的温晚凝愣了一下，嘴唇张了张，又尴尬地合上。

……要不还是别说了。

这个拔电源的人，好像是她。

游戏最终结果：红队最终共得到两分，以领先一分的优势取得了这次团队战的胜利。

蓝队的唯一一分来自凌野的任务：用敌方队员的衣物完成全身穿搭。

几乎一模一样的梅斯队服占尽了先机，谁都没注意到凌野身上队服的车号是什么时候从“77”变成了何塞的“23”。

戚酒酒看得目瞪口呆，在温晚凝不远处小声叹息："这么会演的吗？"

凌野会演，或者换句不带褒贬的话说，就是非常擅长压抑或掩饰自己的情绪。

温晚凝第一次产生类似的感叹，还是在带凌野离开东北之前。她意外落水的事于电影宣传无益，麦礼文动用关系封锁了消息，从入院到出院都没走漏一点风声。尽管如此，作为事件另一主人公的凌野，还是在剧组小范围内出了名。

只是简单的擦伤和冻伤，温晚凝恢复得极快，但仍时常有大大小小的演员助理围到她这边，主要的理由当然是关心落水影后，而实际上也为了偷看同一个帐篷里的凌野。

被困在这样偏僻荒凉山区拍戏，信号不好，稍微有点八卦，不消半小时就能从一头传到另一头。

大家都知道了麦导亲自留在组里的修车小师傅姓凌，个子特别高，长着一张比起表演系新生也不遑多让的帅哥脸，特别是眉眼，冷冷淡淡的，很带劲儿，像是能把人心都看透。

救命之恩这么大的人情，给钱人家不要，温晚凝本来就已经很愧疚了，被看热闹看了几天，她先觉得过意不去，怕自己忙起来顾不上，特意先去拜托了负责车辆场景的工作人员，车没坏也把凌野带过去看看。

她只是想着让凌野躲开圈里人的闲言碎语，顺便长长见识，没想到凌野居然很快就找到了新的活干。

《浮冰》是部以追凶为主线的文艺片，需要公路动作戏的长镜头极多，北方冬天路况复杂，山路上掩着厚薄不均的积雪，蓬松的地方不滑，混了雪水的冰层却滑到站都站不稳，刹车踩到底都没用。

迪士尼电影一样的大雪纷扬之夜，不减速过盘山路，特技车手惜命又不想丢工作，私下里偷偷找人外包，开价五百块一次，于是，凌野换上他的衣服去了。

这样的二手替身，凌野不声不响做了一个多月，直到片子快杀青时，技术导演杨夏才发现了端倪，找他约了一顿饭。

"我知道是你，但你也不用害怕，我保证不会和老麦打小报告……我来找你就是想问问，你考不考虑走另一条路？"

乡镇上的馆子，厚重的棉被门帘隔开了外面的风雪，室内暖气开得很足，热得人出汗。

铁锅炖咕嘟咕嘟冒着热气，半天没人动筷子，杨夏自己开了瓶啤酒，边喝边闲聊，不指望凌野能立即给回复，只是时不时地瞄他——瞄他洗得发白的校服袖子、沉静的眼睛和那双生着冻疮的手。

年轻和磨砺如此明显地杂糅在少年身上，让杨夏本来单纯的惜才多了些唏嘘："你多大了？"

凌野平视回去："今年腊月刚十七。"

杨夏笑了一下，眼角的皱纹攒起：“我年轻的时候开过环塔拉力赛，现在算是半退役，和朋友在申城那边带卡丁车专业赛。

“你今年十七，从卡丁起步可能有点晚了，但我还是想带你去试试，要是天赋真的够了，我可以把你往中国的F4方程式锦标赛推。”

凌野一直看着杨夏，目光沉静，但一言未发。

杨夏一愣，这和他本来预想中的反应大相径庭。

他还记得和特技车手对峙时，对方支支吾吾说出的那堪称侮辱的替身酬劳，怎么都难以理解。

“你现在在叔叔店里帮忙能赚多少？

“这么想赚钱，能为了这几百块钱卖命，还不如跟着我搏一把，钱花完了大不了就重新回来读书，情况还能比现在更糟糕？”

温晚凝是陪着凌野一起来的，穿着朴素的燕麦色高领毛衣，鲨鱼发夹随手盘起头发，露出一张白净年轻的脸，身上一点女明星的架子都没有，在凌野身边像个贵气得突兀的城里姐姐。

前面凌野没说几句话，温晚凝也只在旁边坐着听，拿热水把筷子烫了一遍又一遍。

杨夏这句略显尖锐的话一出，她立即皱眉道：“杨导，您先让他……”

“读书的钱，我攒了很久。”凌野打断了她。

他塑料桌布下的指节攥到发白，声音却还是稳的，眸底像是平静的湖面：“谢谢您，但是对不起，我去不了。”

“哎……你先别急着说不行。”杨夏干笑两声，像是被他的话堵了一下，嘴里的花生米多嚼了好几下才咽下去，换了别的话茬缓和气氛。

跟这么大的孩子套近乎，话题无非就那么几个，比如今年多大了、家里几口人、上几年级、寒假作业写完没、过两个礼拜准备怎么过年。

他问什么，凌野就答什么，遇上为难的问题会有所保留，多少流露出一些防备。

温晚凝对窥探别人的隐私向来没有太多兴趣，可终归和凌野朝夕相处了三十几天，一顿饭的闲聊听下来，加上平日里她无意知晓的那些碎片，竟然也能勉强拼凑出这小孩遇上她之前的样子。

他应该是休学一年，今年才刚上高中，平常跟着叔叔一家住。叔叔开了家汽修店，雇的师傅不干了，急需人手，所以每个周末和节假日都会喊他去帮忙。

入冬后，山路上抛锚的外地车多，他偶尔也去开两趟救援拖车。

杨夏听得边喝啤酒边乐，想起了道具组里对他的夸赞：“那你叔叔也够可以的，管你吃住不说，还教你一门这么棒的手艺。”

凌野只是轻“嗯”了一声。

东北菜量都大，杨夏对温晚凝愿意跟着来这一趟十分感激，夹来的锅包肉和干豆腐叠成了一座尖尖小山，铁锅炖里刚好的贴饼子也先给她铲来几个，黄澄澄的，蓬松暄腾，还冒着热气。

温晚凝就在这样轻盈温暖的热气里低了一下头，下意识地看了眼凌野的鞋尖。

他在叔叔家应该过得不怎么好。

她是读私校长大的申城独生女，家人经商，从小没让她在物质上吃过一点苦。小时候的漂亮皮鞋能集满一张色卡，都是母亲带着去大商场一双双挑的，只要喜欢就买，从没看过价格。

温晚凝还是长大后进了圈子，接触过天南海北的人才知道，原来更多人的童年都是穿着大半码的鞋子度过的，似乎刚刚好合脚的鞋本身就是一种特权。

而在凌野身上，两双厚实的黑运动鞋轮换了一个冬天，倒是不怎么脏，只因为刷得太干净，反而在鞋头的网面上显露出几道整齐的缝补针脚。

跳湖里救她那次，凌野和她一道被拉去镇上的医院躺了大半天，赶来看她的人乌泱泱塞了一屋，挤得隔壁床的凌野根本拉不上帘子。她费力地翻了个身，刚抬眼，就从人群缝隙里瞥见他那双被踢翻了的黑鞋。

廉价的塑胶底沾着泥沙，早已经老化开裂，这个年纪的男生正好还在长个，挤脚几乎是一定的，就是不知道已经灌了几个冬天的融冰。

从医院回剧组后，温晚凝第一件事就是托人给凌野从镇上的商场买了双新运动鞋，加绒防滑的滑雪款，手伸进去都觉得暖和。

一套软硬兼施下来，她倒是逼着凌野收了，只是从没见他穿过。

杨夏对这些小细节毫无察觉，见谈话对象像是放松下来，重新开始把话往正题上扯："我看你过弯和差速调整都挺专业的，跟人学过？"

见凌野点了下头，杨夏觉得挺新鲜，"啧"了一声："也是你叔叔？"

凌野回答："不是，我爸教的。"

少年面色依然平静，声音也没什么起伏，桌上的另外两人却皱了皱眉。

温晚凝只是因为从来没听他提起过自己的父母，有些惊讶，而杨夏却几乎在瞬间神色巨变。

他仔仔细细观察了许久凌野的脸，在长到突兀的一段沉默之后，突然开口提问："你父亲……是不是叫凌彻？"

凌野怔了下，隔了两秒才在杨夏试探的目光里启齿："是。"

"我……"杨夏抖着手放下啤酒，激动到搬着椅子坐到凌野身边，直接上手拍了两下他的肩膀，"我是真没想到，还能在这儿见到凌彻的儿子。

"二十年前，我和你爸还是环塔拉力赛的老对手，只要你爸在一年，我就输一年，每天掰着手指头数你爸什么时候才能跟媳妇回家，别和我们这群单身汉玩命。

"后来他真因为受伤退赛了，我没赢两年又觉得不好玩了，天天盼着他回来。只可惜那时候我心气太狂，到最后都没好意思管他要联系方式。"

杨夏一个人说了半天，口干舌燥："你爸现在在镇上吗？"

他兴奋到都坐不住了，飞快站起身，两手摸兜掏出手机："也不是非要他过来，过两天杀青了我开车去找他也行，先给我存个电话……"

凌野敛目："我也没他电话。"

猝不及防被泼了冷水，杨夏拧起眉，"欸"了声还想追问，被意识到什么的温晚凝伸手拦住。

她那时候想的是什么呢？

十几岁的小男孩，青春期叛逆，和父亲关系不和，或者是双亲离异，凌野被判给母亲。

腊月寒冬，玻璃窗上全是白雾，店里提早贴好了过年的窗花，红彤彤的，很喜庆。

小饭馆里的电视机开着，新闻联播刚结束，天气预报的经典音乐声悠悠响起，混着外面喧闹的人声往包间里钻。

凌野清瘦的背挺得很直，在靠门的椅子上静坐了一会儿，声音和天气预报里的大雪预警几乎同时响起。

"我爸五年前没了。

"和我妈一起。"

这顿饭的后半程被安静填满。

杨夏结完账，在门口哆嗦着手点了支烟，还没走两步，那点火星子就被吹灭了，只得悻悻攥回手心里。

饭馆离他们后几场戏住的酒店不远，就隔着两条街，温晚凝和杨夏步行回去。

下雪，风又大，路灯时明时灭，凌野怕两个大人在黑暗里看不清，背着包送了一路。

吃饭的时候，杨夏给每个人都倒了酒。

凌野还小，就简单意思意思。温晚凝喝了半瓶，意识清醒，但走路稍微有点发飘，在快到酒店大门的时候差点滑倒。

凌野稳稳地拽住了她的手臂，将趔趄的她硬生生拉回了身边。

他的手比同龄人大，掐的那一下没收住劲，看着温晚凝疼得泛红的眼眶，一下子有些无措，想再去扶一下，又没敢。

半晌他才动了下喉结，绷紧的漂亮下颌侧过来，是想道歉又小心翼翼的模样："对不起。"

温晚凝的"谢谢"和满肚子话就这样被他挡了回去。

大雪纷扬，酒店高处的招牌亮起，将每一片雪花照得通明。

少年的眼睛很纯净，黑得如同北国的冬夜，让人无端想起湖泊和原野、梢头浓绿的松柏，还有一望无垠挺拔寂静的桦林。

温晚凝也是从这个年纪长大的。

进入演艺圈后，身边的都不是一般的小孩，天南海北的漂亮脸蛋如同跑马灯一般，一轮又一轮地流转，按理说，什么样的人她都见过，可世上竟真有人沉静得远超了年纪，又有种时不待我的纯真的内敛，让她无法自控地不忍。

她一遍遍地想起刚刚饭桌上凌野和杨夏的对话，想起天气预报里东三省持续至年后的大雪天，想起这小孩跟着群演扒盒饭，旧书包里满满当当的扳手、螺丝刀，还有衣服都没脱就跳下水救她……

温晚凝的心跳很快，冲动和犹豫来回缠斗了一路，最终还是热血上头，从衣领里探出瑟缩了一路的脖子，转身喊住他。

“凌野。”

少年站定在原地，睫毛上沾着雪花，垂着眼，等她说完接下来的话。

“我带你回申城，去杨导的赛车场试一个月，费用我出，你回叔叔家收拾东西吧。”

见他怔了怔，温晚凝和他对视，又说：“我不习惯欠人情，就当是救我的回礼。”

后来的事，说简单也简单，说波折也波折。

凌野比她小了五岁，温晚凝在他面前把话说得轻巧，姐姐架子说端就端，却改不了自己也还年轻的事实。

电影节上的奖拿了再多，她也不过才二十出头，平时的大小决定都还要和经纪人周芙商量。

同龄的圈内朋友有人在做公益，多半是带着粉丝团给慈善项目捐捐款，或者穿着高定的小裙子当宣传大使，风风光光出席各种晚宴活动，名声好，不累，还漂亮。

而她倒好，直接在小县城捡了个半大小子回去，怎么看都像是昏了头。像是在夜市上套圈套来的小狗崽，见不得小狗在大冷天瑟缩在笼子里，连未来怎么办都没想过，拎起来就想往家里送。

杨夏惊诧了许久才回过神来，再三确认了温晚凝的意图，劝也劝不住，只能先给凌野买了去申城的绿皮火车票——

这边离大兴安岭的林场近，几乎毗邻最北端的国境线，离哪座一线城市都山水迢迢的。

剧组的演员们先乘飞机走，工作人员大多坐高铁，凌野晚一天离开，没人会把他和那位光鲜亮丽的女主演联想到一块去。

杀青前后的几天周芙也在，温晚凝铁了心要瞒她到底，不能亲自去接送凌野，只能找了个没人的地方和杨夏视频。

她本来只想着看一眼凌野的情况，结果杨夏接得匆忙，少年瘦高的身影只是一晃，画面的主角就换成了那位她从未见过的叔叔。

手机应该是被随手攥着，对面的人也没怎么注意，仰拍的镜头划过取票窗口的一角，摩肩接踵的春运人潮里，框进大半张中年男人又宽又红的脸。

男人面相精明，戴一副厚实的露指劳务手套，外表和凌野并无太多相像，赔笑道谢之间，一沓崭新的粉红纸币从指缝里飞快点过。

“兄弟你也知道，现在谁家的日子都不好过，你发善心把他带去城里了，我们就得另外掏钱请师傅来店里干活。

“我也不是卖侄子的那种人，你觉得他是块料，肯花钱培养他，那是他的造化，但我们家的日子也得继续过，多担待。”

叔叔一手拎着个不大的老款旅游包，一手攥着钱往羽绒服兜里塞，新钞票锋利的边缘剐蹭在拉链上，声音轻快，他是神情宛如刚出手了一头滞销的家畜。

杨夏皱了下眉，半分钟都不愿意再待下去：“镇上劳务市场的价格我查过，一万够你雇人到开春没问题。凌野就先跟我走了，你打电话关心可以，别来催。”

“不催不催，”叔叔把旅游包往旁边一扔，整个人很突兀地转过去，粗声粗气地喊人，“凌野过来拿东西，去了那边要知道感恩，有点眼力见。”

“小野愿意好好练车就行，带他过去也不是为了干活。”杨夏被他话间的市侩气刺到，下意识想把凌野先支走，从皮夹里掏出点钱，往旁边的小商店一指，“能帮我买桶泡面吗？不要辣的。”

凌野只字不言，低头看了眼杨夏手机屏幕上女人模糊的脸，将旅游包单肩压在书包上，转身往商店走去。

“这小孩性格和我哥没点像处，不招人喜欢，阴沉沉的。”凌野还没走远，叔叔揣着手凑过来跟杨夏透底，全然不在意会不会被凌野听见，“别看他整天没几句话，像是多老实，实际上八百个心眼儿，最会在别人跟前装好人。”

东北话里的“好人”其实是个多义词，有时候是夸人善良热心，另外一些时候，说的却是眼前人无病无灾、健健康康。

杨夏没听懂，视频通话那一头的温晚凝也没懂，等终于明白过来凌野叔叔的意思的时候，已经是除夕的前一天。

申城的气候和凌野老家差得太大，口味也大不相同。当温晚凝还在担心凌野能不能适应新生活时，少年的天赋已经在以一种令人难以置信的速度显露锋芒。

从最低到最高组别的卡丁车赛道，从适应规则到刷新赛道纪录，凌野只用了不到一周的时间。

杨夏完全沉浸在即将捧出下一个舒马赫的狂喜之中，将凌野刷新记录的几次超车和过弯瞬间截成高清视频，发给圈内友人一同反复欣赏，啧啧称奇。

腊月年关，凌野第一次应邀参加俱乐部试车，温晚凝前脚刚从某家时尚大刊的年终红毯回来，妆都还没卸，就接到了杨夏的电话。

算起来她也有几天没见过凌野了，赛车场离她住的梧桐区极远，单程就需要两个多小时。

刚接到凌野的那天，温晚凝翻箱倒柜找出了一张中学时代用过的交通卡，美乐蒂卡贴都还没撕，塞给少年随身带着。凌野从此每天起早贪黑，乘地铁来回跨越整个城市。

除非她问，否则他从来不自夸，仿佛那些足以令专业赛车手都汗颜的成绩与他毫无关系。

两个礼拜下来，温晚凝已经习惯了以天才的姐姐自居，所以刚接起电话时并不在意，还以为杨夏又憋了一肚子惊叹，有什么以“你弟今天真的是……”开头的感慨非说不可。

电话那头，杨夏的声音带着久违的局促。

“那个……今天给你打电话来是想说，凌野他今天比赛发挥得……”

他吞吞吐吐的，温晚凝不怎么习惯，听得有些憋闷：“发挥得不好，输了？”

凌野连卡丁车都没开几天，今天是第一次碰方程式赛车，输是正常的，赢了才奇怪。

“他发挥很稳，”杨夏顿了顿，“赢……倒是赢了的，就是连撞了好几辆人家俱乐部的新车，具体的受损情况他们工程师还在评估，结果明早出来。

“凌野现在身上没合约也没保险，可能需要你那边赔个大几万。”

“没事，”温晚凝松了一口气，从沙发上微微坐直，“那就赔呗。”

几万块钱对她来说不算多大负担，比想象中的少多了。杨夏跟她聊过，职业赛车和别的竞技体育项目不太一样，向前的每一步都要经过资本和天赋的层层淘汰，除非有顶级豪车队的青训项目赞助，堪称一条用真金白银砸出来的通天之路。

今天邀请凌野试车的英速，是目前在国内 F4 方程式赛事中成绩最强势的俱乐部之一，对车辆改装的投入堪称豪横，凌野撞掉的这几万块，估计也就是个剐蹭水平的小失误。

温晚凝有种捡了钱的庆幸，关心的重点全在另一件事情上：“他人没事吧？”

“没什么事，你放心。”杨夏静了片刻，声音里没有半点轻松，“晚凝，你现在能来一趟吗？英速的领队和体能师还在这里，凌野他叔叔不是个靠谱的人，我想来想去，也就你能过来陪陪他，咱们一块聊聊。”

大年前夕，申城下了场小雪。太阳刚落山，水汽在空中四散，湿冷湿冷的。

温晚凝停好车，一路跟着导航横穿赛车场，到达印着英速标志的卡车房车时，楼梯周围聚着七八个男生，探头探脑。他们都是十六七岁的年纪，穿着款式统一的俱乐部冲锋衣，脚上的球鞋崭新昂贵，被看起来像是领队的中年人拦在下面。

凌野站在楼梯中间，身上是那身她给新买的白色运动服，小白杨似的挺拔干净，只是头垂着，看不清神色。

温晚凝远远看了一眼，平复了一会儿呼吸，抿了抿唇，喊他：“凌野。”

少年迟迟没有回话，在她握上楼梯扶手时才抬头看过来。

他双眼清凌凌的，却不再是温晚凝熟悉的那种平静的神色，眼眶有些充血，脖颈一侧也浮现起几条微跳的青筋。

见她过来，凌野怔了几秒，喉间像吞了沙子："……姐姐。"

比偶遇女明星更新鲜的，是女明星竟然和身边的人有点关系，他这声喊得突兀，房车里里外外十几号人，讶然地将视线定在温晚凝身上，不的地打量着。

女人一身纯黑色的羊绒大衣，细腰束起，质感柔软的衣领外露出一张比电影里还要小上一圈的美艳面孔。她袖子外的手指莹白，近乎与珍珠耳坠同色，几步外都能闻到摇曳的奶油话梅香水味，华丽到和这个冬夜格格不入。

大明星突然降临，堵在楼梯口的男生们始料未及，匆忙让出一条道。

房车门口站了两位教练模样的中年人，温晚凝笑了笑，算是打过招呼，拉着凌野的手腕一路走到房间中央，神色镇定："我弟弟怎么了？"

男人扎堆的地方，突然闯进这么一位妆容精致的大美人，谁都有些局促。英速的人忙着倒水端点心，寒暄了一大圈客套话才切入正题。

"温小姐，我们本来今天是带着合同过来的，觉得凌野是个很有潜力的孩子，想着夏天能冲一下 F4 宁城站的比赛，能在年前签约最好。我们连假都没休，就带着俱乐部里几个成绩最好的孩子过来了，原来就是想摸摸底，简单走个试赛的形式。"戴镶钻表的男人皱了皱眉，一脸为难，"可是我们都没想过，您的弟弟会在这么关键的事情上欺骗我们。"

温晚凝直视回去，上挑的眼线显出几分攻击性："什么欺骗？"

"这样吧，为了不让温小姐觉得我们欺负人，"男人眼皮很轻地掀动，"要不您听凌野自己说？"

温晚凝攥着的那只手腕明显僵硬了一下，少年干燥的双唇微启，可是半晌都没挤出一个字。

杨夏有些看不过去，闭了闭眼，从头开始解释："今天的练习赛说是试车，但英速那边比较重视他，给他临时配了位赛道工程师，和正赛的时候一样，会在耳机里实时给他一些提示。

"最后冲线前的弯道，后面几个人追得比较凶，领队觉得他的水平都已经证明了，结果怎样不重要，就在耳机里给他下了避让的指令，让后面的车先过。

"结果他完全没听，该怎么冲还是怎么冲，差点造成连环碰撞。"

温晚凝眉梢很轻地一挑："他现在才十七岁，遇上机会当然会有胜负欲，控制不好情绪也很正常吧？"

同为好胜的人，她完全能懂这种不想放水的心情。

一屋子的中年男人冠冕堂皇，她不明白，这样的小事怎么会被上升到"欺骗"的程度。

"我们本来也都这么以为……"杨夏视线缓缓扫过凌野紧绷的侧脸，"结果赛后在耳机里问的话，他也一句都没回答。

"还是英速的赛道工程师提醒，我才敢往这个方向去想，凌野这小孩是个听……

“听障这种说法太残忍了，就说耳朵机能有点缺陷吧。他的听力和别的孩子差得很远，好像只是为了尽可能看起来正常一点，才默许我们给他戴上了耳机。”

温晚凝心率骤变，连呼吸都停了两秒：“什么意思？”

“那我换句话说，”杨夏顿了顿，“你有没有注意过，只要你在凌野身后说话，他从来没有回答过你一次。”

温晚凝鲜红的唇张张合合，思绪纷乱。

——在凌野身后，或者离得远一些叫他，为什么他从来都没回应？

初见面的那天，周芙蹲在车底盘旁边，对他说了那么多好话，为什么他一句都没理会？

明明只是第一次见面，明明是内敛礼貌的性格，和她说话的时候，他为什么要直直地看着她的嘴唇？

还有，带他乘火车离开东北那天，凌野叔叔讥讽的那句“装好人”是什么意思？

杨夏的话像是一把尖锐的凿刀，猝不及防在她几个月的记忆表面撬开了一道细微的裂缝，强光泻入，那么多当时并未细想过的灰暗角落，一下子变得无所遁形。

她之前不是没听说过，部分听障人士会学习唇语，但即便是在把一个字对着镜子重复几万次后，终于能看懂别人的话，依然也需要旁人的配合和反应时间。

而凌野的表现实在是太正常了，正常到她连想象一下都觉得荒谬，所以才从头到尾都觉得这个年龄段的男生估计都和温璟差不多，多少带着点叛逆，偶尔就是不爱搭理人。

温晚凝努力定下心神，转身抬头，见房车里的人无论站着还是坐着的，都在朝这边看。

五六双眼睛情绪各异，讥诮的人有，觉得荒唐的人也有，都是一副看热闹的神色。

窗外也是人头攒动的，少年微倾着头在窗前站着，穿着白运动服的身形瘦高，脊梁笔直，像棵在雪原里抽枝的树。

他似乎在门外等了她很久，运动鞋底沾了一圈雪，泥沙融化，在干净到反光的浅色地板上晕开一小片，失礼而乍眼，像不该在这里出现的他。

温晚凝组织了一下措辞，问他：“老杨说的是真的吗？”

刚刚的话，凌野也不知道“听”进去了多少，喉结很重地滚了滚，一声“嗯”像是从嗓子里挤出来的。

温晚凝认真看了他一会儿，又问：“你先别管他们说的那些，还想不想继续开赛车？”

少年眼眶滚烫，视线定了许久才从她尖尖的下半张脸上移开，从头至尾都没对上过她的眼睛。

过了半晌，他很轻地挣脱了被她抓着的那只手腕，清瘦的手背上青筋毕现：“……对不起。”

“唉，我们其实也觉得挺惋惜的。”英速的赛道工程师一脸遗憾，走过来拍了两下凌野的肩，“凌野说话完全正常，理解别人的句子也顺畅，说明在相当长的一段时间里是有听力的。我们队医有过部队经历，说这种情况爆震性耳聋比较多，还是建议去医院看看。”

突然，他话锋一转：“但是吧，别说他耳朵多半治不好，如果连跟你都没说过实情，就更说明了这孩子品行有问题，我们哪里敢要？”

戴镶钻表的领队随声附和，话里有话：“外面那么多我们俱乐部的小车手，好好的新车居然被凌野刮成那样，谁都觉得他是故意的，我们光是安抚就……”

温晚凝太阳穴突突地跳，深吸一口气：“你们把他的事说出去了？”

这事的确是他们做得不周全，但有老板撑腰，工程师强凹出几分底气：“是、是又怎样……无论从哪个方面看，我们都是被骗的一方吧？给真正有前途的孩子一点解释怎么了？”

“从哪个方面？”温晚凝唇边勾起一个讥讽的弧度，“是凌野跟你们签了什么协议，还是我不愿意赔钱？”

对大多数男人来说，漂亮的年轻女人一旦强势起来，就像是一桌有荤有素的菜突然变成了一团不灭不快的火。

领队仰坐在沙发上，视线扫过她玫瑰色的双颊，从惊艳转为不耐烦：“温小姐今年才刚过二十岁吧？您出名早，还没成家，社会阅历也浅，要是没有处理这种事情的经验，完全可以叫凌野的父母过来，何必在这里跟我们发泄情绪？”

杨夏面色为难：“这事儿……凌野家里的情况不太一样。”

“不方便过来啊？”赛道工程师刚才被温晚凝怼过，语气冰冷刻薄，“还是说温小姐和杨教练事先都不知情，被他们一家人合伙骗了？赛车这项运动本来拼的就不只是天赋，我们俱乐部签的随便哪个孩子，父母都是有头有脸的社会精英，但看您弟弟这样也能猜到，出身多半没有多体面，纯粹是撞了大运，利用您的同情心来逆天改命了。”

温晚凝轻笑：“你们真会签。今天凌野第一次摸方程式赛车，耳机里您的指令一句都没听见，怎么最后赢的人就是他，而不是你们俱乐部那群有头有脸的社会精英家的太子爷呢？”

“你……”工程师无端被噎了一下，“你一个小姑娘，还是公众人物，说话怎么这么难听？”

“说话难听的是谁？年纪大就有理了吗？”温晚凝直直地对视过去，竭力压制着自己的情绪，耳边昂贵的澳白珍珠不住地颤动着，“你们几个成年人带着一群纨绔公子哥，拿身体缺陷和出身羞辱一个无辜的孩子，这就是所谓的国内顶尖车队？

“水平高在哪里？是眼光差到车手连 F3 都没进过，还是连输都输不起，只能无耻到在其他地方找优越感？”

“哎，别吵别吵……”杨夏尴尬地站在中间，伸手打圆场，“本来也不是什么大事，咱们静下来好好解决问题，晚凝也别太激动。”

他是劝和的意思，温晚凝却好似被鼓舞，抿了抿唇，果断将凌野垂在身侧的手重新拉住，攥得紧紧的，还往前走了两步。

温晚凝那时候还年轻，成名和长大的路条条顺遂，不懂收敛锋芒，也未想过自己接下来的这番话对旁人意味着什么。只是这些人太傲慢，让她忍无可忍，近乎本能地挡在凌野面前。

“凌野是我的弟弟，我再熟悉不过的人。他人品到底如何，我比在座的诸位都要清楚百倍，轮不到你们来对他指指点点。

“他现在听力差一点，是生了病，不是犯了错。”温晚凝眼底泛红，声音却越发坚定，“你们队医是什么资历，只听他的一面之词能说明得了什么？

“申城有国内最好的医疗资源、经验丰富的专家名医，凌野连检查都还没有做过，你们怎么就敢说没有恢复的可能了？是谁给的你们宣判的资格？”

凌野的手好像在抖，温晚凝的也是。少年的手比她要大出许多，怕他再次挣开，她更加用力地攥着他的指尖。两人冰凉的皮肤相贴，分不清是谁的脉搏在激烈跳动着，像寒冬里微小的火苗的晃动。

“凌野给英速造成的损失，你们发一份清单给我，我确认之后立刻转账，绝不抵赖。但是相应的，他今天受过的羞辱，我一句都不会忘。

“明天是除夕，初四各大医院恢复门诊，等到凌野的耳朵痊愈了，无论是他的成绩还是合约，今天都会是离英速最近的一次，希望你们到时候别后悔。”

门里门外，无人再应声。

凌野僵立在原处，目光所及是温晚凝通红的双眼，濡湿的睫毛，发抖的红唇。

血液全涌向他的耳膜，听不见的心跳声如擂鼓，震到他胸腔泛痛。

屋里坐着的人都习惯于自诩国内赛车圈元老，平日里被家长们赔笑脸捧惯了，哪里见过这样不管不顾只为维护自家小孩的嚣张架势，瞠目结舌半天，谁都说不出话来。

温晚凝深吸一口气，朝杨夏低了低头，拉着凌野的手向外走去：“回家了。”

她过来得急，参加活动时的高跟鞋还没来得及换，明亮的顶灯之下，纤细的黑色鞋跟如一把锋利匕首，触地时气势凛然，逼得人群自动让道。

凌野心跳还未平息，像个刚学会走路的孩子，被她拉着向外疾行，在一群少年车手愕怔的目光中，走向远处的停车场。

像今天这样的私人行程，温晚凝不习惯让司机跟着，是自己开车过来的。

回到车上，她踢掉高跟鞋，肾上腺素激起来的那点勇猛随之褪了个干净，窝在驾驶座给杨夏打了一刻钟的道歉电话，说全都是她的错，别怪凌野，日后英速那边如果过来为难，务必把责任全推到她头上。

说她家里在医院有些关系，明天就开始托人咨询国内耳鼻喉科的专家，不可能会治不好，耳朵好了就开始恶补英语，如果有国外的机会，务必一定一定帮凌野多留意，训练预算方面都好说。

还问杨夏正月里什么时候方便些，夫人平时喜不喜欢珍珠首饰，过几天她带着凌野去拜年。

吵架和赔礼道歉一样耗心力，温晚凝今天连续说了太多话，挂断电话时，嗓子都有点哑了。

可惜车上放的润喉糖盒子已经空了，她将包装揉成一团，正愁往哪儿放的时候，旁边坐着的凌野很自然地接了过去，握在手心。

温晚凝看他一眼，开口时嗓子沙沙的："你有地方扔？"

"赛车场的垃圾桶很远，我帮你拿着，带回家再扔。"少年难得说一句这么长的解释，却是为了她这种无关紧要的废话。

温晚凝端详了他几秒，不由得笑出了声。

除夕前的深夜，迎接新年的气氛已然十分浓厚，远处点点彩色烟花升高炸开，坠落的光流如明亮雨丝，洒进昏暗的车内。

凌野有一瞬间的恍惚，是因为在北城从未见过的华丽烟火，还是因为被烟火映得鲜明万分的女人明艳的笑脸？

也许他自己都分不清。

凌野舍不得移开视线，但又怕这份窥视亵渎了对方。他正要低头的时候，温晚凝随手戳了两下他的手腕——

书上说，人要二十七天才能形成的新习惯，在她这里，似乎十几分钟的手拉手足矣。

"看我干什么？"温晚凝挑了挑眉，"今天这么冷，特地为了让你看烟花多停了一会儿，你不看我就开车回家了。"

两人刚才的情绪都算不上稳定，没人打开空调，车里的空气湿凉，和窗外并没有什么区别。

凌野抬起那只被她戳过的手，将运动服拉链往上又拉了拉，遮住自己不合时宜发烫的脖子："刚刚你那边也有……烟花。"

房车里人多眼杂，他根本顾不上想太多，而眼下，周遭一切都静了下来，女人擦过他手腕的感觉被无限放大，像是窗外散落的烟火跌进了他的身体，在他血管深处窜动。

凌野的耳根在黑暗中红透了。他竭力不去回想女人手指的柔软触感，系好安全带，端端正正地坐在副驾上，低头沉默了好一会儿，终于下定决心般地开口："……姐姐。"

温晚凝一怔："干吗？"

凌野的语气很沉，认真到简直像是在自首，温晚凝本来的吐槽都到了嘴边，又硬生生咽了下去。

“都说了，我管你就会管到底。”她的视线从那双干净的黑眼睛处收回，见少年似乎还想说些什么，抢先一步警告，“先说好啊，不许说‘谢谢你’……‘对不起’也不行，这种三个字的都不行。”

“不是。”凌野垂下浓长的眼睫，在夜色里沉默着，因为身高差的原因，既像是在躲她，又像在注视着她。

温晚凝顺着问下去，如同一声许可：“那是什么？”

少年喉结很轻地滚动，眸光落在驾驶座下如同漂亮刑具的细高跟鞋和她贴着创可贴的脚踝上：“我会拿到 F1 的席位，请你相信我。”

“信你。”温晚凝当时只觉得这是句狂妄戏言，不甚在意地转头看他，“英速那群人渣晚上肯定没管你饭吧？现在饿不饿？

“我助理说小区附近新开了一家烧烤店，海鲜炒饭也特别香，吃吗？我未来的 F1 世界冠军？”

第四章 奶油话梅

普吉岛。

骤雨初歇，阳光明媚。

餐厅内的气氛一片欢乐，节目组看热闹不嫌事大，格外残忍地将原来的豪华长桌换成了两张稍小一些的方桌。

蓝队的四人一言不发，抱着节目组发的压缩饼干，一边喝水一边猛咽。而另一边红队的餐桌上，从西式点心到泰式餐食一应俱全，贫富差距一目了然。

温晚凝面前摆了一小碗海鲜炒饭，在回忆的恍然中，把饭吃得干干净净，连勺子上粘的一小块鱿鱼须也被她用叉子刮了下来，下意识地放进了嘴里。

工作期间，她在饮食上向来自律，来岛上好些天，无论是吃夜市还是米其林，几乎没在同一道菜上夹过两筷子。

魏应淮从没见过她饿成这样，赶紧把自己盘子里剩的一半都给她端了过来，不住感慨：“我的妈啊，这海鲜炒饭就这么香吗？

“晚凝姐，你看看，要是这些还不够，我问问导演能不能让师傅再炒一盘。”

温晚凝猛地抬头，见从队友到摄制组都在看她，红着脸飞快摆手：“不用不用，我真的饱了。”

魏应淮完全被她种草到，抄起勺子添了半碗，剩下的推给何塞：“其实我也已经饱了，但是再吃点也不是不行。何塞哥，你也尝尝。”

温晚凝尴尬一笑，她刚刚就是纯粹无意识的行为。申城的饭菜口味偏甜，炒饭的味道和这里的差了不少，要说睹物思人也勉强。她一边喝水，一边往蓝队那桌看去。

凌野只是在认真吃着那包饼干，偶尔和身边人聊聊天，并没有任何异样的神色。

估计八成就是他把这件事给忘了，也不怎么关心他们这边的动静。

她这么想，不代表身边人也这么想。

一顿饭吃到中途，慢吞吞吃着蛋糕的乔梨突然开腔，满脸艳羡："温老师和凌野的关系真的好好啊，我长这么大，还从没见过这么亲密的姐弟。"

温晚凝捧着杯子，愣了一阵："啊？"

"我刚刚看表了，从在餐桌边坐下开始，到现在一共二十三分钟，"乔梨把小叉子用力攥在手里，偏圆的大眼睛里光芒闪烁，"凌野看了你十五次。"

她脸红红的，小声凑过来问："他小时候也这样吗？"

其实温晚凝的长相是公认的好看，五官锐角偏多，化浓妆美艳，用淡妆的时候又有种透明的清纯，演得了祸水小妈，也当得了白月光未婚妻。

即便是在普吉机场见的第一面，乔梨尚还对她怀有几分敌意的时候，就情不自禁地多看了凌野的这位"姐姐"好几眼。

可乔梨实在是没想到，以凌野那种冷冰冰的性子，竟然会都不带掩饰一下，大部分时间都在往温晚凝这边看。

她表情实在疑惑，身边坐着的何塞漫不经心地开口："那还用问？没见过姐控？

"昨天随机分组，我哥去了对面，把我吓了个好歹，以为必输无疑了，结果今早我突然悟了，想在游戏里占到我哥便宜的关键，根本不是和他分到一组，而是和温老师分到一组。"

何塞湛蓝的眼睛扫了一眼旁边桌，不知道脑补了什么，自己先乐了："他这算什么？人长大了，小时候的习惯没改？"

温晚凝想了一下，很轻地笑了笑："算是吧？"

如今的凌野偷看她可能只是误会，但如果放在六年前，说是习惯倒也不算夸张。

她尊重这小孩的隐私，即便是后来真的确诊了爆震性耳聋，如非必要，诊疗室内的谈话一旦涉及过去的信息，她都会去走廊里等着，只留下凌野自己。

温晚凝从头至尾都不知道他身上发生过什么，却仍记得在手术之后几个月的恢复时间里，他逐渐习惯了助听器，但大抵是长年的生存法则早已经成了肌肉记忆，只要和她在一起的时候，他那双沉黑的眼睛总是会下意识地追随过来，专注而认真，不知躲闪为何物，直直地看向她的脸。

凌野这几年十分低调，工作和生活分得极清，几乎从未提过一句出道之前的经历。

何塞和温晚凝的三言两语像是给了大家的好奇心一个突破口，齐刷刷地往这边看过来。

魏应淮吃饭的动作一停，感慨："好神奇啊，以前觉得凌野哥不太像活人，现在知道哥和我有同一个姐，一下子就觉得亲切了不少。"

何塞为了上节目，最近一段日子高强度上网背梗，已读乱回：“是啊，你还和我同一个哥，咱们四个把日子过好比什么都重要。”

早饭后的行程十分紧张，限时半小时收拾好行李，上午皮筏艇漂流，下午丛林飞跃，所有的游戏项目通通计时，和明天的饭钱挂钩。

烈日炎炎，摄制组拍得很开心，吊着保护绳的当事人在空中喊什么的都有，完全不明白为什么放着好好的日子不过，跑来这里搞特种兵拉练做什么。

乔梨没什么户外经历，身上的运动短裤被保护扣扯得几乎走光，在滑索上被强风一吹，温晚凝脱给她的衬衫也没了用处。

一边是成绩，一边是同组小姑娘的脸面，温晚凝纠结了几秒，直接上去从后面抱住乔梨，两人紧贴在一起绑了一路。

游戏输赢也可想而知，乔梨从拆了安全绳开始就愧疚极了，但又不善于道歉，像个小尾巴一样，别别扭扭挨在温晚凝身后走了一路。

今天是《临时起意的旅行》第五季的首播日，毫无悬念，橙台再次屠榜微博热搜。

距离首播时间才过去三小时，第一集的官网播放量已经破了两千万，轻松刷新上一季的纪录。

次日还有前往另一个群岛的观日出活动，趁着夜色，嘉宾们很快来到机场。

上了飞机，温晚凝和戚酒酒并排坐着，连上客舱的无线网。

她点开橙台的开屏推荐，还在等进度条缓冲，前排的许嘉树和乔梨就往她这边瞄了好几眼。

温晚凝没看懂他们的意思，回了个礼貌的笑容，塞上耳机。

飞机很快起飞，随着网速平稳下来，节目很快开始。

视频播放了三十秒，开屏雷击。事实证明，她现在的段位还属实太浅，还停留在导演说什么就信什么的儿童期，跟拍摄像和装在固定位置的镜头看得见，却根本没想过节目组完全不守信用，在其他场景中也悄悄安插了自己人。

说好的从进了岛上的民宿开始拍，却把他们出发前在申城的候机片段偷偷剪进去了，负责运镜的工作人员隐身技术神乎其神，谁都没注意到。

开头是乔梨的豪华三层英式下午茶，还有她和姜芸、魏应淮的闲聊，岁月静好的氛围没持续多久，从乔梨小助理的那句“凌老师”开始，整个画面就被来自凌野粉丝的弹幕攻陷了。

温晚凝没见识地愣了一下，勾选了弹幕防挡脸，继续播放，然后就看见镜头在所有人目瞪口呆的表情上转了一圈，最终定格在她的脸上，加了大头特效，甚至还在她头上修图，放了酷似汤姆猫的三个问号。

这时，《初恋》的欢快背景音乐陡然响起。

弹幕如疾风骤雨，被不同字号的荧光色“高能预警”瞬间刷满。

慢镜头一路拉近，从年轻男人一双笔直的大长腿扫至全身，温晚凝表情复杂地看着屏幕里的凌野一步步走近，直到停在表情呆滞的自己面前，径直蹲了下来。

温晚凝倒吸一口凉气。

戚酒酒渔夫帽檐下面的大眼睛眨也不眨，一秒都不离开屏幕，脸上的表情越来越震惊。

节目播出的画面没停，从那个第三视角看格外震撼的猛男单膝跪，发展到了她亲手给凌野戴樱桃小丸子驱蚊手环。

后期的特效花字唯恐天下不乱，配合着“啵啾”一声的可爱音效，给凌野冷淡的侧脸上加了一小团腮红。

戚酒酒叹为观止，无声捶胸口：“……我怎么配教你拍综艺？简直是班门弄斧。”

温晚凝无地自容。

“不是……你听我解释，我根本就不想这样。”

“你随便狡辩吧，总之我看到了，全国人民也都看到了。”

温晚凝大脑转得快要冒烟，想不明白好好的旅行综艺怎么会被剪成这个样子。每到凌野和她的镜头，整个气氛都变得不对劲了，粉红泡泡乱飞。

导演组之前透露的“露台上没有摄像头”，果然也是钓鱼陷阱。嘉宾们去海边看星星的那个晚上，披着浴袍偷偷下来的温晚凝和坐在长椅上的凌野一起，完全被抓个正着。一场好端端的偶遇被拍得偷感十足，甚至在她凑近两步亮出二维码时，不知道藏在哪里的高清镜头还刻意拉了慢速特写，将凌野几乎像素级的微表情捕捉得明明白白——猝然垂下的眼睫、很轻滑动的喉结，还有嘴角微不可见的弧度。

主创团队几乎纯女性班底，对观众的心理摸得门儿清，当温晚凝絮絮叨叨的嘱咐响起时，另外几个机位又会同时给到两人的脸部镜头。新年前夕的海岛，温暖如夏的星夜里，女人微潮的柔软长发在肩颈一侧随风拂动，很轻地划过凌野搭在椅背的手指。

温晚凝被耳机里的浪漫吉他音乐牵着走了半天，目光落在已经明显失控的弹幕上，隐约感觉大事不妙。

△呜呜呜，怎么回事啊？竟然有点好嗑。

△凌野居然还会撒娇？惊呆我了，这就是姐姐的魔力吗？

△合理怀疑77那句没听见就是故意的，他就是想在离姐姐更近的地方多待几秒吧？呜呜呜……

△拜托路人不要瞎嗑血糖好吗？凌野的耳朵小时候受过伤，闭嘴给自己积点德吧。

夜班机，客舱内的顶光已经熄灭，只有过道下方的指示灯发出昏暗的紫光。

温晚凝深吸一口气，点开憋了一个多小时没敢看的热搜榜。

和她刚刚预想的差不多，几个鲜红的“爆”字在热搜榜前列一字排开，比节目阵容官宣那次还要夸张得多，堪比曝光恋情。

凌野单膝下跪

凌野手环

凌野温晚凝半夜偷加微信 #……

她抖着手点进一个话题广场，发现观众们的反应和上次差不多。

毕竟赛车手靠成绩说话，凌野本人也并没有做过多少营销，粉丝们对所谓的“嫂子”并不敏感，只是单纯觉得离谱，对她最为不满的恰恰是顶着别家粉籍的路人。

△上热搜了，那佛系老粉冒个泡，希望首页不被饭圈那一套带跑，相信凌野，不随便臆测凌野和嘉宾之间的关系。

△看不懂，上次77公开喊姐，我还当是什么专访里没提过的远房亲戚，结果温姐自己又说了只是邻居……有没有知情人能给我解答一下，姐是救过他的命吗？

△这一季从宣发到正片剧本有点明显了吧？就算凌野真喜欢姐姐，戚酒酒的口碑风评不比瘟姐强十倍？路人实名心疼，凌野都这样了，瘟姐还顶着那张狐狸精脸欲拒还迎的，到底谁给她的底气啊？救命！

下拉界面根本拉不到底。

温晚凝表情僵硬地刷新了一下，排在最上方的是一条来自名为“语温作野”的CP超话的帖子。

——# 凌野温晚凝半夜偷加微信 # 笑死，你们想骂就骂吧，风浪越大，我CP越真。

配图是从CP超话榜里截的。这个目前连头像都还只是一张粗糙节目截图的崭新超话，竟然在三个小时内就杀进了总榜的前二十。

超话的活跃度惊人，动图和分析帖齐飞，大有一种要把半碗饭炒出花来的架势。

△是我记忆错乱了吗？上次去领劳伦斯体育奖的时候，77不是还对旁边示好的某顶流大花退避三舍的，怎么这次就这么……

△围场里风光无限，拿下最贵新人合约的顶流赛车手凌野，私下天天戴着姐姐给的儿童手环舍不得摘，这是有什么癖好吗？

△总觉得我们超话10w粉里有一个是凌野本人……

△看露台晚餐那段，凌野是盯着姐姐看了多久才发现她肚子不舒服啊？真的要笑死，公主在旁边戴着两千万的蓝宝石项链狂撩，结果77脑子里只有怎么给姐姐倒温水。

△晨跑也很刻意好吧，海滩运动组里连个靠谱人都没有，害得我们大狗狗五点就跑出去帮姐姐找地方，回来还在民宿门口的长椅坐了半小时……谁家看风景时不时回头啊？都是为了等姐姐下楼好装作偶遇罢了。别太爱了，我说。

△谁懂，上楼梯的时候发现姐姐一直看，凌野还装模作样扯两下衣服。挡什么啊？哥，心里其实爽死了吧？

△果然恋爱还是看别人谈有意思，冷酷大帅哥甘愿低三下四，呜呜，我们语温作野是什么现象级仙品……

温晚凝就这么往下翻了十几分钟，眉头皱得越来越深。她往身边看时，才发现戚酒酒比她看得还来劲，甚至还特地切成小号点了超话关注。

“你这什么眼神？”戚酒酒从帽檐底下瞥来一眼，“准你自己享受不准别人围观？这么好吃的东西藏着掖着，过分了啊。”

前后都是人，温晚凝不好掰着戚酒酒的肩膀来回摇晃，只能低声抗议：“他们不清楚就算了，实话之前我已经跟你说过了，你信后期还是信我？”

戚酒酒不以为然，拍了拍她的腿：“我看个乐子总行了吧？不过你和弟弟这CP名谁起的啊？还挺像那么回事，搞得我少女心扑通扑通。”

“只听名字就觉得像那么回事的话，我和乔梨还有CP呢，叫海底两晚梨。”温晚凝回忆着刚刚上网冲浪看见的超话名称，掰手指介绍，“我和小魏也有，叫六魏地黄晚。

“……扑通扑通了吗？”

天还没亮，飞机降落在群岛。

嘉宾们下了飞机，在工作人员的引导下步行至停车场上了中巴车，按照早就排好的录制行程，前往海角看日出。

温晚凝的包带在飞机的置物架上卡了一下，三名空乘人员齐上阵，才好不容易把带子给扯出来。她本来以为要被大部队甩开很远，出关后却发现凌野居然就在她前面不远处。

温晚凝把刚刚看过的帖子在脑海里过了一圈，先耐不住，快走两步到凌野斜后方，小声喊道：“凌野。”

凌野放慢脚步，侧身过来看她。

温晚凝瞄了好几眼他平静的脸，抿了抿唇：“你看到那些热搜了吧？”

“就……毕竟才只播出第一集嘛，跟节目组沟通也来得及，跟观众澄清也容易。你或者车队那边，要是不喜欢他们硬要把你和我捆绑到一起，现在这个机会还挺合适的。”她做出一个发誓的手势，“我跟你保证，我绝对没有一点点拿你炒作的意思，以前没有，今后也不会有。这次的热搜真的非常抱歉，你要是有什么想法，我都能配合你。”

身边人隔了一会才回答，声音依然平静：“姐姐昨天才刚刚答应过我，不会把我推开。”

温晚凝一顿：“……我是这样说了没错。”她眼睛眨了眨，侧颊不自在地升温，“导演跟你说不需要避嫌，我还以为他会好好遵守诺言，谁知道节目剪出来像、像在谈恋爱一样。”

她说着说着，音量越来越小，最后五个字的声音几乎都快没了。

身高差的不公之处就是，她的表情对方能一览无余，而她竭尽全力想要窥探凌野的情绪，却只听见了一声极淡的笑音。

很轻的一声，转瞬就融化在了风里，像是她的幻觉。

"姐姐。"凌野突然开腔。

温晚凝下意识抬头："嗯？"

"如果你现在去澄清，或者突然一句话都不和我说，大家才真的会觉得你和我在谈恋爱。"凌野微低着头看她，"我从一开始就说了，你是我的姐姐。

"以我们的关系，这种程度的互动完全理所应当，大大方方地亲近，到最后再澄清，真正清醒的观众反而更容易接受。"

温晚凝被他的逻辑堵得失语一秒："可是，就算我堂弟跟我关系很好，他也不会像你这样……"

凌野低声回道："这很正常，因为我不是他。"

航站楼外墙透出的白光里，男人一张脸被光影切割得格外深邃，那双平日里凉薄的眼睛像是浸了墨，透着温晚凝看不懂的情绪。

"现在的这种情况，如果我没猜错的话，姐姐的工作室应该希望能继续到节目结束吧？"

温晚凝的嘴唇张了张。猝然被戳中软肋，她羞耻大于慌乱，连句辩解都说不出来。

凌野在中巴车旁边的最后一个路灯前停了下来，站得端正："既然你也没有更好的办法，不如就试试我说的。"

温晚凝茫然："什么？"

"到节目结束时，我会澄清。"

凌野薄薄的眼皮微敛下来，垂眸专注地看着她："但是在此之前，你要和我再亲近一点，别躲我。"

车里人已经快上齐了，何塞站在车门外，向两人招了招手。

温晚凝应了一声，顺势加快了脚步。

抛开那点隐隐约约的异样感不谈，凌野说的恰恰是目前最好的方案，周全且精明，把节目播放期间带来的流量红利吃透。

按现在这个讨论度发酵下去，周芙开心，国际汽联也能吸引一些从来不关注赛车的路人了解 F1 赛事，对凌野他们车队也是一种好的曝光。

不如就抛开所有的顾虑，按照六年前的关系相处，或者干脆把他当成温璟，亲密的程度就让凌野决定，她是科班出身的演员，再怎么样也不至于接不住。

先是本地菜制作体验，再是越野摩托车穿越丛林，到了晚上还有一场百元预算买菜做饭直播。

一整天忙完下来，温晚凝刚沾上枕头就没了意识。

一觉睡醒摸出手机看了眼表，才早上七点。

节目工作群里已经有了新消息。

旅行小助手：大家上午好。

旅行小助手：今天是我们在泰国停留的倒数第二天，晚上我们会在海边一起看露天电影，届时将有烟火表演，敬请期待！

下面还附了条去年烟火大会的视频，温晚凝不小心点了一下，瞬间砰砰声猛地在房间里炸响。

旁边床的乔梨迷迷糊糊地问："晚凝姐，怎么了？"

温晚凝自己也是一抖，赶紧解释："没什么，节目组发了今天的日程预告，说晚上有烟花看。"

"哦。"乔梨把真丝眼罩斜推上去，毛毛糙糙地拧开台灯。

"冰箱里我放了燕窝，从岛上那家安缦订的，"她努力坐起来，抱着被子朝温晚凝这边转身，"你一个我一个。"

温晚凝挺惊讶："怎么还有我的？"

乔梨费劲地睁开眼："不用跟我客气，你是凌野的姐姐，那就是我的姐姐。"

做了半天室友，温晚凝才发现小公主除了脾气别扭了点，并没有想象中那样难相处。

睡前醒后，乔梨抹完一大堆昂贵的护肤品，总会姐姐长姐姐短，想方设法打听关于凌野的事情。

凌野素来不喜欢透露太多个人信息，温晚凝不想让他为难，回答的问题都是再三权衡过的。

喜欢喝的饮料是没什么甜味的电解质水、喜欢长跑、不怎么习惯撑伞、基因自带的抗冻、十几岁的时候就很会做家务、身高很早以前就已经一米八多了……

而剩下的那些在他 F1 出道后的事情或者关于恋爱的问题，她只能实话实说："我不清楚。"

乔梨仔细观察了会儿她认真的表情，还是觉得不可置信："晚凝姐，他都对你好成这样了，结果还是连你都不说吗？"

温晚凝怔了一下。六年未见，她无论出于什么立场，都不应该去探听凌野的隐私。

可看着乔梨明显一副话里有话的样子，她还是抵不住好奇心，顺嘴问了一句："凌野他……有女朋友了吗？"

"那应该还没有，"乔梨歪了一下头，"我雇了代拍，每站大奖赛都扛着高倍望远镜和单反替我去追，从没拍到过他身边有女人。

"但就是……

"哎，晚凝姐，你不许跟别人讲啊，"乔梨闭了闭眼，做了一番艰难的心理斗争才凑到温晚凝耳边，"我之前跟他表白过很多次，他都把我给拒绝了嘛。

"去年劳力士和他们车队合作的新年酒会，我家被邀请去了，结束后我偷偷溜去堵他那个车组的赛道工程师，软磨硬泡了好久，那老头子才愿意松口告诉我。

"凌野好像有个喜欢了很久的人，大概是国内的女生吧，温柔婉约传统型的？我瞎猜的，反正从来没听他提过。”

温晚凝挺惊讶地望向乔梨。

“乔梨这样要什么有什么含着金汤匙出生的小公主，居然被凌野拒绝了，还拒绝了许多次”和“凌野有另外暗恋的人，还暗恋了许多年”这两个过于炸裂的信息同时入耳，她一时间不知道先感叹哪个才好。

“你不知道对方是谁？”

“知道就好了！”乔梨怀里塞着抱枕，狠捶两下，“从小到大我想要的东西还没有没得手的，我倒要看看她是什么天仙，是比我好看还是比我有钱！

“我想来想去，凌野是姐控，那女生大概率也是一个和晚凝姐你差不多类型的姐姐，说不准早就嫁人了，或者连孩子都有了。”

温晚凝有些发愣。

乔梨比凌野还要小两岁，在她眼里完全就还是个孩子。明明一开始她还觉得挺可爱，到了后面听到“姐姐”相关的那些话，她又仿佛被堵住了喉咙，闷闷的，不畅快。

她下意识地撇开话题：“你从很久之前就注意到他了？”

“是啊，”乔梨喝了口水，顺下那口气，“他在哈维车队的出道战，我爸正好在 VIP 包厢谈生意。”

话说到这里，乔梨忽然忆起初见时，她第一次跟着父亲去围场，直播解说完全听不懂。她手握赛事大赞助商的全通权限，百无聊赖，索性就在俱乐部二层找了间人少的包厢坐下。

人少，其实是因为包厢正对面的哈维车队实力弱，正赛进入排名前十的记录屈指可数，领奖台更是连想都没想过。

这些都是她后来才知道的事。

而当年的她，只是在转播画面中远远看了眼凌野的脸，就扯过身边的私人解说员，满眼放光地下命令：“我们就只看他。”

凌野上场的机会其实是个意外。

摩纳哥大奖赛的正赛日，哈维的二号车手因为急性阑尾炎入院，车队在再三权衡之后，选择了当时仅仅还是试车手的凌野替补出场。

方程式赛车的造价动辄上千万英镑，每一次碰撞都意味着少则数十万、多则上百万的维修费用。除非真的可以凭借足以创造历史的优异表现赢得席位，这样的赔偿金对于一个试车手的微薄年薪来说，无异于天文数字。

正因如此，像凌野这样撞了大运的替补车手虽然每个赛季都有那么一两个，但都以求稳为主，从来没有谁敢在这样危险的正赛中拼尽全力，向着焊死的森严等级制度发起挑战。

而当年的凌野几乎是不要命的开法。

任何一位顶级车手都觉得超车难于登天的摩纳哥城市赛道，他驾驶着白色涂装的哈维赛车，在右边侧翼几乎损毁的情况下，从第十位发车，一路凶猛超上领奖台。

绝对的赌徒心理，但又出人意料地沉静。在转播出来的哈维队内无线电通话中，这位车号为“77”的东方新秀，除了略显沉重的呼吸，声音几乎没有任何情绪波动。

只有十九岁才有的狂放锐气和过于冷静的外表形成了巨大的张力，有着爆棚的荷尔蒙，乔梨和身边的解说员都看呆了。

谁都没有想到，哈维建队史上最好的成绩，竟然会从这样一位名不见经传的少年人手下诞生。

赛后的车手见面会，一片欢腾。

身为主角的凌野话却不多，大部分时间里，他只是沉默地站在金发碧眼的一号车手身后，只在媒体提及自己名字的时候才会礼貌做出回答。

乔梨脸颊红红地盯着他看了三刻钟，最后车组人员退场时，才恍然惊醒，快速补了个口红跟上。她刚到哈维的车库门外，就听见领队带着欧洲口音的英文大段大段砸下来，语气也许关切，基调却是训斥和不解。

“四十度的高烧怎么不说？泡冰水浴猝死了怎么办？为什么要瞒着整个车队？

“78圈的正赛里程，预计四公斤的身体脱水量，就为了减轻那一点点微不足道的车体重量，你拆了饮水系统上场？

“是谁教的你可以这样？你怎么敢？”

领队的语速极快，乔梨没全听懂，只捕捉到些只言片语。

而凌野的话却说得很慢，无比清晰，以至于她在三年过后的新年酒会听到那位叫安德烈的赛道工程师说出“暗恋”这个词的一瞬，就想起了这个夜晚十九岁凌野的样子。

地中海沿岸最纸醉金迷的城市，摩纳哥的夏夜，游艇汽笛悠长，风中似乎都是香槟气泡涌出的细响。

凌野背对着她，很高，肩膀宽阔，气质却像是被压到最紧的弹簧，仿佛驱使他走到这里的东西不是虚荣心，或者诸如其他围场年轻人一样轻飘飘的梦想之类的东西。

“我没有青训赞助，这可能是我这辈子唯一一次能在这个赛道证明自己的机会。

“我需要您这里的席位。

“我有一个无论如何都想再见一面的人。”

白天的行程相对轻松，原先的分组被打乱，重新分成两个小队。

许嘉树、何塞、乔梨和戚酒酒的运动队去海边体验浮潜和悬崖跳水。

以姜芸为首的另外四人则乘车去寄宿制的华侨学校给小朋友们上中文课，一起玩游戏，和学校里的工作人员一起准备传统的年味装饰物。

一下午过得飞快，等忙完所有的事情回到海滩，两组嘉宾会合，天都黑了。

棕榈树下的露天酒吧纷纷亮起了温馨的彩灯，海滩上聚集了一些游客，但不多。

温晚凝挺诧异：“不是说旅游局准备了半年的烟花秀吗？”

正值新年前夕的旅游旺季，这个号称全世界最热门度假地之一的天堂群岛，居然会比她还糊？

“白天浮潜的时候，那教练还叮嘱我们想看烟花一定要早出门，不然抢不到位置。”戚酒酒歪着头回忆了一下，“人应该是真多，不然刚从民宿出门那会儿也不至于堵成那样。后来嘉树看了地图，说走另一条小众路线也能到海边，和师傅辩论了快十分钟，才临时改了道开到这里……”

许嘉树用余光瞥了她一眼，脸上的表情有些不好看。

他刚要说些什么，魏应淮出来打圆场：“哎，没事没事啊，管它大众路还是小众路呢，能到就是一条好路。

“应该还有不到半分钟就开始了，”魏应淮抬腕看了好几眼手表，“人是少了点，可能咱们的位置附近消费比较高，本来就限流。

“大家少安毋躁，倒数十五个数，准备好你们的尖叫声！”

海风轻轻的，空气里只有冰激凌小推车的甜香，毫无一点烟火大会的感觉。

即便如此，由于节目组事先发在工作群里的图文帖足够震撼，嘉宾们还是都很捧场地跟着大声倒数，并举起了手机。

魏应淮甚至还特地回民宿扛了三脚架带过来，买通了附近酒吧的老板，直接挂梯子把相机撑在了人家的铁皮房顶，唯恐错过绝佳的摄影机会。

没想到，半分钟过去，大型烟花特有的爆鸣声轰然作响，热闹归热闹，就是远了点，而且是从他们身后传来的。

举着镜头的众人一起转过身，茫然看向被群山挡得严严实实的彩色光团，愣愣的。

何塞率先“哇哦”了一声，从兜里掏出双手给许嘉树鼓掌：“喔，哥们你真的好小众啊，这是山景光影秀啊。”

岛上地形中间高，四周低，橄榄型的山地将海岸景观一分为二。

托许嘉树的福，整个节目组都被带到了原定观景点的对岸，原本好好写在台本上的跨年烟火大会，最后只能单纯靠无人机拍摄的空镜苦撑，赚取搞笑时长，综艺效果直接拉满。

许嘉树面色阴灰，直到工作人员搬出两箱给大家放着玩的烟火棒，才眼圈通红地走过来帮忙分发，挨个道了歉。

相比起他，女生们的情绪反而很稳定。

姜芸老师捧了一大把烟火在怀里，潇洒一摆手：“你又不是故意的，大家既然一起出来旅游，就开开心心的，别把自己内耗哭了，你粉丝还得过来骂我们。

“先说好，姐微博没开私信啊，想骂我很难的。”

第一次在热带度过的平安夜，海浪蓬松如雪，细碎的烟火在空中莹莹发亮。

节目组选的是偏细的袖珍型仙女棒，燃放效果比那种大的差点，但拍照更好。

更别提这片海滩人流量适中，酒吧的招牌自带补光，比纯黑一片不知道出片了多少倍。

同为在自拍和美妆赛道出过圈的女明星，戚酒酒和乔梨已然生出一种高手之间的惺惺相惜，早就抱着手机和拍立得走了。

镜头转到温晚凝和姜芸这里，节奏陡然慢下来。

温晚凝对今晚的烟花大会期待了许久，特地换了身抹胸款的连衣裙，手臂和胸前的皮肤雪白，光洁如软玉。她妆容极淡，但耳边点缀了朵开得正好的红色山茶花，艳丽到摄人心魄。

姜老师一边夸赞，一边拉着她左拍右拍，还是觉得不过瘾，干脆把手机往凌野手里一塞："小野，你个子最高，你试试有没有我拍不到的好看角度。"

温晚凝没忍住笑："姜老师报复性摄影呢？"

姜芸挑眉："你不遗憾？你不遗憾还换这么漂亮的裙子，我才不信。"

"是有点，"温晚凝眉眼弯弯，"虽然没看到烟花有点不甘心，但被姜老师夸了一晚上，也挺幸福的。"

凌野一直举着镜头，但快门像是一直没响过，姜老师挺奇怪地仰头看他："手机坏了？节目组刚发的新手机，质量不能这么差吧？"

"没有，"凌野略微停顿，跟她解释，"我平时拍照少，不太会构图。"

"……你早说啊！你不会我会，"姜芸劈手把手机拿回来，拽住温晚凝的胳膊，往凌野身边亲亲热热一推，"我儿子也是你这种性格，拍张照跟逼着写作业一样。

"你们姐弟俩没什么合影吧？我给你们随手拍两张。

"要竖的还是横的？半身还是全身？"

她还挺来劲的。

年轻男人的身体紧绷、灼硬，像是能把人烫伤，温晚凝慌张地松开抓着凌野小臂的手。

"都、都可以吧。"

被姜芸那么一拽，她能感觉到，自己胸前的整片皮肤都从凌野的手臂上擦了过去。

对方似乎并没有什么反应，只有温晚凝的脑子里乱哄哄的，脸颊上的红热非但降不下来，还在继续升温。

姜芸拍了几张，毫不留情地吐槽："刚刚不还好好的？凌野突然那么僵硬干吗？你姐踩你脚了？"

侧面的酒吧光线纷杂，被凌野挺拔的身躯掩去了大半。温晚凝有限的视野里，只能看见他喉结重重滚了一下，每次动作的幅度都很轻微，换来姜芸一声声"你们俩是第一天认识吗"的叹息。

晚上放露天电影，因为嘉宾位置随机安排，两人离得挺远。

呼应平安夜的气氛，节目组挑了一部十年前的美国爱情片，热闹的管弦乐声和海浪的声音相融，有种盛大如泡沫的浪漫。

故事很经典，身无分文的穷小子在军营的联谊派对上对身穿华丽绸缎的富家千金一见钟情，因为阶级的高墙只能割爱，五年后，身家亿万的他豪掷千金，夜夜举办奢靡宴会，只希望能和她再偶遇一次。

温晚凝在第一排的充气沙发上坐着，在主题曲《Young and Beautiful》的大提琴间奏里，她侧身看向斜后方的凌野。

他陷在一把宽大的黑色露营椅里，坐姿松弛，看向投影幕布的目光很专注。

漆黑碎发被海风吹起，他的侧脸轮廓被电影中的华灯柔化了，褪去了冷淡，眉眼竟显得意外的温柔。

温晚凝抿着唇看了一会儿，突然想起昨天乔梨和她八卦的事。

凌野有个暗恋很久的……姐姐？

以他这样认真的性格，如果明知道没有可能，估计根本不会表明心意。

等到那个女孩子终于有一天知道，自己曾经被这么厉害的赛车手悄悄放在心里这么多年，就算没有悔不当初，肯定也要虚荣心爆炸，暗爽一辈子吧？

新民宿离岛上的机场不远。

回国航班次日起飞，一大早，周芙拨电话过来，音调昂扬：“晚凝，你下午几点到？我和阮佳去机场接你，工作室一起庆个功。”

“庆什么功？”温晚凝没反应过来。

“阮佳还没来得及跟你说，”周芙听上去心情很好，“最近来接触我们的大牌商务很多，年前应该就能敲定几个。”

女演员的脸面就那么回事，撇开演戏番位这样的基本盘不谈，看不见硝烟的战场其实都在别处：当季的高定高珠谁首穿，杂志封面谁来拍，一线大台的S+评级综艺谁站台，光是品牌代言的鄙视链就划分得极细，事事都要争个三六九等。

温晚凝这几年养生惯了，乍从周芙口中听见这些久违的词汇，一直蒙蒙的。

直到听见《春夜》要启动重新试镜时，她终于回过神来，十足意外。

“我记得之前吃饭的时候，林宙说除了女主角，其他的选角都已经确定好了。

“可我刚收到制片的消息是，”周芙顿了顿，“除了女主角的人选依然重点考虑你，其他的选角都要推翻重来。”

温晚凝惊呆了。

“好爽啊，像回到刚开始带你的那时候了。”周芙连连感叹，突然话题一转，“人有的时候就是运气好，大腿来了想不抱都难，你以后可千万要把凌野供好，这是你的真贵人。”

周芙忽然兴奋起来：“下午我们聚餐他来不来？”

“等等，你先停一停。”温晚凝立马给她泼冷水，“人家行程比我满多了，又不是我亲弟，愿意被我在节目上蹭一蹭热度就已经很够意思了，我哪那么大面子让人随叫随到？”

“这有什么？”周芙压低声音，“前两天节目播出之后，我看凌野也不像你说的那样对炒CP这件事有多反感。他要觉得受不了，早就出手了，国际汽联那么厚的资本，总比我们赤手空拳的有实力吧？

“都是为了工作，就算把捆绑炒作说开了也不寒碜，双赢的事，你以后也坦荡点。”

回到申城。

元旦前的最后几天，整个工作室的人都像是打了鸡血。

温晚凝除了和往年一样录好祝福视频，给熟悉的媒体和前辈寄一寄新年礼盒，还破天荒头一次收到了某家头部时尚媒体的年末晚宴邀请。

周芙像是怕小孩弄丢准考证的老母亲，只给温晚凝发了张邀请函的照片，附赠一句留言：否极泰来，光宗耀祖。

一切都像是转了运。

杂志只是个开始，借着节目陆续播出第二集、第三集的东风，大小品牌的商务邀约应接不暇，范围从美妆护理到家居香薰，连某个一线瑜伽运动品牌都注意到了温晚凝。品牌公关给足了诚意，准备先下手为强，在她真正翻红之前先拿下一年的代言长约。

跨年前三天，温晚凝直到深夜才结束拍摄，披上厚羽绒服在车后座窝着，随手抓起一只中号贝儿玩偶靠着休息。

她眼睛都还没完全闭上，就被阮佳一惊一乍的声音吓了一跳：“温老师温老师！你和凌野被人给公开了！”

温晚凝眼睛都还没睁开，伸手拍了她一下：“什么公开？别闹。”

“没跟你闹。”阮佳捧着手机，从后视镜里瞥周芙一眼，伸过来的手还在哆嗦，“你自己看热搜嘛，前几全是！”

温晚凝顺着她的手往屏幕看去。

阮佳是没说谎，热搜前几被她和凌野的名字占去一大半。

除了几个第三集节目的词条还在粉饰太平，一连串的空降热搜一个比一个惊悚。

——#凌野温晚凝#

——#凌野地下恋多年#

——#体育明星恋爱算塌房吗#

——#凌野起床任务放海#

——#临旅5#

温晚凝呼吸都要停滞了，随手点进一条，按照转评区的热度往高里找，终于在后排发现了这场风暴的中心。

是某个微博八卦大V搬运的某瓣热帖。

嗑药鸡但理讨：话说凌野和瘟姐是不是已经谈了好几年了？

标题起得足够耸动，配图粗粗一扫，甚至还有详细的放大镜视角比对。

温晚凝深吸了一口气，点进第一张长截图，把这条帖子的首页从头到尾扫了一遍。

> 题目致歉温老师，黑称（明星黑粉对这位明星的恶意称呼）太出名了，没有冒犯的意思。
>
> 最近临旅5热播，稿主梅队多年老粉，节目一开播就美美开追，对其他嘉宾都没什么兴趣，就只看了77和23的颜。
>
> 稿主舍友纯路人，跟风追了三集，对77和温老师的互动嗑得死去活来，以多年嗑CP的经验拍胸脯对天发誓，这两个人绝对有点猫腻，按头让我逐帧品评，扒完我人都吓飞。

以分割线开始，原帖主分多次上传的分析，简直就是显微镜级别的推理。

有的是温晚凝见过的。

比如凌野的微博向来都是车队媒体组准备好的比赛物料，从来不和赛车圈外的艺人互动，却为了她屡屡破例，又是点赞又是转发。

另外更多的，是从车队过往直播和Vlog里截的图。

AB选项快问快答，凌野对于理想型的想象几乎是按照温晚凝的模子刻出来的：比他大，没染过的长头发，喜欢去游乐园。

去年愚人节的生活突击，凌晨四点半，何基带摄像师恶作剧闯进了凌野在基地的公寓，虽然没拍到什么清冷男神幻灭场面，但也依然贡献了大量未经修饰的凌野卧室内景，至今依然为粉丝津津乐道。

比如，他床头放的那瓶香水，方瓶，线条圆润的黑盖，只剩一半的鎏金色液体一晃而过，这瓶以奶油话梅香气闻名的妩媚女香，正好是温晚凝在杂志上点名提过的秋冬爱用款。

之前车队媒体组跟拍凌野的休赛季日常，他定了闹钟在伦敦电影节抢票，连续看了几天午夜场华语文艺片，路人那时候都觉得他的行为很违和，而按照展示出来的票根一路细扒就会发现，无一例外，全都是温晚凝在过去几年里露过脸的片子。其中只有一部是名字能写进海报的女配，剩下的几部，温晚凝出演的都只是些三番开外的小角色，狂拉进度条都凑不齐几张能用的截图。

而比这些更耐人寻味的，则是之前梅斯车队正赛直播中，凌野换赛车服时飞快闪过的黑金色祈福手串——是温晚凝车上曾经挂过的同款。

这两年手串玄学盛行，只要是知名大寺庙开光的热门款式，随随便便就能在艺人手腕上发现一大把。

更何况被凌野的粉丝们猛火一炒，只要随便搜搜，十个有九个链接都带着凌野的名字。

问题就出在这个手串出现在温晚凝车上的时间，是更早的六年前。

> 综上所述，两人之间绝对不只是单纯的邻家姐弟关系，经稿主分析，可能性主要有两种：
>
> 要么是已经悄悄谈了许多年地下恋，温晚凝会趁着休赛季偷偷去欧洲看望小男朋友，这次的《临时起意的旅行》能给她机会，也是因为看在凌野的面子上，买一送一。
>
> 要么是还没谈上，但凌野多年痴心不改，做梦都想有一个能和姐姐朝夕相对的机会，所以才打破了赛车手从来不上国内真人秀的铁律，在节目上动不动做望妻石。

到帖子末尾，稿主吐槽凌野“真嫂子根本藏不住”之余，还很应景地摘抄了一段香水当年获奖的提名诗，致敬所有求之不得的爱情。

——你是我日夜思念的缪斯，愿虔诚祷告能换我南柯一梦。

至此，稿主的文采给整篇推理帖又加了一层氛围滤镜，温晚凝为这位拉郎配大师的功力彻底折服，精神层面已经给跪了。

别说其他人可能会被洗脑，九张震撼长图通读下来，她都有那么一两个瞬间有所动摇。

虽然无同框无实锤，算不上什么真塌房，但都出圈转到热搜上了，用脚后跟想一想就能知道，转评区里会是怎样一种血腥的场面。

温晚凝直接按下锁屏键，摘掉头上的羽绒服帽子，把脑门拍在车窗玻璃上降温：“能不能饶了我啊……”

周芙应该是早就看过了，闻声挑眉：“哦哟，送上门的流量你还不乐意了。”

温晚凝听得心里毛毛糙糙的。她从刚出道那会儿就跟了周芙，对方想的什么，她完全能懂。

从节目阵容官宣开始，她每次和凌野有点什么新互动，掀起来的热度都一阵比一阵高。十年演戏无人理，一炒CP天下知。整个工作室跟着她过了几年人淡如菊的苦日子，尝到了这种走捷径带来的甜头，根本不可能撒手。

“先说好啊，这种生拉硬拽、有悖良心的饭，自己关起门来悄悄吃两口得了，别人再怎么胡来是他们的事，你和佳佳可千万别……”

“你先打住，”周芙被温晚凝的话砸得有些郁闷，从后视镜里扫她一眼，“怎么就上升到良心了？

“这种嗑糖上头的分析帖哪对CP没有？生拉硬拽怎么了？别家随便一条都比这离谱多了。”

车子拐入小区，一路的行道树上已经挂了恭贺新禧的小彩灯，五颜六色的，很喜庆。

周芙熟练地跟门卫室的大爷打过招呼，又继续说：“这么多年都被骂过来了，好不容易才有了点热度，怎么这就怕了？既然选了走演艺这条路，你就要把你那清高的老毛病改改，只要不糊，怎么都是好。

“再说靠炒 CP 翻红哪寒碜了？你想想自己为什么能挤进这个综艺遇到凌野，还不是因为国民小妈那条热搜？

“当时你可是口口声声说要把所有人都熬死，心态比谁都好。机会这东西一旦错过了就没了，当初那些一线大牌谁都看不上你，现在都学乖了，齐刷刷跪在通讯录里，一天三趟请安。”

温晚凝骤然哑火。

在这一点上，她的确是既得利益者，没法推脱。

“主要还是咱们运气好。”阮佳缩在一边，弱小声音里是压不住的兴奋，“我用我多年的凌野粉籍做担保，这条帖子里一没修图二没爆假料，干干净净纯巧合，能爆纯粹就是撞上了。

“温老师你都等了这么多年，早就该是个头了，你说这次是不是连老天都在帮我们？”

小助理圆脸红红的，满是淳朴的希望，看得温晚凝半句反驳的话都说不出来，只能叹息一声。

“后面也不用担心，工作室早就做好预案了。”阮佳小眼神亮晶晶的，“这段时间你和凌野的 CP 讨论度那么好，稍微有点热度的帖子我们都盯着，网上的反应都在计划之内。声明和律师函已经准备好模板了，要是真闹大了，凌野车队那边一发声，咱们就能秒速跟上，一点都不输理。

“过两天晚宴的礼服也已经借好了，开年春季的顶奢款。温老师你好好吃饭好好睡觉，到时候让那群瞎了好几年的媒体都看看，什么叫真正的艳压！”

离开前，阮佳特地摇下车窗，很夸张地抛了几个飞吻过来。

周芙手握方向盘，潇洒一摆尾，食中两指并拢，往窗外一伸：“走了！”

站在路边的温晚凝万千思绪在心头。

温晚凝卸完妆洗了个澡出来，翻了翻和凌野的聊天框，没有新消息，风平浪静。

指尖在键盘上戳了半天，她才敲出一行试探的话，眼一闭，发了过去。

温晚凝：最近忙不忙？吃饭了吗？

她看了时间，换算到凌野那边，午饭晚了点，晚饭早了点，但都能用这句老祖宗留下的话以不变应万变。

等了十几分钟没回复，她刚想倒头睡下逃避现实，就看见戚酒酒头像右上角的红点数字在不断攀升，索性直接一个电话过去，把事情的始末解释了一遍。

戚酒酒像是在泡澡，还带了点回音：“所以都是人家瞎嗑的？”

“不然呢？”她语气太过失望，温晚凝哭笑不得，“让你不要关注那种超话，看多了会被洗脑。”

“……没想到我行走江湖这么多年，居然也有看走眼的时候。”戚酒酒又确认了一遍，“弟弟他真的不喜欢你？”

温晚凝瘫坐在沙发上：“凌野他性格比较老派，照顾我估计就纯粹报恩，人家有暗恋的女生了。”

戚酒酒虎躯一震：“真的假的？谁啊？我认识吗？”

温晚凝自己也没头绪：“不清楚。”

“好可惜……”戚酒酒沉吟片刻，遗憾地长叹一声，“我的错，前两天你在车上睡蒙了枕人家大腿，我是有点激动了，还想着这帖子铁证如山，能让我日后吃席坐主桌，没想到都是假的。”

“我现在更没办法面对凌野了。”温晚凝抓了只抱枕塞怀里，往后一仰，“蹭都已经蹭到了，事后再怎么道歉，都感觉自己又当又立的。”

“也就是你才这么觉得。”戚酒酒满不在意，“自来水哎，有这么会带节奏领嗑的CP大粉，谁撞上了不是烧香拜佛敲锣打鼓？

“就是个看问题视角的事儿，按那个钻研的劲头，我和许嘉树都能有点前世的渊源，就是写的人笔杆子厉害，让看的人不自觉就被套进去了。

“再说了，除了回国那天你穿他队服闹了个乌龙，这篇帖子从头到尾全都是他在追你的同款啊。你那条手链早挂车上八百年了吧？你要多无辜有多无辜，内耗真的大可不必。”

温晚凝痛苦到哼哼唧唧，戚酒酒嘴都笑歪：“你真要觉得过意不去，当年在弟弟身上花的三十万就别要了，反正这把你也早赚回来了。”

“我是这么想的，”温晚凝苦笑，“但我是真怕这种事多了，人家再好的脾气也不想理我了。”

从帖子上热搜到现在，三个多小时都过去了，凌野也不知道看见了没。

车队官方号没动静，凌野微信上也没回她，她很难忍住不多想。

戚酒酒“啧”了一声：“管他呢，我的建议和你经纪人一样，能蹭一分钟就赚一分钟，你都帮他逆天改命了，现在多捞点也是应得的。

“先不多说了啊，我明天还有个红毯要走，脸不能肿，先睡了，你也早点休息。”

温晚凝声音闷闷的：“我知道了。”

词条再红，不过也只是粉丝的联想，不是什么真塌房，不回应才是最好的回应。

也许是因为笃信这点，凌野那边从个人到官方都没有表态。

凌晨四点多，温晚凝又最后看了眼微信，凌野的聊天界面还安安静静的。

她把手机屏幕锁了，扔到枕头下面。

被罩前几天刚被阿姨洗晒过，同款的洗衣液用了好多年了，一直没换。

也许是这种太过熟悉的味道，又或者是温晚凝几个小时里默念了太多次凌野的名字，睡着前的一瞬，某些尘封许久的记忆突然被翻动，让她在朦朦胧胧之间忽然想起来了——

凌野在比赛时戴过的那条手串，好像并不只是同款，而是她亲手送的。

就在六年前，她和凌野见的最后一面。

夏夜的机场，十二点刚过。

白光通明寂寥，值机柜台前零星几个搭国际航班的旅人在冷气里不住地搓着胳膊。

她那时候做事随心，说好了不送，快到点时又让司机从影棚赶过去，在包里翻了一圈，实在没什么东西能当临行礼物，就把车里一直挂着的那串珠子摘了下来。

她全副武装站在候机大厅，找了一会儿没见人，正准备无愧于心地回去，远处突然传来一阵动静——过关口一道熟悉的人影逆着人流撞了出来。

那人跑一步晃一步，干净的白运动服卷了袖口，背一个崭新的黑双肩包，赶末班车似的全速往她这边跑，敞开的外套被风吹起，鼓动又落下，像扑火的飞蛾。

少年急刹两步，在她面前站停，短发汗湿，不住地喘气。

送手串的时候，温晚凝免不了要替自己美言两句，一番话说得连她自己都要信了。

“特地去静安寺替你求的，希望你到了那边顺顺利利，平平安安。”

好像还有许多送别的场面话，不痛不痒的，如今全忘了。只记得对方接过手串后，她半天没听见回应，便拧眉抬头看了一眼。

凌野站得挺拔，低着头专注地看她。白光之下，少年的睫毛长而直，干净的双眼被灯光打得泛起棕色。

他像是一条特别认主的大型犬，她说的都听，她随口一提的都信。

广播里已经催了两遍登机了。

他手臂抬起来一点，又落下去，声音有点沙哑：“我以后……能给你打电话吗？”

少年的声音弱下去：“……不会很频繁。”

她说好。

她说有好消息第一个告诉她，她说去了欧洲那边的车队好好表现，赚够她给的三十万之前别回来。

然后她丑闻爆发，不得已换了号码，注销重置了所有的社交账号。她联系了那么多人，却从未想起过凌野的名字。没见面的这几年里，她想起凌野的次数屈指可数。

她以前忘了从哪里看过一句话，说人根本就不可能忘记真正在乎的人。所谓的想不起来和记忆模糊，只是因为你潜意识里觉得这个人根本就可有可无，或者犯了自己都羞于承认的错，在美化记忆的过程中，顺便把对方给抹掉了。

坦白来说，她应该算是后者。

二十岁刚出头的时候，温晚凝的善心就像夏天的阵雨，来得快去得也快。捡个孩子像捡了条小狗，一开始新鲜得不得了，买衣服买漂亮球鞋，高高兴兴当娃娃打扮，回申城赶通告的空隙总共几个小时，还特地开车到人家训练的赛车场，以家里人的名义请杨夏全车组喝奶茶，比亲姐姐还像姐姐。

从春末国内 F4 开赛，来申城各大卡丁车场闲逛的欧洲体育星探并不少，凌野的成绩足够耀眼，即便是还在耳道手术的恢复期，就已经有不少人抛出了橄榄枝。

温晚凝当然也与有荣焉。

在很长的一段日子里，每次她从外地回家，看见凌野递过来的新名片上那些闪闪发光的欧洲一线强队时，都会在少年略显含蓄的科普中张大嘴巴。

没有其他人能分享喜悦，她只能兴奋地抱着凌野的腰蹦蹦跳跳，直到少年的脸红得要滴出血来，轻声告饶。

凌野那时候刚恢复听力不久，英语能力和她六七岁时不相上下，别说去欧洲后进入车队该怎么出成绩，因为语言问题被其他少年车手霸凌的概率就极高，估计连口饭都吃不上热的。

这样顾虑的人是她，突然把凌野送出国的人也是她，美其名曰在眼前晃着心烦，不送走不行。

真正的理由难以启齿。

让她在那个夏天每次见到凌野的脸时，都忍不住想起那个荒谬的早晨……

她毕业大戏的第二天。

经久不息的掌声和喝彩、挤爆礼堂入口处的鲜花，这些都已经成了昨天的记忆，留下来的只有宿醉和一双依然走不了直线的腿。

温晚凝趿拉上拖鞋走出卧室，没看见人，只有餐桌上放着一碗醒酒汤，加了糖，还冒着热气。

昏昏沉沉喝了没几口，涨麻的下唇传来一阵刺痛，她猛然清醒。

想起前一晚，还未开灯的客厅门廊里，烂醉的她以为自己还在演戏，攀上身边人的脖子，试图凑近那双紧绷的薄唇。

而那个不爱说话的凌野，没躲。

这种感觉相当微妙。她很感激对方救过她的命，也无比欣赏他身上某些珍贵的品质，但这种感情仅限于资助人和被资助人，以及掌握生杀大权的姐姐和乖顺的弟弟，容不得半点逾矩。

虽然是她在不清醒状态下主动的吻，对方也没有任何过分的举止。

在接下来的日子里，凌野也如她所望，默默接受了她的疏远，半句相关的话题都没有提过。

但温晚凝还是觉得古怪而不适。

像是一颗本来完美光鲜的苹果，只要发现了它身上的一小块瘢痕，从此无论再怎么努力地把瑕疵藏在手心，坏掉的部分还是坏掉了，根本不可能忘记。

有杨夏那边把关，出国的手续推进得飞快，她几乎是逃命般地进组，再在最后一刻愧疚心觉醒，去机场看了凌野一眼。

天蒙蒙亮，温晚凝看向天花板上隐约的顶灯轮廓，恍惚间又想起了几周前参加林宙的饭局时，在大雨中和凌野重逢的那一刻。

这六年里，除去那些光鲜亮丽的围场赛报，凌野过得怎样？

刚到欧洲时被人欺负过吗？

有试着……联系过她吗？

对她怨恨更多，还是无奈更多？

没想起这些事情前，她还可以把重逢时凌野的神情理解为陌生，一如偶遇多年未见的故人。

可现在，她却突然软弱下来，唯恐在对方心中，怨恨已经超过了那一点点感激的情分，这段日子以来的照顾只是道德要求。

温晚凝越想越觉得怅然，回了两条周芙的工作消息。

周芙说今天稍晚些有个电影资讯访谈，后天下午是林宙的《春夜》第二次试镜，搭档男演员从许嘉树换成了别人，具体人选到时候再看。

温晚凝回了个“收到”，退回通讯录界面时，意外看见新置顶的深色头像上亮起了红点。

抱着最差也不过是节目没法录了的心态，她屏息点入。

凌野：不忙，晚饭刚吃过。

凌野：下午一直在测新车，手机被收走了，刚看到信息。

温晚凝看得怔住。

凌野的语气如往常一样平静，问什么答什么，完全没提起热搜的事。

昨晚的梦作祟，对方态度越好，温晚凝越觉得愧疚，原先按“他没看见”准备好的关心套话也噎在了喉间，头脑发热地往枪口上冲。

温晚凝：你最近刷过微博吗？

她还在编辑下一条消息时，对面很快回了一条语音。

温晚凝拿起手机，凑到耳边听。

凌野那边隐约有轻微的风声传来，像是在户外。

“姐姐看到这些，会觉得困扰吗？”

温晚凝下意识吸了一口气。

凌野没有直说，但很明显，他绝对是认真看过了。

可什么叫她会不会困扰？

他的反应超出预料太多，温晚凝越来越看不懂他了。

本能地想回一句“为什么”，但她又觉得这样似乎有些不解风情，于是也按下语音键，认认真真地回答：“不会。”

两人如今的热度和人气有着云泥之别，凌野任她无限期蹭还不澄清，随便谁来评判都会觉得是她捡了大便宜。这时候再提心里的那点别扭，就太矫情了。

温晚凝咬了咬唇：“先不说我，要是你被这些东西影响了心情，我真的很抱歉，你可以随意和我撇清关系，我完全没问题。

“我、我可以再配合你做后续的澄清，那条帖子里其实就是一些巧合，人这一辈子谁都会突发奇想做一些事情，这也很好理解吧？”

下一条语音里，凌野似乎是很轻地笑了声，语气却依然正经。

“但我不是个会突发奇想的人。

“我的生活很规律，不会莫名其妙去看午夜场电影，也不会突然求神拜佛。

“车队直播拍到我戴着你送的手串，是因为我每场比赛都戴着，没摘下来过。”

温晚凝捧着手机听完，分不清热的到底是手机还是耳朵。

她抿唇安静了片刻，又问：“你……相信这种玄学？”

隔了会儿，凌野的声音才顺着听筒传过来：“其实赛车服里面戴什么都很硌。

“是你给的，所以我才一直戴着。

“换句话说，因为是你，所以我才会相信，你明白吗？”

话语结束之后好几秒，温晚凝的手机还贴在耳边，像是被那几句话定住了。

从焦虑到愧疚到茫然失措，她的心情像是坐上了云霄飞车，跟着同一个人的名字剧烈起伏。

把手放下时，她的脸不小心蹭了一下屏幕，还顺便点开了外放模式，凌野的声音从大洋彼岸翩翩降落，重新在她昏暗的小卧室中响起。

“因为是你，所以我才会相信……”

仿佛脊椎通电，温晚凝慌慌张张把屏幕按灭，抬起手搓了两下脸，把遮光窗帘向两边用力一拉，迎着光努力睁大眼睛。

一定是自己还没睡醒。

温晚凝想。

第五章 永无岛

外面天是亮的，只是个阴天，风吹得小树苗乱晃。

经纪人打视频电话来催起床，温晚凝从小窗探出个头，脸颊和耳朵都还泛着点热。

周芙挺诧异："没盖好被子，发烧了？"

温晚凝："可能吧。"

"那可不行，"周芙表情骤然严肃起来，"我一会儿先带你去买点药，过两天红毯还要挨冻，不能恶化了。"

温晚凝应着："嗯嗯，知道了。"

她冲了个澡，连拍爽肤水的力道都比平常更大了些，啪啪作响，试图把那些莫名其妙的赧然击退。

直到上了车，被周芙唠唠叨叨的嘱托洗脑了半个小时，她的心情才渐渐平息下来。

温晚凝重新解锁手机，还停在她和凌野的聊天界面。

她深吸一口气，努力不去看上面那几个看似温良的语音泡泡。

温晚凝：睡了吗？

温晚凝：过几天你回国后，一起吃顿饭？

这次等待的时间稍微长了点，快到目的地时，凌野的消息才发过来。

凌野：刚刚在洗澡。

温晚凝的脸又开始烧了。

她又不是在查岗，这人倒也不必事事跟她报备。

凌野：明天晚上九点可以，正好有工作回申城。

……明天？这么快？

温晚凝：那好，我约好餐厅给你发地址。

想到点什么，她又急急补充：正好回来工作的话，何塞一起来吧？别把人家晾一边。

那边沉默了一会儿才应了句“好”。

第二天没什么重要的工作安排，只是试镜明确圈定了场景。

温晚凝换了身厚实的毛毛睡衣，把家里的电暖器和空调全打开，舒舒服服窝了一天，翻来覆去地看那本《春夜》的原著。

年龄差十岁的姐弟，在经营废品站的养父养母意外离世后，姐姐靠在小饭店做工，辛辛苦苦把捡来的弟弟养大。随着弟弟逐渐长大成人，终日不见天光的瓦房檐下生出了青苔，也滋生出了禁忌的爱意。

片中的女主角后天失聪，为此，温晚凝特地准备了一对二手助听器。

她一边用荧光笔画对白，一边回忆着当初凌野第一次试戴助听器时的微表情，试图更好地把女主角的心情表达出来。

中午刚过，离约定的时间还早，手机振了两下，来自她刚设的星标好友置顶第一位。

凌野：小区地址发我。

温晚凝：[？]

凌野：今天正好开车，一会儿结束了接你一起。

温晚凝一下子有点蒙。

虽然已经是很久以前的事情了，但凌野毕竟在她华山路的房子里住了整整半年，按照他那样的变态记路能力，蒙上眼睛都不可能找不到。可怎么听他的语气，却好像是笃定她搬了家？

温晚凝想来想去也没个头绪，索性不再纠结，把小区定位发给了凌野。

平时没感觉，现在看着地图上那个偏到快要进苏省的红点，连她都觉得自己混得挺惨的。

温晚凝：不好意思啊，我们小区真的很偏……你那边应该挺忙的吧？我去找你也可以。

凌野：不远。

凌野：晚上见。

夜里下雨，路面湿滑，他来得依然很准时。

温晚凝撑伞下楼，越靠近大门脚步越缓，心跳也莫名加快了几分，已经分不清是因为走得太急，还是因为看见了路对面停的那辆车。

温璟曾经对着广告尖叫过的限量款梅斯跑车，银灰色，在雨夜的路灯下泛出淡淡的金属光泽。副驾驶门边立着一道人影，身形颀长，轮廓英挺，注意到她投来的目光，转身面向她，微微抬起黑色的伞檐。

越是靠近，伞下的人就越是清晰，直到两人之间只有一步之遥时，温晚凝再难抑住自己的惊讶——凌野今天穿了正装。

也许是前面的工作刚结束，他一身黑色正装剪裁合身，越发显得宽肩窄腰，近乎耀眼的英俊，贵气逼人。

娱乐圈有种说法，红气养人。也许对于赛车手来说，过硬的竞技实力也类似。

眼前凌野的样子，比录节目的那几天更贴近她的想象。

让温晚凝几乎要忘记他们的初遇是在那样一个狼狈的大雪之夜——她见凌野的第一面，对方的一双手修长却通红，关节上生着斑驳的冻疮。

那些窘迫的日子，不再像是他来时的路。

他像是本应如此，稳稳立于高处。

温晚凝脑子里胡思乱想着，留意到对面伞面被浸透的痕迹，越发觉得不好意思："我应该提前一些下来的，你等很久了吧？"

凌野手腕微抬，把伞朝她的方向倾斜，盖过她小伞的伞面，垂眸安静看了她一会儿："就两分钟。"

"上车吧。"凌野弯腰帮温晚凝打开副驾驶的车门，另一只大手贴在车门上边缘，体贴地不让她磕碰到。

擦身而过的一瞬，温晚凝仿佛闻到了一阵淡淡的薄荷味。

不像是香水，倒像是更贴肤的沐浴露或者须后水，带着男人身上的体温，让她不由自主地屏住了呼吸，向后靠坐的动作都有点僵硬了。

直到凌野在驾驶座坐好，抬手示意要不要帮她系安全带时，她才恍然回神，急忙摆了摆手："不用，我自己来。"

扯过安全带，向左转身扣好之前，温晚凝感觉腿边像是被什么东西挡了一下，传来一阵包装纸被压过的窸窣声响。

她这才注意到，副驾驶座上竟然放了一束花。

粉色系的玫瑰一大捧，不是街边花店随处可见的品种，十几种一看就知价值不菲的花材层层叠叠团簇着，轻盈的蝴蝶兰之中，几支洛神探出头来，每一片花瓣都娇嫩欲滴。

温晚凝把花束放在膝盖上，看了好一会儿才迟疑地抬头去看凌野，难以置信地开口："这是……送给我的花？"

车里没开灯，凌野双手搭在方向盘上，前车的尾灯透过挡风玻璃，映得他耳尖像是泛着点红："今天的活动主办方送的。

"你不嫌弃的话，就拿走。"

温晚凝攥着手听完，剧烈的心跳被他的话消解，侧过脸去呼了一口气。

和她预想的不同。

凌野平时开车很稳，连点刹车都感觉不到的那种稳。高架桥上的光点在车窗两侧平稳滑过，前挡风玻璃微微反光，映出男人分明的下颌线条，薄唇轻抿着。

温晚凝安静了好一会儿，强装自然地开始找话题："你这车不错。"

凌野侧过脸看了她一眼，声音平静地回答："别人送的。"

谁会送人接近八位数的车啊？

温晚凝转过头，看向他在幽暗环境中格外立体的侧脸，抱着半开玩笑的心态脱口而出："哦？喜欢你的女生？"

凌野微怔，像是根本没想过她会这样猜，放在空调出风口上的手都顿了一下。

他很快敛眉看向前方，但片刻的讶异过于明显，让温晚凝想起了他暗恋不得这件事，不由得万分后悔，恨不得按下撤回键。

“领队去年送的年终奖，”凌野回答，“没有什么女生。”

温晚凝面色微红，除了干干地“哦”一声，夸两句良心车队善待优秀员工，一时间也不知道该如何回应，只好把脸埋进花里闻了两下，借此掩饰情绪。

凌野却像是礼尚往来，称赞起她手腕上的玉髓手链，语气很认真：“手链很衬你。”

“谢谢哦，”温晚凝条件反射地开始学他，“别人送的。”

“男朋友？”凌野开口，比她直接了百倍。

车里一直没开音乐，安安静静的。

凌野的一双眼漆黑，如窗外的雨夜。他打转向灯下高架，看向前方绵延的公路。

明明他没什么特别的情绪，但温晚凝就是觉得气氛骤然凝重了起来，连忙回道：“不是不是，我朋友送的生日礼物。”

“戚酒酒，你见过的。”她简直觉得自己像个急于自证的渣女，平白生出点心虚，“我没有男朋友。”

短促的沉默后，凌野才“嗯”了一声。

下桥之后的坡道，驾驶座外的光线被桥立柱分割，男人浸在湿润的夜色之中，温晚凝再怎么偷偷瞄他，也只能看清他一侧沉静的眼和薄薄的唇——像是很快地弯了弯。

……她没有男朋友，真就这么可怜？

包厢内部贴合公馆的装潢，是新中式的设计风格。浅米色的墙面，檀木菱格窗和地板，垂落的灯罩上是绢绣的腾云暗纹，空气中弥散着浅浅的陈皮线香，低调雅致。

从进了餐馆开始，菜还没动几筷子，变故就接二连三的，先是从凌野那儿得知何塞临时有事来不了，后来周芙也急急打电话过来。

温晚凝捧着手机去了角落。

壁灯柔柔映在身后，将她纤细的腰线尽数勾勒，一道影子晃在屏风上。

女人离开后，凌野才拿起设成免打扰模式的手机，去看早已经被塞爆的消息栏。

国内的经纪团队体谅他有时差，催他在京市时间零点前看一眼跨年晚宴的行程表。

更多的消息来自何塞，从四五个小时之前就开始发。凌野没理，对方也毫不气馁，消息泡泡像豌豆射手似的，叭叭叭弹了一串。

凌野刚点开，何塞又闪电降落一条“我看见你了”，他只好把注意力从屏风处收回，勉强分了一些给海对岸的队友。

何塞：一大早找你半天没见人，领队说你请假凌晨就飞回国了，真的假的？怎么连我消息都不回？

凌野：嗯，很忙。

何塞：……你那儿都快十二点了吧？大半夜的能忙啥？

凌野：吃饭。

何塞的“对方正在输入中”消失两秒，发来一串问号。

何塞：冬测还没搞完，队里又逼你回国找大赞助商化缘了？

何塞：是被隔壁公牛的小道消息吓的吧？新赛季造的什么火箭车，这么烧钱？

凌野懒得跟他解释。

凌野：有事说事。

何塞发来一个“金毛敬礼”的表情包。

何塞：你们车组明天风洞测试，安妈喊我再提醒你一声，明早八点半，要看见你人出现在测试场。

凌野：好，我一会儿就去机场。

何塞：不是……我说，哥，你这也太卧薪尝胆了？

何塞：你二十四小时里得有一大半都在路上了吧？就为了回国陪那些资本家吃顿饭？

凌野抬眸，看见屏风后的女人换了个姿势，唇瓣轻轻张合，像是有些泄气地靠在墙上。

凌野：先不聊了。

何塞：别走啊，你也是好不容易才出来摸鱼透透气，我陪你你还不乐意了？

何塞：说说呗，你今天陪的老板我见过吗？

凌野：见过。

何塞：谁啊？上次那个姓汤的还是姓周的？

凌野握着手机，面无波澜地打字。

凌野：老板姓温。

凌野：温晚凝。

聊天框那头的人足足沉寂了半分钟，然后是一个“无语”表情包。

何塞：……你牛。

何塞：天知道一分钟前我还在心里狠狠帮你骂车队，我真的是全世界最可怜的狗。

何塞：可你就这么空手去了，姐姐会信你真是工作顺路？

凌野：我买了花。

何塞静了两秒，语气一言难尽。

何塞：然后说是活动送你的？

没等到凌野回答，他已经为这个大概率正解的推理凝噎了。

何塞：你为了追姐姐，连睡觉都戒了也就算了，直接一点开口说“这我送你的”，是能判刑还是要吊销你驾照?

凌野：你不懂她，她不会收。

何塞：你最懂，你这么懂至于现在一句话都不敢说?

他甩来一张截图，凌野点开，看见队友微信界面上自己的备注被改成了“懂王”，极尽嘲讽之意。

何塞：不是还有几个小时吗？不会说，做的总会吧？我要是你，我就直接带姐姐去个安静又氛围好的酒店，美男出浴直接壁咚。

凌野敛眸看了一会儿，长指打字。

凌野：那是犯罪。

从屏风后面出来，包厢内的气氛一如刚才平静，温晚凝完全没意识到凌野这边的动静。

面前的普洱茶还是热的，她有些惊讶地道了句谢。

凌野眼睫微垂，看向她无意识蹙起的眉头：“遇上什么事了吗？”

温晚凝有些欲言又止：“经纪人的电话，说我小区那边有娱乐记者蹲我。”

现在已经快过午夜，温家父母向来都睡得很早，母亲更年期浅眠，稍微一点儿动静就醒，醒了第二天就会浑身疲乏，温晚凝不太忍心去做这个坏女儿。

住酒店的话……她又没带身份证。

挺头疼的。

温晚凝刚刚翻了一大圈微信，她在申城生活了这么多年，此刻正好遇上戚酒酒去北京出差，竟然找不到人收留自己。

凌野像是看出了她的顾虑，平静地开口：“我今年夏休时在梧桐区那边买了房子，离上戏不远。因为我平常在基地多，回国的机会很少，知道我是房主的人很少。”

温晚凝一愣，抬头去看他。

对方进门时就把西装外套脱了，里面是一件干净熨帖的黑衬衫。男人的皮肤不算白，有着浅浅日晒的痕迹，指骨修长明晰，从指尖到腕部青筋经络分明，腕骨处被简洁的银色袖扣束缚住，有一种很有男人味的质感。

“姐姐可以先去那边住几天。

“小区安保严密，你也在附近生活过，对环境都熟悉，被拍到可以顺势说是自己的房子，没人会怀疑。”

温晚凝脑子宕机：“那你……”

这不就等于是绯闻情侣的同居猛料，上赶着往小报记者镜头里送？

凌野垂眼打开和何塞的聊天界面，轻点两下屏幕，把对方那条风洞测试的消息放大，轻推到她面前：“车队明早还有行程，我收拾好行李就走，不会和你独处太久。”

他最后这句话一出，温晚凝迅速窘迫起来，羞愧极了。

她想来想去，还是把回绝的话咽了下去：“那麻烦了。”

出道十年，她已经不是年轻的小女孩了，连戚酒酒都在家里偷偷幽会过年轻小生。

可能是被麦礼文圈子里的前辈们影响，温晚凝一直以来都保守得有些格格不入，从来不在家里这种私密的地方见圈内的异性，总觉得心里有些抵触。

但如果这个人是凌野……意外地，她并没有什么异样感，仿佛潜意识里就觉得他身边是安全的。

温晚凝曾经住过的小区坐落在被梧桐树掩映的华山路核心街区，是十八岁生日时父母送她的成人礼物。父母尊重她的自主权和隐私，除了开始时偶尔帮她盯两眼装修，登门的次数屈指可数。几年前，为了办工作室，她忍痛卖掉了房子。

温晚凝始终将那里看成她的专属永无岛，那么长时间里，她带上门的人除了戚酒酒，也就只剩十七岁时的凌野了。

正因为不舍到了这种地步，只是坐在凌野的副驾驶座上，看着他开车经过那条熟悉的街道，听着轮胎轧过湿润厚实梧桐树叶的声响，温晚凝的心跳就已经抑制不住地开始加速。

疑惑，难以置信，再加上一点越来越在心底膨胀起来的、近乎不可能的妄想。

这样复杂的心情，在凌野在地下车库停好车，带着她一路乘电梯来到那个熟悉的十层，拧动钥匙开门后，达到了顶点，然后随着一声点亮整间客厅的开关声，彻底在她心头炸开。

——明亮的枫木地板、和过去一模一样的植物花纹窗帘、皮质沙发上的白色羊毛毯子收拾得很干净，甚至茶几下面还放着她常用牌子的护手霜。

温晚凝感觉自己像是做了一场跨越六年的、漫长的梦。

醒来之后，她发现时间并未流逝。

她从年末的寒风里回到家中，客厅和客房是亮着的，油烟机上的小灯可能也是亮的。

有人会在某个地方坐着或站着等她，一张清俊的脸难掩年少人的局促，即便戴着助听器，也习惯性地垂眸，专注看向她的嘴唇。

温晚凝换好鞋，站起身，嗫嚅了一会儿才找回自己的声音：“你把这套房……买回来了？”

她清楚地记得，当年与她完成过户的，是一位三十岁出头的女性。对方搬入新家半年后，温晚凝还不经意在某软件上刷到了这套房。

新房主的丈夫是知名室内设计师，自住房兼做案例，承重墙之外的墙体几乎被全部砸掉，除了窗外的街景依然维持着原样，完全变成了她认不出来的样子。

她不清楚在凌野买下前，房子最终是一种怎样的状态。

但是设计师的名气加上好位置，凌野为此付出的代价，绝对远远大于过去的任何一个时间点。

人明明就不在国内，如此大费周章地买下，只为了恢复成原来的样子，他图什么？

凌野去厨房倒了杯温水端过来："去年开始就想在申城买房，但没什么机会去看。

"记得你一直跟我说这里位置好，碰巧看到房主在卖，就买了。"

他这样说，也没办法打消温晚凝心头的另一个疑惑："那装修是……"

"我比较念旧，"凌野在她身边坐下，松了松领带，"不习惯太现代的装修风格，设计师咨询意见的时候，我就把之前的几张照片给了他。"

温晚凝捧着杯子喝了口水，把杯子放下时，又因为和记忆里过于相似的釉质花色微怔。

是要花多少钱请的设计师，才能做到这种精度的还原？

太多信息一下子涌入脑海，她快要不能思考了。

凌野忽然起身，离开前转头看向她："我去洗个澡。"

温晚凝耳郭发热："那你去啊，现在你是这个房子的主人，没必要请示我。"

凌野无声地笑了一下："家里的东西都还是老样子，你可以到处转转，所有的房间都可以进。"

温晚凝看着他推开客房门，从衣橱里拿了换洗衣物再出来。

直到浴室的门关上，灯光亮起，她才反应过来，凌野去的并不是主卧的浴室，而是客房隔壁，当年他唯一被允许使用的浴室。

凌野为什么一直把主卧空着？

温晚凝心里隐约有一个答案，但刚露出一点头，就有另一个长着尖尖角的小恶魔钻出来，笑她自作多情。

它在温晚凝脑子里叽叽喳喳，对她的良心进行拷打：你是不是忘了当年毕业喝多发酒疯，强吻凌野的事情了？你自己犯了这种禽兽不如的错误，居然还要迁怒别人，在人家根本就不会几句英语的时候把人流放出去，不仅如此，还在整整六年里不闻不问。

而与此同时，另一个天使小人也翩翩降临在她额前，一言不发，只用闪烁着圣光的权杖指引着她去看：整个空间里，没什么多出来的装饰，门口挂着凌野的几件衣服，现在又多了她的一件大衣和换下来的高跟鞋。

不仅是家具，就连鞋柜上整齐排放的多肉植物、厨房水槽里笑脸形状的刷碗海绵，甚至主卧床上蓬松的米白羽绒被都还保留着当初的样子。

浴室门隔音效果不是很好，轻微的水流声传了过来，混着淡淡的沐浴露味。

她代言的那段时间，因为品牌方送了太多，身边所有工作人员一年的洗化用品都被承包了，连周芙都笑称"闻个味儿就能认出谁是我的宝"。

温晚凝带回家了一大堆，用着用着就腻了，基本都随手扔给了凌野。

这么多年过去了，他居然还在用……

说是念旧，可是真的有人能念旧到这种程度吗？

温晚凝也说不出自己现在是种什么心情，震撼也有，不解也有。

十楼的飘窗外冬雨淅沥，冷雾混合着街上的霓虹，她就这样站在原地愣了好久。

直到身后拖鞋的脚步声渐响，温晚凝吓了一跳，有些僵硬地转过身。

浴霸刚关，暖黄色的明亮灯光逐渐暗下来，凌野换了身深灰色的宽松T恤，一边擦头发一边向外走，蓬乱的刘海湿漉漉的，压迫感如湿气弥漫，温晚凝下意识地别开眼神。

像是猜到了她心中所想，凌野眼神深了些："我让你觉得不舒服了吗？"

温晚凝下意识地摇了摇头。

凌野长睫垂下："我小时候一直借住在叔叔家，也没什么朋友，不知道别人的家是什么样的。"

疑惑他突然扯开话题，温晚凝抬起头来看他。

凌野的眼底在暗光中更黑了，像是深冬时分的北国湖泊。

他就这样专注地看了她一会儿，从躲闪的双眸到嘴唇："我没有太多关于家的想象力。"

"拿到房子钥匙的时候，"凌野低下头，声线很平静，"我只能回忆起你。"

他的话直接到让人难以招架，温晚凝怔在原地，本来准备好的一肚子话都忘了个干净。

回忆起她的什么？是回忆起和她一起共度的时光，还是和她一起生活过的地方？

不管如何理解，当年的凌野对她无疑是眷恋的。

联想到当初自己做的那些事，和刚刚对他的怀疑，温晚凝的心忽然被一阵急促的涌流击中，愧疚到说不出话来。

"我当年……"她颊上发热，一时间说话有些不假思索，"我当年不是故意赶你走。"

凌野在黑暗中注视着她，低声道："我知道。"

"房子我也很舍不得卖。"比起作为姐姐的面子，那种把家人共同珍视的东西偷偷卖掉，再被对方暗地里赎回的感觉太过复杂，让她无论如何都想向他解释清楚，"那个时候，几乎所有广告和剧组都来要赔偿，公司要干掉我身边的人，我想保她们，付违约金只能快不能慢。"

温晚凝垂下眼帘，看着对方的影子覆盖过来，和她的叠在一起。

"我在那之后换了手机号，微信也都重置了，如果你联系过我的话……我只是没收到。"

凌野点点头："好。"

预想中的指责和抱怨一句都没听到，温晚凝的心情不上不下，抬眸看向他："所以你有没有给我发过消息？"

静谧之中，凌野敛眸凝视着她。

温晚凝胸口微微起伏，纤细的睫毛微微颤动着，带着一点微妙的希冀。虽然可能性微乎其微，虽然有点卑劣，但她希望……对方能给她一个尽量否定的答案。

哪怕只是联系过几次，很快就放弃了，她心里也会好受许多。

凌野声音沉静："有，但没有太多。"

没来由地，温晚凝感觉自己眼眶热热的，眼泪都快要掉出来了。她借口喝水，赶紧冲去了客厅，趁着把头发散下来重绑的空当，扇了两下风，偷偷用手背擦了擦眼睛。

可就在她抬手梳头发的工夫，听到几声翅膀扑簌的细微声响，茶几上的发圈没了。

温晚凝几乎都要怀疑是自己幻听。

直到凌野走到窗边，那个过于迪士尼的音效又再次响起，伴随着几声小鸟兴奋的大叫。

温晚凝抬头看向角落，一只黄色绒球般的玄凤鹦鹉站在凌野肩膀上，红脸蛋鼓鼓的，叼着她那个粉色的真丝发圈，蹦蹦跶跶地往他脖子上蹭。

小动物是特效药。

温晚凝看得目瞪口呆，刚刚还七零八落的情绪也都平复了回去："你养的小鸟？"

"嗯，"凌野靠墙站的姿态很放松，"平时在家散养，有人来定期打扫卫生，顺便会帮我照顾一下。"

"虽然很可爱，但是……"她纠结了一会儿，觉得还是有必要开口，"它把我的发圈拿走了。"

凌野："它平常就喜欢偷东西，脾气还不好。觉得偷走就是自己的了，一会儿就叼回自己笼子，要是去拿的话还会啄。"

温晚凝愣了愣。

凌野晃了一下手机："我转账给你。"

小鸟已经把发圈戴在了脖子上，像穿了件粉色泡泡袖的宝宝装，圆眼睛亮闪闪的，蹦迪一样地晃来晃去。

温晚凝看得心软，摆摆手："算了。它叫什么名字？"

凌野说："三千万。"

"三千万……"温晚凝跟着复述了一遍，一下也不知道该如何夸，"好别致的名字。"

凌野的行李就一个双肩包，他凌晨出的门，没让温晚凝送。

没想到会以这样的方式回到熟悉的房间，温晚凝本来以为自己会睡不着，结果却一夜无梦。

上午还有林宙那边的二次试镜，周芙怕她睡过头忘了，特地打电话来提醒。

温晚凝“嗯嗯”应着，轻手轻脚走到客厅的角落里，看见三千万还在枕着她的发圈呼呼睡觉。想起凌野的那句“会啄人”，她只好灰溜溜地回来，把从凌野那里收的东西装进包里——

一个黑色的信封，没什么装饰，折得很漂亮，里面放了张薄薄的银行卡。

凌野走的时候没解释太多，只说密码是她的生日。

当初说好要还的三十万，最多再加点利息，温晚凝接过的时候也没推让。无论过去还是现在，她都尊重那个十七岁少年的自尊心。

周芙那边车窗开了条缝，呼呼风声灌入：“我现在去接你，你在华山路哪个酒店？”

“不是酒店。”温晚凝肩膀夹着手机，一边穿衣服一边往门口走，说了小区的名字。

“怎么？”周芙调侃的语气浓厚，“还是忍不住投降，回家跟爹妈坦白撒娇，把房子买回来了？”

她卖房子的事一直没跟家里说，工作室里谁都知道。

温晚凝弯腰穿鞋，面不改色地胡扯：“这边有个朋友收留了我一下。”

周芙冷嗤一声，开她玩笑：“谈小男朋友可以，别被我抓到哈。”

“真没有，挂了。”

《春夜》第二次试镜，只要是叫得上名字的主次角色，演员都要确认下来。

候场的一线小生多到眼花，堪比半个电影节颁奖礼后台。

温晚凝换好衣服出来，在等候室后排看见了魏应淮。

对方愣怔了两秒，弓着腰小步跑出来：“晚凝姐，你今天真的……”魏应淮眼睛一眨不眨地看看她，语气几乎敬佩，“虽然还没开始演，但我觉得你已经是那个姐姐了。”

温晚凝笑了笑：“台词背好没有？”

“背一礼拜了，”魏应淮小粉丝状态又有点上身，“别人的话我说不准，要是晚凝姐你和我对戏，我觉得我肯定能超常发挥。”

“那就希望我们能分到一起。”

工作人员已经开始陆续喊人入场，温晚凝在魏应淮旁边靠着墙，又把今天的试镜剧本看了一遍。

片段是林宙随便挑的：弟弟考上了全国 Top 级别的理工大学，毕业典礼这天，姐姐精心打扮过，却因为弟弟的女朋友也在场，自卑又手足无措。

夏夜的晚风，带起黏稠又无声的暗恋心绪。

林宙想看的，就是他们对这段三人拉扯的理解。

他们看笔记的工夫，身穿黑衣的选角导演过来叫人：“应淮，到你了。晚凝正好也在，林导喊你过去对下一组的戏。”

魏应淮差点当场喜极而泣，分别朝着两人的方向拜了拜，推开试镜场的门轻声进去。

小桌子后面坐了摄像、编剧和制片人，林宙懒洋洋倚在中间的椅子上，朝他们一抬手："从上车这里直接开始。"

房间空空荡荡的，四周都是巨大的镜子，温晚凝深吸了口气，点点头："开始吧。"

为了配合戏中的人物角色，温晚凝今天是素颜，麻花辫略显凌乱，额前的碎发被汗水粘在脸上。只是助理导演做了虚拟打板的时候，魏应淮能明显感觉到站在自己身前的人完全不一样了。

脸还是那张漂亮的脸，少了些温晚凝本人的安定，多了些徒有阅历而无体面见识的警戒和自卑，以及藏在羞怯眼神之下的痴迷。

这里的情节是女友习惯性地想坐上副驾驶，被反应过来的弟弟打圆场赶去了后座。

温晚凝坐上车，怕助听器丢了，低着头飞快捋了两下鬓角，然后有些窘迫地试图将反光里太红的嘴唇抿淡一点。

这个助听器平常她在厂里上班时都舍不得戴，来之前特地充满了电。

听着后座上不断传来的清脆女声，她却没了兴致，抬手把助听器摘了，仔细装进绒布袋子里。

魏应淮侧着脸瞥她一眼，从后视镜里看向女友，语气中充满歉意："我姐助听器没电了，她不是故意的。"

林宙喊了声"停"。

他镜片后的眼睛饶有兴味："晚凝，为什么不把后背靠在车座上？"

按照正常的生活习惯来看，只要系上安全带，人就会习惯性地往车座上靠，像温晚凝刚刚那样远离椅背的动作，其实是反常识的。

"毕业典礼的这天天很热，她没来过大城市，羞于和人打交道，因为说话的语调很怪，也不好意思跟别人问路，在校园里转了好几圈才找到位置，基本上一路都是跑过去的，身上都是汗。"屋里有点冷，温晚凝把两手叠在一起，阐述着对角色的理解，"她知道自己可能注定融入不了这个世界，那唯一能做的就是保全自己的尊严，不在车座上留下汗印。"

林宙坐直了些，和编剧交换了一个眼神："好，我们稍晚些会给最后的答复。"

魏应淮出去后，温晚凝又和别的男演员搭了几次戏，走出排戏室，人已经累到有些恍惚。

魏应淮还没走，手里抓着两瓶柠檬水飞奔过来。

温晚凝挺诧异："我还以为你会回去等。"

"回去更折磨。"魏应淮把其中一瓶常温的递给她，"听说林导完全没有选择恐惧症，基本上是把人都试一圈讨论个十几分钟就定了，索性等个痛快再回去。"

想起刚刚试戏时候的互动，他还是觉得激动："晚凝姐，你真的神了……

怎么会连坐姿这种细节都想得到啊？”

温晚凝浅笑，谢过他的饮料，找了把椅子先坐下：“生活经验吧。”

只不过不是她自己的。

最初看《春夜》本子的时候，她只是把女主角当作一个遥远的、和她生活经历截然不同的小姑娘，第一次试镜的表现也许真的如林宙所说，“感觉不对”。

但是和凌野重逢之后，她越来越多地在这个角色身上看到了十七岁凌野的影子：像小飞蛾一样闯进大都市，长久生活在常人难以想象的静谧世界中的孤单的灵魂。

当年的凌野，被夸的时候会安静地红了耳郭，然后是不自在地敛眸，漆黑睫毛投下一小片阴影。

她说今天得空回申城，可以去赛车场接他，他就背着包站在赛车场外小巷的昏暗处一直等，连她迟到了一小时的那次，也毫无怨言。

上车后，他会挺直背不靠上去，她一开始还调侃他是不是偷偷穿了背背佳，后面才发现是他觉得自己出汗太多，不想弄脏车上干净的粉色靠背。

那时候凌野还在长个子，比现在的结实体型要瘦一些，也许是因为白天的训练强度实在太大，这样直直地坐一会儿，辛苦到腰都在颤抖。

幅度很轻，但她就是注意到了，飞快伸出右手一戳。

凌野猝不及防，整个上半身像触了电，向后剧烈一仰，俊脸在幽暗的环境中红了一片，也不知道该说些什么，几乎是无助地看着她。

温晚凝偏偏还要抱怨似的扬眉：“能洗的呀。”

试镜结束后，走廊里的人散了大半。温晚凝跟魏应淮道别，被周芙在小楼后面接上。

她刚系好安全带，周芙看了一眼她手里攥的柠檬水，从塑料袋里捞出一瓶换过来：“你喝这个，什么柠檬水，不吉利。”

这是瓶从包装到名字都无比喜气的大红袍，温晚凝拧开盖子喝了两口，瞥她：“那你怎么不穿旗袍来接我？”

“我还真特地试了，”周芙靠在驾驶座上，语气轻快，“就是最近和阮佳她们老点外卖，吃得太好，穿不进。”

温晚凝被她逗笑，心里的焦虑缓解了不少。

没有投资方做靠山，只有导演的一点好感做保证，她充其量就是只比其他几位同期花多一些胜算，不见到最后通知，谁都不敢说会怎样。

两人谁都不愿意说出“紧张”这两个字，一起在停车场里等了大半个小时，并排摆在前面的手机才“嗡”了一声。

温晚凝心怦怦直跳，深吸一口气，把周芙的手机双手递过去：“你替我看。

“过了就眨两下眼，没过就眨一下眼，我们就当这件事没发生过，谁也别再提。”

周芙比了个“OK”的手势，划开消息提示栏。

她半晌没说话，也没动作，急得温晚凝双手合十，还可怜兮兮地轻轻晃了晃。

周芙开始眨眼。

温晚凝眼巴巴地盯着数数，一下、两下、三下、四下……

周芙终于不愿意再折磨她，直接将手机屏幕翻转过来：“温娘娘，咱们起驾回宫了。”

“这就……过了？”温晚凝心脏都快从胸腔里跳出来了，抬手捂住嘴，“不会我所有运气都用在这儿了吧？”

“这才哪儿跟哪儿啊？你之前影后连连看的时候，可没说过这种话。”周芙听得想笑，拧钥匙打开车前灯，看见停车场出口那儿还站了个年轻男生，一身卫衣，上蹿下跳的，像是撒欢的泼猴。

乍看挺可疑的，靠近了点才看清剑眉星目的一张帅脸，竟然是魏应淮。

“小魏也过了，你感觉怎么样？他能挑得起男主大梁？”

闻言，温晚凝这才去看通知后面的几行，强压着心跳回忆了几秒：“小孩戏挺好，就是差点运气。”

“我这两天倒是听了点小道消息，”周芙挑眉，“不过你去录了节目你最清楚，嘉悦那位公主看上小魏了？”

周芙降下车窗支付停车费的空当，魏应淮小跑绕道窜到温晚凝这边，满脸诚挚地举起手机，展示缓缓滚动的荧光大字应援。

——温老师，我唯一的姐，温老师，我爱您。

温晚凝看得愣住，朝窗外挥了挥手，缓缓回身，和身边表情复杂的周芙交换一个眼神：“这个你放心，据我所知……乔梨应该对这种傻帅哥没什么兴趣。”

温家祖上好几代都做生意，讲究人旺财旺。

今年元旦，温晚凝给工作室里每个小姑娘都包了比往年更厚的大红包，特别是给周芙和阮佳的两个，更是放了实打实的金钞，讨个开门红的彩头。

只要还在圈子里混，无论是演员还是歌手，各卫视的跨年晚会都是必争之地。

顶流被各大台砸钱争抢，负责压轴，人气稍弱一点的小明星，只要有热度，也会被邀请来坐在台下陪跑，摄像摇臂时不时切几个镜头，充当粉丝们找乐子的素材。

往年温晚凝和这些活动基本绝缘，有作品的时候走走几个电影节的红毯，没作品的时候直接提前给助理们放假，自己也窝在家里补觉，美其名曰错峰休息。

但今年情况不太一样。

《临时起意的旅行》第五季收视率一路高歌猛进，有成为开年现象级综艺的趋势。

温晚凝本来被橙台邀请，和其他几位嘉宾一起唱主题歌，碍于好几个嘉宾的排练时间都空不出来，只能作罢，临时改为了“临旅陪跨团”，和姜芸、魏应淮作为代表，在舞台下面的小圆桌边看表演，时不时晃一下牌子，给节目刷刷脸。

零点将近，台下一大半艺人刚刚都表演过，被工作人员带上台排好队形，热热闹闹准备跨年倒数。

姜芸也被叫了上去，魏应淮在温晚凝身边一路目送，小声感慨：“上节目之前，我经纪人还在担心，要是我毕业了没工作怎么办，没想到现在能上跨年晚会，录完节目还能无缝进组。”

“之前民国片的热搜是因为晚凝姐，”他刚出道没多久，说话有种还没来得及沾染世故的真挚，“这次能进林导的组，也是因为你帮我对戏。

“我能有试镜机会，说白了就是因为《临时起意的旅行》红了，要是没有你和凌野哥一块儿上节目，我今晚估计只能在家打游戏。”

温晚凝被他的郑重搞得有点惭愧：“你非要谢的话，还是谢凌野吧，我其实也没做什么。”

随着节目的播出，那个叫作“语温作野”超话的热度每天都在增长，她也跟着体验了一把蹭到顶流的眩晕感。不仅过去一个月里涨的粉比三年里加起来的都多，就连跨年晚会前的酒店出发照，转评区里都多了几千条评论。

零点的钟声临近，舞台上出现了数不清的 VR 特效投影，欢快的音乐声中，闪烁着银光的雪花碎片飘飘坠下，没什么镜头往台下扫。

温晚凝趁机拿出手机，找到凌野的微信。

凌野好像最近一直很忙，今天中午倒是久违地发了条微博，是和车组一起庆祝新年的大合影，外加一段不长的祝福词，不知道现在正在做什么。

舞台上的橙台当家主持说着串词，大屏幕上的巨大数字缓缓亮起，已经准备开始新年倒计时了。

主持人的声音越发激昂：“现在让我们最后一起倒数五个数，五——四——三——”

温晚凝在对话框里敲敲删删，打下第一个感叹号时，耳边的“一”刚刚落下。

零点钟声敲响，无数金箔、彩带从高空旋转着洒落。

一片欢声笑语之中，台上台下的艺人们互相祝福，魏应淮被气氛感染，对她说了句新年快乐后，也冲去和邻桌相熟的正剧小生抱了抱。

温晚凝这边倒是没什么人凑过来，她还在酝酿着后面的话要怎么写，屏幕上方的“对方正在输入中”突然闪了闪，然后出现了一行字。

凌野：姐姐新年快乐。

他发消息的速度太快，简直就像是掐着时间等她一样。

温晚凝赶紧把刚打了个开头的消息先发过去。

温晚凝：凌野，新年快乐！

凌野：谢谢。

隔了几秒钟，第二条信息又弹过来。

凌野：祝你新的一年万事顺遂，平平安安。

现在的年轻人互相发跨年短信，说“恭喜发财”的比较多。特别是她现在终于有了触底反弹的机会，周芙、阮佳，甚至戚酒酒都在祝她把握机遇，她自己也做好了铆足劲拼一把的准备。

而现在，有人只盼她平安。

凌野语气真诚，温晚凝有些羞愧，本来想玩的段子也放弃了，认真想了想才发过去下一条。

温晚凝：那我就祝你身体健康，想要的都得到。

无论是去年就差一点的赛季总冠军，人生中第一次的主场胜利，还是他一直默默喜欢的人。

凌野：好，我会努力。

橙台的演播厅位于星城，美食资源十分丰富，台下的小圆桌上摆满了赞助商送来的零食和点心，甚至还放了几杯本地奶茶排队王的招牌。

温晚凝一口都没碰，魏应淮倒是吃吃喝喝得很开心，丝毫不介意被姜芸叫作大馋小子。

本来还担心气氛太正经聊不下去，眼下这会儿，一桌子吃的给了温晚凝灵感。

她开始闲扯。

温晚凝：你吃饭了吗？

算了算时差，凌野那边应该是下午四点。元旦应该会放假，不知道他会不会和朋友出去转转。

凌野：还太早，你呢？

庆祝新年的气氛太轻松，温晚凝不介意跟他多分享一些自己的日常。

温晚凝：我眼前全是吃的，但是不能动。

凌野：为什么？

温晚凝确认了一下手机防窥膜的质量，迅速打字。

温晚凝：之前被好几个导演点过，说我吃相不太行，担心被拍到不好看的镜头。

凌野：好看。

温晚凝不知道他这话是不是针对她这句回的，直到下一条消息在屏幕左边弹出。

凌野：今天的绿裙子很适合你。

温晚凝心跳都要停了。她坐直了腰背，悄悄向左右两边打量，拼命抑制着再往身后看两眼的欲望。

温晚凝：你在现场？

凌野今天来橙台的跨年晚会了吗，低调到没有一个人注意到吗？怎么可能？

凌野：我在看直播。

唯恐她不信，他还特地发来了一张橙台官方号直播的画面截图。直播频道有两个房间可以选，台上或者台下。可即便是已经选了台下，镜头对准的也是中央几桌明显更红的偶像小生。

温晚凝双指放大截图，拉到最右边的角落，才看清了一个绿与白色交织的迷你小人。

那好像是……她的上半身。

可能是刚刚碰巧有近镜头切过，不然温晚凝实在无法想象，对着这样一个小点，他是怎么能看出来合不合适的。

她没再多想，弹了个“震惊猫猫头”的表情包过去。

温晚凝：挺无聊的是吧？其实我也觉得今年橙台的节目一般般，你赶紧换个台。

温晚凝：一月中旬在乌镇有个晚宴，我到时候会去，你会来吗？

晚宴的冠名赞助商就是梅斯车，作为车队绝对核心的车手怎么可能会不出席？她这句属实有点废话了……但废话就意味着安全。

台上的众人陆陆续续撤离舞台回到座位，她准备在三句话内结束聊天，轻轻松松收个尾。

凌野：姐姐期待见到我吗？

温晚凝一怔。

温晚凝：会啊，怎么不会？

凌野：我也会。

温晚凝脸颊由粉转红，呼出一口热气，条件反射般退出了聊天界面。

什么叫他也会？

他也会什么？是也会去乌镇，还是也会期待见到她？

她并不是那种喜欢放钩子养鱼的人，只是她和凌野之间的关系太特殊，一件件往事像路障一样卡在她的思绪里，让她迟迟没办法想明白。

在凌野的解释里，虽然都是弟弟，但他和温璟是两个人，所以说话做事的方式截然不同。

可是，哪怕人和人之间再不一样。他这样是不是也有些太暧昧了？

节目每周一更，温晚凝的关注度也扶摇直上。

除了和凌野捆绑的CP热度，一则由粉丝自发剪辑的视频也火出了圈。

三分钟的视频完美卡点，细数了温晚凝出道十年以来的银幕角色。

放在最开头的，当然是她毕业那年横扫三金影后的《浮冰》。而跟在后面的几个配角，虽然在影片上映时有些不起眼，并没有引起太多关注，但只要这样单独拎出来对比细看，就凸显出了她业务能力中最值得称道的点——一部电影一张脸，根本认不出是同一个人。

温晚凝从麦礼文那里嫡传的体验派演技没有一点美人包袱，为了贴近角色，她什么都愿意做。

以至于许多观众电影看是看过了，甚至当时还感叹这个女配演技好强，但是看了这则视频之后才反应过来——原来这也是温晚凝演的。

元旦后的两个礼拜，周芙新接到的本子不少，甚至还有过去从没正眼看过温晚凝的大热 IP 改编剧。温晚凝对赚快钱没太多兴趣，只认真挑了一部秋天才开机的慢节奏爱情片，还有几个话剧项目在接触，足以填补《春夜》之后的时间。

一月中旬，离晚宴开始还有半天。温晚凝在周芙和阮佳的陪同下，提前飞抵乌镇。

为了配合古镇独特的水乡景观，今年盛典的红毯形式也有了改变，从一直以来的陆上变成了艺人乘坐传统的摇橹船出场。

晚八点，夜色澄明。河面上特地放了手工扎制的三千水灯，水波荡漾间，河上与两岸的灯影摇曳重叠，颇有几分“满船清梦压星河”的韵味。

可惜风景再美，在温晚凝那里都失去了意义。

晚宴当天正是古镇最冷的时候，她身上穿的是阮佳提前借好的黑色高定，露肩的抹胸款，毫无一点保暖作用，又勒得极紧，要绷紧全身，努力深呼吸，才能在凉飕飕的风里竭力维持住仪态端庄。

这个季节走红毯，对女明星来说都是酷刑。

越过一片乌压压的记者镜头，戚酒酒的笑容瞬间垮塌：“救救我，真的要冻截肢了……”

温晚凝看了一眼她身上的皮草小披肩，默默抬高一寸自己发红的肩头，苦中作乐：“戚老师看看我，有没有觉得暖和多了？”

“冷和饿真的是死循环，”戚酒酒哀叹一声，“我录节目的时候胖了好几斤，经纪人从机场接我那会儿就已经黑化了，这次给我活活饿了半个月，每天就生啃彩椒和水煮鸡胸肉。

“算了，你这种标准身材不会懂得我的喜悲。”

温晚凝天生骨架小就算了，还有胸有屁股，纯纯是老天爷追着喂饭吃，她羡慕不来。

除了风头正盛的顶流花，女艺人这边四人一艘船。

温晚凝身边坐的是戚酒酒，对面是两位嘉悦今年力捧的小花旦，没什么代表作品，但上了几档蓝台的热门综艺，路人缘还不错。

粉丝们往往认为同船同咖位，艺人统筹带着两个小姑娘在码头等了半天，依然没人愿意让她们俩上去，温晚凝倒是觉得这些东西无所谓，大大方方伸手邀请。

两个小姑娘是第一次出席这样的活动，上了船还是傻乎乎地抱着纱裙的裙摆，直到被温晚凝提醒才把裙子放下。

在公司里被老人们吹耳旁风，总觉得这位过气影后糊得活该，耍大牌假清高。这几天年会听乔梨否认这件事时，她们还不怎么相信，眼下轮到自己和人接触了，才觉得之前的传言有多可笑。

古镇寒风吹拂，两人手指缝都冻得发麻，无意识地盯着温晚凝挺拔如天鹅的雪白颈项，一句话都说不出来。

摇橹船行至河道后半段，身后远处桥上的媒体区突然爆发出一阵疾风暴雨般的快门声，此起彼伏的“往这里看”争相响起，嗓门一声比一声大。

所有人齐齐向后转头，连船夫都好奇地侧身瞥了眼，温晚凝也不例外。

一片亮如白昼的闪光灯之中，有两个身穿黑色正统燕尾服的身影，或端坐，或慵懒倚靠在船只的一侧，向着四周窜动的人潮挥手致意。

刚刚她们经过时，相机声响已经让温晚凝心中暗暗一惊，可是直到梅斯车队的两位车手入场，她才明白什么叫断层的关注度。

有资本有人气，凭借天赋和实力垄断天价竞技运动金字塔尖的赛车手，轻松赢下现场暗流涌动的雄竞，让附近几艘船上的男艺人一点嫉妒心都生不出来。

穿粉色裙子的小花旦拉过身边的人，见温晚凝没什么架子，匆匆低头窃语：“你快看你快看，他穿正装怎么比赛车服还帅啊？凌野真的好不上镜，真人冲击力绝了，呜呜……”

白长裙的女生瞄了一眼对面，窘红了一张脸：“你能不能小声点？到了室内也有得看。”

粉裙子女生撇了撇嘴：“一会儿我们坐哪儿，他坐哪儿，视野还不如刷微博。”

“……啊啊啊，他怎么老往咱们这边看啊？我刚刚好像跟他对视了，我不行了，我死了。”

有前辈在场，两人还算是比较拘谨，聊天声并没有持续太久。

船很快靠岸，众人被礼仪领去相应的宴会席位。

考虑到最近《临时起意的旅行》的热度，温晚凝的座位和戚酒酒、魏应淮紧挨着，处于厅内中后的位置，距离主舞台隔了好几张西式长桌。

这种有明确赞助商的时尚大刊年末盛典，和她所习惯的电影节不太一样，前排区域除了圈内近几年毫无争议的绝对顶流，还有相当一部分席位留给了身份贵重的投资方贵宾。

投资方那边来的几乎都是外方董事，黑压压的一片正装人影。

温晚凝没多看，一坐下就被戚酒酒戳了戳：“看直播，真的是梅斯太子爷。”

刚刚要走红毯，手机早在出酒店时就被阮佳拿走了，两分钟前才被小姑娘一路小跑送过来。

温晚凝把手放在暖宝宝上焐了焐，点进这次晚宴的直播间。

后续的颁奖礼还未开始，导播的镜头在台下长桌上切换着，几个一线小生身上转了一圈，最终停在中央长桌的凌野身上。

烛光摇曳之中，年轻男人正垂眼听身侧的何塞说话，靠着椅背的上半身松弛而笔挺，下颌清晰，侧脸线条被光影雕琢，硬挺而利落。

4K 画质的超清镜头不断拉近，缓慢地划过他的下巴、嘴唇，而后是固定的鬓角和发梢，连耳后的一颗小痣都清晰可见。

弹幕已经炸了，向上滚动的速度极快，几乎全都是冲着他一个人去的。

△好感人，刚还在吐槽什么妖魔鬼怪都有，你凌帅就来做慈善洗眼睛了。

△是哪位女娲娘娘想出来给77穿黑燕尾的，我跪下来哐哐磕头，好禁欲好贵气好想扒了他，呜呜呜……

△谁懂？77今天的状态真的好看绝了。

△《临时起意的旅行》入坑新人，想问一下凌野平常就是这种孔雀开屏性格吗？钻石耳钉也太闪了，救命……他不是一直走酷哥风？

△偶尔会戴吧？凌野只有左边有耳洞，也只戴过这种单颗钻石，估计是高珠赞助。

温晚凝对这颗钻石耳钉并不陌生。

如果没看错的话，这本来……还是她的东西。

第六章 录音

那年入夏早，新闻里每天滚动着劝市民减少外出的高温预警。

温晚凝得了几天闲暇，索性就窝在家里不出门，没日没夜地看电影——多是些麦礼文推荐给她的必看片子，也有她自己早期出演过的几部作品，对照着整理打印出来的影评，复盘几遍找找改进空间。

凌野白天在赛车场训练，下午回来把背包放回客房，洗个手就去给她做饭，之后就是刷碗拖地回房间补英语，勤快得像个早出晚归的小爸爸。

和这个年纪的其他男生没什么两样，凌野也对那些抽象至极的大师之作没什么兴趣，只是在某次被温晚凝喊过来倒水时，对着电视里她演过的某部短片愣怔了一会儿。

同校友人拍的毕业设计作品，她在其中客串了一位小饰品店的老板娘，一身招摇的大花裙子，为人泼辣，主业之余还帮商店街附近的学生打打耳洞。

凌野放下水杯的那会儿，电视上的画面正播放到温晚凝捏着酒精棉片，手指轻轻捻弄着男主角的耳朵。少年弓着腰停在原地，眼睛一眨不眨，俨然已代入角色，喉结轻微滚动。

温晚凝从果盘里捏起一枚小西红柿，被凌野的专注逗笑："你也想？"

凌野迟迟才转过脸来，透亮的黑眼睛里透着几分懵懂："什么？"

那时候他耳朵手术已经过了几个月，助听器早就用不上了，温晚凝并不担心他没听见，只是抬手点了点自己的耳垂，往他的方向一扬下巴。

凌野隔了好几秒才反应过来，瞬间站直，耳根通红，没说话。

"不就是个耳洞，"温晚凝咬下一半小西红柿，小口嚼着，"我初中暑假就有了，你要真想要，我也能给你打。"

说着，她一扬眉："要不就明天？"

女人的建议提得突然，凌野站在沙发旁边失语半晌。

温晚凝只当是他怕疼，很无所谓地对自己进行一番吹嘘：“我拍戏都有经验了，反正跟我对戏那人说没什么感觉，你就放心交给我。”

凌野不再拒绝，只是别开眼：“那就明天。”

计划中的事件，最终因为几个紧急通告而没有落实。

直到凌野最后一次手术复查，温晚凝特地从隔壁市的片场急匆匆赶回来，在家点了一顿外卖大餐庆祝，吃完饭收拾东西的时候，才在客厅的杂物筐里翻出了那把一次性耳钉枪。

透明的，质量不怎么好，也许真是那次拍摄留下的道具，就剩一个了。

她本来还有点介意不对称，凌野却觉得没什么，特地去浴室认真洗了把脸，回来的时候脸上还挂着几滴小水珠，冰冰凉凉的，垂着眼睛坐在她面前。

“你别紧张啊，你千万别紧张。”温晚凝努力回忆着自己拍戏时候的经验，撕开酒精棉片去揉他的耳朵。

结果只是刚碰上而已，凌野就很夸张的胸膛剧烈起伏，薄唇紧抿着，连眼睛都闭上了，有几分引颈受戮的意味。

男生的耳垂滚烫，温晚凝也有点被这种诡异的氛围影响，抱着速战速决的心理，赶紧开始连哄带骗地找话题，转移他的注意力。

她从今天的训练聊到前两天杨夏说的新车队邀请，再到最近的英语学习进度，能说的话都说尽了，凌野还是那副紧张到随时要窒息的样子。

温晚凝破罐子破摔，干脆喊他的名字：“凌野。”

凌野微愣，有些茫然地睁开眼，睫毛像被通明的客厅光裹上了一层白亮的雪。

温晚凝找准时机，稳准狠地“咔嗒”一声，伺机将耳钉枪按下。

“疼不疼？”见少年没什么反应，她蹙了蹙眉，有点担心。

凌野摇了摇头。

温晚凝看了一眼他乖乖的脸，再看了一眼他耳垂上那根廉价单薄的小银针，稍微思考了几秒，抬手将自己一边耳朵上戴的钻石耳钉摘了下来——

另一边其实也有，是为了剧里造型戴的复古串珠，不怎么值钱，而且也太女性化了，给了凌野他也戴不出去。她从小被父母耳濡目染，随手送的礼物也要体面，一克拉不算太贵重，但在今天这种场合正正好。

温晚凝手指微微握拢，把凌野撑在沙发的手腕拽过来，轻轻将耳钉放在他手心。

“今天医生也说，以后不需要再戴助听器了，那我们就戴点别的。

“等过几天恢复好了再换，”她杏眼弯弯，很轻地一歪头，“姐姐祝你以后人生中所有的坎坷都变成钻石，闪闪发光。”

晚宴的颁奖流程开始前，现场有爵士乐队演奏，乐声悠扬。

温晚凝出神的姿态有些明显，戚酒酒轻拍她一下，小声提醒：“低头低头，直播的镜头都还开着，旁边媒体区有人拍。

“那些无良小媒体一个比一个爱编排，你今天多看凌野一眼，明天你就和他结婚离婚好几回了。”

“怎么就离婚了？”魏应淮没跟上，急急吃瓜，“温老师偷偷结婚了？什么时候的事？和谁啊？怎么不带我？”

戚酒酒像是在看一个弱智青年：“带你干吗？让你去当花童，挎着小篮子撒花瓣？”

温晚凝憋笑。

大约一刻钟后，颁奖仪式终于开始，温晚凝提起精神，全程保持端庄微笑，只在戚酒酒上台领取年度综艺之星奖杯时，举着手机拍了几张照片。

给女生拍照，无论对方多美，都要打开修图软件来上几个回合，这是一种尊重。

温晚凝借着面前桌花的遮掩，该鼓掌时鼓掌，该摸鱼时摸鱼，在手机上戳戳点点好一会儿。

她准备把图发给戚酒酒时，已经推进到后面的几项最具含金量的奖项。在晚宴礼仪的引导下，颁奖嘉宾正在立麦前打开信封，揭晓今年的最具商业价值公众人物获得者。

“这一年，他帮助梅斯车队赢得了30年来的首次团队赛季冠军两连霸，更是以自身分站赛十连冠的成绩，激励了无数国内的赛车新秀……”

香槟色的射灯闪动。

颁奖嘉宾向话筒一侧让出了半步，念出最后一句颁奖词：“他就是——凌野！”

这两个字一出，温晚凝心头怦怦直跳，猛地抬头，还没怎么看清发送对象，赶紧把手头的照片快速发出了。

追光灯洒落在台阶上，一路上行，刚看见凌野出现在舞台中央。

桌上的手机开始了一连串的嗡嗡振动，她飞快垂眸，本来以为只是戚酒酒发来的感谢，在点开的一瞬，脖颈僵硬地看了眼聊天框上方的名字。

先是温晚凝发的两张图片。

温晚凝：我真的觉得自己拍照技术无敌了，可以叫我生图王后。

戚酒酒：……虽然你发到群里了，但还是美的，谢谢宝贝。

魏应淮：赞同。

姜芸：赞同 +1。

何塞：赞同 +2。所以生图王后能不能把台上我那位同事拍一下，我觉得他肯定也很荣幸呢。

两分钟还没到，她不是不能撤回，可脸都已经丢出去了，再挣扎就有些此地无银，不如干脆社死到底，送大家一个开年好心情。

舞台上的凌野已经接过了话筒，导播切镜，将他的上半身在舞台大屏幕中放大。

年轻男人身形挺拔，一身标准的帝国领燕尾，端庄雅重，和他身上沉静的锐气莫名相衬，是一股不同于一般世家的清贵。

聚光灯下的凌野和平常在温晚凝面前的样子截然不同。

温晚凝不是没接过戚酒酒那些关于体育生的玩笑话茬，可真到了这样的场合，她才越发觉出凌野的可贵之处——

来领今天盛典奖项的，全都是平时习惯了镜头的大小明星，获奖感言一个比一个浮夸，说段子、抖包袱的大有人在，为了话题度和媚粉想尽了办法。

而镜头到了凌野这边，他只是将自己身边的车组工作人员点名感谢了一圈，谦逊到了极点，偏偏又让人印象最深刻。

温晚凝的小手机混在一大片长枪短炮之间，拍到凌野下场时，戚酒酒正好提着裙摆坐回她旁边。

紧接着的是主办方发言，冗长无趣，台下有不少人开始走神。

戚酒酒侧脸凑近温晚凝的耳朵，小声八卦："我刚搜了一下，你猜你好大儿身上的一线顶奢代言有多少？"

温晚凝翻看着刚刚拍下的主屏幕特写，发到节目嘉宾小群里，随口问道："多少？"

"光是他自己身上的就快二十个吧……"戚酒酒单手托着下巴，眼神艳羡地穿过白玫瑰团簇的桌花，抛向远处，"这还没算他车队的那些赞助。过两天回家过年，你去南京西路随便逛一逛，估计能在橱窗里和他偶遇好几回。

"我还想问呢，之前你给他砸的三十万收回来没啊？"

温晚凝喝了口水："他还了我一张卡。"

戚酒酒看她表情就猜得出后续，"啧"了一声："你没看余额吧？这么放心？"

"你看看呀，"有"最具商业价值"这个闪着金光的头衔在前，戚酒酒的好奇心被彻底勾起，冲温晚凝拼命眨眼，"他都这么赚了，还你个双倍利息不过分吧？"

见好友完全不为所动，戚酒酒拖了长音，开足火力撒娇："求求了，温娘娘，你是凌野的亲妈，我就是他遗落民间的小姨，小姨今天就这么一个心愿，你现在就浅浅点开看一眼，然后告诉我一下。

"要是正正好，我替你去讨伐。"

温晚凝被戚酒酒晃得眼晕，比了个停止的手势，点开通讯录界面。

凌野给她的这张卡来自某外资银行的私行，收到卡的次日，她的私人邮箱里就收到了一封几十页的赠予合规文件，她当时忙得没空细看，只是添加了那位对接经理的联系方式，签了几个名字。剩下的一切都有专业的法务团队代管，服务态度殷勤到了极致。

比如现在，对她突然想看看卡面余额的要求，几乎是瞬间响应，将半个月之前被她无视的账户明细文件重新发了过来。

戚酒酒抿了一口香槟，偷瞄着温晚凝不断双指放大，点开关闭再点开的一系列动作，想从她茫然的眼神里读出更多信息："多少啊？能把你噎成这样？”

温晚凝轻轻放下手机，将屏幕反扣过来，静静地在膝盖上方伸出三根手指。

戚酒酒愣了一下，登时火起，压低了声音吐槽：“这么实在的吗？就三十万？”

温晚凝小幅度摇头。

戚酒酒又猜：“三十三万？还是三百万？”

温晚凝眨了眨眼，慢吞吞揭晓答案：“三千万。”

她自己也觉得离谱，顿了好几秒才又开口补充：“单位是，英镑。”

戚酒酒完全失语了，握着酒杯的手指缓缓松开，盖住自己的半张脸，无声骂了句脏话。

“股神竟在我身边。”她难以自制地紧握住温晚凝的手，眼神震荡，一本正经地许愿，“下回再有这种狂翻九百倍的生意，也麻烦带带我吧。”

温晚凝哭笑不得，待神色终于稳定下来，才又解锁手机，给这位狂翻九百倍的蓝筹股本人发去文件截图。

温晚凝：多打了两个零?

温晚凝：用英镑还就已经让我赚翻了。你账户发我一下，我回去研究研究怎么还给你。

这么一笔巨款，她就留一成，“找零”这个词放在这儿都格外不恰当。

晚宴现场精心搭建了花艺烛台，光影朦胧浪漫。

远远望去，前排一片黑压压的，可刚刚拍照的时候盯久了，温晚凝渐渐能熟练找到那个背影——

这种场合，男艺人和投资方大佬们都穿着差不多的深色正装，凌野漆黑碎发利落后抓，只是一个后脑勺和挺括的肩线，就已经帅得很显眼了。

他端坐在一群梅斯高管之中，按道理应该不怎么自由，消息却回应得很快。

凌野：这就是我的账户。

温晚凝没反应过来。

凌野：剩下的是通货膨胀和利息。

他刚刚在台上沉稳发言的身影，和现在不讲理的孩子气交织，温晚凝有些语塞。

温晚凝：我是高利贷吗?

对面人的回复一如既往的正经。

凌野：不是。

温晚凝挑挑眉，顺着追问。

温晚凝：那是什么?

那边不再秒回，隔了一会儿才有了新动静。

凌野：我的新年愿望。

温晚凝没来由地心跳漏掉一拍，无意识地咬住下唇，就看见凌野又发来消息。

凌野：就是让你收下这笔钱。

凌野：转会签合约的时候我就想好了，如果你现在不收，我后面还要再想理由。

一阵大喘气。

心脏落回原处，手心都出了层薄汗。

温晚凝静止了半天的表情终于重新恢复，心里除了逃过一劫的安定，还有一些隐隐的空虚。她还没琢磨出个明白，听见斜对面有相熟的女演员喊她，抬头应了一声，然后匆忙低头回复消息。

温晚凝：那我就先帮你保管，你要用的话，随时来取。

晚宴的会场面积极大，几乎包下了乌镇的整个主景区，层层封锁。

散场时已近午夜。

凌野和何塞那边要配合车队后续的媒体活动，已经先一步乘车离开，大部分艺人都选择了就地再住一晚，待第二天清晨再做打算。

回到酒店后，温晚凝赶紧洗了个热水澡，用厚毯子把自己裹成一个白饭团，窝在沙发上检查今天发出去的几条微博。

酒店出发照、河上的泛舟红毯和晚宴的物料，一共发了三组九宫格，文案还是老样子，用周芙的话来说就是“亲妈见了都夸不出口的无聊”。

——@演员温晚凝：#AMG时尚盛典#今日份小温，谢谢最棒的化妆师@张Stephen。

她的老粉们都习惯了，相当宽容地在评论区献上尖叫彩虹屁。

△看文案就知道是姐本人发的，哈哈哈。

△姐姐快用细高跟狠狠踩我，不要便宜了地砖，呜呜呜。

△虽然我知道天很冷，但是姐姐穿露肩好美好美，粉白粉白的，看上去好香好软。

三条动态发出去才几个小时，转评热度都顺利过万，已经完全超过了预期。

温晚凝挑了十几条粉丝的评论回复完，只是去敷了张面膜，再打开手机时，差点以为自己穿越回了半个月前。

场景重现：她和凌野的名字再次整齐并排，冲上了热搜高位。

后面还跟着今天活动的标签。

还没点进去，温晚凝就已经感觉到自己的头开始隐隐作痛。

她深吸一口气，看向旁边地毯上盘腿吃外卖的阮佳：“工作室买的，还是哪个某瓣小组又出山了？”

阮佳筷子还塞在嘴里，捧着手机抬头：“这次真不是。”

她瞄温晚凝一眼，又瞄一眼：“温老师，凌野人真的好好啊，每次同屏出活动都让咱们蹭一波，怕咱们下不了狠手，还特地全自动送上门让蹭个明明白白。”

温晚凝被阮佳的话雷到，低头点进词条按热度排序，意外又不意外地看见了那位熟悉的顶流——公式照的冷冰冰头像，发的是很简单的两张照片，就是今晚上去领奖时候的抓拍。

只是发微博的人似乎在有意模仿她，以一种刻意到连她也没办法装傻的明显程度。

——@凌野77：#AMG时尚盛典#谢谢最棒的摄影师@演员温晚凝。

评论区以自家车迷居多，前排凭借着强大的控评能力，依然在猛刷姐弟情深，拼尽全力压住风浪。而就在温晚凝点开的这一会儿，后排和转发区的路人讨论还在疯涨。

△人都看傻了，请问这是在干吗？暗搓搓公开吗？

△官方物料只打标签不说话，就姐姐拍的图单发还玩cosplay是吧，什么含金量，懂的都懂。

△不相信娱乐圈有真爱，但还是被你们围场一哥狠狠萌到了……本来以为是古早冰山酷哥，结果居然是喜欢学姐姐说话的大狗狗吗？好香啊，呜呜呜……

△她是不是真的学过摄影啊？799那边也发了几张温老师拍的生图，水平真的顶，不当女明星可以做站姐，我说真的。

△第几次了！我就问第几次了！说出去谁信，凌野私下信奉的把妹攻略居然是烈女怕缠郎。

△啊，刚刚还刷到动图帖子说77在船上忙得要死，一边要帅一边还要回头偷看姐姐，家人们我忘了存找不到了，真的气晕。

△动图在这儿，不谢。全世界喜欢写语温作野的小女孩都必须观看一百遍。呜呜呜，我彻底嗑成翘嘴，对着空气嗷嗷打军体拳，不开玩笑。

后面跟着一条链接。

温晚凝躺在沙发上，举着手机刷了好一会儿，包括那个九宫格的船上动图。

也许是乍寒还暖，冻了一天，她此刻居然被屋里暖乎乎的中央空调吹得脑袋发晕。

或者是像她自己曾经忠告戚酒酒的，CP超话这种东西就像菌子，乍一口挺香，多两碗下去，看世界的眼神都扭曲了。

她心底竟然隐隐萌生出一个让她自己都瞬间吓了一跳的大胆猜测——

凌野那个传闻中默默喜欢了很多年的“姐姐”……不会真是她吧？

小年前一周。

在国内各自忙碌了半个月的《临时起意的旅行》第五季全员重新团聚，前往被白雪覆盖的大兴安岭。

因为前几集讨论度爆棚，作为节目全场景住宿赞助商的梅斯进一步加大了撒钱力度，豪气包下了下半季全部的交通出行开支。

从申城到哈城，嘉宾们直接蹭上了喷绘着巨幅“77”和“23”数字的车队专机。

放好包，魏应淮随便找了个空位置坐下，左看右看，跟身前的姜芸老师不住感叹："真就梦幻人生，我的记忆仿佛还停留在去群岛前一天，为了省点行李托运的钱，我连袜子都穿了三层……谁能想到，居然这就嫁入豪门了。"

作为F1这项烧钱运动中的绝对金字塔尖，梅斯从基地到专机，每一寸肉眼能看到的空间都极尽奢华。

凌野像是早已习惯了这一切，跟在队伍最后。

魏应淮赶紧抬手"嗨"了一声，他只是礼仪性地勾了勾唇，在魏应淮身后的位置坐下，顺便在魏应淮旁边座位放的包上停了一眼——大号的女士托特包，上面挂了个戴围巾和侦探帽的狐狸玩偶，估计是哪位姐姐的。

魏应淮也没在意，转头，看见凌野没锁屏的手机屏幕上有只圆滚滚的玄凤，自来熟地搭话："凌野哥居然还喜欢小动物？"

凌野淡淡"嗯"了声。

何塞就坐在不远处休息，把队友那副不想搭理人的冷淡神色看得一清二楚，在内心吐槽了一万句才迫不得已代为发言，营业态度很好地露齿一笑："我哥晨跑捡来的鹦鹉，好不容易才救活，养了好几年了。"

他天生一双湛蓝的桃花眼，浅褐色的睫毛自带眼线效果，笑起来极具迷惑性。

钢铁直男魏应淮都看呆了两秒："叫、叫什么？"

何塞挑眉："三千万。"

魏应淮"啊"了一声："玄凤在国外这么贵的吗？不能啊。"

远处传来一声门把手开合的细响，前方的更衣室打开，温晚凝换了身厚卫衣往这边走。

魏应淮这才反应过来自己身边的空位是她的，很实在地往里挪一挪："晚凝姐，你是真不嫌热啊。"

"今天申城下雨挺冷的，我还没缓过来。"温晚凝垂眸笑了一下，拿过自己的包，熟练地往外拿眼罩和耳塞，"看天气预报说，一会儿下了飞机有零下十几度，我提前储存点热量。"

她抬起头，没料到凌野会坐在自己斜后方，和对方沉黑的双眸撞上一瞬，很快移开。

这小孩是真的不怕冷，也没什么物欲。

温晚凝默默在心里想。

凌野身上穿的，居然还是年前拍宣传照那会儿的灰卫衣。

都是靠脸吃饭，男艺人的外貌焦虑不比她们少，买起衣服和配饰来花钱如流水。从海岛切换到冰天雪地，许嘉树和魏应淮这次人均带了两推车的三十寸行李箱，上了飞机一脱外套，从内搭上就已经开始默默"雄竞"。

而凌野这边，浑身上下除了手腕上那块赞助商的表贵到有点突兀，整个人都显得毫无野心，像头在钢铁丛林中安静窥伺的野生动物，只倚靠在座椅背上，毫不掩饰地抬眸看着她。

不合时宜地，那个昨晚刚萌生出的狂妄猜测再次浮现在脑海，温晚凝佯装淡定地侧过脸，随口问魏应淮："你们刚在聊什么？"

"在说为什么凌野哥养的鹦鹉叫三千万。"魏应淮头都没回，紧急伸出一条胳膊阻拦，"晚凝姐，你肯定知道，但你先别说，让我猜猜。"

他像是突然有了点灵感，猛地扭头："三千万是救小鸟时候花的钱？哥，你这用什么结算的？韩元啊？"

魏应淮天生嗓门大，整个客舱的人连带着跟拍摄像大哥都往这边看了过来。

温晚凝心里咯噔一下，咽了咽口水。

凌野看着她越来越慌的眼睛，片刻之后才开口，声音轻描淡写："和钱没关系，就是一些家规。

"千万别咬人，千万别扰民，千万别乱上厕所。"

众人乐成一团。

温晚凝也跟着笑了笑，心里却没有半点劫后余生的轻松。

事实上，从凌野看过来的第一眼开始，她就仿佛收到了某种无声的印证：他的宠物名字绝对来自那笔刚刚交给她的巨款。

专机的定制座椅宽大舒适，温晚凝戴上眼罩躺了一会儿，一片昏暗之中，还是觉得斜后方有双小狼一样的黑眼睛在看她，不由得心情复杂。

有一点无措，还有许多疾驰向未知危险的恐慌，以及压在理智之下的那一丝连她自己都羞于承认的微妙得意。

这些复杂的情绪像是被高速旋转的棉花糖机吹出的糖丝，绵密黏手，她控制不了，也抓不住，只能放任自己被牢牢裹在其中，辗转到一个方便入睡的姿势，努力合上眼睛。

下午四点，抵达哈城，嘉宾们下了飞机。

这次的旅行目的地毗邻大兴安岭林场，众人还要从机场前往火车站，一路继续向北。

橙台的大本营在星城，工作人员以南方人居多，纷纷在航站楼就换上了鼓囊囊的大羽绒服。

温晚凝更是手套围巾齐上阵，包得严严实实，出去还是冻得不行。

保姆车就停在航站楼出口的路边。

北方深冬白昼短，天色已经逐渐暗下来，倒是没什么风，大朵的雪花摇摆着飘落，蓬松莹白。

窗外除了雪景，就是从出关口开始绵延成片的梅斯车迷，比海外遇上的那些还要热情，蜂拥着往这边挤。

何塞刚从飞行嘉宾升到常驻嘉宾，第一天就被东北的低温狠狠上了一课，一边打喷嚏，一边维持秩序："今天太冷了，大家都快点回室内吧，别感冒……哈啾——千万别感冒。"

来接机的车迷以临近三省的居多，和凌野一样，早就对这种天气见怪不怪了。

有人甚至还举了中西双语的手幅，旁边晃着一块巨大的何塞幼年头像KT板，专门给小老外看的。

——23看这里。你问问77，我们这儿有种东西叫棉裤！

这种追星气氛和他们圈里完全不同，温晚凝看得挺开心，还偷偷拍了两张照片。

旁边人更多些，凌野将收来的信件放进包里，弯腰给车迷递过来的车辆模型和头盔模型签名，看见几个被家长举起来的小孩子，还特地去轻轻碰了下拳。

又过了几分钟，安保人员开始疏散人群。

何塞本来想拉凌野一起上车，胳膊刚伸出去，就见对方又往后面走了几步，在一片兴奋难抑的尖叫声里，给一群迟迟不愿意离开的倔强女生多签了几个名——

那些女生蹦蹦跶跶的，身上一点他们车队的颜色都没有，一看就知道不是自家车迷，头上戴的应该是各自的ID头箍，小灯都没敢开，配合着格外狂热又羞耻的表情，有一种……莫名很浓的偷感。

何塞动态视力2.0，抱着手臂在原地停下看热闹，等看得差不多了，人也震撼得差不多了。

等凌野回来，离上车还剩几步路的时候，何塞一把搂过他的肩："兄弟。"

凌野往旁边挪了半步，把他的手甩开："怎么？"

何塞想讽刺他，又不太敢，回忆了一圈刚刚看过的抽象头箍，挑出一条还算正常的，有感情地朗诵："如果我是温晚凝，你会爱我吗？

"真就凌野诱捕器是吧？举一张十连冠庆祝海报，不如问你想不想给温老师当狗。"

凌野却完全没被激怒，垂眼"嗯"了一声，薄唇勾起一点弧度，坦坦荡荡："那又怎么样？"

东三省面积辽阔，去许多地方只有绿皮车。

节目组包下了两节卧铺车厢，嘉宾们吃了饭做完游戏，都早早回到各自的位置睡觉了。

听了十多个小时"咔嗒咔嗒"的铁轨声后，嘉宾们坐着传统的马拉雪橇进山。

本来许嘉树还嫌弃雪橇上放的东北大花被太土，不仅坚持不盖，还装作不经意地拉开一点羽绒服的拉链，就为了在镜头面前多展示两秒自己的下颌线。

等马车进了林场，透骨的冷风一刮，什么土不土的他都顾不上了，悄悄从袖子里伸出两根手指，试图把旁边何塞的坐垫也拽过来堆上。

何塞按得死紧，完全不给他面子：“哥们，我老家那边最低气温也有十多度。你要是非得多薅两块棉花，可以去问问凌野愿不愿意给，他是真抗冻。”

有凌野善意提醒，何塞早在刚下火车那会儿就冲进劳保店进了货，一身军大衣比当地人还像当地人。

一个何塞一个凌野，外貌焦虑一点都没有，显得许嘉树像个花枝招展的傻子。

见凌野连看都没往这边看一眼，许嘉树脸上一阵红一阵白的，只能笑一笑：“……不用了，我倒也没有那么冷。”

在雪橇上拍完下半季的海报，剩下的几个小时只能靠嘉宾们徒步跋涉。

林场一年里有七个月是冬天，与世隔绝，护林员大爷长年没人做伴，好容易有了聊天搭子，一路走一路侃。

东北人的幽默天性放在那儿，抖包袱完全不用打草稿，引得镜头外的编导都跟着乐。

他们今天的任务并没有多繁重：体验一天护林员日常。

嘉宾们依旧按照海岛季的分组四人一队，胳膊绑上象征红队和蓝队身份的围巾，对照着导演组给的森林图鉴收集物品，顺便把大树旁边寄生的小树砍一砍，一起在山上吃顿饭，下午就回来了。

主要是走路太累。

山里的雪几乎是干燥的冰晶，在太阳下没有一点要化的意思，捏不起团，也打不了雪仗，一脚下去，半条小腿都陷在雪坑里。

山林广阔，小动物又窜得快，集齐图鉴的难度直接拉满。

刚开始的时候，大家还觉得挺新鲜，叽叽喳喳地踩着雪玩，走到中午，都有点撑不住了，吃完饭歇了好半天才缓过劲。

在周围转了好几圈，红队缺的小松鼠终于出现在两米外的树梢上，收工在即，众人皆是一喜。

温晚凝离树最近，且白羽绒服不容易被发现，是找角度拍照的最理想人选。

树下的区域许久没人来过，积雪很深，温晚凝先用雪地靴贴着地向前踢了踢，发现没什么石头和凹陷，便放心大胆地踩了下去。

没想到意外就发生在这一秒。下雪前，落下的松针堆成了土坡，乍看之下和周围的地面没什么区别，实际蓬松的空隙里全是冰。

温晚凝眼里只有高处的松鼠，没往脚下多看，向左撤退时，猛地失去了平衡，脚腕重重撞上了一旁的木桩。

蓝队正在对角的密林里找菌子，隐约听见身后传来一阵骚动，纷纷回头望去。

姜芸竖起耳朵听了半天：“好像是谁摔了一下，这么多雪垫着，估计没事。”

“……谁这么倒霉啊？”戚酒酒更细心些，说着说着，自己先害怕起来，“我看体型，两个男生都站着，摔了的是女生？”

凌野人在密林深处，往那边看了两秒，突然将手里碍事的东西就地扔下，挤开堵在面前探头探脑的队友，独狼一样大步向外猛冲。

他刚看见那棵大松树的树干，就见人群包围中的温晚凝一手撑地，一手扶着左侧的小腿，随行编导蹲在她身边，着急地询问伤势。

紧急救援电话已经拨了，就是山里没路，救援队也要步行上来，估计还要等上个把小时。

女编导刚大学毕业没多久，头一回担当重任，就碰上了艺人受伤这样的意外，已经吓得六神无主，还没等想出几句蹩脚的安慰话，就看见凌野从远处奔过来。

他黑眸深沉，额角沁着点汗，一句话都没跟他们说，径直单膝跪在温晚凝面前。

温晚凝捂着腿坐在那儿。

面前的光线陡然被遮去大半，她视线从地面上移，才看清此刻男人的样子——她身边的雪已被围上来的人踩开，露出褐色的湿泥土，凌野刚刚跑来的速度极快，停下时气息却很稳，膝盖就跪在那片混着冰碴子的泥里。

他根本就对自己的情况不关心，挤过来的时候毫不犹豫，运动裤被泡透了也没有后悔的意思。

“摔到哪儿了？疼不疼？”他漆黑的眸子望过来，带着一种克制的焦急。

“没什么大事，”摄像机都在拍，温晚凝硬挤出一个若无其事的笑，“就是冰太滑了，没站稳，脚腕崴了一下。”

她不怎么擅长撒谎，说话的时候，手还搭在伤腿上没动。

一圈人围过来，说着些安慰温晚凝的话，身后的蓝队成员也在往这边快走。

凌野直起上半身，把羽绒服领口拉开一道：“等救援队过来就太晚了，我带你先下山，尽早去医院拍片，就算骨头没事，也能早点止疼。”

魏应淮在原地怔住：“你怎么带？”

凌野俯身向前一步，还没等周围人反应过来，就伸手将温晚凝打横抱起，一手扶背一手搭腿弯，稳稳的公主抱。

骤然离地这么高，别说旁边的嘉宾们被吓到，温晚凝自己都傻了，连忙去抓手边能帮忙稳住平衡的东西。她两只胳膊几乎是慌不择路，紧紧扒住了凌野的脖子，冰凉的手指直接伸进人家羽绒服里面，激得男人浑身紧绷了一下。

“你……”温晚凝跟他贴得很近，对他的反应一清二楚，又羞恼又有种莫名的窝火。

她指尖虚拢着退到他卫衣外面，红着脸小声说：“你快点放我下来！”

“站着或者自己走路都可能加重伤势，”凌野偏过头去，没看她，话是对身边人说的，语气正经，“我抱温老师下去，不需要太多人跟着，你们后面的环节继续录。

“我老家就在这里，对山上的雪路很熟，不会有事。”

骨科的伤虽然不致命，但也有个最佳治疗时间。在场的都是同行，知道行动能力对密集进组的女演员有多重要，虽然担心，但也没什么好阻拦的。

凌野话音刚落，就已经开始往来时的山路大步快走，他人高腿长，没一会儿就只剩个远远的背影。

随行导演一边冒汗，一边紧急决定让刚刚的编导小姑娘和两位摄像急匆匆跟上。

同时追过来的还有戚酒酒，因为跑得太快，险些也在半路滑倒，抓了把旁边的小树才稳住，放慢了脚步挪动着，朝他们那边大喊：“宝贝，你别怕啊，我陪你一起！”

温晚凝远远地应了一声。她手还挂在凌野脖子上，声音几乎是从凌野腋下钻出去的——温晚凝尴尬到不敢看他。

摄像大哥还没追上来，一望无垠的桦林银装素裹，天地茫茫，像是只有他们两个人。

男生又高又壮，架着她的手臂结实，稳得几乎连颠簸都感觉不到。温晚凝没来由地想起小时候妈妈说过的话，说小孩摔跤越哄越哭。

本来刚摔倒的时候她是真觉得没什么，编导打救援电话她都觉得多余，想着缓一会儿就好了，不给节目组添麻烦。可是被凌野这样一抱，那只肿起来的脚踝瞬间变得格外娇气起来，稍微晃一晃都觉得疼。

温晚凝被自己心里“他真的好可靠”的粉色泡泡吓了一跳，赶紧通通戳破。

她假装不经意地瞥了眼凌野的衣领，干咳一声：“你冷不冷，用不用我帮你拉上拉链？”

零下二十几度的大寒天，就算是年轻人火力旺，但能热到大敞着领子灌风？

刚下火车那会儿，许嘉树和魏应淮也玩过这种小心机，都很快就退缩了，盖被的盖被，围围巾的围围巾。

只是为了好看的话，她不觉得凌野是这种人。

凌野不答反问，声音从上方落下：“你手不冷了？”

他问得太跳脱，温晚凝一句“不冷”刚说完，一个诡异的猜测就卡在了喉间：“你该不会是……”她声音越来越小，“故意给我放手的吧？”

凌野一直没说话，像是默认了。

他专注看着前面的路，静了一会儿，薄唇微微张合：“这种羽绒服帽子厚，你抓不牢。”

他说得认真，温晚凝说不出话。

下山的路，凌野抱着温晚凝走了半小时，比他们上来时快了三倍多。

林场不远处就有个医院，急诊楼不大，但基本的设施还是全的。

摄像机过于明显，跟拍大哥已经换了小巧的便携式运动相机，避免引起骚动。

只要是医院，就没有人少的时候，温晚凝不想插队搞特殊，拍完片就在候诊区乖乖等着。

戚酒酒很快也赶到了，小心地贴着温晚凝坐下："你还疼不疼啊？路上编导说你脚都肿成馒头了，听得我后背狂出冷汗。"

温晚凝宽慰地笑了笑，也有了心情抖包袱："还行，可能因为一开始在外面天然冰敷了，喷雾一上就好多了。"

凌野一直在跑前跑后帮她挂号付款，此刻远处的人影逐渐靠近，肩宽腿长，在人群里很显眼，想不看见都难。

医院里有暖气，男人脱下的外套随意搭在手肘上，上面还搭了个温晚凝的浅粉色卡包，玩偶挂坠一甩一甩的，和那张冷峻的脸非常不搭。

下山时被抱了太久，现在只要看一眼凌野的卫衣领子，温晚凝就忍不住想起对方皮肤的火烫触感。

脸红的速度她自己都觉得离谱，赶紧转过头去，装作看走廊的健康知识宣讲板。

片子还要再等一会儿。

戚酒酒完全没注意到两人之间的不对劲，看见凌野垂在手边的屏幕还亮着，照片里的小鸟胖乎乎的，随口搭话："你养的鹦鹉会说话吗？"

凌野很自然地在温晚凝身边坐下："会一点。"

这下轮到温晚凝惊讶了，她转过头："怎么……"

……怎么上次我没听见？

话都到了嘴边，差点就脱口而出。

摄像大哥还在不远处拍着，她猛然警醒，强行把话改了："你怎么教的啊？"

凌野嘴角轻勾了一下："一句一句教。"

他并未贴近温晚凝的身体，只是将大手放在她的小包挂件上，很轻地戳了戳小狐狸的脸："我说一句，它说一句。"

挺正常的解释，但温晚凝知道，他意有所指。

赛车这项运动，真训练起来砸钱太猛，从小就认定走这条路的孩子很少。

就算是在有着全国唯一一条标准 F1 赛道的申城，也是相当小众的。

温晚凝去赛车场的次数不多，休息区里一直坐着那几个贵妇妈妈，并没有因为她是演员而高看她一眼，浑身写满了不好相处。

她无心融入，但抱着养孩子就要负责到底的态度，还是加进了小车手家长群。

群内昵称是“凌野姐姐”，不去家庭聚餐，日常潜水，从不冒泡。

消息设成了免打扰，隔三岔五上一次线，批奏折一样从头看到尾，在几百条暗流涌动的互相吹捧里仔细翻找有没有对自家小孩有用的信息。

有了英速的风波在前，凌野身边的风言风语一直都不少。

家世不明的高中生，耳朵好像有点问题，戴了几个月的助听器才摘下来，还有个不知道实际关系的大明星姐姐。

群里的太太们私下议论纷纷，温晚凝看见了也当作没看见。

只是开学季临近，群里刷到的相关讨论多了，温晚凝也不得不开始上心。

特别是有几句还明确牵扯到凌野的时候。

——我家哥哥明年要中考，辅导班排不过来了，下个月平城站的模拟赛说什么都不想去了。我跟杨教练说一下，让排下一位的飞驰上去开？@林飞驰妈妈

——可以是可以，多让他锻炼一下，同队的还有谁啊？

——温小姐的弟弟。

——就那个最近总有星探来围观的长腿小帅哥？他成绩稳赢的呀。

——技术是好的，但我听说都快十八了。这个年纪还在跟娃们抢F3席位，他家里人真是一点都不急，换我家飞驰早就冲高考或者送出国读大学了。

——杨教练说了，人家是天才，天才能和普娃一样吗？

…………

温晚凝半躺在沙发上看手机，神情越来越严肃，看见凌野正好从浴室里出来，招招手让他走近两步。

她费劲巴拉地想了个开头，问道：“你在学校里成绩好吗？”

凌野愣了一下，停在沙发旁边：“还行，不好不坏。”

温晚凝问得更直接：“班里排名多少？”

凌野：“三四名吧。”

还怪谦虚的。

温晚凝心里更复杂了：“你叔叔答应了老杨，帮你办了半年休学，要是你还想读书高考的话，我可以想办法让你到这边借读。”

“没有劝退的意思啊，”温晚凝斟酌着用词，不想打破和他之间好不容易才建立起的信任，“你现在还小，还有选择的机会，我就是怕你将来后悔。

“杨教练之前说过，你为赛车而生，但我不想让你被这句话限制住，只想开赛车也好，折中一下边上学边训练也好，你可以再好好想想。”

她话说得认真，凌野听得也很认真。

仲夏夜，客厅里只开了一盏落地灯，少年一身干净的白T恤，黑发湿漉，像一蓬茂密的苇草，散发着沉静的朝气。

凌野一直没吭声，温晚凝看了他一会儿，刚要说点“不急”之类的话

结束交流，就见少年开了口。

“我不回去，”他抬头看她，右边耳垂上的一次性耳洞针还没拆，银光一闪，“也不会后悔。”

凌野语气笃定，似乎从来没考虑过别的可能，也不想去考虑。

“那也行……”温晚凝只好暂时将顾虑咽下，“上次老杨说的送你去开雷诺方程式的事，有进展了吗？”

说到底，这才是她真正焦虑的根源。几家海外车队看见了凌野在国内F4赛事的表现，近距离跟了半个月的模拟赛和训练后，直接省去了复杂的流程，所有前期的数据评估全在国内完成，以录像的形式发回车队。

换句话说，凌野能被挖到北欧，没有任何前人的经历可供参考，每一步都是特例。

群里其他孩子的妈妈忌妒得眼红，而温晚凝却觉得危险，担心少年一头闯入残酷的丛林法则，撞得头破血流，也担心那几家车队只是看腻了公子哥玩票，想给系列赛添点谈资，才愿意搞这么一场随时可能终止的平民造神。

凌野却像是没想太多，朝她点了下头。

温晚凝问：“推进到确认意向了？”

凌野又摇头。

“这么大牌？”温晚凝刚刚还在替他纠结，转眼又开始打抱不平，“他们就不怕你被别家车队先抢走啊？你资质比他们手里的欧洲小孩好多了吧？好没眼光。”

她回家时已经卸了妆，瞥过来的水眸却柔美更甚。

也不知道是被夸还是被看的，凌野肉眼可见地不自在起来，抬手摸了下耳朵：“还有几场线上面试。”

“面试怕什么？”温晚凝松了口气，随手从茶几底下抽出护手霜，“你是去当车手，又不是应聘销售，就是问候两句简单走个过场。”

凌野低下头：“面试要用英语。”

温晚凝手上的动作一顿，轻挑眉：“杨夏不管你？”

凌野滞住，澄净的黑眼睛微敛着看她：“……杨教练说他英语也不好，让我自己好好准备。”

“这样……”温晚凝思考片刻，“之前不是帮你请了英语家教？你发个消息问问，能不能帮你拟一份问答出来。

“你今晚就去问，别耽误了时间。”

凌野安静了两秒才“嗯”了声，很有礼貌地补了句：“谢谢姐姐。”转身离开时，他甚至还没忘帮她把餐厅的灯关了。

温晚凝当时只觉得解决了心头大事一桩，披着毯子悠悠晃回了主卧。

直到第二天庆祝妈妈生日回了趟家，在餐桌上讨论起温璟的北美大学申请时，她才又想起来这件事，频频走神。

晚饭吃到一半，她捧着碗神游天际，思考着无数种让她悔恨终身的可能。

凌野他那么认生，会不会根本就没去找老师沟通？

那这样面试还能通过吗？

要是因为这把没过，欧洲那边的路堵死了，这小孩岂不是既没学上也没未来了？

凌野还没成年，被她头脑发热拽来申城，孤零零的，身边连个能商量大事的人都没有。

温晚凝越想越觉得自己失职。

晚饭后，她索性觉也不睡了，熬了大半宿，终于在天蒙蒙亮时给凌野发去一串录音文件，附带文档原稿。

温晚凝：不知道你面试准备得怎么样，我找堂弟的文书老师给你押了押题。

温晚凝：录音是我自己录的，发音凑合吧，你先适应适应听别人说英语的感觉。

被别人捧惯了，温晚凝还不太适应自己一头热。

消息发着发着，她先觉得有点不自在，幼稚地开始挽尊。

温晚凝：醒了吗？

温晚凝：醒了敲 1。

凌野：1。

少年的微信头像是她随手设计的，《汽车总动员》里闪电麦昆的一张龇牙咧嘴的动画鬼脸，和账号的主人完全是两个极端。

因为实在太幼稚被杨夏调侃过一次，但凌野一直没改。

对方的反应乖得温晚凝心软，但还是有种后知后觉的羞耻。

温晚凝：你平时坐地铁的时候随便听听，有用最好，没用算了。

凌野：有用的。

凌野：之前你给我录的对话，我听了好多遍。

几个月前，他刚戴上助听器的时候，温晚凝在横店拍戏，担心他没办法融入赛车场的集训，提前录了许多日常对话在他的手机备忘录里。

适应人声是其次，主要是为了帮他习惯用耳朵听，戒掉下意识读口型的习惯。

她当时参考的是外国人用的中文教材，许多语段都有些无厘头，被她表演科班出身的对白腔一念更甚。

“我是温晚凝，好久不见，你还记得我吗？”

“和你见面很开心。”

“谢谢你，我们再联系。”

他不提还好，一提起来，温晚凝又想起当初自吹自擂普通话水平的她自己，耳根热意升腾。

温晚凝：你听了吗？我怎么不信？

凌野：嗯。

温晚凝就是莫名觉得他像是在笑，心浮气躁地把自己卷进羽绒被里，捏着手机恶狠狠地打字。

温晚凝：哦。

凌野：真的听了。

为了证明自己所言非虚，他耐着性子继续解释。

凌野：录音说一句，我说一句。

温晚凝手机屏幕上方的“对方正在输入中”就没暗下去过，在昏暗的卧室里一闪一闪的。

消息很快多出一条，认真得像课文背诵检查，需要给家长签字的那种。

凌野：我是凌野，好久不见，你还记得我吗？

拍片结果出来，温晚凝的骨头没事，崴的那一下是狠了点，但好在全都是擦伤和软组织损伤，恢复好了就不碍事。就是这两天需要限制行动，隔一会儿冰敷一次，最好是把腿一直抬着。

民宿的火炕极为宽敞，戚酒酒和她睡一间。

从次日清晨开始，其他嘉宾按原定计划去玩雾凇漂流看驯鹿，温晚凝在民宿里休息了整整两天，就参加了几场只需要坐着的室内游戏。

第二天午饭后，编导过来通知她接下来的行程，温晚凝都没反应过来：“带我一起去？”

摔倒的时候没帮上忙，编导小姑娘一看她就愧疚，弓着腰凑过来：“大过节的，温老师肯定要一起去啊。

“明天正好是小年，导演看凌老师的老家就在隔壁县城，临时提议一起去吃个饭，他答应了。”

温晚凝下意识地追问：“凌野老家？”

“好像不是父母，”小姑娘想了想，“听导演说，好像是凌老师的什么阿姨，小时候还挺亲的。”

温晚凝挺惊讶。她只在视频通话里见过凌野的叔叔，从没听说过有什么阿姨。

估计是他母亲那边的亲戚吧？

民宿里没有轮椅，唯一的拐杖还是昨天临时买的。

凌野敲了敲门进来，很自然地往她这边弯腰。

他手臂刚要伸过来，温晚凝慌忙抬眼，用只有两个人能听到的音量拦他：“你先别！今天不用抱了。”

开什么玩笑？前天是情况特殊，今天所有嘉宾都在外面等着，凌野就准备这样把他抱出去？

他当这是婚礼接亲吗？

凌野随着她的视线看向墙边的那根拐杖：“门口的雪已经被车轮压实了，滑到反光，你这样出去，万一摔了，一会儿还得再去医院拍一次片。”

拍的是她另一条好腿的片子。

凌野没明说，但温晚凝听懂了。

她又怕又局促："总之、总之你就别抱了，我自己再想想办法。"

凌野半弯着腰，居高临下，将她故作镇定的神态看得清清楚楚，低低"哦"了一声。

女编导还没走，贴着门有一眼没一眼地往这打量，努力维持住专业冷静的表情。

凌野淡淡往门口扫了一眼，提高了点音量："温老师这边不太方便，我背她出去。"

他先奏后斩，温晚凝一时失神：这小子刚刚答应得那么爽快，结果所谓的不抱了，就是改成了背她？这有什么区别吗？

"哎哟，"姜芸正往这边走着，人还没到，感慨的声音先飘了进来，"你看人家这弟弟当的，真就超值。"

戚酒酒嗓门更大，从窗外给他加油助威："走慢点，别把我们温老师摔了。"

凌野没再接话，只是半蹲在温晚凝面前，侧过脸来看她。

事已至此，温晚凝只能爬到他背上。

较劲似的，她宁愿脖子酸死，也不把脑袋贴上男人宽厚结实的肩背。

凌野大手攥着她的腿弯，站起身，往上颠了颠，敛睫微勾起唇。

从温晚凝的视角看过去，男人下颌到脖子的线条清晰利落，喉结不时很轻地滑动一下。

温晚凝也不知道自己在紧张什么，只觉得心跳越来越快，门外姜芸的脚步声不断逼近，她抓住凌野薄唇开启的那一瞬间，急促开口："你想说什么？"

凌野侧眸看她，唇边的弧度更深了："你好轻啊，姐姐。"

凌野的老家在加格达奇，隶属于黑龙江省大兴安岭地区，位于内蒙古自治区呼伦贝尔市鄂伦春自治旗境内。

节目组的包车一路向西，远处是随着山路绵延的高大桦林，近处是条蜿蜒的不冻河，两岸的松柳凝霜挂雪，白茫茫一片，望不到边似的。

北方的特产就是这个劲儿：什么都分量大。

本地人个子高，上菜的分量扎实，景色也是无边无垠的，让人能不知不觉看很久。

车上的嘉宾除了凌野，一行人从没见过这么量大管饱的雾凇，一路没见识地感叹连连，拍照声就没停过。

机会难得，姜芸老师和老公打了十几分钟的视频电话，从介绍窗外景色到闲聊这几天的工作日常，一点都没避讳。

姜老师的先生是屡获大奖的著名编剧，业内无人不知。两人结婚近三十年，素来以神仙眷侣著称，可听说归听说，在亲眼看见视频那头的人小心开口，就为了要买根几百块买鱼竿后，在场所有人都震撼了。

姜芸刚挂电话，戚酒酒就忍不住开口：“姜老师，你是一分私房钱都没给你老公留啊？”

“我觉得还好吧。”姜芸眉梢轻扬，一脸理所应当，“当初谈恋爱那么给他省钱，平时就是一块儿在文工团吃大锅饭，有点什么事也是粮票AA，现在孝敬一下我不是应该的？”

“好惨啊，”何塞叹为观止，“还有没有一点人权？”

姜芸不跟小老外计较：“国情不一样，你问问其他人，估计也差不多。”

许嘉树和魏应淮对望一眼：“就主卡带副卡这种？”

乔梨说：“我们家是直接转让股权。”

“我爸号称是都给了，”温晚凝笑了，“但应该会偷偷藏一些，小时候我惹妈妈生气了，我爸还会用私房钱带我去吃快餐。”

意识到这段大概率会被剪辑采用，她赶紧双手合十贴在鼻尖，晃了晃：“老爸，对不起。”

姜芸听着，关心起凌野那边的情况：“小野呢，愿不愿意给？”

年长几十岁的大前辈，早就修炼得跟人精似的，这样问既能避开凌野没有父母的雷区，又能帮电视前的粉丝们要点福利，一举两得。

凌野说：“愿意啊。”

他话音刚落，温晚凝和身侧的好友一起侧眸。

姜芸坐在温晚凝身后，闻声怔了一下，随口追问：“一结婚就上交工资卡的那种？”

“不结婚也可以，”凌野勾唇，垂了垂眼，“我全给。”

车内起哄声一片。

窗外雪景澄明，暖黄的阳光从温晚凝身侧漫过来，将耳垂那片软肉晒得红热。

余光里，凌野一直在看她这边，目光深而静，像是不见底的幽潭。

温晚凝似乎是被他的视线烫到，故作镇定地转过脸去，心脏却跳得像是下一秒就要飞出喉咙，只有不断地咽口水，才能勉强把它控制在原地。

怎么办？

她无意之中收下的那笔巨款，除了数额足够惊人以外，意义居然更加深重。

而更让她无措的是，她在悟出这层深重意义后，不仅毫无愧意，心底还涌上了一股明确到尖锐的窃喜。

横冲直撞，铺天盖地，让她攥在膝上的指尖都酥麻起来。

第七章 77号车手

路程接近三个小时，嘉宾们到达时太阳刚落山，恰好是晚饭点。

小镇的一切都还是老样子。老杨当初约温晚凝和凌野吃饭的小饭馆还在，两个街口之外是他们住过的那家酒店，门头装修都没怎么变过，看得温晚凝一阵恍然。

他们今晚吃饭的地方是另一家农家菜馆，店面不大，但厅堂敞亮干净，还带了个小院儿。

包厢里很暖和，凉菜都上齐了，散发着炸花生米和蒜蓉的浓香。

收银台旁边的电视调到了少儿频道，店主家的两个孩子本来在看动画片，见凌野进来，一溜烟扑上来。

“哎！”一个系着围裙的阿姨正好来上菜，抓小鸡崽似的，一手一个拎着，“是不是说好了要上电视？别闹哥哥，不听话不让上桌了。”

阿姨面相和善，五十岁出头，呵斥孩子的声音都不怎么凶，就是喜感。

她跟屋里的节目组打过一圈招呼，声音爽朗：“凌野管我叫仙姨，你们要是觉得我还年轻，叫仙姐也行，我都答应。

“自家小生意，今天凌野带着朋友过来，咱们就不营业了，好好聚一聚聊聊天，尝尝仙姨的手艺。”

何塞像回到了自己家，懒懒地抛了一个媚眼过去：“仙姐，帮我拿瓶冰可乐！”

阿姨笑呵呵的：“行，等着啊！”

饭馆是夫妻档，节目组一大群人浩浩荡荡拥进来，人手明显不够，凌野脱了外套去后厨帮忙端菜。

温晚凝就坐在何塞旁边，有些想笑：“你怎么比东北人还东北人？好自来熟啊。”

“之前见过好几次了。”见她神色讶异，何塞又问，“仙姨人好吧？”

温晚凝不明所以，点点头。

她坐的这把轮椅是仙姨店里备着的，怕她觉得硌，仙姨还特地给垫了好几块坐垫，软乎乎的，很暖和。

“都是相互的。”何塞小声给她解释，“我哥基本每年这时候都回来看看，逢年过节也给小孩大红包，偶尔打两个视频电话，我也出镜过。”

有些意外他知道这么多，温晚凝试探着问起另一件事：“他叔叔现在怎么样了？”

“叔叔？”何塞眉头微皱，“没什么印象，好像说犯了什么事蹲了几年，后面带全家跑外省去了。”

明知道幸灾乐祸不好，温晚凝还是忍不住心里松快了一下。

让对凌野不好的人过得不好，这就是她的私心。

饭菜很快上齐。

仙姨特地抱了个大号的凉水桶过来，看向桌上的几个女生：“知道你们当演员不能胖，提前给你们泡了黑茶，这玩意儿一丁点儿糖都没有，也不耽误睡觉。

“你们明天上午就走了是吧？那咱们提前过个小年，男生陪我喝两杯，误不了事儿。”

桌子另一边是齐刷刷的四五瓶白酒，摆得整整齐齐。

凌野在温晚凝另一边的空位坐下，先抬手把面前的杯子倒满，递给仙姨，再把面前的玻璃杯满上。

辛辣的白酒气味入鼻，温晚凝不禁担忧地望过去：“你别勉强。”

凌野给她倒好茶水，垂眸看过来：“我酒量其实还可以。”

他语气谦虚，又无端带着点示弱的劲儿，何塞听得狂翻白眼。

这人酒量何止是可以，豪饮是欧洲赛车圈的传统，凌野初来乍到那会儿，惜字如金外加文化冲突，随便一条拎出来，就足够让他做上好几年的透明人。他能秒速融入车队的原因，除了技术实在没得挑，再就是北方基因自带的恐怖酒量。

看在多年队友的情面上，何塞抱着手“嘁”了声，默默看他装。

温晚凝对两人之间的“无声剧场”一无所知，时不时往凌野那边悄悄瞄一眼。

见他神色平淡地倒满下一杯，她想拦一下，又实在没什么立场，只好讪讪捏起筷子，对着面前一盘溜肉段闷头吃起来。

不知道是不是她的幻觉，仙姨做的饭菜味道很熟悉。

地三鲜、小鸡炖蘑菇、酱骨、杂拌菜，就算菜不一样，也有一种能尝得出来的相似。

温晚凝每道菜都夹了几筷子，连平时习惯的拿米饭吸油的步骤都省了，吃得很认真。

仙姨越看她越喜欢，把那道炖得软烂的肘子转到她跟前：“姑娘多吃点肉，胖点好看，你腿还没凌野的胳膊粗呢。”

温晚凝挺不好意思地抬头，夸了两句味道好。

仙姨却像是看透了她心中所想："你们做饭的那次直播我看了，怎么样，我和凌野做的饭像吧？"

酒过三巡，饭桌上的氛围更加放松了，仙姨搂了下凌野的肩膀："凌野妈妈教的。"

有摄像在拍，仙姨有数，说的都是一些很温暖的往事。

其实她不是凌野的亲小姨，而是熟识凌彻夫妇多年的朋友。

凌彻当年从环塔拉力赛伤退后，原本是随队后勤的妻子也毅然辞职，跟着他一起回到了东北。

能驾驭极端天气的路况，也愿意为了更多酬劳挑战最艰苦的路段，凌彻在大货车司机圈子里很快出了名，甚至还有许多卡车厂商愿意找他测试新的车型，于是赚了不少外快。

从极北之地到唐古拉山脉，从没有人清雪的绵延弯道一路开进氧气稀薄的高原，来回一趟至少半月，路程也危险。有的时候凌野的母亲跟着出车，凌野就会被托付在仙姨那里。

后来攒够了钱，生活逐渐安定下来，凌野的母亲凭借着自己的好手艺开起了小饭馆，仙姨也去帮了许多年的忙。

仙姨说了许多，眼眶湿润，但始终带着笑。

温晚凝听得心潮翻涌。

在仙姨的讲述中，凌野的童年并不像自己之前想象的那样可怜，虽然不富足，但被教育得很好很正直。

一顿饭吃到尾声。

仙姨对被自己带成谈话节目的氛围有点歉疚，几个综艺咖你一言我一语，熟练地接过话题，又把场子炒热了起来。

饭后甜点环节，嘉宾们被带到小院亲手取冻梨，温晚凝因为移动不便留在了室内，坐着帮忙收拾碗筷。

眼看着摄像都跟了出去，仙姨犹豫了片刻，往围裙上仔仔细细抹了抹手，攥过温晚凝的手腕："小野跟我说过很多次你的事。

"这孩子能有今天，全都是因为有你，我替小野的妈妈谢谢你。"

温晚凝不太习惯被长辈这么隆重地道谢，只能任仙姨握着手，面上发热："您太客气了，我也没做太多。"

人与人相逢的际遇，很可能一辈子就这么一次，仙姨很珍惜能和温晚凝说上话的机会。

她摇了摇头，眼底红了一片："他叔叔一直把他当累赘，最开始拿了钱填补自己的生意，还愿意给街坊邻居演一演，后面孩子大了，就开始嫌弃他听不见又烦又蠢，也不准备让他继续上学了。

"我看得难受，但有监护人这一层关系压着，我只能让他多来家里吃几顿饭。"

温晚凝皱眉听着，敏锐地抓到了“钱”这个字，犹豫着提问：“凌野的父母……是怎么走的？”

仙姨微愣：“他没跟你说过？”

温晚凝很慢地摇了摇头：“没有。”

桌上剩的半瓶白酒还没来得及撤，仙姨拿起来抿了口：“爆炸事故。

“运一趟报废灭火器到临市，一家三口一起去的，小野出门前还开开心心跟我挥手，说要去郊游。”

“后来只有他自己回来，见我哭得厉害，就忍着一滴眼泪都没掉，”女人仰头，声音有点发颤，“跟我说，仙姨对不起，他耳朵听不见了。”

墙上的挂钟“嘀嗒”，温晚凝一直没说话。

仙姨后知后觉地不好意思，用袖子一抹泪：“大过节的，不说这些。

“当年他们走的时候，房贷还有一大半，因为他叔叔没争取，房子就被法拍了，光秃秃的毛坯房，一天都没住过。”

她努力挤出一个笑：“前两年小野跟我说他把房子买回来了，我是真的替他高兴。

“晚凝，你心善，小野也争气，老天爷不会亏待你们，以后的日子，肯定都是好日子。”

除夕将近，F1 新赛季的开赛日也近在咫尺。

为了迁就凌野和何塞的行程，拍摄内容极限压缩到四天，明天，也就是小年这天上午就能结束回家了。

回到民宿时已近午夜，众人刚洗漱完准备睡下，就被导演组喊出来看极光。

繁星点点之下，整片苍穹都蒙上了一层缓慢波动的紫绿色光雾，浪漫壮丽。

零点，节目组的生日突袭直播在官博准时开启，一边带大家唱着《生日快乐歌》，一边从小木屋里推出了一个大号的双层蛋糕——“77”的数字造型，上面装饰了一辆精致的翻糖赛车，Q 版的小人身穿黑绿色赛车服，单手抱头盔倚靠在车上。

纸片礼花拉响，多到看不清的弹幕潮水般上涌，“凌野生日快乐”的道贺声此起彼伏。

凌野挨个道了谢，回复了一些弹幕中的问题，等分完蛋糕回房时，手机里收到的庆生消息已经回不过来。

过传统的农历生日这一点，何塞调侃过他无数次。

围场神秘东方力量，以一己之力带动不知道多少老外从入门到精通，每年都要查一次小年是哪天。

凌野抬手，滑过一大片不想点开的未读消息，又回到最上面的置顶栏，反反复复地看温晚凝的几条消息。

温晚凝：凌野，生日快乐！新的一岁，开开心心，平平安安。

温晚凝：刚刚听地导说，这边纬度不够高，上一次看见极光还是十年前，我想这也许是专程为你而来的好兆头。

温晚凝：今年，一定会有很多好事发生。

第一条是零点刚到的时候发的，后面的两条隔了十几分钟。

院子里的雪被专程清扫了，洒了防滑的砂子，温晚凝直播时拄拐站在镜头边缘，偶尔侧过身去动两下，小脸几乎要全陷进蓬松的毛毛围巾里。

凌野还以为是她一边手臂撑累了，要时不时调整一下重心，没想到是为了给他偷偷发消息。

凌野的手指悬停在键盘上许久，删删改改，只敲出了一句毫无新意的“谢谢”。

门把手被很轻地拧动。

屋里的灯一直没开，何塞蹑手蹑脚进来，抬头看见凌野正坐在窗边，吓得原地大喘气，猛拍两下胸口：“我……闹了半天你还没睡啊？寿星不会从刚刚进门一直坐到现在吧？黑灯瞎火的忙什么呢？”

凌野神色不改：“等消息。”

“可以，你厉害。”何塞举双手投降，连问都懒得问一句，哈欠连天地钻进被窝，“快一点了，哥们，我先睡了，祝你好运。”

玻璃上结了一层厚厚的冰花，凌野无意识地伸手放在那儿，等到冰花有了融化的迹象就移到另一处。

不知过了多久，他的手机屏幕才再次亮起。

温晚凝：不客气。

就这么三个字，距离上一条消息已经过去了二十分钟。

凌野勾了下嘴角，很轻地靠在枕头上，认真地敲下几个字。

凌野：很晚了，睡吧。

凌野：晚安。

从东北回到南方后，温晚凝的脚伤恢复很快，已经不用拐杖也能在平地上慢慢移动了，就是瘀青还没消。

周芙帮她把几个棚拍向后推了，一门心思准备接下来的电影进组。

《春夜》作为林宙备受期待的禁忌四部曲收官之作，从半年前刚放出风声开始，一直就备受关注。温晚凝回申城两天，白天的大块时间几乎被剧本围读会塞满，每次都要被完美主义的林宙扒层皮下来。

正片扮相前期暂且保密，围读会照片一发上官博，好评和差评各占去半壁江山。

《春夜》里的聋人姐姐和她这几年的角色反差太大，粉丝们相信她的演技，期待她能还原原著中坚韧迷人的女主；部分路人被黑子带得人云亦云，觉得她就是想走捷径，靠弱势群体博眼球。

戚酒酒专程打来视频电话慰问，场面话说得差不多了，提起另一茬：“今天围读会的照片我看了，你和小魏还可以哎，往那儿一坐还挺搭的。”

温晚凝苦笑："是吗？"

"夸你的呀，"戚酒酒语气昂扬，"你这次拍的是正儿八经的商业片，又是这种有爆点的爱情故事，没有化学反应谁愿意看？难不成你还想玩麦导阳春白雪的那一套？"

她过来人似的给建议："这种东西都是营业，你心里清楚自己喜欢的弟弟是谁就行。"

温晚凝被她的用词蜇了一下："什么喜欢不喜欢的？"

"我又不瞎，"戚酒酒讥讽，"人家是不是又背又抱地照顾了你两天？凌野都恨不得直说了吧？之前给你的那三千万是什么意思，不就是提前上交的工资卡？"

温晚凝拿起杯子喝了口水："嗯。"

戚酒酒嘴角一勾："一米八八体育生的怀抱很爽吧，还是这种全世界最会赚钱的体育生。温老师当初在我面前那么义正词严，现在还不是要说真香？"

温晚凝硬着头皮狡辩："我有吗？"

"没有啊，你一点都没有，脸红是因为没用你代言的防晒粉饼，饭桌上哭湿了半包纸巾是因为仙姨炒的菜太辣。"

温晚凝往床上一歪："你怎么说得好像我故意吊着他一样？我有这么渣吗？"

戚酒酒秒答："想不渣的话，直接和他谈恋爱不就好了？他喜欢你，你也喜欢他，自己栽树自己乘凉，天经地义好吧。"

温晚凝要疯了："怎么可能？"

戚酒酒一脸无所谓："怎么不可能？你又不是他亲姐。"

温晚凝试着袒露心声："那天你们去院子里拍外景，仙姨又跟我聊了几句凌野以前的事，我感觉他过得太辛苦了，心里的感情也都好重……

"我也不知道怎么表达，以前就感觉这么大小孩正是荷尔蒙爆发的年纪，谈个恋爱都是露水爱情，但凌野他根本就不是这种人。"

"那不正好，男德班班长，干干净净落你手里了。"戚酒酒不把她的纠结当回事，"是不是从小追你的人太多，温老师如今品位这么奇怪了吗？人家认真你还不乐意了？"

"就是因为他太认真了，"温晚凝裹着被子翻滚了好几圈，抬手捂脸，"我以前根本就没对比我小这么多的男生动过心，这次是纯粹意外……

"我也搞不清自己是怎么想的，连能喜欢他多久都没把握，万一只是两三天的冲动上头呢？"

她的话零零碎碎，没个逻辑。

又聊了会儿，挂断电话后，戚酒酒弹了个"含泪比大拇指"的表情包过来。

戚酒酒：好消息，你超爱。

春节前，温晚凝刻意将自己的时间塞得很满。

有工作的时候就起个大早，没活动的时候就闷头复健理疗，连六月才开始排练的话剧本子也提前拿了出来，和林宙那份一起放在床头，背累了就换另一本，工作态度像是打了鸡血。

几天下来，素来嫌她不够卷的周芙都看得失语，三番两次劝她放平心态，过年先好好休息，养好了再拼也来得及。

温晚凝一概口头答应，转头还是老样子。

她是闲不住的性格，手上一没事情做就容易东想西想。沉寂的几年里跑话剧团演女配，背着瑜伽垫考教练证，全都是为了对抗内心的焦虑，现在的情况好像更严重了些。

她只有把自己忙成陀螺，才能暂时忘记和戚酒酒的那通电话，不去想那张时不时就从体育版热搜跳出来的脸。

除夕前两天，周芙通知她，晚上《临时起意的旅行》节目组有个聚餐，就在申城。

她的工作日程都是周芙在排，没特殊情况不会提前报备，这是许多年的习惯了。

这次挺突然的，温晚凝心弦一颤："这个时间聚什么？"

"老营销套路了。"周芙很懂，"这节目之前就喜欢炒亲友人设，怕观众觉得电视上的互动太塑料，总搞这种团建，把嘉宾凑一堆儿装作不经意拍两张照，发发微博卖卖大家族情怀，售后一直服务到下一季开播。

"年后开始播下半季，到时候还会让你们提前录几期陪看，线上连麦那种，你提前好好准备准备。"

温晚凝被她说蒙了："连麦有什么可准备的？"

周芙又心疼又好笑："你不从第二天就'阵亡'退幕后了吗？

"那么多外景你一场都没去，室内镜头估计也不多，连麦再不上点存在感，谁能记得你也去了？"

温晚凝答应得敷衍，周芙干脆了当地出主意："你就多给凌野的镜头反应，今晚聚餐也是，你看看能不能往他身边靠近一点，观众就爱看这个。"

从东北回来之后，温晚凝就跟周芙认真聊过，凌野和演艺圈那些爆红小生不一样，一路走到今天的位置，背负的艰辛和压力外人难以想象，不是可以毫无道德底线去蹭的人。

周芙当时被她严肃的语气吓到，答应了以后不再去搞这种乌龙。可尽管如此，只要一扯上这档节目，有的事她就无法绕开。

温晚凝默了默："看情况吧。"

傍晚时，申城下了近几年来最大的一场雪。

片片雪花飘落如糖霜，将整座城市的楼宇街巷覆上一层闪烁的银白。

节目组在浦江沿岸的一家西餐厅包了半场，温晚凝被侍者带进去时，其他嘉宾都已经到了，就剩戚酒酒旁边的一个位置——最靠外，来去行动自如，专门照顾她的脚伤。

温晚凝打了一圈招呼，扫一眼腕表，歉意地笑了笑："不好意思啊，来得有些迟了。"

"下雪天本来就容易堵车，"姜芸老师摆两下手，"刚我还说让两个男生下去接你，就晚凝你那腿，现在恢复到这个移动速度已经是超人了。"

长桌摆在落地窗边，抬头就是浦江对岸的高楼霓虹，璀璨闪烁。

连续三年入选米其林的主厨餐厅，前菜摆盘精美，温晚凝却没什么胃口。因为她从落座的那一瞬间就已经发现，坐在她正对面的男人就是凌野。

他今天穿了身黑色的羊绒衫，袖口拉到小臂中间，肌肉线条修长，手腕和指节骨感分明，很有男人味。

好在桌子足够宽，两人之间距离不近，连碰杯都要刻意弯腰。

温晚凝全程目不正视，视线扫到他的肩膀为止，立即转弯，佯装自然地和旁边的人聊天。

她今天的话密得反常。

戚酒酒从桌子下面戳她两下，引来她一个困惑的眼神。

戚酒酒换手机发消息给她。

戚酒酒：准备何时拿下？

温晚凝换上回工作微信的严肃脸，开始装傻。

温晚凝：谁？

戚酒酒：我说谁你心里清楚。

戚酒酒：温老师，你这样我真的会失望，恋爱你尿得要死不敢谈，至于连看一眼都不敢吗？

温晚凝：你怎么知道我没看？

戚酒酒：你表情不对。

戚酒酒：不开玩笑，就凌野今天这个状态，哪个取向为雄性的碳基生物看了都得发晕，乔梨已经用眼神叫了一万次老公了，我做证。

她逻辑严密，自带特例注释。

戚酒酒：我不算。亲友观察团，自带抗药性。

温晚凝有些无语。

觥筹交错间，温晚凝向着桌对面抬了几次眼。

戚酒酒真的没有夸张，只是一周未见，男人好像又瘦了些，本就立体的眉眼更加浓烈，是那种根本不需要衣饰来烘托的非现实感英俊。

明明是之前见过无数次的人，但好像就是哪里不一样了。

这种变化相当微妙，足以让她慌乱不已。

吃饭中途，温晚凝保持同一种坐姿太久，习惯性地将腿向前伸了下，鞋尖不小心蹭到了什么。在意识到是凌野小腿的瞬间，她心跳一顿，被烫到般秒速收回腿："对不起。"

凌野垂眸看了她一会儿："疼吗？"

"什么？"

“踢我的那只脚。”

温晚凝一下子没反应过来：“不疼啊，又不是受伤的那只。”

热闹的谈笑声里，凌野的声音低沉，像是耳语：“那就没关系。”

温晚凝心跳怦然，语言功能失灵，像是卡壳的机器。

今天的聚餐本质是工作，主要任务十分明确。

一顿饭从头到尾快门声不断，攒下了足够所有人不重样发上几次的素材，这才宣告结束。

人潮逐渐散去。

几位主要导演和编导也在，散场时特地过来他们这边，一副小粉丝的架势，凑过去和凌野、何塞拍合影。

温晚凝起身收拾好包，和其他几位嘉宾道了别，步子越来越慢，最后停在了大厅的酒廊。

戚酒酒悄悄问她：“你有别的安排没有？应该不需要我送你下去吧？”

好友一双猫眼晶亮闪烁，瞄的正是凌野的方向。

她每个字都没带对方的名字，但意图明确，神色中促狭和鼓励交织。

温晚凝耳朵又开始发热，偏偏她又真的有事要找凌野，只能顺着对方的好意张口：“不用，我还要再等会儿。”

戚酒酒捂嘴轻笑，一边围披肩，一边比了个“OK”的手势，拽上旁边的魏应淮离开，很好心地为她清场，最后回头的一瞬，还无声向她做口型——刮、目、相、看。

温晚凝飞快摆两下手，催戚酒酒赶紧走。

餐厅在浦江岸边一幢著名建筑的顶层，前厅灯光昏暗柔和，金属风的回廊兼具现代感和雅致的情调，将食客们的隐私保护得恰到好处。

导演们先下去了，本来剩她和凌野、何塞三个人在等，未料电梯按钮都还没按，何塞转眼就背起包溜了，说是有个电话要接，径直回了餐厅露台。

凌野倒是神色自若，侧过头来问她：“姐姐等我有事吗？”

温晚凝努力稳住表情：“其实也没什么，就是之前录节目的时候没给你的生日礼物……我今天把它带来了，刚刚人太多，一直没找到机会。”

“好。”凌野安静地敛眸，看她翻包。

温晚凝今天背的包很有她一贯的风格，偏大的尺码，轻松随意，挂着认真搭配过的春节限定玩偶，和她身上过于女性化的气质对冲了一下，显出几分少女的纯真。

她从包里翻出的是一个绒布袋，上面绣着某江南大寺的名字。

凌野接过去，打开上面的细绳，翻出一个五颜六色的玄学手串和护身符。

体型差作祟，在温晚凝手里显得庄重的大小，放在对方掌心意外的迷你，有种说不出来的异样感。

特别是凌野还出其不意地伸手摸了摸。

温晚凝轻咳了一声，开口解释："我见过你车队直播时戴的那条手串，时间那么久，可能已经不灵了。

"前段时间我托朋友在全国各地的寺庙收集了这些，都是新的，这个赛季可以换上，希望能陪你实现愿望，拿到赛季总冠军。"

凌野很认真地道了谢，把东西放回袋中，捏在手心，顿了顿才问："你看过我们队的直播？"

"也不算看过……"温晚凝纠结了好一会儿，在美化和坦白之间选择了后者，"前段时间上的那次热搜，从你之前的物料里扒了不少同款，这是我从帖子里看到的……对不起啊。"

电梯厅的顶光之下，凌野敛下薄薄的眼皮看她，睫毛浓长漆黑。

温晚凝半晌没等到他的回应，抬头和他对视的一瞬，被那种无限接近于受伤的情绪刺到，连忙解释："但我知道，那个手串不是同款，是我给你的。"

凌野平静地"嗯"了声，神色未变。

温晚凝观察着他的表情，转移话题："扯远了，其实我……"

其实她想了很久，都不知道该送他什么生日礼物，最后才选了这个。

她是准备这么收尾的。

可凌野完全没给她这个台阶下，很慢地重复着她说过的话："这个看见了，那其他的呢？"

其他的什么？

温晚凝快要维持不住体面的表情了。

也许是那条帖子情绪煽动得太到位，也许是因为她本身就心里有鬼，一时间，在那则热搜词条里看过的每一句话都清晰地浮现在眼前。

电影节什么的还好，可像枕边的香水这种，她要如何提起？

幸好，电梯终于等来了。

温晚凝像抓住一根救命稻草，装作自然地回头，特地找了一下号称去接电话的何塞。

很可惜，小老外像蒸发了一样，消失得无影无踪。

凌野已经在电梯内侧站好，单侧手臂垂下，按住开门按钮："姐姐？"

他今晚没喝酒，话音平静温和，耐心十足。

但温晚凝就是听出了些催促的意思，连忙走过去，站在他身边。

电梯里的环境更为封闭，只有很轻的下行音乐声。

刚才的话题还没人接应，温晚凝没说话，身侧的凌野也很安静。

等到还剩最后十几层时，他突然很轻地启唇，脸也像是转向了她的方向："其他的那些，也都不是巧合。"

他的话直白，冲击力十足。

温晚凝的肩膀开始变得僵硬，下意识地"啊"了一声。

逼仄的空间里，身边男人的存在感被放大到了极致，闭上眼睛都难以忽视。

温晚凝不用抬头，就已经能感觉到洒落在她颊侧的目光安静而专注，但又矛盾地滚烫，混着些越来越不加掩饰的东西。

觉察到了她的退缩，凌野又道："如果我这样说，你会觉得不舒服吗？"

温晚凝条件反射般地摇头，又在反应过来之后滞在原地。

电梯还有最后三层，凌野离她更近了。

透过他外套上早已干透的雪水，她像是又闻到了那股熟悉的薄荷味，干净好闻，与六年前记忆里的严丝合缝。

只是现在的凌野早已不再是那个单薄的少年人，身形高大，转身面向她时，几乎将她整个人浸在了他的影子里。

短促而漫长的安静之后，他突然叫她："姐姐。"

这个称呼今晚出现的次数格外多，重叠的两个音节，像是有一种特殊的魔力，在她喉间拴了根细丝，不断拉紧，让她心头颤了颤。

凌野继续开口，原本清冽的声音竟有些沙哑："我对你……"

她瞳孔骤缩，无意识地张唇。

对方接下来要说什么，她能猜得到。可那些搁置数天的权衡依然横亘在原地，像是一根刺悄悄长进肉里，不去动的时候还好，一碰就会激起一阵难以忽视的痒痛。

少年人的感情赤诚，也沉重。

从过去到现在，虽然性质发生了改变，但她还是能确认，自己喜欢凌野在身边的感觉。

只是她毫无自信，这样浅薄的心动能不能和对方平等。

况且从最自私的角度来思考，如果只是想把他留在身边，那无论是拒绝他的喜欢，还是经营一段不知能维持多久的爱情，都不如眼前的灰色地带更长久。

她好像已经过了那个头脑发热、不管不顾的年纪，做什么事情都要以自己为中心，经过一番傲慢的精打细算。

毫无保留的真心，是比宝石还贵重的东西。

她无法以这样的状态面对凌野，所以软弱地想要逃避。

"你们新赛季这周末就要开始了吧？"温晚凝胸口剧烈起伏，匆匆打断他的话。

"都准备好了吗？"她竭力绷平声线，让自己听起来无懈可击，"什么时候飞过去备赛？"

她没抬头，并不知道现在的凌野是什么样的神情，但头顶落下的声音更加喑哑，像是融化的雪，湿漉漉的。

仿佛退回到了初遇的时候。

"我从……"

电梯到达第一层，轿厢门在"叮"声中开启。

"抱歉，经纪人在催，我先走了。"

温晚凝心脏跳到胸腔都在痛，步伐凌乱，不顾刚好没多久的脚伤，匆忙奔向旋转门外的夜幕。

没几天就是春节，温晚凝这个年过得异常乏味。

她这样的铁血迪士尼粉，从中学到现在的年假行程都差不多，要么全家一起出游度假，要么拽上温璟陪同，去她喜欢的项目刷上十次八次，再把新出的节日限量玩偶扫了。

今年的温璟依然是三十六孝好堂弟，主动提议用轮椅推她去玩，但被她拒绝了。

除了不想当显眼包，更深层的原因则是温璟退坑两年后，居然再次对那位 77 号车手爱火重燃。

直男追星，重在融入生活，一边和她大谈迪士尼无障碍通道多好多好，绝不会让她社死，一边手机壳上还挂着崭新的梅斯 77 号周边吊坠，晃晃悠悠，生怕她想不起来这个地方她也带凌野去过。

聚餐之后，她和凌野只是在除夕夜时聊了两句，再就是对照着他们车队的赛程官博，给他提前发去了巴林站的祝福。

对方的回复淡淡的，单看字数好像没怎么变化，但语气变了。

礼貌周正，让人挑不出毛病，说不出来的客气和疏离。

像是曾经向她袒露过柔软肚皮的动物，转眼翻身直立，露出一身不可亵玩的陌生斑纹。

F1 新赛季将启，作为揭幕之战的巴林大奖赛，宣传造势提前一周开始。由于凌野的人气，从赛车航运抵达到周四的媒体日，每一个节点都毫无悬念地制霸体育版热搜前排。

温晚凝窝在老宅的那几天，温璟白天和她陪长辈看阖家欢节目，夜深人静之时迅速占领客厅的巨型投影幕布，从练习赛开始，一场不落地追踪，疯狂发朋友圈。

温晚凝既想逃避相关的词条，又忍不住老是在意，一番挣扎之下，干脆把温璟屏蔽了，对凌晨时分隐隐传来的哀号声也装没听见。

掩耳盗铃了好几天，直到正赛结束后的第二天早上，电视偶然调到体育频道。

女主播声音平稳，念出当前的新闻快讯："F1 新赛季首战收官，麦拉伦双子包揽前两名，上赛季巴林站冠军凌野无缘领奖台，和队友分别以第六、第八的成绩完赛。"

随后是从赛事转播中剪辑的镜头。凌野在组合弯失控，大幅度打滑上草地的慢镜头特写，几句对赛道工程师道歉的 Team Radio（F1 术语，简称"TR"，车手在比赛中可以通过隔音耳麦实时与赛道工程师进行沟通，以传达指令、调整战术。为了提升观赛的趣味性，F1 可以随时调用任何车手的 TR，加字幕直接切进赛事直播），以及赛后回到 P 房（F1 术语，全称 Pit House，即赛车的维修区，是车队在比赛期间的大本营。赛车的每一次进站、换胎、加油等操作都在这里完成，也是车队策略和执行的战术指挥中心），摘下头盔，被车组机械师包围的侧影。

波斯湾的气候炎热干燥，男人低着头和领队交谈，黑发汗湿，眉眼更显锋利清冷。

这还是温晚凝第一次在电视上看见凌野。

明明是在网上和现实中见惯了的脸，这次的感觉却截然不同，临场感十足，鲜明无比地突显了他的职业感，让温晚凝忽然有几分恍惚。

为他在人群中的醒目，那种从未如此清晰的距离感，也为在屏幕上来回重播的、让解说员讶然大叹气的“绝不可能出现在凌野身上的低级失误”。

凌野做任何事的专注力都高得惊人，驾驶风格素来冷静，而且是越焦灼的形势越冷静。

在这种千钧一发的速度竞技场上，他会为了什么而走神？

也许……

是因为她吗？

温晚凝看着那张数字明晰的排行榜，无意识地出了神。

红绿双色的箭头昭示了同比上赛季的成绩变化，梅斯的车标之后，署名为“LING”的77号下降幅度剧烈。

“你知道那些欧洲小报有多毒舌吗？”温璟在旁边愤愤地吃生煎，无脑维护，“说他是辛勤的东方园丁，漂洋过海来给巴林赛道修剪草坪。”

“下站澳大利亚非去不可了，我就坐媒体区正对面，等凌野赢了就举牌子：Hello除草机，你爹来了。”他说着说着，像是突然想起了什么，“……我才想起来，姐你前段时间是不是和他上了一档真人秀？”

温晚凝回过神，偏头看他：“你想干吗？”

“先说明啊，我偶尔刷到你俩CP热搜，觉得太离谱了就没看节目，我绝对百分百相信你和他是清白的。”温璟双手合拢，眼神充满期待，“所以，既然姐你和他认识，能帮我搞张VIP票吗？求求你了。

“不是白拿，我只是抢不到，我可以付钱的！”

温晚凝怔了一下，镇定地开口：“首先，情况有点复杂，我不好跟你解释；其次，我也没有。”

像是吸引力法则作祟，就在她婉拒温璟的一周后，借着《临时起意的旅行》第五季海岛篇完播的热度，节目官博开放的季中彩蛋投票历经五天，终于在下午5:55结果出炉。

超过了一大片诸如“临旅大家族实景剧本杀”“宁城热门动物园沉浸式踏青”“抽取幸运观众一同过周末”“随机抽选姐弟组队全天直播”等选项，观众投票数以绝对优势获得断层第一的，是整个投票栏中最下面的一行。

——语温作野特别篇：温老师探班F1澳大利亚站。

时间没有快进键，也没有进度条可以拖，无论温晚凝再怎么想跳过这几天，澳大利亚站的比赛周还是如约到来。想出这个探班企划的编导，正是节目拍摄期间一直跟着她的年轻女生小万。

小万眼睁睁看着温晚凝在林场摔伤没能帮上忙，被台里领导好一顿批，这次算是戴罪立功，带着要大干一场的决心，周五傍晚和其他几个工作人员一起，陪着温晚凝乘上了飞往墨尔本的客机。

女生和温晚凝并排坐，飞机刚起飞不久，就转过脸来小声喊问道："温老师，我们聊一聊这次的拍摄行程？"

温晚凝比了个"OK"的手势，认认真真把长发夹起来，耳朵凑过去："你说。"

她妩媚的眉眼放大到最近，带着暖意的淡香，小万突然有点不好意思，脸红红的："您也知道，导演那边不太喜欢循规蹈矩的演戏，想拍到一些有戏剧感的镜头，所以咱们这次就没有台本了。"

温晚凝沉吟片刻，表示理解。《临时起意的旅行》就是这种风格，前期让嘉宾们知道的信息量极少，台本就算有，写了也跟没写一样，只有时间地点人物，没有具体内容。效果也很显著，嘉宾们几乎所有的临场反应都不是演的，表情也更自然，被导演组的"临时起意"玩得团团转。

小万很感激地笑了笑："本来这种探班都是整蛊突击嘛，但咱们这次的彩蛋投票凌老师那边也看得到，你去，他肯定已经知道了。

"所以我们就想，让您出现的时机变得随机一点，让他意想不到。"

温晚凝轻蹙眉："什么时候？"

"今天的一练是个很合适的录影机会，所以我们刻意跳过去了。"小万把手里的赛程表展开，拿铅笔画圈圈，"明天下午会有三轮淘汰制的排位赛，凌老师正常发挥肯定能进 Q3，所以我们想让您在 Q2 结束之后的休息时间出现，在梅斯车队的 P 房和他见面。"

她画完最后一个圈，把笔收起来："车队那边之前已经打点好了，这个温老师放心。"

温晚凝一直安静听着，有些犹豫："这不会影响他的临场发挥吗？"

赛车手的探班和演员能一样？以她作为门外汉的理解，最重要的应该是平静吧？

"他车组的赛道工程师说没问题，"小万偷瞄她的表情，小心解释，"主要之前录节目的时候，感觉您和凌老师一直都挺亲密的，我们都觉得这算一个惊喜，对凌老师的成绩会有正面作用。"

温晚凝思考了片刻："那这样，到时候我们和他车组那边保持联系，以他的状态为准。"

小万愣了下，还是点点头："好，我和导演组那边讲一下。"

为了确保闪现成功，这次的澳大利亚之行首日没有安排直播。

周六上午的二练前，南半球烈日炎炎。平时长居澳大利亚的国内明星不在少数，无论平时关不关注 F1 赛事，许多同行早在周五的开放日就来凑了热闹，点进微博的 #F1 墨尔本站 # 词条划一划，热度前排已经被凌野和大小艺人的合影占领。

照片背景是棕榈树、蓝天，或者有着金属质感的围场俱乐部。

凌野没太多表情，甚至刻意保持了绅士的距离，身边的女明星无一不是连头发丝都透着精致，裙摆摇曳，笑得很甜。

温晚凝完全反其道而行之，早早来到赛场外的路演活动区，先给自己换了一身观赛装备。

口罩、墨镜、车队的帽子、背后印着巨大“77”的黑色队服，长袖短袖都买了，准备当防晒服穿。

为了不引人注意，她身后的橙台工作人员都做了类似的打扮，全程用手中的小型云台录制。

一行人和身边的车迷群体融入得太好，以至于温晚凝在经过一片年轻女生时，还被当作凌野唯粉同好，被飞快塞了一把沉甸甸的物料——印有Q版凌野头像的降温贴、展开之后超大号的荧光色77应援旗，还有小扇子和串珠手环。

线下观赛的气氛十分感染人，露天竞技体育特殊的魔力带她抽离了来之前的尴尬和不好意思。

温晚凝混入身边的一片梅斯车迷中，顺着汹涌的人流来到草地区最大路演舞台下。屏幕还未亮起，前面是乌泱泱的人群，半空中还有许多人脸型巨大KT板的白色背面晃动着，把舞台上的主持人挡得严严实实。

她凑到旁边，小声问小万：“这是什么活动？”

小万一脸姨母笑：“见面会。”

至于到底是谁的，已经没有必要再问了，因为就在小万声音止息的下一秒，喧闹的空气中突然炸响一声极具穿透力的女声，喊的是中文的“凌野”，声嘶力竭，但字正腔圆。

台下随之尖叫声四起。

从两侧的窄长银幕，到中央的主屏，陆续亮起梅斯标志性的青绿色。先是纯色的车辙形长条纹，然后是大写的车队名称和两位车手的号码，随着场边DJ的强劲重低音鼓点不断变换着滚动节奏。

这鼓点像是温晚凝此时的心跳，一声比一声重，震得胸腔麻酥酥的，有点痒，又有点疼。

明明也只是二十天未见而已，原来她比自己所以为的，更想见他。

在小万刚刚的一番怂恿之下，温晚凝顺手把应援旗披在了身上，无意识地攥紧了两个角，牢牢捏在手心里。

好像只有这样，她才能在凌野和何塞一起踏上舞台的一瞬，抑制住自己想要低头的欲望。

凌野好像往这边看了一眼。

温晚凝就站在人群的最后几排，尖叫声如潮水涌来，像是能随时把她冲走。

凌野和身侧的何塞并立，赛车服线条利落，黑发黑眸，和蓝眼睛的队友是两种截然不同的冲击感英俊。

他像是很熟悉这种场面，单腿撑地坐在高凳上，适时回应主持人提出的问题，接得住一些母语者才懂的梗，仪态得体而放松。

温晚凝从未听他说过这么大段的英文。

和在她面前那个有些笨拙的少年，几乎毫无关系的凌野。

她认知范围之外的凌野。

温晚凝下意识往上拽了拽口罩，遮住根本无人看得出的失态，适时做出得体点评："我有点明白他的海外人气从哪儿来的了。"

现场气氛欢快，她随口跟小万打嘴炮："你要是早点告诉我这边是他们车队的见面会，我可以再跑快点，往前排挤一挤。"

小万抬手捧脸，眯眯笑："温老师好喜欢他呀。"

小姑娘可爱是不假，但能独当一面跟她出外景的大台编导，专业素质都不容小觑，细品之下，每句话都试图从她这里勾出点了不得的台词，大剪特剪加花字特效。

温晚凝心里警报声骤起，坦然仰头微笑："全国人民都喜欢吧。这次节目组其他姐姐弟弟没机会过来，我带着大家的份儿，一起给他加油。"

彩蛋全程录播，有了后期托底，编导那边的发言相当自由，播出时几乎全切。

但是温晚凝这边就不一样了，看得见看不见的镜头都往身上怼着。平常播出的节目都已经被剪辑成了那个样子，她毫不怀疑这次拍的粉丝福利绝对会是一场CP饭狂欢。

自己的心情和上镜拍摄是两回事，温晚凝全程口风谨慎，在行动上相当敬业：围场外的车手立体投影合影玩了，出现凌野人脸的地方都打卡了，梅斯官方展位的车号冰激凌吃了，甚至还在进赛场前用节目组给的材料临时扎了个痛包——黑底青绿色丝带装饰，透明隔层里用77号车组队服打底，装满了上午从凌野粉丝手里收到的礼物。

她虽然没怎么露脸，但鬈发柔顺蓬松，短裙下的一双长腿又白又直，和一身凌野的标志物组合起来，相当惹眼。

有许多路人并没认出她是谁，但依然很兴奋地在远处拍了照。

等她们在梅斯P房正对面的看台高层坐下，温晚凝随手点开网络，竟然一刷新就是两条关于自己的。

Momo：捞捞今天墨尔本围场这位推77的大美女姐姐，是明星吗？

混血小卷毛会被我吃掉：一抬头，被队友唯粉硬控三分钟，现实冲击力谁懂……好白好香腰臀比好辣，我和朋友眼睛都看直了。

温晚凝强行压下那点心虚，问身边的小万："彩蛋什么时候上线？"

"三天后吧，我们想追一追时效。"小万像是看出了她的心思，笑眯眯安慰，"温老师刚刚都很低调的，到时候被认出来也没什么。"

这片地方都是老外，被认出来的可能性极低，温晚凝抵不住热浪，把口罩摘了。

唇釉被蹭走了一些，她快速补了补。

小万慢吞吞收回眼神，语气里全是期盼：“我们是觉得，温老师稍微再高调一些就更好了。”

00后编导，搞起事业来十分激进。

刚刚在赛场外活动区和人形立牌合影的时候，凌野的等身像从脸颊到嘴唇，再往下到脖子和腰胯，全都是深浅不一的唇印。温晚凝懒得排队，只是匆匆路过，远远拍了张捏凌野脸颊的借位图。

小万那时没忍住，低头长叹一声，语气和现在别无二致。

“还有一天半呢，”温晚凝笑了笑，“看比赛吧。”

为了录影气氛，节目组放弃了更私密的三层包厢，特地从墨尔本当地车迷组织买的票。

温晚凝所在的看台区几乎全是特地来看凌野的本地观众，色块极为协调，印着“77”车号的巨幅旗帜在人海上方迎风招展。

排位赛开始前的人浪环节，一连串青绿色的彩色烟幕弹腾空而起，细粉在明媚的阳光中坠落，让温晚凝的长发多了点漂染效果。

小万“哇哦”了一声，被温晚凝按头扭向赛道起点：“开始了开始了！”

F1的排位赛是三轮淘汰制，没有统一的发车时间，前两轮十五分钟，最后一轮二十分钟，取时间段内车手的最快圈速排序。每轮淘汰五位最慢的车手，最后剩下的十位车手将进入最关键的第三轮，争夺明天正赛从杆位到第十位的发车位置。

来自梅斯车队的两辆黑青色涂装赛车一前一后，选择了在中后段时间出场。

看台上的人群纷纷起立，激动到连声欢呼。

小万在喧嚣的口哨和引擎声中费力辨认着两辆几乎一模一样的车：“凌老师在哪儿？”

温晚凝用中文加密通话，大声提醒：“前面的银色头盔！头顶有锯齿花纹的那个！”

从投票结果公布到现在，凌野都没有联系过她，像是对她什么时候会来并不怎么在意。

但社交媒体上的官方号依然在按时更新。

有工作在这里，她像是终于找到了坦然关注凌野动态的借口。那些新增了许多国内新赞助商Logo的赛车服、本次澳大利亚站的头盔设计、周四媒体日他和何塞在墨尔本海岸冲浪的照片……温晚凝都用小号看了，有几张来回看了好几遍，还手抖地点了赞，第二天才被戚酒酒截图提醒，顺便嘲笑了一波口是心非。

本次现场转播的巨型屏幕正好在梅斯P房上方，温晚凝她们的正对面。现场赛车的引擎声震耳欲聋，转播里的实时解说只能听个语气，内容一句都听不清。

看台高处的视野已经是最好，但依然只有正赛冲线的直道，以及远处的几个弯。

凌野的赛车驶出尽头后，温晚凝只能将目光牢牢锁死在画面左侧的黑色排行栏，随着“LING”那一行最快圈速的不断刷新，心境起起伏伏。

第一轮，梅斯车队一向倾向于保留实力，开得很轻松。

凌野的前五圈逐渐提速，以饶有余裕的 1 分 30 秒 106 的成绩位列第四位，和第八位的何塞一起顺利晋级下一轮。

两轮之间的五分钟休息，温晚凝心潮未平，坐下时指尖都是凉的，一手心的汗。她正翻看着刚刚拍的视频回味，就被小万轻拽了一下，把手机屏幕给她看。

是这次彩蛋行动的工作群，消息来自负责在围场内接应的，言简意赅。

助理导演：晚凝可以往这边走了。

不算太意外，何塞也在这个群里。

宝贵的下车休息时间，网瘾少年马不停蹄地吃瓜，比她这个当事人还激动。

何塞：替梅斯 77 全车组欢迎温老师！

何塞：温老师是我们队正赛杆位的胜利女神。

何塞：我骗我哥说你明天才到，他一会儿绝对开心死，速来！

P 房就在看台的正对面，但入口和观众区完全在两个方向，需要绕一大圈过去，安检极为严格。

梅斯已经派了礼宾车等在小门外。司机早就习惯了开赛前接 VIP 入场，并不知道她们的实际身份，以为温晚凝是通行权限特别高的贵宾客人，便一路安安静静，没怎么说话。

只在温晚凝下车，手机上的赛事解说报出某位法籍车手的 Q2 圈速时，司机才小声感叹了句：“这是 LING 刚刚的成绩。”

同样是本赛季的夺冠热门之一，法雷利一号车手刚进入第三圈，就以两毫秒的优势超过了凌野上轮的最快圈速。

温晚凝心都提了起来，但还是朝司机回了头：“我觉得他会赢。”

司机怔了怔，也朗声笑了：“当然。”

P 房后侧停满了十家车队各自的巨型房车，连成了一片，用作车队在大奖赛期间的工作基地，部分车手也会和自己的体能师、赛道工程师住在这里。

人多的地方八卦就多，所以这一块也是许多国外赛车记者的驻扎地。

温晚凝经过时，看脸认出她的记者很少，但因为有梅斯车队的人专程出来迎接，还是被当作了潜在的新闻素材，带起了零星一阵快门声。

进安检口之后，又快步走了十分钟，温晚凝终于看见了靠出口的围场第一顺位。

上赛季的冠军车队，P 房后入口两侧的黑色围挡近三米高，以醒目的青绿色网点印着巨幅的凌野和何塞正面肖像，视觉冲击力极强。

第二轮已进入最后的三分钟倒计时。

温晚凝一步步靠近门边，内心的紧张节节攀升，向身侧的玻璃长廊瞥了好几眼，借着反光整理衣着与妆容。

到了这个时间，Q2 的圈速排位已经基本确认。

从艺十年，她早就习惯了镜头，各种场面都见过，什么红毯颁奖礼都走过。但此时的温晚凝虽然表面上仪态高雅，时不时还能和身边的工作人员交谈两句，心跳声却已经犹如擂鼓，思绪乱成一团麻。

她自己都分不清这种剧烈到要把她吞没的紧张，到底是担心凌野更多些，还是因为马上要见他更多些。

没一会儿，随着她拐进最后一个折角，几十位身着黑衣的机械师齐齐发出欢呼声。

主要对手的飞驰圈都已经悉数结束，凌野的 Q2 最快圈速最终以第二位的成绩提前锁定晋级位。

好消息传来，温晚凝刚松懈的神经却瞬间紧绷，因为他回来了。

十余位机械师躬身做好准备，那辆车前翼印着数字 77 的黑青色赛车破空归来，稳准停靠在梅斯 P 房的定位线上，毫厘不差。

车辆整修时间，凌野利落地从驾驶座翻出，单手摘下头盔，向后抓了把被汗水浸透的碎发。

何塞也在稍晚些将赛车开回。

他从出道起就被媒体称作甜心欧神，这次也延续了一直以来的绝好运气，压线第十入围。

两人默契撞肩庆祝，身边瞬间围上不少车组人员，稠密但有序，宛如一道自带距离感的高墙，将车手和 P 房外举着长枪短炮的记者群隔开。

工作人员大多来自欧洲，身高自带种族优势，但凌野在其中依然醒目——眉眼冷峻，深黑发色和瞳眸与肤色形成强烈对比，散发着一种能以肉身驯服暴力机械的绝对掌控力，令人移不开眼。

小万和几位随行摄像早已淡出视线，将舞台留给温晚凝独自发挥。可凌野仍在和领队说话，心无旁骛，完全没往这里看。

被旁边的何塞提醒，他才往这边扫了眼，视线短暂一停留，而后和领队解释了两句，向她这边走来。

Q3 前的休息时间很短，能给自己的时间更短，温晚凝深吸一口气，压下狂跳的心和所有情绪，主动走上前去。

周围人多眼杂，她勾起一个不会出错的得体笑容，坦荡与他对视："说好的给你探班加油，比正赛早一天到了，没被我吓到吧？"

凌野道了声谢："没有。"

他没有顺着她的话说下去，声音平稳，看过来的目光很寻常，在她全身和包上嚣张醒目的"77"纹样上垂眸定了定，顺势抛向暗暗在一侧观察的节目组，神色变得越发冷淡。

小万都已经看傻了。她预想了无数种戏剧化的场面，唯独没有想过两人之间会是这种塑料 CP 被戳破真相的氛围。

凌野既不高兴，也没有太多惊讶，连配合工作都兴致缺缺。

温晚凝也没想到，不过阅历放在这里，她总要比小万镇定些。

她直直地望向凌野，心里涌出一股隐隐的不甘，想从凌野毫无破绽的平静中辨出一些裂痕。

但很显然，对方身在主场，掩饰情绪的能力自然远高于她。

汗湿的长睫下，凌野沉黑的眼睛静谧如夏日午夜，一丝波澜都没有。

高处的电子表红光频闪，提示还剩三分钟。

温晚凝用力咬了一下唇，水眸弯了弯，为自己找台阶下："那我就不耽误你时间了，下一轮加油，我在这里看你比赛。"

"嗯。"凌野最后看了她一眼，自然地接过身边人递来的无线电设备，去做准备。

温晚凝站的地方相对靠后，离赛车放置的位置还有一段距离。

她脚下像是生了根，定在原地动弹不得，眼睁睁地看着凌野侧过头，把头盔重新戴好，动作熟练而冷静。

旁边有机械师并不了解他在国内的活动，往这边打量了眼，随口问道："你女朋友？"

凌野撑住赛车侧翼，长腿屈伸进入驾驶舱，扣上风镜，声音隔着重重的人群触达温晚凝的耳膜，透明如冷水，无论怎么理解都和暧昧没有半点关系："我的一个姐姐。"

毕竟是工作，个人情绪再如何波动，预定的行程还要继续。

第三轮的排位赛很快开始，温晚凝在车队媒体工作人员的引导下来到监视器前，戴上了接通 Team Radio 的耳机。

双声道切的是凌野的车组。赛车仪表盘上的按键繁多，为了防止干扰，车手端 Team Radio 键常态是保持关闭的，只在需要讲话时打开。

车队端的赛道工程师是她之前在直播里见过的安德烈，英文指令里带了点法语口音。

两人交流的频率并不太多，音轨里以空白为主，偶尔响起的指令全是术语。

温晚凝本来就情绪低落，又几乎完全听不懂，只能一遍遍在凌野冷静如机器的"了解"应答中神思飘散。

直到进入关键的飞驰圈，赛车从直道进入连续高速弯，她耳边本以为是幻听的呼吸声越来越明显，化为了可以明确感知到的喘息。

安德烈向来温和的声音染上了几分无奈："记得关无线电，凌，保持专注。"

凌野顿了顿："了解。"

只要一涉及比赛，何塞的欧神 buff（魔法）从不失灵。

事先在工作群里吹捧温晚凝的那句“胜利女神”，虽然过程并不如想象中愉快，居然也在排位赛结果揭晓后成了现实。

新赛季第二站，上届团体冠军梅斯经历巴林的失利，终于恢复了往日的强势攻势。

凌野和何塞的最快单圈都刷进了1分25秒8，在周日下午即将进行的墨尔本站正赛中，将以杆位和第三位发车，这也是两人成为队友以来的最好平均位次。

温晚凝在第一时间发去了祝贺消息。

媒体采访里，凌野未见有几分喜色，何塞那边倒是感谢希望抖包袱一条龙，兴奋的神态仿佛已经上了领奖台。

他在镜头前笑容灿烂，一进后台就给温晚凝回复了十几条消息。

何塞：比赛的时候太忙了。

何塞：温老师这次来探班，整个车队都是开心的，谢谢温老师耐心和我们23车组的机械师合影。我已经第一时间解释说您是凌野的姐姐，您可以放轻松。

何塞：凌野最近状态一直不好，可能是新赛季压力太大了，不是针对温老师的，别计较。

何塞：晚上的车队晚宴，我和凌野都在，几个青训的后备车手也蛮帅的，要是温老师被凌野气到了，正好可以来散散心。

小万陪着温晚凝看的消息。

凌野没回复，但队友的解释相当有说服力，差点就废了的节目彩蛋还有转机，小万不禁长舒一口气。

而温晚凝的目光久久落在“状态一直不好”六个字上面，其他的内容都没怎么进脑子。

一夜之间，#F1墨尔本站#又多两个新的热门关联词条。

一个是凌野Team Radio没关，官方赛事导播相当懂事，直接把他因为驾驶舱60度高温导致的喘息声切进了转播信号，与兴奋到唱歌的何塞一起公之于众；另一个则是来自某汽车媒体的围场探秘切片。

在梅斯车队的几个镜头中，角落里除了正在等待排位赛第三轮的凌野，赫然还有因为前段时间《临时起意的旅行》第五季的热度而经常被和他一起捆绑提及的温晚凝。

不同于橙台节目中想要竭力炒作的CP感，两人之间互动寥寥，完全是一副不怎么熟的样子。

一时间，各方网友议论纷纷。

对塌房喜闻乐见的路人也有，终于熬到这一天，敲锣打鼓抽奖庆贺的唯粉也有，哀号这个家不能散的CP粉也有，风波持续发酵，直到正赛日到来才稍微止息。

隔日上午，昨天还是晴空万里的墨尔本突降小雨。

小万担心这次的彩蛋拍出来无法交差，力图渲染凌野在比赛周的忙碌，争取围场内的跟拍权限之余，特地让温晚凝补了许多城市赛车景观打卡，准备用沉浸式的追星内容缓和气氛，争取一些观众的好感。

日程塞得比前一天更满，温晚凝忙到大脑放空，完全没时间去看社交媒体，对网上发生的一切毫无察觉。

她只是会在偶尔休息的时刻，重新被那种如影随形的落差感捕获。

之前刚察觉到凌野的心思时，她对潜在的失序无措又惊慌，对这种被拖拽向前的危险感避之不及。

可对方突然远离，她又觉得心里空落落的，像是被他拉着手跑了一路，一睁眼，已经不知道自己身在何处，早就没办法原路返回了。

赛程还在向前推进。

正午时分，车手巡游刚过，雨势渐大。

凌野和何塞的车都换上了绿色标识的半雨胎，温晚凝和从西班牙赶来的何塞妈妈一起，仰头看着梅斯P房的大屏监视器。

温晚凝无意识地双手攥紧，眼里只剩下那个代表杆位发车的1号立板。

凌野已经做好了所有的准备，戴好头盔坐在赛车里，偶尔用手势回应几句身边撑着伞的工程师的问询。

很快，发车区提示音响起，最后三十秒倒计时开始，所有工程师离开了赛道。

暖胎圈结束，赛道正前方，五盏红灯在看台区几万观众的屏息中依次亮起，又依次熄灭。

强劲的引擎声轰鸣，来自十支方程式车队的二十辆赛车瞬间反应，在堪称恐怖的加速度中冲进灰白的雨幕。

监视器的另一侧是密密麻麻的仪表数据，显示着凌野所驾驶的77号赛车的数据，起步反应速度是0.074，仅仅在3.4秒内就将时速从0提到了300公里。

温晚凝看得心惊肉跳，交扣的双手搭在脸下，许久都忘了眨眼，嘴唇也紧紧抿着。

同样紧张的何妈妈看到她这副样子，轻笑出声："下雨对凌野来说是好事呀。

"听何塞说，凌野的雨战技术是从雪地里练出来的，那这不就是降维打击？"

何妈妈气质好，还相当年轻，像是懂赛车的行家。

温晚凝笑一笑。

她不想替凌野谦虚，也没资格替凌野谦虚，只是单纯的放心不下。

阿尔伯特公园赛道一共58圈，凌野在前40圈一路保持着起跑时的发车位优势，只在后程的一次机械师换胎失误影响下，排位掉到了第四位。

再回赛场后，赛况越发胶着。

温晚凝再也按捺不住，直接站了起来，手心里全是汗，眼睛一眨不眨地看着监控屏。

第二位、第三位的法雷利车手形成的防守阵形十分严密，整个凌野车组的工程师都在全神贯注，等待一个超车的时机。

直到最后一圈，冲线前的最后一个弯道时，比耳机里安德烈的“守住第四”指令几乎更早，凌野的赛车忽然在刹那间提速，嵌入了第二位、第三位之间的漂移空当。

此时已经下起暴雨，赛道上高速车流掀起层层水雾，能见度极低。

就在全车组机械师因为排位变动而欢呼的下一瞬，那辆 77 号赛车突然被后方的法雷利车手撞至飞起，完全倒扣过来，重重坠地。

四溅的火花在雨中化为了滚滚浓烟。

转播的航拍镜头瞬间拉近，以残忍的清晰度展示了凌野的赛车是如何一路从终点线高速滑进缓冲区，最终在砂石区高高弹起后翻转数周，轰然一声，卡在了轮胎墙和铁丝网之间。

围场内一片哗然，隐约有女车迷的尖叫和哭声传来。

人群瞬间全部起立。

耳机中的 Team Radio 还在响，是安德烈的声音，竭力保持着镇定：“能听到吗？凌，听到请回答。”

在剧烈的翻滚中，也许是凌野的身体误触了 TR 键，驾驶舱里的信号一直接通着。

现在，在温晚凝的耳边响起的，只有一片寂静的雨声。

第八章 大型犬

这还是数年来，F1 首次在前五名冲线阶段亮出红旗。

引擎声渐弱，即将结束的比赛戛然而止。

安全车清场，救护车和赛事官员同时出动，分别检验车手的伤情和此前冲线成绩的有效性。

没有防抱死系统和转向助力，一切为绝对极限速度让步的 F1 赛车设计从诞生以来就与危险相伴而行，无论多夸张的碰撞事故都早有先例。

众人的担忧都是克制的。车手们纷纷回到各队修理站等待，梅斯车队内部也迅速启动了应急预案，投入到了支援之中。

现场最惊惶的人，莫过于温晚凝，撞车、爆炸，让她难以自抑地想起凌野童年的那场事故。

淅沥的雨声渐起，P 房正对面的梅斯车迷看台乱成一片，不断传来呼喊凌野名字的哭泣声。

温晚凝连耳机都忘了摘下，第一时间冲出了门外，却发现自己什么都做不了，只能看着迅速奔走的黑青色人潮，近乎冻结在雨中。

自己是怎么回去的，温晚凝不知道，等到神魂重回体内，人已坐回了车队的监控大屏前。

身边人声不断，而她开始耳鸣，只能抓到一点只言片语。

“这次撞车造成的碎片非常巨量，还在清理中……”

“现在我们看到有一位车手还没有回去……是同样来自梅斯车队的 23 号！何塞在事故发生后立即停车，快步奔向了砂石区！”

“……意识清醒，但为了排除不可见伤，还是要用直升机送到最近的医院。”

不知道谁帮她披上的厚实毛毯，从头到腿将她裹住，上面印的“77”数字鲜明到刺眼。

她强行定下心神，抬头看着大屏幕上的营救现场，眼泪几乎失控。

和凌野一起被送往医院的，还有当时在他前位的法雷利车手。

时间一分一秒过去，整个送医检查过程不知道要持续多久，事故主角双方的车迷已经开始按捺不住。

无论赛事官员和解说再怎样安抚，人群还是激烈争执着，偶尔出现平和的祈祷派，会立即被现场的航拍镜头捕捉，投上大屏引导舆论态势。

整个公园赛道沿线密密麻麻的，有十几万观众，始终无人离场。

温晚凝僵坐在椅子上，经过了长达两个小时的漫长等待，才等来了这场比赛的最终结果。

在经历倒扣、猛冲和翻滚之后，凌野因为极强的临场反应能力，脏器和骨骼均无大碍，仅四肢和肩背有一些挫伤。

两位红衣车手的外伤则更为轻微，都不影响后续的比赛。

对于梅斯车队来说，赛事委员会发布的合规检查结果，更是出乎意料的惊喜——凌野的赛车在冲线的瞬间仍保持了足够的轮胎面积接触地面，最终成绩判决有效。

又因为一位英籍车手违规使用动力单元，被取消了名次，凌野的排位按顺序递补，最终获得了本赛季墨尔本大奖赛的第二名。

车手们还需要静养休息，本次赛后的采访比往常简短得多。

经过队医简单的面部伤口处理，凌野稳稳登上了领奖台，接过象征着亚军的赛道形状奖杯。

围场上空呼声震天，金纸飘扬，整个车组在台下激动地相拥。

温晚凝站在人群之后，远远仰望着他开香槟的样子，从撞车那一瞬就狂涌而出的眼泪，像是已经有了惯性，根本无法停止。

不是因为他赢了，而是因为她还能看见他，因为他安然无恙。

那些远在更早时候就萌芽的心动，那些因为她的傲慢或犹豫而压下的喜欢，都在这一秒变得万分清晰——

凌野是输是赢，比她大几岁小几岁，是以何种机缘和她相遇又分开，又有什么关系呢？

只要现在站在她面前的是他，不就够了吗？

因为凌野的身体状况，原定的庆功宴被取消。

梅斯全队都有种德式的黑色幽默，危险只要挺过去了就会变成新梗。这场小胜虽然戏剧性得有些壮烈，但还是激励到了车队的每一个人。

赛后，从领队到工程师都争相和凌野的奖杯合影，时不时拿百万英镑的损毁维修罚款跟凌野车组的人开玩笑。温晚凝在何塞的怂恿之下，也再往奖杯旁边站了站。

上镜是她的基本功，但她的心现在根本就不在这里。

何塞刚拍完，温晚凝就把人扯到一边，心怦怦直跳："他走了吗？"

这个"他"到底是谁，何塞用脚后跟想一想都能秒懂。

“回房车里休息了吧，”他随手往P房后面一指，“队医不让他动，说能躺则躺。”

小万和节目组的摄影也不知道去了哪里，也许是和那帮刚熟悉起来的机械师玩得正嗨。

镜头一关，这位姐姐的表情比前两天鲜活多了。何塞看了一眼她交叉在身前不停摩挲的手指，暗叹一声，决定好人做到底：“你要想慰问伤员的话，我带你去找他？”

温晚凝不想再去掩饰什么，毅然点了点头。

等颁奖结束已经过去了几个小时，围场比白天空荡了不少，隐约从隔壁的法雷利P房传来“祖传”的热闹庆贺口号，是南欧特有的松弛欢乐。

可温晚凝完全没被这种气氛感染，脚步离凌野所在的房车越近，她就越紧张，手脚冰凉，连胃都像是被两只无形的手捏住，劲劲儿地抽痛。

一路上她也不知道在想什么，就这样到了台阶下。

何塞送到即止，转身前随口一提：“温老师不用敲门，直接进，有的人做梦都盼着你来，锁宁肯吃了也不可能拧上。”

正好法雷利那边有熟人在喊，何塞一挥手跑了，连个回话的时间都没留给她。

温晚凝长吸了一口气，也顾不上左右看看，缓慢拧动房车门的把手。

她来得正巧，凌野的体能师和队医都在，将靠内的床挡了个严严实实。透过缝隙，她模糊看见一个穿黑色赛车服的人影。

温晚凝心头一紧，指甲扣进手心的软肉，连太阳穴也突突跳起来。

她今天穿的是平底鞋，声音很轻，一屋子的人都没有注意到她，她又向前走了两步。

用枕头架高的床头上，凌野赤着上身趴着，连体式赛车服褪到胯间，肩头的肌贴和绷带一路蜿蜒向下，直到桡骨，裸露的腰侧也有成片的青紫瘀痕，比她年前摔的那次严重多了。

温晚凝早有心理准备，但在亲眼看到凌野的伤势时，还是忍不住倒吸了一口气。

她就知道，凌野被甩出去赛道那么远，就算赛车顶的钛合金保护圈再坚韧，他也不可能毫发无伤。

她没再往前移动，就在房车卧室门边站着。

队医转身收拾东西时，猛然一抬头：“温小姐？”

温晚凝整理了一下被风吹乱的发丝：“我来看看凌野。”

她刚出声，趴在床头的人就动了。

凌野有些费力地侧过身，随手套上手边的黑T恤，大片没被晒过太阳的冷白皮肤转眼被挡住。

他又恢复成了那副凛然正经的样子，只是那双沉黑的眼在对上温晚凝的目光之后有些停顿，随即扬眉——女人眼眶还有些红肿，睫毛濡湿，一副想看他又不敢看的无措模样。

最重要的是，她身后没带橙台的那位编导，摄像也不见踪影。

房车内顶光通明白亮，凌野又往上坐直了些，眸光还停留在温晚凝身上，一如既往的寂静，带着点耐人寻味的深沉。

温晚凝被他看得别过脸去，面向旁边站着的队医：“他现在情况到底怎么样？

“是比之前通报的要严重一些吗？”

她只是稍有耳闻，这种商业价值极高的竞技体育的水不比娱乐圈浅多少。两周后就是凌野出道以来的首次申城主场作战，这种时候出于安抚人心的考量，瞒伤是基本操作，只要凌野能站得稳，就会让他亲自去领奖，根本说明不了任何问题。

队医意外于她的直接，愣怔了片刻：“严重倒也不至于……通报里没有说谎，凌现在还有一些轻微的脑震荡和耳鸣，静养一段时间，应该不会影响半个月之后正常上场。”

队医在温晚凝对面静立着，眼神好奇，语气温和又有耐心。

要说冷血也不至于，但到了这种时候，他们好像还是首先从比赛角度思考问题。

温晚凝也不想故意抠字眼挑刺，可就是被无名火烧得笑容滞住，心里的烦躁抑制不住地往上翻涌。

她抬眼，和凌野的沉静目光对上，听见他语调平缓地对身边的人说：“刚才说的我都记住了，出去的时候帮我关一下门。”

这是非常直白的逐客令。

队医和体能师都没见过凌野的这一面，互相看了一眼，倒退着走到门口，手搭上门把手之前，还很解风情地把头顶的大灯关了。

紧接着是两声清脆的“咔嗒”轻响。

只有更深处的床头边还亮着一盏阅读灯，光线昏暗，整间房车里无人说话。

凌野就靠坐在一堆雪白的枕头前，灯影之下，长而密的睫毛在眼下晕出浓重的阴影。

他看向微微低头站在门口的女人：“姐姐是自己来的？”

突变的氛围里，温晚凝努力保持着镇定：“对。”

凌野：“不躲我了？”

房间里冷气开得很猛，这一瞬间，嗡鸣声却突然弱了下去。

“……没躲你。”温晚凝睫毛扑闪，无意识地搓着发凉的手臂，来之前想了各种台词，全被他的一连串问题给打乱了，“就算节目组没这个投票，我也会探班给你加油。澳大利亚要是来不了，申城我也一定会去。”

从来没有这么紧张过。

温晚凝不知道自己居然有这么尽，以若有似无的坦白做最后的试探，犹豫着不敢踏出最后那一步。

白天时，小万托人紧急回了趟酒店，帮温晚凝把淋透的衣服换了。现在她一袭酒红色的真丝长裙，无袖收腰，波光粼粼的妩媚，与黑色的长鬈发宛如天成。她去看颁奖礼时，被别队的机械师和青训车手吹了一路口哨。

可现在凌野只是静静地看着她，黑眸深沉，辨不出情绪。

温晚凝心中惴惴不安，站姿从强装出来的松弛变得笔直。

凌野突然启唇："没听清。"

"耳鸣还没好，"他声音低沉，语气并无抱怨，"你离我太远，只能听清一两个字。"

他只是单纯陈述，没有卖惨的意思，可温晚凝就是觉得惨得要命。

回忆起刚刚队医说过的话，她没再犹豫，挪到了床边。

凌野却像是对她的移动效率不怎么满意，骨节分明的大手轻轻抬起，在自己身边的空位放下："刚不是说了不躲？"

离他越近，那股消毒水味就越浓。温晚凝本来还想用耳鸣的借口反驳他一句，最终还是屈服于心疼，在旁边给他倒了杯水，放在床头。

女人坐姿疏离，像是随时都能起身离开。

在凌野面前转身的一瞬间，她那流淌而下的黑发带着清幽的香气，温暖又柔软。

凌野不敢再去看她光洁的手臂和腿弯，而是一动不动地盯着她水红的眼，竭力控制住自己的情绪，好让自己此刻的目光不那么贪婪。

"安德烈跟我说，你下午哭了很久。"

温晚凝刚拿起遥控器，闻言动作一顿，然后才按下温度上升键，目光绕回他手上："你的赛车被撞翻了。"

"姐姐害怕了吗？"凌野问。

温晚凝轻轻"嗯"了一声。

凌野又问："怕我死？"他语气淡淡的，好像只是稀松平常的小事。

温晚凝的泪意又有点复燃，仰起头："不然呢？"

她单手抬起，用指腹贴了贴八成又要花妆的下眼睑，另一只手就在被褥上撑着。

裸粉色的十指被空调风吹得冰凉，猝不及防被男人一直虚放在旁边的手扣住。

凌野的手很大，手指修长，灼热的触感粗粝，轻轻松松就能将她的整只手握在掌心。

他没怎么用力，但她就是挣脱不掉。

温晚凝徒劳地抽了两下，匆匆抬眼，撞进凌野沉黑的眼底。

她视野模糊，喉咙发干，听见那道低沉的声线又在耳边响起："喜欢我？"

雨又下了起来，滴答滴答敲打在窗帘外的玻璃上，掩盖了外界的所有杂音。

此时此刻，整个偌大的世界仿佛骤然消失，只剩下了她和凌野。

大半的床头灯光被温晚凝挡住，男人的五官浸在昏暗夜色中，冷峻利落的线条被淡化了，只剩一双黑眸透亮。

他眼里的侵略性和乞求同样浓重。像是在荒原中被狼专注打量，温晚凝没来由地腰软，慌乱地将目光移走，强迫自己去关心他脸颊和唇上的细小伤口。

她急于打断此时黏稠的气氛，昏头般地没话找话：“你这些外伤还疼不疼？嘴上的那几道已经好了吗？影响吃饭喝水吗？”

凌野的手一直没松。他右手的虎口牢牢卡着温晚凝的手腕，她一动，他就条件反射般加了力气，然后整只大手向上攥住她的小臂，将她向着自己的方向狠狠一拽。

温晚凝便失去了重心，扑倒在他胸口。

“姐姐，你可真是……”凌野轻吸了一口气，喉结重重滚了一下，带着薄茧的手指穿过温晚凝的发丝，握住了她的后颈，将她慌乱红透的脸骤然拉至自己面前，呼吸炙热粗重。

从六年前开始，温晚凝问过说过的每一句话，都能在他这里被稳稳托住。

这次也不例外。

“不疼，早就好了，”他黑眸灼灼的，抵在温晚凝后颈的指腹滚烫，声音沙哑，“不影响亲你。”

温晚凝还来不及多想，唇就被凌野给封住了。

独属于凌野的气息铺天盖地罩下，她双眸睁大，连呼吸都忘了。

消毒水、镇痛喷雾、领奖台上喷洒的香槟、凌野身上的薄荷皂香味、他紧绷而滚烫的薄唇……麻意从相触的唇舌窜流至大脑，火花迸溅，直至延绵到全身。

室内昏暗，雨丝的敲击中，混入轻微水声。

凌野吻得很烂，谈不上一点冷静的温存，更像是纯粹的本能，野蛮而青涩，以全然失控的力量将温晚凝挤压向自己，呼吸声越来越重。在温晚凝试着回应的那刻，他明显吞咽了一下，然后又是一轮更深的标记，躁动得像头刚成年的野生动物。

他没谈过恋爱，又因为成长经历太特殊，连和女同学说话的经验都没太多，这样干净的一张白纸，自然毫无吻技可言，搂她的手臂也丝毫不知轻重。

但正是因为这个吻太凶猛，和他平时的气质反差太大，才让温晚凝沉溺在这种强烈的渴求中，半边身子都在发软，无力招架。

温晚凝尝到口中明显的铁锈味才回神，低头见自己的手无意识撑在对方腰间的伤处，赶紧轻推了他一把：“……你主场不准备开了？”

她嗓子哑得不行，连自己都吓了一跳。

凌野的气息离开了一寸，被她触碰的腹肌却坚如铁板，紧抱着她的身体也没有丝毫试图移动的迹象，浓黑的长睫低垂着，像是淋湿的蝶翅般重重抖了抖，完全就是一副还没从梦里醒过来的样子，本能地还想凑过来继续亲她。

温晚凝是真的怕他出点好歹，急于让他停下来，直接伸手抵住他的喉结：“你是小狗吗？”

凌野的脖子烫得吓人，紧实皮肉下的青筋完全凸显，鼓动极快，每一下都在有力地顶着她的手。

她刻意用了些力，随便想想就知道不会太舒服的姿势，凌野却任她控制了许久，湿沉的黑眼睛直直地看着她，许久才平复下呼吸：“嗯。”

温晚凝彻底挣脱开来，整理着被揉乱的裙子，嗔他一眼：“嗯什么？”

凌野倚靠在原地，冷峻的脸上泛着淡淡的潮红，声音低哑：“姐姐的小狗。

“不行吗？”

温晚凝彻底失语，因为他湿润的薄唇被裂开的伤口染红，因为他的眼神专注而迷恋，嘴里说出这样的话，也毫无一丝轻佻。

年轻人说来就来的直白，完全没有一点预警，让她那颗经过社会重重磋磨的钢铁心脏信息过载，嗡嗡冒出超负荷的蒸汽。

她要怎么回答啊？说不行，凌野会伤心；说行，又觉得哪里怪怪的，像是把她好不容易理顺的关系又搅成了一团。

温晚凝索性不再回答，把床头的水杯递给他，准备制造点缓冲时间给自己壮胆：“你先喝点水，冷静冷静。”

凌野很顺从地接过去，但没喝，沉默了半晌才开口：“你又要拒绝我了吗？”

他的单眼皮很英气漂亮，薄薄的，好像深情或薄情只在一念之间。

现在她在明，凌野在暗，对方眼底的那点光陡然黯淡了下去，像是被她亲手抛弃了第二次的大型犬，长睫下也落起了雨。

“没有，”温晚凝莫名心虚，说话完全不过脑子，“我是怕有人在外面等你，突然进来的话，你这样没法见人。”

凌野靠着床头看她：“你来找我的话，没人会进来。”

温晚凝“哦”了声。

他又顺着她问：“有人在外面等姐姐？”

“也没有……”温晚凝装作不经意地往床沿的方向挪了挪，好让自己的心跳平复下来，理了理耳边的乱发，重新望向凌野。

凌野仍保持着刚刚的神色看着她，刚刚弄乱的 T 恤一直都还没整理，领口露出一小块白色的绷带，耳郭的红晕越来越淡，睫毛微微颤动，像是在等待一个审判。

温晚凝突然觉得自己挺不厚道的，又惭愧又心疼，抚慰般抬手摸上他的后颈。

短而利落的发楂微微汗湿，她的指尖从他发间移向薄而软的耳垂，避开他下颌的小伤口，很轻地揉了一把：“凌野，要和我谈恋爱吗？”

与她设想中的完全不同，在她说完这句话之后，凌野隔了好久才迟迟发出了一个别扭的鼻音："嗯。"

温晚凝心神一滞，歪过头去看他垂下的俊脸："这么不愿意？"

"没有不愿意，"凌野的耳根红到要滴血，但因为她的手还放在那儿没动，只能一动不动地等着她离开，"……能不能别摸了？"

温晚凝不解："很痒？"

她向后退了半步，指尖刮过凌野发楂的瞬间，见他又像是倒吸了一口气，反应很大地将单边膝盖屈起，锋利的下颌也侧到了一边去。

"没有。"凌野这么说着，耳根的红晕却已经蔓延到了脖子。他一向冷静的黑眸染上了几分不自在，喉结也在明显滑动着，仿佛温晚凝今晚刚来时的那个不动声色的梅斯一号赛车手只是她的幻觉。

温晚凝茫然又好笑，看他一副被逼迫的神色，只当他是不喜欢被发现哪里容易怕痒，或者单纯害羞了，于是又把头追过去，非要直视他的脸："那你说。"

她随手搭上了床上薄薄的被单，凌野不得已，终于抬眸看她，睫毛微微颤抖着。

他屈起的腿弯又动了动，刚启唇说出一个"我"字，温晚凝无意识低头瞥了一眼，瞬间什么都懂了。

救命，凌野怎么会这么……这就是年轻吗？

青春在这一瞬间化为了十分具象的表征，让她感慨又不知所措。

温晚凝又去摸头发，侧脸错开话题："我刚刚按疼你没有？"

"……没有。"一切的发展速度都太快太突然了，凌野还没怎么回过神，又恢复成那种两个字两个字的说话方式。

温晚凝按下了客厅的灯带开关，已经又站起身去倒水，脚步声听起来有点乱。

室外是南半球的夏雨倾泻，室内灯光昏暗，将女人纤柔的背影晕开。

凌野沉默地看了一会儿，垂眸将赛车服的袖子在腰间系紧，顺手狠狠掐了一把自己腰侧的伤痕，然后在感觉到尖锐疼痛的一瞬间，几不可察地勾了下唇。

他的姐姐身上那么香，又那么软，玫瑰色的唇像是被蜜浸润的花瓣，他稍微碰一碰魂都要丢了，怎么可能还有剩余的心神分给这些小事？

所有的伤都不再像是长在他身上，温晚凝不说，他根本就毫无感觉。

她一说，凌野又瞬间为自己的毫无感觉惊出了一身冷汗。

幸好还是疼的。

幸好不是做梦。

他回味着温晚凝刚刚说出"谈恋爱"三个字时的语调，很克制地不再去想别的，怕回忆会因为他的失礼而消散。

温晚凝端着温水再走回来时，对上的就是凌野这样的眼神。

温驯、沉静，感情浓烈得像是可以化为一根坚韧绵延的绳索，将抓握的绳柄递到她手心。

那种浑身发软的感觉又来了。

温晚凝被看得心尖发热，莫名地不敢再坐回去，索性把体能师刚刚坐过的那把单人沙发拖过来，坐在床头对面。

唇釉都被凌野刚刚弄没了，她抬起杯子喝了几口，润一润被空调风吹干的双唇："为了让你不再胡思乱想，我觉得还是要说清楚。

"我刚刚说的话，跟你今天有没有受伤、有没有赢没有一点关系，不是想要弥补或者怜悯你，只是因为我喜欢你，想要让你长久地在我身边。

"可能我道德感比较强吧，之前一直觉得你和我养大的孩子差不多，对你有特殊的情感会很罪恶。年前录节目的时候去仙姨家吃饭，她和我聊了一些你以前的事，我那时候其实已经在喜欢你了，可还是担心你可能会被我伤害。"

温晚凝细白的手指叠放在水杯上，努力将那些顾虑和难为情甩开，在这个比她小了整整五岁的少年人面前剖白自己。

"以前我演过很多爱情故事，但一直懒得经营亲密关系，也没想过谈恋爱。你聚餐时想说的话我都知道，但就是习惯了逃跑，脑回路像是已经定型了，完全不听使唤。

"今天看到你出事，我脑子嗡的一声，觉得之前犹豫的那些东西都挺傻的。"她像是承诺，抑或是给自己打气，"所以，虽然我也不知道将来会怎样，但还是想认真和你试一试，看看我们能走多远。"

凌野低低地"嗯"了声，脸颊上的小伤口在明亮的灯光下悉数显现。

温晚凝心软得不行，找话题缓和气氛："工作如果这么危险的话，我还是把银行卡和房子钥匙还你，我好舍不得。"

她是土生土长的江南独生女，从小被家里人宠惯了，想要示好时，随随便便讲句软话都像在撒娇。

凌野被她最后三个字的尾音一勾，喉结很轻地滚了滚，半晌才找回声音："本来就是你的。

"我的一切都是你给的，就算你没有和我在一起，这些东西也都要还给你。"

只有这么年轻的男生才如此不知天高地厚，才会把"所有""一切""最喜欢"这样的大词挂在嘴边。

温晚凝本以为自己会嗤之以鼻，但在亲耳听到小男友这样说时，还是整个身心漂浮在了他的目光里，被阵阵甜蜜的粉色糖水涌流拍打着，晃晃悠悠的。

"你好会哄人，"她注视着凌野稠密漆黑的睫毛，笑着调侃，"怎么说得这么可怜？"

"我是认真的，"凌野直直地看向她，"我什么都愿意为你做。"

"哦。"女人完全不像是信了的样子，只歪头看他着急，美眸弯弯的。

她似乎心里也知道，只要她愿意注视着他，只是呼吸的样子就足以让他为之着迷。

凌野有十公里长跑的习惯，静息心率是低到惊人的40，可自从温晚凝走进这间房车，他的心跳就比正赛时还要激烈，一直稳在高位没下来过。

他的大脑也在卡壳，对自己的不善言辞感到懊恼："……真的不是在哄你。"

"我还是很好哄的。"温晚凝仰头，将杯中的温水一饮而尽，"两顿没吃饭，我饿了，你这里有什么能吃的吗？"

凌野住的房车和他本人的风格一样，高效、极简，能省的东西都省了，连冰箱里都干干净净，只有几瓶体能师带过来的苏打水。

在小厨房做点东西吃的想法落空后，不顾所谓的静养医嘱，凌野执意要换身衣服陪温晚凝出去。

温晚凝当然是断然拒绝。连想都不用想，有这么一个显眼的翻车事故当事人在旁边，她在围场内外任何一块地砖上一站，都会引来无比夸张的围观。

时间已经是晚上的十点多。

墨尔本不比国内，到了这个点，大部分能送外卖的餐馆都已经打烊了，好不容易找到一家还在营业的快餐店，又在安检门禁那里牢牢卡住。

还是何塞装作自己想吃，亲自骑着电动滑板车帮忙接了回来，特工似的悄悄放到凌野房车门口，消失的速度堪比场上开车。

温晚凝一开门，左看右看都没瞧见人，只有袋子上贴着的便利贴迎风招展，一行马克笔字迹龙飞凤舞。

——爱来自23，不用谢。

纸袋是麦当劳外送的原装，被打开过，里面除了印花纸包装的热乎乎食物，还有一个相当明显的窄形深蓝盒子。

是某个欧洲热销的品牌，当然，连大小也是当地常见的L码。

温晚凝脸都要红炸了，完全不想让凌野看见，更不想让凌野知道她看见了。

她一路牢牢将那个深蓝盒子攥在手心走回客厅，拉开包，烫手似的急急忙忙丢进去，掩耳盗铃般塞到最下面。

凌野刚换好了一身运动装，走到客厅这边时，刚好与她的目光对上："姐姐很热？"

他的神态已经恢复了平常的沉静，黑眸澄明，更显得像是温晚凝刚刚做了什么坏事，偷感十足。

"有点。"温晚凝蹙眉，抬手在脸边扇了两下风。

演戏演到底，她把空调遥控器拿起来按了两下，竭力控制住自己的身体，不要被明显变冷的风吹出明显的寒战。

回国还要进组，她点的全是蔬菜沙拉和牛肉堡，菜叶抹掉酱吃，汉堡只吃肉饼的部分，严控热量摄入。即便如此，还是比在国内周芙给制订的食谱美味多了。

在小客厅的茶几上简单加工完毕，第一口牛肉刚入口，温晚凝就心生一阵感动。

“麦当劳好像真的全球都一个味道，”她顺便从塑料袋里拿出另一个没拆过的，递给坐在旁边沙发上的凌野，“真的好吃，你不饿？”

在这边看病并没有所谓的忌口一说，从中午到现在，凌野也不像是有空闲时间能吃饭的样子，不饿才怪。

“还好。”凌野乖乖从她手里接过来，心不在焉吞咽着，逐渐又从时不时看一眼温晚凝变成了刚才那样——表面上看着特正经，实际眼神根本就没挪窝，跟拿她下饭似的，注意力一点都没匀给手里的食物。

肌肉记忆作祟，即便这样，凌野还是吃得很快，自己的那份扫荡完，又很自然地接过温晚凝堆放在汉堡盒里的面包，三两口解决，干干净净。

转眼，凌野收拾好桌子台面，还去浴室洗了把脸回来，顺便还漱了漱口，整个人都散发着新鲜冰凉的薄荷香气。

他站在那儿的存在感比刚刚更强了。

温晚凝面前的沙拉还剩半份，本来就有点饱了，被凌野这样盯着，连手里的叉子都快要握不住，再也吃不下去。

她有点受不了：“吃完了就回去躺着，不许再这样看我了。”

“怎么看你？”凌野在原地没动，背靠着卧室的门。

他居然还敢问？他自己会不知道吗？

直勾勾赤裸裸地看她，像要把她变成一颗糖，含化了似的。

随便换个人，温晚凝都要觉得他是明知故问了，还要嘲讽两句套路老旧，可凌野的那双黑眼睛实在是太深情了，逆着光，像是幽潭或星湖，和世间一切污秽不沾边儿。

温晚凝的一切原则都在争相对他屈服。

她把碗端回小厨房，走回他身边，余光扫过他床头的电子钟：“十一点多了，我要回酒店了。”

“不能再陪我一会儿吗？”凌野离她更近了些，声音放得很轻。

这小子的适应速度极快，一个小时前还纯得跟小雪片似的，现在就有点上道，开始在她面前恃宠而骄。

温晚凝吸取了刚刚的教训，也不敢随便上手摸了，正色跟他讲道理：“明天上午我和节目组一块儿回国，飞机还挺早的，现在得回去收拾。”

凌野没说话，随着她的脚步，一路跟到客厅的墙边。

“你听到没？”温晚凝以为他耳鸣犯了，拿包的间隙里，回头看他。

“嗯，再让我抱一会儿。”凌野从后面抱过来，结实修长的手臂贴着大片肌贴，紧紧环在她肩头，质感沙沙的，浓到薄荷香都压不住药味。

凌野把下巴放到她颈间，在贴到她柔软皮肤的一瞬间，从喉间发出了一声轻微的叹息：“就一会儿。”

他越抱越紧，温晚凝差点叫出来。她头皮都发麻了，和何塞给外卖袋里塞的东西一联系，条件反射地想把他的手臂扯开。

“松手。”温晚凝怕误伤了他，动都没动，单纯用声音抗议。

她同样的话说了两遍，凌野才把手放下来。

温晚凝转过身，原本非常坚决，可看着他有些黯然敛下的眼睛，决心又开始打折。

她语气变软了些，但还是一看到那片绷带就想蹙眉：“你肩膀不想要了吗？”

“要，”凌野像是上头了一样，又以这个正面的姿势深深弯腰，把脸埋到她颈窝里很轻地拱了拱，“但是更想抱你。”

他们两个身高差足够大，凌野的手只是虚搭在温晚凝的腰后，并没用什么劲，也算是听话了。

温晚凝简直没话可说，颈窝里是他越来越重的呼吸，被他高挺的鼻梁拱得浑身发热，连耳郭的软肉都被他长而直的睫毛轻刷着，痒痒的，麻酥酥的。

怎么办啊？她的小男朋友凌野好像真的是小狗。

“今天不许再亲了，都被你弄肿了。”温晚凝说完这句话的一瞬间，就已经开始后悔，因为……他好像更兴奋了。

“姐姐。”凌野声音更沉了，哑得不成样子，重新开始躁动的本能让他几乎无法自抑。

他压抑着喘息，在她下颌边来回磨着亲，磨得温晚凝就要忍不住推他了，才蹭着她的长发收着劲儿叼起那片柔软的耳垂轻轻咬了咬：“我好喜欢你啊。”

人生前二十七年。

温晚凝一直都活得清心寡欲，从来没想过自己有朝一日能和“恋爱脑”这个词有什么关系。

可事实就摆在眼前，手机通知栏里小万的消息都快寨炸了，连远在国内的周奚都被惊动到打来电话，她才反应过来自己和外界失联了多久。

只是被凌野这样蹭来蹭去地抱了一会儿，话都没说两句，就已经快一点了。

她匆匆回了节目组那边的消息，离开时因为跑得太急，连鞋跟都差点掉了，像是早恋偷跑出来约会，被家长突然查岗的小女生。

深夜回酒店的车上，小万也在。

女生在车队采素材时喝了点酒，年轻人的身体底子好，纵使几天没怎么睡，看上去还是神采奕奕的，和前面的摄像师聊着天。

温晚凝包里的手机振了振，小万的眼神也跟着一动。

她瞬间警惕，将凌野车组送来的一堆梅斯赛车服小熊往车后座中间推了推，仿佛一群毛茸茸的保镖，为她那些像粉香槟涌出气泡般的少女心作掩护。

凌野那边传来的消息有好几条，从她刚离开就开始发了。

凌野：姐姐走的时候好像灰姑娘。

凌野：明天车队专机送我回申城，和我一起吗？

凌野：外面下雨降温了，冷不冷？应该给你带件我的外套走的。

凌野：到酒店了吗？

两人之间的关系转变，非但没有影响凌野称呼她的方式，反而让“姐姐”这个叠词的出现频率成倍翻高。

这像是能除她武器的作弊咒语，让温晚凝的心软得一塌糊涂。

她甚至在恍惚中想，演员这样的公众人物，以各种昵称叫她的人数不胜数，而全世界也许都不会再有第二个用凌野一样的语气喊她“姐姐”的人了——近乎贴肤的亲密，毫不掩饰的渴望和热忱，依恋无比。

这种从未体验过的、仰视般的占有欲，让她止不住地晕眩。

温晚凝将耳后的长发勾下，挡住忍不住抿起的嘴角，竭力稳住语气，像用小小的瓶盖把满心满腹的粉红泡泡拧住。

温晚凝：马上到了。

温晚凝：不冷，比你房间里暖和多了。

温晚凝：我和小万一趟航班走。专机太明显了，你低调一点。

“奏折批阅”到最早一条，她又想起自己那只快被跑掉的平底鞋，一连戳了三个“奓毛小猫”的表情包轰过去。

温晚凝：不许想了，现在就给我忘掉。

温晚凝：什么灰姑娘？你才是灰姑娘。

凌野像是一直在等她，很快顺着她的话低头。

凌野：嗯，我是灰姑娘。

温晚凝：算你乖。

凌野：十二点钟一过，我的魔法就消失了。

凌野：我的身边没有姐姐了。

他好肉麻，温晚凝的苹果肌都被笑意泡酸，偏偏还要怼他。

温晚凝：你好土啊。

车辆减速，在酒店门前靠边停下，身穿制服的门童撑伞上前。

温晚凝把屏幕按灭，放回包里，刚一下车，就对上了小万笑眯眯的脸。

温晚凝一瞬陷入无语。

小万双目如炬，话里有话：“温老师好漂亮啊。”

温晚凝脚下步伐稍慢，从旋转门的反光中看了一眼自己红润的脸。

妆面完整，并无半分狼狈的迹象，嘴唇细看还有点微肿，但用唇釉一遮也不算明显。

她很轻地挑眉，佯装镇定：“我不一直这样？”

“不一样的，”小万抱着大中小号三个熊玩偶，圆脸上喜气洋洋的，有种年终奖稳了的质朴快乐，“可能是去看凌老师的时候，遇到了什么好事吧？”

温晚凝见招拆招，防得滴水不漏：“他没事就是最大的好事。”

这话说得拗口，舌根残留的酸痛又泛起来。

温晚凝颊上倏地发热，只庆幸现在天黑灯暗，好不让她的失态被一行人窥见。

回房间时已经很晚，温晚凝本以为自己能一沾枕头就睡，结果卸妆洗澡结束，人反而更精神了。

一天里发生的事在脑子里盘旋不去，眼罩和安神香薰全部失灵。

直到快天亮，温晚凝终于宣告投降，把床头的阅读灯重新按亮，趿拉上拖鞋，拿回特意放远的手机。

她和凌野没怎么一起照过相，六年前的几张照片还在旧手机上，换号之后不小心泡了一次水，之后就一直没能开机。重逢后，也只有姜芸老师在普吉海滩上帮忙拍的那几张。

照片从姜老师那儿刚传过来时，那种被迫亲密的尴尬冲淡了所有，她也没顾上认真端详，今晚还是头一次。

温晚凝盯着照片里的凌野反反复复细看。

双指拉开又缩回，小脸在被子后面越来越往下，直至只露出一双扑闪的眼睛。

她身边的少年人一身黑衣，身侧正好是紫粉色的海滩酒吧灯光，打在他立体深刻的侧脸上。

姜老师抓拍了好几张，有的照片里他正面朝前，僵硬得像是在做入伍宣誓。

有几张正好掐在了她被推过去的一瞬，凌野敛着眼神微微颔首看她，薄唇微张，漆黑的额发被海风吹起。

真是好争气的一张脸，沉静和锋芒融合得恰到好处。

像是他老家原野上生长的白桦，笔直苍绿，大雪之后依然挺拔，连晃落下来的每一颗小冰晶都干干净净的。

温晚凝看来看去，抱着枕头在床上滚了好几圈，无声叹息：他从十几岁就长这样了吗？

她潜意识里就是好色的，那到底是因为凌野的美貌，她才捡回了他，还是凌野这小孩由内而外都如此懂事，从头发丝到指尖都知道朝着她的审美长呢？

过往的回忆像是爆米花，一颗一颗的，挂着糖浆从她心尖弹跳而起。

温晚凝心绪难平，一边觉得自己简直不做人，一边又忍不住暗爽。

她嘴角都绷不住了，切到微信的置顶小窗。

温晚凝：你现在的手机桌面是什么？还是姜老师拍的合影吗？

这是一句毫无意义的提问，是不是都行，回不回也行，都已经快四点了，她根本不指望凌野跟她一样还醒着。

只是心里有一口咕嘟咕嘟的小锅，再不端下来就要溢出来了，单纯地自说自话发泄情绪。

她刚把手机插上充电线，准备去小冰箱里拿片面膜镇定一下发热的脸，就见通知栏弹出了新消息。

温晚凝点开。

凌野发来了两张图片。

凌野：现在的。

这是两张截屏，截屏的时间明晃晃的，就在现在。

锁屏还是原样没变过，壁纸从“三千万”的超近距离豪华鸟笼特写变成了昨天小万给她拍的那张借位打卡照：大太阳底下，她隔了老远和凌野等身立牌拍的捏脸合影，穿着一身的77车号，笑容灿烂，俨然迷妹。

温晚凝人都看愣住了。

温晚凝：你怎么会有这张?

凌野：跟着你的节目编导发我的。

温晚凝抿了抿唇，继续追问。

温晚凝：你采访里不是说，有比赛的周末手机不开机?

小万昨天是能发他照片没错，可他就这么收了？那怎么就特地没回她消息呢？

凌野回得很坦诚。

凌野：以前是以前，可这次你来看我了。

他仿佛也嗅到了什么，很突然地缀上一句道歉，没头没脑的。

凌野：都是我的错。

对方不一定真的看穿了她内心所想，但察言观色的功夫一流。

温晚凝再难忍住，唇边溢出一声轻笑。

那点刚萌芽的不爽就在这一瞬悄悄枯萎，被抚平到毫无褶皱，快得连她自己都觉得惊讶。

她又扯开话题。

温晚凝：怎么还没睡?

凌野：失眠了。

温晚凝把自己卷回被子里。

温晚凝：失眠还看手机？乖乖把眼闭上。

凌野：嗯。

隔了一会儿。

凌野：我好想你。

凌野：姐姐想我了吗?

救命！

温晚凝猛地翻身，把头埋进枕头，红着脸发出无声长叹。

他怎么这么会啊……

凌野发消息向来简短，但标点符号从来不缺，很容易就能脑补出他本人说话时的认真语气。

没什么技巧，但温晚凝就是被他这股劲儿勾得心痒痒的，偏偏嘴上还要摆架子。

温晚凝：想谁都不行，车队上午没事了？

凌野：七点半有复盘会。

温晚凝又看一眼时间，暗暗感叹这帮搞赛车的都不是正常人。

温晚凝：快睡，还想不想恢复好了？

凌野：都行。

凌野：我现在已经死而无憾了。

……这傻小子。

温晚凝被他这个史无前例的壮烈用词搞到心直蹦，又是语塞又是心疼。

温晚凝：不许说这种晦气话，赶紧撤回。

她一瞬间有点周芙上身，盯着那条撤回通知亮起才稍微松了口气，又嘱咐两句，互道晚安。

窗外还在下着雨，淅淅沥沥的。

退出微信前，温晚凝滑动着两人的聊天记录又看了一会儿。

胸口有点闷，潮潮热热的，像是有什么植物在发芽。

她点开凌野的头像，按了两下删除键，把备注改成了“小狗和房子”的图标。

她嘴角飞翘，重新闭上眼睛。

温晚凝这一觉睡得并不踏实。

头天大脑皮质太活跃，忧虑紧张了大半天，接着又和弟弟谈上了恋爱，情绪像过山车一样骤然起起伏伏，下场就是她几乎一夜未眠，等到终于睡着，再一睁眼，天色早已大亮。

时间轻盈跳到十点整，已经比原定的出发时间晚了半个多小时。

温晚凝本来还昏昏沉沉的，这下直接吓到清醒，也没顾上看未读消息，抖着手一个电话给小万打过去。

女生被她郑重的道歉吓到，愣了好一会儿才回神：“温老师，咱们航班改下午了。”

温晚凝茫然：“啊？”

“估计您还没来得及看群里的通知，”小万估计是在外面，背景音嘈杂，隐约传来车辆的鸣笛声，“导演让我再去补几组素材，温老师再休息一会儿也没问题，咱们中饭之后再出发。”

温晚凝手抓着行李箱边缘，蹲在墙边，闻声终于站了起来：“行，那我们一会儿再见。”

“好嘞！”小万元气满满，听出她的鼻音，“温老师感冒了？”

温晚凝自己都没意识到，轻咳了一声：“不要紧，可能是淋雨淋的，我带了感冒冲剂。”

小万挺担心的：“一定要好好休息啊，回国之后温差可大了。”

温晚凝虽然应下，但经过这么一折腾，困意早就蒸发干净了。

洗漱完换好衣服，稍微打打包，她找了个舒服的角度躺在沙发上，处理堆积了一天一夜的工作微信。

"小狗"备注的那一栏留到最后，当作对自己的奖励。

凌野的消息一共三条，都是七点不到的时候发来的，图文并茂板板正正，像个报备夏令营行程的三好少年。

先是一张图片。

凌野：今天天晴了，太阳很好。

凌野：我刚吃完早饭，姐姐起床的时候也记得吃。

房间里没人，温晚凝再无忌惮，苹果肌高高鼓起，捧着手机来回端详了好一会儿才伸出指尖打字。

温晚凝：好哦。

她自己先默读了一遍，被句尾这个语气词嗲得脚趾蜷缩，赶紧删掉，只留下前面那个很端庄的"好"，这才迟迟按下发送键。

凌野这次没立刻回她，应该是有事在忙。

温晚凝完全能理解，顺势登上小号，点进长草好几天的微博，消磨一会儿时间。

毫无意外，即便已经过去了十几个小时，凌野澳大利亚正赛的冲线事故依然高挂热搜前排。

从撞车送医、伤情通报，再到登上领奖台的全过程被整理出了时间线，因为翻车和开香槟的画面对比冲击感太强，除了粉丝，还吸引了很多从来不看赛车的路人关注。

△还以为撞成这样至少也是残疾了……不是，哥们，这怎么还能上去领奖啊？

△空中视角太恐怖了，我都不用起飞，原地翻滚两圈都要心理障碍了，这辈子都不可能再摸一次方向盘。

△所以凌野之所以是凌野呢！

△人没事就好，要这样去拼的领奖台我们不要也罢，今年77必斩赛季总冠。

△吓到真吐了谁懂啊？谢谢HALO（也叫次级防滚结构，一种在开轮赛事中为车手提供充分头部保护的系统）救了77，人字拖真的立大功！呜呜呜，从今天起，在我这儿，HALO就是全世界最伟大的发明。看直播倒扣过来，吓得我整个人都凉了……

△好牛的反应速度。电视上看的时候完全没搞明白凌哥在干吗，现在才知道人家当时不到半秒就把发动机关了，手也撤离方向盘了。

△说AMG造车防护好，你上你也行的可以退下了，你上只有两种结局：要么断手，要么在爆炸中被烤成烧鸡。

△乐，随手一铲差点把人当家车手铲没了，问就是你法和梅斯的梁子结得更深了，和好是不可能的，这辈子都不可能和好了。

△不能因为国籍就偏袒吧？这波暗箱操作都黑成啥样了……都这样了还能算有效成绩，那以后最后一圈干脆就互帮互撞原地起飞呗，谁飞得远

算谁赢，小技巧谁还不会了？

△楼上还有良心吗？这么想起飞，不如自己先上街体验一把，能投胎成人算我输。

…………

和演艺圈的词条不一样，体育比赛的讨论度一旦起来了，辐射面就极广。

在凌野横空出世之前，F1 在国内受到的关注一直相当有限，还是个极为冷门的赛事。有了这几年的大众科普，观众的基数变大了，这种所谓的理中客（即理性、中立、客观三者的缩略词，多指对事物持有的态度）也变多了。

话题广场上的风向总体上被凌野和梅斯的粉丝牢牢把控着，但温晚凝一路往下翻，还是能看到一些零星的不和谐的声音。

她看得频频皱眉，但凡是看见的全点了举报。

凌野那几张翻车的动图，从电视转播机位到驾驶舱内视角，被各大营销号争相转载，一遍遍地在她面前自动播放着。

温晚凝看得心疼，拿手掌把屏幕挡住，拉回最上面的搜索栏。

她本来想的是瞥一眼车队官方中文媒体的表态，结果刚输进去凌野的名字，就看见自己也出现在了关联搜索提示里。

热度紧挨着伤情通报，居高不下。

温晚凝没细看词条名，点进去，发现众人讨论的中心是几条短视频切片，直接从昨天墨尔本站正赛转播里截的。

漫长的五十八圈鏖战中，她作为首度公开出现的凌野亲友，和何塞妈妈一起被切了好几条镜头。最长的一次，是凌野赛车坠落，她冲进大雨之中的远近特写。

另一条是凌野登上领奖台时，整个车组的欢庆航拍，人群之后的温晚凝一闪而过，但因为情绪太激动，也被网友们一眼发现，特地截出来做了放大修复。

△救命，这我第一次看见活的泪失禁，好夸张好震撼……瘟姐真的有两把刷子，就算是演的也充分证明业务能力了，我都被带得有点想哭。

△会演戏不代表就随地大小演好吗？我说你们黑子真的要适可而止。

△一直在想那个晃来晃去的是什么东西，现在才发现姐姐耳机都忘了摘，带着线一起跑了出去。

△呜呜呜，看得眼睛都湿了……想起来小时候有次放学被电动车撞到，我妈妈在马路对面等着接我，也吓得瞬间飙泪，完全跟温老师的反应一模一样。

凌野的单人热搜那里，CP 粉们再怎么上头，也不好就地嗑血糖。但有了温晚凝的这几个场下镜头，一直默默圈地自萌的“语温作野”超话活跃度惊人，连关注人数都比一开始时翻了好几番。

因为两人之间的感情纽带在这里摆着，前天那条“凌野和温晚凝不熟”

的传言不攻自破。

也因为人性本就如此，一方面觉得凌野出了这么严重的事故好疼好惨，另一方面大热且长寿的真人 CP 掰着手指头数一数，偏偏就还都有惨得令人唏嘘的大事件。

凌野这次的比赛，就堪称绝杀中的绝杀，温晚凝的镜头和场上一对照，立即成了“语温作野”超话的镇圈神图。

两人从此由节目组硬凑的假暧昧真姐弟，摇身一变成了公费恋爱的姐狗模板。

小姑娘们嗑得如痴如醉，对探班彩蛋的期待度大涨，疯狂在节目组官博下面敲碗。

△搞快点！快把朕的满汉全席端上来！

△看了小万姐姐的澳大利亚 plog（图片博客），听说这次会有从未公开过的车队内部镜头，呜呜呜，橙宝你是我唯一的好宝，我不允许任何人批判你、贬低你、怠慢你。

△爱情的开始都是痛觉罢了，给温老师点播一句“我被虚度了的青春，也许还能活过来”，祝姐姐这次沉醉个痛快。

△我好开心好幸福，我是全世界最心平气和的小女孩，诚邀每一位网友与我明晚一起观看雪乡季第一集，品味爸妈婚前恋爱点滴。

…………

温晚凝认真挑了条文案最正经的体育新闻帖，再三确认了评论区里没有奇奇怪怪的东西，转发给凌野。

温晚凝：你们导播好狠的心，我什么时候最丑，就什么时候给我镜头。

对方像是正好忙完，回得很快。

凌野：不丑。

温晚凝嘴角又想往上扬了，转瞬就觉得自己好没出息，又只好勉力压抑住。

温晚凝：看完了没？但凡好好看过的人，都说不出这种瞎话。

凌野意外地坦荡。

凌野：没有。

温晚凝：给你最后三秒撤回。

凌野：没办法看完，太心疼了。

第二条很快也弹过来，正经得跟复读机似的。

凌野：但是不丑。

世界上怎么会有这种人，自己摔倒了不哭，反而会因为看的人哭了而心疼？

温晚凝心里忽然塌陷了一块，像是棉花糖被浇了杯温水。

温晚凝：哦，只是不丑。

凌野：我不太会说话。

凌野：很漂亮。

他像是急了，顿了两秒又发来消息。

凌野：全世界最漂亮。

温晚凝在沙发上跷起双脚，蛮不讲理地编织送命题死循环。

温晚凝：因为漂亮所以才喜欢我，懂了。

凌野：不是。

他那边的“对方正在输入中”像跑马灯一样频闪，温晚凝不忍心再逗他，揉了揉酸痛的脸颊。

温晚凝：想好再说。

温晚凝：今天先算了，好好养伤，一会儿午饭吃什么拍给我看看。

凌野：好。

对面的人像是陡然舒缓了，温晚凝发了个“摸摸小狗”的表情包过去。

温晚凝：好乖。

这次赛车损毁太严重，虽然保住了最贵的主动力单元，但是车身的钢架结构和前侧翼悉数变形。

记在凌野头上的那部分维修费用，将亚军积分的奖金几乎全额抵消。

尽管如此，凌野从复盘会出来，依然是一副毫无芥蒂的平静模样。

何止平静，他平时就不怎么习惯将情绪表露出来，现在这个眉眼舒展的状态，已经称得上是反常的喜悦了。

沟通完，收拾材料的空当，安德烈见他一直时不时去瞄手机，指腹搭在锁屏上有一下没一下地敲着，随口一问：“约会对象？”

他话音刚落，已经走到门口的体能师和何塞齐齐回头。

凌野抬眸看过来：“不是。

“我女朋友。”

说这句话时，他嘴角很明显地勾了一下，声线里还带着点生疏。

就这么点细小的停顿瑕疵，反而让那种满溢出来的愉悦变得更真实了，极具感染力。

不知是谁先“哇”了一声，又是谁很“好心”地把会议室门关上，一群人眼神冒光，为意外获得的独家重磅八卦骚动不已。

相熟的体能师抛出几个猜测：“赞助商？记者？”

凌野摇摇头：“都不是。”

窗边阳光透亮，将他的眼睫镀上了一层焦糖般的暖棕色：“你们昨天应该都和她拍过合影。”

“谁啊？”

闻言，他眼睑微敛，顿了顿，很突然地迎合了下一屋子老外的习惯，省掉了姓氏：“晚凝。”

“……哇哦。”倚着门框的何塞率先反应过来，吹了声口哨，扬手鼓掌。

他一屁股坐上旋转椅，长腿一蹬，滑到凌野跟前，手都抬起来了，本来想狠狠照着凌野的后背来上一下，以表庆贺，结果一想到昨天的事儿，瞬间吓得规规矩矩把手交叠在膝盖上："恭喜啊，忍者神龟这么多年，终于自杀式告白成功了。"

凌野往下拉了拉外套拉链，将贴身的胸部绑带贴得更紧："又不是故意的。"

他动作没避讳。

何塞不由得"啧"了一声："你没告诉温老师吧？"

凌野一抬眸："什么？"

何塞被他这种无所谓的态度搞得心烦："就你运气其实没那么好，肋骨断了这件事。"

"嗯。"

何塞张了好几下嘴唇，最终还是把想说的话都咽了下去："行，你怕你女朋友心疼。

"我还是刚刚才从队医那儿知道的。"

何塞顿了顿，也不知道想起了什么，揉了一把头发："不是夸张，哥，你都这样了，能坐着喘气就很了不起了。"

他咽了咽口水："我昨天给你塞的东西……你没用上吧？"

凌野皱了一下眉，很奇怪地看着他："什么东西？"

何塞盯着凌野的脸仔仔细细地瞧了好一会儿，才确认他应该是真的不知道。

也不知道是在哪儿弄丢了。

何塞放心又担心，怕他再继续盘问，信口胡诌："……就是健身器材，帮你复健的，现在想想，还是太激烈了。"

凌野不再说什么，因为会议室的门又被人打开，工作人员把午饭送了进来。

他和何塞一人一份，有种幼儿园宝宝餐的既视感，全都是为了配合凌野这边的限制活动的医嘱。

何塞看着凌野很自然地接过，道了声谢。

一切都很自然，终于在喝下第一口水时，他很明显地调整了一下呼吸，眉头微蹙。

何塞彻底失语，突然就想起自己第一次知道"温晚凝"这个名字，也是夏天，也是在这样一个阳光明媚的正午。

某种程度上，凌野是何塞见过的最有天分、最冷静，也是对自己最狠的年轻同仁。

F1 从不缺天才，但拥有足够完成阶层跨越的天赋的，这么多年以来，何塞就只见过一个凌野。

何塞从小在欧洲练卡丁车，一路顺风顺水。现在围场内风头正盛的人气车手，几乎全是他少年时代的玩伴，甚至还和几位在低级别赛事中做过他的队友。

大家发展轨迹相似，签的都是顶尖车队的青训，彼此之间根本谈不上忌妒一说。

可凌野不一样。哈维从北欧巡回赛挖来的野路子车手，十几岁之前的比赛经历一片空白，偏偏就有一手无视雨雪路况开挂的过弯本能，简直神乎其技。

进哈维之后换成了沥青赛道，凌野只适应了两天，最快单圈就已经比何塞的个人纪录快了足足半秒。

两人年龄差不多，都有围场内很罕见的东方血统，经历又天差地别，自然就成了媒体挚爱的对照组。

起先两人不同队，变量太多，只能稍微比比每场比赛的完赛成绩。等到凌野转会梅斯后，何塞的最后一层遮羞布也没了，每场均被狠狠吊打，坐实了僚机的羞辱名号。

扪心自问，他在相当长的一段时间里，一直都对凌野的席位颇有偏见。他总觉得这人简直太有心机，城府深不可测，谄媚和挑衅都让凌野给包圆了，就是为了吸引自家领队的注意。

比如，凌野转队前一个赛季的沙特站大奖赛，梅斯 P 房的位置离发车线极近，旁边的巨幅电子板上不时切换着赛事赞助商的广告。

一练开始前，凌野身上哈维的白色赛车服穿了一半，袖子紧系在劲窄的腰间，戴着耳机在外围慢跑热身，跑到他们这边时不知看到了什么，脚步突然渐缓，直至停下。

何塞踩着滑板车刚串门回来，也随着他的视线看过去，除了一块广告屏，一无所获。

“哥们看什么呢？”

他跟凌野说的是中文，对方没道理听不懂。可凌野就是不愿多跟他解释，只淡淡说了声“没什么”就走了，气得他在心中暗骂。

连续三天，凌野在这附近出现的概率极高。

倒也不是为了社交自荐，他始终心不在焉，目光游离于人群外，一直莫名其妙地往那片蓝光上飘——某个以代言人换得快而闻名的啤酒品牌，正逢百年庆典，宝蓝色的底色上，历年的全球代言人集合成了一片，各种肤色的漂亮面孔看得人眼花缭乱。

除了 C 位，后面的人脸没一张幸免，都被 LED 屏切割成了模糊的像素块。

真没什么特别的。但凌野的神色之专注，惹得安德烈都往那边看了好几眼，询问何塞广告电子板是不是光线太亮，会不会影响驾驶。

余光里，凌野的视线还定在那儿，好像对安德烈说了什么并不关心。

何塞抱着胸撇嘴，冷嗤一声。

周日晚上的正赛结果一出，他有没有受到影响难说，凌野才是真的全然没受一点影响。

热到要晕厥的沙漠城市赛道，那辆 77 号的白色涂装赛车就像打了鸡血一样，丝毫不把防在前方的老牌强队放在眼里。

凌野的表现无懈可击，将手中这辆稍显粗糙的哈维推到了极致，几个弯道连超丝滑凶猛，让官方解说都陷入了失语状态。

他最终压线绝杀，打破了豪门车队十几年的垄断，斩获了F1出道以来的第一个个人分站赛冠军。

冲线结束后，沙特站标志性的豪气大型烟火腾空而起，金红一片。

按照围场惯例，首胜的车手会在一条标志线停靠之后，原地烧胎旋转，划出规整的甜甜圈（F1惯用语，车手在取得如生涯首胜、赛季首胜、积分锁定赛季总冠军等特殊荣誉时，会驾驶赛车在赛道上连续烧胎画圈，留下的痕迹像甜甜圈）向全场观众致意。

问题就在于，凌野停得实在是太早了。且不说被绝杀的正好是当时梅斯的一号车手，他停车的位置还正好堵在梅斯P房边上，后轮画圈的引擎声一响，身后的几位车手都只能连连后退。

年仅二十岁的新晋冠军，还是出身于哈维这种围场寒门，没人在意他这个反常的停车位置。

就算是有人看出来了什么，也只是当一个梗笑笑，吐槽是人就有兴奋到失态的时候。

而何塞是真的要气炸了，特地把凌野的“甜甜圈”远远拍了张全景图，连着幽蓝广告屏和激动爬上铁丝网的哈维机械师们一起，把照片发给众多好友，邀请大家一同痛骂极品“茶男”。

那年七月，凌野真的拿到了梅斯的合约。

夏休期间，崭新的搭档组合官宣。

黑青配色的77号赛车服和头盔首发，何塞和凌野一起被特地派回申城做活动。

凌野向来不是喜形于色的性格，内敛得天上有地上无。可有成见在先，何塞还是觉得他满脸小人得志，暴发户还乡。

活动一结束，何塞都不愿意再和新队友多待一分钟。

走到场馆后门，他正为还得共乘一辆车回酒店而烦恼着，凌野突然开口：“我要去见个人，一会儿晚点回去。”

解风情到让人难受了，果然是心机男。

“……你真的假的？”直男之间的矛盾，何塞话说得直白，“躲我的话大可不必。”

凌野一挑眉：“我躲你干吗？

“是真的有人要见，不骗你。”

说这话的时候，他喉结很轻地滚了一下，向来冷漠绷直的唇边甚至勾起了一个很浅的弧度。

当然不是给何塞的，是给要见的那个人的。

约会就说约会，过夜就说过夜，搞这么清新脱俗。

何塞“啧”了一声：“那一会儿司机先送你过去呗，哪个酒店？”

“不用，”凌野利落背上单肩包，像是没听出他话里的揶揄，“我自己搭地铁去。”

何塞嫌弃：“远到打不起出租车了？”

“不是钱的问题。”

“那你说说是什么问题，让你这么大热天硬挤地铁？”

凌野抬头，目光抛向远方：“我以前一直乘地铁回去，都习惯了。”

他说着，从口袋里拿出一张交通卡，夹在修长的手指间晃了晃。

那张卡像是有些年头了，表面的美乐蒂卡贴已经多有划痕，边缘的颜色被磨白。

凌野话里用的是“回”这个字。

何塞一开始还以为是他口误，后来再看见那张卡，不由得一怔。他话还是不多，但空气里就是有一股奇异且愉悦的、要向着什么执念飞奔而去的气氛，像是被下了蛊。

何塞本来打算马上就走，最后还是口嫌体直，戴上口罩和帽子，陪凌野走了一路。

当天活动的场馆靠近老城区，地铁站建在地上。

七月的热浪席卷而来，连脚底都是烫的。何塞怕热，也怕被人认出来，一到月台就跟凌野道了别。

何塞等直梯的工夫，凌野等的地铁到了。开门提示音响起，何塞无意识地回头。

正午时分的地铁，全无早晚高峰的热闹，凌野那节车厢里没什么人，除了几个困到东倒西歪的补习班中学生，别的地方都空荡荡的。

自动门打开，夏风吹过，高处悬挂的扶栏把手被带得微微晃动了一阵。

这两年交通广告不景气，把手上的广告不像是最近新换的，边缘微微泛黄，海报卡上的女人身处山涧林间，正回眸对着镜头微笑。

大概是个什么护肤品的广告，何塞不认识这个牌子，也对国内的女明星一无所知，自然也不会关注太多这种细节。

他愿意去留意，只是因为凌野连坐都没坐下，始终一动不动地站在原地，直盯着广告牌的方向看。

那种莫名其妙的专注，出奇熟悉。

红灯闪烁，关门提示的滴声乍响。

何塞也觉得自己多想了，刚想把头扭回来时，凌野却动了，动作幅度不怎么大，却足够有冲击力，直让何塞整个人定在了当场——凌野低了下头，漆黑的眼睫垂了垂，很难察觉地吞咽了一下，然后向着那张巴掌大的广告纸，很小心地轻轻把脸颊贴了上去。

那天回到酒店后，何塞一边觉得自己的直觉实在离谱，一边又觉得世间真相往往栖身于巧合。

他翻来覆去地想了半天，还是没忍住，凭借着短时记忆打开了搜索栏。

发现自己赌对的一瞬间，何塞发根直立，心里咚的一声。

沙特站在梅斯P房面前打出巨幅广告的啤酒品牌代言人众多，但从创始以来就只请过一位华人女演员。

她的名字和地铁上护肤品广告的女主角一致——温晚凝。

好像从那时起，何塞才开始看懂凌野。

他想，凌野当初也许真的没有在挑衅。

他觉得凌野更像是在向一个触碰不到的人遥遥献上自己拿得出手的所有荣光。

第九章 甜桃味

中午十二点刚过，温晚凝随着节目组工作人员一起到了机场。

她嘱咐的话凌野都认真听了，但凡是往嘴里放的东西，全部用照片呈上，供女王检阅。

温晚凝竭力绷着嘴角的笑意，挨张照片点击“引用”。

温晚凝：你们队的厨师是哪国人，到底会不会照顾伤员啊？怎么又是炸鱼薯条？

温晚凝：你水喝得太少了，我家里还有个闲置的1L保温杯，回国送你了。

凌野的回复一板一眼，标点一个不缺，和他啃人的劲儿判若两人。

温晚凝嘴角一撇，正想吐槽他两句，对面直接拨了语音通话过来。

手机猛振几下，搞得原本在吃面包的小万都猛地一抬头，视线如拉弓，火速瞄准她这边。

温晚凝按下静音键，很自然地将屏幕扣向胸口，往旁边指了指：“工作，我去接个电话。”

她不想惊动节目组，但一想到凌野那个满身绷带的样子就心疼，哪里还舍得挂他电话。

小万只是“哦”了一声，完全没起疑，小幅度摆摆手：“赶紧赶紧，温老师别耽误正事。”

候机大厅人不多，温晚凝找了个无人处，深吸一口气，慢吞吞把手机举起来：“喂？”

要死，怎么会软成这样？怎么一张嘴就是这种热恋中的少女语气？

温晚凝抬手挡住半边脸，在对方还没出声的半秒钟里，已经因为丢面子想把电话挂了。

凌野的呼吸声平稳，带着点压抑不住的笑意：“嗯。”

很轻的一个鼻音，但就是好听得要命，入耳麻酥酥的。

温晚凝情不自禁按住胸口悄悄叹息。她逐渐认清了现实，就算是她这样自诩智者不入爱河的清醒事业狂，一谈起恋爱来也不能免俗地煲起了电话粥。

伤口疼不疼？复盘会累不累？今天心情怎么样？

她明明连照片都看过了，却又问了一遍对方吃了什么，凌野也全程耐心回答。

聊到后面，温晚凝再也想不出别的话题，听着对方的呼吸声，安静了好一会儿。

凌野问："姐姐现在在做什么？"

温晚凝看了一眼手表："在等登机，你呢？"

凌野的声音清冽："我也是。"

温晚凝不信："你不是坐车队专机回国？怎么还需要等？"

凌野还没来得及回她，远处的小万已经站起身，举起手臂，大幅度晃动着喊她。

温晚凝赶紧朝那边比了个手势，抬手捂住手机："小万喊我登机了，先不说了，我们回国有机会再见。"

"好。"

两三条走道的距离，温晚凝一路小跑回去，拉上自己的登机箱。

小万帮忙扶了一把，话音里一半调侃一半羡慕："啊，好想像温老师一样快乐工作。"

"……还好吧，和我一起工作不开心？"温晚凝心里发虚，从包包隔层里摸出一块巧克力递过去。

小万嘿嘿一笑："怎么会不开心？"

排队登机时，后面有位年轻女生认出了温晚凝，很激动地跑上来，小声说自己是《临时起意的旅行》第五季的忠实观众，连蹦带跳地表达着对几位嘉宾的喜欢。

她把手机壳递过去要签名，忽然注意到旁边来了个人。

温晚凝还在包里摸着签字笔时，耳边毛茸小鸡一样的喧腾动静突然没了，连小万的脚步都明显一停。

温晚凝向来抗干扰能力一绝，本能觉得和自己无关，该干吗干吗，坚持着把手里的飞天小女警手机壳签完，画完一颗小爱心，才抬头往那边看过去。

年轻男人戴着黑色的鸭舌帽，身形挺拔，一身深灰色的卫衣长裤。

他帽檐压得很低，阴影下鼻梁高挺，薄唇到下颌的线条利落，气质很干净。

是很低调的打扮，像那种偶尔能在机场遇上的一眼万年的运动系男大学生模样。

助理导演一个箭步向前，从包里翻出便携式小相机示意，双手合十，苦苦哀求着什么。

那人像是完全没料到这一出，隔了一会儿才点了点头。

跟来的摄像小哥都是旅行综艺出身，说干就干，开机架云台的一套动作行云流水。

直到一圈人围着一起走过来，小万才回过神："凌老师？"

温晚凝身旁的女生刚把手机接回去，单手扣紧，差点爆发出尖叫："77？"

凌野礼貌颔首。

他视线从温晚凝写的那行小字上扫过，很自然地问道："要我一起签吗？"

女生已经惊喜到失声了，捂脸点头。

凌野从温晚凝的手里接过笔，将名字签在了她下面，最后一笔擦着那颗小爱心结束。

他再抬起头时，旁边的一圈人都有点看傻了。

凌野倒是很淡定："地方有点挤，只能这样了，抱歉。"

"没有没有，"小姑娘先点头，然后疯狂摇头，"完全没有任何问题，我觉得非常好，回家就裱起来挂墙上。"

商务舱先登机。

凌野毫无预警地出现在身边，小万那边塞过来的小相机也推不开，要拍什么只能现场头脑风暴。两人轮流对着镜头说了几句话，拍了几段舷窗外金光渐染的云层。

关机的一瞬间，温晚凝故作随意地离凌野远了点。

她原先的座位被凌野升了舱，按道理节目组那边的人应该是看不见了，可她还是很谨慎地回头环视了一圈，坐回去时，说话的声音极小，几乎只剩下丝丝的气声。

温晚凝紧张成这样，凌野就在那儿靠着，不靠近，也不远离，等她说完之后才平静回答："我请过假了，说节目组叫我有事。"

温晚凝都惊了，那句"你怎么来了"轻得她连出没出声都难说，他居然还真听见了。

她的意外完全写在脸上，凌野幅度很轻地笑一下，长指触碰自己的耳朵示意。

小时候赖以生存的技巧就是这样，早就变成了肌肉记忆，这辈子都不可能忘，即便是现在，周遭音量稍弱一点的时候，他还是习惯性地读唇语。

轻舟已过万重山，温晚凝心里五味杂陈，说不出是种什么心情。

只是凌野本人都不在意，她只能跟着觉得厉害，像是他自带一种加密破译能力，在寂静的世界中来去自如。

她灵光一闪，更小声问道："我完全静音是不是也行？"

凌野点头，将一双笔直的长腿伸了伸，就停在她纤细的脚腕旁边，暗暗地隔空平行。

温晚凝注意到了，但觉得幼稚得要死，懒得真去管他，只将搭在身前的食指竖起，淡淡送去一个警告的眼神，做的口型完全跟这件事无关。

——明天下半季首播，有个线上连线陪看，你在哪儿直播？

“在家。”凌野往后靠了靠，球鞋又往她这边继续挪动，直至完全贴上。

温晚凝还沉浸在这件刚回家就要处理的工作安排里，没往脚底下看。

——我可能得去工作室，家里网不好。

“姐姐也可以回家。”他是朝温晚凝这边看的，眉眼俊俏，浓长的睫毛天生就带着点清冷的味道，偏偏声音又是收敛的，有一种低低的黏糊劲儿。

这让温晚凝瞬间反应过来，他说的那个“回家”指的是什么意思。

她脸上莫名燥热，因为还在公众场合，又生生把抬起的手放下了。

——你手串还戴着吗？

温晚凝勾了一下头发，强行转移话题。

凌野把左手卫衣袖子拉上去，展示一截空荡荡的手腕给她看：“撞碎了，我收起来了。”

她怔了一下，不知为何突然就想起“手串碎了是给主人挡灾”这种玄学。

凌野继续说道：“剩下的那些还在家里，我下一站会换。

“你可以来检查。”

他语气很认真，也没什么别的意思。

可温晚凝看着他那张开开合合的薄唇，老觉得这小子没安好心。

正午刚过，商务舱里的旅客大部分要休息，舷窗遮光帘降下。

温晚凝向上拽起毯子，此地无银地盖过半张脸：“困了。”

一片昏暗中，凌野上挑的嘴角越弯越深，最后连他自己都有点受不了了，把卫衣的兜帽戴上，抵着温晚凝的小腿悄悄晃了晃：“睡吧。”

每年的初春季节，申城的雨都会下个没完，今年也是。

早晨六点多飞机落地，温晚凝被阮佳接上回到家，洗了个澡出来，窗外还是树影摇晃，玻璃被敲得滴滴答答的。阳台开了点窗缝透气，空气凛冽潮湿，几盆小植物都有点冻枯萎了。

温晚凝披上棉衣，在空荡荡的小客厅静坐了半天，摸出手机，点进聊天界面的置顶栏。

温晚凝：你睡了吗？

凌野：没有。

南半球的灿烂阳光才离开了半天，就已经恍然如梦，她自己都分不清是想念那边的天气多些，还是想人多些。

那股冲动压都压不住，让她宁愿被觉得出尔反尔，也忍不住向更暖和地方迁移。

温晚凝抿唇，在聊天框里敲敲删删，就是按不下发送键。

在她纠结的间隙，凌野又发来了新的消息。

凌野：看天气预报，下午有雷电大风预警，还会继续降温。

凌野：我开了空调和电暖器，很暖和。

凌野：姐姐要回家吗？

后面还有一条很短的视频，应该是在客厅拍的，亮着她很熟悉的那盏落地灯，光线暖黄。

凌野一只手里躺着胖乎乎的玄凤鹦鹉，红脸蛋鼓鼓的，闭着眼睡得很香，还时不时往他袖口里拱两下。

温晚凝来来回回看了几次，心都要化了，刚才还在犹豫的念头逐渐变得更清晰。

温晚凝：我没钥匙。

凌野：我下去接你。

温晚凝：被拍到怎么办？

对面半晌不语。

凌野：我跑得快。

温晚凝失笑。

这不是个能说服她的完美答案，但她已经决定挺身犯一次险，在这个过于寒冷的日子里做点稍微出格的事。

温晚凝打车到达的时候，凌野果不其然已经等在楼下。

七点多的阴雨天，冷雾绵绵，年轻男人靠着金属的连排信箱斜站着，肩宽腿长，姿态很放松。

见到她的一瞬间，凌野眯了下眼，小跑着撑伞迎上来，顺势接过她手里不重的包。

乘电梯上去的路上，基本都是温晚凝问，凌野答。

进了家门，暖灯温馨。

温晚凝刚脱下大衣，就定在原地："你出去买的早点？"

她嘴巴挺刁的，这条街上爱吃的生煎铺是老人家在经营，不做外卖。凌野当年每天长跑回来，总会记得帮她捎一两生煎，再加一张不加香菜的软蛋饼，雷打不动。有点像是从匮乏环境训练出来的通病，无论在东北还是温晚凝的主场，他的头等大事就是每天盯着她吃饭。

眼下，她看着满当当的餐桌，鲜香热气袅袅，一时间都有点分不清今夕是何年。

凌野很快整理好自己，给她拿拖鞋。

"今天下雨，老板收摊早，在隔壁家买的。"

"没事，估计味道也差不多，前几天在外面饥一顿饱一顿的，我现在……"

"咔嗒"一声，防盗门落锁。

温晚凝还想多宽慰凌野两句，刚一扭头，就被骤然逼近的人推着退了两步，抵上门廊的墙。

凌野伸手环过温晚凝的后颈护着，喉结滚动，结实的宽肩倾轧而下，将她未说完的话都堵在了嘴里。

他起先只是很轻地啄了一下，仿佛吃定了温晚凝不舍得推开，逐渐整个上身的重量都压在了她身上，另一只揽住她细腰的手也用力收紧。

“等……”温晚凝本能地挣扎了一下，声音破碎，吐不出一个完整的句子。

凌野一言不发，像是不满她想跑，长指嵌进她被雨水溅湿的长发里，从掌根到指腹烫着她的脖子和耳郭，牢牢地锁住，让她连低头都难。

这个吻和上次的差不多，都没什么技巧，但又凶又急，比上一次强势多了。

男人的唇舌带着冰凉的薄荷味，却矛盾地潮热滚烫，粗重的呼吸急促地扑来，本能而暴力地在她口腔横冲直撞着，越吻越深。

仿佛世界渐渐被抽为真空，不断向下摇摆陷落着，他们是互为彼此唯一的支点，共享着最后一点珍贵的氧气。

墙是凉的，而凌野的吐息很热，触碰更甚，巨大的温差令人心悸。

他手上却很规矩，一直停留在她后颈的皮肤上，难耐地捻揉着。

温晚凝膝盖都软了，可喉咙的痛麻让她实在经受不住，像上次一样，努力挣出一只手去撑开他的脖子。

只是她这次浑身都没什么劲，手上用的力气也小。

凌野双眸湿沉，努力克制着喘息，将那些近乎失控的躁动平复下去，重新压过来。

“姐姐，”他含混地开口，“我在飞机上就想亲你了。”

凌野已经很熟练，先亲了亲她试图推开他的那只手，又顺着向上，辗转到她发烫的侧颈。

在说话的间隙里，他用唇反复蹭过那一小块泛粉的雪白皮肤，吮着她颈动脉一下比一下跳得重的地方，牙痒似的蹭了蹭。

“……是不是不能和我好好说话了？”温晚凝竭力平复着心跳，强装出几分镇定，在年轻人汹涌澎湃的荷尔蒙面前叫停，“你平时满脑子都是什么东西？”

“都是你。”凌野盯着她。

温晚凝呼吸一滞，刚刚还只是在喉间和嘴唇盘旋的酸麻感登时炸开，顺着血管一下子涌到心口，又热气腾腾地扑到耳尖上。

凌野的性格该怎么描述呢？平时冷冷淡淡的不爱搭理人，要是冷不丁触发了什么开关，什么话都能毫不犹豫地直说。

娱乐圈遍地都是人精，那些男演员表面上光风霁月，暗地里想要跟异性搞暧昧都是雾里探花，唯恐有什么把柄落人家手里。温晚凝和那些同行打交道久了，根本就没见过这种类型，也不知道该怎么回应。

噎了好一会儿，她才把人挣开，弱得跟小猫亮爪子似的威胁：“你现在可是战损状态，别逼我动手啊。”

凌野就站在门口的灯光底下，深蓝色的长袖家居服衬得肤色很干净。他还没完全镇定下来，眼睑还带着点红，又野又纯，像出门暴冲被陡然勒紧嘴套的大型犬。

温晚凝又往后退了半步，把毛衣折叠的高领拎起来防他：“……别看我这样，我也是有好几年的健身习惯的。”

“嗯，”凌野在原地注视了她许久，“姐姐要是认真拦我，我骨头早断了。”

他眸色很深，语气似示弱似炫耀，双手也是自然垂落在身边，俨然一副视死如归的赌徒架势，赌她根本不会真把他怎么样。

温晚凝瞥他一眼，最后还是什么都没说，趿拉着拖鞋坐到餐桌边，趁热先把早饭吃了。

生煎、锅贴、软蛋饼，还有两杯摸上去发烫的豆浆，加了糖，甜甜的，很熨帖，很舒服。

这小子天性好像就这样，抽风和温驯一阵阵的，极有欺骗性。

中途凌野去厨房给温晚凝切苹果，温晚凝扯下领子，对着推拉门的玻璃瞧了一眼。

她皮肤薄，血管也浅，凌野刚刚在她脖子上又咬又亲的那几下，其实也没有多暴力，但留的一片红印子就是很清晰，让人很难不脑补更过分的剧情。

这会儿时间还早，离原定的直播连线陪看还有大半天，可看凌野这个样子就知道，只要她还在他的视野里一秒，八成就要被搂着乱蹭一秒。

她担心自己晚上出不了镜，更忌惮凌野那一身形势不明的伤。

等早饭吃完坐回沙发，温晚凝实在忍不住了，在凌野走过来时迅速伸手喊停：“你今天还有别的事吗？”

“本来上午有采访，”高大的男生就地停下，站在沙发前垂眼看她，“经纪人帮我推了，说先好好养两天伤。”

温晚凝恍然被提醒：“……很严重吗？”

她进门就想问的，结果还没来得及说，就被对方的莽撞劲儿给冲昏了头，现在才想起来。

“你跟我说实话，是不是真断了？”温晚凝深吸一口气，拍了拍身边的位置，让他坐下。

凌野：“肋骨稍微裂了点。”

温晚凝心里一咯噔，都要被他气笑了：“稍微……裂了点？”

他当自己是手机屏幕吗？

“不严重，”温晚凝看过来的目光灼灼，凌野哑然几秒才启唇，“已经没感觉了，真的。”

温晚凝真是心疼又无语，直视着他的眼睛，毫不留情戳穿：“刚进门我撞上去的时候，听见你倒吸气了。”

“不是疼。”

温晚凝一挑眉。

凌野有些面热，沉黑的双眸敛下，微侧过脸去："你好软。"

他的姐姐头发里好香，连皮肤都好甜，浑身上下像块水豆腐，哪儿都是软的。

天生的小骨架看上去纤细，但其实该有的肉一点都不缺。

一身毛衣裙糯糯的，很贴身，嵌进怀里的一瞬间，他浑身的血液都在倒涌，嗓子都哑了。

温晚凝语塞片刻，抑制住想要用手挡脸的冲动："……你说这种话都不会害羞的吗？"

"为什么要害羞？"

温晚凝一时无言以对。

对话又卡在奇怪的地方，无法继续下去。

她懒得再跟凌野掰扯，直接约法三章："在你肋骨长好之前，不许抱、不许扑、不许蹭，以医院的片子为准。"

客厅里静得落针可闻，阳台上的三千万刚睡醒，隐约传来几声整理翅膀的窸窣声。

凌野垂眸看温晚凝，一句话都没说。

温晚凝被他那种闷闷的视线盯得心乱，勉强妥协："我会看情况给奖励的。"

"现在呢？"他突然开口。

温晚凝怔了下，对上他隐约期待的眼神："什么现在？"

凌野说："我已经在好好表现了。"

"你真的……"温晚凝又想骂又想笑，也不知道是对凌野还是她自己谁更无语一些。

可能是因为潜意识里想补偿吧。

一直都很懂事沉默的凌野在她面前变得越发放肆，甚至还学会了耍赖这种伎俩，她非但不讨厌，居然还觉得……挺可爱的。

她一定是完了。

温晚凝在心里给自己盖了个章。

这场毫无道理的奖励兑换，最终以她揉了揉凌野的头发，轻吻了一下他的额头收场。

整个白天，他们窝在沙发上很克制地依偎着，饿了就点外卖，看了场合家欢题材的喜剧动画电影，打了几十轮《分手厨房》游戏。

游戏机是温晚凝曾经冲动消费的产物，管买不管玩，和手柄一块儿放在电视机下面落灰。

说起来，这还是当年的米妮联名款，满缀波点的粉紫色，难为凌野还能找到一样的。

温晚凝不仅操作菜，心态还容易不稳。

她这样的游戏搭子，连从小一起长大的戚酒酒都受不了她，凌野却一直很有耐心。

她控制的小鳄鱼厨师越努力越不幸，整个厨房上空浓烟滚滚。

凌野很冷静地忙前跑后，有条不紊地帮她收拾残局：烤焦的肉他来扔垃圾桶，上完菜的盘子他来刷，起火的平底锅他来灭，一点怨言都没有。

身高差的原因，温晚凝的肩头刚好碰到凌野肘弯靠上的位置，她一激动就不自觉地往凌野胸前歪。每次感觉好像碰到那块绷带了，她都会吓得瞬间坐直，往旁边挪一挪。

结果没过一会儿，她又会被重新贴上，无声无息的，简直像是永动机。

多来了这么几次，凌野再怎么说没事，温晚凝也不信了，索性抓了只抱枕垫在背后，规规矩矩坐在沙发边的地毯上。

特地和凌野的膝盖隔开了一段距离，就怕这小孩腿上也有什么伤没说，被她一把拍过去悔恨终身。

就这样到了晚上。

离《临时起意的旅行》第五季雪乡季第一集首播还有十分钟，连麦陪看直播正式开始。

温晚凝和凌野一个在主卧，一个在客房。

为了谨慎起见，临开播前，她特地观察过两个房间的主光源。

她又开了盏小台灯，确定自己和凌野画面里的色温一暖一冷，完全不同后，才放心点开摄像头。

橙 TV 的直播间做了分割处理，中间的主屏幕放着雪乡季的预告片，两边各放四个小窗口，八位嘉宾按姓名首字母排列。于是，温晚凝上面是魏应淮，下面是许嘉树，在热情似火和拼命撇清干系中夹缝求生。

提前的十分钟是节目组给留的热场子环节，互打招呼之后，每个人简单说两句最近在忙什么，顺便叙叙旧。

倒序发言，很快轮到温晚凝。她不想耽误大家太多时间，简单两句将手头的电影和话剧带过。

许嘉树全程摸猫，头也不抬，用每一个动作表示和她不熟。

魏应淮倒是脑子很好用，立即搭腔："哦，突然想起来，我刷到官博的彩蛋预告了！姐前两天还去看凌野哥比赛了对吧？直播真的好惊险，过两天播出我必看。"

"我也是第一次看现场，"温晚凝一听见凌野的名字就有点心虚，将衣领往上轻拽，对着镜头弯了一下唇，"凌野很了不起，我就有点失态了，大家看的时候多包涵。"

众人一阵友好揶揄。

这季请的嘉宾本身都资源不错，要宣传的活动太多，这件事就没再被提及。

直到凌野提了句两周后的申城站大奖赛，话头突然一转。

"除了比赛，就是被温老师探班。"

温晚凝感觉自己呼吸都有点困难了。

何塞小窗口的背景是某个南欧的海滩，阳光灿烂，棕榈摇曳，手里还端着一杯芒果汁，十足悠闲。

听到凌野这句话，他一时间吸管都忘了嘬，很明显地愣在那儿。

直播间弹幕骤起，画风突变。

△啊啊啊……

△这什么超绝生硬转折？77你自己听听像话吗？

△23：哥们出生入死跟你开车，最后却成了你口中的那个“除了”。

△我的沉默震耳欲聋……刚刚还在兴冲冲规划申城站的应援，你整这出。

△有人这就破防了吗？求求你们这些抢到梅斯看台票的人赶紧脱粉吧，都把票转给我吧，孩子做梦都想去看77主场夺冠，呜呜呜。

△狠狠把话筒怼进手机：有两个人是不是在谈？是不是在谈？

眼见讨论越发跑偏，逐渐失去控制，主持人赶紧控场，把话题拉回。

等到剩下的嘉宾发言结束之后，节目八点准时开播，沸腾的评论区逐渐平静。

受放送时长限制，第一集以众人搭上梅斯的车队专机为起点，一路跟拍了向北慢行的雪国列车和幽蓝星川。等到嘉宾们坐着马拉雪橇进山，体验完半日护林员生活，首播就结束了。

有戚酒酒和魏应淮活跃气氛，连线陪看这边一直都很热闹，从头到尾都没冷过场，只有观众嫌吵的份。

本来只是准备试试水的陪看，第一次就大获成功。

片尾曲响起，众人在林场雪地里撒欢的花絮亮起，直播间的弹幕快速下滑，都有些依依不舍。

△我们临真的好好啊，都是好宝，看得我好幸福。

△路人都有点入坑凌野了，前脚专机后脚抡斧子劈柴，这就是东北富一代的魅力吗？

△晚凝姐姐和梨梨妹宝也好可爱啊，煮泡面那里我嗑死，无论代入谁，我都会轻易爱上……

△好爱这种赶路素颜镜头谁懂……温老师好漂亮啊，以前都没发现，花絮里火车上刷牙那个镜头绝了，看得我心怦怦跳。

△好治愈的画面，文案也好用心，今年必须去一趟东北了！

…………

最后，大家又谈了谈录第一集时印象最深刻的小插曲，这才宣告结束。

温晚凝精神高度紧绷了快两个小时，终于松懈下来，人都是恍惚的。

虽然和树大根深的天然顶流不在一个量级，但比起上半季刚开播那会儿，她现在的关注度可观地暴涨，在直播间的存在感也高了不知多少。

即便不提凌野，也会因为自己在节目里的表现频频被主持人点到，她有些受宠若惊。

反而是许嘉树，一直以来营销人设太猛，到了东北这种极端环境下，很多小动作一经镜头放大就完全站不住脚。无论粉丝们再怎么洗，风评也明显开始有反噬的迹象。

直播从开始到结束，节目相关的词条在热搜榜上刷了一列，跟许嘉树相关的寥寥无几。

没花钱的是 # 许嘉树太冷抢何塞坐垫 #。

明显自己买的是 # 许嘉树下颌线 #，或是 # 脸在江山在，古偶一哥这波素颜你愿意打几分 # 之类的。

可即便是后者，也很快被跟完第一集首播的路人无情涌入。

△友情提示，冬天来东北真的不要随便拉开拉链，轻则面瘫，重则心脏骤停，不开玩笑。

△小魏：好冷啊；一哥：你怎么知道我有下颌线?

△感觉哥就算摔了也要先把下巴伸出去，哈哈哈……

配合节目组发完宣传微博，已经过了十一点。

房子换了主人，但和原来几乎没区别，凌野连房间的被褥都帮温晚凝换好了。温晚凝实在是很难有做客的感觉，怎么舒服怎么来。

她这一觉睡得很沉，连梦都没做。

醒过来时，已经不知道是几点了，门外传来一阵窸窸窣窣的声响，像是在用平底锅煎着什么，带着一股若有若无的鲜香味。

房间里很暗，床头的手机嗡嗡振动着，温晚凝从被子里伸出一只胳膊，摸索着把手机捞过来，眯着眼看了一眼屏幕。

是戚酒酒。

她又放心地缩回被子里，一张嘴，声音还是没睡醒的软腔："喂……"

戚酒酒顿了好几秒："都几点了，你还在睡？"

"几点了？"温晚凝像是复读机一样。

"都十点半了！"戚酒酒无奈，"你不是生物钟六点，今天怎么没起来？生病了？"

温晚凝逐渐恢复清醒，打断她的胡思乱想："没有，就是换了张床。"

话题很快被带过，戚酒酒说出自己的本意："话说回来，我不看节目都不知道。

"怎么回事？火车上那顿东北早饭是凌野特地为你找机会买的，连林场里的柴都是给你劈的，我们就纯蹭呗？

"我偷偷看你们俩小窗了，他一出现你就不对劲，你一出现他就勾嘴角，连喝水的时候眼睛都没移动地方。"

温晚凝一愣。

"你和弟弟这是干吗？真谈上了？"戚酒酒喝了一口水。

温晚凝倚着床头坐起来，轻咳一声："很明显吗？"

没想到好友忸怩一生，归来竟然如此坦荡，戚酒酒不由得呆滞了好一会儿。

“你先等等，”她深吸一口气，“明不明显我就先不说了，人在做天在看。“这么快就真香了？什么时候的事？怎么第一现场没给我直播？”

“我去看他比赛的时候……”温晚凝哭笑不得，“谁都没说，你是第一个知情人，一定要帮我保密。”

戚酒酒还沉浸在震惊中无法自拔：“我的天！我的天！吾辈楷模温老师，真正的闷声发大财，那这三天你……”

她话没说完，卧室门突然被叩响。

很轻的两下。

还没等她有所反应，凌野的声音已经从门缝里响起：“姐姐，起床了吗？早饭好了。”

温晚凝连忙应了一声：“马上来。”

穿着家居拖鞋的脚步声逐渐远离，听筒里沉寂了好一会儿。

“好了，知道你这三天过得很劳累了，”戚酒酒已经彻底被击沉，语气里有种死一般的平静，“……你说换床的时候，我居然还以为是字面意思，我好天真，

“我是真作孽啊，大早上起床不补觉，听你在这儿炫耀了半天。”

“真不是……”温晚凝百口莫辩，耳朵红得要烧起来了。

在好友新的吐槽到达前，她赶紧求饶：“等我回组，你想知道什么我全招。”

满打满算的最后一天共处时间，温晚凝不舍得再在琐事上浪费时间。

她本来想好好化个淡妆，最后也只是在洗手间里洗了把脸，把头发简单夹了起来，然后快速翻了翻包里带的唇膏，挑了管最便宜的有色润唇膏拧开——她今天的欣赏者不懂这些东西的价格，但甜甜的桃子味，“小狗”应该会喜欢。

温晚凝拽了拽衣服，把杂物收回包里，推门出去。

客厅的窗帘拉开了一半。落地窗外，还是个像昨天一样的雨天。

云层厚重，但她的心里却像此时的家里一样，亮堂堂的。

厨房里，凌野还是昨天那身家居服，侧脸干净，在油烟机的小灯下有种毛茸茸的质感。

因为讲开了伤势，他索性对那些绷带肌贴和固定带不再遮遮掩掩，反而让温晚凝心里更容易有数。

“做饭不影响吗？”

“只是熬点粥而已，”凌野将砂锅端到桌上，打开盖子，“不需要用什么力。”

筷子和勺子早已经摆好，就搭在和旧时一样的陶瓷小螃蟹筷托上。

女人一直站在原地没动。

他看出了温晚凝的担心和歉疚，很难得地主动开起玩笑：“比姐姐轻多了。”

比他搂她的劲儿，轻多了。

温晚凝懒得接话，一眼一眼在他身上瞄着。

她来来回回向上拽了拽毛衣袖口，然后把放在蒸锅里保温的小盘子一一端过来。

煎蛋、培根和本地口味的青菜香菇包。

见包子是速冻品，褶子打得很均匀，板板正正的机器味儿，她这才放下心来。

虽然刚被戚酒酒那样调侃，但温晚凝也很难不承认，她从出生到现在，叛逆和传统都是一阵一阵的。小时候看童话故事，下定决心要斩恶龙；中学时代荷尔蒙作祟，又开始幻想早早遇见良人，两人三餐四季。

但在她所有的预想中，都没有料到过自己居然会在二十七岁最后的春天，从一个如此年轻的男孩身上感受到一种无限近似于岁月静好的安定感。

砂锅粥里加了干贝和紫菜，生菜丝和蛋丝切得细细的，都是她喜欢的口味。

不知不觉之间，已经一碗见底。

凌野正准备起身再给温晚凝盛时，温晚凝把碗口挡住，抬头认真地看着他："除了明天进组的电影，我最近还有个姜老师的话剧要客串，要演一个美女。"

凌野很轻地扬眉，眼里是毫不掩饰的疑惑——

只听这样的描述，这个角色对于她到底有无半分"演"的必要。

她清了清嗓子："所以我真的需要控制一下体重了，不能再吃了。"

凌野放下汤勺，认真地打量了她一会儿："三千万最近体检，医生说最好能瘦一点，你们俩减一个体重正好。"

温晚凝看了一眼阳台上的胖鹦鹉球，头转回来："多少？"

"六克。"他说。

温晚凝咬牙。

再恋恋不舍，时间还是过得飞快。

《春夜》第二天就要开机，周芙傍晚去郊区接温晚凝。

为了不在经纪人面前暴露行踪，温晚凝只能更早离开。

临行前，两人在昏暗的门廊里抱了好一会儿——考虑到凌野现在的情况，是温晚凝主动的。

她手臂小心地绕在凌野的腰后，甜桃味的双唇吻过他的脖颈和下巴，最后踮脚印上那双薄唇，很留恋地吮了吮。

这次的工作节奏很快，一番舟车劳顿，晚上进组安顿好，一大清早就是正风水的仪式。

在恍若隔世的忙碌中，温晚凝终于进入状态，逐渐重新适应了作为女主角的拍摄日常。

林宙红归红，并没有多少圈子里被捧久了的油滑，而是直来直去的，除了头次选角吃的那顿饭不太愉快，总体上还是比温晚凝这几年接触过的大导好相处很多。

一周大部分时间里，温晚凝都和魏应淮一道风里来雨里去，被林宙的完美主义做派狠狠调教。

偶尔忙里偷闲，她除了回复小男朋友的一日三请安，就是“批阅”戚酒酒的最新语音。

这周墨尔本探班彩蛋上线，戚酒酒已经在语温作野超话买房安家了，三天两头给温晚凝发来最新精品帖盘点。

戚酒酒：跟你一块去的那个编导是叫小万吧？小姑娘真的太会了，什么世纪婚礼……

戚酒酒：我好像一个提线木偶被狠狠拿捏，你们俩一见面我就想笑，你冲出 P 房的时候我都跟着哭了，呜呜呜……

温晚凝费劲找到一个信号尚可的地方，回复消息。

温晚凝：看来还行？

戚酒酒都要疯了。

戚酒酒：什么叫还行？你们俩这两天热度炸了，我眼睁睁看着这个小超话火箭升天！

戚酒酒：你到底看没看？

温晚凝：没。

温晚凝：我这儿信号特别烂，连视频通话都不行，卡得一帧一帧的。

戚酒酒：没骗我的话，怜悯你，你回来赶紧补上！

温晚凝真没骗她，她这个信号实验的样本就是凌野。

刚确定关系就要分开，温晚凝再独立也不能免俗，一有点空就想见一见凌野的脸，听听他的声音充电。发现信号只能勉强打打电话后，温晚凝遗憾又欣慰，遗憾的是真的一个礼拜见不上面，欣慰的是她现在也不太适合见面。

好友和家人看了可能只是心疼，换成凌野那小子，她是真的担心他会抛下所有车队活动，连夜跑过来看她。

这一周，整个长三角都在下雨，因地制宜，排的戏基本都是故事的前半段。

在这个时间线里，温晚凝饰演的姐姐正处于刚刚高中辍学的阶段，为了和弟弟两人的生计，白天冒着雨在景区的山上背重物，傍晚回到旅游大巴停靠的小镇的餐馆里打零工。

为了能更还原原著女主的状态，温晚凝没有任何犹豫，所有的镜头都没考虑替身。

几场山区的雨戏远景近景兼有，大半天拍下来，竹篓的背带已经深深勒进了她的肩膀。

镜头前一切如常，打板声一撤，紫红的痕迹纵横交错，几条最重的甚至已经破皮外翻，血水被雨冲淡，隔着薄薄的 T 恤透了出来。

还原归还原，就是太费人了。

连搭戏的魏应淮看了都倒吸一口气，周日前夜，终于憋不住，用老图发了条微博。

——@魏应淮V：姐是真的敬业，我都看傻了。

小魏发的微博没“艾特”温晚凝，但林宙的新作本身就自带流量，没过几个小时，就随着几张景区游客路透一起上了个小热门。

网友们交相一印证，效果比魏应淮直接点名还好，直接帮手机全程掉线的温晚凝狠狠刷了一波路人缘。

△看了好几遍都没认出来这是温姐，为了当女主，牺牲这么大的吗？

△说这话的人肯定只看过《临时起意的旅行》，姐一直都这样啊。

△温就是靠这种拼劲儿冲上三金的，出道的时候就在麦导的戏里狂滚楼梯，当年《浮冰》那场梦戏是全实景，据说掉冰湖里差点没救上来。

△她怎么演挑山工都这么像啊？这已经不是什么扮丑不扮丑了，我要路过，绝对不会以为是什么女明星，就纯纯觉得这姐姐好漂亮，日子过得好苦……

组里每周日下午固定休息，工作室特地送来东西犒劳，顺便带温晚凝出去放风。

车辆驶出山区，手机信号迟迟才恢复，各种软件的消息狂轰滥炸，振了足足半分钟才稍微平息下来。

“消息挑着看，”周芙嘱咐她，“最近你势头太旺，那帮职黑又闲不住了，开始图文并茂地到处蹦跶。”

阮佳给温晚凝塞了杯热乎乎的奶茶，刚刚从一个更胖的保温壶里取出来的。

小姑娘小心翼翼的，很怕温晚凝想起了过去什么事：“我和周芙姐帮你盯着，温老师你只看好的就行，回家就好好休息。”

“我真没事，”温晚凝都有点尴尬了，搂了一下阮佳的肩膀，“过去一直都这样，又不会突然娇气。”

她捧着杯子抿了口。不加糖的奶绿，很难说得上有多好喝，就是工作室怕她实在馋奶茶了，算是重在参与的安慰。她膝盖上放着一摞文件夹，是周芙刚刚献宝一样递上来的几个电视剧本，都用她惯用的印花文件夹装好了，整整齐齐的。

车子驶入高速收费区，周芙从后视镜里瞄温晚凝专注翻本子的侧脸，眉梢都是得意，像是给自家女儿打下整套贵重首饰的老母亲：“这几位导演都说风水好，带的配角都红了好几个，替你选的都是讨喜的刷脸角色，咱们这次稳爆。”

温晚凝低头看了十几分钟，忽而抬头正色道：“我还是更喜欢电影。”

各大台明年开年的S+评级新饼，邀请试镜的番位基本都在二番往上，甚至还有几个女主角的机会可以尝试。这种机会扔到半年前，她们想都不敢想。

可温晚凝拒绝的这会儿，眼里一点纠结都没有。

周芙都没反应过来："看不上剧？

"现在电视剧赚钱又圈粉，先抓住机会红起来才是关键，后面你有了商业价值，再想回来拍电影，根本就不用受林宙这样的刁难。"

"……不是看不上。"温晚凝权衡着措辞，"我是想让你们跟着我过得好一点，但赚不赚钱的，我本来就没那么在意。"

"这几天在组里过得挺开心的，也找回刚出道时候的拼劲了，"她垂着眼睛，手里捧着奶茶杯，"我也终于有点认清自己了。

"我可能有点理想主义吧，心底里好像也不是想回到原来那么红，只是想一直有好剧本能挑，静下心来演故事。"

她说得太真诚，周芙都有点无言以对："但麦导早已经退了，他护不了你。

"你放着天降的转剧大道不要，非要去跟人家一茬一茬的新鲜小花抢电影饭，吃不吃得上另算，到时候风评怎么样还难说。"

温晚凝并无犹豫："不会比之前更差了。

"这次进组之前，林导又给我推了个别的本子，编剧好像还是姜芸老师的同门，说那边应该有意向选角了，可以去试试。"

周芙沉吟片刻，眉头紧皱："节目本来就还剩一个多月的余热，你现成的快钱不挣，准备浪费在投简历上？"

"那个剧本我已经看过，非常吸引我，也适合冲奖。"温晚凝深吸一口气，把话说得更直接，"以后过得怎么样，我还是想靠自己，按照自己的节奏来走。

"这种把凌野卖了给自己换工作的感觉，从年前那会儿就已经让我觉得很难受了，我不想永远带着这种负疚感活着。"

周芙被温晚凝堵得好半天没再说话，想为她好，又对她这股倔劲儿无可奈何，半晌才打趣着解围："你这话说得好像你永远都能和他在一块儿一样。"

温晚凝吸了一口奶茶，不反驳，也不承认，只有一双透亮的眸子看了过来。

"行了行了，"周芙抬手挥两下，"我知道了好吧，现在穷点就穷点，等你拿下第四金。"

阮佳半天没敢说话，这会儿也连忙宣誓效忠，宛如小学生敬礼："温老师你干什么都能成。"

窗外雨过天晴，丝丝缕缕金光洒入。

"我也觉得自己挺任性的。"温晚凝深吸一口气，轻笑出声。

这次再回组，忙碌比上周更甚。

温晚凝除了手头的《春夜》，早在节目录制时就答应姜芸老师的话剧客串也不能不上心。

作为周五申城首演的彩蛋，温晚凝的戏份就那么几分钟，一分钱的出演费都没有，但人艺的名头和姜老师的情分放在这里，她还是不敢有丝毫怠慢，拿出了绝对的诚意。

每天一下戏，她就跑回酒店房间，换上和演出时类似板型的旗袍，将自己琢磨出来的几种表演形式都录了一遍，发给姜芸讨论了好几轮。

然后姜芸都不好意思了，对方发来的消息也都很客气，没把温晚凝当小辈随意使唤。

姜芸：林宙那边的假不好请吧？你要实在不能来，我们也有备案。

温晚凝：我提了姜老师的名字，秒过。

姜芸发来个大笑的表情。

姜芸：那就好，也能顺便去看看家里人，年轻人约约会什么的。

温晚凝怔了下。

她从未对姜芸说起过感情方面的事，对方可能只是随口一提，但她还是被狠狠点到了。

最近她都没多少时间分给凌野。

主场临近，凌野的车组工作人员陆续抵达，新涂装的头盔发布，和何塞一起在豫园的梦幻花灯中特地录了特别预告。

凌野每天的报备图文并茂，可她这边的时间碎得连上趟厕所都紧张，只能大半夜抽出空来集中回复一遍。

一般都是语音，回两句对面发来的消息，再流水账讲讲她今天做了点什么。

语音键一撒手，她倒头就睡，连最后一句话还是不是人话都保证不了。

猛然被姜芸这么一提，她突然也有点想凌野。

温晚凝看了眼表。

晚上十一点刚过。

她对着窗前的反光玻璃整理了一下头发，没提前联系，直接将视频通话拨了过去。

意外又不意外，对方没接。

温晚凝单手撑脸，有一搭没一搭地刷了会儿手机。

前两天凌野给她分享动态时，发的都是无水印的原图和原视频，她也没往社交媒体上看过，现在这么一扫，才发现凌野的主场人气有多夸张。

离周日的申城站正赛还有半周，这张她熟悉的脸就已经占据了各大社交平台的开屏页，连申城地铁线路的核心枢纽和商圈外立面都已经铺天盖地了。

凌野人生第一次的主场大奖赛，硬是在这样的造势之下搞出了车神卫冕之战的必胜意味。

温晚凝后知后觉，原来堂弟早些时候跟她感慨的“申城就是一座巨大的77痛城”居然是这个意思。

关于凌野的最新一条热搜，是一个小时前刚上来的。

起因是今晚的某洋酒品牌之夜活动，官方在自己的账号上发了几条短视频。

一项和梅斯车队联名的活动，背景延续了洋酒品牌一贯的腔调，光雾迷幻，璀璨奢靡。镜头画面里都是一线流量红咖，连乔梨这样的资本千金也赫然在列。

凌野和何塞是今晚活动的中心，除了和其他人一样的红毯拍照流程，还有场在天台酒廊进行的特别专访。

不长的视频里，两位车手谈了这次来申城的感想，还有最近尝试过的本地美食。

聊起对周日正赛的期待时，何塞一改刚刚狂夸蟹黄鱼面的热忱，语气难得沉稳："我觉得把车推到极限吧，剩下的事情听天由命就行，不用非得给自己太多压力。

"特别是上一场，凌野出的事故大家都看到了，赛车运动即便发展到今天，还是属于十分危险的极限探索，只要能在赛道上发挥正常就很了不起，领队和我都是这么想的。"

凌野一直坐在旁边的高凳上，安静听着，等到主持人问到自己时，才抬眸开口："我会赢。"

视频的最后一帧，就卡在何塞欲言又止的蓝眼睛和几乎用情绪在消音的嘴上。

评论区里相当热闹。

△我真的笑死，23 叭叭一通国旗下少先队员的演讲，结果你们 77 说我会赢。

△别人我不知道，每次 77 把那颗钻石耳钉戴上，我就知道这小子又要开始做法了。

△早就说了，能让你梅心动到砸钱造风洞去挖来的人，脑子绝对不可能正常。

△呜呜呜，好伟大的两张脸，三天看台票已到手，必抓到绝世神图造福天下。

这些都算是正常，真正让温晚凝看到目瞪口呆的，是更往下翻的那些热评。

探班彩蛋和《临时起意的旅行》第五季下半季的热播效果惊人，原本还是小众势力，在车队粉面前唯唯诺诺的语温作野 CP 粉到了今天竟然也有了敢于当面狂嗑的底气。

△凌野你小子，我真的……上赛季五连胜的时候都没说过这么狂的话吧？这又是说给谁听呢？

△孔雀开屏罢了，想让姐姐正视自己罢了。

△话说回来，温老师是申城本地人，然后还在节目上提过家里堂弟是赛车粉，就是说这次会不会姐姐全家都会去看 77 比赛啊？进度都拉到见

家长了，这不得给他紧张死?

毕竟官方号，远征的CP粉还奋力维持着几分体面。

进超话里转一圈，连关于冠军约定的大尺度条漫都有了，什么“拿到主场第一就补成人仪式”，什么“跑得最快的小狗配得上最丰盛的晚餐”……

温晚凝还在翻着，凌野的视频就打了过来。

真要论起来，这还是他们两个之间的第一次视频通话，他明显还有些不适应，接通之后晃了好几下，镜头才稍微稳定下来。

灯光很暗，隐约传来派对现场的电子乐重鼓点声。

凌野像是在一条走廊的尽头，边走边找了一个合适的位置，一只手握着手机，微仰拍的视角里是一大片的宽肩和脖子，从颈间到下颌的线条凌厉分明，喉结清晰可见。

等到终于停下来，画面骤然抬高，他也没个整张脸入镜，在黑暗里模模糊糊的。

浓颜系的长相就这点好，骨相太优越，上镜完全不挑清晰度，就算是画质差，也能帅得很有氛围感。

温晚凝触了大屏，他又往镜头前面凑了凑，鼻梁上落下一片活动现场的紫光。

她笑了：“你再动就出去了。”

凌野稍微调整了一下位置，视线全程都未移开过一寸，低声回道：“现在呢？想好好看看你。

“我好想你。”

他眼睫低垂，昏暗的光线弱化了那点害羞，只剩下浓得化不开的注视感，让温晚凝只是被这样看着，就没来由地浑身发软。

确定关系之后的这几天，温晚凝算是发现了，这小孩的很多动作习惯都和常识反着来。

就比如他这个睫毛往下微微耷拉的动作，比如他那种淡定得如同毫无波澜的语气，实际上都和示弱或者冷静毫无关系。

倒不如说更像是上头的前兆，在犯浑状态到来之前，再给她最后几秒钟的倒数。

凌野那边不像是多隐私的地方，保不齐什么时候就会来人，温晚凝理智尚存，把黏黏糊糊的话题打断：“刚刚干什么了？没接我电话。”

“有个采访。”他把问题抛回来，“姐姐呢？”

温晚凝故意模仿：“看你采访。

“在热搜榜上瞥到了，就点开视频看了看。”

凌野顿了一下：“什么热搜？”

“问你周日比赛期待那个，”她调侃他，“好狂啊，小野哥。”

仿佛被“小野哥”这三个字封印，他有些不自在地勾了勾嘴角，声线却很认真：“想赢给你看。”

温晚凝脑子里又浮现起那些没下限的漫画，努力维持住平静的表情：

"哦，那要是我不去的话，就不想赢了？"

她无意识地伸手，指尖在屏幕上轻戳两下："肋骨没好全，不影响？"

"真没那么严重，已经没感觉了。"他薄唇张合，本来还想再说些什么，想起之前听过的"不许拿她和事业比较"禁令，落回最关心的原点，"这周末的比赛，姐姐会来的吧？"

他越来越习惯用这种湿漉漉的眼神看温晚凝，眸底的期待一眼就能被看透。

温晚凝不想让他失望，也不想编好话哄骗他，柔声解释："连续三天的假请不下来，我只有周日有空，周五下午回申城一趟出话剧，但结束也是九点多了。我看了赛程，你们排位赛下午五点就结束了吧？"

"我能去吗？"凌野不答反问。

温晚凝没反应过来："去什么？"

他靠在走廊的安全通道旁边，随意地倚着："看你话剧。"

她顿了顿："是姜老师的剧，我就出场几分钟，长台词都没两句。"

"我知道，前几天看过姜老师的微博。"凌野抬头看过来，"姐姐手里的家属票，能不能给我？"

温晚凝颊上发热，有些犹豫："能是能，可……"

"那周五见。"凌野打断她，"排位赛拿到杆位，等我晚上去找你。"

和他在一起的时间越长，温晚凝就越是怀疑曾经的自己。

这小孩哪里是内敛沉静，明明最擅长暗中谋取，步步紧逼。

温晚凝语塞半晌，只好妥协："那你来的时候低调一点，我让助理在门口接你。"

周五晚七点，人艺的经典话剧《春风沉醉的晚上》在申城拉开了帷幕。

作为剧团全国巡演的首站，今晚的阵容集合了几套卡司中最重量级的演员，连那些只有极少戏份的背景板小角色也是各位主演的明星好友。

过硬的实力与华丽的视觉效果兼具，整场演出的情绪调动效果堪称炸裂，全场千余观众跟随着剧情的起伏哭哭笑笑，一直到演出结束前的最后一幕，气氛依旧居高不下。

温晚凝所客串的小姐只是群像戏的点缀，谢幕顺序十分靠后。一众老戏骨在前，她对自己的定位也清楚，本想和旁边同为友情出演的年轻演员在侧边低调致意，就被折返过来的姜老师揽住，拉手走到了舞台正中央。

鞠躬向下的同时，雷鸣般的喝彩与掌声响起。

姜芸手臂高高扬起，笑容灿烂，侧头在温晚凝鬓边低语："晚凝熬出来了。"

温晚凝眼睛眨了眨，也笑起来，仿佛只有这样，才能压住眼底那点怎么也止不住的红热。

聚光灯归于台上，观众席偶尔被高处的追光扫到，忽明忽暗。她回忆着那张家属票的座位号，目光很快锁定第二排中央区右起的第七个位置。

凌野今天戴了帽子，简单的黑卫衣和长裤，干净利落，压低的帽檐也遮不住深刻英俊的五官，在一群男演员中依然显眼。他腿上放了一大捧花，在水波纹般流过的追光里为她鼓掌。

温晚凝朝那个方向看了一眼，唇边的弧度明丽，水红的眼底微光流转。

接下来是几位主演的发言时间，她退回到最左侧的镶边位置，在帷幕落下之前，和全体演员再次鞠躬行礼。

演出结束，人群逐渐散去，偌大的剧院里，只留下了前两排被演员和主办方邀请的特别观众。

几乎都是圈里人，彼此之间也都认识，凌野融不进去，就一直在旁边坐着耐心等，时不时往舞台上扫去一眼，直到温晚凝结束与身边同僚的谈话，从一旁的台阶下来。

他原本冷淡的俊脸上添了几分生动，将花从腿上抱起，抬步往她那边走。才行至第一排中央，他就见温晚凝停下了步伐，被不知何时起坐在那里的一男一女截住了。

年轻女人一身羊绒大衣，正是前两天才在活动上偶遇过的乔梨。

听到脚步声，乔梨下意识转了个身，随即惊讶地定在原地："凌野，你怎么会来？"

凌野抬眸，视线越过她欣喜又诧异的面庞，直直望向后面的温晚凝。

温晚凝也早已回望过来，鲜红的宝石坠在小巧的耳垂下，簌簌晃动着。她脸上的舞台妆还未卸，艳丽光洁，仿佛一株竭力压抑着慌乱的名贵芍药。

凌野眼睑微敛，稍微动了动抱花的手，再抬起头时，已经是毫无波澜的平静："温老师邀请我来的。我这两天正好在申城，过来也方便。"

乔梨这才点头。凌野的解释很合情理，她并没多想，指了指一旁站着的男人："这是我哥。"然后又将视线转回兄长，指了指捧着花的凌野，神情中多了几分少女的腼腆，"凌野是温老师的邻家弟弟，他们的感情一直都很好。"

男人转头过来看了凌野一眼，伸出一只手，淡淡笑了："乔湛。我在国外看过你许多场比赛，相当厉害的年轻车手，一直都很佩服。"

同为港城豪门出身，乔梨的兄长气质和她全然不同，少了几分跋扈，多了几分世家名门的雅重，一身质感昂贵的长风衣和干净的金丝边镜框让他整个人看起来很随和。

"凌野，幸会。"凌野坦然上前，冷淡的眉眼锐意尽显，身高差自动形成一种天然的压迫感。

攻击性毫不收敛。

《春风沉醉的晚上》首演的剧院建成时间很早，近几年斥巨资重修之后，本就复古典雅的内饰越发精致，但空间还是只有那么大，第一排前的走道并不宽阔。

乔家兄妹和温晚凝的位置近乎重叠，凌野只能站在他们面前，高大挺拔的身形逆着光，有意无意地将温晚凝整个人包裹在阴影之下。

妹妹也许毫无察觉，但乔湛只是被凌野那样审视了数秒，就已经反应过来。

凌野对他有种毫不掩饰的排斥。那种敌意相当直接，和凌野本人的冷淡气质极不协调，几乎突兀到了露骨的程度，像是一场雄性之间的宣战。

乔湛很轻地一挑眉，视线从年轻人锋利的眉眼，落回对方怀里抱着的一大捧莎拉芍药上。

美人雪腮般的淡粉色，和温晚凝今天舞台上的一身墨绿丝绒旗袍正相搭配。更关键的是，温晚凝今天饰演的角色就叫芍药。

像这样的大制作话剧巡演，首场演出前，整个剧院入场区都会摆好预祝演出成功的花篮，一般是主演们的明星好友或后援会送的，卡片或宽丝带上的署名一个比一个显眼，各家人脉和热度一目了然。

话剧圈表面佛系，实则静水流深，年轻一代的竞争全在细微之处。

有黑料压着，温晚凝这些年即便是在话剧团演小角色，人气也不温不火，无论番位如何，基本上花篮就那么雷打不动的两三个：自家工作室一个，粉丝会一个，剩下的那个还没落款，看得人都心生怜悯。

美丽但没人爱，心地柔软却运气不好，这是乔湛对温晚凝的初印象。

谁知今晚才刚踏入大厅，他就知道自己错了。

入口处的大片粉色芍药花篮攒簇丰满，为了不影响观众入场，一路沿着大理石阶梯盘旋到了第二层，阵势之盛，令人惊叹，完全将人艺新捧起来的女主角给压了下去。

卡片上只写了给温晚凝的祝词，没有署名，旁边是特地夹上去的小狐狸玩偶。

眼前年轻赛车手怀里的芍药，和那些花篮里的花一模一样，只是换了个稍微低调的包装。

温晚凝本人似乎毫无察觉，但对于一个稍微对她有所企图的男人来说，凌野的占有欲都太明显了。

这个推理很容易，就算她的掩饰再精湛，两人之间的关系也已经昭然若揭。

在这种情况下，温晚凝还纵容了乔梨介绍中的那句“弟弟”，乔湛觉得自己就还有机会。

他视线抬高一寸，对上凌野利如刀锋的狭长双眸：“说起来，我还要谢谢你。”

“你在北欧开雷诺方程式的时候，我做过你的个人赞助商。”乔湛推了一下镜框，微笑平和如春风，“抄底价很划算，从小跟着父辈做生意，这么多年，还没有哪一次的投资回报率能胜得过你。”

“是吗？”凌野单手插进卫衣兜里，“很多人都这么说。”

他黑眸俯视，平静到近乎挑衅。

乔湛比他年长了近十岁，平时圈子里的都是世家子弟，对这种骤然暴富的年轻人多有偏见。

乔湛不屑于和他计较，不是因为大度，而是因为自认看穿了温晚凝不想公开的顾虑，更坚定了心中所想。

乔湛觉得这群盖茨比的尊严脆弱得不堪一击，只要自己三言两语，那座好不容易才伪装成钻石的玻璃城就会轰然破碎，他大可以欣赏凌野翻脸失态的热闹。

可对方实在是太镇定了。

乔湛并不了解这两人之间发生过什么，但凌野的这个样子，莫名让人生出一种错觉——

也许凌野所在意的东西从头到尾都和他自己无关，就像是他自己的尊严并无所谓，任旁人怎样明嘲暗讽都没关系。他甘愿被这群金汤匙看乐子，甘愿用自己最低微的家境和顶级的天赋成为他们眼中比赛马还要廉价的赌注玩物。

只要能让他在赛场上留得再久一点，只要能把他送进F1围场，让他来到今天的位置，来到站在温晚凝身边的这一秒。

对一个女人的感情浓烈到这种程度，已经快要不是爱情了，更像是一种执念。

乔湛心中惊骇又索然，面上不显，将寒暄进行下去："你当时成年了吗？刚刚见到温小姐，觉得和前些年变化不大，你倒是和之前很不一样。"

"十九。"

闻言，乔湛又淡淡笑了，似乎觉得这个数字荒唐："好年轻。"

"谢谢。"凌野定定看他几秒，唇边突然也勾了一下，"可我不会一直在原地。"

晚上的话剧团聚餐本来只是主创团队和投资方参加，和温晚凝这样的客串演员并无关系，但姜芸和乔湛兄妹特地来邀请，她不得不去，只能接过凌野怀里的花，和他匆匆道别。

一顿饭吃到接近半夜。

乔湛作为本次巡演的主投资方之一，绅士又殷勤，对身边的温晚凝多有照顾。

乔梨倒是乐于促成，而姜芸一无所知，惊得频频投去视线。

散场后，周芙来接温晚凝回组。

窗外路灯飞速掠过，看着被照亮的芍药，突然，剧院门口那一片震撼的庆演花篮在温晚凝脑海里浮闪而过。

她脑袋里突然轰了一声，想起之前和凌野的那句口头约定。

她暗骂自己一声，从包里摸出手机，给凌野发去迟到太久的关心。

温晚凝：今天的排位赛拿到第一位了吗？你好棒。

温晚凝：你送的花我走的时候看见了，虽然被姜老师调侃了很久，但我还是好开心，谢谢你。

时间实在太晚，凌野没立刻回她。

从申城到剧组要四个多小时，温晚凝回到住的地方安顿好，天色已经隐隐泛青，那边的人终于有了反应。

凌野：嗯。

明明是自己辗转反侧刷新出来的消息，可凌野真回复了，温晚凝又下意识地看一眼时间。

温晚凝：怎么还没睡？

他不是今天还有冲刺赛？正赛之外的积分不是分？不准备要了？

凌野：已经醒了。

还不到五点……这是睡的什么觉？

回忆着他离开剧场时的背影，温晚凝轻咬一下唇，拨去视频赎罪。

视频很快被接通，画面晃了两下才对准。

凌野靠在酒店的床头，灯光很暗，长睫毛在眼睑下垂落两片阴影，说不清是消沉还是倦怠，但都把温晚凝心疼坏了。

她隔屏戳了一下他的脸："生气了？"

"没有。"凌野声音很淡。

温晚凝不在他身边，有种隔屏哄小狗的无计可施，声音放得更软了："今天的剧怎么样？好不好看？"

"没怎么注意，"凌野还是刚刚那副冷淡神情，抬眸看她一眼，没什么情绪，"只顾看你了。"

温晚凝微怔，胸口猝不及防一麻。才过了短短半个月，她都是第几次感慨世界上怎么还有凌野这种人，边害羞边犯浑，生气冷脸的时候撒娇了？

两人都没再说话，安静了好几秒。

凌野沉黑的双眸眨都不眨，就这样直勾勾看了她一会儿，突然将话问得很直接："如果我是乔湛的话，你是不是就不需要对任何人隐瞒？"

这个名字出现得太突然，温晚凝顿了一下："隐瞒什么？"

"我是你男朋友，你和我在谈恋爱。"

温晚凝不解："这和乔湛有任何关系吗？"

凌野不再说话，但眼睑垂下，很罕见地流露出几分受伤的神色。

温晚凝不忍心看他这样，深吸一口气："我现在说这种话，你可能会觉得我不重视你，把和你之间的关系看作儿戏。"

"但你这周末有很重要的比赛，"她抿了抿唇，"人言可畏，我之前经历过非常严重的网暴，我知道舆论对人的影响有多大。

"所以，直到合适的时机到来之前，我宁愿过度谨慎，也不愿意让我珍惜的爱人接受所有人的审视，因为我的原因承受一些指责，和自己的梦想失之交臂。"

凌野错开眼神，神态似有松动。

温晚凝抓住时机，轻声哄他："乔湛怎么能和你比？你没注意到吗？你和他站在一起，姐姐都没看他一眼。"

凌野默了几秒，薄唇张合："我真的比他好吗？"

温晚凝毫不犹豫地点头，抱着枕头慢吞吞翻身，趴在床头细数："你比他高，比他帅，比他年轻那么多，只靠自己就有了现在的成就，我一直都觉得你好了不起。"

见对面的人绷紧的唇线柔化，她站在上帝视角稳准狠地抛出杀手锏："我就喜欢二十三岁以下的男生。"

"那我明年就要被甩了。"凌野终于很轻地笑了笑。

就那么一下，但温晚凝还是捕捉到了。

她双眸弯弯，感觉自己就像是古代的昏君，为博心上人欢心，毫无原则地屡修旨意："那我到时候就喜欢二十四岁的。"

"后年呢？"

"后年就改成二十五岁。"

凌野喉结上下滚动了一下，唇边的弧度更深了。

灯火昏黄，他那双眼睛简直在融化，在暗暗等待着一个承诺。

怕他一张口再抛出什么遥远到无法兑现的时间，温晚凝不敢再继续看下去，以最直接的甜蜜陷阱引走他的注意力。

她闭了闭眼，把床头的阅读灯拧暗，手机斜搭在纸巾盒上放稳："我最近买了条新的漂亮睡裙，今天第一次穿。"

凌野似乎对她要做的事有所预感，呼吸变沉了些。

温晚凝面颊微红，很慢地将长发撩到脖子一侧，撑起另一侧肩膀，将被单往下拽了拽，飞快地给他看了一眼。

凌野猝不及防。

画面剧烈晃动了一下，先是黑了几秒，然后直接挂了。温晚凝愣了一秒，转瞬反应过来，笑得整个人都在发颤。

温晚凝：怎么挂了？不想看直说。

她明知故问。

凌野：没有。

温晚凝：没有是什么意思?

对面的人安静了好几秒，像自暴自弃，又像是无可奈何，半晌才挤出一个"想"字。

温晚凝几乎都能脑补得出他红透的耳郭，不再继续逗他，慈悲收网。

温晚凝：那你想吧。

凌野顿了顿，将话题拉回正轨。

凌野：姐姐明天来看我比赛?

温晚凝回了个"嗯"，不懂他为什么突然再提起这一茬。

凌野：我最近一直都很听话。

凌野：主场夺冠，会有奖励吗?

温晚凝又去看了一遍上下文，话题是她带起来的，她却㞞了，嚣张气焰略减。

温晚凝：你先赢了再说。

第十章 赢给你看

周六的时间过得飞快。

与前两天网友猜到的类似，F1 申城大奖赛的周末，温家还真不止一个人去了现场。

除了毫不意外的温璟，还有正逢休假，骤然闲下来的温父。

温晚凝听说这件事时，正好是返申前夜。

她刚被拉进橙台节目组的探班新群，依然由上次立下收视大功的小万带队。除许嘉树外，《临时起意的旅行》第五季全员集合，以凌野的自家人自居，丝毫不惧浩荡的蹭热度明星大军，摩拳擦掌，准备挤进围场一线观战。

温晚凝回完工作消息，切换到家族小群，第一时间“艾特”堂弟。

温晚凝：@ 温璟，你把我爸带过去干吗？他又不看赛车。

温父回得很快，一副玩得乐不思蜀的模样。

温爸爸：谁说我不看？小璟不带我过来，我都不知道这么有意思。

后面还追加了好几张现场照片，估计是随手抓路人拍的，水平参差不齐。最后那张里，中间是凌野和何塞的人形立牌，温父和温璟全身梅斯队服，一边站一个，举大拇指合影。

温父在外一向很有松弛感，入坑第一天就已经有了老粉的架势，拍照时手还搭在凌野肩上。

温晚凝看得汗颜，又莫名心虚。

温晚凝：你分得清谁是谁吗？

温父回了条语音，一无所知地表达喜爱：“我说我喜欢凌野，小璟才很不情愿地把这边让给我的。”

才十一点，不算太晚，温璟直接弹了个语音通话过来。

温晚凝歪在沙发上接起，听筒里的电视声嘈杂，大概是体育频道的什么 F1 特别节目，解说员正在对今天冲刺赛的各队表现进行点评。

她一接起来，正好是一连串对凌野的吹捧，混着她老爸的爽朗笑声，十分魔性。

温晚凝微噎："你给我爸灌什么迷魂汤了，强行安利搞得这么成功？"

温璟从小被她怼惯了，"嘿嘿"一笑："主要是他前两天看了电视。"

温晚凝没反应过来："赛车？"

"不是，就姐你和我偶像一起录的那个旅行综艺，"温璟还在喝饮料，吸管哗哗作响，"第几集忘了，你们在小木屋里玩什么僵尸游戏那期，你还有印象吗？"

"啊……"温晚凝深思一滞，睫毛很慢地眨了眨。

温璟说的那期节目，好像是刚播出不久的雪乡季第二集。上周末唯一的休假日全花在凌野身上了，她还没来得及好好看，只用倍速拖进度条扫了两眼。

如周芙预料的那样，为了避免争议，她受伤后的片段并没有采用太多，只剪了部分她和其他嘉宾的互动放在了会员加量花絮。

电视上播出的正片，在林场雪原寻物游戏之后，稍作空镜过渡，直接切到了后面的小木屋游戏——八人分成"僵尸"和"人类"两组。僵尸组全员蒙眼，在客厅范围内任意摸索；人类组依次派出四位队员，竭尽所能躲避僵尸组的抓捕，顺利到达厨房者视为成功。

温晚凝还记得，因为自己蒙眼拄拐的形象过于抽象，弹幕里问号跟下雨一样，炸出了一片又惨又好笑的"新僵尸角色：铁拐小妈"。

"僵尸游戏，然后呢？"被温璟提到这茬，她有点窘，出声催促。

"姐，你简直身残志坚，都只能靠着桌子腿当猪笼草了，手还舞得跟开业活动气球人似的，错抓三遍队友才揪住许嘉树的裤子，我真的要笑死了。"温璟想想就直乐，"当时凌野没说话，过去掰你手，你还把人当队友了，秒速撒手，我就没见过主动送人头还带脸红道歉的。"

"后来凌野要上的时候，叔叔都不敢看了，就怕他身高腿长把你给伤了。结果……"他清了清嗓子，至今都觉得震惊，"结果谁能想到啊？你居然还真能抱住凌野，他简直开了四倍慢速，连躲都不躲一下啊！"

温璟的语气实在太激动，温晚凝把手机拉远一寸，耳尖发红："我爸当时说什么了吗？"

温璟想了想："他问我，平常看新闻都说这些 F1 赛车手的反应速度不超过 0.2 秒，是不是吹的。"

温晚凝停顿了一下："那你说什么？"

温璟回道："我说，叔这是真的，凌野最快起步速度甚至只要 0.017 秒，然后叔叔就连声赞叹凌野真的是好孩子，还秒充会员把点播花絮给看了，就凌野抱着你一路走下山那个。"

"姐，你有所不知，"他话音一转，终于来到这两天的比赛，"排位赛和冲刺赛凌野第一个冲线的时候，叔叔挥国旗比我还激动，航拍镜头还切了大屏，等会儿我给你发录像截图。"

听筒里，温父那边的电视还没换台，已经来到了冲刺赛后的凌野采访。

她简直不知道该说什么好，安静数秒。

温璟以为她那边信号不好，喊了好几嗓子，她才想起来开口，只是话先于脑子溜出嘴巴，重点抓得格外离奇："你管他叫凌野？"

"不然呢，叫爹？再怎么是我偶像，他也和我同年出生啊，不叫大名叫什么？"温璟挺奇怪，"又不是我姐夫，用得着排这种辈分？"

他就随口一说，但温晚凝仍听得心口乱跳，无意识地抿唇。

她心一横，装作自然地试探："那要真是你姐夫呢？"

温璟那边的吸管声骤停："……别逗了好吗？你以前不是说不喜欢比自己小的？"

他刚才还有点被吓到，话说到后面了，自己也觉得荒谬，陡然放松下来。

"姐，你要是什么时候真钓到凌野了，一定第一时间通知我。我马上去定制巨幅横幅，赶在毕业前连夜爬窗挂满全校，上面就写'提前恭祝我校优秀学生温璟的姐夫获得 F1 新赛季总冠军'。"

申城站的正赛日就是第二天。

早九点刚过，温晚凝就提前来到了赛场外，和节目组的其他四位嘉宾集合。

今天这样的非正式录影场合没有着装要求，便能看得出每个人大概的性格。

姜芸老师一身休闲装，大气舒服；乔梨是一贯的人间富贵花穿搭；戚酒酒和魏应淮则是穿上了提前买来的梅斯冲锋衣，主打一个融入其中，方便行动。

到了温晚凝这儿，画风却比她平时的低调风跳脱了许多。到小腿的黑大衣敞开着，露出同色系的开领长裙，脚踝和胸前的一小片皮肤雪白细嫩无瑕，似美玉。印有大片 77 车号的青色披肩松松搭在颈间，抬头打招呼时，柔亮的鬈发流淌到一边，仿佛围巾里都是香气。

她没像上次去墨尔本录彩蛋那样穿一身队服，但通身都是梅斯车队的颜色，或者说是凌野的颜色。

小万捧着台本躲在跟拍摄影后面，本来还在春寒料峭里打着哆嗦，冻得脸色发白，一见到温晚凝，双眼都被点亮了，疯狂朝她晃动大拇指。

打过一圈招呼，做完寒暄和热场，戚酒酒快走两步，上来伸手拥抱温晚凝，凑近时小声耳语："吵架了？"

温晚凝被捏得手疼，以气声表达对好友第六感的佩服："也不算吧。"

戚酒酒轻"哼"一声："狡辩的功夫可以省省了啊，我谈过几个你谈过几个？"

"但我真还挺震撼的，"她搂着温晚凝向前，用只有两人才能听见的音量八卦，"本来以为你只是微微上头，对弟弟就是放养态度，结果你居然看人看得这么紧，还暗暗搞正宫巡场。"

温晚凝笑骂："什么乱七八糟的？"

“我说真的，刚刚看小公主脸色明显有点不对劲，觉得应该是被你压了一头，不开心了。”

“真没有，”远处的镜头又扫了过来，温晚凝轻搡她一下，言简意赅，“就是一个约定吧。”

戚酒酒眉梢一挑：“冠军约定？跑得最快的小狗值得最丰盛的晚餐？”

温晚凝耳根爆红，避着摄像抬手：“别看超话了好吗？算我求你。”

“你这样说明你也看了，彼此彼此吧。”戚酒酒回敬。

时隔四年才重新恢复举办，今年的申城站大奖赛格外盛大。

整个上午，凌野的全部零碎时间几乎都被各大媒体挤满，根本抽不出空来与他们单独见面。

节目组退而求其次，选择了在梅斯看台采素材的备案。

刚到达落座，座位附近的不少车迷认出了他们，签名合影时，还引起了二层包厢的温父的注意，悄悄朝温晚凝的方向摇了摇手。

温璟同样，见到昨晚口口声声邀他蹭 P 房的姐姐混得还不如他，抛来一个怜惜的眼神。

正赛开场前，天幕碧蓝如洗，特技飞行队拉出彩色的长烟，列成整齐而震撼的编队，从低空轰鸣而过。

车手巡游随即拉开帷幕。看台正对面的大银幕上，按照上赛季的积分名次倒序排列，开始播放各位现役车手的赛终总结画面，光影绚丽，重低音的强烈鼓点声感染力极强。

开场是阿尔法竞速，以及凌野早年出身的哈维车队。与此同时，从发车线开始，载着相应车手的特制涂装敞篷车缓慢驶出，绕赛道一周，向全场观众致意。

看台上下尖叫声起伏。

温晚凝攥着从前面热心车迷手里接过来的印有“77”的旗帜，从头顶的喧嚣声中辨认出温璟破音的喊声。

“啊啊啊，哈维！我亲哥梦开始的地方！不管今年是谁，都给我冲！”

随着车队的名头越来越响，耳畔车迷的尖叫声一浪高过一浪，到了中后段的阿斯顿和法雷利出场时，场面已经相当火热。

温晚凝双手相扣，紧攥在胸口，心脏都快要跳出来了。刚刚到底出来的是谁，人气高不高，都被不听使唤的大脑强制过滤了。

到达赛场之前，她又温习过一遍积分榜。在上个赛季的 F1 巡回赛中，凌野以两分之差与个人总冠军擦肩而过，但仍凭借着与何塞的稳定上位圈积分，将梅斯车队送上了赛季车队总冠军的王座。

如果她刚刚没数错，下一个就是凌野了。

公牛车手开过发车区的十几秒空白里，澎湃的人声如海啸，骤然涌起，将她淹没。

直道区几万名观众全体起立，向着缓慢驶出维修区的下一辆敞篷车激动呐喊。第二层的温璟嗓子都要喊劈了，还是被彻底压过。

大屏幕上的高清特写拉近。

凌野被黑青色赛车服包裹的上身彻底显露，宽肩窄腰，漆黑碎发被风拂起，双眼锐利而沉静。像是被一只无形的手指挥着，现场喧嚣起伏的叫声最终汇聚为越来越整齐的如雷嘶喊，是他的名字——

“凌野！凌野！凌野……”

眼前的直道仿佛格外短，又格外漫长。男人单手抱头盔，斜靠着车后座站着，身姿高大挺拔，在独属于他的主场荣耀中向场下挥手。

他年轻的面庞浸于明亮的天光之下，英俊耀眼，如雪光凛冽，仿佛他的存在本身就象征着胜利的讯号。

温晚凝立于拥挤沸腾的人潮之中，和身边的戚酒酒互相抓住手臂，勉强站稳。

她的男孩是如何走到今天的？过往的一幕幕在心头翻涌，温晚凝百感交集，心头像被狠狠攥了一把，控制不住地热泪盈眶。

也许是她的错觉，就在这一瞬间，即将驶离正前方的凌野突然朝她的方向看了过来。

明知在这么多人里，自己一身黑衣黯淡，大概率并不会被他看到，温晚凝还是下意识慌忙抬手，在眼睑下方挡了挡。

人海沸腾，喊凌野名字的呼声不绝于耳，沿着重修一新的赛道绵延数十公里，如同迎接年轻的新王加冕。

等梅斯车队的车辆彻底从直道区离开，消失在视野的尽头，温晚凝才恢复了几分平静。

重新坐下后，她整理了一下头发，迎上戚酒酒惊诧的目光，她安慰地笑了笑，浑然不觉自己睫毛上还挂着泪：“我没事。”

余光里，高处的跟拍摄像机还亮着小红灯，温晚凝深呼吸几下，快速恢复成平常的镇定模样，还和身前身后的车迷团体聊了两句。

正赛开始前，车手们全副武装，进入驾驶舱，风镜落下，在赛会组织方的时间指令之前，按照各自的排位赛名次来到发车线。

最后三分钟倒数时，温晚凝的手机突然振了振，屏幕如一颗莹星亮起。

她划开。

凌野：姐姐别哭。

凌野：赢给你看。

初春时节的申城，天气变幻莫测。

赛前官方预测会有 40% 的降雨概率，与之相应的，大多数车手都将获得积分的希望押在了前半程，采用了最激进的红色超软胎，试图先发制人，趁赛道干燥刷出最快单圈。

凌野的车组逆其道而行之，选择了相对保守的中性胎起步。

下午三点钟，五盏红灯熄灭，F1 申城站大奖赛正赛开始。

凌野的 77 号黑青涂装赛车杆位起步，受限于重油以及没有 DRS（运用气流原理的赛车尾翼技术，可减少空气阻力以提升 10 ～ 20 公里 / 时的速度），并未立即表现出侵略性，很快被引发上次撞车事故的法雷利车手超越。

看台对面的连片屏幕亮起现场航拍，另一半的官方转播上，很快切到凌野的驾驶舱视角。

气势磅礴的偌大围场内，二十万现场观众分布在赛道沿线的看台和草地上，无论有没有位置，都无人坐下，屏息见证着场上的激烈角逐。

人声嘈杂，赛道上的引擎声如雷鸣轰烈，转播画面中的声音完全听不清楚。

温晚凝将降噪耳机的音量开到最大，才听见了导播切入信号的凌野 Team Radio。

安德烈一向平稳的声音略显担忧：“Ling，你现在来到了第二位。”

然后是凌野的声音：“了解。”

他的语气很冷静，高锐度的麦克风中呼吸平稳，如同蛰伏的独狼，紧紧将身后的另一辆红色战车防死。

前四圈里，凌野的位置一直紧咬在第二位，差距始终控制在 0.2 秒之内。与此同时，节目组也收到了车队媒体部门的消息，在这个赛况相对平稳的阶段悄悄移动，乘车来到她已经不再陌生的梅斯 P 房。

创造历史的顶流车手，又是夺冠的大热门，凌野的主场士气很恐怖，无论是看台上，还是背面的维修区，甚至是在中途摆渡的赛车场外，澎湃的声浪都不曾停歇。

不同于处处觉得新鲜，到处看看拍拍的其他嘉宾，温晚凝的心绪完全和场内外的观众揉捏在一处，紧张得五感都变迟钝了。

何塞的妈妈打了第二次招呼，她才猛然反应过来，很不好意思地抬眸：“我刚刚走神了，实在抱歉。”

女人面对电视台的镜头并不怯场，他们刚过来时，还以影迷的身份和姜芸聊了两句，举止相当大方。

“第二次见你了，”何塞妈妈眨眨眼，“好巧，这次也在下雨。”

听到她这句，温晚凝才往 P 房外的地面看了一眼。

刚刚还碧蓝的晴空已经转阴，雨点淅沥落下，明黄色的赛车停靠线周围转眼就洇湿一片。

她深吸了一口气，为凌野祈祷，也为消散心中的忧虑，红唇边勾起一个明艳的笑：“这次会是好雨。”

这场雨下得比所有人预料的都早。之前冒险用软胎的某位公牛车手在剧烈侧滑后，引擎着火停在了路肩，赛会出示红旗，所有车手强制进站等待。

凌野和何塞的车辆换好雨胎，分列在 P 房两侧，由各自车组的技师抢时间做好检修。

这次的比赛意义重大，凌野并没有像上次那样摘头盔下车，只是掀开风镜透气，始终端坐于驾驶座上，集中注意力等待清场结束。

温晚凝站在一旁，根本不敢上前打扰他，只在无意识将手轻碰过赛车的尾翼时，被另一边何塞车组的几位机械师挑眉吹了声口哨。

凌野的车开回发车线，所有人的注意力随之转移。

温晚凝试探着问身边凌野车组的媒体秘书：“我刚刚做了什么不合适的事情吗？”

“倒也没那么严重，”亚裔女生低头解释，“汽联的规矩是，排位赛后除了车手本人和车组机械师，谁碰赛车都是违规。”

“温小姐刚刚摸的那一下……”她权衡了一会儿才犹豫着坦白，“赛后会给凌野开罚单，看情况，估计十万英镑左右吧。”

温晚凝惊呆了。

“但我觉得说不定会有好运玄学。”见她表情瞬间僵硬，女生凑到她耳边小声透底，“我们队有赛季首胜奖池，叠加首次主场加成，这场如果赢了，四百万英镑起跳。”

最多才不过第二次见面，但女生语气熟稔，实在没把她当外人。

温晚凝都顾不上感叹贵圈连罚单和赌注都如此豪横，注意力就被这种反常的亲切引走了，表情复杂：“这些东西……不需要保密的吗？”

“温小姐不一样的，”女生贴得更近，狭长的棕色眼睛因为八卦之火而闪闪发光，声音里有种莫名的使命感，“姐姐，我也是女生，我不会让77有任何背着你偷藏私房钱的机会的。”

温晚凝彻底被噎住。她还没来得及去细想凌野身边的这些人到底知道了多少，女生就飞快用两个大拇指腹做了个啵啵的动作，彻底“杀”死了比赛。

好在红旗之后，赛场上的角逐已经重新开始。

女生的话竟然奇迹般应验了——就在温晚凝不小心摸了一把凌野的赛车尾翼之后，经过短短一公里的直道加速蓄势，凌野完全复刻了去年被誉为“雨战之神”的碾压气势。

第五圈 DRS 打开，他随即在雨中的九号弯强势超越法雷利车手，升到场上第一位。

在围场内外山呼海啸的呼声之中，凌野的优势越拉越大。

第二十圈结束，细雨转为倾盆之势。在将与身后第二名的绝对差距拉到堪称羞辱的十秒之后，冲线前的最后一个弯道，凌野正式进入了炫技般的全场巡航模式。

至此，冠军争夺已经毫无悬念。

比起已经全场起立提前欢呼的人群和冲出 P 房开始狂欢的车组机械师，凌野在被强行打开的 TR 里并没有说话，依旧全神贯注。

几乎与夺冠的瞬间同时，安德烈与这位新科主场冠军的内线语音立马在全网刷屏，登顶热搜，爆了的好几个词条一个比一个凡尔赛，引来了大量从不看赛车的纯路人的围观。

不为别的，只因为人都爱看热闹，尤其是天才的热闹。

在这段几年来最寂寞的冠军冲线画面中，梅斯 77 车组的 Team Radio 被官方以加粗字体的荧光青色字幕高亮，将凌野这段酷炫到了极致的获胜感言向全球观众播放——

“……Ling，你比第二名快了接近一公里。”安德烈再淡定，语气中也有几分难以置信。

对面的凌野没说话，呼吸声平静得离谱。

安德烈又问：“巡航太久困了？”

混合着雨丝的风声中，凌野终于开口，语气平淡，低声含笑：“在想今晚吃什么。”

完赛后，雨势停歇，整个赛场化为了巨大的狂欢派对。

在比车手巡游时更欢腾的呼喊中，青色的彩烟腾空而起，官方解说员的声音被彻底淹没。

凌野将赛车开到一位核验线，解开所有的保护措施，单手撑侧翼，腾空跃出驾驶舱，右臂抬高至头顶，在黑色的防火手套之下，比出了象征第一位的手势。

之后，场内所有大屏切到同一个信号，都被随即拉近的大特写填满——凌野用力摘下头盔，夹在一侧的臂弯中，英俊侧脸被汗水浸透，向着候在场边的梅斯车组全速跑来。

领队带领的赛道工程师和机械师们一拥而上，高声呼喊着凌野的名字，而在凌野被紧拥拍肩的间隙里，人群侧边的温晚凝却浑身一滞。

她感受到他在找她。

雨水混合着汗水，他一张脸都是湿漉漉的，眉眼漆黑透亮。

那种动物一样的侵略性眼神隔着层层涌动的人潮，如海浪向她汹涌扑来，把她牢牢地钉在原处，连跟随其他人一起挥起的手都定在半空，无法动弹。

凌野还在往这边跑。

乔梨明显地手足无措起来。

温晚凝再三整理了一下被风吹乱的头发，脸颊泛粉，挂着甜笑，刚伸出一只手准备和凌野击掌，就眼睁睁看着凌野略过了她，在她身侧半米处停下。

凌野身高腿长，在簇拥而来的狂欢人潮面前，在漫天洒落的金色碎纸中，俯下身，侧脸飞快地在温晚凝手心里一蹭。

那双一向冷淡的眼睛彻底融化，像是沸腾的冰，满是只献给一个人的驯服与忠诚。

等到颁奖仪式和无穷无尽的记者采访结束，已经接近晚上八点了。

采完车队的短暂庆功仪式后，节目组的特别拍摄任务就结束了，嘉宾们拍完最后的合影，都已经离开。

这次的申城大奖赛，梅斯车队带回第一位和第三位的荣誉，自认发挥并不算最好的何塞也登上了领奖台。

晚上车队会在浦江游轮开设正式的庆功宴，和巴林站差不多，半公开，有媒体出席。

安德烈亲自来发出了邀请，他后面是白天那一群看似正经的机械师，围观时彻底原形毕露，号叫不止。

温晚凝再怎么善于表演，对着这一群热情老外的探究目光也有些犯怵：刚刚凌野头脑发热过来蹭她手的那一下，所有人都看见了，根本抵赖不掉。

《临时起意的旅行》第五季的嘉宾是圈内的同行，他们心里怎么想另说，表面都还卖她几分面子没当场戳穿，装作信她这一套“最近姐弟关系不错”的鬼扯。

可凌野身边的这一群人则完全不是这种好心卖人情的思维模式，关起门来比谁都直接，仿佛邀请她去不是为了庆功，而是背着她准备了婚礼，准备替她把费尽心思遮掩的秘密彻底昭告天下。

她疯了才敢去。

夜色低垂，温晚凝准备就近找家咖啡馆消磨一会儿时间，等他们庆功结束，突然，接到了凌野的电话。

他声音低沉：“姐姐现在在哪里？”

听筒对面的背景音极安静，连一丝风声都没有，与刚刚的喧闹截然不同。

温晚凝没反应过来凌野这通电话的用意，看了看周围稀疏的人流，回道：“我快到出口了，准备找个地方等你。”

“我不去庆功了。”他说。

温晚凝一顿：“你是主角，车队怎么会同意你不去？”

“我说我不太习惯这种高调的庆祝仪式，上次受的伤还没好全，也不能喝酒，现在只想躺下休息一会儿。”

捕捉到“躺下”这个词，温晚凝有点蒙：“你在哪里？”

“P房后面的房车，”凌野回答，“姐姐来过，位置和上次巴林站差不多。”

他声音低缓，像一弯闪着银光的鱼钩在水波里隐隐透着危险，偏偏又很会示弱和乞怜。

“来陪陪我吧。这个点围场已经关了，我找人接你，没有其他人在。”

青春的朝气和莽撞也是能传染的东西，好像从他一路直冲过来，停到她面前，把下颌蹭进她手心的那一刻，她整个人就有点不对劲了。

大脑中的某一块早已从冷静的幽蓝染上了原野般的绿意，被料峭的春风吹动，开出大片蓬勃的花。

思考权衡的能力都还在，但那把天平早已经无限失衡，在名为凌野的那一侧预先加入了太多的砝码，像是给冠军的限定让步。

温晚凝不再去细想转身的得失，把大衣前襟拉起，一路跟着白天的那位亚裔小姑娘回到了凌野的房车门前。

温晚凝深深吸了气，拧动门把手进去。

房间里没开灯，只有高处的防火警示器亮着小红点，时不时闪一下。

她的眼睛刚刚适应黑暗的环境，还没来得及喊人，就闻到一股浓郁的香槟酒味。

下午领奖台上开的，将凌野浑身上下浇透的香槟雨，混合着那种她熟悉的薄荷香，铺天盖地往她压过来。

凌野单边膝盖抵进她腿间，手掌握紧她的肩膀，直接就将她掀倒在了旁边的沙发上。

演过那么多戏，温晚凝从来没接过这种吻，这种恨不得要把她生吞了的吻。

她现在才知道，凌野前面那几次亲她有多克制。

房车的隔音效果好得惊人，仿佛整个世界坍缩为眼前的沙发一角，温晚凝的长发散开在沙发的软垫上，耳中只剩下凌野粗重的鼻息和犹如野兽般的吞咽声。

凌野吻得很深，呼吸声明显得直钻天灵盖，让温晚凝昏昏沉沉的。

还是那种毫无章法的野蛮劲儿，气息滚烫而凶猛。

温晚凝还没来得及感受清楚舌根的痛麻，凌野又弓起腰，本能往前压了压，黏糊又暴力的劲儿像头蓄满爆发力的小狼，从刚刚的唇舌一路蹭到细嫩的下巴，拱到她细细颤抖着的耳垂上。

太刺激了……

他的喘息声又重又沉，濡湿到近乎能滴下水来，近乎要钻破耳膜，炸得温晚凝的头皮一阵阵发麻。

直到凌野的牙齿越来越藏不住劲，她吃痛地叫了一声，本能地撑着手臂往后退，这才勉强唤醒了对方的几分理智。

“……疼？”他低头，眼底还带着猩红。

凌野的膝盖还在她腿间卡着，肩膀压得极低，是种全无技巧只有本能的掌控姿态。

温晚凝被他这么压了半天，本来只是匆匆一系的大衣前襟全开了，黑裙子的领口被颠得几乎滑落。围巾不知什么时候被扯开，随手扔在了沙发边的地毯上。

温晚凝往旁边瞥了一眼，也已经懒得再害羞了，自暴自弃地哑着嗓子回他：“疼啊……我是不是说过不许这样？”

主场前，房车休息室进行过特别装修，四面不再是极简的米色壁纸，而是专为提升士气重贴的巨幅车手海报。凌野身后接近三米高的墙面上，眼前人穿着一身规整的黑青色赛车服，轮廓线条在光影下立体锋利，瞳孔冷得像是捕猎中的大型动物。

墙上的海报是这样，而昏暗的沙发上，他的眼神却不再澄明，底色浓暗得像燃烧的火焰。

太直白了，攻击性与内敛，欲望和热忱，依恋和近乎卑微的占有欲，怎么就能在他身上完美融合？这种巨大的反差，从未如此直观地出现在她面前，让她心悸不已。

房间里空调开得很热，凌野赛车服脱了一半，上身的袖子在腰间紧系着，黑眼睛直直地盯着温晚凝看，一言不发，看样子又要往她这边凑。

“你到底有没有在听我说话？”温晚凝气还没喘过来，连忙伸手抵住他宽阔的肩膀，搓了一把他的脖子，“先起来。”

“听了。”凌野模糊重点地只应了她前半句。

他非但没翻身起来，反而将肩膀压得更低，仿佛是故意的，单只手从她出了汗的长发间伸进去，滚烫的掌心控制住她的后颈和耳郭，用力地揉搓着。

凌野的指腹有茧子，下手也没轻没重，三两下就碾出一片薄红。

温晚凝又疼又痒，腰和腿间却都麻酥酥的没力气，正要抬膝盖去踢，凌野却像是早已有了预判，一只手压住了她的大腿。

“我轻点亲。”他高挺的鼻梁下移，长直的睫毛刷过侧颈，嘴唇的轨迹走向衣领的边缘，鼻息越来越重，向那片温软的雪色躁动地厮磨着。

你这算哪门子的轻点？

温晚凝本来想这样说，可还未等她开口，凌野就把上身的黑 T 恤扯了下来，攥紧了她的手腕拽过去，引着她擦过那片还没拆的绷带。

年轻男人的背肌结实宽阔，在她全无阻碍抚上的一瞬，很明显地紧绷了一下，然后又轻颤着往她手心里贴。

“摸摸我，姐姐。”凌野的唇在她发烫的雪肤上重重摩擦着，低沉的嗓音压抑泛哑，“我不动你。”

温晚凝的手贴在他背上，被那种紧绷光洁的肌肤触感蹭着，烫得指尖蜷缩，忍着羞涩有一下没一下摸着，像在安抚一只躁动的大型犬。

他们贴得格外近，凌野很低地跪着，腰偶尔会有几个瞬间压紧在她的大腿上。抵过来的触感太鲜明，她再迟钝都感觉到了，羞耻心迟迟复活。

温晚凝整个人都要害羞炸了，根本不敢对上凌野湿黑的双眸，更不想让对方看清自己的表情，只好翻身坐起，单手死死盖住他的眼睛：“……不许说话，不许喘。”

凌野的睫毛刷在她手心，清冷的俊脸已经烧红，喉结很重地滚了滚。

“好。”

次日，凌野跟着车队回归正常的备赛流程，夺冠的复盘和各类会议训练完全将日程塞满。

温晚凝也重新回组，开始了满满当当的拍摄行程。

如她预想中一样，凌野在颁奖仪式前越过重重人群朝她跑来的片段果然成了流量的宠儿，和其他几个申城站的词条一起，完全霸榜热搜。

#凌野主场夺冠##凌野巡航模式差点睡着#

#凌野时速 300km 冲线在想晚饭吃什么##凌野温晚凝##凌野低头蹭#

原本大众形象只是超级富二代游戏的 F1 赛车，终于在《临时起意的旅行》第五季的蓄势之后，和时隔四年终于恢复的申城大奖赛一起，带着绝对的讨论度和热梗，强势闯入主流网友的视线。

除了对凌野逆天战绩的彩虹屁，之前一直压着的真实伤势也在赛后的体能师采访中浮出水面，引来大批铁粉的心疼和慨叹。

但所有的一切，都被他那毫不顾忌镜头的上头一蹭给冲淡了。

属于主场冠军的欢腾赛道上，礼花从天而降，金片碎屑如钻石雨。有赛事官方转播做高清素材库，凌野的整套动作很快被超话截出了高清动图。戏剧感拉到极致的大场景，再配上男女主人公的出挑颜值，堪称竞技体育圈几年来的现象级名场面，热度迅速出圈，连从未听说过这对CP的路人都开始下场讨论。

△“王冠之下，我和世界都是送给你的礼物”……什么史诗级真情流露？少女漫改都不敢这么拍吧？纯路人先嗑了。

△对比真的震撼，本来还在感叹哥肋骨断了都坚持开完三百公里，好能忍一男的，结果一见到晚凝姐姐就忍不了是吗？姐是什么巴甫洛夫实验的触发条件？凌野你真的……

△他低头前居然还用袖子抹了一把脸上的汗，我是土狗，我好爱糙汉柔情这一口，呜呜……

△代入了一下，高速公路限速120公里每小时，再往上飙2.5倍的速度，凌野从车上下来那会儿肾上腺素还没落回去吧？在这种激素水平下还能情绪稳定的男人，我稍微想了想他真正失控会是什么样，就已经在流鼻血了。

△从领奖台下来那一段也很好嗑，队里应该都知道小狗和姐姐在谈了吧？后面77被香槟浇透了，23和几个机械师还试图冲着姐姐的方向扒他赛车服，77那个守男德的样子我真的笑死。

《临时起意的旅行》节目开播一个多月后，语温作野从几万人圈地自萌的年下宝藏慢慢蓄力为综艺圈里小有名气的“年度大势预定”，终于借着申城大奖赛的热度成了绝对的黑马，一跃闯入CP榜的前三。

△不懂女友粉现在还在挣扎些什么，天王老子来了这两个人也是在谈。

△大胆开麦，现在入坑正好一起等官宣和结婚请柬。

△一米八八体育生耐力真的绝了，我对天发誓，你在别家从未见过这么量大管饱如呼吸般自然的公主抱（温老师战损版）。

…………

毕竟所有行为都是凌野自己做的，从头至尾，车队官方连个最草率的态度声明都没出，等到热搜平息下来时，早已发展到了诸如“下一站大奖赛车手巡游举语温作野牌子和旗帜，F1官方给不给切大屏，凌野是会黑脸还是会挥手”的一系列对赌。

场面之热闹，连戚酒酒都看得目瞪口呆。

趁温晚凝晚上休息的空当，她立即弹来语音通话，表达心中感慨。

“你别说，我感觉你们超话那群小姑娘眼光还挺毒的，橙后期的大滤镜开得那么塑料，人家也能分出来谁是真爱。”

“别调侃我了，”温晚凝刚洗完澡出来，裹着浴袍往床上一歪，“我现在真的很慌。”

“你好矛盾啊，宝贝，”戚酒酒“啧”了一声，“都纠结成这样了，还特地跑过去那么高调地哄小男朋友开心。”

“你就当我叛逆期延迟吧。”温晚凝抬手挡住眼睛，也觉得自己是昏了头。

戚酒酒懒得接她的话茬："温娘娘，你知道你这两天在外网的讨论度有多高吗？"

温晚凝又叹了一口气。

怎么可能不知道？消息还是周芙那边传过来的。

围场太太团本来就是F1的八卦重点之一，光是每天跟拍这些花花公子的私生活，就养活了不少专做赛车圈八卦的营销号。

大媒体的重点是凌野带伤夺冠，小媒体的重点就完全偏了，都集中在了这位第二次出现在梅斯P房的疑似女友身上。

甚至有检索能力更强悍的博主特地把之前出圈过的那篇某瓣神帖翻译成了英文，做了好几期视频，明里暗里号召凌野的海外粉继续深扒。

戚酒酒听温晚凝颠三倒四说完，回道："以我这么多年对你的了解，还以为这些风险你早就提前想到了。"

谨慎而理智，全世界离恋爱脑最远的女人一旦猝不及防陷入爱情，所担忧的事情和小女孩也无异。

"你最怕什么？被迫和弟弟公开？"戚酒酒帮忙理顺思路，"我记得之前你跟我说过，不想当那种靠小男朋友炒作的过气女演员，现在一下子因为凌野有了这种讨论度，觉得自己心气没了？"

"也不是……"温晚凝慢吞吞地开口，"我以前觉得自己会很在意这些，真到这种时候了，最担心的反而是别的。"

戚酒酒顺着问："比如？"

"比如会不会有人扒出来，当年他是怎么去的欧洲，他的第一笔训练经费是我出的。"

"第一个投资人怎么了？要我看了只会觉得你很有眼光，好嗑程度狂翻十倍好吗？"

"那是你，"温晚凝抽了下嘴角，"你不想想那时候凌野才多大。

"我和一个十七岁的男孩子同居了大半年，供他吃穿住用行，最后还给了三十万送走了，甚至还有一些当初见过我们的国内赛车圈大佬当人证。

"以现在的舆论环境，这件事都不用怎么扭曲，原原本本地爆出来就已经很炸裂了，大部分人听了会有什么想象，我心里都有数。"

讲了许久电话的手机开始发热，温晚凝翻了个身坐起来："酒酒你懂我吗？这小孩之前过得太苦了。

"前两天在现场看他上领奖台，那么多人围着喊他的名字给他欢呼，我实在是没法想象如果这些人都跑去说他不好，他会有多难过。"

戚酒酒沉默了好几秒："敢情你是担心他？"

她语气太惊讶，温晚凝一怔："……我不应该担心他吗？"

"你先担心担心自己吧！"戚酒酒有些无语，"我今天才算明白，老天一直不让你对男人动心，就是因为预知了你一谈恋爱就理智清零。

"我跟你打包票，假如弟弟的过去被当作黑料爆出来了，也不会有超过三位数的人骂他。"

温晚凝难以置信："怎么可能？"

戚酒酒顿了顿，对这位大脑被粉红香槟泡醉的热恋少女无话可说了：“因为都去骂你了。”

温晚凝一愣，短暂思考了两秒：“听完你说的这些，我觉得好多了……他们下一站迈阿密？”

戚酒酒被她气到龇牙：“你给我支棱起来，别逼我打飞的去美国揍那小子。”

《春夜》延续了林宙一贯的短平快作风，拍摄有条不紊地向前推进。

等到凌野以领先 6 秒的优势拿下迈阿密站的分站冠军，跟着整个车队飞抵意大利伊莫拉，温晚凝离最后的杀青戏仅剩最后一周。

林宙推荐的那部电影，温晚凝前些日子已经去试了镜。导演是麦礼文的师弟，选的本子风格和麦礼文差不多，文艺腔调的微悬疑，女主是位单亲妈妈，故事围绕着寻找失踪孩子的行迹展开，兼具艺术性和话题性。

温晚凝提前做了大量的功课，与导演团队见面时，还像刚入圈时那样，认认真真带了份自己看剧本时写的人物分析小传，洋洋洒洒近三千字，提前打印装订好，人手一份。

认真的态度，加上近乎无懈可击的表演，除了有事缺席的编剧，其他几位主创都表达了赞赏之意，表示会重点考虑她。

时间飞逝，不知不觉就到了当初约定的期限，可发布演员名单的通知群却音讯全无。

温晚凝还是自己从微博上刷到了结果。

这次的女主演最终确定为编剧钦点的某位一线大花，并不是她。

如果只是落选也就算了，真正让工作室感到棘手的，是这位编剧毫无预兆发出的一条微博。

> @梁奈 V：这次的剧本历经十年多次修改，终于在去年定稿，今年有幸和张导合作，属实荣幸。
>
> 早在选角刚开始时，我就和张导多次强调过，故事中单亲妈妈的道德立场十分微妙。为了不在后续宣发中招来不必要的恶评，必须选择经得起观众多年观察的正直好演员，最终的结果我也十分满意。
>
> 良禽择木而栖，好电影当然竞争激烈。
>
> 但我也注意到某些演员采取了不正当的方式，为了获得机会，不惜买营销号博出位，吹捧演技，拉踩艳压，与当年公然破坏别人家庭的行径如出一辙。
>
> 无意引战，仅希望诸位同仁看破不说破，继续为了创作更好的故事而努力。

盛产神作的知名资深编剧居然公开含沙射影，矛头直指某位具体的女演员。

网友们吃瓜看乐子的天性骤起，仅仅在一个半小时之内，转评区已经被大量猜测填满。

而能对应得上所有条件的，被七成以上火力炮轰的这位“女演员”，就是温晚凝。

梁奈在圈子里久负盛名，一直人淡如菊，并不爱出现在大众面前。

个人主页也风格鲜明。百万粉丝的关注体量，一排主流文学奖项熠熠生辉，每年光是版税收入就已经是难以想象的数字，是真正的名利双收。

她平时除了经常转发点评社会新闻，多是自家大花园里的园丁日常，拈花种菜夕阳下遛狗，时不时来两条育儿感想，笔触妙趣横生。

公众形象非常典型：爱生活爱家人的高级知识分子，物质精神都富足的浪漫文青。

温晚凝从来没和她合作过，越往下翻，越觉得自己很难和这位梁老师有什么过节，还是在新一茬的热评翻上来后才知道，她们俩关系大了——

五年前导致温晚凝事业一落千丈的揩油大佬，居然正是梁奈的丈夫。

这层关系一出，周芙先忍不住“啧”了一声：“这又是什么正宫娘娘？都五年过去了，卧薪尝胆居然还给她尝出甜味了，老公面前半个屁不敢放，一逮住机会就跳出来打小三。”

“可她怎么张口就来？”阮佳气得奓毛，“温老师也不是小三啊。”

“这话你跟这位梁老师去讲。”周芙安抚阮佳的情绪，见温晚凝一直缄默，转身拍了拍她的肩，“晚凝别慌，网上大部分人只是嗅到点八卦味过来凑热闹。最近你路人缘一直不错，只要她手里没有对咱们不利的东西，就凭一张嘴也很难影响风向。

“我已经联系好公关和法务了，一旦发酵起来，立刻就下律师函，无妄之灾伤不到你。”

温晚凝看了一会儿评论：“梁奈本人那边呢？”

她神色太淡定，看得周芙一愣：“也没什么太好的办法，我是建议先等等。”

梁奈发的这条微博，说鲁莽，但也巧妙，用词极尽刻薄，模糊对象也刻意做得很粗糙，任网友讨论得乌烟瘴气，也没再出来揭晓正确答案。如果她们太早公然反抗，只会让大部分不了解实情的路人觉得温晚凝心里有鬼，稍有些风吹草动就出来跳脚。

这个道理温晚凝也懂。

恰恰是因为现在还早，她心念一转，想要试试有没有更理想化的解决可能。

她稍微思考了一会儿，问周芙：“梁奈的私人联系方式能要到吗？”

周芙满脸不解，正要开口质疑，温晚凝宽慰道：“我也不是要对质，就是想赌一把，简单聊聊，看看有没有可能拉到我们这边来。”

演艺圈的人际关系盘根错节，周芙在业内的资历深，本来以为需要几天碰运气，结果临睡前任务就已经顺利完成。

一位之前合作过的摄影师听完整个事件的概述，直接推来了梁奈的微信名片，顺便表达了两句敬意。

温晚凝点开周芙发来的聊天记录截图，看着那几句击鼓助威的“速速和大婆当面对轰”和“期待晚凝一战成名凯旋”，简直哭笑不得。

梁奈的微信头像是自己女儿的照片，在游乐园拍的，小朋友一身蓬蓬公主裙，笑得很乖。

温晚凝沉思了许久，编辑了一条语气尽量平和的验证信息，深呼吸两下，点击发送。

刚切回通讯列表，置顶栏就亮起了小红点。

她用指尖戳开，为年轻人的冲浪速度感慨不已。

凌野：我现在可以回国。

他这句话没头没脑的，一个字都没提网上的事，但又好像什么都说尽了。他像只将绳子咬在嘴里的德牧，一言不发径直奔来，横冲直撞地把她的所有预设都挤出脑海。

意大利时间下午四点，航班充裕，她担心再不拦一下，对面的人就要登机了，连忙将视频邀请弹过去。

凌野像是在户外的赛车场，见温晚凝找来，找了个无人的看台座位坐下，镜头举高，一张俊脸汗涔涔的，泛着红。他身上只有件黑色的工字背心，肩膀和手臂的线条结实漂亮，清凉得好似和她不在同一个季节。

温晚凝看是看爽了，但还是意外：“穿这么少？”

凌野那边隐约有孩子的声音传来，吱哇叫着乱跑：“今天有车队 U12 青训的活动，运动量大，不觉得冷。”

见有工作制约着他，温晚凝放下心来，再三强调：“不管你刚才是哄我还是怎么样，不许回来。”

“没哄你。”凌野正视镜头，双眸被南欧通明的日光打得泛棕，瞳仁也缩得很小，目光像是穿透了屏幕，让她生出一种被锁住的错觉。

他正色：“我真的想回来。

“姐姐这个时间还没睡，感觉会需要我。”

温晚凝难掩吃惊：“你怎么知道我醒着？”

“和小孩有卡丁车赛，中间休息刷到的热搜，我怕你会找我，一直等着。刚刚看你‘正在输入中’不亮了，就过来问问。”凌野的语气很平，并没有夸耀自己付出的意思。

但温晚凝的心脏都要皱成一团纸了：“你那是问问吗？谁一上来就说自己要回国的？”

被她这样一问，凌野仿佛才觉出自己的冲动，颊边的热度更甚。

“……我只是想为你做点什么。”

温晚凝窝心得不行，又想隔空戳他：“本来半个字都没提你，你准备和我在这个节骨眼上自曝，和我成为一对狼狈为奸的狗男女，然后被一网打尽？”

“嗯。”凌野却被她的用词莫名取悦到，狭长的双眼微眯，“不行吗？”

“行个头……”温晚凝恨不得把他拍清醒一点，“现在绝对不行。先不说我，你活动一看就还没结束吧，下周五比赛之前没行程了？”

凌野回道：“我们队也不是只有我。”

温晚凝喝一口水：“你把这些都推到何塞头上，他能愿意你走？”

何塞就在看台前不远处，隐隐约约有痛骂声传来，怒斥有的人恋爱脑祸国殃民。

凌野完全不受其扰，眉梢轻扬：“他让我赶紧滚。”

画面中仿佛是另一个世界，天幕透蓝，绿草如茵，热烈的太阳光线烤得沥青赛道发烫。

凌野和队友遥视的瞬间下巴微抬，顷刻间，少年感如清风拂过，吹得温晚凝心情都好了许多，本来忐忑的心境都奇迹般被抚平了。

仿佛只是这样看着凌野，就能奇异地获得某种面对陈年旧伤的勇气。

“姐姐自己的事情，就交给我自己解决，你也是。”温晚凝双眸弯弯，神态比刚刚更放松，侧头看着凌野，“你要是真想安慰我，其实现在也可以，根本不用大费周章。”

凌野神情专注：“需要我怎么做？”

温晚凝装正经：“上次光线太暗了，没看清，想看看腹肌。”

对面的人静了一瞬，像是完全没想到她会这样说，漆黑的长睫垂了垂，下定决心般开口：“现在吗？”

“就现在。”其实本来只想开个玩笑，但凌野都这么问了，温晚凝也只能硬着头皮往下说，借此洗刷上次的临阵逃脱之耻。

但她很快就明白过来，从过去到现在，凌野面对她说的任何一句话，好像从来没有开玩笑这个选项。就算是她这样有些过分的逗弄，他也只是稍微犹豫了两秒，喉结很慢地动了动，就将镜头骤然放低。

他修长的手指搭上背心下摆，利落拉至胸下，那片紧凑且块垒分明的肌肉就这样猝然暴露在明亮的天光之下，几滴汗珠沿着沟壑缓慢地蜿蜒而下，最终滑落在系绳的深灰色运动裤腰上，消失不见。

温晚凝沉默的时间实在太久，凌野都有些不好意思了，腰腹收紧了好几下，才掩饰般地顺便擦了擦下颌的汗。

他那边的活动似乎还在继续，不多会儿，就有工作人员来喊他。

凌野只来得及匆匆和温晚凝解释了两句，视频随即切断。

温晚凝这次倒是没再截图，只是被对方的福利放送态度震撼到，不自觉把床头放的半杯水全喝了。

电话都挂了一分多钟，她才平息下心神，给慷慨的小男朋友发去一个“鞠躬小猫”的表情包，猫猫头顶一排Q圆小字“多谢款待”。

隔了一会儿，凌野也回了消息，对仗十分工整。

凌野：谢谢惠顾。

凌野：欢迎再来。

温晚凝把这几个字翻来覆去看了好一会儿，双眼弯成月牙，跷起来的小腿都不自觉晃动了好几下。

次日一早，去片场的路上。

温晚凝再点开微信时，发现自己给梁奈发送的好友申请已经通过了，聊天栏赫然就在置顶栏下面。点开是空白一片，只有默认的打招呼备注，对方并没有发来任何消息。

温晚凝坐在小马扎上等排戏，手指停顿半晌，还是决定主动问候。

因为跟梁奈此前并没有私交，她的措辞十分客气。

温晚凝：梁老师您好，我是演员温晚凝，前些日子在您的新电影里试过戏，只可惜当时您有事不在，并没能和您见上面。

温晚凝：也许是工作疏漏，我没有在约定时间内收到选角导演的试镜结果通知，还是在官博上看到了消息。如果是业务能力和角色适配不够，没能和您合作真的很遗憾。

温晚凝：但看过您的微博之后，我想我们之间也许存在着什么误会，想问问梁老师能否在百忙之中和我见一面，无论是什么样的问题，我们都可以当面说开。

消息发出去之后，对面并没有立刻回复，温晚凝打算快速扫一眼梁奈的朋友圈，加深对这个人的了解，好更精准地把握对话走向，可惜这位梁老师从一开始就把她屏蔽在了对话框之外。

梁奈似乎有心吊着她，等到第二天，几条消息还是毫无回应。

虽说梁奈并没有在网上继续嘲讽，网友们的兴趣也很快被分散，但温晚凝隐隐意识到，这次是个将过往恩怨一笔清算的绝佳机会。

如果再像以往那样冷处理，眼睁睁看着好不容易有了起色的声誉日渐消磨，只会让她永远被困在同一个时间裂缝里，不得脱身。

这样等下去过于被动，温晚凝换了个思路，准备从梁奈身边的亲友入手，联系了和她同门出身的姜芸老师，简单说明了意图。

姜芸最近倒并不是很忙，很乐意给温晚凝牵线，将三人之间的会面约在了一家茶舍。

时间在周四晚上，需要温晚凝特地从宁城跑回来一趟，但正好是梁奈平时外出散步的空当，而且有姜芸在场，对方不好拒绝。

茶舍就在梁奈住的郊墅区附近，富人区的老客人居多，环境清幽。

温晚凝头一个到场，对着小镜子快速补了唇妆，偏冷的豆沙玫瑰色，提气但不谄媚，很合她不笑时候的气场。

半小时后，屏风后的人影一闪。

她望过去，发现只有姜老师一个人。

四目相对，两人都有点惊讶。

姜芸快步坐到她身边，声音压低："她要现在还不来，估计是还得晾你几刻钟。你后面没安排吧？"

温晚凝摇头。

"我平时不怎么上网，你跟我说那会儿我都没反应过来，这种狗血剧情的主人公居然是梁奈和你。"姜芸看着她，"我这几年和梁奈交往不算太密，只有小孩在同所学校上学，偶尔聊两句。

“她从过去就是那种特别要强的人，大事小事都不愿意轻易低头，我先提醒你。”

近一个月录节目的朝夕相处，姜老师已经拿温晚凝当成了自家小妹妹来看待。

温晚凝很领情，抬起头冲姜芸笑了下：“您放心，我这几天也做了些准备。”

姜芸估算的时间还是说少了，一个多小时后，梁奈才被侍者引入包厢。

女人身上有股幽淡的香水味，穿着淡金色暗纹的丝绸大褂，头发和皮肤保养得极好，连露在裙摆之外的脚踝都很细嫩，看不出任何被岁月磋磨的痕迹。

她身上的气质很矛盾，明明想要看起来松弛，却更像是有一种极力绷紧全身形成的肌肉记忆，连那种看似亲切的微笑都让人觉得不太舒服。

梁奈并未在座位上避嫌，四人的席地方桌，她将昂贵的铂金包在靠外的蒲团上一放，正坐在温晚凝对面。

温晚凝竭力不去想和梁奈之前的几段线上交锋，调整了一下微乱的呼吸，又做了一次自我介绍：“梁老师您好，我是前两天联系过您的……”

梁奈打断她：“温小姐是老熟人了，又是我老同学的朋友，何必如此生疏？”

火药味突如其来，温晚凝一怔，还没来得及说些什么，女人微抬下巴，开门见山道：“就算姜芸在这里，我跟你之间也没有什么旧可叙。”

“温小姐是被我骂恼了，想让我帮你出面澄清？”她扫了一圈桌对面，仿佛丝毫不介意在旧识面前和温晚凝撕破脸面，“好啊，你先扇自己十个耳光，跪下来求我两句，我可以考虑。”

为了隐私起见，包厢里并没有留侍者，梁奈的话一出，像是骤然按下了静音按键，气氛一下子陷入僵持，只剩桌上铜茶壶咕嘟咕嘟的煮水声。

姜芸先看不下去了：“都是为了解开误会来的，小奈你别一上来就跟霸凌一样。”

“到底是谁在霸凌谁？”梁奈轻嗤一声，“误会这种遮羞布真亏她敢用，当年的证据再清楚不过了，我和这种狐狸精没什么话好谈。”

温晚凝抿唇，唇边始终维持着从业多年练出来的营业轻笑，从包里翻出一个透明文件夹，取出早已打印好的视频截图和邀请函，放在梁奈面前。

“梁老师，这是当年您丈夫诬陷我勾引时，提供给媒体的所谓证据，您一定看过。

“监控录像的源文件早已丢失，现在无法展示，但这些晚宴的共同点，主办方要么是您丈夫，要么是您家当年占据绝对控股的嘉悦。

“在这种情况下，想对视频动什么手脚，截哪一帧来断章取义，都是随心所欲的。”

“你觉得这能证明什么？”梁奈冷笑，“证明你魅力大到了这种程度，让我老公不惜当着一众熟人的面顶风作案？怎么就不是你不要脸，在东家地盘上起了歪心思，准备当老板娘呢？”

比起梁奈逐渐收不住的刻薄，温晚凝却越来越冷静。她淡笑，拿出另一份文件，调转到梁奈的方向，莹亮指尖抵住纸面，缓慢地推向前。

“老板娘，我从未想过，但老板却是真的出手阔绰。

“您丈夫送礼物一概委托别人转交，强硬到无法拒绝。我收到的钻石项链和耳坠共计八十万元，这是当初的首饰盒照片和小票，我已经在和嘉悦解约时托人返还。”

丑闻爆发时，对方凭借权势迅速销毁了监控母带，一边压制她的发声渠道，一边迅速抢占话语权，仅凭几张刻意截取的暧昧画面一手遮天。

五年里，她从未有一刻停止过想为自己翻案的心。人可以熬，但机会绝不会白白从天而降。

她如今压在手里的这些资料，除了少量这周刚刚整理的，其他都是数年以来一点点积累下的珍贵筹码。

“您作为他的妻子，应该知道他应付出轨风险非常有经验，这种伎俩不是第一次用在我身上。”温晚凝直视着梁奈开始闪烁的眼睛，“旁边那一份是我当年工作暂停期间，和两位同期演员的聊天记录，全都是他在那段时间广撒网骚扰女艺人的证据。

“您眼前是个摘要，完整版在我手里，一句未删未改，您感兴趣的话，可以随意报警验证真伪。”

梁奈强行稳定着表情：“……这不过是你们的一面之词，私下造谣谁不会？谁能证明这不是你们对我老公的臆想？”

说着说着，梁奈又沉静下来，满不在乎地看向温晚凝：“如果你真的这么有底气，为什么直到今天还没把这些所谓的证据发出去？你觉得我很好骗？”

温晚凝勾唇：“您先别急。”她继续往桌面上摆文件，“这是您丈夫当年给我发过的消息。”

梁奈沉默地翻了翻。倒也没什么露骨的话语，都是一些很平常的寒暄，赞扬了几句温晚凝最近的片子，稍微提了提明年准备投资的项目，顺便问了问她的身体。

“我看完只觉得温小姐挺自恋的，”梁奈冷笑，“可能是想当阔太太想疯了，才会对这种话自作多情。”

“五年前那件事爆发的时候，梁老师正在医院待产吧？”温晚凝目光不移。

梁奈指尖掐紧了茶杯，隐隐有种不好的预感：“你到底想说什么？”

“梁老师一直有在微博记录生活的习惯，我看您写过，生第二个孩子的过程非常艰难，抢救了一天一夜，而您的丈夫因为忙于工作，直到您和孩子脱离危险后，才给您母亲发来了关心短信。

“我想提醒您，”温晚凝笑容淡淡，“再去看一眼您先生给我发消息的时间，看看能不能对得上？”

梁奈的脸色瞬间变得煞白，双手撑在桌面，整个上半身向前探：“你什么意思？”

她反应实在太大，姜芸吓了一跳，伸手拦她：“你先坐下。”

温晚凝不紧不慢地道：“意思就是，在您因为难产生死一线的时候，您先生并没有像他说的那样忙于工作，而是在对我进行性骚扰。”

“你胡说！”梁奈眼底猩红，猛地起身，拿起茶水就往温晚凝脸上泼。

只是因为过于激动，她手抖到差了点准头，基本都洒在了一边的丝质坐垫上。

姜芸赶紧站起来，牢牢控制住她的手腕：“就事论事，别动手。”

梁奈被姜芸按在原处，整个下巴都在抽动，翡翠耳坠剧烈晃动着，精致的妆容都难掩狰狞的神色。

温晚凝思忖几秒：“梁老师刚才问我，为什么一直不把这些东西发出去，我现在可以回答您。

“您在上位者的位置待太久了，所以可能无法共情，有的人只是拒绝被当作玩物，就可以被毁掉之前积累的一切。

“我这样的普通人，面对大人物只有一次攻击机会，承受不了半点打偏的风险。

“如果不能争取到梁老师的理解……”

温晚凝抬眸，似有遗憾：“那我只能去继续收集更多的铁证，确保我想要的一击即溃。

“也许我并没有立场，但同为女性，我还是为您这些年错付的真心感到难过。”

梁奈语塞几秒：“我不需要你的同情。”

她又激动起来，正想挣脱姜芸的桎梏，就见温晚凝挥了挥衣袖下的录音笔：“如果您不想和我站在一边，那我也不会再浪费情绪，我会在做足准备之后，与您的家庭之间彻底清算。

“您放心，这一天不会让您等太久。”

梁奈仓皇抬头，浑身瘫软。

茶舍的复古地板质感温润，传来温晚凝轻软的脚步声。

第十一章 缝合线

出去时，茶舍外飘着点细雨。

申城的春天格外短暂，下雨的时候不冷，就是凉飕飕的，淋得头发毛毛糙糙的。

温晚凝回车上等了会儿，见梁奈从后门离开，翻出了储物隔间里的伞，小跑过去把姜芸接了过来，准备把今天的恩人好好送回家。

安全带刚系好，她还没为把人单独留下善后的疏忽道歉，姜芸先不好意思起来，一路上为她解释了许多。

姜芸提到了梁奈年轻时候的事，说梁奈当年就是把伴侣看得很重，因为早早结婚和旧识同窗疏远了关系，朋友圈里更新的照片也都和家庭生活有关，骨子里是个传统到有些偏执的女性。乍听见自己这么多年都生活在丈夫的骗局中，幸福的肥皂泡被当场戳破，可能有点应激。

接着，姜芸便替这位老同学跟温晚凝说了声冒犯，语气极为诚恳。

温晚凝心情更加复杂，说不出的滋味："我有心理准备，倒是姜老师来这趟真的受罪了，我很承您的情。"

"还真就幸亏来了。"姜芸叹了口气，"我没想到梁奈能这么疯，晚凝你这么娇娇弱弱的，我刚刚好怕她跳起来欺负你。"

"姜老师是偏心我，才觉得我娇弱。"温晚凝歪了一下头，"记得在普吉海边做瑜伽的时候，您还夸我强壮，问我是不是平常在家偷偷备战奥运会。"

经过节目录完后的几次碰面，姜芸越来越喜欢温晚凝，此刻听到她这么说，有种家里妹宝凑上来亲热挽手的熨帖，彻底领教了江南小姑娘浑然天成的撒娇功力，心口都麻酥酥的。

姜芸往方向盘上又看了两眼，想再问温晚凝两句有没有被热茶泼到手时，温晚凝放在仪表盘前的手机屏突然亮起。

是张身着高奢正装的男性半身特写，大概是什么广告片。姜芸视力极好，对这些时尚圈的东西不算太了解，但仍被那张棱角分明的俊脸引走了注意力，心口一跳——凌野。

来自微信的提示还在弹出，一连串的新消息像跳跃的豌豆往上蹦。

姜芸视线停留得有点久，见温晚凝也看过来了，清了清嗓子："晚凝的男朋友？"

说完，她自己也觉得自己离谱，赶紧补充，掩饰那点瞎猜的尴尬："我是说消息，不是屏保。"

导航上显示目的地已经接近，温晚凝将车并入小路，扬唇，"嗯"了一声。

"挺好。"姜芸松了一口气，唠家常般顺下去，"小伙子是圈内人？"

温晚凝下定决心般咽了咽口水："就我屏保。"

姜芸彻底噤声，连眼睛都睁大了。

她安静了太久，温晚凝等得脸都有点红了："您想说什么都行，我都能接受。"

"难怪呢……"

温晚凝颊边更热了："难怪什么？"

"节目组当时在机场第一次见面的时候，我就觉得哪里不太对劲，"姜芸越想越觉得逻辑通顺，疑惑顿消，"凌野看你的眼神太直白了，哪有真姐弟会是那种氛围，都被你后来解释的那句话给骗了。"

温晚凝理了理头发："那个时候真的没谈。"

姜芸卖她几分面子："不是我亲闺女，懒得审你，那上上个周末呢？凌野拿了冠军冲过来找你那会儿，周围小魏和乔梨都看傻眼了，我还很自以为是地提醒了半天，让他们别胡思乱想。我现在越想越觉得没面子，你好好想想该怎么给我赔罪。"

温晚凝笑着求饶，末了才问："姜老师真的不觉得奇怪？"

"你这样问，我才觉得奇怪。"姜芸保养姣好的脸侧过来，不甚在意地扬起，"你是女明星，漂亮又有钱，谈个比自己稍微年轻点的小帅哥怎么了？

"男人的花期很短的，要我看，你还是太保守，应该趁着单身在十八岁里多打捞打捞。"

温晚凝听得愣住，被端庄大前辈的开放言论完全震惊到，转瞬却也有些释然，长吁一口气："您能这么说，我心里觉得好多了。"

"这有什么？"姜芸无所谓地瞥她，"你不想公开的话，我帮你保密好了。"

车停在姜老师住的叠墅门前，温晚凝递了把备用伞过去，挥挥手道别。

姜芸刚推开车门，又后知后觉地想起些什么，急忙扭头："你当时说，凌野十七岁的时候你们做过邻居……这是真的，还是也是烟幕弹？"

"……其实也不是邻居。"温晚凝无意识地摸了一下手机屏，指腹正好抵在照片中男人立体的侧脸上。

她信姜芸，不打算隐瞒什么，言简意赅道：“我当年去东北拍戏，凌野算是被我带出来资助的孩子，在我家住过一段时间。”

姜芸缓缓比出一个大拇指：“是谁跟我说你运气不好的？随便发次善心都能捡到这么极品的小狼狗老公，你将来往哪儿走都会成功的，晚凝。”

连姜芸都来开这种玩笑，温晚凝羞涩得连连告饶，赶紧把人送走。

一路春雨如酥。

终于回到郊外的小家，温晚凝倒到沙发上，终于开始处理刚刚收到的一列未读消息。

果不其然，一如既往是凌野发来的照片，周四媒体日的全天行程悉数在列，犹如全自动查岗。

伊莫拉站大奖赛开赛在即，他的空闲时间并不宽裕，但还是抓住了一切机会冲到她面前刷存在感。

温晚凝看得勾唇，也模仿他，不说话，只发图。

先是她刚换不久的屏保，从车队官博下载的，前两天凌野正装活动的特写，然后是解锁之后的桌面，同天车手见面会上凌野的高清正脸。

对面的人隔了会儿才有了回应，先莫名其妙弹了个逗号过来，又很快撤回，极为罕见地慌张。

凌野：这是什么？

温晚凝翻身向上，弯唇把手机举高。

温晚凝：你说这是什么？明知故问。

凌野依然不太敢相信。

凌野：你的手机？

温晚凝：不然呢？我从你粉丝超话里扒两张图哄你开心？

凌野仿佛已经开心到不知道说什么好，从表情库里一顿乱翻，贴来两张“猫猫头谢谢惠顾”的表情包，没头没脑的。

温晚凝要被他笑死。

温晚凝：你没别的表情了是吗？只会从我这里偷。

凌野：只有你给的。

停顿几秒，他又很突兀地发来一句。

凌野：好喜欢你。

凌野：姐姐，我现在好想你。

他是什么超大只丘比特吗？弹无虚发，瞄准了她的心，砰砰发射草莓软糖。

温晚凝被凌野的直白击得整个人软绵绵的，从仰躺又翻了个面趴下，嘴角压都压不住，口头上却还要装酷。

温晚凝：哦。

凌野：想亲你。

凌野：想抱着姐姐睡午觉。

温晚凝手腕扶腮，脸红得烫手。

温晚凝：没完了是吗？明天还要不要比赛？不许想了。

凌野：正赛赢了回去找你。

一些回忆不受控制地涌起，温晚凝飞快抿了下唇。

温晚凝：想要三连胜奖励？

凌野：才三连胜，没什么好奖励的。

凌野：我好想你。

凌野：只是想亲眼看看你。

温晚凝还在对话框里编辑，对面的消息又弹过来。

凌野：到时候我在国内也有工作。

这种不会撒谎的小孩，一张口就是破绽。

温晚凝：我姑且相信哦。

周天的伊莫拉站正赛，温晚凝提前在体育视频网站上预约了直播，本来想的是从头到尾跟一次，远程给凌野加油，结果杀青戏并不顺利，直到傍晚才打板结束，然后是献花合影，全组大聚餐。来给女主演劝酒的人太多，温晚凝再怎么推托也喝了不少，眼底一片水色红晕。

终于能看眼表，已经离凌野那边结束过去了七八个小时。

她赶紧点进微博，刷到车队最新的获胜排位公报时，隐隐约约又想起了凌野说过的那句“赢了就回来找她”。

可还没等她想明白，从意大利飞回来这么短的时间够不够，冠军就这样一走了之合不合理，手机又振了一下。

凌野：我在你们酒店楼下。

凌野：来接我?

看到消息的瞬间，温晚凝呼吸都乱了，惊喜之后又是慌乱。

她快速回了句“等一下”，抬头探了探风声。

聚餐结束，剧组的人潮已经在向外移动，几位主创和魏应淮还不尽兴，提议接下来去别处续摊，立刻得到了不少人的应和。

温晚凝披上外套，把包背上，躬身过去报备：“我头有点晕，就不一起去了，大家玩得开心。”

众人又是一番关心，还有好心的同组女演员送来了解酒药。

一切都很顺利，只是温晚凝刚到包厢门外，就被没想过的人拦了下来。

居然是剧院之后再没见过的乔湛。

作为林宙这次《春夜》的投资方之一，吃饭时乔湛和她在一张桌上，只是位置更靠近核心，并没说太多话。

因为酒精的原因，温晚凝的气质比平时更柔软，多了些小猫一样的惺忪，乔湛看得有些出神：“看温小姐刚刚喝了不少，安全起见，我可以送你回去。”

温晚凝不动声色向后退了半步，眼底很清醒，礼貌谢绝：“我自己可以的，多谢您的好意。”

“我看到了温小姐最近在网上陷入的争议，感到十分惋惜。”见温晚凝抬眸，他不声不响勾唇，“我最见不得美人受这种苦，所以，我特地去找了一些材料，想送给你。”

乔湛的声音和温文的外貌很搭，似春风，但他太精明，让温晚凝无法不警惕。

而且凌野的消息还挂在心头，有人在等她。

温晚凝不想再浪费时间：“您有什么条件？”

“温小姐不必用这样的恶意来揣度我，我只是想和温小姐聊两句，”他语气温和，抛出她不可能不心动的诱饵，“如果你对当年嘉悦晚宴的监控母带感兴趣的话，今晚一点钟，可以来行政酒廊找我。

“公共场合，非常安全，只要是温小姐不喜欢的事情，我都不会做。”

温晚凝思忖两秒：“我会考虑。”

乔湛听出她的犹豫，淡笑：“两点之前，我都会在那里等你。”

顺着续摊的人潮，温晚凝快步离开了走廊。

回房间消磨了十几分钟后，她才又换了另一侧的电梯下去，一路默不作声，把凌野接回她住的小套间。

走廊空荡，绵软的羊毛地毯吸收了高跟鞋落地时的动静，凌野单肩背着黑色的行李包，气息很稳，插着兜走在温晚凝身后。

温晚凝却毫无半分他这样的淡定，一路都小心翼翼的，直到刷卡进门时还在左右细看，趁没人在，赶紧拽着他的袖子把人拉进门里，飞快把门合上。

“咔嗒”一声，整屋灯光亮起。

刚过十二点，温晚凝还记挂着让凌野赶紧休息，结果刚脱下外套，还没来得及去拉好窗帘，男生就已经从身后贴了过来。

“姐姐。”凌野喊了她一声，声音里还有些疲惫，箍在她肩头的手臂越收越紧。

刚见面那会儿，温晚凝怕他被人认出来，强行给他戴上了卫衣帽子。

帽子本来还勉强挂在后脑勺，此刻随着他低头的动作终于滑落，乱蓬蓬的黑色碎发挡住了眼睛，半张脸都埋在了她柔软的长发里。

他用下巴去蹭她的头发和耳朵，细细密密地亲了一路，深深吸了口气，狗一样地去嗅她的皮肤：“喝酒了？”

凌野半边身子都压在她身上，又热又重，像是长大后对自己的真实体格毫无正确认知的大型犬，还以为自己是幼年的迷你尺寸，可以随随便便地跳扑示好。

时间一长，温晚凝气都有点喘不上来，再不舍得也有点受不了，努力挣开他，转身推他脖子。

只不过她和凌野的反应速度实在差距太大，之前的几次得手纯靠对方的刻意放水，一旦他想认真，她根本就没有推开的可能。

她伸出去的那只手就这样偏到了凌野的嘴唇，被他叼住虎口的位置，用牙齿轻轻磨了磨。

“手里也有酒味。”

门廊的灯光稍暗一点，凌野很轻地笑了声，侧过脸盯着温晚凝看。

温晚凝被他那双沉黑的眼睛盯得恍惚，等到黏糊糊的手心变凉了才反应过来：“应酬哪有不喝酒的？”她快步走向窗前，“唰”的一下，把小客厅和卧室的窗帘拉得严严实实，“睡会儿吧。”

这话说得突然，凌野站在原地顿了会儿才张口回应：“好。”

他把双肩包在门口放下，卫衣也利落脱下来挂上，只剩下一件薄薄的T恤，洗了个手往她这边走。

“姐姐困了？”

“我一会儿还有个人要见。”温晚凝顿了一下，“我是说你，多久没好好休息过了？”

对车手而言，F1比赛周的节奏堪称人类肾上腺素承受力实验，从排位赛到积分冲刺，再到定生死的最终正赛，整个赛程被拉长至三天，没有保留实力一说，都需要拼尽全力。

按赛程表上的时间算，当地时间上午比完赛，领奖采访结束后立刻收拾动身，下飞机后片刻不停跋涉接近七个小时，这才能抢在现在这个点出现在她面前。

温晚凝稍微代入一下都觉得累垮了，心里酸软得不行。

凌野却语气寻常：“以前也这样。这次想着马上就见到你了，一点都没觉得累。”

温晚凝已经在这里住了快一周，生活气息很浓，床头小桌上放着她的毛茸钥匙扣和耳机盒，还有一些睡前用的小物件，润唇膏、蒸汽眼罩和护手霜。护手霜是玫瑰味的，粉嫩嫩的包装很有少女心。

连床上都还摊着她今晚应酬前试的几条裙子，暖光之下的丝绸像是流淌着碎光。

空气里隐约有很淡的香气，像是她皮肤上的味道。

凌野怔了一下，脸不受控制地渐热，低头遮掩自己滑动的喉结。

他这才反应过来，自己被带进的是套房的主卧，也就是……温晚凝平时睡的地方。

而女人的反应却十分自然，像一同生活了许久，趿拉着拖鞋团团转，来来回回地清理东西，帮他腾出能躺下的空间，掀开被子，把枕头重新拍得胖鼓鼓的。

更别说她今天穿的裙子还偏修身，弯腰时的曲线纤细柔软，姿态全然不设防。

凌野不敢再继续看下去，敛下浓长的眼睫，嗓子有点沙哑：“我可以去外面。”

温晚凝住的是套房，今晚大概率没有其他人在。这些视频通话时得知的信息，才是他今天提议要上来的理由，并没有任何要图谋不轨的意思。

“我睡隔壁，你好好休息，别管这么多。”温晚凝飞快地抿唇解释，“小房间这两天一直是我助理在用，小姑娘东西比我还多，不太方便。”

她偶尔会有这种很强势的语气，像当年初遇时一样。

凌野潜意识里根本抗拒不了，垂眸点了点头，转身往外面走。

“你去哪儿？”他刚点头就违抗旨意，温晚凝皱眉。

凌野走到门口把包拿过来，拉开拉链：“冲个澡再睡。”

温晚凝“啊”了一声，挺不能理解：“你倒也……不必这么折腾自己，累了直接躺下就行，洗完可能困劲就过了。”

凌野低着头，拧开外面浴室的门：“你的床太干净了。”

温晚凝一愣。

他做什么都很利落，门把手落下没多久，哗哗的水声就已经传出来，有股怎么想都甩不脱的暧昧感。

温晚凝被酒精泡了半晚上的脑子这才清醒了一些，猛地从床边坐起，走到小客厅打开电视，随便选了个台，连主演是许嘉树都顾不上管了，强行逼自己沉浸进去。

荧光闪烁里，多炸裂的剧情都进不了脑子，她思绪根本不受控制，凌野的脸一直往外冒。

一会儿觉得他简直太乖，又黏人又反常地规矩，一会儿又觉得这小孩好像被意大利的阳光晒黑了些，简直像是和温璟差不多的男大学生……和校外女朋友出来开房的男大学生。

一旦接受了这个设定，她看电视也好，吃零食也罢，都只对这个情境的逼真程度贡献更深。

温晚凝浑身都不自在起来，坐立难安，看了好几眼时间，恨不得现在就去会会那位难缠的嘉悦新东家。

吹风机声嗡嗡的，她翻开包，正准备看看有没有新的工作消息需要回复，浴室门忽然开了。

凌野换了件白T恤，下面随便套了条宽松的长裤，头发半干着走出来，漆黑的眉眼泛着点潮气。

见温晚凝坐在外面，他有些意外地挑了下眉，站在原地垂眸看她：“姐姐几点出去？”

温晚凝调低一点电视音量：“一点。”

凌野“嗯”了一声，擦着头发往主卧里走：“那还有大半个小时。”

“你睡你的，不用等我。”她毛毛糙糙地回了一句，怕男生没有听话，隔了几分钟又过去查寝，把灯关了，门也虚掩上。

回到沙发上坐好，她才重新把手机拿出来，就听见凌野叫了她一声：“姐姐。”

这时，微信上弹出新的好友申请，发信人的验证消息就一句。

——我是乔湛。

温晚凝犹豫了片刻，还是按下了同意，捧着手机跑回卧室门前：“怎么了？”

凌野的声音听上去很疲倦：“睡不着。”

“是我太大声了吗？”温晚凝瞬间羞愧起来，“对不起啊，我这就把电视关了。”

对面的人还没回答，她又给出一个推测：“还是说认床？”

说完又觉得自己离谱，一年里有两百天在全球到处飞赶比赛，赛车手要是认床，那日子还怎么过？

凌野半晌无言，隔了好久才像是自暴自弃地轻叹一声：“……能不能陪我躺一会儿？”

温晚凝下意识地抬头，看到凌野薄薄的眼皮半敛着，看过来的神色满是倦意。她脚步几乎先于意识，不自觉地就朝那边走去。

等她掀开被子，从床的另一侧爬上去刚躺下，就被凑过来的凌野以一种保护的姿态很松地搂住了。他手放的位置很规矩，隔着层被子搭在温晚凝腰间，皮肤上传来酒店的沐浴露味，是和她一样的马鞭草柠檬香气，干净好闻。

温晚凝心怦怦跳，感觉自己的脸一定红了。

凌野真的言而有信，很轻地闭上眼睛，过了许久才问：“姐姐一会儿要去见谁？”

温晚凝怔了怔，还以为他早把这茬忘了。

“前东家的新老板，”她想让他放心，“聊的是公事，在二十七层的酒廊……你要去吗？”

即便是半夜一点钟，估计也会有不少剧组团建回来的人，这么多人都在，凌野如果真想上去，顶多就是包得严实一点，并不会太显眼。

“我去会影响你，你们聊就好，有危险叫我。”

“好。”

又隔了几秒。

“有事真的要记得喊我。”

“好。”

凌野的声音越来越低，到了后面几乎像在梦呓，语气却依然认真：“我会好好保护你。”

他发梢还微湿着，扫过她额头的瞬间又凉又痒。

温晚凝不自觉地喉间发热，亲了一下他的下巴：“嗯，我知道。”

快到约定时间，温晚凝很轻地挣开凌野的怀抱，小心翼翼地下了床。

乔湛或许也有避嫌的意思，酒廊这个点如她所料，剧组里的一些熟面孔也在，许是趁着酒兴聊一些聚餐时不便公开讲的私人话题，时不时有窸窣的笑骂声从隔断后传来。

乔湛已经在落地窗边等她了，换了身更随意的黑衬衫，雅痞味更浓。

寒暄之后，他为几年前的所谓误会道了句歉，然后就是不痛不痒的问话，比如父母身体怎么样，她这几年过得好不好，离开公司单干挑战多不多，将来的事业如何打算。

简直像是一场单方面输出的采访，或者是并不愉快的相亲。

温晚凝耐着性子一一回答，到后面实在扛不住，切入正题："您手里有当时嘉悦晚宴的监控母带？"

"温小姐好心急。"乔湛轻笑一声，"也不算是有。

"不过现在嘉悦的资料都为我所用，温小姐想要的东西，如果我心情好的话，当然可以决定它的去留。"

温晚凝也笑了："那您什么时候心情好？"

乔湛像是在开玩笑："比如下个月家族聚会，温小姐来做我的女伴？家妹在节目录制时很受温小姐照顾，跟我提过你许多次，我想，如果能有这样的发展，梨梨也会很高兴。"

温晚凝思忖几秒，语气笃定："乔总这么聪明的人，不会不知道我有男朋友。"

"那又如何？"乔湛丝毫没把她的拒绝放在眼里，"很多人忠贞并不是因为爱情，而是因为别无选择。

"我实在是不理解，温小姐面前明明有更好的牌，为什么偏要选最难走的岔路。"

温晚凝唇边弯出冷静的弧度："路到底好不好走，怎么能仅凭旁观来决断？"

剧组的人还在陆续上来，离他们最近的一桌仅在七八米之外，她没有提起这条所谓"岔路"的名字，就是因为担心被听见，横生是非。

乔湛却恍若不知："温小姐刚刚早退，就是为了去见小男朋友？"

温晚凝瞬间警戒："您找人跟踪我？"

乔湛神色中带着几分戏谑，不答反问："他特意跑来，是为了防我？"

"我话可能说得有些冒犯，"温晚凝吸了口气，再难忍住地蹙起了眉，"但您的自我意识未免有些太强了，据我所知，他只在剧院首演当天见过您一次。"

男人却笑了："我和凌野很久之前就打过交道，他可能没跟你说。

"你有没有想过，为什么林宙重新试镜的时候换掉了所有人，却唯独保住了你？"

温晚凝怔住，不明白他转移话题的用意。

"我没有质疑温小姐业务能力的意思，"乔湛手指轻搭在下巴上，"但院线片最看重的还是商业号召力，无论是人气还是讨论度，你都不会是最优选。

"嘉悦也有自己要推的候选人，为了提高胜算，除了常规的电影投资，还提前押了不少媒介资源。我对那位女演员不怎么上心，落选了也没怎么在意，还是后来和林导聊天才知道，这个人换成了温小姐。”

温晚凝耐着性子听完：“这跟凌野有什么关系？”

察觉到她的茫然，乔湛才确认她是真的一无所知，不由得眉梢一挑：“他居然一句都没讲？

“电影里几场赛车戏，有五六秒车手镜头要用替身，林宙抠细节，在这块多加了点预算，请了一个以前开过 F2 的车手。”

温晚凝心中隐隐有了个离谱的猜测。她抿了一下唇，把那些不切实际的想法压下去：“林导还挺舍得花钱。”

“最后不用花了。”乔湛觉得荒谬极了，“你那位小男朋友主动联系了林宙，说自己正好休赛季有时间，可以作为林导的影迷友情出演，片酬一分不要。

“还说嘉悦给别人押了多少投资，他愿意出等额保你，还同意林宙把他当赛车替身的事全部公开，在上映时做宣传。”

温晚凝像被定住了，静了好几秒才回过神来：“什么时候的事？”

“《临时起意的旅行》之前，”乔湛见她这副表情，突然有了些为他人做嫁衣的吃味，“温小姐第一次试镜之后。”

能记得是录节目之前，是因为他当时对温晚凝的印象极浅，只记得她好像是某个被嘉悦旧董事会坑惨了的小艺人，脸和身材好是好，但也不是找不到更出挑的，却有这样的痴情种愿意为了她倾其所有，上赶着被林宙当傻子。

凌野明明毫无背景，名声和财富都是靠自己拼来的，却丝毫没把自己的价值当回事。

输给凌野这种人，比起挫败，乔湛更多的是讥诮，觉得果然只有穷小子才会这样追求女人，就算赚了再多的钱，也改不了一股子暴发户的做派。

“我想说的是，他要这么低三下四才能帮你拿到的东西，对我来说，只是稍加点钱就能拿下的小礼物。”乔湛平和的眼神有了力道，“如果温小姐选择的人是我，以后这样的机会不计其数，只会让你挑花眼。

“前段日子的澳大利亚站电视转播我看了，那小孩就是个亡命徒，为了区区几百万英镑的奖金就愿意赌命，连你都被吓哭了不是吗？

“太不体面了，晚凝。”他神情怜悯，端起细长的香槟杯，朝她放在桌上的杯子轻轻一碰。

“你是什么样的出身，凌野又是什么样的出身，你怎么甘愿跟着他过这种日子？”

旁边的两位主创组工作人员注意到乔湛在这里，殷勤过来问候，打断了两人的对话。

被叫到名字，温晚凝机械地对来人笑了笑。

而事实上，她根本没再去注意身边来的人是谁，跟她搭话的又是谁，只是望着落地窗外的璀璨夜景怔然坐着。许多零零碎碎的拼图汇聚到一起，终于浮现出一幅模糊的图景。

凌野说，这个时间他回国也有工作，也许并不是哄她开心的借口。

无论从哪个层面来讲，他都理应是这部电影杀青宴的座上宾。

而去年冬天，她为什么会在林宙饭局的那个雨夜遇见他，似乎……也并不是偶然。

来给乔湛敬酒的人越来越多，温晚凝心神完全不在这上面，恍惚间也跟着喝了几杯。

直到紧握着的手机突然振了下，映得手心里一亮。

温晚凝抿唇低头，飞快划开看了一眼。

凌野：醒了，没找到你。

凌野：结束了吗？

乔湛抬头瞥了一眼，正好看见了温晚凝的锁屏。

意外，也不意外。

依然是那个他眼中不体面的小男孩，一无所有，除了年轻的皮囊和鲁莽冲动的心。

桌上的攀谈还在继续，十分热闹，温晚凝却不想再留。她拿起包，顺便把乔湛用餐巾掩盖的黑色房卡推了回去，眼神坚定："乔总的提议我不考虑。

"我还有点事，就先走了。"

乔湛似乎有意拦她，但她完全顾不上，低着头匆匆离去。

凌晨的电梯间空寂无人，温晚凝想了许多事。乔湛的话恰恰是换了一个视角，再次提醒了她一遍，凌野走到今天这一步有多不容易。

他要赌上所有，才能获得这几个月以来为她献上的一切。

迟来的酒精上头，温晚凝看着手机屏保上的那张脸恍了神，心头止不住地泛起刺痛。

她想起那个昏暗雨夜，凌野或许早已知道了林宙的新电影消息，不知道在那家酒店楼下等了她多久，所以才赶得上碰巧出现，用后背给她挡去那片脏水。

六年未见，他浑身上下每一道棱角都是冷的，看过来的眼神却很热，像少年时那样落在她嘴角。

还有以还钱为借口上交的工资卡和那栋由执念复原的房子……

她好像才发现，无论她事先对凌野很喜欢她这件事有多少预设，都只是瞥见了冰山一角。

凌野所谓的会掩饰情绪，不过只是因为她太迟钝了而已，细想之下，他甚至从来都没藏过。

从过去到现在，她不是早就知道了吗？

那双冷硬的唇摸上去滚烫，亲她的时候很凶。

他话很少，只会对她笑，勾起嘴角时耳根跟着红透，让人忍不住想欺负的那种纯。

有许多问题想问他，想快一点见到他。

她的步子越来越快，直到刷卡开门时，人甚至都有些喘。

房间里很暗，只开着电视墙的小灯。

凌野正站在门口，单手扶墙按着空调中控，很自然地迎上来，帮她卸下包："晚上降温，怕你感冒就调高了几度，热不热？"

可能是为了睡觉更舒服些，他换了身衣服，黑色的工装背心和宽松运动短裤，肩背宽阔，紧窄的腰腹漂亮得恰到好处。

见温晚凝一直蒙蒙地看着自己，没换鞋，也不说话，凌野表情变沉，走到她面前，低声问："怎么了？"

温晚凝喉间的酸涩更重，吸了一下鼻子："没什么。"

"到底怎么了？"凌野弯腰，抬起她的下巴，在看清那双泛红的眼眶时，明显地慌起来，"姐姐刚刚哭了？"

温晚凝越来越难绷住，匆匆把脸一侧，一声不吭。

她不愿意说，凌野再急也没逼问，只蹲下身帮她把高跟鞋褪下，很轻地揉了揉那一小块被细系带勒红的皮肤。

因为外面的冷风或者心情，她整只脚都是冷的，像是块滑手的软冰。

女人平时穿的毛拖鞋不在附近，凌野掌心贴着地板试了试，还是觉得太凉，索性把她整个人抱起来，让她赤着脚踩在自己脚背上。

他紧紧地环住她，用自己的体温帮她暖和起来："乔湛为难你了？"

男人的胸膛精壮而温暖，背过她，也抱过她，比她小了那么多，却有种可靠的归属感。

和她一样的沐浴露味铺天盖地袭来，温晚凝控制不住地将自己嵌进去，贴得越来越紧，半晌才开口："……是我欺负你了。"

她的声音细如蚊蚋，瓮声瓮气的，是少有的示弱情态，手臂却在他后腰搂得很紧，推也推不开。

凌野的手顿了顿，放在她的后脑勺上，哄小姑娘似的轻轻拍了拍："你怎么欺负我了？"

温晚凝在他胸前仰脸，睫毛濡湿："谁让你去给林宙砸钱的？你的钱是大风刮来的吗？"

凌野被她突如其来的问题怔住，薄唇无意识地绷紧。

"还有当赛车替身这件事，"她不想用一些高高在上的评判伤他，但那股心疼就是怎么都忍不住，"怎么从来没跟我说过？

"什么时候拍的？见到我了吗？"

凌野下巴微敛，眸光一闪："没有。

"赛季开始后我挤不出时间，林导怕我开空头支票，就在上节目之前拍完了，没见到你。"

温晚凝已经听蒙了。

那个时候，他们只是重逢见了一面而已，连话都没说两句。

别说乔湛一个外人会不解，连她自己都有些恍惚，她到底何德何能，就让凌野做到这个地步？

“乔湛跟你说的？”凌野唇边的弧度很放松，垂眸看着她的脸，抬手在她通红的眼尾压了压，“这算什么欺负？都是我心甘情愿的。”

“可你本来……”

温晚凝还没说完，就被他打断了：“我本来什么都没有，所有的一切都是姐姐给我的。”

酒店门廊的灯太暗了，显得他那双沉黑的眼浓得化不开，像无边深海，或是旋涡。

“我几乎从未有过物欲或者野心，但回到你身边，为你挥霍一次，我这样想了六年。”

接近凌晨两点，夜色浓重，小客厅的窗纱早已拉上，遮光窗帘的缝隙里掠过一丝路灯光，映亮了凌野的脖子。

有什么银亮的东西飞快一闪，细而轻，像一道春天的雨丝，将她发昏的思绪淋醒了。

诧异于凌野居然也会戴项链，温晚凝抬手去摸，还没等问出一句是什么，就被从他领口拎出来的碎闪恍了神。

是一颗钻石。准确地讲，是她送给他的那枚钻石耳钉。

她抬眸，愣怔着望向他：“我以为你只是偶尔会戴。”

“觉得你可能看见的时候就戴，”凌野耳郭微微发红，喉结滚动了一下，“有比赛的时候就挂在脖子上。”

时速三百公里的高速弯，他要习惯承受的横向离心力是巨大的，只要稍微转动方向盘，就会有一股几十公斤的力量想要把他的脖子拧下来。

这是专属于他的抗离心力魔法。

温晚凝视线氤氲，太多的话都卡在了喉间，半晌无言。

空调吹不到这里，还是有些冷。凌野稳稳地抱起她，推开小卧室的门：“很晚了，先睡觉吧。”

话音刚落，他的肩膀和脖子就被女人细白的手勾住，带着整个上半身向下坠。

那双散发着甜香槟气味的红唇吻上来时，他骤然失去了平衡，手臂紧了又松。

温晚凝就势从他怀里下来，踮起脚去吮吻他吞咽的喉结，跌跌撞撞地推着他的胸膛向主卧走。

凌野被她推倒在床沿，仰着海潮般的目光，看着她将丝绸般的长鬈发撩到肩膀一侧，手指向颈后摸。

她像是剥开一件精致的礼物，毫不犹豫地将连衣裙的拉链拉到底。

房间里昏暗而安静。

温晚凝大半身体落在床上，被厚实的床垫弹起，怕温晚凝撞到旁边的小桌上，他下意识地护了一下她的腰。

年轻男人全身都是僵硬的，肌肉也瞬间紧绷起来，搂着她弹起的那下明明很轻，却好像受了很大的刺激，喉间溢出一声很低的闷哼。

温晚凝背后的拉链开得太慷慨，以至于他的手伸过来时，毫无阻隔就滑入其间，从肩胛骨擦到纤细的搭扣。

宽大的掌心收紧，带着薄茧的修长手指热得像能在她身上烙下痕迹。

凌野全程低着头，一声不吭地抬手，似乎是想把她的裙子拉链拉上。

温晚凝把他的手按在那儿，不让他再继续动，带着些埋怨："前几次不还啃得那么起劲吗？不喜欢我了？"

"喜欢。"

她来势汹汹，眼里还带着酒精和情绪催出来的水色，凌野当然能察觉得到她的冲动。

他像在阻拦一个胡闹的孩子。

他怕一使劲就把她弄伤，只好迁就着她，手指僵硬地上移，被并排的纤细金属钩冰得不知如何是好："就是……太随便了。"

亲都亲了，摸都摸了，怎么什么话都让他说了？

"现在才觉得我随便？"温晚凝一滞，气不打一处来。

"不是你……"他急忙挺起上半身，慌不择路地重新搂紧了她，"是我太随便了。"

卧室里没开灯，只从门缝透进一点客厅的光，昏暗得只有两人朦胧的轮廓。

从温晚凝的视角看去，凌野的眼神晦暗不明，只能瞥见薄唇泛着一点湿润的光，是像在克制着什么的赧然神态："我还没有……你。"

他倒数第二个字的音量放得极轻，几乎消失在唇齿间，难以辨别。

温晚凝有些不高兴，撑着他的胸膛平衡好，撩起裙子直接跪坐到他大腿上，眯起水眸："还没有什么我？"

凌野的大腿被她光洁的膝盖顶开，肌肉线条分明，像匹温驯的野马，在她花瓣般柔滑的裙摆下轻颤着。

"不许说谎，也不许蒙混过关。"她又向上坐了坐，隔着一层薄薄的运动裤，和他贴得更紧了。

凌野难耐地闭了闭眼，喉结重重滚了两下，抬起漆黑的长睫："还没娶你。"

他语出惊人，温晚凝所有的情绪瞬间消弭，心跳像是一脚踏空，在骤然坠落后剧烈跃起。

他眸底深沉，看过来的眼神认真而滚烫。那种不合时宜的庄重像是一张网，将她全身心都紧缚其中，连本来想笑骂出口的玩笑话也都咽了下去。

也许是家庭教育使然，他的很多观念很老派，告白之后可以牵手，牵手之后可以接吻，多喜欢都要看场合，肌肤相亲要留给珍之又重的新婚夜。

身处F1围场那样的花花公子销金窟，凌野却始终不懂得如何玩暧昧，他真挚和保守得有种年代感，像是不属于这个快节奏时代的人，让她心口酸软。

温晚凝不顾已经快要滑落的裙子，手伸过去轻拍他泛红的俊脸：“哦，这是变相要挟吗？谁求婚会像你一样草率？”

女人上身伏低的瞬间，那片饱满的雪色半遮半掩在酒红的丝绸之下，如水般轻轻一晃，像是摇摇欲坠的伊库拉玫瑰。

“……我不是这个意思。”凌野不敢再去看她，又被她作乱的手指摸得发痒，硬忍着没躲开，高挺的鼻梁蹭过她手心，留下一连串湿热的喘息，“现在还不够，但我会好好努力，不委屈你。”

温晚凝整个人更软了，一半是被他这句格外质朴的承诺甜到，另一半是因为衣服实在太薄，被他硌的。

他怎么会这么傻，连句哄女孩的话都不会说，送到了嘴边的肉都不舍得咬。

温晚凝心里又烦又喜欢，各种复杂的情思纠结在一处，像是绵绵的糖浆在不断升温，温软的唇不受控制地落下，埋在他青筋凸显的脖颈间，火上浇油地一路上移，沿着下颌线到唇边，盖章似的一下一下亲上去。

随后，她将他绷紧的下唇轻轻咬住，像吃果冻似的吮了吮，在他眼睛都要闭上的时候，手指从背心下摆探进去，重重摸了一把他的腹肌。

凌野扛不住地重喘一下，耳朵红得像要滴血，将她试图碰触运动裤抽绳的手用力扣住。

他嗓子哑得像被砂纸磨过：“没有那个……”

“我有。”

全然没料到温晚凝会这么说，凌野扣住她手腕的掌心一顿。

不等他回应什么，温晚凝已经从他身上撑起来，在昏暗中去摸床头的包，柔黑的长发滑落到背后，跪姿弯腰的动作有一种不自知的妩媚。

暧昧的包装摩擦声在夜色里响起。

她把脸别开，不再去看凌野低垂的眉眼：“不是我买的。”

“……上个月澳大利亚站我去看你，外卖送过来的时候，何塞往纸袋里乱放的。”她的双臂重新缠上他肩膀，五指轻抚着他利落的后剃发。

塑料小方袋夹在她手心和凌野的脖子之间，锯齿尖尖的，刮过男人发烫的耳郭。

“不想要的话，就推开我。”

果然，她的男孩只是不想伤害她，但无论是在什么事情上，都不会让她等太久。

三次深呼吸后，一直注视着她的那双黑眸半敛下来，沉沉的目光落回她的嘴唇，然后，她的后颈便被凌野的长指扣住。

腰上的那只手也是，一点一点地收紧。

凌野浑身的气息都像是要失控了，将她整个人按在怀里，粗喘着胡乱地亲，猛地将她翻转过来。

酒店窗帘的遮光效果很好，日夜的界线被彻底模糊，根本看不出来现在的时间。

温晚凝也不知道自己这一觉睡了多久，只记得自己临睡前最后看表时，都已经快五点了。

中间好像还迷迷糊糊醒了好几次。

一是因为本来就不清醒；二是因为被折腾狠了，彻底站上了道德制高点，从小的作精本色尽显，毫不顾虑对方是梦是醒，女王姿态地发号施令，渴了要喂水，腰酸要揉肚子。

未料到，睁开眼随便摸摸，连原本到处都滑腻腻的床单都被换过了。

再稍微看向另一侧，皱巴巴的裙子也已经叠好，和凌野白天时穿的卫衣长裤一起，整齐叠放在床头。

凌野正在浅眠，呼吸声平稳，始终将她抱在怀里。

温晚凝下意识地动了动，还没等挣脱，对方就将手臂收紧，下颌贴着她柔软的头发轻蹭："姐姐醒了？"

他刚起床的声线低哑，带了些平常很少见的懒洋洋意味。

温晚凝轻"嗯"了声："你什么时候回队？"

凌野的腰向后撤了撤："这两天都请假了，不急着走。"

两人还是第一次如此亲近，刚刚还好，现在凌野一醒，那种强烈到无法忽视的存在感就翻倍地往上涨。

宿醉劲儿一过，许多乱七八糟的高清回忆重新浮现在脑海，温晚凝脸上泛热，努力地把那股羞耻感压下去："现在几点了？"

她本来想转身面对凌野，结果刚动了一下腰，就不知牵扯到哪里，全身隐隐密密地酸麻，不由得倒吸了口气，耳垂瞬间红透了。要不是有头发做遮掩，她现在绝对已经颜面全无。

凌野却没想这么多，利落地翻身坐起，结实宽肩弯到她这一侧，担心地观察她的表情："不是说不疼吗？"

阅读灯被拧亮，暖黄的光晕洒在男人身上，将他肩头那几道细长的抓痕照得清清楚楚。

温晚凝脸都要红炸了："能不能闭嘴。"

凌野垂眼看她："我看看。"

"看你个头。"温晚凝从被子里伸出手，虚张声势地戳他硬朗的下颌，有气无力，"我饿了。"

"帮我叫个客房服务，别说话，做姐姐乖乖的哑巴情夫，用号码键输入。"她说完就闭了眼，半边泛粉的脸隐入被子里，堂而皇之地装睡。

凌野手臂撑在她脸边，反复地瞧着她，对这些娇气的小动作看得目不转睛，满腔的爱意像要溢出来。

那只细白的手早就落了回去，他又忍不住捧起来，贴在自己脸上蹭了蹭，从掌根亲到指尖，最后又留恋地咬一咬。

温晚凝要被他这个黏人的样子肉麻死，但也下不了狠心赶他，只很轻地把手扬起来，在他英俊的侧脸上拍了拍："快去，先洗个澡再去也行，好凌野。”

浴室里很快传来淅淅沥沥的声响。

温晚凝终于可以独占整张床，费劲地翻转过来，将酸软的身体摊平。

倒真的没怎么疼，喜欢是最强有效的止痛剂，更何况凌野对她的痴迷在这种时候也不遑多让。

但硬件条件放在这里，就算是准备活动做得够充分，她也难免会吃点苦头。

她一向自诩成年后没哭过，也不知道为什么，一碰上凌野就有这么多的眼泪。

也许是纯粹生理性的，也许是被羞哭的。

但是一向最见不得她难过的凌野却像变了一个人，她睫毛挂满泪滴的样子像是触动了他潜意识深处的兴奋神经，只需要稍微看一眼，他的呼吸就会一点点变沉，抑制不住地捧起她的下巴，重喘着凑过来舔她的眼睛。

真的要疯了，只是稍微回想一下，温晚凝就又觉得自己好像被那股窒息劲儿缠住，浑身都热热的，不自在。

浴室里的声音不知什么时候停了，电话座机被很轻地拿起，之后又很轻地放下，接着把手轻响，凌野推门进来。他没穿酒店的浴袍，只用浴巾裹在腰间，赤着精壮的上半身。

他刚走到温晚凝这边，正想低头吻她，就被她轻轻推了一下。

凌野很轻地挑眉，神色不解。

因为开了灯，昨晚没看清的一切都袒露于光线之下，温晚凝的注意力全被凌野腰侧的那个文身引走了。

黑色线条，没有任何花纹，挺长的一道锯齿形，位置不偏不倚，正好卡在紧实的鲨鱼肌上，很惹眼。不仅是文身，他每一站F1分站大奖赛的头盔上也有，甚至连阮佳手上的梅斯车队联名款手链也出现过这个图案。

她早就想问了，只不过今天才有机会：“你的文身是什么意思？”

凌野没立刻回答她，浓长的睫垂了垂才低声说：“温晚凝。”

温晚凝茫然仰头，没反应过来。

凌野顿了几秒，好像也有几分不自在：“你名字的拼音首字母。

“小时候那次爆炸事故，有一块钢板碎片插进了这里，留了很长的一道疤，后来遇见了你……”

后来遇见了她，就把她的名字文在了伤疤上。

大写的“WWN”。

这是他的缝合线。

第十二章 再勇敢一次

这个文身设计得很巧妙，像凌野的人一样，存在感鲜明却内敛，如果不是他亲口说出，无论是远看还是近看，都没有人会往字母缩写上去想。

所以之前录节目出夜市摊位的那次，就算他撩起衣服擦汗，在温晚凝面前将文身暴露得清清楚楚，她也从未揣测过这么荒谬的方向——凌野的文身居然是为了她。

温晚凝伸出手，指腹轻抚过那片皮肤，刺青掩盖的长疤已然泛白，但增生的硬面触感仍然明显。

凌野单手向后撑着，坐在床头任她碰，小腹很明显地收了一下：“痒。”

她把手撤开，眉头微蹙：“什么时候文的？疼吗？”

“刚进哈维当试车手的时候。不疼，很快就结束了。”他语气越是风平浪静，温晚凝就越爱东想西想，忍不住又摩挲了两下，声音放得越来越轻，“那……受伤的时候呢？”

“早就忘了。”

见温晚凝还是怔怔地垂着脸出神，一副心疼坏了的样子，凌野嘴角轻勾了一下，单手压上她的手背，修长有力的手指一根根嵌进她指间，大拇指合住她的虎口，将她整个手都包覆在手心，扣缠在自己侧腹上。

他倒也没多用力，但温晚凝就是逃脱不了，占有欲拉到极致了。

演戏或者日常生活，温晚凝不是没和别人十指相扣过，但从来没有一次是这样的握法。

他抓着她的手轻轻晃：“别为我难过。”

“好狡猾。”温晚凝脸往被子里拱了拱，“追不到我的话，准备怎么跟你女朋友解释？只是为了耍帅用的锯齿波浪线吗？”

“不会有别人。”

温晚凝眼睛微眯：“这么自信？”

“我不会喜欢别人。”凌野看着她，眸色很深，“如果你没谈恋爱，我就继续努力赚钱追你。

“你谈恋爱了，就等你分手，结婚了也可以再离。”

凌野的声音很低，却透着一股卑微。

温晚凝听得不忍，却仍像每个恃宠而骄的热恋少女一样，问出那个经典问题：“那要是……到最后还是没结果呢？”

凌野在原地没动，眼底里全是她：“没结果也正常，就继续等，直到我死了为止。”

这不是他第一次提到这个字了。同样的话换任何一个人来说，温晚凝都会觉得是对方随口往外溜的花言巧语，但凌野不一样。

他一直以来都习惯了一无所有。

跟乔湛或者何塞不同，凌野背后没有坚实的资本可倚靠，也没有能称作“家”的地方让他落脚，他所拥有的全部，只有时间和自己。

摆在他面前的所有道路，都是摇曳向上的天梯，必须绷紧全身的力气向上爬，稍一松手就会跌回原点。原点那里没有荣光与梦想，没有真金白银打造的残酷赛车围场，也没有她。

他的生存法则仿佛流淌在血液之中：严苛的努力和无尽的恒心，只要心脏还在跳动，希望就还没有熄灭，他的执念就没有落空。

也许冥冥之中真有神明眷顾，十七岁时，他带着她给的三十万登上去欧洲的航班，因为年龄和出身只能开冷门到没有观众的北欧巡回赛，他熬了下来，等到了去 F1 小车队做试车手的机会。

今天，甚至还等来了她的喜欢。

凌野天生肤色偏白，那颗钻石被白金细链子吊着，垂落在紧实的胸肌上，随着他呼吸的节奏一闪一闪。

这并不显得阴柔，反而有种反差极大的蛊惑感，和他刚刚那句过激的发言一起，冲击得要命。

温晚凝不自觉地想起这颗钻垂落在她背后时一荡一荡的凉意，心口一阵酸热。

她指尖勾住那条项链往下拽。

本来以为要费一番力气，结果只是稍微一动，他就整个人倾轧了下来，在靠近她唇瓣最近的地方堪堪停住，单手撑住床头。

他又是那种半敛着眼的晦暗神态。

温晚凝腰间发软，却仍要逗他：“不反抗一下吗？一拽就倒？”

“链子太细了，会勒疼你。”凌野睫毛微微耷拉着，视线落在她的颈边，有种风雨欲来的克制。

她整个人都像被他松松地圈在怀里。

清新的沐浴露味，皮肤水汽未干，有种凉得不寻常的寒意。

温晚凝现在才注意到，另一只手顺着他的脖子向背后摸，试图确认自己的推测：“冲的凉水澡？”

“嗯。”

春末夏初，不是什么需要冷水解暑的大热天，他一声不吭特地跑去在冷水下站了这么久，目的只可能是一个。

温晚凝被他黑沉的眸子看得心紧，满腔爱怜涌起，又有点好了伤疤忘了疼，攥着他项链的手指绕圈收紧，一寸一寸向下。

直到唇珠重新贴上他锋利的下巴，她赦免般地啄吻了一下，声音温柔：“怎么说得这么可怜？姐姐已经很喜欢你了。”

凌野微怔片刻才很轻地笑了声。

他低头偏过脸，用自己的鼻梁蹭过温晚凝的额头：“我也是。”

男生唇边有股好闻的薄荷味，随着呼吸拂过她的颊边，最后才贴回她唇上，露珠似的轻轻撩动。

初吻似的珍重劲儿。

躁动又暧昧。

纯情得让她脑子都要炸了。

温晚凝有些情动，将凌野的重心勾得更低，直到他撑在床头的手臂开始轻颤，好像马上就要控制不住压在她身上，才又去嘬他漂亮的下唇，语气很绵软：“好狗狗，饿不饿？”

次日，温晚凝早起找借口推了周芙的接送邀约，搭凌野的车回了申城。

凌野这样千里迢迢请了假跑回来，隔两天又要飞到摩纳哥准备下一站，温晚凝本来做好的休息计划全部重排，家也不回了，和好友约的SPA也推了，甘愿成为戚酒酒口中的“从此君王不早朝”，与凌野在梧桐区的房子里腻了两天。

本来还准备和工作室聚个餐，聊聊下一步的打算，也改成了线上会议。

梁奈在上次突然阴阳怪气之后，也许是被温晚凝告知的真相打击到了，安静了好一阵子，既不追加猛料，也不点名，任网友胡猜。

直到这两天《春夜》的杀青照发布，男女主同框的超前路透大批量释出，热度飙升，她才又诈尸般回复了两句之前的评论，拐弯抹角地挑毛病，暗指林宙业务能力在线，但识人眼力不佳，后面宣发的钱一砸进去，多半也要因为这点疏忽后悔。

这瞬间引发了部分无良营销号的注意，变着花样地招惹是非，披着不同的素人皮，往热度最高的几条讨论帖中频频扔截图引战。

△去梁老师主页看了一圈，这得是当年被瘟姐欺负成什么样。

△该怎么说瘟姐好呢？业务能力不是没有，拉顶流炒CP也很有一套，可惜这次八成又是翻红了一半又被按下去。姐能怪谁呢？要怪就怪互联网永不失忆吧。

△都什么时代了，大婆教还有这么多信徒……

△这次我有点站温哎，梁老师这种絮絮叨叨半天拿不出一条证据的样子，真的很像平常在家里没实权，随手抓一个好欺负的假想敌来撒气。

△笑死，楼中楼最多的居然是我们语温作野粉，我的北极圈老家你是真的红了。

△不是，一边是和凌野谈，一边是给油腻中年男伏低做小当后妈斗大婆，这问题都不用姐来回答，但凡是个正常人，看完第一个选项还会犹豫吗？

△梁老师那句“到了今天还是只会依靠男人”又给我嗑到了……所以姐姐现在依靠的是哪个男人？我们凌温是真的对吗？梁老师你说句话啊！

△看热闹的朋友们，来都来了，今年冬天记得去电影院看《春夜》！晚凝演技掉线我把票吃了！

虽然也有路人被营销号挑唆着倒戈，拿着包浆旧图四处避雷劣迹女艺人，但这次为温晚凝说话的人也有不少。未料只是过了短短半周，和最初爆发黑料时极为相似的情况再次发生。

几家极有影响力的圈内媒体齐齐翻起了旧账，明面上是公开谈论温晚凝当初的事件是真是假，实际上是为梁奈一家洗白。

从夫妇两人十几年来耕耘的慈善事业讲起，又很聪明地绕回梁奈当年独自难产事件，狂打感情牌，甚至还重新转起了当年梁奈丈夫的一篇长专访——《自救指南：被误认为性骚扰之后》。

综合以上内容的小视频在各大平台发酵了好几天，标题一个比一个抓人眼球。似乎有幕后大佬在撑腰，连一看就是钞能力的热搜都买了好几个，闹得沸沸扬扬，有种要一把将她剿杀的气焰。

温晚凝接下来的几本杂志和商拍都受了影响，工作室里的人忙得焦头烂额，倒是放她本人在温家老宅歇了好几天。

躺平的这几天，事情的进展也不是没有。

也许是她这段日子实在惨得有目共睹，除了当年的几个同公司艺人，温晚凝还收到了合作过的某位女明星的微信。

那位女明星和她们一样，曾经被同一个人要挟过，在冷处理对方的邀约之后，很快没了演戏的机会，因为名气不够，也没有足够的家底撑下去，两年前就已经退圈了。

她本来想作为素人平静生活，看到温晚凝的遭遇又有些不忍，愿意把自己当年收集的所有证据都交出来。

温晚凝听得唏嘘，对方关于通话记录的几句话也提醒了她，在老宅卧室里翻了半天，连小学时的校服和红领巾都扒拉出来了，这才在柜子夹缝里找到了当年用过的旧手机。

卡都还在，就是不知道哪里坏了，怎么充电都开不了机。

晚上温璟过来蹭饭，听完之后不甚在意：“楼下随便找个店修呗。”

“我倒是想，”温晚凝托着脸，把温父夹过来的小排涮水去油，“但那里面敏感信息还挺多的，老板随便一看，估计要出大事。”

温璟一挑眉：“多敏感？你和前男友的亲密合影？”

本尊还未摇头，温母先睨了一眼过来：“你还不知道你姐？这么多年纯工作狂，哪有什么前男友，能有个现男友我就烧高香了。”

“是没有，”温晚凝小口咬着汤碗里的冬瓜，不动声色，“就是些照片短信什么的。”

她倒还真不担心被看见什么“前男友”。把凌野偷摸藏在申城房子里的那半年，两人的合影极少，消息往来几乎也全都是些客套话。

比如“回来了没”“走了没”“下雨带伞没”“用不用接”“身上的钱够不够”……

硬说是男女朋友都没人信，顶多算是男高中生和监护人，关系比她最近吃的减肥餐都干净。

至于去海外之后，他也说过，并没有发很多消息过来，也许只是逢年过节的一两句寒暄。

她更担心的反而是那些错综复杂的关系。

在事件爆发之前，圈里许多响当当的名字都曾是她的“好朋友”，往来密切，可墙倒众人推，大部分人早就散了。

温晚凝盯着温璟看了老半天，突然想起他大学念的正好是电子系，平时也喜欢玩点精密手工，随口一问：“我觉得也不用找别人了，就你帮我修呗，找信得过的朋友也行，只要你全程盯着。”

温璟直皱眉：“姐，你是不是对我学的专业有什么误解……”

“你七月准备出国，和朋友毕业旅行？”温晚凝打断他。

温璟没反应过来：“对啊。”

“F1伦敦站去不去？”她放下汤匙，神色淡定地狐假虎威，“我有特殊渠道，帮你抢梅斯的围场俱乐部票，直接送你进银石赛道。”

温璟捏筷子的手一顿，人都听傻了。他赶紧表忠心，就怕她收回承诺：“放心交给我，多机位给你直播修手机全过程，三天之内修好还你。”

温晚凝点点头，给他多夹一块红烧肉：“你办事我放心。”

两人在这边姐友弟恭，温父听得好奇：“什么特殊渠道？”

“还能有谁？”温璟心已经飞去伦敦，语气都郑重起来，双手虔诚合十，“当然是我伟大的绯闻姐夫。”

手机交给了自家人，温晚凝还是留了最后一道保险，提前把电话卡拔了下来，用平时随身装首饰的小盒子锁好，放在了常背的包里。

外界声音纷纷扰扰，《临时起意的旅行》第五季的节目还是风雨不动地播到了最后一期。

第五季的收官之章，橙台在申城市区的棚内搭了个热带海岛风的布景，每一处细节都精致到了极限，力图呼应官宣阵容和第一集播出时的初心，内景中甚至还原了一家阶梯型的户外电影院。

除了今天在摩纳哥比赛的凌野和何塞之外，其他嘉宾们都到了，和官博事先抽选的幸运观众一起观看最后一集的直播，顺便聊一聊幕后花絮和未来展望。

送温晚凝过去的路上，周芙怎么看她的衣服都觉得不顺眼，从后视镜里瞥了一眼又一眼：“你真准备穿这身去录直播？明天嘉悦能发十篇通稿吹乔梨艳压。”

温晚凝又把领子往上扯了扯：“吹呗。”

其实也不怪周芙这样问。今天这样的场合，轮到温晚凝说话的时长十分有限，又是和观众直接接触，她这样的综艺天然呆，但凡有点事业心，肯定要在美貌上多花点心思，好从一片综艺咖里抢点注意力过来。

工作室早有准备，提前一个礼拜帮她借了露肩礼服裙，丝质的，月白色，露肤度不至于夸张，但温晚凝的先天条件放在这里，随便穿穿也能成为天然的聚光灯，不意外又能斩获一片讨论度。

事先确认得好好的，可她临场突然改了主意，坚持换了身上这套高领长裙：袖子直到手腕，裙摆盖过脚踝，质感慵懒文艺，配上舒服的平底帆布鞋，很有春末的清新气息。

也不是不好看，只是太素了，保守得没有半点一线女明星的气势。

周芙一边开车一边琢磨，当她是被最近网上的谣言刺激到了，好言好语安慰了她许久。

还是阮佳眼尖，在温晚凝抬手扎头发的时候，往她耳朵后面一瞥，被那几处红得发紫的吻痕吓了一跳。

阮佳沉默了。

进市中心后，三人被牢牢卡在车流之中。

小姑娘话到嘴边嚼了又咽，最后才相当委婉地提醒了一句："……温老师，其实我觉得你刚上车那会儿头发挺好看的，等下就别扎了，扎了还容易乱。"

温晚凝抬手摸下巴："我最近胖了，扎头发显脸大？"

阮佳摇头。

她更蒙："想说什么就直接说。"

阮佳脸憋得通红，下了好一会决心才伸手点了点自己的耳朵后面，示意给她看。

温晚凝瞬间语塞。

想想凌野早已经在车队里承认了一圈了，她觉得自己也没必要瞒到底，是时候跟工作室透个气。

虽然语境实在是有些尴尬……

驾驶座上的周芙已经跟着看过来。

"我最近谈恋爱了。"温晚凝眼神微微一闪，说得很直接。

周芙"啧"了一声，刚想追问，就被她的下一句话噎了回去。

"和凌野。"

就三个字，仿佛一颗流弹落进车里，炸得两人半晌没动静，俱是目瞪口呆，充分说明了什么叫新闻越短越炸裂。

前方绿灯亮起，周芙起步都慢了好几秒，被后面的司机狂按喇叭。

她开出半条街，咽了咽口水，才又找回了声音："你刚刚说……和谁谈上了？"

"我和凌野。"温晚凝抿了抿唇，脸颊上还有点热，语气郑重，"具体经过比较复杂，一时半会儿也说不清楚，但我这次挺认真的，不想一直这样藏着掖着。本来也没想瞒你们，最近梁奈的事搞得这么不好看，就一直没来得及开口。等到眼下的事情都解决了，我想和他公开，所以在此之前一定一定要帮我保密，工作室内部可以说，但半个字都不要往外传，也别再拿他去炒作。”

在圈子里待了这么久，怎么说也算阅尽千帆，这还是周芙第一次惊成这样。

她失语了好半天，都不知道该从何处回应：“……公开就公开，怎么说得像是要结婚。”

阮佳在震惊的余韵中恍惚了一路，等停好车，陪着温晚凝快进棚了，才小心翼翼地问出一句：“温老师……你不会是因为这几天一直和他在一块儿……”

今天才捂得这么严实吧？

温晚凝远远跟节目导演组打了个招呼，冲小助理比了个噤声的手势，小幅度点头。

阮佳自觉捂嘴，把一声惊呼咽了下去，迈出去的步子都有点顺拐。

人都有点双标，以前只觉得是炒 CP，她每天和工作室里其他小姑娘紧盯着超话和同人社区，多大尺度的漫画和产粮都不觉得有什么，见到特别有意思的梗还会截图在小群里分享。

可这并不意味着等发现老板真和自己的偶像谈上了，她还能继续保持淡定。

更何况，她老板八成被啃得全身没一块能看的空地了。

阮佳默默无声号叫，只恨自己刚刚答应了要保密，再无第二个人能分享内心的惊涛骇浪。

太反差了，真的太反差了。

谁能想到，这样的赛车机器，骨子里会是这么热情……

刚刚温晚凝下车前整理袜边时，她甚至还看见了对方踝骨附近的几圈齿痕。

阮佳脑子里不受控制地渲染出一些画面，觉得还是太亵渎神明了，赶紧甩了甩头。

嘉宾们简单上台打了声招呼，推着节目组特制的怀旧小推车，给台下的现场观众发了一圈东北的零食点心。

带了小叉子的迷你黄桃罐头，还有后台刚加热好的黏豆包，人手一份。

温晚凝担心观众接过去的时候碰掉了，一直都是走在离观众最近的地方用双手递，速度比其他几位嘉宾都要慢一些。她分到的区域女生居多，一靠近就会掀起一片高低错落的“姐姐”呼喊声，偶尔还夹杂着几句乱入的“妈妈”。场面之热烈，引得回到台上的魏应淮都忍不住打趣“温老师你到底有多少流落民间的好妹妹”。

主持人留足了台下互动的时间，温晚凝也不急着回去，争议期间被爱意包围的感觉很让人感激。无论是让她摸摸头还是一些简单的问题，只要不是很过分的需求都尽量满足。

她转身准备回去时，意外在隔壁列发现了一群特地为她来的粉丝，一直在后排摇晃着有她Q版头像的牌子。鲜明的荧光橙色大字“晚凝姐姐看这边”，箭头指向一个看不出用意的选择题。

——A. 喜欢猫猫。

——B. 喜欢小狗。

温晚凝脚步一顿，稍微思考了两秒，朝那边比了个“2”的手势。

对面明显没想到她真的会回应，骚动了好一阵才手忙脚乱地把牌子切换到第二张。

——有多喜欢?

——A. 有点喜欢。

——B. 非常喜欢。

问题板的周围装饰着一圈戴着青色项圈的纯黑色德牧，指向性再明显不过。尖叫声中，温晚凝被CP粉的花式操作搞到无话可说，长发遮挡下的耳朵都红了，做了个求饶的手势，推着小车回去了。

八点钟一到，《临时起意的旅行》第五季最后一集的直播准时开始。接近两个小时，几位嘉宾都坐在布景电影院的第一排陪看，特写摄像机各就各位，不放过每个人的微表情。

有真实观众在场，直播的主镜头一直很热闹，笑声和呼喊声迭起。特别是到了最后，节目组为凌野设计了生日惊喜，在漫天的梦幻极光下推出蛋糕为他庆生的片段。

即便在场大多人都看过了那场直播，还是被八音盒的温情音乐煽得遭不住，不约而同地一起唱起《生日歌》。

导播随机切到的几个台下的镜头里，有许多穿着凌野队服的女生已经泣不成声，泪流满面。

节目直播结束，最后一次的片尾曲响起，远镜头从白雪覆盖的小院子拉高，直到无垠的星河和光幕，屏幕上闪过所有主创人员的手写寄语。

灯光缓缓亮起，现场一片喝彩和掌声。

主持人很快拿起话筒，邀请几位主创来到台上的高脚凳落座，回答刚刚从直播评论区中收集来的几个问题。都是照例走着流程，但现场气氛极好，从头到尾就没冷过场，甚至有了种毕业典礼般的留恋不舍感。

导演组早有安排，观众们挥之不去的失落很快就被突然接通到大屏幕的摩纳哥现场连线打断了。竖屏的高清镜头刚亮起时还是何塞乱蓬蓬的棕色小鬈毛，很快切到后置摄像头随手放到一边。

何塞搭着凌野的肩，站在梅斯的休息室内，和众人打招呼。

两人明显是刚结束比赛不久，饶是凌野这种不爱出汗的体质都像浸透了水，赛车服的领口还好好系着，从侧脸到喉结一片湿漉漉的，狭长的眼尾微微泛着红。

直播间已经被骤雨般的大片青绿色弹幕攻陷。

△啊啊啊……

△呜呜呜，凌野……老公比赛辛苦了，我好想你。

△刚刚正赛77套圈巡航太久看得睡着了，怎么一睁眼给我干到橙直播间来了？

△恭喜77摩纳哥城市赛道卫冕，排位赛冲刺赛正赛最快圈速全包揽，下一站五连冠走起！

△好敬业好敬业好敬业，我愿尊称为时间管理大师，从领奖台到休息室开直播有三分钟吗？ 77和23你俩开赛车回来的？

△谁懂，同时开着F1转播和《临时起意的旅行》追了两个小时，一会儿含泪唱《生日歌》，一会儿被哥夺冠开香槟钓成翘嘴，我妈都怀疑我人格分裂了，而我……为爱疯魔罢了。

△23能不能帮忙把你哥的衣领解一下，没别的，就是太热了，看着怪心疼的。

△勇敢的人先吃上国宴：他冲回来就是为了看老婆！

主持人一直在密切关注着弹幕的动向，见现场的沸腾已经难以停歇，很熟练地带动气氛。

他先带着全场一起为凌野半小时前拿下的分站冠军掀了好几波人浪，这才按照手卡上准备的内容继续往下走流程。

人气和话题放在这里，五分钟的直播连线里，大半问题都指向凌野。

温晚凝坐在台上转身，肩膀微微后仰，平静地看向大屏幕中那张一周多没见的帅脸。

可能是热恋综合征，明明隔着层层镜头，可她总有种错觉——她抬头的时候，凌野好像也在跟着她一起抬头；她低头的时候，凌野也会顺势向下看。

就好像他对眼前发生的一切并不在意，只是在看着她一样。

读粉丝热评环节，主持人随机喊停了一条点赞过万的弹幕，用播音腔朗读出声："什么非人臂力，凌野抱起温老师就像我拎起一瓶水一样简单。"

连线信号有滞后，视频里的凌野还在侧着头听，台上的众嘉宾已经愣住。温晚凝原本好好地喝着水，调整了好一会儿表情，才把瓶盖拧回去。

台下瞬间哗动。

一开始，只是二楼迸出破音的一嗓子："语温作野是真的！"

后面连一层也开始连锁爆炸，连绵不绝的尖叫声骤起。

戚酒酒都跟着做了两个欢呼的手势，看热闹不嫌事大。

何塞很会看眼色地拿起手机，直接切到后置镜头对准当事人的脸，催凌野赶紧回应。

凌野却很淡定，嘴角很轻地勾了勾，沿用了粉丝评论里的称呼："温老师其实挺轻的，单手就抱得起来。"

……这是什么虎狼之词？

温晚凝扣着手里的话筒，面上微笑不改，实际上头皮都快炸了。

只恨自己和他隔了十万八千里，使眼色踢鞋尖都无能为力，没法制止他把这个危险的话题继续下去。虽然他后面简单解释了几句，所谓的单手抱是被剪掉的照顾伤员花絮，但场内外的CP粉都已经嗑晕了，恨不得边吸氧边狂掐人中。

粉红色的囍字弹幕疯狂刷屏，车队唯粉的恨铁不成钢反而屈居下风，只能无能狂怒，在夹缝中抒发愤懑。他们怎么都无法理解，凌野现在有成绩有代言有名气，怎么就想不开非要用这种工业糖精媚 CP 粉。

这番谁都没想到的活动高潮，最终以凌野的提前离场作结。

视频连线还剩最后两分钟，两人所在休息室的门被工作人员敲开。

凌野朝那边打了个手势，表示自己很快就会过去。

何塞一点面子都不给他留：“大家真的不知道凌野有多努力，为了跑过来接连线，把领奖台采访都翘了，现在要被领队抓回去。”

而凌野却并未给自己多做辩解，对着镜头认真道了句别，随后就开始利落地整理衣服。

他倒并不忌讳放在面前的手机，为了动作方便，干脆把缠绕在拉链搭扣上的钻石吊坠叼在了嘴里。这个动作做得格外熟稔，明显不是第一次了。

和他过往的冷淡人设相比，这种生活的细节格外鲜活，现场看得一片哀号。

主持人连忙又为大家争取最后的互动机会：“临走前，凌野和何塞还有什么要对《临时起意的旅行》的观众们说吗？”

刚才的工作人员又来催，从门缝里伸出半张为难的脸。

何塞赶紧把手机递给旁边的媒体助理。

女生比他们俩矮许多，凌野敛目看向镜头，和何塞一起又认真道了几句谢。

话倒是每一句都谦恭有礼，沉稳得让人挑不出错来。只是在镜头切断前的最后一秒，画面因为助理的手抖微晃了一下，但仍能让所有蹲守直播连线的人都看得清清楚楚——凌野躬身拿起放在一边桌上的赛车头盔，比刚才叼项链时还要自然地拎到下颌边，用唇在那道标志性的锯齿线条上蹭了一下。

他的动作很快，连吻都算不上，更像是刻入肌肉记忆的习惯。

不光是温晚凝，全场内外都有点看傻了，直到直播结束，黑屏后的评论区还在飞速下滑，激烈讨论信息量极大的最后几帧。

△呼叫呼叫，有凌野老粉在吗？这个项链、头盔和女人没关系我是不信的。

△ 77 哈维试车手时期入坑的，完全中立地科普一下：项链是哥之前戴的钻石耳钉改造的，头盔图案只说过有重大的意义，是他侧腰文身同款，别的没了。

△大胆预测又要有神智不清 CP 粉过来发疯，说凌野是恋爱脑，凡事都往 WWN 身上胡乱联想的贱婢我见一个打一个。

△ WWN……虽然知道楼上纯属手滑蹭到大写锁定了，但我真的有被这个大写版本的样子吓到。

△不相信巧合的人真的会灵机一动。

△ WWN，温晚凝……凌野你小子也真是的……

△都十分钟了！梅斯还没出来下律师函！我真的真的会当真！

△管它真料假料，能嗑就是好料，谢谢我的互联网爸爸妈妈，重拾生活信念面对黑色星期一了。

拍完全场大合影，再次向现场观众鞠躬道谢，嘉宾们陆续下台。

原定的聚餐因为姜芸和魏应淮的急事而临时取消，温晚凝本来想打电话给经纪人，提前回家休息，出门时却被人拦了一下。

出乎意料，竟然是许久都没说过话的乔梨。

小公主今天穿了一身粉白色的泡泡袖高定礼服，走过来时布料微颤，像朵金枝玉叶的蔷薇花。

像是下了很久的决心，她踌躇了片刻才张口："晚凝姐一会儿还有事吗？我们聊聊？"

见温晚凝一副有些茫然的表情，她表情更别扭了："我哥是不是前段时间去威胁你了？不是我授意的啊，你别把我看成一样的人。"

温晚凝更诧异，但还是点了点头，简单跟工作室那边交代了一声，上了乔梨的保姆车。

在浦江沿岸开了半小时，抵达的地方竟然不是预料中的会馆或者清吧，而是乔梨在申城的房子。这座城市核心地段的大平层，落地窗外江景一览无余，隔岸的楼宇的霓虹将室内的精致装饰映亮。

室内是很少女的米白色系，看似没什么攻击力，实则每一块砖都散发着金钱的味道。

温晚凝跟着乔梨往里走，在路过一走廊的顶奢铂金包玻璃柜之后，心里暗叹，果然这才是豪门养出来的大小姐。

娱乐圈藏龙卧虎，自己家只能算小富即安。

乔梨领着温晚凝到落地窗前坐下，有些误解了她的神色，挺不自在地推给她一杯水："房子是自己赚的，和我哥没一分钱关系。"后半句说得飞快，几乎隐没成了自言自语，"……能让家里给也是我的本事。"

回到熟悉生活环境中的乔梨，意外地有人情味儿。

温晚凝的那点警惕心也淡了下来，不由得轻笑出声："当然。"

乔梨像是没想到她真听到了，耳尖红了，看了她一眼，清清嗓子，开门见山："我哥怎么和你聊的？"

温晚凝先试探了一句："什么时候？"

"还能是什么时候？"乔梨喝了一口水，把华丽的浮雕玻璃杯捏在手心，"你和魏应淮新电影杀青那天，我哥后来简单和我说了两句，让你为难了吧？"

那何止是为难。

温晚凝回忆了片刻，想起乔梨在录节目夜聊时跟她坦白过的那些少女心事，抹掉了部分信息简单带过："乔总邀请我作为女伴参加一场宴会。"

"回港城参加我们家宴？"

温晚凝点点头。

“他真敢想……”乔梨瞬间洞悉，冷呵一声，“让你踹了凌野，当我嫂子？”

温晚凝怔然，自己刚刚还在极力避免提及这个名字，未料对方倒完全不在意，就这样随意说出了口。

“你知道？”

“谁不知道？”乔梨晶亮的美甲按在太阳穴，语气带着几分懊恼，“我是瞎了还是聋了，才会让你有这种错觉？

“从你话剧首演那时候我就有猜测了，他对我哥那个态度，又给你搞了那种架势的花篮。

“亏我还觉得你每场话剧演出都只有几个人送花篮好惨，我那天回去越想越不对劲，那几个不署名的一直都是凌野吧？”

“敢情惨的人只有我……”她越说越恼，骄矜的大眼睛气得要喷出火来，“你和凌野谈多久了？是不是录节目之前早就开始了？我说自己追他的时候你是不是觉得很爽？”

“怎么可能？”温晚凝哭笑不得。

乔梨是那种典型的甜妹长相，五官很精致，嗔怒的表情不仅不会让人觉得烦躁，反而还有几分可爱。温晚凝坐在她对面，对她的发泄照单全收：“不到一个月吧。”

温晚凝说的是真话，乔梨却完全不信，斜眼瞥她：“谁信？”

温晚凝笑了：“真的。”

美人有许多种，如果说乔梨这种是斩男，还有点挑对象，那温晚凝这种的姐系攻击范围明显更广，眉眼弯起来如春水碧波，连女生都无差别扫射，一概斩落于裙摆之下。

乔梨看了一会儿就有点受不了。她本来在直播活动上被凌野最后那几秒的操作酸得肝疼，暗叹温晚凝是积了几辈子的德才能有这么好的运气，可此刻就已经不受控制地倒戈，觉得谁积德真还不一定。

凌野这小子……还怪有福气的。

沉默几秒，乔梨的脸颊越来越红，毛毛躁躁地瞥温晚凝一眼：“这么看我干什么？觉得我可怜？”

“不是可怜，”温晚凝对她突然的情绪转变还有点茫然，下意识地哄道，“就是觉得你挺可爱的。”

乔梨一愣。

自己是小猫吗，为什么要被这么挠下巴啊？好烦。

只有两个人的空间加强了尴尬感，乔梨觉得自己再这样下去就要变成奇怪的人了，赶紧拿起杯子咽了几口水。

“我其实以前更像是女友粉吧，家里开娱乐公司，我早就对追星这回事祛魅了，没见过凌野这样的，冷冰冰不爱理人，喜欢钱但不喜欢我的钱，一下子就有点上头。

“申城站比赛后你又回去找他，我都看见了。”乔梨偏过头，有些烦躁地挠挠头，“倒也没多心痛，不像是失恋，就是觉得有种偶像塌房的空虚感。”

温晚凝若有所思：“所以现在脱粉了？”

“脱粉一万年了。”乔梨凉凉道，“我再找一次代拍我就是狗，下一站的周边也不买了，他休想再从我这里骗到一分钱，你们俩自生自灭吧。”

她有种娇生惯养出来的孩子气。

温晚凝笑着道了声歉，乔梨连连摆手：“算了算了，再说对不起一律算炫耀了啊，说正事。”

她拽过扔在地上的铂金包，掏出一个很小的塑料盒子，随手丢给温晚凝：“嘉悦有东西你想要，不如问我，问我哥要肯定要被敲一笔。”

是一张薄薄的存储卡，看上面印着的数字，内存倒是大得惊人。

温晚凝抬头看向乔梨：“这是什么？”

乔梨挑眉：“你最想要的那场晚宴监控录像。”

温晚凝怔在原地。乔梨来势汹汹，早已做好了准备，她还以为诘问和开解就是今天这场闲聊的全部内容，无论如何都没想过居然还有这样的天降大礼。

“不知道你想要哪一段，我就把那天所有角度的摄像头全拷贝下来了，从晚宴开始前一小时到最后退场的停车场，全在里面。”

温晚凝都被砸蒙了：“……为什么？”

乔梨为什么要帮她？就算只是追星心态，可她也是导致偶像塌房的罪魁祸首。

“没有为什么啊，”乔梨别别扭扭的，“最近那个梁老师跳得那么欢，我起先也想过就这么看你吃瘪，说不定还挺解恨的。

“结果谁知道你随便一整就过得这么惨，代言保不住就算了，连新本子都接不到，搞得我都看不下去了，一点都没爽到。

“晚凝姐，你在节目里帮我那么多，就当我还人情了。”她重新望过来，眼睛里隐约有光，“本来就是嘉悦做得不地道，经过这件事，我也发现了，我哥这人和之前那一届董事会也没什么区别，以后我想想办法把他换下去。”

“谢谢。”温晚凝弯弯唇，看着她，“你一定可以。”

“当然。”乔梨扬起尖尖的下巴，“至于凌野，错过我是他的损失，我会有更好的。”

温晚凝笑了，也模仿她抬起下巴，举起玻璃杯朝她手里的轻碰一下，专注的水眸微闪：“当然。”

乔梨嘟囔了两句，表情又开始不自在。

她越来越能理解凌野了。

这样的姐姐……只要她想，无论攻略谁，都像吃饭喝水一样简单吧？

有承诺好的银石赛道 VIP 票做钩子，放在温璟那边的旧手机开机进展飞快，第二天就修好了，直接闪送到温晚凝手上。

因为事先拔出了 SIM 卡，手机并没有什么特别的动静。

温晚凝和工作室的小姑娘们一起熬了几个大夜，把之前疏忽遗漏掉的通话记录和可疑号码信息都转了出来，和原来手里的证据互相印证补充了一下后，交付给专业的法律团队再三把关。

周六早上十点，这条酝酿了足足五年的长文澄清帖终于得见天日。

按下发送键的那一瞬间，温晚凝手心里全是汗，指尖都在颤抖。

@演员温晚凝：半个月以来陆续收到了很多朋友的消息，在这里统一感谢并回复。

五年前，我因为动手反抗性骚扰，遭遇了一场声势浩大的网暴。

事发后，我全部的社媒账号被公司收回，小号发出的澄清帖子均被删除，更有号称熟知内情的同事公然做假证，用所谓的目击经过爆出“反转”。

在此之后，我个人在嘉悦的工作机会几乎清零，身边的工作团队被公司边缘化，而事件的另一当事人@英致资本邵志磊，却得以全身而退。

真相被任意扭曲剪裁，我从受害人成了破坏别人家庭的第三者，被迫站在明处接受审视和辱骂，由加害人亲手编织的污名几乎成了我的标签，难以洗脱。

办独立工作室这几年，我从未放弃过收集证据，也在这个漫长的过程中得知，原来受过邵志磊骚扰的女艺人远不止我一个，更有人因为不堪重压患上抑郁症，被迫放弃演员事业，早已退圈多年。

我不知道这条微博能存活多久，会不会像当年那样消失。

即便如此，我也想再勇敢一次。

为了身后所有被迫沉默的受害者，也为了多年以来一直坚定陪伴在身边的人，我赌上一切抗争到底，做好了退居幕后的准备。

如果我求索的正义终被压下，诚实不敌权势，至少也不会再后悔。

下面的长图均为邵志磊性骚扰实锤，来自我和五位不愿透露姓名的受害女艺人，内容涵盖了当年的骚扰电话录音、索要私密照片和视频的记录、委托时任秘书代送的昂贵礼物，以及用前途做威胁、借礼物损坏之由提出天价赔偿的短信往来。

十八图限制的原因，在这里先放这些，正式立案后，我可以无条件公开更多铁证。

最后的两则视频，一是当年嘉悦年末晚宴邵总和我的互动多角度全经过，再次感谢这位正义朋友提供的监控录像。

当时的我迫于权势威压，在前期只是竭力避开邵的身体碰触，毫无冒犯之意，在对方试图于无人处进行更大胆的猥亵时，才有了广泛传播的那张“扇耳光”动图。

剪辑仅为节省时间，完整无处理版我会一并提交给警方。

二是邵总的夫人@梁奈V与我在稍早前线下见面的聊天录音。前些日子梁老师新剧本试镜的争议真相究竟为何，相信大家在听过后，自会有答案。

最后，再次谢谢大家的关心。

祝我们都能在这个春天得到光明与轻盈。

被钉在小三耻辱柱上的昔日三金影后，不鸣则已，一鸣惊人，以足以将对方锤死的巨量猛料，突然向德高望重的国内传媒圈大鳄指脸下战书。

一时间，无论是最近因为《临时起意的旅行》对温晚凝生出几分好感的观众，还是从未听说过她名字，偶尔也跟着无脑黑子嘲两句“瘟姐”的纯路人，都被她的这条长微博炸了出来。

在被她提及的两个人反应过来之前，这条微博已经空降热搜榜第一，每一个词条后面都打着鲜红的“爆”字。

短短十分钟过去，转评已经破二十万了。

△我的老天爷……姐真的太勇了，直接在正文里“艾特”啊……

△省流版：你们口中的“瘟姐”是受害者，和其他五位匿名女明星一起被邵性骚扰整整一年，搞霸权那套联合嘉悦捂嘴不让说话，邵的夫人还倒打一耙，扬言要把温送进去。

△邵真的是人渣吧，他和梁奈不是之前还上访谈节目，说两人感情在第三者考验之后更深厚了，很愧疚没在老婆难产的时候全程陪同……想想真的好恶心。

△支持姐姐！都解释得很清楚了，之前说不出口，现在证据够了就不忍了！

△看完了，太难太难太难了，好癫的贵圈，好惨的温老师。

△作为女生，真的很好代入那个处境，监控看得要心疼死了，姐姐真的整个人都吓得在抖，我的天！

△长图的经历剖析看得我直掉眼泪。为什么要把别人的痛苦当作笑料呢？为什么坏人可以这么多年得意扬扬，而受害者仅仅为了自证，就要把已经痊愈的伤口撕开向所有人展示呢？

△听完温和梁奈的对话被狠狠圈粉了，姐姐逻辑好清晰情绪好稳定，我一边哭一边心怦怦跳，果然是“强者愤怒，抽刃向更强者；怯者愤怒，抽刃向更弱者”。

△英致资本从换了邵上来就不行了吧？随手给小明星送礼都大方成这样，建议查查有没有问题。

…………

风暴愈演愈烈，对方的公关团队却仍一言不发，放任整个舆论一夕逆转，恶评如潮。

温晚凝在发送这条微博之前，只在工作室内部商量了几天，半点风声都没往外面透。毕竟这种话题太敏感，牵扯到的利益关系十分复杂，她不想连累身边的任何人。

可让她没想到的是，愿意冒着顶撞资本的风险，坚定选择站在她这边的人竟然会有这么多。

除了秒速转发“挺你”，连感叹号都手抖打成顿号的戚酒酒，连向来与世无争的姜芸老师都特地跑来撑腰。

半个小时过去，除许嘉树之外的《临时起意的旅行》第五季成员都陆陆续续转发了她这条，包括伦敦时间凌晨两点半，理应还在睡梦之中，准备第二天新动力单元调试的凌野。

温晚凝紧张到坐立难安，发完微博后就把手机扔到一边，这消息还是阮佳匆匆跑过来说的，急得上气不接下气。

可还没等温晚凝有什么回应，旁边传来一声倒吸气，居然是一直在窗边和工作室连麦的周芙。

“……怎么了？”温晚凝莫名有些不好的预感，咬紧了下唇，“很严重吗？”

“严重大发了。”周芙扭头过来看她，本来还想逗逗她，可嘴角绷了没几秒，就再也抑不住，“你猜猜谁在外网转了你这条？”

温晚凝茫然抬眼，心被周芙撩得像在坐过山车，快要从嗓子眼飞出来了：“谁？”

“我之前说什么来着，你有时候真的是命好。”周芙叹了一口气，“国内三金已经拦不住你了，晚凝，你收拾收拾，咱们接下来可能有机会冲欧三了。”

温晚凝怔了怔，接过她的手机，将视线投向屏幕中，是一条完全翻译自她微博的双语推特。

只在看见对方账号的一瞬，她就已经难以控制地止住呼吸，双眼睁到最大。

这是连麦礼文都只能仰望的奥奖华裔大导演。

那个她从未敢奢望过合作，被无数影评人协会大奖妆点的名字，现在却在说——

@沈安：朋友的朋友。

虽说通过六个人能认识全人类不假，但沈安的语气实在太熟稔，温晚凝都有点看蒙了。

她怎么不记得自己在圈里还认识这么手眼通天的朋友？

如果不是认证栏里明晃晃的标识证明是沈安本人没错，她都要怀疑自己是不是被人骗了。

“这就吓到了？”周芙站在一边乐，看着温晚凝激动得脸由红转白再转红，食指在半空轻挥一下，“那你再看看他的评论。”

温晚凝深吸一口气，指尖出了汗，按下的时候都有点打滑。

排在评论区顶端的是条自动置顶，沈安自己隔了三分钟评的，言辞简单直白。

沈安：在国内混不下去的话，可以来跟我试试，有合适角色。

这句话无异于试镜邀请，自带导演保送，直通最后一轮的那种。

温晚凝心脏狂跳，垂着的眼睫都不眨，片刻不敢离开屏幕：“……掐我一把，快点。”

“千真万确。”周芙又心酸又想笑，都把她胳膊拧红了才把电脑屏幕扭过来，给她看刚收到的邮件，“官方的正式邀请已经发过来了，沈安的团队约你一周后见一面，聊聊接下来的打算。”

周芙也有点激动，揉了两把温晚凝的头发，克制着拍了拍她的肩：“以后咱们会越来越好的。”

多年前被迫脱离大陆影坛后，沈安置之死地而后生，一直是这股桀骜的浪子劲儿。他年轻时该得罪的人都得罪遍了，又有大满贯奖项傍身，从此嘴上再无遮拦，只要是让他看不过眼了，什么黑幕秘辛都会吐槽两句。他年仅三十几岁，就已经被老影迷誉为“行业保安”，三天两头拎着手电出来巡逻，精神状态十分领先。

这次出来撑腰，倒也符合他一贯的随性人设。

就是实在太突然了，谁也没想到，沈安这个傲得目高于顶的鬼才头一回点名从内娱挖的女演员，居然会是温晚凝。

还是在这样一片鸡飞狗跳之中。

事件的发展方向过于离奇，沈安的公开站队经过营销号的搬运，热度像坐了火箭一般疯涨，网友们讨论的风向早已悄然扭转，无人关心邵志磊团队终于憋出来的拙劣回应。

△谁？沈安？温晚凝？朋友的朋友？啊？

△惊呆了，居然是沈安本人，晚凝姐姐你好有人脉啊！

△想摇个救生员，结果摇来了海神的程度。

△真的笑死，邵在小作文里还暗示姐以后在国内没片子可演了，不好意思，姐的水平更高，人渣收拾收拾踩缝纫机去吧。

△家人们，无人在意的角落林宙也偷偷转发了这条，还把《春夜》的标签打上了……他也算国内首个给晚凝发声的男导演了，勉强原谅他蹭一波。

△所以这位夹在中间负责摇人的朋友是谁啊？沈安那种臭脾气，他的交友圈子能和温老师有交集？

△先叠甲，梅斯车队老粉，不嗑最近很红的那对 CP，单纯给个推理思路：之前看过围场俱乐部的路透，沈安这几年一直是凌野车组的个人赞助商，一砸几百万英镑的那种。

△走对圈子跟对人，没想到这种地方都能吃上国宴，你不嗑，我先嗑了。

…………

为了准备这次的澄清帖，整个工作室许久都没有好好休息过了，特别是温晚凝，每条信息都要亲自把关，熬到今天人都清减了一圈，开衫里的肩膀薄薄一片。

连平日里最替她体重焦虑的周芙都看不过去了，吃过饭就抱来毯子喊她去躺会儿，为接下来的硬仗恢复精神。

进小房间后，刚才瞥见的最后几条评论仍在脑中挥之不去，温晚凝想了想，还是按亮手机。

点开凌野的聊天框没多久，对面就有消息发过来，快得让她措手不及。

凌野：我在。

她扫了眼时间，伦敦那边大约是天才蒙蒙亮。

温晚凝：睡醒了吗?

凌野：一直醒着。

凌野：担心你，干脆起来晨跑了。

他还发了张图过来。

凌晨五点钟的海德公园，晨光熹微，砂石步道上没什么人，被露水洇得黑润润的，蜿蜒穿过繁茂的橡树林。

温晚凝心念一动，干脆弹了个语音过去。

凌野接得很快。

他那边有很轻的鸟鸣声，脚步渐弱，像是在某个长椅旁停了下来。

“我看到了沈安发的动态。”温晚凝把毯子往身上裹了裹，在他平缓的呼吸声中稳下心境，慢慢组织好语言，“他是你朋友？”

说完才觉得自己有点太不留余地，她又添上一句：“或者说……你认识他？”

凌野一直认真听着，直到此刻才“嗯”了一声：“认识很久了。”

而下一秒，他的解释却远超她的意料。

“不算是朋友，我更像是他的恩人。”他语气正经，没有半分开玩笑的意思。

温晚凝怔然，脑中信息飞转：“恩人？”

凌野很轻地笑了一声，为她解释：“我在哈维做二号车手的时候，沈安刚从国内出来。

“他想拍出好作品证明自己，但在国外没名气，国内又树敌太多，两头都拉不到投资，账户上很快就只剩下了最后一万英镑。

“那个赛季有许多垄断数年的明星车手，体彩奖池很热，沙特站大奖赛之前，他用一半的积蓄买了冠军竞猜。”

人在绝望之际才会有的纯粹赌徒心态，不看赛况，也无视赛事官方给出的热门获胜人选，全押赔率最高的选项。在欧洲这种F1热度极高的地方，赛车体彩是绝对的暴利，对于那些明显用来凑数的、绝无可能的小车队或者新人车手，这个赔率有时能高到令人咋舌。

“沈安当时押的是我，”凌野顿了顿，“然后……”

“然后你赢了。”温晚凝咽了咽口水。

“嗯，我赢了，”凌野扬唇，“所以，他当时下的注翻了五千倍。”

五千倍……从五千英镑，到两千五百万镑。

又做了个简单的汇率换算后，温晚凝被这笔巨款惊到目瞪口呆。

这笔意外之财，虽然无法撬动好莱坞的大制作特效，但对于当时的沈安来说，已经完全足够打磨一部出道作品了。

刚刚还觉得“恩人”这个词有夸张成分，可联想到沈安如今的地位和成就，凌野给自己下的定义还是保守了。

这哪里是恩人，说是神迹降临也不过分。

温晚凝缓了好一会儿才回神，继续问："那现在呢？"

"现在他是我的投资人，"凌野回答，"听说彩票已经彻底戒了。"

温晚凝顺着问："为什么？"

"买后面的人赢不了，买我赔率太低，赚不了。"

他声音平静，夹着一丁点儿微不可见的炫耀，像是大型犬摇起尾巴时，在最上方晃晃悠悠的一簇软毛，扫得她心口痒痒的。

温晚凝忍不住扬唇："我们小野哥这么厉害。"

对面的人轻"嗯"一声，沉默了几秒才问道："姐姐会怪我吗？"

"怪你什么？"

凌野说："找沈安之前没跟你商量。"

他语气很沉，温晚凝都有点听傻了，下意识地摇了摇头："我倒也不至于得了便宜还卖乖……"

她话音一顿："想保护我？"

凌野："嗯。"

即便是不能站在她身边，他也无法对她这么多年来受的苦视而不见。

他并不怪温晚凝没提前告诉自己，只是自责和愧疚难以抑制地涌出，像第一次遇见她时苏醒的生长痛，如影随形。

他还是太弱小了，没办法让温晚凝在潜意识里把他看成一个大人，一个可以为她遮风挡雨，让她在外面受了委屈，可以躲进他怀里诉苦撒娇，肆无忌惮落下眼泪的大人。

凌野垂眸看向脚边的落叶，刚想再说些什么，听筒里女人的声音已经传来："你已经在保护我了。

"我一个人的时候，可能还会瞻前顾后，担心我全力反抗之后还是没有结果，担心所有人陪着我玉石俱焚。我自己将来可以退幕后，可身边人的未来毫无保障，很有可能再也无法在行内做下去。

"可是现在有你陪着我，"她语气轻软，"一想到无论我做出怎样的选择，你都会站在我身后，我就好有安全感。更何况，你不是已经把自己的工资卡给我了？

"虽然刷男朋友的卡挺心疼的，但我至少还发得出足够阔气的补偿金，至少在钱上不亏待员工们，保住好老板的面子。"

"不用心疼，"凌野低声回道，"本来就是你的。"

他到底是个什么物种，忠诚得简直毫无理由、不讲道理。

只要她往他那儿看一眼，他就撒着欢跑过来献上所有，侧脸不设防贴上她手心，不管他先前在这个世界上经历过什么，被拥抱还是拒绝，被捡起还是丢弃。

温晚凝眼圈微热，想紧紧拥住他，好倾泻胸腔里无处安放的热流。

"我也是你的。"她心软得一塌糊涂，"你已经是我的靠山了。"

也许是激素催生的本能，许多平日里难以开口的爱称一股脑涌出。

她翻个身搂住抱枕，酸涩里混着一点甜，像补偿，更像在哄一个不懂撒娇讨赏的孩子："姐姐的乖狗狗，小甜甜，心肝宝贝，你是全世界最好的男朋友。"

被糖珠噼里啪啦击中，凌野半晌没出声，隔了会儿才又有了动静，闷笑一声："嗯。"

"就这？"温晚凝努嘴，铁了心要从他这里撬出一句别的称呼，"刚刚不是还很能说吗？"

"不一样。"

凌野那边静了几秒。

他应该是换到了湖边，晨跑行人的脚步都远了，轻微的水波声和鸟鸣声里，温晚凝听见他呼吸很明显地一滞，仿佛是下了很久的决心才开口。

"……晚凝。"他声音太哑，似乎自己也有些受不了，清了清嗓子才又叫出第二遍，"温晚凝。"

纯死了，明明只是个名字，怎么会害羞成这样，又怎么会……深情成这样？

只听声音，温晚凝就仿佛触碰到了他热到烫手的耳郭、硬朗冷淡的下颌线条和那双垂下的黑眼睛。

她觉得自己又有点心跳加速了，不自觉地舔了舔唇："干吗？"

"沈安给的机会不用顾虑我，他说合适就是真合适，去试试。"凌野已经移走了话题，只有开口几个字还有点发涩，代表着他现在并不像外表看上去那样淡定，"他下部电影在伦敦拍……"

他话音一顿："我们过几个月夏休，基地强制关闭，我能有很多时间陪你。"

温晚凝还在回味他喊的那声名字，随口问道："基地关了，那你住哪儿啊？"

凌野安静了一会儿，突然开始给她发照片。

提示音嗡嗡的，温晚凝把手机攥紧了，退回页面去看。

有公寓的户型图，有通透明亮的大主卧，有从海德公园上空俯视的浓绿窗景，还有几张他刚拍的，湖面上三两成群的小鸭子。

温晚凝不解其意，弹去一个问号。

凌野问："这里怎么样？"

她只当是年轻人缺乏社会经验，来问她意见，又仔细看了一遍："看不出问题，可能唯一的缺点就是贵。"

这个夸张的面积，这个地段，就算不是传说中的海德公园一号，也是价值不菲的。

只是为了夏休找个地方落脚，就如此铺张，对凌野来说也太违和了。

他语气依然很平常："不贵。"

温晚凝"哦"了一声："我瞬间能接受刷你的卡了。你说实话，是不是还偷偷背着我藏了不少？"

"给你藏的。"不知道是她的话哪里取悦了凌野，男生语调明显上扬，甚至还轻笑了声。

温晚凝忍不住扬唇：“谁信。”

任她调侃了几句，他继续说道：“我之前跟沈安聊过之后，就一直在看房，最后才发现了这里。

“老城区，窗外有梧桐树和不错的中餐厅，有时候会下雨，气候和家里很像。”

凌野稍停。

“去演他的片子，搬到我这里，好不好？”

他很郑重，又带着难以掩饰的紧张的声音顺着听筒传来，震得她指尖和耳膜一麻。

极低物欲的两面性，在凌野身上体现得淋漓尽致。

从小没钱的日子过多了，穷怕了，自己好养活得不行，可到了她这里，就成了老钱们看不上眼的盖茨比，什么都要最好的，真金白银星星月亮地往上捧，好像唯有这样才能证明自己的真心。

简单估算了一下房价，温晚凝感动归感动，又替他肉疼，含混答应之后，闷闷唤他：“凌野。”

男生轻“嗯”一声，静候她的下文。

“你怎么会这么……”她心潮难平，一时间竟无法寻得更恰当的形容，“……恋爱脑。”

凌野话不怎么会说，但无论是脑袋里想的还是做的，一件比一件死心塌地，让她觉得自己像个事了拂衣去的黄毛，骗财又骗色。

凌野不为自己做任何辩驳，很轻地笑了笑：“还好吧。”

“被我骗了怎么办？”

“那也开心。”

温晚凝笑着嗤他：“傻子。”

“嗯。”他照单全收。

他又恢复了那股什么都说得出口的坦荡，学她叫自己的名字，语气缠绵又赤诚，像要含化一颗糖：“凌野爱你。”

男朋友的电话安神效果显著，温晚凝都不知道自己是什么时候睡着的，等被阮佳喊醒，翻了翻微博，才发现事态的发展早已超出了预料。

邵志磊和梁奈一家的势力再大，手也伸不到海外。

沈安网络喷子当久了，根本不忌惮这些黑伎俩。在评论区有人问起之前和邵志磊有没有过节时，轻飘飘两句告状，就把对方的团队逼上了另一个风口浪尖。

沈安：没什么大事，就是催账催了两年还没结。顺带一问，税交了吗？进去之前记得打钱。

英致资本那边再无回应。

这样的变相承认，让一直情比金坚、团结对外的梁奈都慌了，在几个小时内就赶了一篇卖惨长文出来，急于与丈夫割席，好尽可能地保住名下资产。文中详述了从恋爱以来的心路历程，称自己从头至尾都毫不知情，在和温晚凝见面的时候是有些激动了，但也是因为承受不了被渣男欺骗的打击，本质上她也是受害者。

丈夫出轨，孩子年幼，遇到类似的中年婚姻危机的人不在少数，梁奈的评论区里很快聚集起了不少同情的声音。但遗憾的是，如此高明的说辞，却没有在事先达成一致。

邵的团队一改对外的唯唯诺诺，向结发妻子重拳出击，不仅揭露了梁奈几年来一直在秘密转移英致的股份，还爆出了足以毁掉梁奈此后创作生涯的猛料：

几部某瓣评分 8.5+ 的神级代表作，竟然都和原创没有一点关系，均为压榨新人的代笔。

二十年的光鲜婚姻，在名声触底之后迅速反目成仇，上升成了一场狗咬狗的网络互撕大戏，实在令人唏嘘。

如果说这些都还勉强在意料之中，新角色的被迫卷入则绝对算得上意外之喜。

温晚凝发声后，紧接着的实锤越来越多，有位多年前从嘉悦离职出国的艺人助理也参与了爆料。

在这篇名为“真目击证人料：温老师事件人渣加一，都给老娘下地狱”的匿名投稿中，对方在首行就点出了这位男艺人名字拼音首字母，就差直接点名道姓了。

> xjs 前助理，心疼温老师现在才说出来，再也不用被人以莫须有的罪名戳脊梁骨了。
>
> 人微言轻，很愧疚在姐姐发声后才敢跟一句，但我敢发誓，接下来的所有言论字字属实。
>
> 当年嘉悦的晚宴结束后，温老师不顾上层阻拦报过警，邵被警方带走后，公司愿意做证的艺人很少，x 却欣然同意。作为 x 的助理，我当时全程陪同他去派出所做了笔录。
>
> 如果我没记错，当天的警局经历还成了 x 后来在访谈中吹嘘的素材，魔改成了不畏强权的好市民故事。
>
> 但事实却是……x 当年做的是伪证。
>
> 凭借着当时的“壮举”，x 不仅迅速解绑了和温老师的 CP，提纯了一大波死忠粉丝，还收获了邵总的患难真情，此后古偶大爆剧资源不断，平步青云。
>
> 附图是当年笔录回执单的照片，作为自证。
>
> x 肯定知道我是谁，但奉劝一句别来找，你私下的料我手里应有尽有，好自为之。

广场已是腥风血雨。

△温这波绝了，真像是在烟花爆竹厂里放火，我愿称之为血洗内娱的

女王。

△姐好刚……嘉悦古偶大爆小生xjs……许嘉树：你直接念我身份证号得了。

△终于能说了，追临旅的时候就一直觉得他好装，关系撇那么干净八成是心里有鬼。

△此生最大的污点：给别人安利过一哥，还说了温老师配不上他。别骂了，呜呜呜……

△给一哥粉丝的温馨小提示：伪证入刑，与其忙着洗白，不如赶紧着手打点怎么探监吧，再晚就抢不到前排了。

△临旅打码把他剪了也就算了，好心疼你们一哥之前那些剧，其他人纯纯躺枪。

△笑得想死，半小时代言掉五个了，还剩下的口红定制色号叫“虚伪”，简直地狱笑话。

△好晦气啊，抽一百张《春夜》电影票给大家跨跨火盆，祝我们勇敢美丽的晚凝姐姐以后永远走花路！转我这条！定档那天开奖！

…………

热搜榜空前热闹，被今天的大制作闹剧包场。

直到#许嘉树塌房#的词条登顶，嘉悦才发表了一份极短的声明。

在公司的信誉危机面前，嘉悦迅速选择了和许嘉树断得干干净净，表示愿意全力配合警方调查。

事情发展到这个地步，许嘉树后面无论再怎么努力，也几乎看不到翻身的可能了，剩下的悬念，就只有进不进去和进去之后多久才能出来了。

这些年温晚凝在许嘉树那里受的气不少，可算狠狠出了个干净，阮佳爽到跑阳台上号了好几嗓子，回来时因为太激动，抱着温晚凝大哭。

原本看不清前方的夜路，从此开阔坦荡。

周芙带着全工作室一起出门，涮了顿夜宵老火锅庆祝新生，扬言要嗨到天亮，不醉不归。

直到凌晨三点人都快喝晕了，她嘴里还在嘀嘀咕咕，念叨着去年许嘉树的保姆车溅温晚凝一身水的旧仇。

“只是差点，”温晚凝头回见周芙喝醉，赶紧给她倒热茶醒酒，实事求是，“也没溅我身上。”

周芙定定地看了温晚凝一会儿，视野有点重影，哪儿亮看哪儿，从温晚凝粉扑扑的脸，落到她因为新消息提示而亮起的手机上。

对焦对了好半天，在终于看清屏保上那张冷冰冰的俊脸后，周芙恍然摇头：“也是，你小老公替你挡了。”

“真好啊。”她连连叹息，在温晚凝肩上拍了两下，酒气喷洒，“真当我看不出来？他不就是当年那个小哑巴？”

温晚凝微微张开嘴，捧着西瓜愣在座位上。

“好男人不问出处，”周芙动作还有点迟钝，慢腾腾地捏了捏温晚凝的手，语重心长地嘱咐，“趁早抓牢。”

第十三章 一万三千里路

夏初，蝉鸣渐起。

网上的风波还在持续发酵，甚至掀起了一阵前从业者争相爆料的浪潮，波及的男艺人无数。

一时间，业内人人自危，谨言慎行。

只剩魏应淮这样的天真无邪乐子人还在蹦跶，照旧在大号上分享扫街摄影和美食探店，冷不丁瞅见什么特别离谱的熟人黑料，还特地给温晚凝转一份，顺带着连发双手合十表情包，祈祷金主妈妈赶紧开开眼，把这些哥的代言薅了换他上。

与此同时，温晚凝那条破皮见血的勒痕片场照又被转了几万条，微博粉丝数直接翻了倍，连预计冬天才上院线的《春夜》都跟着狠刷了一笔存在感，期待值拉满。

人的际遇是很奇妙的东西，说来就来。

比起每天都在过年的工作室，温晚凝自己心态倒是很稳，该吃饭吃饭，该睡觉睡觉，因为之前太忙荒废了一段时间的健身大业也重新拾了起来，每天六点钟早起锻炼，内心默念自己是凌野。

在日历上圈圈画画，国内的工作收尾，终于等来了飞伦敦，约好和沈安面谈的日子。

出道十年，温晚凝还是第一次体会到所谓关系靠山的威力。

人都坐在候机室了，还有点恍惚，感觉自己这趟根本不是外出工作，倒是像新接了留学 offer 的女大学生，带着一大堆漂亮衣服鞋子，马上要去奔赴能干又有钱的赛车手男朋友，开启无忧无虑甜蜜同居生活。

登机前的闲暇，温晚凝刷手机，发现凌野又上了个小热搜。

起因是银石站大奖赛前的长调试期里，梅斯在官方账号上发了几条营业短视频。

在好奇心的驱使下，她点进去看，视频封面背景和之前车队搞的那次愚人节叫起床差不多，应该是基地的车手宿舍，主题是训练日的突袭翻包。

有前半段的何塞作对比，凌野随身带的东西堪称朴素——

泡了茶包的大容量保温杯，吸汗毛巾，几瓶维生素和蛋白补剂，没几张卡的老式钱夹里全是现金，按面值排得整整齐齐，晃一晃，还有硬币哗啦哗啦的响声。

根本不用看，温晚凝已经猜得到评论区里会感叹些什么。

她刚戳回微信想逗他两句，就收到了小男朋友的问候。

凌野：到机场了吗？

温晚凝：到半小时了。

温晚凝：正在看你的视频。

凌野：什么视频？

温晚凝：就你心理年龄四十打底，跟我爸用同款钱包那个。

凌野：那不正好？

凌野：你说过喜欢成熟的。

温晚凝：我怎么不记得自己说过这种话？禁止造谣。

凌野：宁城杀青聚餐那次。

凌野：说年纪小的不懂疼人，下手没轻重，要你死。

温晚凝气息有点乱了，下意识地抬手遮脸，甩去一个“猫猫暴揍”表情包。

温晚凝：我看你现在也是要我死。

温晚凝：说回视频，你就这么把那颗钻挂在脖子上，赞助商没意见？

刚刚看弹幕里也有人提到了，粉丝们和她在这方面的信息量差不多，都以为凌野是只有比赛或者活动才戴，没想到他连洗澡的时候都没摘。

凌野：之前就说过不戴他们的项链，队里没意见。

温晚凝：哦。

凌野：好看吗？

可能是被他刚刚那句疯话带的，此时温晚凝脑子里乱七八糟的碎片争相往外冒，挺费劲地维持住平静的表情。

温晚凝：我的东西能不好看吗？

她这句纯粹顺嘴，没有半点双关的意思。

凌野却话里有话。

凌野：嗯，都是你的东西。

许久未见，远距离的恋爱好像又把这小孩骨子里那点劲劲儿的味给钓出来了，跟他那双眼睛似的，每个字都带着小钩子，引着她往上咬。

温晚凝就算再不愿意承认，生理反应还是骗不了人，麻酥酥的感觉从心尖直往耳朵上蹿。

她太吃这套了。

温晚凝：上次不是还说比赛限定，怎么突然想起来戴？

凌野：想你了。

一如既往地直接。

温晚凝忍不住嘴角上扬，故意歪曲他的意思。

温晚凝：哦，以前不想。

凌野：也想。

凌野：这次有点忍不住。

凌野：知道你今天要来，每天都想着你。

他又发来一张图，是手机屏保，看时间还是刚刚截的，很新鲜，冒着热乎气儿。

是她上周随手发去的订票行程单，航班号起降时间都在上面。

温晚凝捧着手机坐在原地，怔了片刻。

不管是第几次，还是会被他谈起恋爱来的沉浸程度震撼到。

温晚凝：刚换的？

凌野：你发完就换了。

凌野：做梦都在等你。

温晚凝心都化成了一摊糖水，恨不得现在就搓搓凌野英俊的小脸蛋。

温晚凝：姐姐马上到了。

温晚凝：我看伦敦天气预报今晚有雨，还不小，你等我快到的时候再出门，别淋到。

凌野：嗯。

凌野：给你打伞，我们一起回家。

这趟出差，预计待到秋天，是温晚凝在海外停留时间最长的一次。

除了衣服这样的必需品，她还带了不少杂七杂八的小东西，没有刻意归纳，哪个箱子有空就塞在哪儿。还是在包里掏口红补妆时，她才发现竟然把那部六年前用过的旧手机也捎上了。

电话卡还放在随身的首饰盒里。

当年换号是出于无奈，心态也还年轻，被无良媒体和邵的团队烦透了，也怕了，拉黑了一大圈人都没敢再开过机。

可时过境迁，那群人早就得到了应有的报应，她看淡后也终于开始好奇，这些年里有没有不知道她换号的朋友曾经试图找过她。

而凌野所谓的“联系过，但没有很多次”究竟又是多少。

温晚凝好奇心悬得越来越高，心里打了会儿鼓，还是忍不住弹开小盒子的锁扣，把那片薄薄的“时空穿梭机”取出，深吸一口气，塞回卡槽。

因为之前进过水的缘故，按下开机键后，手机屏幕隔了好一会儿才亮起，运营商的问候消息弹出。

下一秒，无数的未读消息提示涌来，如同向上抛洒的碎纸，根本看不清上面写的字，只以一种让她眼花缭乱的速度，片刻不停地向上翻卷。

商务舱的登机提示音就在这时响起。

温晚凝定了定神，心想估计也就是几年来堆积的推销广告，准备等起飞后边删边看，就没立刻解锁手机，往包的深处塞了塞。

从登机连廊到座位走了多久，包里的旧手机就振了多久。直到飞机开始滑行，那种中毒般的震动频率才渐渐安稳下来，直至止息。

起飞的失重感过后，飞机进入平稳运行，温晚凝把手机翻出来。

短信右上方的红点里，数字已经夸张到令人咋舌。

她拇指悬空，迟迟没落下。

心里莫名空了一下，她才反应过来自己之前忘了一件多重要的事——

六年不用的废弃号，就算原本还剩下不少余额，也有大概率早就因为欠费而停机，甚至被销号。

毋庸置疑的事实已经摆在了她的面前：有人远远比她更害怕这个号码消失。

至于这个人是谁，她隐隐有种预感。本来还觉得荒谬，可如今越来越多的线索都指向同一个答案，只待她现在去验证。

温晚凝抿了抿唇，点开短信，按未读消息数量排列。

尽管做了心理准备，但是在亲眼看见“凌野”这两个字出现在第一行时，她还是呆住了。

消息多得几乎滑不到顶。

温晚凝几乎是机械性地拨动着手指，不知道过了多久才来到最上方。

她从第一条开始，一句一句地往下读，整颗心被勒紧，又沉沉坠下。

六年前，凌野刚到欧洲不久的那个夏天。

08-04 0:00

姐姐，生日快乐。

小时候家里一直过农历生日，后来知道你出生那天是八月二十号，我去查过，是那年的七夕。

祝你平安开心，一切顺利。

08-07 0:00

姐姐，今年也生日快乐。

不太能拿得出手的好消息，年初下大雪时，我拿到了北欧巡回赛芬兰站的冠军。

祝你平平安安，一切顺利。

08-25 0:00

今年是闰年，七月初七来得晚。生日快乐，姐姐，祝你每年都圆满。

看见你的手机号停机了，联系不上你，未经允许充了话费，对不起。

上个月巡回赛连胜后，收到了去 F1 做试车手的邀请，我会尽全力留在围场，请相信我。

05-24 03:34

姐姐，好久不见，你还记得我吗？

今天我在哈维替补出道了，赛车服里戴了你送我的手串，上了领奖台，谢谢你。

之前领队问我想用什么车号，我选了你的生日，我永远感激这一天，我会为你永远向前。

08-28 0:00

姐姐，生日快乐，祝你一切都好。

03-09 22:18

赛前围栏上有你的广告，热身时停下来看了好久，和我的影子拍了合影。

姐姐，我在沙特站赢了。

大兴安岭的牧场会给牧羊犬的单边耳朵打标，上面有主人的名字和电话号码，我好像终于配得上你送我的耳钉了。

我会一直戴着它，直到回到你身边。

我好想你。

07-10 14:12

今天我回申城了，姐姐搬走了吗?

从下赛季开始，我会转队到梅斯，给我一年，我会把房子买回来。

别担心。

08-22 00:00

姐姐，生日快乐。

上个周我们见了一面，你来伦敦电影节参加路演，我在后排看了你一晚，散场时犹豫了好久，还是没敢去跟你说话。

伦敦今晚下大雨了，别感冒。

再往下，消息拉不到底。

六年里，他给她发了两千多条短信，没有一句越界，没有一句喜欢，更没有一句索求。

可温晚凝却定定地坐在那里，说不出话来。

一种绵长的闷痛从胃里升起，横亘在喉咙口，让她连呼吸都忘了。

仔细看时间分布，在她的话费余额还未耗尽的前两年，凌野的消息很克制，怕打扰她。

也因为他从未收到过她的回复，确信了自己是那个“打扰”，只在特别的日子才会来说两句话，乖得有些拘谨。

而后来，也许是发送失败的红色感叹号让他终于明白，无论他说什么，都无法再传达给想见的人，他反而像是挣脱了什么枷锁，消息再未有一天断过。

当年机场临别时，他犹豫了太久才问出的那句“能不能打电话，不会太频繁”，也确实履行了诺言，只在通话记录中留下了一条浅到快褪色的痕迹——

这么多年，他只给她打过一通电话。

在两年前的七月十号。

对照着短信里的日子，恰好是他去老房子找她的那个下午，带着二十岁的迫不及待和满腔赤诚。

申城到伦敦的航线，全程十一个半小时，在这十一个半小时里，温晚凝想起了许多许多事。

从她与凌野的重逢开始回忆。

在那个凌晨大雨如注的街角，他不知道等了她多久，也不知道有没有已经和林宙去谈那个荒谬的赛车替身合约，只如初遇时那样从天而降。

他哪里会演戏，装偶遇的演技处处都是破绽，而她却信了。

再到后来，她渐渐发现，世界无边无际，人与人的相遇已是奇迹，时光流转，哪会有那么多好久不见。

从加格达奇到申城，从申城再到伦敦，两千多个日日夜夜，一万三千公里长路，所谓的重逢，只因为有人自愿将宇宙坍缩为她脚下的方寸之地，仿佛她所站立的地方，就是他唯一的归处。

反复看着凌野的消息，温晚凝的泪腺像开了闸，眼泪止不住地往下掉。

怎么会有凌野这么笨的人？如果不是她自己发现，他又要到什么时候才说得出口？

飞机落地，开始滑行，昏暗的客舱缓缓亮起。温晚凝用手背揩干脸上的湿痕，吸了吸鼻子，给凌野发消息。

温晚凝：我马上下飞机了，等我很久了吗？

凌野：刚到。

温晚凝：说实话。

凌野顿了下，才实话实说。

凌野：早上到的。

凌野：别的事情做不下去。

温晚凝想笑，可眼里又漫上了水汽。

温晚凝：傻不傻……

凌野是开车来的。他还记得温晚凝关于低调的嘱咐，对旁边路人的视线始终很敏锐。

将行李车从出关口推到停车场的一路上，他最出格的举止，不过是见面时收着力道搂了下她的肩，剩下的时间都像是沉默可靠的骑士，在她身前半步的位置缓步带路。

他今天开的车并不算低调，硬朗的黑色车身，副驾上却放着大捧的花，后座上还有一堆不知道从哪儿搞来的粉色狐狸玩偶，从大到小排排坐，亲亲密密地挨在一起。

其实就是直男哄女孩的那一套，但他做得格外用心，透着股直白而真诚的情意。

温晚凝一开车门就有点受不了，好不容易补妆遮下去的眼圈又开始发热，半天没说话。

凌野伸手拉安全带帮她系上，忽然低头看向她的脸，任她怎么伸手推搡都不走。

他在原地端详了许久才低声问道："怎么哭了？"

凌野声音低沉，大手扣上她的手腕，哄小孩子似的轻蹭着。

他不问还好，这样一凑过来，温晚凝再难忍住，蓄满眼眶的泪争先恐后地涌出，顺着她偏头的动作直往下淌。

"怎么了？出什么事了？"凌野眉头蹙起，心疼得不知如何是好。

他一下子在车里找不到纸巾，只能用指腹帮女人拭去泪水，粗糙的茧子刮得她脸颊上红红的，搞得他更愧疚。他想亲亲她又不敢，只好拿相对光滑些的手背贴在那儿，像托举着一颗易碎的宝石。

温晚凝吸了吸鼻子，在他手背上蹭了蹭，闷闷出声："我看见你给我发的短信了。"

凌野怔了下，然后长舒了一口气，才把她湿乎乎的脸捧在手里，有些笨拙地帮她理了下乱发："我还以为是怎么了。"他语气平静，像是那几千条的消息，那些用含蓄和克制层层包裹着的爱意，都只是无足挂齿的小事。

停车场灯火通明，温晚凝看着他薄薄的耳垂，那里曾经被她玩闹似的亲手按下穿针，痊愈成永恒缺口的单边耳洞。

她伸手揉了揉，轻柔得像是一个满含歉意的吻，喉咙发涩："电影节那次，都离得那么近了，怎么没来找我？"

凌野被她摸得垂下眼睑，语气一如既往的平静："觉得自己还什么都没有，不够格。"

温晚凝的心霎时变得又酸又软："说话而已，有什么够不够格？"

更何况，二十岁的年纪，以这样的出身和经历天价签约豪门车队，他已经是创造历史的存在。

"可我不只是想和你说说话。"他喉结滚了一下，收回手，"我想让你正眼看我，在你需要的时候给你遮风挡雨，堂堂正正地追求你。"

"怎么会没有正眼看你？"温晚凝心疼到难以言喻，手顺势下移，抚过他的侧颈，"你第一次开上 F1 赛场的时候，在沙特夺冠的时候，我都看到了。

"即便你只是与我毫不相干的陌生人，我也会觉得你很了不起。"

凌野垂眼看着她："我不会和你做陌生人。"

他语气认真，温晚凝微愣，贴上去亲了亲他的下巴："当然，所以以后要是下雨了，担心我淋到感冒，就直接过来给姐姐打伞。"

凌野又"嗯"了声。

他许久没说话，直到坐直回驾驶座的前一秒，才在温晚凝额头轻轻落下一个吻：“我们先回家。”

夜雨已经停了，凌野提前看好的房子地处市区核心，离机场很远。

今夜气氛作祟，温晚凝在前挡风玻璃的倒影里看他一眼，又侧过脸去看本人一眼。

欢喜和酸涩杂糅成一团，时不时就在眼前织出一片水雾，怎么都控制不了。

后面瞧见凌野也老往她这边瞥，担心司机跟着她一块走神，危险驾驶，她索性开了条窗缝，吹吹风，转移注意力。

刚下过雨，伦敦的夜色有种蓝墨水似的湿润厚重，远处的霓虹连成一片金红光斑。夜风微凉，混着怀里捧花的香气拂过她发热的脸颊，安静柔和，吹得她没一会儿就昏昏欲睡。

车开进公寓的地下停车场，凌野拧钥匙熄火，转头去看温晚凝。

前一天因为太期待而失眠了，飞机上又哭了一路，体力几乎耗了个干净，温晚凝这一觉睡得很沉。

她神态不设防，长发被风吹得有些凌乱，几根发丝粘在了玫瑰色的唇瓣上。

凌野伸手帮她拨开，不小心蹭了点唇釉下来，又被温晚凝无意识地贴了贴，那片蜜一样的晶晶亮变得更多了。

她眼睛睁了一半：“到家了吗？”

“嗯。”凌野回答，“还想睡？”

温晚凝神智逐渐清醒，慢吞吞摇了摇头。

凌野先下了车，绕过来给她拉开车门。

温晚凝刚醒，四肢还是软绵绵的，摸了半天也没找到安全带，脸颊上泛起一片薄红。

凌野单手扶着车门看她，似是很轻地笑了声，俯下身给她解开安全带，在她侧脸上亲了亲：“这么困就别睁眼了。”

温晚凝还在费劲思考他这句话到底是什么意思时，他已经倾身把她抱了起来。

夜里降了温，他用自己脱下来的外套仔仔细细包好她的身体，只露出一张发蒙的脸。

“靠我身上继续睡，先上去，行李明天再说。”

男人一身简单的黑衬衫，衬得肩背宽厚挺拔，让人不自觉想依赖。

干净温暖的薄荷味铺天盖地，将温晚凝整个人裹住，她往上拱了拱，手臂钩住他的脖子：“想把我的花带上去。”

“一会儿我下来拿。”凌野很轻地掂了掂，把她抱稳。

他另一只手锁好车，一路走到停车场的电梯间，按下上行键。

温晚凝像没骨头似的趴在他肩头，稍微清醒了些，突然开口：“我问你哦。”

怀里的女人身形轻软，凌野鼻息间都是湿润的花香味，混着香水奶油话梅的尾调。

他心里满得要溢出来，低头看她：“嗯？”

“我在东北腿受伤的时候，你又背又抱的，是不是还挺开心？”

她话题跳跃，开玩笑的意味大于问题本身，但凌野没有敷衍，语气很平静地承认：“有一点。”

“就只是一点？”温晚凝指尖不老实，摸着他那片手感极好的后颈发，逗狗似的来回轻刮，“你生日前一天，带上我去仙姨家吃饭的时候，我看见你笑了。”

他不习惯外露情绪，再开心的时候，好像也只是眼睫垂下，薄唇勾一勾，像是怕别人夺走一块碎骨头的野狗，护食已经成了天性，连一丁点开心都要好好藏住。

可对于当时的凌野来说，还是明显得不行，以至于她一直记到今天，再和眼前他的神色完全重合。

“就只是一点，”他耳朵有点红，“不想让你疼，觉得要是伤的是我就好了。”

温晚凝心尖被揪了一下，又想起那个冲击力十足的倒扣漂移场面，心有余悸：“你要是脚踝伤了，以后还怎么开赛车？”

“不会，”凌野偏头亲了亲她的耳垂，“我很结实，没那么容易出事。伤了也会好，影响不了太久。”

电梯里光影昏暗，却将男人的轮廓勾勒得格外清晰，线条冷硬。

凌野那被周芙那样的圈里老油条誉为渣苏标配的薄薄单眼皮垂眸看向温晚凝的时候，眼神却如此认真专注，而且是滚烫的，像是一片幽深的静湖，勾着温晚凝的心往里跳。

她口干起来，拇指滑到他的下唇，第一次主动提起当年的事：“我毕业那天，你打车去接我，之后发生的所有事情，我都还记得。

“我那时候酒量不好，不知道自己喝醉了酒品会那么差，但基本的警惕心还是有的，如果不是因为对方是你，根本不会那样乱来。

“我好像一直在对你展现自己最差劲的一面，我懦弱自私、不负责任，只以自己为中心考虑问题，因为一时解不开心结，就想先解决制造心结的人。

“把你赶走之后，我很长一段时间都不敢去问你的消息，开始的时候是因为难以面对自己，后来是觉得对不起你。”

温晚凝听着耳边沉稳的心跳声，仰头看着凌野，在他乡为一个多年前的夏夜忏悔。

“你是个很成熟的孩子，而我是个情绪不稳定的大人，我对你太坏了……差点把你弄丢了。”

她的手轻搭在凌野胸口，小声说着对不起，声音和泪珠一块儿坠地。

“没弄丢，我回来了。”凌野低头吻她眼周的红晕，将她肩头滑落的大外套拉回去，裹紧，“我从来没怪过你。”

27层到了，电梯门打开，走廊的灯光柔和通明。

到了门口，指纹锁开启，凌野抱着温晚凝走进家门，玄关的感应灯应声而亮。

温晚凝顺手把门带上，在他怀里窝得舒服，还不想下来，声音很轻地问道："不怪我的话，那都想了什么？"

"像梦。"房子很大，就亮了一盏灯，昏黄的光影里，凌野蹭了蹭她柔软的发顶，语调低沉，"后来我也在想，这应该是我生命中最好的一天。"

他有多真挚，温晚凝就有多自责。

她的视野重新变得模糊，彻底坏掉的泪腺像被拧住的海绵，在他胸前洇湿了一大片。

被爱会让人疯狂长出血肉。

因为她的眼泪，还有她这些日子的纵容，凌野也变得坦荡起来，沉黑的双眼微敛着看她，带着毫不遮掩的渴求。

她的沉默宛如默许，还没再说什么，就已经被凌野抵上墙面，换了个姿势抱住。

搬到伦敦新家的第一天，晚星炸开无数个眩光的瞬间里，温晚凝恍惚的大脑中冒出了许多条感悟，比如，虽然大型犬的本能是保护，但最牢不可破的保护姿势恰恰也最方便进攻；又比如，称呼的改变还是要慎重，毕竟祸从口出。

凌野这小子真的受不起一点撩拨，只是两个字，就能把她折腾到连眼泪都再也流不出来。

从客厅到卧室，一点都不懂得适可而止，让她直接睡过了整个上午，必须加以教育。

只可惜罪魁祸首起床起得无声无息，早已经开车去基地训练了，备战不久之后的银石站大奖赛。

梅斯的基地坐落在北安普顿，温晚凝随手在手机上查了查，通勤单程就要一百多公里，让她那点因为腰酸腿软生出的抱怨彻底消弭。

当初凌野选房子时，似乎满脑子都是怎么合温晚凝心意怎么来。

要宽敞精致，不让她受一点苦。

要和申城的家有几分相像，好让她觉得熟悉。

要离沈安那儿近，每天能睡饱觉吃完早饭再去片场。

要夸张到极致的安保，让她能远离狗仔和危险，平平安安地等他从海外比赛回来……

唯独一点都没考虑自己。

人不在跟前，她无论是想叹息还是拍拍他脸蛋，都没办法实现，只能坐在餐桌边给小男朋友拨去视频。

基地里空调开得很足，凌野穿了身印着车组号码的黑卫衣，一看见温晚凝的脸，嘴角就忍不住勾起来。

这小子平日里情绪一直是淡淡的，好不容易笑一笑都矜持得不得了，就几个像素点的变化，逼得粉丝成为微表情分析大师。

正因如此，温晚凝面前的凌野才显得格外稀罕，那双薄唇的弧度很放松，像在化冰。

温晚凝被他感染到，抬手挡住自己笑得太明显的脸：“早上几点起来的？怎么没叫我？”

“五点半，”凌野把手机拿得近了些，“舍不得叫你，先去公园跑步了。”

“手别挡着。”见温晚凝有点茫然，他重复了一遍，语调放得更缓，“想看看你。”

这个语气，这句话……

温晚凝脑海中瞬间浮现起大量还未褪去的昨夜回忆，脸颊上不受控制地泛起红热：“还没看够？我刚起床只洗了脸，好丑。”

“很漂亮，比化妆之后还好看。”凌野黑眸微垂着，视线深情到像能拉丝。

他不会说太花哨的情话，但坦诚像是一种本能，黏黏糊糊的，每次都来得很突然，让人猝不及防。

这么久过去，温晚凝还是有点适应不了，心脏像是被那双沉黑的眸子网住了，攥得颤颤麻麻的。

她咽了咽口水，条件反射地看了眼落地窗外浓绿的街景，镇定了好一会儿，又听见凌野开口：“早上出门前给你做了饭，吃了吗？”

“还没……”温晚凝脸上粉晕未消，看向他，“看见你留的字条了，一会儿就吃。”

“嗯。”

凌野在这方面一向心很细，怕她找不到，便笺纸就贴在床头柜，压在她手机下面，手写的字迹很整洁，简直是她能想象到的体育生的巅峰。

上面认真嘱咐了热水壶在餐桌上，留的饭在冰箱二层，末尾落款是“男朋友”。

同居生活的开始并没有把他的感情冲淡，与之相反，他像是彻底犯了一种以她为名的瘾，之前还有所克制的感情再也无法隐藏。

无论是视频里还是面对面，他看向她的每个眼神，都比夏日正午的太阳还要明亮逼人，烫得让她口干舌燥。

“下次别这样了，”温晚凝心跳乱乱的，又有点心疼他，“去基地那么远，这么早起来已经很辛苦了，我都没帮你做什么，也没送你出门。”

凌野歪了下头，英俊的脸上毫无半分疲色：“我从姐姐身上拿了点东西，就当是你送我了。”

温晚凝眉梢微扬：“什么？”

凌野单手把手机拉远，另一只手抬起。

男生骨节分明的腕上，一圈玫瑰花苞似的浅粉色真丝香香软软的，替代了原先那支昂贵的运动机械表，分外跳脱显眼。

温晚凝下意识地看了眼自己的手腕，那里已经空了。

是她的发圈。

他怎么能这么……

温晚凝张了张嘴，一瞬间都不知道说什么好：“你戴这种东西去训练……车队里没人说？”

“说了。”凌野不以为意，把那圈绵软的布料贴在冷峻的脸边，蹭过薄唇，“但我今天状态很好，最快圈速比上半赛季提了一秒，安德烈让我随意。”

随意干吗？是游刃有余提速，让梅斯今年的赛季总冠军来得再快一点，还是继续炫耀明显是女朋友的贴身小物件，让她不需要亲自出场，就成为一个高调的传说？

温晚凝已经不敢细想，只能佯装镇定，维持住最后一点姐姐的面子：“明天早上我起来送你，你……别戴了。”

凌野注视着她：“怎么送？”

“还能怎么送？”温晚凝被那双黑眼睛盯得心跳加速，目光躲闪，“就……给你整理整理衣服，抱一抱，亲一亲。”

家里没别人，但她还不怎么习惯对着年轻的恋人撒娇，本能地觉得有点羞耻，越说声音越轻，到后面已经快要没声了。

但凌野听见了。

“准备怎么亲？”他神色淡淡，喉结很轻地滚动了一下，“你现在示范给我看看，我再决定要不要摘。”

他声音微哑，可能是身处平日里习惯的工作场合，倒有了几分赛道上那个冷静强势的 77 号赛车手的气场。

养熟了的大型犬，有时候会露出獠牙。

温晚凝内心天人交战，被挑衅的毛躁和那种莫名其妙的臣服欲交织在一起，最终还是倒向了自己从未想过的示弱那一边，噘起嘴，飞快往镜头边上碰了一下。

都多大的人了，还被哄着做这种小女生行为，温晚凝臊得不行，脸红了一片，耳膜都嗡嗡的。

只听见手机里传来一声低笑，带着又沉又勾人的尾音，还没等听清他说什么，她就赶紧把视频挂了。

然后五指合拢，对着发热的脸颊呼呼扇风。

不多会儿，温晚凝的手机又振了振。

她垂眸打开。

凌野：已经摘了。

凌野：姐姐的发圈好香。

凌野：晚上回去亲你。

后面还跟了条语音，很短，就一秒。

礼尚往来，扎扎实实，很清脆的一声“啵”。

得益于良好的家教，温晚凝向来言出必行，唯一失信过的对象，就是十七岁的凌野。

歉疚加成，如今她只要是答应过他的事，都会特地记在手机备忘录里，百分百认真执行。

可即便如此，凌野对她送自己出门这件事的执念和痴迷程度，还是有些出乎她的意料。

只要一到七点，凌野都会像只等待喂食的高大德牧，背着包在门廊站好，安安静静等着温晚凝的那个“抱一抱，亲一亲”，雷打不动。

最后他免不了又要加料，缠缠绵绵地搂紧她的腰，将她整个人嵌进自己怀里，怎么掰都掰不开，非要逼得她一遍遍去看表，在他背上使劲抡上几巴掌才算完。

男人的背结实宽厚，就直直地站在那儿任她搓弄。

怕她打疼了，末了他总要把她的手揉在掌心，漂亮的薄唇在她掌根轻蹭，要笑不笑的，垂下的眸子很亮。

哪有半点被教育到的模样？

何止是不思悔过，明显是被打爽了。

温晚凝对他的这些微表情越来越熟，怎么会看不明白，可她也认了。

自从捡了这小孩回家开始，她就是操心的命。

凌野十七岁的时候，她天天担心别人因为耳朵的原因欺负他，担心没有像样的车队愿意收他。

六年过去，她又开始为他的训练迟到次数焦虑，唯恐哪家赛车记者捕风捉影，写出几篇稿子来说他不好。

凌野本人倒完全没当回事，吸猫似的深埋在她发间，头也没抬：“我开车过去一个半小时，来得及。”

“八点半开始？”温晚凝被他呼吸的热气扑得发痒，推了他胸口一下。

体型差放在这儿，凌野现在不想让，任她怎么用力，他都岿然不动：“九点半。”

“提前过去热身？”

“本来是，”凌野答得没头没尾的，把她放松下来的手拎回他腰后搭着，“现在是给你留的。”

怎么还带耍赖的？

她“啧”了一声，说不清是被气的还是羞的：“别扯我。”

“嗯，”凌野顺着她，在她耳背亲了亲，“那就是给我留的，怕我舍不得走。”

“不去做准备活动了？”

“你在这儿，不用。”他声音很低，一如既往的直白，“你一碰我，我就浑身发热。”

温晚凝彻底无话可说了。

一阵酥麻从潮乎乎的耳后往全身窜，惹得她又烦又喜欢，脸上烧得不行，抬手伸进他后脑勺短短的发楂里，摸狗似的一阵猛搓，又揉上他耳朵拧了拧，没使劲儿的那种。

但他耳垂偏薄，被她连着耳钉轻磨两下，已经红透了，看着还挺疼的。

“不是说要养我？赶紧去好好训练，输了奖金就没了。”

“输不了。”凌野头更低，搂在她腰间的手臂又紧了紧，“再拧我两下。”

“拧什么？”温晚凝问。

“耳朵。”他语气自然，答得毫无心理负担。

温晚凝被噎住：“你可真是……”

“嗯？”凌野很轻地掀眼，长而直的黑睫之下，看过来的视线躁动又纯情。

“唉……算了。”几个词涌到她嗓子眼来回打转，怎么都说不出口。

神经病，痴汉，小疯狗。

这小子谈起恋爱来的这股劲儿，一半是天性，另一半是她惯的，咎由自取，怪不得旁人。

温晚凝咬牙切齿，猛地抬手包住他两边的耳朵，连着大半张俊脸一块乱揉一气，瞥见他扬起的嘴角后，也跟着笑了。

训练日尚且如此，休赛的一个月里，温晚凝除了在沈安剧组的日常拍摄，剩下的所有时间都被凌野黏得暗无天日，生活节奏堪称荒唐。

就这样熬到夏休结束，短暂的调整期之后，F1 下半赛季紧锣密鼓开场。

凌野被浩浩荡荡的庞大工程师队伍簇拥着，与在海边度假晒成黑猴的何塞会合，满世界飞比赛。除了正赛记者会一结束就直奔机场，被温晚凝嗔怪不稳重，他剩下的所有时间都在亲身践行向她随口许过的大大小小承诺。

比如“好好努力赚钱，不会输”。

从银石之王的三度加冕，到后面的荷兰和蒙扎大奖赛，凌野现在神乎其技，每场都在重复上演着“杆位发车、一位带回”的强势剧本，赢得不费吹灰之力。

几家主流体育媒体都对一位的归属没了兴致，上位圈的分析火力头一回如此集中在亚军身上，讨论何塞能不能干掉法雷利的两位少年时代宿敌，多上几次领奖台，送梅斯一个绝对的大势元年。

等到了倒数第八站的阿塞拜疆时，连解说员也开始用梅斯粉丝的新晋出圈热梗，比赛开始仅需一秒，就忍不住开麦调侃：“五盏红灯熄灭，车手发车，恭喜凌野获得本场分站赛冠军。”

堪称恐怖的十连胜在手，凌野在总积分榜上的位置已经牢牢不可撼动，只需再赢下一场，就能提前锁定去年擦肩而过的总冠军宝座。

初秋十月。

温晚凝从沈安那边请了假，登上了飞往新加坡的航班。

前两天的媒体日和练习赛，她实在抽不出空，可温璟先到一步，帖子连发了好几条。

配图是张黑青涂装的赛车尾翼，画面糊成一片，只剩下那个 77 车号的一角特别显眼。

——@忧郁生煎包：伟大无须多言，凌神我唯一的哥。

正文部分是篇真情实感的追星小作文，讲了媒体日当天的围场见闻。

就算重重打码，字里行间依然激动到宽泪两行，有一种朝闻道夕死可矣的精神。

上次伦敦短暂一见，凌野三度加冕银石之王，被层层记者围着脱不开身，温璟即便有特殊关系进了梅斯P房，也只是匆匆挥了挥手。

这次新加坡一练再见面，不知道是哪里搞错了，他直接被77车组的某位助理小姐姐当成亲属带进了休息室，超近距离见到偶像的那张帅脸。

他人都傻了，结结巴巴的解释还没说完半句，就被对方一句带名字的招呼堵了回去。

哥人是冷了点，话也不多，但私下里太会照顾人，时隔这么久还记得他的脸，还给他准备了茶歇和出道赛至今的全套头盔模型，见过没见过的，金光闪闪，目不暇接。

不乏传说中价值一套房的拍卖款，和早就在市面上绝迹的哈维替补时期复刻。

油漆笔的签名一字排开，直接把温璟闪瞎。

虽然凌野和温璟同岁，但就是有股特自然的劲儿。

当着整个梅斯77车组的面，几十号机械师的热切目光之下，凌野甚至还随手拿来了赛车的方向盘给温璟拍照，自然得如同在哄家里的小辈，从兜里摸了块糖出来。

温璟惊得大气都不敢出，捧着沉甸甸的方向盘，轻摸两下就出了一后背的汗，唯恐把这辈子握过最贵的方向盘摔了。

连吃带拿，他做梦都不敢想。

中午被邀请体验由现役的二号车手开着超跑载他在赛道上狂飙一圈，结果车门一开，原定的何塞居然也换成了凌野。

赛季总冠军大热门亲自带兜风，他都不知道自己哪儿来的这么大面子，从戴上头盔开始就晕乎，被提醒了一声才想起来系安全带。

他这条微博是昨晚发的，一开始没掀起多大风浪，只有几个偶然刷到他的直男车迷将信将疑，问了句凌野开Hot Laps（F1术语，由现役F1车手或是圈内大咖开着超跑带观众在赛道上狂飙一圈，除此之外还可以参观F1车队的后勤维修区，甚至和F1车手近距离接触）的风格。

温璟回得很认真。

@忧郁生煎包：挺激进的吧……也不是纯粹找刺激，感觉我被当儿子哄了。哥们，你懂吗？凌神就像喜欢把小孩抛高听个吱哇乱叫动静然后接住的那种爹。

入弯出弯巨极限，我就大直道之前号了一声，他后面就回回漂进弯，轮子都快擦到侧滑边缘了才收手。

进了直道更那个……

说了句让我深呼吸，AMG的顶配GT-R，时速250公里，他直接双手放开方向盘自由飞驰，我魂都吓飞，不开玩笑。

温璟平常这个号上得不多，本来只打算当个电子日记宣泄一下感情，发的时候也没打超话标签。没承想到了次日早上，居然被某个大粉截图进了超话，直接被盖章“过激梦男”，路过的蚂蚁都要嘲两句。

△搞抽象的吧？先不说梅斯的 Hot Laps 每个分站就那么三四个席位，基本全是赛事大赞助商和媒体人，什么人能请得动凌野亲自下场营业？当同人文看看得了。

△生煎包，你的梦这么具体的吗？

△茶歇、头盔、玩方向盘，你们直男编段子真的好离谱。

△反省自己平时当女友粉还是太内耗了，但凡有生煎包万分之一的自信呢。

转评区还有人翻到了温璟几年前的照片，很模糊，侧脸白净立体，某个角度隐约有几分温晚凝的影子。

当乐子看的吐槽贴，这条有些硬扯的分析很快被大片的问号和哈哈哈淹没，连 CP 粉都懒得转两条。

温璟看是看到了，倒也没怎么在意，删帖之后只顾着跟家姐感慨互联网没有偷乐可言，公众人物真的好难。

新加坡站排位赛结束，凌野顺利拿下本赛季的第十一个杆位，何塞紧随其后完赛。来自梅斯车队的两辆黑青战车，将在次日从一二位发车线起步，直指最终王座。

南洋华人文化氛围浓厚，车队晚宴后的闲暇，何塞妈妈拉上几张熟悉面孔，在游轮的棋牌室搓了几局麻将，舒缓心情，讨个好彩头。

习惯了大家族一起住，温家人都会打麻将，姐弟俩从小就是麻将好手。有这种和偶像近距离相处的机会，温璟本来还想大展身手，可往牌桌旁边一坐，他就有点笑不出来了，迟钝了大半年的脑子终于开始运转。

四把椅子，除了他和何塞妈妈，另一侧坐了位面善的东北女人，叫仙姨，自来熟，人很风趣，和凌野的相处淡淡的，不是母子，却有种近似血缘的氛围。

据说是他姐托人去加格达奇接来的，觉得明天这样的场合对凌野而言就像毕业典礼，总要有家人在场才圆满。

对面是他偶像，坐得周正平稳，脸上也沉静无波。

但实际上完全不怎么会打麻将，纯属凑数，应付何塞妈妈非要他参与的仪式感，连牌都是温晚凝靠在他椅子上替他摆的。

后面也都是在听温晚凝的指挥，哪张能打哪张不能打，怎么碰怎么和。

温璟看得眼珠子都要掉出来了，牌都摸不下去了，嘴里的果切也味同嚼蜡。

他姐一向对圈里的男艺人很有距离感，下了班都是天涯路人，躲都躲不及，这时候却完全不避讳了。

游轮房间里的水晶灯透亮，什么情绪和本能都藏不住。

他眼睁睁看着温晚凝前倾着身体微微低头，露出细白的脖颈，柔软长发就那样一荡一荡的，扫在凌野耳郭上。

动作都暧昧成这样了，偏偏他姐又专注得心无旁骛。

她猜牌猜得上头，原本压低的小声指导都激动起来，鲜活得要命，带着点笑意和嗔怒，习惯似的轻拍凌野的肩膀，指腹就顺着凌野下颌划过去，刮得凌野冷峻的侧脸紧绷，隐约热了一片。

这哪是什么正经麻将入门教学……

但一桌人都仿佛习以为常，徒留温璟一人信息过载，手下搓着的小方块噼里啪啦响，连自己刚刚怎么输的都不知道。

中途车队媒体助理来叫，凌野和何塞出去了一趟。

温晚凝被堂弟三观俱碎的神色逗到，趁身边的女人们热聊，拉过面前的椅子坐下，隔着牌桌给他发微信。

温晚凝：以后不解释了，就这样。

温璟抿了抿嘴，半晌才低下头去，欲言又止。

温璟：姐，你真的……闷声干大事。

两天的工夫，他整个精神世界都被打碎重组了一遍。

世上果然没有免费的午餐，他就知道，昨天的那种礼遇，怎么可能是因为凌野和他一见如故。

明明是人家精明得可以，想从小舅子这里撬动背后的温家父母。

身份立场陡然转变，温璟的脑瓜子瞬间清醒，腰板都挺直了，往椅子上一靠。

温璟：他对你好不好？

温晚凝：他不是你偶像吗？我要说不好，你帮谁？

温璟没有半秒犹豫。

温璟：那肯定帮你。

温璟：咱们俩谁跟谁，他算老几，怎么够得上和你相提并论。

温晚凝眼光微微颤动，扬唇。

温晚凝：哦，那你努力练壮点吧，也再长长个。

温璟龇牙。

温璟：我们 178 招谁惹谁了？

他敲敲打打半天，屏幕没离手，也没新消息发过来，温晚凝又戳他头像两下。

温晚凝：现在还不许往外传啊，警告你。

温璟：没往外传，网购呢。

温璟：之前跟你说过的，我这趟回去必须在学校拉横幅。

温晚凝单手托腮，笑着拿原话堵他。

温晚凝：凌野算老几，配得上你给他拉横幅？

温璟脸不红心不跳。

温璟：姑且算我姐夫。

在堂弟面前说开之后，凌野的下半场由温晚凝全权代打。

倒不是说她离家太久，麻将瘾终于有了门路纾解，只是听何塞妈妈讲所谓的彩头久了，多少有了点执念，想让凌野多赢两把。

为了贴新电影角色，温晚凝早就把原先的美甲卸了，摸牌的一双手如玉，指甲圆润光亮，被仙姨忍不住地夸，一看就有福气。

这种福气很快在麻将桌上得到了验证。

温晚凝接手之后没多久，就把前几局凌野乱打输的全赢了回来，怎么出怎么和，转而开始悄悄喂牌给仙姨，故意哄长辈开心。

这一套动作，温晚凝自认做得神不知鬼不觉，眼角眉梢飞扬，唇边的弧度甜滋滋的，不料只是一扭头，就和旁边沙发上坐着的凌野撞上了视线。

他硬朗的轮廓在光下晕得很柔和，也不知道在这儿看了她多久，无声无息的。

他长而密的睫毛微微下垂着，眸底滚烫又深邃，浸透了她见过或未见过的浓烈情意。

她被他看得心口麻酥酥的，舔了舔唇："要不我下来……重新换你？"

"不用，"凌野说，"我不会。"

"啧……"旁边瘫着的何塞看不下去，抓着头发爬起来，毛毛糙糙的，"温老师我替你。你赶紧把我哥拎出去遛遛，盯你看一晚上了，再盯下去人都要冒火了。"

屋里众人齐刷刷往这边看了眼，又齐刷刷转回头去，假装没看见，该搓麻将搓麻将，该聊天聊天，给已经臊得耳根通红的温晚凝最后留点面子。

游轮的走廊里没什么人，远处甲板上隐约传来香槟杯碰撞的清脆声响，爵士乐悠扬。

温晚凝被凌野牵着，低着头绕过几个转角，一路往深处走。

嘈杂人声逐渐淡去，凌野拧开了间无人客房的门，关门落锁，还没顾上开灯，有力的手就已经抚上她的后颈，另一只手搂住她的细腰，倾身压了过来。

铺天盖地的薄荷冷香，有力的心跳震颤，安全又惹人心悸，温晚凝情不自禁瑟缩了一下，抬手圈紧年轻恋人的脖子。

凌野呼吸顿了顿，在昏暗的南洋夜里看着她，先是亲亲她的额头，又偏过脸，高挺的鼻梁蹭过她的，吻上她笑了一整晚的漂亮眼睛。

"姐姐和温璟说了？"凌野声音有些发哑。

好聪明。

温晚凝捏两下他的耳垂，点点头："嗯。"

"你……不介意公开了？"

她又"嗯"了声，应得很坦荡。

远在异乡，随便裹件大衣围巾出门瞎逛，也没什么路人会认出她。这样的平静日子过久了，温晚凝的心境又从"女明星"回到了初出道时的小演员，拍戏拍得万分投入，闲下来的时候就去唐人街采风，潜下心来研究角色。

佛系到了一定程度，世界纷纷扰扰与她无关，连几个月前藏着掖着的执念都淡了，也开始向往和凌野无拘无束地谈恋爱。

雨中打同一把伞压马路，公园里喂鸽子，饿了在街角坐下吃路边摊，十指相扣，在晚风里散步回家。

喜欢的劲儿抑制不住的时候，路灯下的阴影里，霜雪寒风，转个身就能躲进凌野怀里，踮脚交换一个呼吸般自然的深吻。

“再等我一天。”凌野喉结微动，粗糙的指腹蹭着她的下巴，呼吸一点点变沉，“就一天。”

“非要赢？”

“嗯。”他薄薄的眼皮垂下，和她四目相对，眸光如深邃的春夜，“想配得上你。”

第十四章 你的世界冠军

自打温晚凝飞抵伦敦拍新电影起，语温作野 CP 粉就已经处于一种锦衣玉食、看谁都有好脸色的宁静祥和状态。

前段时间 F1 夏休季，三天两头就有人在海德公园附近偶遇凌野。蹲他不难，只需要起得够早，就能在他常去的晨跑路线上佯装偶遇，小声喊他名字他会礼貌回应。他手里拎着和往常无二的大号买菜包，擦肩而过时，还能看见袋口探出的花苞——娇艳欲滴的粉玫瑰，还沾着露水的那种。

老粉谁不知道，凌野的生活向来极简，必需品也是能用就行，连个开了线的旧双肩包都能自己缝缝补补，从出道背到现在。

这种纯粹拿来装饰的东西，八成是家里还有别人，所以才换得格外勤。

什么叫稳稳的幸福？就是正主根本不用合体出现，同居的气息已经呼之欲出，一切尽在不言中。

CP 粉们扬眉吐气，一改往日的关门偷嗑，四处刷存在感，每逢温晚凝或者凌野有工作冒泡，都躁动得不行，无惧和唯粉们正面对刚，前排一刷就是几千条。

△语温作野什么时候官宣？是不是已经背着所有人偷偷去过民政局了？

△现在温老师的谣言也解决了，不会再有人说什么了，小情侣赶紧给我昭告天下，放烟花摆酒。

等到新加坡正赛当天，还是没有一点公开的风声，女友粉们终于逮到了复仇的机会，跳出来蹦跶了大半天，一边去“血洗”温晚凝广场，说她不知道靠什么手段傍上的沈安，一边在车队官博阴阳怪气，敲打梅斯官方不做人，任由自家王牌的名声被狐狸精搞臭。

他们打的是看对家破防的主意，没想到一番操作下来，却给这帮嗑癫了的 CP 粉又添了把火。

语温作野大粉下场带嘲。

△老公要结婚，新娘不是你，怪可怜的。

△笑死，今天车手巡游小狗往梅斯二层看台区盯了足足半分钟吧？导播狂给姐姐特写，我爹八百年不关注娱乐圈，都问我这是不是凌野媳妇，这些人是真瞎还是装瞎？

△录节目那会儿就小狗超粗箭头，也没故意博出位，现在估计真谈上了，姐又低调成这样，中秋给77全车组机械师送了点心，还是从安德烈评论区猜的……

△真的，77老粉都觉得这小子三生有幸。

△下午赛前直播都看了没？姐姐还故意躲开镜头，让仙姨多露脸。这么多年，小狗第一次有家人来P房给他加油，看得我都有点想哭。谈个恋爱做到这种地步，我是凌野我也栽她身上一辈子。

△什么都不用说了，赌今晚正赛后官宣！

周日的狮城，入夜前刚下过一场雨。

耀眼的特型路灯之下，滨海湾的城市赛道均匀裹上了一层水汽，光亮微滑。

旁人眼里的棘手路况，对于最擅长雨战的凌野来说，正是上天赐予的梦幻开局。

五盏红灯熄灭，引擎轰鸣炸响，在围场内外所有人的紧张心跳中，年轻的黑发车手凭借着毫无失误的杆位起步，一路领航，仅在半程就确立了绝对的领先优势。

最后三圈，那辆黑青涂装的77号战车如同进入了一个人的炫技场，连续三次刷新最快圈，在大屏幕上一次次点亮自己的名字。

像不断倒数的胜利钟声。

也如同只想给一个人看的、剖开整颗心献上的炽热告白。

冲线时刻，格子旗挥舞的一刹那，亮如白昼的大型烟火升空，化作璀璨光雨落下。

如此有纪念意义的时刻，特地远道而来见证的凌野车迷不计其数，将客场也烘托出了主场的气势。

在全场山呼海啸般的欢腾声中，看台对面的一列大屏瞬间熄灭，又在转眼间依次点亮——

先是梅斯车队的青色，再是属于这位东方车手祖国的红色。

六十二圈，他赢得无可挑剔，干干净净。

赛季积分总榜已在几秒前刷新完毕，新王加冕的讯息以金色的大写字母浮现，锐利而惹眼，如一面鲜艳的旗帜在南洋的晚风中猎猎作响。

——YE LING。

——WORLD CHAMPION。

在本赛季的前十八场大奖赛中，这位新科冠军一共收获了15次领奖台，13站分站冠军，最终凭借车手总积分403分，以领先第二名184分的断层优势制霸积分榜首位，提前六站正赛拿下年度车手总冠军。

他最后的十一连胜更是所向披靡，从杆位领航到冲刺的最后一秒，刷新了尘封十年之久的车手连胜纪录。

他携手斩获新加坡站第三位的队友，为梅斯提前卫冕，连续第二年捧起了年度车队冠军奖杯。

这支沉寂数年的老牌豪门车队，因为起用新人车手扛大梁被质疑过，终以圆满到极致的大胜重归王位。

终点线结算过后，两辆梅斯赛车一起在大直道的看台前高调烧胎旋转，原地画了七次正圆的甜甜圈轨迹，纪念眼前的至高时刻。

人潮久久不散，整个围场都陷入了狂欢的浪潮。原本还顾着几分矜持的车组早在最后一圈时爬上了冲线直道护栏的铁丝网，挥舞着 77 车号的毛巾高声欢呼。

从领奖台上下来的凌野，无论想去哪儿，都逃不了被机械师们屡次抛起来庆祝，浑身都被香槟浇了个透。

他赛车服领扣滴着水，一边肩膀上还挂着因为太兴奋眼泪狂飙的何塞，他冷峻的轮廓被这种湿淋淋乱糟糟的喜气浸得格外有人味儿，嘴角的弧度很淡，是前所未有的放松。

此起彼伏的镁光灯闪烁着，宛如宇宙光辉集聚于一处。

千百镜头之下，再微小的细节也会被放到最大。

此时此刻，国内的媒体门户网站和微博热搜都在实时推送头条，关注这个话题的所有人自然也就没错过。

凌野的视线毫不避讳，在所有采访的间隙里，看的都是人群后排那位“绯闻女友”。

转播在线人数已经压过了同时段的所有黄金档综艺，弹幕密密麻麻飘过，醒目的“粉”字越来越多。

△冠军哥，看哪儿呢?

△啊啊啊，我期待的场面要来了吗?

△噢哟，赛季断层总冠军怎么了？提前六站下班怎么了？不还是要被老婆迷得神魂颠倒?

△真的笑死，那记者都要碎了，凌野正眼看看他吧，算我替他求你。

△如果你知道我嗑的 CP 是谁，你也会觉得我命好。

…………

温晚凝躲无可躲，只是隔着人海和凌野对望着，没说什么，呼喊到哑了的嗓子越发干渴，出了一手心的汗，心脏也怦怦直跳。

她被这种飘飘忽忽的氛围裹挟着，不知怎么就被凌野车组的首席工程师带着，一路走进了昏暗的媒体大厅，坐到了记者席的第一排。

例行的赛后正式发布会，因为有双料赛季总冠军的提前诞生，场内媒体人群黑压压一片，连过道里都架满了机器。

抬起头，看清台上男人的一瞬，温晚凝不自觉先恍了神。

这种场面，她并不陌生，倒不是她自己在演艺圈这么多年，经历过的类似场合有多少，而是在这一刹那，她模模糊糊记起了六年前的某些寻常夜晚。

电视机屏幕莹莹发亮，也是转播的某站 F1 大奖赛。少年刚做完耳道修复手术，习惯了无声或者是怕吵醒晚归的她，开着静音模式，安安静静地注视着屏幕里的人。

那时的凌野，于她的世界，于屏幕中的世界，似乎都只是过客。

而两千多个日夜过去，他却真的就这样孤独而坚定地一步一步越过那个大雪弥漫的寒冬，身披盛大的荣光，走回她面前。

温晚凝莫名地鼻酸，借着台下光线暗，快速仰了下头，把心口涌动着的复杂情绪压下去。

记者会很快开始。

雪白的顶灯亮起，短暂的开场白后，话筒在各家媒体记者手中频繁传递着。

记者们问的都是很常规的问题，比如赛中的状态、赛后的心情、将来的打算、听说法雷利递来了九位数天价合约、梅斯有没有危机感……

凌野的回答都很简短，温晚凝双手交叠在膝上，有一搭没一搭地听着。

记忆里少年凌野的脸与现在的样子慢慢重合，她偶尔控制不住地走神，很快又会被台上的人和周围记者们投来的视线扯回。

直到发布会渐趋尾声，某家欧洲赛车杂志终于抢到了宝贵的最后提问机会。

记者和梅斯现役领队安德烈是旧相识，接过麦后，问题出人意料的生活化。

赛车圈是绝对靠天赋吃饭的地方，必须在把身体推到极限状态的同时，依然保持绝对的冷静。所以围场近几十年的天才车手为了找到自己的状态，都多少有点怪癖，比如梅斯之前的某位当家明星就喜欢在正赛开始前钻进桌底睡一觉。

记者过去从安德烈那边听过一些传言，说凌野习惯在上场前戴耳机，听的似乎还不是音乐，而是类似人声广播一类的东西。

这次他想替车迷们问问，到底是什么广播，像这样保持着老派的生活习惯，是不是就是十一连胜的法宝。

台下的人都跟着笑了笑，为凌野解嘲和默哀。

这问题八卦得可以。用它来做发布会收尾，问何塞这样的话痨也许会是张好牌，但一换成凌野，问不出什么有爆点的料不说，多半还要把场子搞僵。

“不是广播。”凌野拿起话筒。

和众人料想的不同，今天的他似乎格外好说话，扫向台下某个角落时，眉眼竟有几分温柔。

“是我十七岁那年，她担心我不适应无助听器听声，过不了来北欧的面试，帮我录的自我介绍。”

一个“她”字，全场霎时安静。

温晚凝心头倏地闪过难以言说的直觉。

她抬眸，撞上舞台中央望过来的那双眼，像跌进一片暗涌的湖水。

“她当时教我说……”凌野说得很慢，像在追忆一个久远的承诺，每个字都比前一个更沉，“我是凌野，我的梦想是成为 F1 世界冠军。”

他垂了垂眼，眸色更深地看过来，发梢的香槟都干透了，眉峰英气凌厉，嘴角轻勾的瞬间，好看得让人胸口发紧。

“我现在是你的世界冠军了，温晚凝。”

从垫底小车队替补上场的试车手到十一连胜，登顶荣耀之巅，这位来历不明的天降黑马从出现在众人视野到官宣恋情，每一步都走得出乎所有人的意料，就像没有人相信，当年那个来自东方极北之地的少年居然能凭借着野路子的雪天控车，从已经没什么关注度的雷诺北欧赛脱颖而出，带着那个有些怪异的 77 车号闯入 F1 围场，留下来，创造属于他的时代。

也没有人想过，凌野居然会在这么重要的时刻，面对着无数的聚光灯和话筒，直截了当地说出心上人的名字，无比清晰，又万分郑重。

他一点解释和含混的退路都没给自己留，和整个浮躁的时代都有些格格不入。

仿佛所有的荣光都只想献给温晚凝一人，所有的流言和舆论震动他都不在乎。

职业体育不比娱乐圈，唯成绩与实力是论，只看强弱。可尽管如此，在开年大爆款旅行综艺的铺垫之下，现象级赛车手和美强惨昔日影后的限定CP红了大半年，最终非但没淡出视野，反而以如此高调的方式盖章为真，热度瞬间爆炸。

发布会上记者的问答刚刚结束，视频和长截图就已经迅速出炉，传播得铺天盖地。

各大社交平台的热搜榜上，两人的名字并排，空降刷出了一列鲜红的“爆”字，讨论度难以估量，甚至已经超过了凌野夺冠的消息本身。

梅斯的庆功宴在发布会后开始，在海湾沿岸包下了整艘巨型游轮，盛大程度更胜以往。

深夜的新加坡，滨海湾赛道延绵长明，晚风拂来，棕榈树的长叶簌簌摇摆。

在温柔到极致的细雨之中，在为凌野的胜利亮起的硕大摩天轮之前，温晚凝和凌野不再避讳一拥而上的长枪短炮，紧密地相依着，深吻在一处。

乱了领口的湿漉漉赛车服、被海湾的风吹黏到脸侧的长发、被璀璨的烟火映亮的恋人的眼睛……仿佛电影画报般构图的照片一出，很快登上主流体育媒体的头版。

出圈来得有多快多猛，仅从温晚凝因为收到无数消息的狂轰滥炸，闪退到无法进入的微信就足以见出。

庆功宴过半，她好不容易抽开身，简单回了几句周芙打来的电话，随即切到微博大号上线，转发了那张照片。

盯着发送进度条缩短的那几秒，温晚凝的眼睛一眨未眨，心怦怦直跳。

像是扣下了阻力极强的扳机，只不过从枪口泵出的不是子弹，而是春天的草芽和小花，是噼里啪啦的彩虹糖豆，夜雨般落满了整片海面。

——@演员温晚凝：我的少年，永远耀眼。@凌野77

转评的增速如同火箭，其中还有不少口耳相传、慕名而来打卡的路人。

△啊啊啊！

△大好的日子，不知道为什么看到姐姐的微博眼泪就掉下来了，现在就是躲在被窝里又哭又笑，呜呜呜……

△神奇，第一次见用体育媒体生图官宣的女明星，不过温老师就算这样还是好美啊！

△姐姐和凌野要永远幸福！

△从《浮冰》开始就是姐姐的粉，凌野你小子最好知道自己多有福气，不许让我们姐姐受一点苦！

△所以谁还记得前两天被骂疯了的@忧郁生煎包小哥，这不会是真小舅子吧？

△昨天还在劝亲友，真人秀CP本质都是“沙子饭”，浅吃饱腹，吃得太真情实感容易崩牙，没想到你们语温作野是真国宴啊……

消息传播度实在太快，一些圈内相熟的朋友也在不久后上线，顶着红V大号在评论区整整齐齐列队送祝福。

更过分的当数林宙，趁机宣传《春夜》也就算了，蹭热度的手段还极为刁钻，一声不吭，只闷头甩了张电影的群演工作人员表。

貌似只是张随手一截的局部图，但视觉引导那一套玩得格外娴熟——画面正中心的赛车场景替身支持，左边是晃眼的三叉车标，右边是行纡尊降贵的小字：F1梅斯车队。

冲击一波连着一波，连近日来一向放飞的CP粉都始料未及。

△凌野你真的……我真的……

△是77疯了还是我嗑出幻觉了？这种写同人都会被唯粉截图转大字报，狙上个三天三夜的过激恋爱脑段子，他居然真干得出来是吗？

△等我捋捋，看林宙之前发的微博，主演进组前，别的长镜头都拍完了嘛，所以就是堂堂梅斯一号车手兼新科F1世界冠军，年薪都过九位数英镑了，就为了多看温老师两眼，大过年的倒贴当赛车替身……结果还没见上（不算录节目的话）。

△又给林宙这老贼赚麻了……怪不得当初莫名其妙感谢了一礼拜群演呢，敢情你群演是凌野啊？

△呜呜呜，所以从一开始就是为了她对吗？上节目不是车队营销，是为了多和她说几句话，所有遮掩或没遮掩的眼神也都不是演的，都是真的，对吗？凌野。

△杀我别用纯爱刀，带着真相视角重看临旅，第一集机场那个下蹲镜头一出，真的头皮发麻了，谁懂？

凌野在回应记者提问时只答了短短几句，但包含的信息量巨大，“十七岁那年”“助听器”“北欧的面试”“教我说话”。

围场出道以来的这些年，他并不怎么提及过去，粉丝们只是粗略知道他来自大兴安岭，林区寒冬漫漫，积雪要到春深才会化，小时候好像有段时间听力不太好，后来得了贵人的帮助，才有了扭转命运的机会。

夺冠后的这段发言宛如一条看不见的细线，引着众人将那些细碎的时间、那些散落在过往长河里的蛛丝马迹串联起来。

这才发现，原来支撑他走到今天的坐标和锚点，早在那么久之前就已经如此清晰，简单得只需要一个轻飘飘的名字就能概括——温晚凝。

△以前怎么从来没想过？77和雷诺车队签约开北欧巡回赛的前两年，温老师恰好在大兴安岭待了一个冬天拍戏哎。

△我要疯了，我真的要疯了……所以他是在十七岁那年被姐姐带出了东北，一句句教会了用耳朵重新听见这个世界的声音，后面还送出了国吗？

△随便代入一下，我真的……十七岁的时候遇见姐姐这样的人，谁能忘得掉？谁能舍得松开她的手啊？呜呜呜……

△唯粉们看清楚了吗？如果没有你们最讨厌的温晚凝，他的人生根本不可能会是现在这样。

△被这对的宿命感震撼到说不出话……

△语温作野在我心里已经就此封神，史诗级的雏鸟情结CP，年少时的执念是不是真的会困住人的一生？凌野走不出来，我也走不出来了，搞不好真要嗑一辈子了。

…………

网上的舆论热潮还在继续。

两人这些年的经历不断地被深扒，越来越多的小细节被翻出，卡着时间线比对。

荣光与梦想，沉默的少年心事，轰轰烈烈的暗恋，随便哪一条脉络单拎出来，整理出的故事都足够令人唏嘘。

而任整个世界纷纷扰扰，甲板上香槟杯盏喧嚣，游轮顶层的套间内，只剩下他们。

扰人的手机早已经关了。

窗纱起伏又落下，如同纠缠的海浪，将他们的世界包裹成一隅潮湿孤岛，亲密不可分割。

有了周芙的默许，温晚凝越来越习惯于在微博大号上分享动态。

倒不是纯粹为了营业。之前非议缠身时，她随便说句什么都是错的，终于能和对她怀有善意的陌生朋友聊聊天，她也觉得很新鲜。

看了什么风景，吃了什么东西，都是些生活气息极浓的碎片，毫无偶像包袱，十分接地气——

某天半夜饿到失眠，煮了人生中最成功的一次泡面；

某天在街角避雨，偶遇了在海外读书的影迷妹宝，像认识多年的朋友那样，在书架间小声聊了许久家乡话；

随手买的新围巾厚实又暖和，让她今早在地铁上一睡不醒，兜了一圈才回来……

最开始工作室还担心过她这样有悖人设，仙女下凡滤镜全灭，效果却意外地好，惹得戚酒酒都感慨了许多次，说她现在走的是赛博妈咪赛道，提前垄断，全网无代餐。

后来温晚凝胆子变大了，偶尔在她的碎碎念和随手拍里也会出现那个大家最想看的人。

有时是一两句话，有时是边角里的一道影子——夕阳里逆着光擦头发的侧脸轮廓，或者是一只骨节分明的手。

很低调，没什么刻意秀恩爱的意思，但无一例外，每次都会在出镜的瞬间立即被眼尖的网友认出，然后在转评里齐齐发疯，号成一片。

△好鲜活好鲜活的姐姐和小狗，看得心里暖暖的。

△呜呜呜，谢谢妈咪，77都多久没在围场和基地外出现过了，怀疑车组官号是不是早把密码忘了。

△热知识：在温老师这里，你不仅能看到77，还能抓到跑来蹭饭的23。

△说到23，真的笑死，温老师在正文里夸了三次小老外帅，但上次夸77还是说他耐冻。

△每次看姐动态里77露头，都有点怀疑一年前我在瞎嗑什么。你好黏人啊，凌野……

△雏鸟情结，再加上一见钟情白月光，叠buff叠成这样，他之前在姐姐面前的酷哥人设有多装，你就品吧！

△那张厨房的照片谁懂？谁家亿万赛车手家里挂着擀面杖啊？已知温老师的厨艺水平最多就到煮泡面，联系上个月晒的面食，所以真就咱东北自己的盖茨比呗。年薪九位数又怎么了？回了家还不是要洗手给姐姐做手擀面蒸花卷，爽死谁了……

《春夜》的点映提前半周开始。

申城首场那天，气温刚跌下零度，小雨淅沥。

林宙虽然对新作品很有信心，但并不想借点映多炒作，媒体场的保密工作做得很好，连开场时间都选在了晚上十二点，最大限度避开人流。

温晚凝来时素面朝天，换了身低调的羽绒服，长款，黑色的，宽大的毛线围巾裹了半张脸，鼻尖冻得有点红，像个逃了宿舍宵禁的女大学生。

旁边的凌野走的却是另一条路子，骚包得和他平常判若两人。

这几年，他一年四季的衣服大部分都是车组发的，结实耐造，但上身好不好看主要看脸，满肩满胸的赞助商Logo往那儿摆着，亮眼得不行。

这几周温晚凝正好有空，心血来潮，除了留几件应季的制式给他出活动，把衣橱里剩下那片黑压压的队服都换了。

这主要来源于她读书时候的男友幻想，把从温璟和魏应淮那儿打听来的年轻人潮牌买了个遍，每天真人版换装游戏玩得不亦乐乎。

今天陪她来点映，凌野乖乖穿了她扔过来的机车外套。

进影院之前，他斜倚着立在灯箱边抖伞，发白的灯光里，他大腿的肌肉线条被牛仔裤勾得很招人，水滴飞溅，顺着利落的马丁靴往下淌。

他戴了口罩，但仍掩不住立体的骨相，帅得很晃眼。

旁边饶是见过无数圈内小生的媒体姐姐们也耐不住，在进场签到时频频回头，交头接耳半天，什么不相干的人名都点了，直到他走到温晚凝身边坐下，才认出来他是谁。

今年冲三大的热门作首次点映，即便是午夜场，影院里也坐得很满。

电影开场，观众席灯光熄灭。

绿幕上龙标亮起的瞬间，温晚凝就已经下意识屏住了呼吸，心跳的节拍也有些乱了。

随着魏应淮的声音响起，从试镜到拍摄，一帧帧画面重新浮现在她脑海。种种情绪骤起，属于她自己的和属于故事里人物的，杂糅成一片。

她咽下喉间涌起的涩意，刚想把发冷的手往袖子里缩一缩，就被身边的凌野攥住了。

他的手干燥温暖，把她捂在掌心里，松松扣着。

他并没有回头，看向屏幕的视线很专注，仿佛所做的一切都是下意识的习惯。

像是飘着的心有了落点，温晚凝就这样安定下来。

《春夜》是部双视角的爱情片，影片最开头是男主角的现在时间线个人独白。

绵绵透骨的细雨，拥挤的城市，行人往来不休的火车站月台……

故乡相隔万里，平日里不怎么联系，却传来了姐姐即将嫁为他人妇的消息。以一张摘了助听器的简陋婚纱照为契机，少年在一个冷得穿不住大衣的冬夜，熬了两晚卧铺车，眼底通红着回去参加婚礼。

而这一点点辗转反侧和不自在，在女主的视角却是另一个故事。

过去与现在的交织、可说不可说的黏稠思念，一点一点铺开了禁忌张力十足的暗恋日记。

林宙有自己的坚持，不愿以直白的噱头和煽情取悦观众，很多剧情都处理得很慢热，细腻得像是文艺片。

从头至尾接近两小时，凌野始终没说一句话。

临近片尾时，温晚凝悄悄侧过头。

有了他对综艺没兴趣的前车之鉴，她心里连凌野已经睡着的准备都做好了，脚尖往他小腿上轻踢了下。

结果只是看了一眼，就忍不住愣了神。

凌野一双长腿轻敞着，正凝神盯着前面的银幕看，眼睛被画面中她的白婚纱映得泛棕。

他就那么一直看着，直到灯光亮起，演职人员表缓缓向上滚动，视线都没移开过。

媒体场之后是十城点映。

美学高级，全员演技在线，伪骨科（亲属关系，实际却没有血缘关系的两人相爱）的拉丝互动赚足了尖叫和眼泪。

《春夜》的映前口碑大获全胜，钓足了市场胃口，连向来以苛刻著称的某著名导演都在观影后忍不住发了微博：年底没什么好片了，林导的《春夜》可以看看。

次周，全国公映。

摘助听器偷吻、影片结尾飘落的春夜樱花和温晚凝的演技轮番上了热搜，在各平台上掀起了热议，自来水无数。

△姐姐，呜呜呜……我也爱你啊，姐姐……

△好你个林宙，我一生铁石心肠，在电影院从没哭得这么惨过。

△后劲太大了，从此看小魏和温老师都有了滤镜，谁懂？

△“我陷落在与你相遇的第一个春夜”，封神了。

△温真的好适合这种角色，太心动了……中间回忆十几岁那段，她穿着高中校服站在夕阳里接小魏放学，小魏还没抬头，我一句“姐”已经叫出来了，眼泪瞬间噼里啪啦往下淌。

△看点映路透说很多台词都是现挂？你温姐出走半生，归来仍是三金影后，牛到无话可说，心服口服，大胆预测一个年底四金。

△刚爆出选角时我有多心疼小魏，现在就有多羡慕。哥们什么超绝事业运，大银幕出道作就和这种神仙前辈搭戏，赚麻了好吗？

…………

小成本的文艺爱情片，上映首日就斩获了破两亿的票房，在观众的口耳相传之下，势头还在节节攀升。

公映后的工作排得很密，温晚凝跟着《春夜》的主创团队跑了大半个月路演，每晚几乎都在路上，睡觉时间压缩到不能再压缩，人都瘦了好几斤。

她忙成这样，连凌野这段日子以来的不对劲都没工夫细想了。

十二月到来年三月是F1的休赛季，除了国内的一些品牌活动，偶尔再给车队的青训项目挑挑新人，凌野这个假放得比温璟还扎实。

他每天一大早结束例行的体能训练，剩下的时间全归自己。

温晚凝每次刷微博，都能看见何塞更新的度假照片，从游轮甲板到雪山徒步，潇洒得让人眼红。对比之下，他那位同样得了闲的队友，却忙得神出鬼没。

见得着面时早出晚归，天天见不着人影，远距离打个视频电话，中途也频频被拨进来的铃声打断。对面是谁，聊的是什么，一概淡淡应付过去，就差把“不对劲”三个字写在脸上了。

凌野什么性格她知道，倒也不至于多想。

可这样的情况多了，心大如温晚凝，都开始心里犯嘀咕。

掰着手数数，距离两人相遇七周年的日子也近了，她只是在网上稍微搜了搜，那些关于“七年之痒”的帖子就一个劲儿往外冒。

此消彼长，就怕她不被勾进来。

温晚凝硬着头皮点了好几次“不喜欢”，又忍不住在下一次戳进去。

其中有几条都市姐弟恋写得格外有感染力，谁都没做错什么，可感情还是无可挽留地褪了色，几千条评论一片唏嘘，抱头痛哭“纯爱已死”。

深夜激素水平本来就不稳定，温晚凝窝在机舱毛毯底下划屏幕，无声跟着抹眼泪。

看谁都觉得是自己，看谁又觉得不像凌野。

几番挣扎下来，她恨不得亲自注册个新小号发帖询问网友意见。

只是行程太满，她刚静下心准备好好捋捋，思绪就被新的工作给冲散了，只能作罢。

等到终于有了相处的机会，已经是翻过年来。

《春夜》票房和关注度双赢，不仅为温晚凝带来了任君挑选的一线高奢代言和好剧本，更是顺利入围了本届金玉兰奖的多项大奖提名。

腊月中旬，整个主创团队应邀前往典礼现场，迎接紧张而未知的荣耀时刻。

颁奖仪式当天，云开雨霁。

整个工作室都觉得是个好兆头，提前在小群里欢腾了大半天，轮番发红包，热闹得仿佛已经夺回了影后桂冠。

而话题中心的温晚凝本人却没有那股兴奋劲儿。

这种好事已经太久没降临在她身上，比起为这种八成没着落的彩票头奖忐忑，她下意识地启动了保护机制，开始转移自己的纠结——

比如，从路演回来的这半个月里，她又没和凌野说上话。

特别是快到颁奖礼的这一周，她为了控制体重没怎么吃碳水，夜里睡不安稳，好几次中途醒来下意识往身边摸摸，都是一片冰凉。

隔上个十几分钟，外面才会传来极轻的开关声。

凌野熄了灯，从她身后窸窸窣窣地翻上床。有时候她装睡装得像些，凌野还会把她裸露的肩往被子里再卷一卷，连被带人一股脑搂进怀里，热乎乎地捂着，贴得严丝合缝。

他唇上还带着点南方冬夜的寒气，跟片小雪花似的，落在她耳尖和侧颈上。

都这个样子了，怎么能说是不喜欢？

“七年之痒”的忧虑就此打消，温晚凝心里的那点烦恼却有增无减，甚至还去找了戚酒酒和何塞，兜了好大的圈旁敲侧击，谁知对面两人一点也靠不住。

正经的分析半句没有，在地球两端强强联手，满嘴跑火车，串了口供似的，高呼凌野爱她爱得要死，劝她停止胡思乱想，男人在女王的事业面前不算什么，年底一众电影节等着她艳压全场。

做好妆造，在酒店拍好工作室发微博用的照片，上车之前，温晚凝又给凌野打了个电话。

为了工作方便，她已经和助理在酒店住了两晚。

小年将近，凌野回了趟东北老家，给父母扫墓。

他去仙姨店里后厨帮忙时，还被来看雪的粉丝认了出来，帖子刚发出来，就上了个空降热门。

——吃上了77亲手做的一桌子菜，哥好帅，饭好香，谢谢招待，幸福晕了。

小矛盾还没翻篇，又有颁奖仪式前的忐忑，温晚凝随手刷到之后，越想心里越不平衡。直到听阮佳说保姆车快到酒店楼下了，她才放弃了和他算账，不再计较他最近怎么就没好好招待她。

她抱着裙摆，站在套房的角落里，声音听上去还算镇定："你回申城了吗？"

凌野"嗯"了一声："昨天回的。"

可以，回是回来了，可既没跑来看她，也压根没在和她的晚安语音里提起。

温晚凝克制住自己的情绪："一会儿的颁奖典礼你来吗？"

凌野不是圈内人，但赛车替身出演的经历放在这，电影节官方早早就发去了特邀函，唯恐林宙的团队太本分，白白放过了这么大的宣传噱头。

听筒对面安静了好一会儿，温晚凝什么都懂了。

她微微垂眸，不让语气里的失望太明显："没事，反正结束后回家就见面了。

"何塞说你接下来一个月都没什么事，我还担心和你待一起的时间太长，看得我审美疲劳。"

凌野没忍住笑了。

别人谈年下弟弟（形容一个年纪比自己小的男性朋友或者男性伴侣）什么样，他不知道，放在温晚凝身上，心理年龄倒是眼睁睁看着逆行回去了。可能连她自己都没意识到，那些初见时都没展露过的小女孩心性直往外冒，无论是任性的、不讲理的、不体面的、不像"姐姐"的，还是可爱的。

她虚张声势地亮着猫猫爪子，挠得他心里发痒，想把人搂怀里从头到脚地亲。

他的笑听进温晚凝耳里，觉得他就是纯粹让她下不来台。

周芙已经在门口招呼她，她也不想再搭理他，提了一口气准备挂电话："我要走了。"

"好。"凌野语气很暖，寻常得像是过去每一个送她工作的早晨，"一会儿接你回家。"

今年的金玉兰奖依然沿用了往年的流程，先红毯，再仪式。

室外红毯设在浦江岸的游艇码头，布景做得很精致，有种十里洋场的复古味道。

作为多项奖项的大热门，《春夜》主创组的红毯顺序排得很靠后。

在闪成一片的镁光灯中，温晚凝下了车，在抬头前最后做了一次深呼吸，随即挽上魏应淮的手臂，稳稳踏上星光熠熠的红毯。

各家媒体的镜头遍布通道两侧，灯光亮如白昼，温晚凝一袭缎面长裙，绿水般的碧色波光粼粼，衬得她整个人像在发光。

直播的镜头拉近，弹幕滚动的速度瞬间飙升。

△怎么会有人长成这样啊？

△美到夸张，温姐戴的高级珠宝值多少钱？旁边挽的男人是谁都没顾上看……一口气直接目送一百米。

△笑死，我们小魏今天状态也很在线好吗！

△绿裙子真的封神，预感十年之后还能刷到今天的动图。

△紧张死了，小玉兰小玉兰，请降临在我们晚凝手心，呜呜呜……

影帝、影后和最佳影片，三座今晚最具关注度的奖杯究竟花落谁家，无一例外地成了压轴悬念，放在最后揭晓。

在此之前，颁奖人轮番上台，陆续颁布其他奖项。

《春夜》凭借着精良的制作班底收获颇丰，先后将最佳摄影和最佳原创电影音乐奖收入囊中。

仪式越来越接近尾声，温晚凝悬了一晚的心却渐渐安定了下来。

尽人事，听天命，已经被神明眷顾了一次，得到了这次重新回到大银幕的机会，她已经足够感激。

既然已经为此付出了全力，那不管最终的结果如何，她都将问心无愧。

颁奖流程继续向前，终于来到了万众瞩目的最佳女主角奖项。

现场大屏熄灭。

短暂的黑暗过后，以姓氏首字母为序，五位入围女演员的电影剪辑片段依次在舞台上方播放。

今年电影节的主题是继承与展望，影后奖项的颁奖嘉宾正是上届的得主姜芸。

大屏早已等分成五个窄长的特写视窗，现场导播镜头拉近，分别对准了五位候选人。

前排众人纷纷回头。

温晚凝抬眸，很快在屏幕最右侧发现了自己，红唇很轻地一扬。

随着模拟心跳声的鼓点越来越密，姜芸从主持人手中接过信封，低头展开。

“获得第三十五届金玉兰奖最佳女演员的是……”

停顿的几秒钟里，散落满场的追光灯缓缓收束，场下众人的呼吸被提起，哗动不止。

同被提名的几位女演员有的比温晚凝年轻，紧张的神态全写在脸上。

温晚凝面上平静，实际也出了一手心的汗，双手悄悄在宽大的裙摆下攥着。

“最佳女演员是——”姜芸最后又拖了个长音，视线扫过前面的几排，吊人胃口地缓缓往后移动，终于，落定在人群后方。

她粲然一笑，一字一句地念出手卡上的名字：“《春夜》，温晚凝。

“恭喜！”

全场掌声雷动，喧腾的喝彩如巨浪涌来。

温晚凝的心猛然一沉，而后又被高高抛起，宛如身在云霄飞车上。

恍惚间，她连眨眼都忘了，还是前后座纷纷转身，几个相熟的别组演员过来握手祝贺，才由相触的皮肤找回了些真实感。

她身边的魏应淮比她这个当事人还激动，瞬间弹射起身，在她慢慢走向台阶，和同排的主创组人员依次拥抱时，双手圈在嘴边高喊了三声她的名字。

△恭喜姐姐！实至名归！

△金玉兰奖双影后！还有谁！

△呜呜呜，太不容易了，真的太不容易了，温没哭，我先替她哭了。

△我的眼泪不值钱，忘了哪一年看助理小姐姐直播，本来在车上聚堆看电影节颁奖礼，车门一开，手忙脚乱切静音，最后还是晚凝说没关系。

△五年前跟风抵制逼着温晚凝退圈的人有想过这一天吗？她终于又回来了！

△真正的逆风翻盘，什么热血少女漫情节？姐一碗鸡汤灌下去，我又好了，又开始相信人生了。

台阶被一级一级点亮，追光洒落了温晚凝一身，送她一步步走上舞台中央。

姜芸站在立麦一侧，看向她的视线充满了骄傲，在她走到身边时，顺手拍了拍她过于紧绷的脊背："放轻松，一回生二回熟。"

温晚凝感激地笑了笑，很轻地道了声谢。

收到提名后，她虽然觉得机会寥寥，但也不是没想过，要是真拿了奖要怎么办，如何表现才够周到。她甚至在来的车上又打了一遍腹稿，本以为能从容应对一切结果，可从听见自己的名字响起，她所有的反应都和成熟没了关系。

获奖感言环节，台上众人散去，只留她立于聚光灯之下。

准备好的一切都被冲没了影，留在脑子里的只剩几句生硬套话，一片白茫茫。

出了太多汗，掌心里滑腻腻的，温晚凝深吸了一口气，用了些力攥紧手中的奖杯，任由那些最真实的情绪流淌。

"这是我第二次站在这里，还是觉得像在做梦。"她单手扶了扶麦，笑着抬眼，"刚刚姜老师安慰我说，一回生二回熟，但我好像还是没什么长进，根本熟不起来。"

台下传来一阵善意的笑声。

侧屏镜头被导播拉远，璀璨华丽的穹顶水晶灯下，众人的脸模糊成五光十色的光点，为她闪烁着。

"感谢主办方给我如此珍贵的奖项，感谢林宙导演的信任，把姐姐这个角色给了我，让我能走进那个下着雨的春夜，牵住她的手。"

她语速放缓，认真点名感谢了主创团队的每一个人，以及所有在幕后默默付出的工作人员，眼眶微微泛红。

“我一直相信她写在日记里的一句话：时间和命运都会向前，别倒在冬天最后的夜晚。同样的话，我也想说给五年前的自己，以及和曾经的我一样茫然无措的女孩。

“向前走，别回头，你很勇敢，不会被任何人打倒。”

人生如同仅此一场的奇旅，今后还有没有机会登上更高的领奖台，她不知道，就连明天会发生什么也难以预测，唯一能做的，只有把握住当下的这一秒。

想到这里，那些连日来的小失落都散了，只剩下从心头涌到喉间的热流，让她想在这个时刻放纵一次那些时不再来的冲动。

温晚凝抬手理了下鬓发，耳坠的流光微晃，却仍亮不过她的眼睛。

“最后，我还想感谢一个特别的人，虽然他今天没有来。”

话音刚落，台下所有人都似有所感，微笑着向她看过来。

远处有人吹了声长长的口哨，善意地带头起哄。

体育明星并没有恋爱塌房一说，但官宣之后，两人还从来没有公开同框过。头一次如此高调地提起凌野，她比自己想象的更紧张，几次深呼吸之后，心脏依然撒着欢，像是要跃出嗓子眼。

“世界那么大，谢谢你出现，谢谢你再一次与我相遇。”

她顿了顿，眸底水光闪闪：“凌野，我从来不相信奇迹，但你是无限接近于它的存在。”

礼堂第一层坐的都是眼熟的同行、评审团的名导和大前辈，温晚凝看了一眼远处正中心的镜头，在欢呼和喝彩中深深鞠了一躬，提着裙摆准备下台。

她低头走到舞台侧边时，台下的氛围却悄然一变，人群纷纷哗动起来，前排的扭着上身往上看，中后排的唯恐跟不上吃瓜速度，跟着导播骤然拉近的全景镜头看向大屏幕。

温晚凝下意识地跟着扭头，视线在看清二层的那个身影时，怔怔定住。

直播频道的弹幕如暴雨，密得看不清脸。

△啊啊啊啊啊……谁能掐我一把？是我瞎了还是嗑出幻觉了啊？那是凌野吗？

△语温作野！我的语温作野啊！

△是谁刚入坑就见证世纪婚礼？幸福到头昏脑涨了……

△我就知道会有反转！世界上不会有比凌野更好懂的男人了，天上下刀子他也会来。

△黑燕尾真的帅瞎……有人觉得凌野今天穿得正式到反常吗？都开屏成这样了，居然连红毯都不走。

△啊啊啊，我有种直觉，但我不敢说。

△不想出风头只想看姐罢了，表面不动声色，心里偷乐罢了。

…………

惊喜和无措一同袭来，温晚凝在台阶上定了好几秒，心跳得快极了。她的视线从屏幕转回斜上方，和看台正中的凌野遥遥对视着，久久回不过神来。

隔了太远，凌野的五官细节都被过亮的光褪淡了，唯有轮廓依然锋利清晰。

他像是在笑，神色克制而灼热，独一份的温柔。

命运的礼物姗姗来迟，将玫瑰与王冠一股脑塞入温晚凝怀中，需要缓冲的情绪太多，让她一时间无法招架。

导播很有心机地切了分屏双特写。

眼见着起哄声又起，温晚凝跑丢了的神魂这才收回躯壳，怕自己耽误的时间太多，抿唇低下头，匆匆走下舞台。

短暂的插曲过后，仪式继续向下推进。

表演环节，温晚凝越过林宙戏谑的眼神，顾不上理会身边魏应淮嗑晕了的碎碎念，整理好裙摆坐下，在暗下来的光影里拿出手机。

有的小男孩出尔反尔，兜了这么大圈子特地跑来乱她心神，她要第一时间兴师问罪。

温晚凝：不是说不来了，怎么又悄悄出现吓我?

还发了一个“暴怒猫猫拳”的表情包。

屏幕上方的“对方正在输入中”闪了闪，很快收到回复。

凌野：车队的赞助商席位，安德烈让我必须来。

温晚凝：理由能再拙劣一点吗？年轻人。

温晚凝：装得累不累？想见我直说。

凌野：想见你。

隔了两秒没等到她回复，他又弹来一条，简单粗暴地加码。

凌野：每分每秒都想见你。

温晚凝眼角弯起，这才满意。只是等了好一会儿，凌野也没提台上的事，她先耐不住，像是从高中校门口堵人的怪姐姐。

温晚凝：听见我刚刚对你说的话了吗?

凌野：录了。

温晚凝：你是什么朝代来的幼儿园家长？那么多镜头在拍，回放一抓一大把。

凌野：不一样。

温晚凝：哪里不一样?

凌野：不知道，只觉得自己录的才像真的。

世界上怎么会有他这样的男孩子？

前脚她还被看台上的一瞥迷住，觉得他英俊又可靠，耀眼得像一颗独属于她的星星，后脚就被这个傻子的神经质发言逗笑。

她的心像团成了一蓬棉花糖，咬一口就软塌塌地陷了下去。

温晚凝：所以你听完什么感想?

凌野：开始相信奇迹了。

他好狡猾。

温晚凝抑制不住地勾唇。

温晚凝：上学的时候没人教你？写答案的时候不能抄题干。

对面又发来一个“嗯”。

然后是第二次的明知故犯，情意绵绵。

凌野：谢谢你出现，姐姐。

凌野：谢谢你，重新让我找到你。

典礼结束后，温晚凝的获奖感言被从不同角度拆分，横扫各大平台的热搜。

与之一同被讨论的，有《春夜》的大获全胜，有她出道十年来跌宕起伏的演艺经历。

而最大的狂欢，则留给了语温作野的 CP 粉。

温晚凝和凌野隔着璀璨灯影遥相对视的画面，氛围与宿命感拉满，截图和短视频被转发了无数次，热议经久不散。

这时，温晚凝已经离开了众人的视线，正坐在凌野的车上。

她从麦礼文那里继承来的老毛病，应酬酒会能逃则逃，只想早点回家。

申城冬天的风不大，但湿湿绵绵的，直往骨头缝里钻，她漂亮的礼服和细高跟根本顶不住。

凌野知道她怕冷，提前在车上备了大羽绒服和雪地靴，毛茸茸的，把她紧绷了一晚的手臂和足弓暖着。

车子贴着礼堂后方前行，靠近红毯。

演员们和观众已经陆续散去，按理说早就应该有工作人员来收拾布景了，但奇怪的是，一整条路都没什么人，连灯都没亮几盏，还是靠着车子开过时的那点光，温晚凝才勉强辨认出自己在哪儿，不至于怀疑职业赛车手的记路能力。

凌野就这么慢悠悠开到道路中段，车轮前端突然咯吱一声。

声音不大，闷闷的，像极了在北方踩雪，就是时间和地点一个都不对。

谨慎起见，温晚凝还是赶紧扭头：“先停一停，你听见什么动静没？”

凌野拧钥匙熄火：“车好像坏了。”

八位数的顶配梅斯超跑，质量也不过如此。

温晚凝不懂车，看着那一排精密的仪表盘由亮转暗，一下子都不知该说什么好了。

有凌野在，她倒是不至于慌乱，只是一瞬间觉得……这场面有些似曾相识。

寒冷的冬夜，不知通往何方的小路，路灯隔一段灭一盏，车突然抛了锚，只差一场大雪。

只是她当初好不容易才盼来的天降救星，已经在身边。

车里车外漆黑一片，温晚凝突然被这个巧合搞得有点想笑。

身边人却像是并没想这么多，黑暗里看不清神色，只能隐隐瞥见他凑近的侧脸，长直的睫毛垂下，被月光映得银绒绒的。

“我去看看。”凌野打开车门锁，伸手帮温晚凝把安全带解开，“车里面现在不太安全，你先下来等我一会儿，很快。”

刚才还觉得联想得有点勉强，现在怎么越来越像了？

温晚凝难以自制地笑出声，不做他想，拉开门下去。

她向外面迈了几步，雪地靴底传来的触感松软，窸窸窣窣的。

她又试着跺了跺脚，难以置信地弯下腰，伸手摸了摸。

蓬松如沙，冰冰凉凉的，捻一捻就会融化……

真的是雪。

在这个晴朗的南方冬夜，悄悄落满了整条红毯的雪。

温晚凝简直要怀疑自己在做梦，刚想凭本能打开手电筒，看得更清楚些，就听见凌野在身后喊她，声音里有些几不可察的紧张。

“姐姐。”他的脚步声很缓，像是往她身边又靠近了一些，最后停住。

“嗯？”温晚凝转身。

这时，几道晃眼的弧线划破夜空，星星点点的光升到最高，黯淡下去，瞬间炸成了片片硕大的明蓝色雪花，在空中停滞片刻，落下的光雨如流星，将浦江上空的天幕映得一片通明。

烟火是天上的雪，不知不觉开始在身边落下的，是将爱人送到她身边的雪。

她怔怔地抬起头，大脑一片空白，在纷扬飘落的冰晶里，看着红毯两侧的高大梧桐亮起，闪烁的银灯层层叠叠，向远方蔓延着，直到视野尽头。

像大雪落满了枝丫，目光所及，皆是一片耀眼的银装素裹。

江边的行人、往来的车辆、场外还未来得及散去的粉丝都注意到了这里的动静，围墙内外传来此起彼伏的惊呼声，甚至还有人在笑着喊她的名字。

温晚凝这才发现，原来树下一直都有人在。

而且都是些熟悉的面孔。

何塞、魏应淮、不知道从哪儿窜出来的温璟、刚给她颁过奖的姜芸老师、好久不见的乔梨和仙姨，还有一群在这些年里陪着她走过低谷期的圈内外好友。

工作室的小姑娘们被周芙和阮佳带着，激动得魂不守舍，互相攥着手探头探脑，仿佛一群兴奋的企鹅。

戚酒酒则是明显有点心虚，在温晚凝看过来时，连连用手挡了好几次脸，浑身都写着“和我无关”。

而在几米之外，象征着一切起点的凛冬深处，凌野又向她靠近了一步。

温晚凝心头猛然一跳，呼吸的节奏已经乱了，喉间止不住地酸涩，眼眶被涌出的水意烫得刺痛。

她知道凌野要做什么了。

一帧帧，一幕幕，那些与他共度的点点滴滴重新变得无比清晰，随着越来越快的心跳，飞快地划过她的脑海。

好像人的记忆就是这样，在她自以为健忘的许多年里，也悄悄做了存档，让她即便跨过漫长岁月，也仍能回想起命运齿轮最初转动时的那一声细响。

而不同的是，凌野早已从那个单薄沉默的少年，变成如今值得依赖的青年，肩头落满了雪，单膝跪在她面前。

围观的人号得热闹非凡，戚洒洒没催两声已经受不了了，低着头狂抹眼泪。

漫天烟火之下，一切的喧闹都像被过滤掉了。

温晚凝只看得见面前的凌野。他还是像初见时那样，沉静挺拔如白桦，长睫毛上挂着冰霜。

他内敛到有些笨拙，像是认认真真准备了许多话，却又因为平日里的寡言无从开口，唯有一双眼专注地看着她，眼底的情意足以将人灼伤。

他神情看上去还算淡定，可眼眶和侧颈都是红的，一双薄唇张合了好几次，还是没出声。

“张嘴啊，哥！愣在那里干什么呢？”何塞急得在一边上蹿下跳，“姐姐还是老婆你自己选，这辈子就算只剩一句话的余额，也得在今天用了！”

他这边还没撺掇完，阮佳那边看见温晚凝已经有要伸手的势头，又开始忙着阻拦：“温老师，不行——”

一片哄笑之中，温晚凝嘴唇抿紧，抬手压了压眼角。

她看到凌野的喉结很轻地滚了滚，打开靛青色丝绒的珠宝盒，将那枚大得夸张的钻石戒指捧在她面前。

钻石的每一个切面都在熠熠闪烁，像他那颗毫无保留的赤诚之心。

“和我结婚好吗？”凌野的声音有些沙哑，却足够清晰，让她抑制了一晚上的情绪瞬间失控，泪水顺着脸颊滚落。

“想了多久了？”她嗓音发颤，很轻地摸了摸他发烫的脸。

“没有很久，”凌野望向她，“从十九岁之后。”

这个时间早得让她心惊。

天知道，她所期待的最久远回答，不过也只是几个月之前。

“这么晚啊？”她眼里含着泪，佯装失望，“我还以为是从遇见我的那天开始。”

闻言，凌野顿了顿。

再开口时，他竟有了些少年的腼腆：“那时候还没敢想。”

许多朋友都在拍照，但温晚凝已经顾不上自己的表情漂不漂亮了。

谁能拒绝这样的凌野？

她放任自己去做跌入爱河的小女孩，柔软而无畏，将无数个明天交付给一场大雪。

“……答应你了。”温晚凝深吸一口气，向他伸出被泪水浸湿的手。

灯火如梦。

凌野跪在原地，将那枚戒指套进温晚凝的无名指，缓缓推到底。

焰火映亮钻石的刹那，像是许多年前，她笑着回头，向他看来的那一眼——普通到不能再普通的一天，仿佛看不到尽头的凛冬，竟也会因为春天一瞬的垂怜，漫山喧腾。

凌野视角一 亲爱的小孩

从记事以来，凌野一直比同龄人安静许多。

哭的次数屈指可数，也不会撒欢大笑。

手套破了洞，干活的手冻疮叠水泡，跌青了摔疼了，掌心破了皮，咬咬牙就过去了。

第一次咬糖葫芦，硬脆的糖壳化在嘴里，心里是甜的，第一反应却是无措。

倒不是他生来老成，只是苦难太早压上他的肩，日子一长就成了寄生的菟丝子，忘不了，也扔不掉，只能就这样背着，任其抽干少年的欢喜和稚拙。

双亲过世后，凌野有时候甚至会怀疑，这两个人是否真的存在过，不然为什么他每天都拼命地回忆，他们的样子还是褪了色？像太阳下的两个雪人，一天比一天模糊瘦小，伸手抱一下，就化得更多一些。

到头来，只剩一些怎么都连贯不起来的画面——

最后几年，家里小饭馆开业，炸得满地红屑的长挂鞭；枕头边掉了漆的奥特曼；鲜艳的小花丝巾；正月里热热闹闹的灯会；循环唱着“恭喜发财”的县城商场，他在中间被父母攥着手，等走回家了，一手沾了烟味，一手是雪花膏的甜香……

填补记忆空隙的，是父亲留给他的那辆车。

早年间，国内拉力赛没什么热度，车手的收入勉强糊口。凌彻伤退后，回乡做了大货车司机，多凶险的路段都愿意接，多急的时限都满口答应，几乎全年无休，俭省到不能再俭省，只为能快点攒下钱。

母亲怕他路上犯困，尽量跟着，一离家就是大半个月。

凌野跟他们长时间共处的机会不多，除了年节，有印象的几次见面都是在路上。

八岁时，他跟着父亲出长途，返程路过百公里外的春城。

盛夏天，蝉声吵得人头晕，卡丁车场的铁栏杆外，最后两口冰棍淌了凌野一袖管，黏糊糊的，不管怎么舔，胳膊肘都带着点甜味儿。

双人座的亲子车上，凌野稚嫩的掌心全是汗，黑眼睛亮晶晶的，兴奋地扭着脸，一会儿看看车头新漆的发车线，一会儿看看身旁吹口哨逗他的父亲。

凌彻想哄他高兴，忍着旧伤把油门踩得轰鸣，三两圈开下来，速度越来越快，轮胎侧漂移的声响锋利，似能划破黯淡的人生。

一张入场票能开五分钟，太阳落山时，凌彻的钱包换成了一摞厚厚的票，塞满了凌野的裤兜。

他的脸在头盔里闷得通红，未曾体验过的风将那颗小小的心脏吹轻了，战栗着、欢腾着，打着旋往天上飞。

场地七点关门，那天正好赶上卡丁车俱乐部的孩子训练，需要提前一小时清场。

大喇叭吱吱响，老板喊了好几声，凌野没舍得走，顶着满头的汗扒在栏杆上，看那群同龄人亮闪闪的新头盔，闻着机油味，踩着火烫的沥青发痴。

凌野从不伸手要什么。

过年时凌彻带回来的俄罗斯巧克力，一板十六块，他宝贝得不行，怕放屋里烤化了，便在咸菜缸边拿砖垒个坑藏着，上学放学，都要小心地巡视一遍又一遍。

巧克力留着吃，能从雪窝子里吃到开春，但兜里的一沓入场票，撕过就失效了，成了满地的鞭炮壳，热闹后只剩寂寞。

卡丁车场上最后一盏灯灭了。

父亲喊凌野走，凌野应了声“好”，身子转回过来了，脚却像生了根似的拔不出来。他留恋这里，又怕自己的留恋成了家里的负担，趁着系鞋带低头吸鼻子，咬着牙把眼泪憋了回去。

凌彻不催他，在他身边猛吸了一口烟。十块钱一包的红塔山，火星明明灭灭，映得凌彻的眼底也是红的。

从春城回家后，日子该怎么过还是怎么过，本以为一辈子就见那一次世面，结果凌野那年生日，凌彻神神秘秘地，不知从哪里拉回了辆二手卡丁车。

拖车找朋友借，装卸自己来，坏了的零件全换一遍，新轮胎用不起，就去大赛车场捡人家俱乐部剩下的，蹭得满手都是黏黑的机油。

拧动钥匙，引擎发动的第一下，浓烟呛得一家人咳嗽。

凌野第一次像个真正的孩子，咧嘴笑出声。

他被过量的幸福和愧疚冲得发晕，一边笑，一边止不住地淌泪。

泪水咸咸热热的，湿透了他自己的袖管，他又跑去蹭凌彻的腿。

凌彻的一双脏手在他头顶一通乱揉：“车是破了点，但我儿子不比别人差。”

林区哪有什么像样的赛道，可最不缺的就是辽阔的荒原，悄悄搭个简陋的场地不算难事。

凌彻没指望凌野真能开出什么名堂，什么都教。

刹车点怎么找，路滑怎么过弯，千斤顶和各种螺丝刀、起子怎么用，大寒天抛锚了怎么自救，出大车半夜碰上有人偷油，怎么打架不留痕迹又让对方最疼……

血缘是种说不清的庇佑，带来天赋和无数难以用经验解释的本能。

凌野的进步速度堪称惊人。无论寒冬酷暑，他每天放学从仙姨家蹭完饭，就会捏着兜里的小钥匙一路骑车到后山，坐进他最昂贵的玩具，闭上眼听引擎燃动的第一声响。

窗外的风声不再凛冽，烈日不再晃眼，脑海里是凌彻跟他说过的塔克拉玛干，是大漠胡杨，灿灿澄金一眼望不到头，尽是闪着光的希望。

再过十年会怎样？

凌野偶尔也会在日记里幻想。

那时候他就是大人了，撞了大运的话，一路过关斩将，当上真正的赛车手，运气差一点，就好好读书。

他相信天道酬勤，只要好好努力，就一定能带着父母去大城市安家，过上好日子。

记忆的断层是在十二岁那年。

G331-111 国道，他坐在大车的副驾驶，陪父亲走过许多次。

从黑河到十八站，从十八站到漠河，再从漠河到加格达奇，一千两百公里的林海，是进大兴安岭唯一的路。谁都没想到，那天车上拉的灭火器会碰撞起火。

爆炸的一瞬间，凌彻本能地将凌野死死罩在身下，另一只手在爆燃的火光里徒劳地伸向车座后方——长途大货车后排都有的卧铺上，凌野年轻的母亲穿着新买的漂亮大衣，睡得正香。

凌野半个月后回家，妇联的干部抱着他的肩膀哭。

凌野恍惚地坐在后座中间，怀里紧紧抱着简陋的骨灰坛，纱布遮住了他的视线，耳朵嗡嗡地疼，脑袋里一片混沌。

外面是哪儿？

过漠河了没？

母亲睡着前还在说，过了漠河，就快到家了。

车上有导航，隔一段亮一亮，没声。

凌野想，听不见也好，只要听不见，就不用再理那些喋喋不休的记者。他们表面怜悯，说出来的话却像刀子，逼着他一遍遍回到那个山崖下的车厢里。

那天太冷了，浓烟往上走，大雪向下落，身上的凌彻像是扭曲的盔甲，一边胳膊护着他的头，怕自己撒了手，捏得他骨头断了似的疼。

凌彻背后的棉服和皮肤都焦了，滚烫的血水淌了年幼的凌野一脖子，转瞬凝成了冰。

凌彻总开玩笑说凌野还没长大，男子汉之间的谈话为时尚早，只在逢年过节喝多的时候，偶尔自嘲两句，说自己人生前三十年懦弱又没用，连累了老婆儿子一起吃苦，到头来谁也没护好。

可怎样才算护好？

救援来的时候，凌彻已经僵得像一块石头，怎么掰都掰不开。为了把他怀里的凌野救出来，救援人员试了近两个小时，最后不得已用了最残酷的方法。

救援人员有的也为人父母，电锯的滋滋声响起，极尽压抑，有人咬着牙捂紧了凌野的眼睛。

没人舍得让这么大的孩子明白正在发生什么，一群大人拼命忍着喉间的滞涩。黑暗之中，凌野早已经抖得像筛子。

皮肉冻得几乎失去知觉，泪一道道往下滚，热刀子似的，刮得他脸疼。

他听不见了，听不见环境的声响，以为是自己忍住了没哭，嘴里却在呜咽。

喘息漏着风，每一声都像是濒死幼兽的嘶鸣。

最后他是怎么离开的，被救出来之后有没有再回头看，大脑都强迫他忘掉了。

凌野只记得回家那天太阳很好，金灿灿的，身上是新手套和新鞋，毛茸茸的里子，软乎乎的边儿，他在后座蜷得像条无家可归的野狗，哆嗦着越缩越小。

空调的热风呼呼吹着，他的手脚却比怀里的瓷坛还冷，怎么都焐不热。

凡人的一生如此轻贱，只是睡了一觉，他的家就化为了小小一抔土。

凌野父母的白事办得极尽铺张，是叔叔张罗的，纸扎的金元宝垒满桌面。镇上最排面的法事班子也来了，咿咿呀呀唱了一天一夜，一家老小觉也不睡，陪着他守夜。

出殡当天，婶婶的哭号凄厉，盖过了唢呐。

凌野没有别的亲人，仪式结束后，只能搬进乡下叔叔家。

从出生就没怎么见过面的侄子，伤得太重只能躺着，耳朵也聋了，后来干活倒是很麻利，就是靠比画交流太费劲，性子也冷淡，越看越不招人喜欢。

赔付金到手，叔婶的善意很快消散，视他如空气，总说年底天冷，修车铺生意太忙，下个月再带他去城里看耳朵，回学校的时间也一拖再拖。

下个月，再下个月……

直到次年腊月，他只等来了叔叔家越盖越高的小楼，两层小楼建成的那天，婶婶站在门前给邻居分瓜子，脖子上的金项链张扬又气派。

凌野被往来恭贺的陌生人推挤着，直到被搡到门外，才有个大娘顺嘴问了句："门口那个男娃是谁？"

"捡来的侄子，"婶婶瞥他几眼，也不避讳，嘴里的瓜子壳往花坛吐，"耳朵聋了，家里留不住，准备正月里送特殊学校寄宿去。"

女人面容刻薄，说话时嘴咧得极大。

凌野站在原地盯着她看，等到最后几个字落定，他仿佛一脚踏空，整颗心直直地往下坠。

唇语是他自己学的。在街上盯着人看，对着窗玻璃一遍遍记口型，比父亲当初教他开赛车还野得彻底的路子，一切全靠自己摸索，像一种求生的本能。

凌野心里清楚，耳朵坏了，那他这辈子就再也成不了赛车手。

如果还想走出林区，唯一的希望就是好好读书。

前路在何方，又通往何处，甚至老天爷还有没有给他留下这条路，他都不知道。

但凌野之前听人说过，镇上的特殊学校并没有高中办学资格，那里更像座死气沉沉的牢笼，他绝不能被扔在那里，不能向命运低头。

他可以证明给所有人看，无论有多少困难挡在面前，他都能咬牙克服，只要让他留在现在的教室里。

他想上高中，他想高考。

零下二十几度的天，凌野顶着寒风翻越了几小时山路，喉间都是铁锈味，心里焦灼而绝望，如同游向汪洋中最后一块浮木。

母亲去世后，县里的小饭馆留给了仙姨。他循着记忆里的路摸到店门口，扶着墙调整了一会儿呼吸，透过窗花和雾气往里看。见仙姨的丈夫也在帮着忙活，他犹豫了许久，还是收回了掀门帘的手。

事故后，仙姨悄悄来乡下看过凌野两次。担心凌野被叔婶说，她每回都没顾上说两句话，低头塞了东西就走，小包袱装得满当当。

外层是家里大儿子穿过的衣服鞋子，里层是早市上买的姑娘果，还有店里炸的烧饼和糖麻花，拿塑料袋卷着。旧外套的口袋里，甚至还刻意藏了几张纸钞。

这样好心的人，凌野怕她被丈夫为难，进退维谷，只好找了个避风的墙根等着，看着窗边的食客啤酒一瓶接一瓶，招牌底下新旧雪堆叠，车辙一道压一道。

一直到夜里关店，卷帘门呼哧拉了一半，中年女人似有所感，猛地回头看去。

雪夜茫茫，能见度不高，墙边的少年人身形清瘦，肩上落满了雪，冻得直发抖。

女人视线稍一停留，神色很快转为惊愕，甩开胳膊跑过来，腾腾的白气直扑凌野的眼："……咋来的？你叔婶欺负你了？"说完，她又怪自己健忘，一拍脑袋，费劲地开始比画，越比画越焦心，恨不得把想说的话都塞进手里，从他冰凉的手背搓进去。

凌野被她紧紧攥着，喉间咽了咽，半天才挤出一个笑："姨，你说话我看得懂。"

仙姨愣了愣，反应过来之后，眼眶骤然红了，不忍再去看他的笑，满脸是泪。

休学一年后，在仙姨的帮助下，凌野最终顶着叔婶不满的目光，重新回到了校园。

讲台上的老师成了他最好的唇语学习素材——

镇上的初中升学率不高，大多数孩子没把读书当回事，上学时浑浑噩噩混日子，一毕业就南下打工。

班里坐着像凌野这样的学生，老师们惊喜还来不及，根本不会介意他过于直白的目光。

中考后，凌野以全校第三名的成绩考上了县里最好的高中。

不是他不够勤奋，或者不够聪明，只因为那张英语听力答题卡，他只能靠运气去猜。

县里的学校是寄宿制，费用比镇上的高中贵了一千多一学期，担心叔婶不愿意花这个钱，凌野一年前就和他们商定好了，他所有的周末和节假日都可以不休息，在修车铺里帮忙，不要一分钱酬劳，换他高中三年的学费。

这样的不平等交易，持续到高一那年秋天。

当年爆炸事故后，凌彻的大货车几乎报废。婶婶嫌不吉利，不愿意花钱修，找人随便拖去了后山荒地，等了好几年才有人来回收。

称重那天，刚上三年级的堂弟一直跟着，觉得无聊四处乱转，误打误撞跑到凌彻搭的卡丁车场——凌野怕叔叔一家看见，从未提过这里，连那辆小卡丁车都仔细藏在了场地后面的仓库里，拿塑料膜盖着，得了空就过来擦一遍。

这是他最后的梦乐园。

几年过去，路面生了杂草，白粉笔画的发车线描了又描，缓冲带是废旧轮胎捆的，弯道是空油桶扎的，在正午的阳光下，简陋得一览无余。

堂弟觉得新鲜，这里踹两脚那里踢两下，蹿到凌野面前，叉腰打量他发白的脸："你的？"

凌野极力压抑着情绪，没回答。

堂弟觉得看穿了他，脸上的笑越发肆意："那你车呢？"

孩子之间的事儿，婶婶只在远处看着，嘴唇微张，仿佛准备随时过来打圆场。

这样的场景，对凌野来说很熟悉。

在这个家里，无论是他的衣服被抢，课本被乱画，还是仅有的棉鞋被火钩子烧了洞，永远只会得到轻飘飘的一句"你弟弟还小不懂事，给他就给他了"。

没人给他撑腰。

甚至他稍微表达出一点抗拒的意思，接下来的几天里，连给他盛的那碗饭都是凉的。

凌野一向善于忍耐，不管受了什么委屈，都咬碎了牙往肚子里咽，可这次堂弟想要的东西，他无论如何都不愿意给了。

堂弟还在眼巴巴等着，越来越不耐烦。

凌野俯视堂弟，黑眼睛淡淡的，抿唇回道："我不知道。"

堂弟看了他一会儿，这才相信他是打定了主意不给。

被这个比自己聪明、更比自己好看的堂哥激怒，堂弟当场脸上挂不住，叫骂着打上来。

小孩的拳脚没有章法，凌野挡得住。

——“聋子。”

——“残废。”

——“克死全家的灾星。”

都是凌野辨认得最快的口型。

攻击别人的苦难，是少年时期的孩子最本能的恶意，凌野在学校里这些年，早就习惯了。

可他终究还是拦不住溺爱儿子的叔叔，真的带人翻遍仓库，把他的卡丁车找了出来。

赛道在那儿，车也有了，只剩一把钥匙。

凌野紧紧咬着唇，任叔婶软硬兼施，僵持到他回县城上学，还是没把钥匙在哪儿说出来。

本以为事情就此结束，等他下次回来却发现，叔叔已经把那辆开不了的卡丁车卖了。

堂弟得意扬扬，满是大仇得报的痛快。

婶婶剥着橘子，一瓣一瓣地往嘴里塞：“别说现在，就算你耳朵没坏，供着这车我看也是浪费钱，还真以为自己能出人头地了？想想你爸，年轻的时候那么风光，到头来不是还……”

她话说到一半，被一旁的叔叔截了：“也是为你好，早卖了早收心，也好踏踏实实过日子。”

小地方没人懂赛车，凌彻留下的那辆卡丁车是按重量卖的，零件和轮胎都拆了，孤零零的一个架子，价格接近废铁。

当夜，凌野靠窗台坐着，一夜未眠。

从那天起，他不再对任何人抱有期待，外出跑活的时候，能当场修好的车就不拖回店里，就算要在大风雪天冻上许久，也都忍了下来——只要不经过叔叔的手，他就能扣下一点钱，攒着留作将来的学费。

东北砍价本就厉害，和预期差距多一点少一点，都算正常。叔叔没有怀疑，降温之后犯懒，只要凌野在的时候，店外的活几乎都给了他。

立冬后，东北日落早。

那日周五照常放学，凌野骑车回到叔叔家，天已经黑透了。

他饿极了，进厨房准备给自己下碗面吃，倒油烧热，刚下了把葱花，婶婶就推门走了进来，顺手拉了个马扎坐下。

“不用急，”女人肩膀夹着手机，随口应着，“你们搁那儿等着就行，这就来。”

这天雪大，像是有车在山路上冻抛锚了，等着店里去救。

婶婶嘴上没催，电话一挂就放在灶台上，以一种嫌弃他饭量的视线沉默施压，等他主动把火关了。

凌野饿得胃里隐隐泛疼，只硬着头皮继续煮面，出锅后才扒了几筷子，手机屏幕又亮起来。

他余光瞥了眼。

是个外地号，申城的。

婶婶接通电话：“说了一会儿到就一会儿到，再催也快不了。”

“一会儿是多会儿？”

女人表情闲散，掀着眼皮往凌野这边打量：“这可不好说，路不好走，又得等我们店师傅吃……”

如同芒刺在背，凌野飞快咽下最后一口面汤，把碗放下：“我现在去。”

往好处想，天越黑，地方越偏，抛锚的车主出手越阔绰，外地人尤甚，他不想错过每一个能赚钱的机会。

北国地广人稀，车窗外无垠的林海翻涌，导航只能定个大概位置。

凌野心里默念：黑色的MPV，电断了，没法开双闪，横在路灯底下，一男两女，说是没带什么鲜艳的东西，只有一套浅黄的围脖和帽子，车里小姑娘戴的。

谁听了都觉得难找，但对他来说够了。

长久的无声环境，让少年的视觉敏锐得像雪原上的动物。

车开到半山，沿着路灯走了没多远，凌野很快就看见了那位“小姑娘”。

对方戴着浅黄色的围脖和帽子，很南方的那种小骨架，裹着明显不合身的军大衣，背风靠车站着，看不清脸。但很明显，对方是个成年女性，和他以为的小妹妹相去甚远。

其实申城人口中的小姑娘，并无多少年龄的限制，更像是一种亲昵，一种不掩饰的偏爱：你觉得她是，那她就永远是你的小女孩，你的宝贝。

这是凌野后来才找到的答案。

而在当时，他还在犹豫要不要再确认一下，女人突然转了身。

巴掌大的脸，肤色极白，五官像是精雕细琢的，美得自带一种距离感，像天鹅绒上昂贵的珍珠。

目光对撞，凌野的心跳不自觉地乱了节奏，他忘了原本的企图，只顾仓皇避开视线，拉下手刹。

车停下。

离得更近了。

前大灯里，女人还在往这边看。

凌野敛眼，捞起副驾驶上的书包，关门下车。十七岁的他压不下心里的鼓噪，但控制得了自己的视线。

他保持着神色的沉稳，不再去看她的眼睛，只在不得已打照面的时候，要看懂她说话的时候，才飞快扫过她的下半张脸。

她下巴缩在毛茸茸的浅黄围巾里，和身旁人说笑着，脸颊皮肤细嫩，被寒风越吹越红。

这个视角，让凌野逐渐平静下来。

有那么冷吗？

还是南方的春夏格外绵长，把人的皮肉都养薄了，扛不了一点霜雪？

他甚至失礼地想，她像自己在电视上看过的那种漂亮鹦鹉，好像叫玄凤，如果他没记错的话。

圆圆的两小团，脸红扑扑。

凌野视角二 你的声音

“人的感觉器官损伤后，剩余的健全知觉会补偿性地增强，把接收到的信号自动转化为缺失的信号，也叫作感官代偿。”

第二次听损检查后，医生捏着报告纸比对了许久，对凌野解释。

“哒哒哒……”

麦克风连接电脑，光标频闪。

国内最好的医院，最先进的语音识别技术，每个术语被实时转化成黑体字，展现在凌野面前的屏幕上。

——你很了不起，无论最后的治疗结果如何，都已经是个奇迹。

诊室不大，聚集了一群医生。

会诊本来就在的，临时被喊过来的，都像是见了什么奇珍异兽，细细打量着报告上一行行的数字和旋转凳上端坐的少年——他鼓膜穿孔，中耳听骨骨折，纯音听阈测试里，接近 80 分贝才开始有反应，行为交流却与常人无异。

研讨手术方案之余，他身上有太多“不可能”，让每一位在场的医生兴奋。

——你现在的沟通能力，早就已经远远超过了唇语的范畴，换句话说，你可能都没察觉到，但你已经在听了。

在说到“听”这个字时，对面坐着的医生抬起双手，做了个表示双引号的手势。

凌野抿了下唇，视线从屏幕上瞥过，深吸一口气，抬头看着说话人的脸：“我没那么厉害。

“……您说的那些，我很多时候都做不到。”

太多情境，太多人声和环境音，或者说和温晚凝有关的一切声响，他都无法想象。

“感官代偿”这个词，他这是第一回听说，却早就在过往的岁月里践行过无数次。

对凌野来说，声音是一种记忆。

爆炸事故发生之后的五年里，他的身体先于意志，拼尽全力地去看去嗅去摸索，用记忆的素材缝缝补补，好凭空捏造出一条音轨，让他能尽可能有尊严地活下去。

他虽然绝望过，也孤独过，却无碍对既知世界的探索。

因为县城就那么大，最长的街一会儿就能走到头，从出生到快成年，见过的人就那么多。

火车都是绿皮的，终点除了更远的京市，凌彻都带他去过——漠河、绥化、满洲里、海拉尔、哈尔滨，在深夜到达，凌晨启程，怎么走都离不开广袤的冰原。

这里的一切他都太熟悉了。

红绿灯闪多少下换颜色，锅里的水放多久咕嘟冒泡，一袋子玉米倒多久见底。

旧自行车蹬起来什么声，大货车开过去什么声，小汽车开过去什么声。

冰层上的防滑链哗啦响，脚踩进雪窝子里闷闷的嘎吱响。

而更大的世界是未知。

那里的人是天外来客，是奇光异色的幻梦，凌野再怎么竭力去够，也只摸得到国王的金锄头。

他的少年时代太早被生活的重担填满，几乎从未有过什么娱乐，电视上的那些演员也叫不上名字。

但他见过温晚凝的脸。

县里唯一一家电影院就开在凌野的中学旁边，天黑了，门前广告灯箱一开，映亮一张张光鲜夺目的面孔。

东北的地界太辽阔，所谓的美更像是对人间热乎气的追逐，锣鼓大秧歌，一串一串满地红的鞭炮，新娘子回门连手套都是红的，是一种花花绿绿的热闹。

而温晚凝早年间的那些角色，却是另一种纯粹南方式的美。

那种妩媚并不绵软，生动而极富生命力，无论她在海报的什么位置站着，都像是一捧盛开的芍药花束——无害，春水碧波似的，却有种难以言说的侵略性。

他骑车经过了上百次，一张电影票也没买过，就在知晓温晚凝的名字前记住了她的样子。

后来再去回想，温晚凝之于十七岁的他，比起“遇见”，更像是“降临”。

如同深冬晴天偶尔会出现一次的钻石尘，闪烁浮于半空，难以预计或描摹，但每一次都让他猝不及防。

凌野真的没想到，还能再见到温晚凝第二次。

就在雪夜初遇后的半个月，期末考试结束，学校放了寒假，他在修车铺背书时，又来了个外地号码的电话。看叔叔的口型，像是跑来林区拍电影的什么剧组。

他们不知道从哪儿捡零件凑的长春四轴客车，报废年限未知，开口就想打火上路。

都几几年了，谁还懂这种车型的构造？

叔叔觉得荒谬，眉梢一挑，就想用场面话把那边拒了。

凌野自己都无法理解自己那一瞬间的冲动，只知道反应过来时，他已经抓住了叔叔想要挂电话的手。

对上叔叔惊诧的神色，他口型无比清晰。

“我能搞定。

“我去。”

因为对方想修的车他刚好还算熟悉，小时候凌彻当作不要钱的玩具带他拆过。

更因为“电影剧组”这四个字，像太阳的亮光一闪，仿佛预兆着什么稍纵即逝的机遇，背后那张模糊的面容，让他年轻的心跳如同擂鼓。

他的运气终于好了一次。

这是温晚凝所在的剧组，而他们正好缺一个全天盯车的人，道具组的导演出手阔绰，承诺的酬劳哪怕要交给叔叔一半，也足以让凌野的攒学费计划提前一年完成。

他还要怎样更完美的一天？

麦礼文的剧组藏在群山环绕之中，从叔叔家过去，不比去县城的学校更近。

凌野骑车出门的时间本来就早，才五点，日出前的大兴安岭，四野无人，冷风如刀割，他的心却变成了一片蓬松的雪，为某种他无法分辨又羞于承认的期待，轻盈地飞了起来。

道具组的车辆一天检修三次，分的活完成后，凌野偶尔能碰见工作中的温晚凝——

他其实从未特意去找过，但女主角从来就是众星捧月的，走到哪儿都被一群人簇拥着，站在最明亮的灯下。

她和初印象很不一样。戏里的扮相泼辣明艳，蹚在水潭里大喊，背着包袱在雪地里跌跌爬爬，眼泪抹在花袄上，拍几条就真哭几条，不顾脸颊冻得通红，鼻涕都往下淌。

明亮到耀眼的生命力，专业极了，也可靠极了。

可之后，她又变成了怕冷的小女孩，倒吸着气裹进羽绒服里，帽子戴上，围巾卷一卷，暖手的热水袋再包一包。

有时候起得太早难免犯困，她坐着打瞌睡的时候像块毛茸茸的雪饼。

她叫晚凝，温晚凝。

温暖的温，晚风的晚，凝脂的凝。

凌野的智能手机很旧，近似音的名字输进搜索栏，怕冻掉了电，焐在袖子里等了半天，屏幕碎到必须侧到特定角度才能看清她的名字怎么写。

可要怎么念？

无人的旷野雪路上，凌野避着风，徒劳又小心地启唇。

温是嘬一下嘴，晚是嘬一下嘴，凝是咧开嘴，弯一下嘴角。

应该是念出声了，他听不见，却依然红了耳根。

他想，这世界上除了她，还有谁能配得上这样甜津津的名字？连无声的口型，居然都是两次亲吻和一个笑。

如果他耳朵没坏就好了。

在十七岁生日之前，除了上学，凌野只这样想过两次。

一次是想听听她的名字。

一次是客车上冰拍摄，他在帐篷后面给别的车上油，等到有人冲来找救生圈，他才知道温晚凝落了水。

因为起身的动作太快，他的手指被铁销划破了口子，火辣辣地刺痛，可他顾不上，急得连棉衣都忘了脱，在岸上猛冲了几十米，撞开惊慌的人群，一跃跳进冰层。

送进医院后，温晚凝在他隔壁床躺着，烧了好久才退。

他受伤的耳朵进水化了脓，上药挺疼的，但可以忍。

来看她的人很多。

屋子被挤满的时候，凌野就闭上眼睛，没人在的时候，他就把脸微微侧过去，安静看着温晚凝的影子。

隔帘有时候会拉开，更多的时候合上，北方冬日的阳光透过窗玻璃，在蓝色薄布上勾出一道隐约的轮廓，像是童年时候的猜影子游戏。

这样晃是睡醒了，那样晃是在咳嗽，每当她幅度大一点，他心里就会有些急躁。

她喊过他吗？试着跟他说过话吗？

如果他能听见就好了，能早点救她就好了。

凌野想。

就算是咳嗽，就算是睡不好觉，他也不想看到她有一点难过。

重新回归剧组拍戏后，一切照旧，只是温晚凝似乎很在意他的救命之恩，明里暗里都对他更好，总想把这份天大的人情还回来。

开始时是温晚凝打听他的尺码，给他买新鞋新棉服。

后来她又觉得道具组的帐篷太昏暗，伤眼睛，索性让他到她的化妆台上写作业。镜子上一圈白灯泡，旁边小太阳开着，暖和又亮堂。

再后来，温晚凝有天得了闲，盯着他尖削的下颌看了许久。从第二天开始，只要主演组开小灶，她的保温桶里有什么，就托助理给他送一份一模一样的。

三层的保温桶里，有参鸡汤、红烧排骨，还有他见都没见过的新鲜反季蔬菜，一掀开，热气腾腾的。

美貌是女演员安身立命的资本，这么多年习惯了，温晚凝就算饿极了的时候，胃口也还是很小，吃完了盖子合上，一打眼也跟刚送来的时候差不多。

凌野瞥见过她吃饭的样子，再丰盛的菜色也只是沾一沾筷子尖，油花重一点的菜会过水，如饲喂一只娇贵的文鸟。

而他正在长身体最快的年纪，十六七岁的男孩子，饥饿几乎占据了清醒时间的大半，像是铆足了劲拼命抽枝的杨树，浇再多水，给多少养分都消化得掉。

那天旧饭盒助理忘了收，给凌野的那份也忘了取，等助理回来帮温晚凝拿衣服，棉门帘一掀，看到少年正低着头飞快扒饭，碗里已经见了底。

颈后的皮肤凉飕飕的，凌野本能地放下筷子，回头看。

不是她。

他松了一口气。

是她身边的助理，姓张或是章，似乎笃定他救人是为攫取什么好处，从一开始就对他带着提防心。

"……你什么时候来的？"助理视线扫过桌上的餐盒时，神色很明显地一顿，堪称惊骇。

"刚回。"凌野脊背笔直，沉声为自己辩白，"道具组中午没活，司机让我把保姆车的变速箱换了油，就让我走了。"

他说得实在，什么变速箱什么换油，恨不得背出型号。

女生懒得听，敷衍地应着，走到椅子边，把温晚凝的羽绒服捞进怀里，明明是自己忙昏头才有的乌龙，临走前还是忍不住嘲讽一句："饿疯了吧，剩饭都抢着吃……"

帐篷外很吵，她声音压得又极低，几乎是在自言自语。

可凌野还是"听"见了，用他的眼睛。

剩饭。

能堂而皇之摆在这个漂亮化妆台上的，还能是谁的剩饭？

饭盒摆在那儿，筷子也攥在手里，一分钟前还饿得前胸贴后背的凌野却怎么也吃不下了，侧脸烧红了一片。

温晚凝的吃相很文雅，但也会趁机刷刷手机消息，偶尔看得太专注时，会不自觉地咬着筷子出神。

浓油赤酱的汁液将她的双唇润得格外红。

她这里夹两口，那里夹两口，咀嚼时露出小巧洁白的牙齿，不自觉折弯又立起的指尖亮晶晶的。

他自认并没有盯着别人吃饭的癖好，脑子里却忽然只剩下女人轻咬着筷子尖的样子。

她今天也这样发呆了吗？

肉丝炒年糕好像剩得最少，对他来说很陌生的口味，她好像很喜欢。

她咬筷子的时候是什么声音？

咀嚼的时候又是什么声音？

因为某种由筷子尖衍生出的亲密又难以言明的想象，因为对这些太隐秘声音的好奇，凌野的心跳快到了难以理喻的地步，脊背出了一层汗，几乎如坐针毡。

当一个人的耳朵失去功能时，视觉、嗅觉，甚至是触觉，所有一切可被调动的感官都会无限锐化。这由求生的意志决定，并不听从理智的指挥。

换句话说，所有让他觉得失礼和龌龊的打量和想象，都是正常的。

那些毫无预警，随时涌进他脑海的特写和气味记忆，不是因为他背弃了从小恪守的道德信条，也不能说明他在一夜之间突然长歪了，误入了歧途。相反，这证明他很正常，这是他身体的本能，就算是连梦里都是温晚凝的样子，也不是什么可怕的大事。

在跟医生聊过，整理出如上逻辑来宽慰自己之前，凌野在故乡的最后一个冬天，几乎每分每秒都是在自我谴责中度过的。

以前他每天在看什么？圆锥曲线大题第二问的解法、账户上的余额、车前盖里出了故障的零件、远处的信号灯，或者去拖车的路上有没有交警。

而现在，那些分散着的目光落点，除了生存所需的警惕和注意力，全汇集在了同一个人身上。

数学练习册上的曲线在变形，变成了女人的发丝，风吹起来，又被透明唇蜜黏住，贴在饱满的下唇上微微摇晃。

千斤顶撑起来，银亮的备胎螺栓也在变形，变成了温晚凝背台词时在地上碾来碾去的雪地靴、纸巾搓红的鼻尖，还有被化妆师盘起头发时，露出的一小截白得发光的后颈。

还有那些味道：肉丝炒年糕的鲜香味、温晚凝提神用的薄荷油凉丝丝的甜味、化妆台上那些瓶瓶罐罐装着的各类粉膏和喷雾混在一起的微妙脂粉味……

温晚凝给了他太多从未见过的好东西。

眼界、世面、在温暖不受打扰的房间里写作业的时间，甚至还有和特技车手悄悄接触，赚更多快钱的机会。

凌野在心里对她是尊敬的，觉得任何越界的想法都像是一种亵渎，无法原谅。

他想尽了办法避嫌，也想尽了办法去还。

因为节食太狠，温晚凝有次饿到头晕，吃过一次他口袋里的砂糖橘，后来他就每天出门前都挑一捧最漂亮的揣在怀里，到了剧组后检查检查，选几个没磕没碰的，小心摆在她的化妆台上。

他当早饭吃的包子，有次温晚凝好奇问了一句，他就特地起得更早去买。因为包子铺腊月里提前歇业，零下二十度的天，他几乎骑车跑遍了整个镇，才找到温晚凝夸过的那种酸菜馅的——

北方挺常见的馅料，和砂糖橘一样，都是他从小吃到大的东西，平实而廉价，和温晚凝那样的人格格不入，那句“好香”的夸赞似乎以猎奇为主，并不见得有几分真心。

可那又有什么关系呢？

他哪有什么拿得出手的东西给她？哪怕只是一丁点的被需要，都会让他心里好受许多。

于是凌野把整条街上见过的发面包子都买了一遍，沉甸甸的两大袋，哪个是什么馅儿的记好，拿衣服裹好装进书包里，觉得压扁了不好看，给她之前又拎出来拍了两下。

圆鼓鼓的，还冒着热气。

这是他给温晚凝时候的样子。

她喜不喜欢，甚至会不会真的尝一口，凌野都还不知道，就循着本能把自己有的都给她了。

那是十七岁的凌野能给温晚凝最好的东西。

中学以来，他一直有在手机里记账的习惯，一行行条目秩序井然，全为了返校回县城时能多存点钱，留着以后读大学用。

给温晚凝带早饭的那些日子，花掉了他几个月的饭钱，但他不后悔。

他表现得很平静，温晚凝吃的时候也随性，透油的包子热量高，她拿小勺这儿挖一口那儿挖一口，神色是被爱意供养惯了的自如。

凌野自己都觉得不可思议，俭省如他，面对这样的浪费第一反应却不是皱眉，而是奇异的满足。

掌上明珠。

蜜罐子里泡着长大的、晶莹剔透的糖球。

她的底色好像是娇气的，可命运的倒错在凌野身上向来慷慨。

他在还没学会索求的年纪，就被迫直面生离死别，又在毫无挥霍资本的少年时代，朦朦胧胧地迷恋上了温晚凝的娇气。

报答和避嫌当然矛盾。

凌野自认为一直处理得很好，但温晚凝怎么想怎么做，他从来都预测不了。

在对待本职工作这件事上，她向来爱钻死胡同，认真到甚至有些倔强。

剧本上的动作和对白翻来覆去地揣摩，许多一带而过的本地民俗没弄懂，终于有天得了空，她就拽着凌野往取景地附近的村里走，什么都想看一看，问个明白。

小路没什么车出入，新雪蓬松又厚实，怕她腿冷或摔倒，凌野走在前面，先试探着踩一脚，将雪压扎实了再转身嘱咐她踩在自己的脚印上。

日落时分，天是橙红的，平原像是一片辽阔的海，雪薄一点的地方暗暗发蓝。

他侧过身去给温晚凝挡风，垂着眼等她的口型。许久过去，没见女人说话，他视线上移，就看见温晚凝正在看他。她卸了妆，夕阳里的一张脸素净柔和，轮廓好像都淡了许多，眉头微蹙着，看过来的视线很专注。

脚上瞥一眼，手上再瞥一眼，最后落在他晾在寒风里的脖子上。

还是初见时候的那件旧棉服，拉到顶的运动衫，藏青色的薄领子，隐约可见胸前的高中校徽。

一层叠一层的那种穿法，只因为少年足够瘦，所以并不显得臃肿。

“给你买的衣服和鞋呢？怎么不穿？”温晚凝抿了下红润的唇，斟酌着用词，“颜色不喜欢，还是尺码不合适？”

根本就不是合不合身的问题。

只是他舍不得穿。

或者更深一层的真话，只是因为不知她什么时候就要走，这种太过虚幻的记忆，他想留下些看得见摸得着的物证，好证明她确实来过。

他平常干的活太脏，钻车底抹道机油，就把她送的新衣服磨旧了。

凌野舍不得。

可他要如何解释？

一对上女人那双眼睛，他就忍不住想错开眼神，觉得自己渺小得像一粒沙。

“合适的。”他最终还是撒了谎，为了让人生第一次的谎言更有说服力，还下意识地绷直了背，“但今天有太阳，中午挺热，不用穿那么厚。”

他生在这里，长在这里，耐寒的体质也算不得假话，他自以为这番辩解毫无破绽，未料温晚凝的目光却没移开分毫。

上次她就是这么打量他的，感叹了几句“你怎么这么瘦啊”，转眼就开始给他投喂加餐。

凌野被温晚凝盯得越发局促，不想再接受更多的施与，刚想再说些什么，就见温晚凝朝他快走了两步，在他面前站定。

无声的世界里，嗅觉有时能比视觉更敏锐。

温晚凝有用香水的习惯，淡淡的绵甜的奶油话梅味，隔着冬天厚实的毛衣外套，不浓，像是从她柔软的皮肤里透出来的。

凌野那时不懂什么香水，偶尔闻到过，但并未在意。而当下，因为温晚凝突然摘下围巾给他绕上的动作，带着女人体温的香气扑了他一头一脸，软甜而温热，像一张兜头盖下的密网，让他整个人都无法动弹。

血液从心口往上泵，红起来的先是耳根，再是整个脖子。

他无措地站在原地，飞快侧过脸去，本能地吞咽了一下，喉结重重一滚。

“我也热，帮我搭一会儿，回去还我。”温晚凝学他之前的语气。

凌野看懂了，但根本做不出任何反应，他只庆幸日落时的天光足够鲜艳，好让他的失态不那么明显。

半个月后，他会离开加格达奇。

来年的夏天，他会踏上人生最大的一场豪赌，奔赴遥远的赫尔辛基。

再过两年，他会彻底扭转自己的命运，成为F1哈维车队的试车手。

带着到账的第一笔薪酬，十九岁的凌野翻遍了伦敦最大的哈罗德百货商场，只为在几千瓶他连名字都未听过的奢侈品女香里找到温晚凝的味道。

命运的齿轮会如何转动？

在与她分离的漫长时光里，他会如何地思念眼前这一刻？

如今的凌野还未知。

他只是垂着眼站在那儿，因为太想伪装成不在意的样子，平静得用力过头了，反而看起来有些严肃。

“生气了？”温晚凝会错了意。

“没有。”他说。

她这才松了一口气，眨眨眼，抬起头来，得意扬扬：“暖和吧？”

温暖的香气贴紧了他，无比亲密。

凌野下意识地屏住了呼吸，薄唇张合了几次，只挤出了一声“嗯”。

物质从高浓度向低浓度扩散，应验的范围不仅包括练习题上的溶质，还有温晚凝身上的香气、甜味、光亮，以及过剩的爱与物质滋养出的善良。

这种善良释放到凌野身上，让他有了一种难以用他的过往常识理解的困惑。

和杨夏吃完饭后，温晚凝催着凌野收拾行李，给他买了火车票去申城。

她说送他去杨夏的车队试一个月，还他救命的人情。

全国最高规格的卡丁车赛道，无须与任何人分享的练习车和设备，橡胶味浓烈的崭新轮胎，和凌彻用组装车带他跑过的那条沙土路，宛如云泥之别。

这背后意味着多少花销，在那座人口数是故乡两百多倍的浩渺城市里，他又能在何处落脚？

凌野无法想象，连牵线的杨夏也欲言又止，觉得温晚凝是一时冲动昏了头。

温晚凝显然都没有放在心上。她这样的人，早在少女时代就习惯了偏爱和示好，无论给予旁人多大的恩惠，都有种行侠仗义般的轻盈——

眼里融不进一粒沙子，想救人就先救了，从不管什么回报和以后。

从东北南下三千多公里，接近两天的周转奔波，还要对全剧组的人避嫌，她自然不可能亲自带着凌野走。

剧组解散后的大半周里，凌野只见过温晚凝一次，在出发那天的火车站，与杨夏的视频通话画面里。

那是他第一次见浓妆的温晚凝，像是在什么红毯活动的间隙。

火车站人多嘴杂，叔叔也急得催，其实他只匆匆看了一眼。

可那些因为离她太近，曾被他下意识忽略的距离感和“女明星”的特质，依然无比明晰地高亮起来，耀眼得让他自惭形秽。

她是生来就瞩目的星星。

哪怕浑身珠光宝气，也让人只看得见她的脸，她只需要歪一下头，就压得下满室光辉。

他到申城的第一夜，杨夏只送他到火车站，最后二十公里的出租车是温晚凝帮忙打的。

从郊区沿高架进主城区，车流与高楼建筑群越来越密，窗外的霓虹也越来越亮，碎碎闪闪，裹着他向前推，像一条涌动着欲望的鎏金之河。

临行前一天，凌野顶着叔婶的冷眼收拾了小半天，自己的东西装进书包绰绰有余，手上拎的旅游包却很重，里面塞满了林区野生的蓝莓、榛子、樟子和松仁。

无论在怎样的境遇中，上门做客的时候不能空着手，要知恩图报。

这是他小时候从母亲那儿听惯了的话。

可电梯门打开，对着那串重复核对了许多遍的门牌号，他还是停下了。

门廊灯光柔和，映得大理石地砖光可鉴人，连空气里都有种高雅的白花香。

他缝补过多次的书包、起皮翘着边的“某某旅行社”标志、手上的冻疮，甚至是拎了一路的特产，都从未如此扎眼和让人觉得羞耻，还有他不值一提的尊严。

凌野本能地滞在了原地，不知该如何和这些尖锐的情绪共处。

他在门外不知道站了多久，裤兜里的手机突然振了一下，他吓了一跳，连忙拿出来看。

很短的一条消息，来自这套房子年轻的女主人。

手机号是温晚凝走之前给他存的，他担心被人看了去，只敢在姓名备注里打了一行缩写。

WWN：你今天穿黑羽绒服?

凌野下意识地低头看了一眼，认真回答。

凌野：嗯。

是温晚凝之前买的那件，他今天第一次穿。

等消息的时间过得格外漫长。

凌野的手心出了汗，因为在南方显得过厚的冬衣，或者抑不住的紧张。

WWN：那就好。

WWN：防盗门铃提示有可疑男性在门口停留，我还当是谁。

WWN：到了不知道按门铃?

屏幕灵敏度不高，凌野还在这边按，那边的消息又来了。

WWN：……算了。

WWN：别回了，我过来。

他喉咙有些发紧，仿佛在课堂上被点了名，却没答上老师的问题。

手机声音功能坏了，只能传讯息——他这么对温晚凝说过。

可聊天框里的文字冰冷，他怎么读都拿不准对方的情绪，只担心自己刚来第一天就给她添了太多麻烦。

凌野脊背挺得笔直，视线下意识地避开了猫眼，屏息等了一会儿。

没等到开门，手机又振了振。

WWN：按门铃。

WWN：猫眼旁边那个灰色按键。

WWN：既然你要住我这里，总要习惯的。

WWN：按了我就给你开门，你试试。

女人的语气一如既往地直接。

没有半个柔缓的语气词，却耐心无比，如同鼓励一个年幼的孩子。

凌野如蒙大赦，深吸一口气，把指腹使劲在衣服上蹭了蹭，抬起手。

温晚凝的房子比他想的更大，因为装潢足够温馨，并不显得空旷。那些精心设计的低光源、堆在沙发边还没拆的快递盒，都给了他珍贵的喘息空间——

昏暗和粗糙的卡其纸箱，可能只在夜间生效，但足以让他带来的礼物不那么突兀。

正是年底，温晚凝忙得连睡个囫囵觉都难，即使是特地推了工作等凌野回来，但次日一大早又要出门，她并没能和他说太多话。

饮水机和花洒怎么用，附近地铁站怎么走，交通卡从哪儿刷，一通介绍完，她强撑起来的体力已经没了大半，嘱咐了句“冰箱里有面包，饿了就用微波炉转一转”，扭头就回去睡了。

次卧是特地为他收拾出来的房间，与刚进门看到的奶白色调装修风格一致，洁净到一尘不染。

只是家政阿姨似乎记错了女主人的嘱咐，以为要过来的是个女孩子，换的四件套是温晚凝小时候用过的迪士尼公主印花。

温晚凝念旧，搬了新家也喜欢填充些童年的印记，平日里放在次卧的衣橱里，偶尔拿出来洗烘一下，随时都能用。

柔软的粉色，边角点缀着立体蝴蝶结缎带，连枕套上的英文小字都是梦幻的花体字。

意思是无畏与慷慨是世界上最珍贵的美德。

床头的布面台灯开着，整个房间被柔光包裹，像是等比例放大的精致娃娃屋。

凌野本身睡姿就很安分，这下更是到了板正的程度，光是把脸陷在柔顺剂的甜香味里，就让他拘谨得连翻身都觉得是种亵渎。

黑暗无法让他宁静。

陌生的都市，未知的明天，许久没有摸过的赛车方向盘，不知何时会被发现的耳聋，一定会被扔掉的、此刻掩在客厅快递堆后面的旅游包……

种种思绪涌入心头，像是有了声音，蜂鸣着胡乱飞舞。

凌野毫无睡意，闭上眼睛，昏昏沉沉挨了一夜。

直到天蒙蒙亮时，那个他昨晚才下载好的绿色通信软件第一次亮起了消息提示。

来自他的第一个，也是唯一一个微信联系人。

和晨起时的闹钟类似，因为听不见，他特地设置了最大幅度的高频振动，还把手机放在枕头正下方。

还没振到第二下，他就已经睁开了眼睛。

温晚凝：蓝莓是从老家带的？

凌野猛地坐起来。

聊天框的光标一闪一闪，新的对话气泡随之弹出，一连两条。

也许是失眠让他的反应速度变慢了，或是经过一路颠簸，他的手机屏终于碎到了难以正常使用的地步，他盯着那两行字看了许久。

直到眼底涌出微不可见的水意，又飞快被空调的暖风吹干。

温晚凝：好甜。

温晚凝：谢谢弟弟。

凌野从来没想过，自己有朝一日能挤进方程式赛车的金字塔尖。

胜负欲往往脱胎于对金钱名誉的渴求，而他从出生起就没什么物欲，对努力的信任远超命运。即便是凌彻还在世的时候，他最大的野心，也不过只是踏上父亲曾经走过的路——

成为门槛相对较低的拉力赛车手，现役期间兢兢业业，尽可能在职业生涯结束前追平凌彻曾经的最好成绩。

他在申城的赛车道第一次试车后，杨夏对他的态度大变，从对故人的追思变成了淘得真金的狂热，今天带他去见个教练，明天又带他去见个经纪人，半个圈内的大佬几乎都过了个遍，似乎笃定了他会在这条路上有所成就。

可他最远能走到哪儿？

亚洲车手进入围场的先例寥寥，杨夏不过只是赌他能进 F3。

就算是凌野本人，接到 F4 赛事顶尖俱乐部的试车邀约，就已经足够惊喜，从未奢望过更大的舞台。

如果不是耳朵的事被发现，如果不是温晚凝接到了杨夏的电话，凌野想，自己无论再过多少年，都不会对 F1 的席位生出执念。

更遑论世界冠军的奖杯。

因为真的太远了。

踮踮脚能够得到的是目标，千里之外的可以叫梦想，而远到这种程度的妄念，对他这样的人来说，就算只是在脑海里出现一下，都像是痴人说梦。

可温晚凝就算知道了他听不见，一直以来都在骗她，却还是挡在了他面前，紧紧攥着他的手。

温晚凝相信他。

他装了那么久的“正常人”：

打不了电话是手机坏了，没应门铃是在洗手间，静音看电视是误触，任她在车上怎么调广播台都无动于衷，只是因为他之前没听过音乐，不知该怎样点评才得当。

仔细想想，都是很拙劣的谎言，新的圆旧的，一层层玻璃搭起来的高塔，只消一点疏漏，就能跌个粉碎。

英速试车那天，一屋子国内赛车圈的元老鄙夷奚落看热闹。

他狼狈得像个被当众拧住胳膊的小偷，是温晚凝把他的自尊一片一片捡起来，愿意以身做盾，为他遮去那些眼神。

那时的温晚凝不过才二十岁出头，整个人都在发抖，眼眶比他还红，却自始至终都没放开他的手。

她说“回家了”。

她叫他“我未来的 F1 世界冠军”。

凌野觉得心脏好像是被盐水淋过的新鲜伤口，火辣辣地灼烧着，顶在喉咙口跳动。

十七岁的凌野分不清那种沸腾着的情绪是什么，只知道在自己年轻的生命里，他从未像那一刻那样不甘过。

他想赢。

野心是一粒浸了魔药的种子。

它让鸦雀生出鹰隼之志，从被她握过的那只手心向内发芽，生长的速度凶猛如荆棘，几乎要穿透他的脊髓。

门诊初四恢复，手术排在元宵节，恢复时间以月为单位，漫长而曲折。

那些用来传导听觉信号的神经沉睡太久，纱布拆除后，外界的声音仍被过滤掉了大部分高音，传入凌野耳中的只剩低频，如同沉入海底。

距离事故发生已经过去了五年，早已超出了黄金治疗时间。

他的听力能不能痊愈？

如果可以，能恢复到什么程度，够不够让他站上赛车场？

一切都是未知。

正月还没出，温晚凝就风风火火去了横店拍新戏，偌大的房子里只剩下了凌野一个人。

温晚凝给他留了一张额度未知的信用卡，用来支付后续的治疗费用。她人都坐在机场了，又从线上超市点了几十袋速冻饺子，大包小包地送到家，好烘托她理解中的北方年味。

每次凌野拉开冰箱门，暖黄的灯光亮起，那些叠放着的花花绿绿的包装袋热闹极了，像一大罐子糖。

当申城的冬雨不再那么寒冷时，他的糖罐见了底。

作为恢复期间的过渡，凌野戴上了助听器。

助听器的外观到入耳硅胶都是定制的，还做了波段调试。

但账单刻意没让他看见。

凌野不清楚具体数额，只知道一条条的费用都以顶格计算，早早就被“温小姐”慷慨结清了。

这五年，在几乎一片空白的寂静中，他度过了整个变声期。

助听器开机，电源指示灯闪烁。

医生问话后，耳边响起的男声陌生而低沉。

像是头一回照镜子的狗，凌野惊慌地从椅子上起身，抬眸环视了一圈又一圈，才发觉这道声音的主人竟是自己。

接下来的一整天，他都像在做梦。

营销广告往往会神化科技，就算是最先进的仿生技术，依然只是对大脑的低配模仿。

所有细小的噪声都被芯片平等地拉高了。远寺的钟声变成了鼓镲，汽车的鸣笛像是指甲划过黑板，人声机械而混沌，轻音和句读被随机滤掉，难以辨认。

可饿了太久的人不会挑拣饭菜的好坏，就算耳边重新响起的世界变得扭曲而失真，凌野也听得如痴如醉。回家的路上，只是地铁进站时带起的风声，都让他难耐地弯起嘴角。

也许温晚凝下次回来时，他就能亲耳听见她的声音了。

她说话时抑扬顿挫，质感薄厚，情绪起伏，喊他名字时，气流会如何钻过她的齿尖，划过口腔，引发喉咙与胸腔的共鸣？

所有的这一切，他都会真正听见，不再只停留在想象里。

这样的想法一经产生，就让他胸腔滚烫，兴奋到指尖都在发抖。

女明星很忙。

温晚凝忙起来能有多夸张，凌野在老家时已经见识过，没时间吃饭是常事，睡眠时间压缩到不能再压缩，经常化着妆中途睡着。

就算是这样，他还是会时常按亮手机，怀着些自作多情的期待。

那条心心念念的消息，终于在两天后的清晨抵达——

微信提示音响起。

拉到顶的音量，隔壁邻居估计都要觉得吵，对现在的他来说却正好。

屏幕倏地亮起，凌野匆匆把晨跑汗湿的T恤脱下，干净衣服也顾不上穿，手臂飞快把桌上的手机捞过，像是生怕有人跟他抢。

温晚凝：助听器试了没？感觉怎么样？

凌野深吸一口气，倚着墙平息心跳。

凌野：前天刚拿回来。

凌野：挺好的。

温晚凝：那就好。

温晚凝：都开启新世界大门了，别光在街上溜达，还可以听听你想听的歌。

温晚凝：是不是还不能用耳机？

温晚凝：客厅音箱都让你用，咖啡机旁边那个小的也行。

提示音响个没完，仿佛一小串明亮的烟火，在他掌心里噼里啪啦。

什么耳机，什么音箱，什么音乐。

生存需求以外的东西，除了她，他连想都没想过。

可温晚凝这样说，他又觉得听听也好，听她的话去哪儿做什么都好。

凌野抿唇，一句回复打了删删了打，最后还是只引用了她那句提问，答得板板正正。

凌野：以后摘了助听器才能用。

温晚凝：不急，慢慢来。

他是就事论事，而女人却从他的话里硬品出了些低落，安慰的强度转瞬升级。

温晚凝：为了庆祝你戴上助听器，我们打个电话吧。

凌野心漏了一拍，条件反射地回复。

凌野：不行。

温晚凝：为什么？

这让她有些诧异。

春节后，凌野的手机被她拿去修过，老旧的设备几乎被翻新了一遍，碎成蛛网的屏幕也平整如新。

手机声音坏了是假的，温晚凝应该早就知道了，可从头到尾就没跟他提过，权当这事不存在。

从那天以后，他就耻于再向她撒谎。

凌野眼睛一眨不眨地盯着聊天框，手指捏得死紧，怕她真的打过来，更怕她失望，挣扎了好一会儿才把真话挤出来。

凌野：人声还不太行。

他又顿了顿。

凌野：能听见，但反应不过来。

现实比他的想象残酷得多。整整五年，辨识唇语早就成了他的本能，当语言骤然回归到最原始的声音形态，没有口型作为参考时，他的理解速度几乎退化成了婴孩。

凌野用电视测试过，就算把音量开到最大，整个人都趴在屏幕上，但只要把头转过去，那些简单的对话就成了无意义的音节，要来回重复许多遍，他才能勉强跟上节奏。

温晚凝稍一思索。

温晚凝：有点像学外语?

凌野怔了下，为她这个跳脱的联想。

凌野：嗯。

温晚凝：那好办。

温晚凝：网上的汉语教材找一找，每天跟着读课文。

温晚凝：音频要是不好找，我给你录。

他无言地抿了抿唇。

她几乎像他真正的姐姐，周到得让他不安。

凌野按键的手都有点僵硬了。

凌野：我自己找，不用这么麻烦。

温晚凝：觉得我不行?

温晚凝：我科班出身，普通话一级甲等。

她怎么故意曲解他的意思？

隔着屏幕，凌野耳郭红了大半，却憋不出话为自己辩解。

凌野：没有。

凌野：就是不想让你更忙。

温晚凝似乎也察觉了他的无措，弹了个“哦”字过来。

紧跟其后的，是独属于那个除夕前夜的赛车场，只有他们两个才看得懂的约定：

温晚凝：对世界冠军的投资罢了。

难关尚在，春天仍未到来。

可凌野还是在垂眸看清那四个字时，难以自抑地掀起嘴角，轻笑出声。

他指尖翻飞，第一次回得这么轻快，很矜持地自谦，仿佛面对的是杨夏俱乐部里同龄人的吹捧。

凌野：哪有世界冠军戴助听器的？

毕竟是辅助器官，再好的技术都会带来疼痛和耳鸣，适应需要时间。

可集训近在眼前，没那么多时间留给凌野循序渐进。

医生说长时间的声音刺激可能有效，凌野就愿意坚持，哪怕日夜不休，让被机械放大的尖锐杂音刺进他的耳朵——

忍耐，适应。

练习，无数次重复地练习。

永不放弃。

这是凌野选择的路。

自那天后，温晚凝好像又忙了起来，和他之间少有联络。

凌野没找到合适的人声材料，索性把床垫拖到了客厅，紧挨着电视，儿童频道二十四小时开着，强迫自己去听那些夸张的动画片对白。

做俯卧撑锻炼的时候、吃饭的时候，甚至在梦里，他都在无意识地跟着复述。

凌野怎么也没想到，温晚凝居然真的给他录了课文。

每个长度在两分钟左右，从一到五排开。

录制发送时的文件压缩，播放时的解码失真，再加上他的助听器，三层损耗之下，女人的声音带着闷闷的电流音，像是罩着一层不透明的纱。

但播放键按下后，凌野还是听傻了。

他捧着手机，脸颊无意识地贴紧了屏幕，如同新生的雏鸟，胸腔急剧起伏，眼睛一眨不眨。

从这一刻起，动画片被取代，来自温晚凝的录音无限次地循环着。

播放，暂停，播放，暂停……

录音说一句，他说一句。

直到凌野几乎被驯化，只要听到她的声音，就能条件反射般地对出下一句。

“我是温晚凝。”

“好久不见，你还记得我吗？”

集训前的一个半月，听觉神经在逐渐恢复，凌野对助听器的适应力飞涨。

几次重新调配下来，音频里温晚凝的声线也在随之变化，机械味一点一点褪淡，更清澈，也更逼真。

她的声音是这样吗？好像是，也好像最多只是相似。

想给她打电话，想要再见到她。

这种念头越来越焦灼。

长跑的时候会走神，在杨夏那里开模拟器的时候也会忍不住胡思乱想，凌野控制不住自己的心，只好将温晚凝发来的那些声音文件设置了解禁条件：每周只能打开一个，不能贪。

这天早上五点半，凌野照旧早早起床，飞快洗漱完换好衣服，蹲下身系鞋带，准备出去跑步。

手机就放在鞋柜的台面上。

这是入队前的最后一天，正好是星期一。

主界面里，循环了上千遍的第四个音频播放完毕，终于得到了主人特赦，单曲循环结束，切到下一首。

还是熟悉的电影对白腔，念的还是同一本中文教材。

估计温晚凝是随手翻的靠后面的课文，讲的是冬至，句子比之前复杂多了。

“北半球各地昼最短、夜最长的一天，太阳直射点由此开始北返，以后的每一天，阳光都会停留得更久。”

课文之后，是长达数秒的空白音。

以为是播放器卡顿，凌野将指间的蝴蝶结系紧，起身拿好钥匙，准备将进度条拉回最开始。

但这个想法很快就消散了，因为他指尖轻触到屏幕的一瞬间，温晚凝的声音又响了起来。

毫无上下文的两句话，很有她一贯跳脱的风格，随性而轻快，像只是一时兴起的鼓舞。

但凌野确信，这是对他许久前那句自嘲的回应——

“哪有世界冠军戴助听器。”

他当时说。

“你戴助听器，那世界冠军就戴过助听器。”

“如果这世界需要一个奇迹，那你就是这个奇迹。”

她说。

番外一 心肝宝贝

晚凝，我的宝贝女儿：

展信佳。

这是一封写于你二十九岁生日的信，等你看到的时候，应该是在婚礼前夜的奥兰多。

爸爸妈妈最珍贵、最为之骄傲的囡囡，新婚快乐。

无论提前做了多久的准备，写下这句祝福的时候，爸爸依然有些恍惚，时间竟然能过得这样快，快到好像昨天才刚参加完你的幼儿园戏剧演出，看着你穿着蛋糕一样蓬松的小裙子，紧紧闭着眼睛，等待王子披荆斩棘，来到你身边。

几乎是一眨眼，那个因为等了太久，在舞台上睡着的小姑娘就长大了，为自己选择的骑士披上白纱，和他一起去淋花瓣雨，做他的新娘。

说来你可能不会相信，当你第一次挽着凌野的手回家，宣布要跟他共度余生时，我并没有像妈妈那样惊讶。

假如非要为心里那一点点起伏找个解释，也只是因为那时的你看上去太严肃，仿佛我要从哪里掏出一根球杆，把那位看上去比你还紧张百倍的赛车手打出门外，而你也早就准备好了，随时冲上来挡在他面前。

囡囡，别小看了爸爸。

刚上小学时，你抱着裙摆跑进我怀里，对我说悄悄话，说你不喜欢扮演睡美人或者白雪公主，比起柔弱的美丽，你更想拥有拎起长剑的力量，自己开出前路。

从你诞生那天，直到现在，爸爸一直都想让你相信，假如你真的有一天要与全世界为敌，无论你想守护的东西是什么，我都会是那个站在你身后的人。

还记得吗？

你送过我一块用泥巴捏的“全世界最好的老温”奖牌，被你搂着脖子颁奖的我，以这一殊荣的名义起过誓：只要是你深思熟虑后做出的选择，我永远不会说“不”。

四岁的时候，你说长大后想开潜水艇，我们一起办了水族馆的年卡，认全了未来可能会游过你舷窗外的每一种大鱼小鱼。

七岁那年，你告诉我，你的梦想又跑到了岸上的动物园里，想做一个饲养员。那天下午，我和你顶着妈妈的骂声，在厨房溅了一身水，练习给饿肚子的小熊猫洗苹果。

上中学那年，你感冒请了病假在家，看电影《怦然心动》。

I bless the day I found you.

I wanna stay around you.

感谢上天让我遇见你，我想与你长相厮守。

你听着片尾曲哭到打嗝，湿透的纸巾团堆了一桌子，问我如果将来你也遇见了这么喜欢的人，可是没有人同意，该怎么办。

请原谅我只是个普通的父亲，只要试想一下将来会有一个混小子让你难过到掉眼泪，我的心就要碎了。

我当时沉默了好久才说我相信我的女儿，也相信你的眼光。

更何况爱情和婚姻都只是人生的体验，而非归宿，有爸爸妈妈的阅历为你兜底，无论对方家世几何，出身何处，我都愿意给他一次机会。

我见过太多不同的人，自然清楚没有什么比时间更能检验人心。

而在漫长的七年后，一向自诩精明的我才发觉，原来这场考验早已经开始。

我的女儿，爸爸好像从来没向你坦白过，其实我在许久之前见过小野。

就在你大学毕业前。

起因只是一位医生朋友在那年春天的某次聚会上，随口提起了我“远房亲戚小孩”的病情，可无论他再怎么描述对方的相貌和举止，我都毫无印象。

温家做生意偏向保守，没怎么向北方开拓过，我更没有安家在千里之外的兄弟姐妹，只当这位朋友每天经手的病例太多，难免会搞错几个。

可他在几句话之后提到了你的名字，夸赞你就算拍戏再忙，也会偶尔带着弟弟来做检查，这让我不得不警惕。

我比谁都了解我的晚凝。

从小到大都没变过，勇敢得像头小牛犊，天性中自带慷慨和善良。

演艺界的事我并不了解，但只要是在我能力范围内，我都不愿看到有谁要利用这份善良，而让你受到一点伤害。

于是我借着跟好友聊天，套出了那个小男孩下次复诊的日子。

我像个初次上路的笨侦探，带着满腔狐疑和假想出来的怒火，翘了一天公司的会议，一大早就在医院的耳鼻喉科等着，只为了见他一面。

他与我想象中的样子不同，却更好认：瘦高，脊背笔直，待人有礼，气质内敛而沉静，脸上是不符年龄的成熟。

可就算穿着与温璟无异的新款衣服和鞋子，那个男孩身上依然有种一眼可知的贫穷。

我看人向来很准。

如果冷静一些，我也许能更快得出后半部分推论：他很穷，但他大概率不会穷太久。

可那时的我只觉得他的成熟本质上是混迹社会的老练，多礼是因为油滑，就连那张还不错的脸，也是引你上当的工具。

于是我扮演成了一个尽职尽责的远房叔叔，无视医疗道德，找朋友要了他过往所有的电子版检查报告，好验证自己心里的猜想，看看他是不是连耳聋都是装的。

我甚至跟着他上了地铁，去十二号线尽头的赛车场，和他前后钻进同一家面馆，吃只有三两点油花的阳春面，一个个地仔细打量与他说过话的所有人。

我跟妈妈说有事在外出差，跟着他直到深夜，终于等到他搭末班地铁返回市区，背着包走进小区，按电梯上楼。

楼层没错，是你那套房子，连我和妈妈都没住过的送给你的大学入学礼物。

直到今天，我依然记得那一瞬间激烈的怒意，因为假想大概率成真的冲击，恨不得直接冲进电梯轿厢，问他到底什么来头，接近我的女儿是何居心。

但我在最后一刻控制住了自己。

我强迫自己转身，无数遍地复述，你成年了，也早就经济独立，我必须尊重你分配财产和注意力的自由。

那天我在地下停车场停留了很久，抽完了口袋里剩的半盒烟，直到赛车场的杨夏教练通过了我的联系人申请，朋友也终于下班，发来了我想要的电子病历。

我刚点开，还没来得及看，很突然地，那个男孩又下来了。

他换了身洗旧的薄外套，袖子挽起露出胳膊，拎着塑料桶，推开了距离我十米不到的小门。

我搞不清他想做什么，就算自认占据道德高峰，我依然下意识地躲到了承重柱后。

可那天后来发生的所有事，都远远超出了我的意料，或者说，是我出于商人的本能早就排除掉的，人性最为光明的那一面。

他跳进冰湖救过你。

爆震性耳聋是真的，唇语能练到这种程度，也是真的。

塑料桶当然也不是冲着我来的。

他心无旁骛，甚至根本没注意到我。

桶里只是水，泡着新毛巾剪成的抹布。

那男孩始终低着头，动作带着一种训练有素的麻利，像是早就做过无数次，把你没开去横店的车擦得干干净净。

在我看不到的地方，差点失去女儿的强烈后怕，和这位年轻救命恩人的存在，都点醒了我，让我开始反思自己长久以来的傲慢。

我好像一直都还把你当作小孩子，一只不了解丛林规则，容易被欺骗或背叛的羔羊。

而我的晚凝早就是比我更坚定的大人了。

虽然她理想化到让我担心，虽然她从不认可、也不愿屈从这场虚无的丛林游戏。

但因为那个夜晚，因为你，爸爸重新开始相信最质朴的善恶因果，祈祷这个世界会像这个男孩一样，以善意回馈你的善意，照拂你的侠肝义胆。

从小到大，无论是外表还是脾气，你都更像你妈妈一些，敞开心扉时像团火，把保护外衣合上时，又变成了喜欢逃避的刺猬。

我不想去做那个戳刺猬壳的坏人。

我不需要我的女儿听话或懂事，也从未觉得这两个词有任何夸赞的含义。

爸爸愿意离得远一些，按捺住我的窥探和唠叨，永远保守秘密，只要你能在自己选定的路上继续向前走，开开心心地做自己。

所以，我将那天的"偶遇"藏在了心里，没有告诉妈妈，更没有告诉你。

你小时候在寺庙学大人磕头，念叨的却是祝菩萨身体健康。

这个"偶遇"就像是一个新的例证，让我再次看见，就算我的女儿早已经成了大人，也还是我熟悉的样子，哪怕身在染缸一样的娱乐圈里，也坚守着一颗金子般的心。

后来的几年，你在家休息了很长一段时间，偶尔有上话剧舞台的机会，每天五六点就起床，捧着词本，光着脚在一楼走来走去。

有时候你台词背着背着就没声了，肩膀一抖一抖，头垂得比沙发靠背还低，可天亮了往餐桌边一坐，除了眼眶还肿着，还是精精神神、漂漂亮亮的。

妈妈劝你不要硬碰硬，与其一年一年磨着受委屈，不如干脆退圈不受气了，哪怕早些成家，做个拈花逗鸟的闲太太，也比这样熬着舒服得多。

你们爆发了自你青春期之后最严重的矛盾，因为吵得太凶，从黏糊糊的两只小动物变成了"举案齐眉"。

但就算在这种时候，你们母女俩还是很像。

妈妈的倔是不想让你继续吃苦，昏招猛出，又是介绍朋友，又是骗你相亲，非要拉着你退出来。

你的倔是一概答应，回头该怎么扛还是怎么扛，为了不跟家里开口要钱，转头就把那套房子卖了——这还是妈妈先发现的。

你搬走的第二年，说人还在片场不一定赶得及回来过生日，你别扭的妈妈心疼你，却又抹不开面子低头认错，打包了你喜欢的蛋糕放在那套房子门口，准备给你一个惊喜。

结果蛋糕盒刚放下，缎带还没整理好，新户主就拉开了房门。

对方除了你的名字，一无所知。

回家后，我们沉思了许久，最终没再打探你搬去了哪里。

这是我们囡囡的秘密，背后是她宁愿放手一搏，也要守住的自尊和坚持。

今天又是你的生日，婚礼将近，人生第一次柏林电影节提名，双喜临门，晚上吃饭时我们都喝了不少酒。

我的女儿喝醉了会挂在未婚夫的肩膀上，从耀眼的女明星退化成考拉宝宝，可同样喝了不少的爸爸却只能装大度，暗中挑剔着那小子的一举一动，检查他有没有把你照顾好。

也许就是这种作为父亲的忌妒，让我停不下笔，一下子说了太多秘密。

可这绝不是为了让你难堪，相反，无论是揭开其中的哪一个秘密，都在很长的一段时间里让我无比自责。

我的能力有限，在女儿遇上真正风浪的时候，没有能力保驾护航，也不再是那个你在遇到难处优先会求助的人。

这种情绪纠缠了我很久，直到后来，上天给了我弥补的机会。

说来你可能不信，甚至就连我自己有时也会感慨命运的奇妙：小野在哈维车队做试车手的第一年，我做过他的个人赞助商。

好吧，用赞助商这个词似乎有些自夸，我给他的投资满打满算也没到百万英镑，更不够让公司的商标出现在他赛车服的胸前，好让赛场的摄像机拍一拍，让我在你的叔伯面前有得夸耀。

事实上，我那时从未想过，这位侥幸空降名利场的穷小子能有什么未来。

中国籍的 F1 赛车手，又是这样的来历和出身，在那个时候并没有多少华商看好，他的赞助拉得太难了，甚至连下个赛季留在围场的可能性都微乎其微。

我的心态像是做慈善，或是以金钱的形式，尽可能还上他当初跳湖救你的恩情。

那时你们应该已经断联很久了。

但如果那是少女时代的你想要托举的人，爸爸也想试着推他一把。

哪怕我被做体育投资的朋友提醒了五六次，试车手这辈子的高光时刻可能就只是做试车手的这一年，围场里永远会有更年轻、更有钱、天赋更卓越的新人，一茬接一茬的，如同不断翻滚着的绞肉机，碾碎不切实际的旧梦。

这位提醒我的朋友人不坏，怕我头回试水就玩得血本无归。

毕竟谁能预想到呢，这笔“捐款”后来成了我经商数十年里，回报最丰厚的一笔投资。

关于你们两个的事，我的直觉来得很早，但经过了那么一次乌龙，总担心是自己想多了。

我和小野接触得很少，看不透他，但我了解自己的女儿。

就算他的车号只是巧合，可你们在旅行节目里的互动，他看你的眼神，对你的态度，你潜意识里对他毫不抗拒的身体接触，都做不得假。

反应过来的那一刻，我心里慨叹又想笑。

爸爸不是没惊讶过，怎么这个人偏偏就是他，可又觉得你这位小男朋友深藏不露，无论表面再怎么沉稳，骨子里都冲动得和你难分伯仲，这才能做出那些头脑发热的莽撞举动——比如那个 77 号。

同行的车号都在齐刷刷致敬前辈或父兄，我实在难以想象，如果真要在严肃的访谈中被问及车号的来历，他是要认真解释这是东方的情人节，还是准备当众承认这是爱人的生日。

又比如，明天婚礼的地点。

你一定好奇过，为什么我会那么轻易就接纳了他，甚至还努力去劝服了妈妈，让他不用上刀山下火海，就得到了我们的点头。

当然，我在无意间旁观了他的成长，漫长的时间让我确信小野是个难得的好孩子。

他坚韧自强，内核稳定，正直而富有野心，而最让我欣慰的是，他懂得克制和自省，愿意用血泪和汗水把自己锤炼成一颗星，不会因为一点轻飘飘的念想，就妄图揽下天上的月亮。

而这些就够了吗？

当然不够。

是因为他带来的那一客厅夸张的见面礼，还是因为说想娶你时，还没开口就双膝跪在了我和你妈妈面前，让你瞬间红了眼睛？

又或者，是因为带他去见温家的叔伯亲戚那天，他一次都没拒绝地喝了一轮又一轮，甚至帮我和温璟挡了后半程的酒，差点进了医院？

好像都不是。

不要怪爸爸铁石心肠，只是男人婚前都惯于伪装，我不得不多加提防。

真要仔细梳理起来，最触动我的，反而是那天我拉着小野去露台吹风醒酒，无意间闲聊的两句话。

他那时候已经醉了，没怎么上脸，但是反应慢了许多。

他扶着栏杆站好，从大衣口袋里拿出手机，转瞬就忘了自己原来想做什么，看着亮起来的屏保发愣。

我凑过去看了一眼，是一张你们小家的合影——

你，小野，还有一只胖乎乎的玄凤，啄着你的鼻尖。

我随口问他："养的鹦鹉叫什么？"

"三千万。"他语速慢，但无比认真。

我就笑了，心道怎么会有人给鸟起这样的名字，答得还煞有介事，仿佛是什么了不得的秘密。

"理想年薪？"我掸了掸烟灰，试着猜测。

这次他也笑了，耳郭被酒精熏得有点红，指腹又把手机摁亮了一次，视线的落点是你的脸："想攒够的钱。"

生意场上看多了，我一直笃信酒后吐真言，所以不可能放弃这么好的机会。

我抓住时机继续追问："赚了钱做什么？"

还能做什么？无非是房车名表，游艇专机，衣锦还乡。

还要把追你算在内。

前段日子你对我说过，当初送这小子去北欧开车，你送了他三十万。

这个世界允许新贵用钱买阶层，三千万英镑，三十万的一百倍，再换个单位，勉强能让他在你的一众仰慕者中有个一席之地。

我什么都想了，唯独没有想过，他的答案居然是——

"去迪士尼。

"和晚凝去迪士尼。"

也许是因为我太久没有回话，他重复了一遍，好证明这个太过离经叛道的答案的确是出自这位向来可靠的年轻人之口。

他平日里话就不多，醉酒之后，长句子也变得零碎，我几乎是目瞪口呆地听着他的解释，拼凑起一个可能我此生都不会忘记的、不切实际又浪漫的执念。

你第一次带他去迪士尼那年，为了让他看看你最喜欢的某个等候区布景，放弃了尊享导览走出口插队的特权，在排队时被擦身而过的男生撞了。

故意的一下，很重，让你一下子就红了眼眶。

你那时候仰着头，憋着眼泪跟他打趣，说如果有办法既不需要排队，又能在任何地方自由来去就好了。

这里能包场吗？他当时看着你问。

你说，钱到位了，哪里不可以？假如有这么一天，你要包下最大的迪士尼两天两夜，一天玩，一天开派对，带最好的朋友去跳舞。

世界上最大的迪士尼在哪儿？

答案是，美国佛罗里达州的奥兰多。

那天回去，他在自己的日记本上记下了这座城市的名字，关于包场花销的新闻看了大半夜，真假难辨，就以某位中东王储的传说为依据，定下了一个远不可及的储蓄目标——

三千万英镑。

而这个数字，几乎是只有 F1 顶豪车队的当家车手才能拿得到的税前年薪。

今年春节，你跟我说，小野跟你约定好，你们会去奥兰多迪士尼举办婚礼，一切流程简化，不设媒体席，只邀请最亲密的家人和朋友。

当天你准备睡到自然醒，因为乐园前一天会为忙碌了几年的劳模新娘空出来，专门用来疯玩。

那时的你一定想不到，爸爸到底有多努力，才将那句顶到喉咙口的惊呼咽下去，让你的小未婚夫准备了整整八年的惊喜成真。

所以，我的女儿，当你明天做好了鏖战一天的准备，却发现整个园区都为你清场时，请不要太惊讶。

后天，当真正的水晶马车载着你，离开你以为的"婚礼会场"，进入那座只为完美结局电影而生的童话城堡时，有人会在碧蓝的琉璃星空下等你。

既然世界上存在这样一个人，愿意因为你皱一下眉，就将你无心的一句戏言当作前行的信条，那我也愿意赌一把，将我一生最心爱的宝贝托付给他，祝福你们的前路。

愿你们百年好合，互敬互爱。

愿你们无论人潮往来，世事变迁，都不放开彼此的手。

愿我的晚凝永远保有无忧无虑的玩心，勇敢、真诚、独立、洒脱。

即便在我写下这封信时，婚礼这天还未到来，但爸爸相信，我的宝贝女儿会是全世界最美丽的新娘子。

一如我也相信，新的人生阶段和身份不会磨平你的棱角，它会和小野一起，成为你的另一个切面，护佑你在往后的人生路上继续自由轻盈，灿烂而耀眼。

晚凝，谢谢你的到来，谢谢你二十九年的陪伴。

你出生那天，是我和妈妈生命里最温暖明亮的日子。

听你说，我的位置安排在第一排正中，旁边会放两把用玫瑰装饰的故人椅。

我是个受不了一点情绪波动的脆弱男人，很可能会哭，如果因为失态多有怠慢，你让小野帮我传个话，希望亲家别见怪。

七月初七
永远爱你的爸爸

番外二 真话日记本

1.
我比凌星星早出生十分钟，但是差了一岁。
幸好我是哥哥。
因为爸爸管妈妈叫姐姐。
对喜欢的女生才能叫姐姐。
我可不想和凌星星谈恋爱。

2.
她哭起来特别大声。
因为妈妈没带她去迪士尼的婚礼，她号啕了一晚上。
三千万特别高兴，飞过来学她一起叫。
没法睡了。

3.
舅舅带我们去电影院。
一人一桶爆米花，比凌星星的头还要高。
妹妹看电影里妈妈吐血了，吓得嘴里也不嚼了，仰着脖子抹眼泪。
凌星星一哭，我也想哭。
但我要担起哥哥的责任，像个男人。
我冲出去拨电话手表，一接通我就忍不住了。
“怎么办啊？爸爸，妈妈死了。”
那是我爸第一次揍我。

4.
舅舅说跟他没关系，他想捂我嘴的时候已经晚了。

凌星星说她知道那是演的。
好气啊。
和这两个人正式绝交三天。

5.
凌星星在其他时候嗓门也很大。
她坐过山车拉着爸爸坐第一排，从头喊到尾，下来还问怎么没听到我尖叫。
我说和爸爸一样啊，一点都不晕，一点都不害怕，这有什么好叫的。
凌星星仰头看爸爸一眼，再往我这儿看一眼，叹了一口气。
她这是什么意思？
总该不会是已经看穿我了吧？
爸爸没出声，是真没什么感觉。
我没出声，是因为一张嘴就要吐了。

6.
妈妈说三岁看大。
意思就是，我和凌星星三岁的时候，爸爸做俯卧撑和引体向上，有时候会把我们俩放身上晃着玩。
凌星星骑在爸爸脖子上咯咯笑。
我抱着他的大腿呜呜哭。

7.
酒酒阿姨说她有两件最难以置信的事：
一、我，温想想，怎么会是 F1 顶流赛车手的儿子；
二、我都这样了，我爸居然还不嫌弃我，哄起来耐心得跟什么一样。
今天酒酒阿姨说她悟了，给我发消息。
酒酒阿姨：姨姨录综艺呢，你妈妈今天拿错了我的外卖，被辣哭了。
酒酒阿姨：和你哭起来一模一样。
酒酒阿姨：想想，以后你就放心大胆地闯祸，你爸只要一看你的脸，什么火都消了。

8.
我的房间和凌星星的一样大。
我有一面墙的玻璃柜子，用来放外公外婆送的书，还有我喜欢的植物和蘑菇标本。
凌星星屋里是吊杆和攀岩墙，特别结实，她怎么荡都坏不了。
推荐给有猴的家庭。

9.

语文课让写作文，题目是“我最崇拜的体育明星”。

何塞叔叔跟我们说，如果写他的话，他夏休带我们出海看小鱼。

妹妹说好，坐我旁边慢腾腾写，用手捂着，写下“我最喜欢的体育比赛是一级方程式赛车，最喜欢的车队是梅赛德斯奔驰”。

我也想去看小鱼，所以我抓紧跟着写了。

赛季夏休第二天，何塞叔叔说话算话，包船带我去看了小鱼，爸爸送了凌星星一艘游艇。

因为她作文剩下的部分是我没想到的——

我最崇拜的体育明星是这个车队的传奇赛车手凌野。

他的车号是77，我妈妈的生日。

我和哥哥出生的那一年，他整个赛季的头盔上都印着妈妈和我们俩的名字。

他是全世界最帅的爸爸。

10.

从会说话开始，凌星星每年的生日愿望都一样：她想做最厉害的女赛车手。

我为什么会知道？

因为她坚称许愿只有大声说出来才灵，唯恐有人没听见。

结果早上起床都费劲，抱着碗打瞌睡，脑门都要蘸进粥里。

我好心帮她拎了一下辫子，瞬间被打。

下手真狠啊。

11.

凌星星很喜欢玩打手游戏。

因为她总是赢。

我们家只有这几种人会输：故意想被妈妈打一下的爸爸，输了也只是被妹妹轻轻拍一下的妈妈。

还有我。

12.

我今年的生日愿望改了。

听何塞叔叔说，有的比赛是在上午，我怕凌星星犯困，在赛车里睡着。

虽然凌星星有的时候真的很烦人，但我还是想做最可靠的安全系统工程师。

因为我跟爸爸拉过钩。

我要做一个好哥哥，一辈子保护好她。

13.

爸爸是乱花钱大王。

他总能找到最奇怪、最让人想不到的花钱方法。

比如我们小学的消防演练。

爸爸提前一天让人把灭火器全换了，挨个去检查了时间戳，非要让每一罐的出厂日期都在一星期内。

比如他车上的后座。

那两把凝聚了世界顶级赛车队首席工程师智慧和时薪的……定制儿童椅。

14.

F1 围场有珠宝禁令。

何塞叔叔说，我爸爸是赛前检查最麻烦的现役车手，没有之一。

但他一直都很有耐心。

以前是场场都要报备他的手串和钻石项链，后来又加上了我和妹妹送他的父亲节礼物。

一条五颜六色的塑料串珠手链。

后面刻了四个字。

我写了一半，凌星星写了一半。

都挺丑，我提前练了练，比她刻的稍微好看一点点。

——平安回家。

15.

爸爸的微信头像黑乎乎的。

是张从飞机小窗向下拍的城市夜景，一直没改过。

爸爸说，这是他十七岁那年夏天，第一次坐飞机出国的时候拍的。

我问这是哪里。

他说，是妈妈在的地方。

16.

妈妈飞去欧洲领奖。

她回来那天，爸爸带着我和凌星星去接机。

说好了先让我和妹妹亲妈妈，结果他抱得那么紧，我们俩谁都挤不进去，花也被挤扁了。

17.

爸爸说，妈妈拿戛纳影后的那部片子，我和妹妹也参演了。

天，那我们也太厉害了。

我和凌星星打开了投影幕布，废寝忘食地找了一下午，半个镜头都没找到。

找妈妈问，她说这是很久之前拍的了，只是今年才上映，所以她……

妈妈声音越来越小，最后干脆停下来不讲了，端起马克杯喝水，杯沿外是一圈红透了的耳朵。

所以怎么样？

我和凌星星急坏了。

爸爸一手一个把我们拎起来，扛去厨房，用冰激凌塞住嘴巴。

他比了个嘘声的手势，说，你们那时候在妈妈肚子里。

哦。

18.

我一直觉得妈妈在家里养了狗。

很凶的那种。

估计是为了保护三千万不被吃掉，偷偷养的，连我和凌星星都没告诉，白天就找人带出去遛，晚上才接回来。

昨天半夜我起床找水喝，又听见妈妈跟它说话了，好像又被狗咬了，哭得好惨——

都说了不许再舔了。

也不能咬。

还听不听我的话？

我又悄悄地走近了两步，听见了爸爸的声音。

听话。

啊？

19.

早上爸爸送我们去上学。

下车的时候，凌星星看见好朋友先跑了，我磨蹭了两步，留下跟爸爸说悄悄话。

妈妈好可怜啊。

我们不要养狗狗了，找个新主人把狗狗送走吧。

爸爸蹲在那儿给我整理鞋带，听我说完，半天没反应过来。

哪儿来的狗？

大人真的很爱演。

想起酒酒阿姨对我的鼓励，我决定勇敢地拆穿他。

昨天晚上我都听见了，好凶的狗。

妈妈都被欺负了，你也不管。

爸爸掐了一把我的脸，说那不是欺负，而是跟妈妈玩。

20.

果然有狗。

我就知道！

上次跟凌星星说，她还说我蘑菇中毒了。

21.

新同桌好像有点喜欢我。

她话好多。

夸我长得好看，又问我为什么姓温。

我不太想回她。

这个问题其实应该问我妈妈。

她是多努力地劝了爸爸整整十个月，才让凌星星不和我一块儿姓温。

我爸可能自己也想姓温。

他和这个叫温晚凝的漂亮女人是什么关系？为什么他的儿子和女儿都是温晚凝的孩子？

他巴不得让全世界知道。

番外三 回到那一天

夏初，温晚凝带着两个孩子飞了趟欧洲。

她本想一起去摩纳哥大奖赛给凌野加油，可今年时间赶巧，电影节宣传和赛程正好撞上。周四落地，她匆匆把小孩送进赛场，还没顾上和凌野见一面，就扭头去了尼斯，等忙完再回来，已经是正赛日的傍晚。

梅斯 77 号车手顺利卫冕蒙特卡洛城市赛道，气势直指七连冠，刷爆了各大社交媒体头条。

庆功宴在私人游艇上举办，温晚凝踏上甲板时，三层高的庆功蛋糕刚推出来。

青蓝色的光影里，凌野侧对着她，赛车服脱了一半，轮廓英挺利落，肩上骑一个，手臂坐一个，载着凌星星和温想想一根根往高处插蜡烛。

妹妹是自愿举手，哥哥是顺手一拎，被迫练胆。

温晚凝一来，温想想如同见了救星，小声喊了好几句“妈妈”。他手刚伸过去，就被凌野放回地面，捏起脸颊肉掐了一把。

“几岁了还要抱？你多沉自己不知道？”

“就是就是。”凌星星笑眯眯帮腔，晒成小麦色的小腿在桌沿一晃一晃的。

温想想喜欢妈妈抱，因为妈妈不会扔着他玩，高度也不吓人，怀里香香的，又软和。

被看穿心思，小男生白净的脸通红：“星星和我一样重，她不是也骑在你脖子上？”

“你要是不哭，也能骑。”凌野伏低上半身，在他额头上轻轻弹了一下，“妈妈很累了，让她休息。”

小男生噘着嘴“哦”了声，过来贴贴温晚凝的手，一步三回头地和凌星星去一边玩了。

温晚凝在旁边看得止不住笑，一抬眼，正好撞上凌野的视线。

他们在一起多少年，凌野就这样看了她多少年，好像世上再没有其他人似的，视线直白又专注，褪不淡的少年味。

刚才来的路上，城市赛道围栏刚撤，沿海公路堵了一个多小时，温晚凝闲得无聊，一边看正赛回放，一边吹彩虹屁，小狗表情包给凌野发了一箩筐，扬言要把世界冠军亲得汪汪叫。

现在站到他跟前，她又有点心虚，佯装淡定地问："看我干吗？"

"等姐姐亲我。"

凌野勾了下唇，语气却很认真。

星星和想想不在，他这声"姐姐"叫得肆无忌惮，与赛场上的凌厉判若两人。

前些日子新戏杀青，温晚凝久违地放了个假，回温家当了几天妈宝女，肉也养了回来，艳得晃人，像丰润的翡翠珠子。

凌野一点遮掩的意思都没有，眸光顺着半敛的眼睫垂下来，直往她的下半张脸上落。

"……都在看你，注意下场合，"温晚凝受不了他，压低声音，"警告你啊，什么都别想，现在不行。"

她瞪过来的那一眼飞快，有点慌，漂亮得让凌野心尖发痒。

他低着头，在她发顶蹭了蹭："想你了。"

何塞拿着小盘子和餐刀路过，鸡皮疙瘩抖了一地，头回这么烦自己听得懂中文："也就温老师受得了你，差不多行了。"

被调侃的人没理他，头都懒得回一下。

梅斯有吃庆功蛋糕许愿吹蜡烛的传统，仪式将近，发微信的事凌野没再提，温晚凝以为这件事就翻篇了，结果闭眼许完愿，刚吹灭蜡烛，她脸上就像是被项链似的东西冰了一下。

两秒钟的喧闹黑暗里，钻石耀眼的小光点一闪，温晚凝还没反应过来，后颈就被扣住，一双微热的薄唇覆上来，跟什么瘾犯了似的，用力含住她的舌尖，还在她耳边"汪"了一声。

和年下恋人（比女性小五岁以上的恋人）结婚的直接后果就是，孩子都满地跑了，凌野还是很年轻，甭管在外面什么样，一到她跟前还是那个狗脾气，没羞没臊的。

灯重新打开，凌野没什么，但温晚凝从脸颊到耳根红了一片，衬着雪白的皮肤上分外明显。

凌星星担心得不行，非要伸手摸摸她是不是发烧了，欧三（欧洲三大国际电影节）影后只得下了班继续演戏，佯装无事发生。

人一尴尬就会装作很忙。

温晚凝多喝了两杯香槟，只记得派对吵吵闹闹开到了后半夜，星星和想想在游艇卧室睡下，她被凌野压在门后亲得人都傻了，暗暗发誓再也不打嘴炮，然后就迷迷糊糊睡到了现在。

也不知道现在几点，温晚凝眼睛睁不开，摸索着拍拍身边，没人在。

提高了音量叫星星和想想，也没人应声。

她没多想，准备起来倒杯水喝，结果刚一睁眼，就定在了原地。

眼前并不是酒店的套房，也不是梅斯车队的游艇，而是一间简陋的房车休息室。

房间很小，没空调，像是用隔板临时分出来的，除了她躺着的小沙发，满地都是胡乱堆放的杂物。门上贴了张摩纳哥大奖赛的赛程表，车手名单的某一格被划掉了，黑色油性笔涂涂改改，在最后一行写了个潦草的“LING”。

温晚凝脑子嗡的一下。

她这是……到哪儿来了？

晚风吹起窗帘，扫过角落里摞高的饮用水纸箱，她呆呆看了一会儿上面醒目的哈维车队标志，心头倏地闪过一个荒谬的猜测，连忙从包里翻出手机，看了眼日期。

熄屏解锁三两次，锁屏界面一点变化也没有。就算再难以置信，她也不得不接受，自己昨晚随口许的愿好像成真了——回到凌野F1出道的那天，也就是他第一次在摩纳哥开上领奖台的那天。

她想去看看他。

算算时间，已经离颁奖仪式过去了很久……顾不上多想，温晚凝用手梳了梳凌乱的长发，拎上包就往外跑。

她这年还没开始在海外拍戏，老外圈子里几乎没人认识，刷不了脸，没熟人带路，脖子上也没挂通行证，见不上当红车手是情理之中的。可就算她想找的人只是个小车队的试车手，也比想象中更难。

偌大的围场内，多数人还是今天才听说77这个车号，叫得出凌野名字的记者一只手就数得过来。

他连正经席位都没有，还只是几个稀碎的形容词——

哈维不知道从哪儿冒出来的替补，黑头发黑眼睛，连名带姓只有两个音节，年薪在大名单里垫底，一上赛道就不要命。

等温晚凝终于摸到海湾码头，已经快到八点了。

夏令时天黑得晚，海天之际一片橘红，碎金闪闪。

她平复了一会儿呼吸，在海边的长椅上坐下，看着沙滩入口旁的少年。

大半个小时里，夕阳缓缓沉入海平面，十九岁的凌野仿佛浑然不觉。

他靠在一棵棕榈树旁，一身哈维的白赛车服，碎发被海风吹得凌乱，单肩背着那个自出国起就形影不离的黑色双肩包，一会儿站一会儿蹲，指尖在屏幕上停停点点。

温晚凝看得有些出神，直到几米外的少年抬头往海那边看了眼，抬步往路灯处走，她才反应过来。

凌野刚刚是在给她发短信。

她那个从来没回过消息的停机号码。

他们断联的这六年，除了何塞偶尔调侃两句凌野转队梅奔后的事迹，再往前的事，凌野几乎从来没主动提过。

唯一松口那次，还是婚礼前全车组来申城旅游，借喜酒彩排的名义把凌野灌了个半醉。回家后，温晚凝趁机问起他刚进 F1 时候的事，磨了好久他才肯说。

已经过去了太久，许多记忆的细节早已模糊，可真回到了这一天，两人那时的对话却清晰得跟电影旁白似的，卷着种种潮热的思绪在温晚凝耳边响起，直往她心里钻。

这年在摩纳哥，凌野发了高烧又大量脱水，比赛时还有肾上腺素撑着，下了领奖台，轰鸣的引擎声一消散，站都站不起来了。

哈维的正式车手合约是当天给的，他装在包里，背了一晚上。

他想找个景色漂亮的地方，把那摞纸拍给温晚凝看，所以输完液被队里送回酒店，他自己一个人又跑出来，沿着城市赛道走了半条街。

他有自己的车号了。

他想让她知道，又怕那个数字太露骨，烧蒙了想不了两件事，拍照也忘了，三行字的短信删删改改，就这样从日落一直纠结到天黑。

温晚凝问他："所以最后还是没拍？"

"打算等路灯亮，给你拍夜景。"

她挺奇怪："那我怎么没收到？"

醉酒后的凌野比平日更黏人，高大的身躯重重压上来，搂着温晚凝的腰不撒手，语速也慢："我没等到亮灯，就在街边睡着了。"

温晚凝那时被他缠得气都喘不过来，没好气心疼他，只揪着他的俊脸调侃："你就是卖火柴的小男孩坚强版，海边温差那么大，得亏你扛冻才睡得着。"

凌野不躲，任她把脸揉得通红："没觉得冷。"

温晚凝随口接话："是啊，人冻傻了之后都觉得热，梦里空调和暖气都有。"

凌野就笑了，眼神被酒精浸得微散，定定地看着她，声音很轻："梦到你来看我了。"

地中海的初夏十年如一日。

晚风微咸，空气里尚存日晒的余温。

温晚凝像是钻进了一个细小的宇宙虫洞，兜兜转转，跨过汹涌人潮和漫长的时光，看着十九岁的凌野站在她面前。

他比在机场分离时高了一些，肩膀更宽，五官轮廓也更凌厉，倚着路灯杆，困倦地阖上薄薄的眼皮。

从跟着她回申城后，凌野的手机号就再也没换过。她深吸一口气，按下怦怦乱跳的心，打开许久不用的短信界面，将那串数字输进收信栏。

海风阵阵，棕榈叶片窸窣拍打着。

凌野后背斜靠着路灯，衣兜里连续的振动将他从浅眠中吵醒。他抽出手机，微眯着眼划开屏锁。

是几条来自一个陌生号码的消息。

——我换号了。

——先前的手机泡了水没修，你存一下这个。

——以后能打电话就打电话，姐姐醒着就接，读消息好累。

——还有……

——在那儿站这么长时间了，你完全不准备往两边看看是吗？77号凌野？

少年猛地站直，连怀里的包落地都顾不上捡，僵了好一会儿才匆匆抬头，飞快环视四周。

视线扫过不远处的长椅，看清女人面容的一瞬，他像是被施了定身法术，烧红的侧颊更烫，喉结剧烈滚动着，眼皮都再难眨动一下。

视线相触，如看不见的丝线紧密勾缠。

温晚凝站起身，努力咽下翻涌着的情绪，弯起嘴角，抬手用力向他挥了挥。

其实这天晚上的事，后来温晚凝又知道了一些。

比如当时欧洲治安很乱，凌野一觉醒来，发现包里被偷了不少东西，文件夹和护照还在，钱包没了。

钱包里没放什么钱，照片隔层里是个润喉糖的包装袋，许多年前被她团皱了，他攥回家悄悄展平，一直没舍得扔。

哈维的领队和队医找他找到凌晨，差点报警，第二天一早，全队搭飞机回基地，勒令凌野写了满满一页的保证书。

温晚凝来时做了许多打算。

她想提醒凌野看好包，乖乖回酒店睡觉。

她还查了附近深夜不关门的餐厅，准备像许多年后在墨尔本那样，在送凌野回去之前，和他分着吃完两个汉堡。

他们的女儿喜欢甜食，儿子喜欢植物和蘑菇。

她包里装着几天前出差时买的马卡龙和蘑菇蜡烛，一会儿也能勉强拼凑出一个小蛋糕，帮凌野庆祝人生第一次登上F1领奖台，让他许个愿。

和当年只是弟弟的凌野见个面，给个惊喜，在她的预想中像呼吸一样容易。

可当十九岁的凌野真的伸手可触，走到她面前，用那双黑沉沉的眼睛望着她时，那一瞬的思念却远比温晚凝以为的更汹涌。

这么多年，她终于承认自己也在想他。

路灯在此刻亮起，灯光下少年的脸那么熟悉，又有些陌生，是她缺席的时光里，他独自成长的样子。

“凌野。”温晚凝喊他。

他闷闷地“嗯”了声，湿漉漉的眼睫垂下，下颌紧紧绷着。

温晚凝看着他，像日后无数次那样，伸手摸了摸他的耳朵，轻声说：“好久不见。”

星星点点的灯，照着沿海公路，路面车辙交叠，好似深深浅浅的胶卷印，向岁月的来处和远方绵延。

他们总会重逢。

在跨越千山之后，在无尽温暖的春天里。